诗苑觅踪

中国古典诗歌鉴赏

SHIYUAN MIZONG
ZHONGGUO GUDIAN
SHIGE JIANSHAN

石克鸿／著

甘肃人民出版社

图书在版编目(CIP)数据

诗苑觅踪：中国古典诗歌鉴赏 / 石克鸿著. -- 兰州：甘肃人民出版社，2019.12（2022.1 重印）
ISBN 978-7-226-05498-7

Ⅰ. ①诗… Ⅱ. ①石… Ⅲ. ①古典诗歌—诗歌欣赏—中国 Ⅳ. ①I207.2

中国版本图书馆 CIP 数据核字（2019）第 284736 号

责任编辑：李依璇
封面设计：马吉庆

诗苑觅踪——中国古典诗歌鉴赏

石克鸿 著

甘肃人民出版社出版发行

（730030 兰州市读者大道 568 号）

三河市嵩川印刷有限公司印刷

开本 710 毫米×1020 毫米 1/16 印张 27.25 插页 4 字数 420 千
2019 年 12 月第 1 版　2022 年 1 月第 2 次印刷
印数：1 001~2 000
ISBN 978-7-226-05498-7　　定价：68.00 元

序

赵逵夫

《诗苑觅踪——中国古典诗歌鉴赏》是我校老校友石克鸿先生所著，2009年由南京师范大学出版社出版，数年来经作者增订修改后将再版，要我写序，难以推托，下面谈一点看法与读者共商。

文学作品是语言的艺术，而诗歌作品更是体现着一个民族语言的特色、语言表现之美。古代汉语总体上来说是单音节词（有不多的联绵词），词与词之间除声韵的区别之外，还有平仄的声调区别；加之汉字象形、形声的结构特征，历代诗人在诗歌创作方面探索出很多艺术表现的法门。固然过去有些讲"诗法"的书把问题搞得复杂化，但诗歌的创作与鉴赏也确实有些基本理论应该了解。掌握了这些理论，无论对于鉴赏还是创作，都可以事半而功倍，及早登堂入室，渐临佳境。

《诗苑觅踪——中国古典诗歌鉴赏》一书分"本体篇""意象篇""意境篇""附篇——古典诗歌四步鉴赏法"四大部分，每部分又分几个大的专题，每一专题列出几点，各点之下举出具体作品加以注释和欣赏，提纲挈领，虽读赏析文章，而同时对诗歌理论的各个方面也有所掌握，在古代诗词的普及上，确是一个很好的尝试。因为现在一般的诗词鉴赏都就某一篇作品进行分析,篇与篇之间没有关系,读者难以从中获得理论的指导。

近代以前的诗文评论中,也曾有将理论归纳与作品鉴赏结合起来的评注本,如清代李扶九编、后经黄仁辅(绂麟)校订,并补录《楚辞灯》作者林云铭(西仲)评语的《古文笔法百篇》(光绪七年进步书局石印本,一套四册),全书二十卷,每卷以"波澜壮阔""曲折翻驳""起笔不平""小中见大"等为题,其下各选数篇,每篇前有"题解",后有"评解""书后",并有眉批。方式倒不错,只是所列名目实未得古文撰写欣赏之要领。20世纪20年代胡怀琛先生在前人基础上调整篇目,重列纲目,标出"事理辩驳法""感慨生情法""抑扬互用法""逐层推论法"等直至"托物寓意法"三十二个类型名目。虽然既有简单化的一面,也有繁琐的毛病,但比清代的那一部就有了很大的进步。至于诗词鉴赏方面,古代除大量选注本之外,就是附有评、点评的本子。曾见过一本民国三年出版的《诗法》,卷一从格律、句式、体式、对偶、布局等方面列出数十个条目,如什么"起承转合法""一二破题法""行云流水法""颠倒错乱法"等,似乎把作诗看作一种工艺制作,而不是抒情言志。卷二的《诗式》中,分"辨别比兴赋""辨别体格"两部分,各部分所列条目都繁琐且无益于作诗,完全是不知诗为何物之老学究挖空心思供那些虚才名士为吟风弄月走捷径的法门,其实读之都会一个个掉进陷阱,从此听见作诗就怕,自然也就不会鉴赏诗作。

当然,古代也有很多优秀的引导学人进入古代诗词苑囿的佳作,如金圣叹的《杜诗解》。然而也是各首分别言之,互不相干。石克鸿先生以系统的文艺理论、美学精神总结古代诗歌品评的理论,将作品鉴赏与诗学理论结合起来,会起到更好的效果。石克鸿先生这本书是一个新的尝试。

石克鸿先生于1963年毕业于甘肃师范大学(今西北师范大学)中文系,先在文县一中任教,1985年到陇南教育学院任教,从事中国古代文学的教学,主要讲授唐宋文学,深受学生的欢迎。原陇南市政协副主席张金生同志听过石克鸿老师讲课,即十分称赞,也嘱我一定为此书再版作序。石克鸿先生已于2000年退休,但一直不忘此书的修订再版。我是陇南人,我为陇南有这样热爱专业、勤奋钻研、又受学生欢迎的教师感到高兴。石克鸿先生的这部著作能再版，也显示出陇南教育界、学术界的良好学风。

《诗苑觅踪——中国古典诗歌鉴赏》一书一定会受到广大读者的欢迎！

2018 年 6 月 10 日
于西北师范大学文学院

目录
Contents

001　导言

上篇　本体篇

009　一、诗的内在特质
012　（一）诗有诗情美
014　1. 就本原、功能、功效例析诗的抒情性和诗情美
017　2. 诗以抒情为指归
021　3. 抒情性和诗情美是诗特有的属性
024　4. 诗情的繁复内涵
027　（二）诗有意象美
028　1. 从内质的层面例析诗的形象性和意象美
031　2. 从表达的层面例析诗的形象性和意象美
034　（三）诗有意境美
035　1. 对比验证意境及意境营构在诗中的关键性地位和作用
037　2. 简释意境和意境营构
040　二、诗的外部特征
043　（一）诗有凝练美
044　1. 例析凝练美

047　2. 语言的多义性与凝练

051　3. 语言的变异性与凝练

055　4. 语言的伸缩性与凝练

059　5. 炼字与凝练

062　6. 概说典型概括与凝练

065　7. 以少总多与凝练

069　8. 借小写大与凝练

072　9. 借小喻大与凝练

075　（二）诗有含蓄美

076　1. 例析含蓄美

078　2. 反证诗贵含蓄

079　3. 具象化与含蓄

081　4. 婉曲法与含蓄

084　5. 具象化与婉曲法相互为用使诗富于含蓄之美

088　6. 含蓄与凝练相辅相成

092　（三）诗有音乐美

094　1. 诗经体的音乐性和音乐美

097　2. 楚辞体的音乐性和音乐美

102　3. 乐府诗的音乐性和音乐美

106　4. 古体诗的音乐性和音乐美

110　5. 近体诗(律诗)的音乐性和音乐美

114　6. 近体诗(绝句)的音乐性和音乐美

116　7. 词的音乐性和音乐美

122　8. 曲的音乐性和音乐美

127　9. 音乐美与诗情美当有机结合

中篇　意象篇

133　一、意象的界定与品读

135　1. 意象的界定及文学意象的解读

138　2. 审美意象的品读与形象思维

141　3. 审美意象的品读与情感体验

146	二、意象的组合
147	（一）诗歌表层意象结构的意象组合方式
148	1. 横断式
159	2. 层递式
187	3. 叠映式
195	（二）诗歌深层意象结构的意象组合方式
196	1. 连缀式
206	2. 反差式
215	3. 辐射式
224	4. 辐辏式
236	5. 拼置式

下篇　意境篇

257	一、意境的界定
257	（一）意境与意象
262	（二）什么是意境
274	二、意境的营构
274	（一）意境营构概说
274	1. 意境营构的基本法则
278	2. 意境营构与意象组合
282	（二）意境营构的方式方法
288	1. 即景抒情法
314	2. 造景抒情法
341	3. 以景衬情法
353	4. 移情于景法
372	5. 托物寓意法
394	6. 融情入景法

413	附篇　古典诗歌四步鉴赏法
	——李商隐《嫦娥》鉴赏示范

导 言

我们的祖国是一个充满了诗意的国度，我们的民族是一个洋溢着诗情的民族，我们的历史是一条流淌着诗味的长河。几千年来，成千上万个誉满天下的杰出诗人，同数不胜数的平凡普通的无名诗人一道，为我们开辟和打造了一座广袤无垠、百宝荟萃、百花齐放的古典诗歌园苑。这座诗歌园苑，是那样的赏心悦目，是那样的魅力无穷。从古到今，无论是钟情于中国古典诗歌的人，还是一般爱好者，甚至初学者，有谁不想自在地、惬意地畅游于其中呢？可是，又有多少人能自在地、惬意地畅游于其中呢？要想畅游这座诗歌园苑，关键不在于你阅读过多少首诗，背诵了多少首诗，而在于你是否掌握了中国古典诗歌的鉴赏技巧，是否具备了中国古典诗歌的鉴赏能力。有两类书籍有可能帮助人们掌握这种技巧，具备这种能力。一是各种各样的古典诗歌鉴赏辞典和鉴赏集，一是诗话、词话、诗歌创作论、诗歌鉴赏论之类的理论著作。不过这两类书籍，虽在培养鉴赏古典诗歌的技能技巧方面各有其独到的功效，但是由于鉴赏理论与鉴赏实践结合得还不够紧密，因而又各有其鞭长莫及之处。鉴于此，我萌生了一种强烈的愿望：把诗歌鉴赏的理论与实践紧密地结合起来，把诗歌鉴赏论与诗歌鉴赏集两种体例合二而一，在中国古典诗歌园苑的入口处

搭建一座便捷的桥,以便于入门,并绘制一份清晰可循的导游图,以便于畅游。于是呕心沥血撰写了《诗苑觅踪——中国古典诗歌鉴赏》这部书。

《诗苑觅踪——中国古典诗歌鉴赏》的主体部分分为三篇:为了搭建一座入门的便桥,于是有《本体篇》;为了绘制一份导游图,于是有《意象篇》与《意境篇》。

要想认识和把握某类事物,最便捷也是最可靠的途径,是认知和把握该类事物所必备、所独有的本质属性与本质特征。要想取得畅游诗歌园苑以遍赏奇珍异宝与名花奇葩的入场券,首先得极力贴近并透彻了解那外具本质性审美特征而内含本质性审美特质的诗的本体,《本体篇》正是为此而撰写。《本体篇》所要解决的核心问题是:什么是诗?即诗具备哪些必备的而且是特有的本体性特质与特征?诗,即通常所谓"诗歌"。此处,"诗"这一概念是狭义的,也是广义的。说它是狭义的,因为它专指中国古代诗歌,不包括中国现代诗歌,更不包括外国诗歌;由于中国古代诗歌以抒情诗为主流,而叙事诗并不发达,优秀的叙事诗更寥若晨星。因此,这里"诗"这一概念特指中国古代的抒情诗。说它是广义的,是因为"诗"这一概念,常常被用来特指中国古代诗歌的黄金时代——唐代所盛行的格律体的近体诗与半自由体的古体诗。在这里,"诗"不仅主要指近体诗与古体诗,也包括产生于近体诗与古体诗之前的诗经体、楚辞体诗歌和乐府诗,还包括盛行于近体诗与古体诗之后的词与曲这两种新体格律体诗。那么,诗为何物?它究竟有哪些内在的审美特质与外在的审美特征呢?一言以蔽之,诗是一种内含三味而外具三美的文学体裁。这内含之三味,指诗情美、意象美、意境美;外具之三美,指凝练美、含蓄美、音乐美。对此,《本体篇》将作深入浅出的阐述与系统化的例析。

诗歌鉴赏是一种审美再创造,自然也是一种再创性艺术构思。既然如此,鉴赏诗歌就应极力揣度原创诗人进行艺术构思的思路,蹑迹追踪,这样方可能踏着古代诗人的遗踪,去寻幽览胜,以实现自在地、惬意地畅游诗歌园苑的目标。《意象篇》与《意境篇》正是为此而撰写。诗人抒发诗情,首先必须化虚为实,化诗情为意象。换一个角度,用古人的话来讲,是"化景物为情思",从而以景载情,寓意于象。因此,诗人进行艺术构思的首要任务是创造意象并组合意象,用具象化、系列化的意象系统来抒发抽象的诗情。诗人进行意象组合,有一系列常用的方式。《意象篇》除了界说"意象"外,主要是对这一系列常用的意象组合方式进行探讨、归纳和例析。诗人进行艺术构思的终极步骤是营构意境,从而生动形象、含蓄隽永地抒发诗情。营构意境,指融合诗情与意象,即熔铸情与景这两种艺术元素,精心创造出超妙谐美、韵味无穷的艺术情境与艺术氛围来。诗人营构意境,也有一系列常用的方式方法。《意境篇》除了对"意境"这一最基本的艺术范畴进行界说外,主要是对意境营构的常用方式方法作深入探讨、潜心体验和范例精赏。在诗的艺术构思中,意象组合与意境营构是同步进行的,但是为了便于读者由浅入深,由易到难,循序渐进,循章得法,所以分列两篇,分而析之。

在《本体篇》《意象篇》及《意境篇》的系统的理论阐述与鉴赏实践的基础上,归纳出具有普遍实用性和具体操作性的"古典诗歌四步鉴赏法"附于书后,供读者借鉴。该篇虽非附录,却缀续于主体之后,姑且称之为"附篇"吧。

这部书的撰写,遵循着两个基本的原则。第一个基本原则,是理论与实践相结合。为了将鉴赏理论与鉴赏实践紧密地结合起来,作者广泛地吸纳了古今中外有关诗歌创作、诗歌鉴赏以及诗歌教学方面的理论成果,并以艺术辩证法为方法论,在中国古典诗歌的鉴赏实践、教学实践中,不断地加以提炼、整合,使之系统化,形成一整套自具面目的中国古典诗歌鉴赏理论体系。本书即把对这一诗歌鉴赏理论体系的系统阐释作为纵贯全书的理性主干,以之统辖诗歌鉴赏的实践,从而把中国古典诗歌的鉴赏从感性认识升华为理性认识。与对诗歌鉴赏理论的系统阐释同步,对具有典范性的作品作系列化、示范性的例析,将诗歌鉴赏理性化、系统化。即以系统化的诗歌鉴赏理论体系为工具,为纲领,用以指导和提挈中国古典诗歌的鉴赏实践。依据这一诗歌鉴赏理论体系,分梯次循序渐进,示范性地例析一系列具有典范性的古代诗歌。为了把鉴赏理论与鉴赏实践紧密地结合起来,本书采用理论阐述与范例精赏两个序列双线交织,分级分段,逐层延展的编纂体例。形象地讲,是金线贯珠似的结构形制。具体做法是:把鉴赏理论分解为若干专题,这一系列专题前后串联,自成体系,形成一条贯串全书

的金线。每一个专题,都专题专论,作简明扼要的理论阐释;每一个专题都横向展开,如串缀宝珠一般,串缀着一组范例精赏,以范例精赏对诗歌鉴赏理论作进一步的细化、深化和验证。理论阐释力求精练,力求能对鉴赏实践切实起到提挈作用,具有指导意义。理论阐释不作韩潮苏海式的旁征博引,但求引证精要,言之成理,持之有故。这个"故",既指有关典籍,更是指鉴赏实践。大部分理论阐释则系统地穿插在范例精赏中,或有机地融合在范例精赏中。每一个专题所统辖的每一篇范例精赏,都紧扣该专题的理论要点,从单一的审美视角切入,循序展开。一般不面面俱到,更不旁逸斜出。精赏之作品以典范性为选择标准,既选脍炙人口的名作,也选不太习见却在一定的层面或侧面具有典范性的作品,也偶或选用并不成功的作品作反面教材。精赏范例,以唐诗为主,偶或旁及其他。这主要是由于唐诗是中国古代诗歌的成熟期、鼎盛期的"优质产品",以之为例,往往更具有示范性,更利于举一反三。

第二个基本原则,是深入浅出,雅俗共赏。为了广泛适应不同层次的读者的口味,对每一个专题的阐释,既讲求理论的深刻性、科学性,也讲求阐释的通俗性、生动性,甚至讲求趣味性。每篇范例精赏,都分列注释、赏析两个项目。这样做是为方便程度较低的读者、特别是初学者拾级而上,步步递升。注释不求详备而求必备;尽力在广罗各家之注的基础上做出精选,一般不兼取歧解;注释文字力求通俗浅近;引注典故,则根据原文的长短深浅灵活处理,或摘录原文,或概述与译述并举,有时不妨注中夹注。赏析文字求精深,求精彩,求实用,以便有效地做出鉴赏示范,以求一诗一得——每鉴赏一首诗,都能引导读者在系统地掌握中国古典诗歌的鉴赏理论与鉴赏技能的道路上,脚踏实地地迈出一小步。

《诗苑觅踪——中国古典诗歌鉴赏》是在讲稿的基础上改编而成的,是教学改革的成果。退休前,作者长期在甘肃省陇南教育学院任教,所教课程为中国古代文学。陇南教育学院的体制相当于两年制师范专科学校,学制短,但教育指标、教学任务并未因此而有丝毫缩减。为追求高效速成,只好采取"集中兵力打歼灭战"的策略进行教学改革,自创教学体系。首先,是浓缩文学史的教学。由于学员大多原本就是教师,有一定的自学习惯和自学能力,因此对文学史只分阶段作提纲挈领、自学导读性的讲述,引领学员自学。节省大量的时间移用于古代文学作品的系统化、示范性鉴赏,以突出培养古代文学作品教学能力这一核心教学任务。其次,将主要精力投放于对中国古典诗歌的鉴赏中。因为在诗歌、散文、小说、戏剧四种文学体裁中,诗歌教学能力最难养成,诗歌教学往往成为语文教学中最薄弱的环节之一。由于相当一部分语文教师不知诗为何物,更不具备基本的诗歌教学能力,只能根据课本注释和教学参考书来解词释句,并教条式地归纳其思想内容和写作特点。这样的诗歌赏析,往往把学生通过反复诵读也能隐隐约约品到的诗味赏析得无影无踪。再次,以双线并行的形式构建中国古典诗歌教学体系。以诗歌发展史为外在线索串联整个诗歌教学过程,而以中国古典诗论的理论系统(主要是鉴赏论)为内在脉络纵贯并主宰诗歌教学的始终。这一教学体系,便于将中国古典诗歌的鉴赏理论同鉴赏实践有机地结合起来,从而快速高效地养成中国古典诗歌的鉴赏能力,亦即中国古典诗歌的教学能力。作者经十数年的不断探索,不断修正,不断改进,撰写出自成体系、自具面目的讲稿。退休后,又全神贯注,历时八年,把讲稿升华为书稿,于是有了《诗苑觅踪——中国古典诗歌鉴赏》这部书。这部书"四不像":具有教科书的性质,但不全像教科书;具有工具书的性质,但不全像工具书;具有鉴赏辞典的性质,却不纯是鉴赏辞典;具有理论著述的性质,更不纯是理论著述。为了给语文教师,特别是那些在办学条件较差的地区从教的语文教师提供一部体例虽不伦却是急需而又适用的教科书、工具书,不揣鄙陋与愚妄将其付梓。初心虽为语文教师撰写这部书,但由于遵循鉴赏理论与鉴赏实践有机结合的撰写原则,并采用理论阐述与范例精赏双线交织的编纂体例,能导引读者去探索中国古代诗人的创作思路,踏着他们的遗踪,去畅游中国古代诗歌园苑,在畅游中培养和提升对中国古典诗歌的鉴赏力。因此,如果有中国古典诗歌的爱好者、初学者乐意把这部书当作诗歌鉴赏的理论著述和鉴赏辞典来阅读,更是我求之不得的心愿。

中国古典诗歌鉴赏

上 篇

本体篇

一、诗的内在特质

要有效地掌握诗歌鉴赏的技能技巧,首先得透彻了解诗为何物;要透彻了解诗为何物,关键的关键在于深刻地认知、精准地把握诗所必备的、所特有的本质属性,即诗的本体性的、内在的艺术素质、审美特质。自古以来,诗人与诗论家通常以诗意的有无与浓淡来评判诗的真伪与优劣。诗意,也叫诗味,即诗意所具备的能予人以美感的韵味。这诗意或诗味,指的就是诗的本体性的、内在的艺术素质、审美特质。那么,具备了什么样的诗意或诗味才算是真正的诗呢?一首真正的诗,必须具备诗情、意象、意境这三种相互关联、浑融无间的艺术素质。从美学的角度讲,一首真正的诗,必须具备诗情之美、意象之美、意境之美这三种韵味——三种本体性的审美特质。三味俱全才是真诗,缺其一味则不成其为诗;三味愈浓,诗则愈好。下面我们先来例析一首三味醇厚的真诗、好诗。

在狱咏蝉　骆宾王

西陆蝉声唱①，南冠客思侵②。
那堪玄鬓影③，来对白头吟④。
露重飞难进，风多响易沉⑤。
无人信高洁⑥，谁为表余心⑦?

[注释]

①西陆:指秋天。《隋书·天文志》:"日循黄道(所谓的太阳的运行轨道)东行……行西陆谓之秋。"这种说法并不科学。秋天,非因恒星太阳运行到行星地球的西边,而是地球运行到了太阳的东边。

②南冠:《左传·成公九年》载,春秋时,楚国官员钟仪被郑国所俘,押送到晋国,晋国国君视察时发现了他,就问:"南冠(戴着南方式样的帽子)而系(被捆缚)者谁也?"主管官员回答说:"郑人所献楚囚也。"后来就用"南冠"作为囚徒的代称。客思(sī):客居之思,滞留他乡而产生的思乡之情、漂泊之感。思,情思、意绪。侵:渐,越来越深。

③堪:能够忍受。玄鬓:崔豹《古今注》载,魏文帝的宫女莫琼树把发型梳得像蝉翼,称为蝉鬓。本以蝉翼比喻鬓发,这里反向设喻,借鬓发比喻蝉。玄,黑色。

④白头吟:《西京杂记》载,司马相如想娶妾,卓文君作《白头吟》以自绝:"凄凄重凄凄,嫁娶不须啼。愿得一心人,白头不相离。"此处化用典故,一语双关:既含有韶华流逝之叹,也含有秋扇见弃之怨。

⑤沉:沉没、消失。

⑥高洁:据说蝉栖于高树,只饮清露,有居高食洁的特点,所以常用来象征高洁。

⑦表:表白。

[赏析]

《在狱咏蝉》,就表现形式而言,是咏物诗;就其内涵而言,是抒情诗,一首狱中鸣冤的抒情诗。骆宾王在侍御史任上,屡次上书批评朝政,触犯了擅权的皇后武则天,被诬下狱。诗人一心匡救时弊,却蒙受不白之冤,于是写此咏物诗、抒情诗,以宣泄满腔孤愤。

"西陆蝉声唱,南冠客思侵。"秋天里,听到穷途末路的寒蝉凄切地哀鸣,我这个被囚禁的异乡人,思乡之情、漂泊之感更加深切。首联写闻蝉兴感,点题开篇:上句点"咏蝉",下句点"在狱";写"蝉声"逗起"客思",且前者"唱"则后者"侵",以因果联系将两个基本意象"蝉"与"客"紧紧地系结在一起。"那堪玄鬓影,来对白头吟。"这翅若黑发的秋蝉,偏偏对着我这个愁得白了头发的囚徒凄然长吟,又怎么能忍受得了呢!颔联承首联进一步托蝉起兴,写秋蝉的末路哀鸣激起的心理效应:秋蝉之鸣,是生命的尾音,是穷途末路者的哀号。因此,在同样穷途末路的诗人心中,引发强烈的共振共鸣,以致不忍再听下去。至此,"蝉"与"客"、物与我,更加紧密地结合在一起,并为由兴而比设渡搭桥。此联富含弦外之音:高吟的秋蝉翅若黑发,无告的囚徒鬓如秋霜,两相对照,反差强烈,韶华流逝的伤感、无处申雪的酸楚,由此而生,据此而显,委婉地表达了诗人对当权者有负自己一片忠爱之忱的冤屈感、愤懑情。"露重飞难进,风多响易沉。"秋天的露水太重了,蝉虽有双翅,却很难轻快地向前飞行;秋天的风太多了,蝉虽能长吟,但嘶哑无力的叫声很容易被风声淹没。诗人在哀怨凄楚的蝉声中听到了自己的心声,也在秋蝉身上进一步发现了自己。于是颈联一转,由闻蝉起情、因蝉兴感,转向以蝉自比、借蝉鸣冤。此联描写秋蝉穷途末路、羽弱声微的困境,实际上是借蝉设喻,曲折地表现自己清白蒙冤、孤危无助的遭遇。至此,"蝉"与"客"已从相结合进而相融合了。"无人信高洁,谁为表余心?"没有人相信我的品行高洁,更有谁来替我表白这忠贞的心迹呢?尾联是"客"用"蝉"的口吻在说话,表面上"客"成了"蝉"的代言人,是代蝉鸣冤;骨子里是"蝉"成了"客"的替身,是借蝉鸣冤。此时此境,"客"与"蝉"、我与物,合二而一,臻于不知何者为我、何者为物的所谓"物我两忘"境界,这正是诗人在营构意境时所追求的最高境界。

真诗、好诗必须是诗情美、意象美、意境美三种诗味齐备,且三味俱浓的。《在狱咏蝉》正是这样的真诗、好诗。这"真"与"好",充分地体现在这三味之中。

其一,这首咏物诗、抒情诗深有寄托,富于抒情性,具有诗情美。它是诗人身陷囹圄,闻蝉兴感而发出来的痛苦呼号和愤怒抗争。通篇以抒发世道艰险、高洁蒙冤的痛切感慨为指归。这种痛切的感慨不仅赢得了深切的同情,而且引起了广泛的共鸣;既感人肺腑,又陶冶情操。

其二,这首深有寄托的咏物诗、抒情诗,富于形象性,具有意象美。通篇妙用咏物诗惯用的双线交织的构思方式:一线是对秋蝉的特征、境况的描写,一线是对诗人的心境、处境的表现。在双线交织的构思过程中,有机地将主观情意的抒发与客体物象的刻画扭结在一起,交汇在一起,创造出两个基本的意象:一为"蝉",一为"客";一为审美客体,一为审美主体——诗人的自我意象。在主宾相谐,物我交融中,使抽象的情意具象化,从而以生动的意象抒发感人的诗情。

其三,在这首深有寄托的咏物诗、抒情诗中,抒情性与形象性高度统一,情与景相谐相融,虚实相生,营构为超妙的意境,富有耐人寻味、怡情悦性的意境美。就体裁而言,这是一首五言律诗,共有八句四联。前两联用兴的手法托蝉起情,即用触景生情,即景抒情的方式创造意境。后两联用比的手法借蝉鸣冤,即用托物寓意,咏物抒情的方式创造意境。比兴手法的妙用,将蒙冤入狱的诗人复杂微妙的心态与孤危无助的秋蝉艰难困苦的境况——心境与物境——融合为一,精心创造出高远幽邃的意境,令人玩味不已,叹赏不已。

总体而言,《在狱咏蝉》是一首颇具典范性的好诗,首先就是因为它具有诗所必备的、所特有的本体性内在特质。

(一) 诗有诗情美

富于抒情性,具有诗情美,是诗最根本的属性。这一最根本的属性,主要体现在诗的生成机制、表现对象、审美功效三个方面。

就生成机制而言,诗是情的产物,是情的外现。诗诞生于心物感应,情景相生的过程中:外在的景物(包括人和事),引发了诗人内在的情;激荡于心的情,借外在的景物加以表现,并形诸于语言,于是有诗。换一个角度讲,情是诗歌创作的内在动因,无情则无诗。总之,诗是有感而发,缘情而作。

就表现对象而言,诗以抒情为指归。情是诗的表现主体、核心内容;抒情,是诗的基本功能。诗无论写景状物,还是叙事写人,一切都是为了抒情。在诗的创作中,诗人总是调动一切艺术手段为抒情服务。无论意象组合、意境营构,还是种种表达方式、艺术技巧的运用,都得服从于并服务于情的生动表达与酣畅抒发。

就审美功效而言,诗以情动人。诗的美感作用是使人动情,以情激发读者的情感共鸣,并给人以美的享受。也就是说,是情的外射力、渗透力创造了诗的审美价值;以情感染人,感悟人,是诗之特长。正如苏轼所说:"诗从肺腑出,出则愁肺腑。"(《读孟郊诗》)真正的诗,首先必须具备这种赏心悦目、移人情性的诗情美。

总而言之,从诗的本源、功能和功效来看,情是诗的生命,抒情是诗的专长。从某种意义上讲,没有情就没有真正的艺术,这是任何一种文学体裁,包括叙事体的小说、戏剧、散文在内都不能例外的。但在各种文学体裁中,诗尤其富于抒情性,尤其富于诗情美。这是诗区别于其他文学体裁的最本质的属性。这是因为,诗人对客观世界的认识、反应和表现,总是情感化的,从认识、反应,到表现,总是诗情洋溢的。

诗情,诗所抒之情,不是单纯的喜、怒、哀、乐之类的情感、情绪,而是一种社会性的、有意识的、繁复多元的审美情感。它既与思想水乳交融,也与意象血肉相连;既含有感性因素,也蕴有理性成分。这是因为诗情的生成与抒发,既基于感觉、知觉等认识活动,也与联想、想象之类的形象思维密切关联,并有抽象思维(逻辑思维)的积极介入。当然,其中居于核心地位,起着主导作用的是情感、情绪;只有冷冰冰的思想,或只有不蕴含情感的形象,而无情感冲动或情绪波动,就没有诗。诗情,前人称之为情意、情思,今人称之为思想感情。诗情,是具有审美价值,或者说是具有美学意义的情感,即审美情感。而这审美价值则基于真、善、美的有机统一,这便是所谓诗情美。

由于诗富于抒情性,具有诗情美,因此,要品鉴诗之真味,鉴赏者必须激发自己的审美情感,以心去体验诗之情,感受诗之美。

1. 就本原、功能、功效例析诗的抒情性和诗情美

题都城南庄① 崔护

去年今日此门中，人面桃花相映红②。

人面不知何处去，桃花依旧笑春风。

[注释]

①都城：指唐代京城长安，即今陕西省西安市。

②人面：人的面容，这里借代一位姑娘。

[赏析]

孟棨《本事诗》记载了《题都城南庄》的本事："博陵崔护，资质甚美，而孤洁寡合。举进士下第。清明日，独游都城南。得居人庄，一亩之宫，而花木丛萃，寂若无人。叩门久之。有女子自门隙窥之，问曰：'谁耶？'以姓氏对，曰：'寻春独行，酒渴求饮。'女入，以杯水至，开门，设床命坐。独倚小桃斜柯伫立，而意属殊厚，妖姿媚态，绰有余妍。崔以言挑之，不对，目注者久之。崔辞去，送至门，如不胜情而入。崔亦眷盼而归。尔后，绝不复至。及来岁清明日，忽思之，情不可抑，径往寻之。门墙如故，而已锁扃之。崔因题诗于左扉曰：'去年今日此门中，人面桃花相映红。人面只今何处去，桃花依旧笑春风。'"改写成现代语，大意是：博陵书生崔护，天资聪慧，风度翩翩，洁身自好，不喜交游。赴京考试，没有中举。清明那一天，独自漫游京城南郊。碰上一座庄园，庭院有一亩大小，种满了树木花草，宁静幽雅，像无人居住一般。敲门敲了许久，才有一位姑娘从门缝中往外探看，问道："谁呀？"崔护告诉了自己的姓名、字号，并且说："独自春游，酒后口渴，想讨杯水喝。"姑娘进了里屋，用杯盛了水，开了门，还搬来坐榻请崔护坐着喝水。她自个儿靠在小桃树斜出的横枝上，久久伫立，脉脉含情，妩媚动人。崔护找话攀谈，她却一声不应，只是久久地审视着崔护。崔护告别离去时，她送到庄园门外，突然好像再也抑制不住感情似的，转身跑回屋里。崔护也恋恋不舍，怅然而归。此后，崔护再也没去过京城南郊。直到第二年清明节,崔护突然想起那位姑娘,思念之情汹涌而起,就径直跑去找她。那座庄园的垣墙门庭,一切依旧,但大门却紧紧锁着。于是他在左边门扇上题诗一首,即《题都城南庄》这首诗。

《本事诗》所载,其情节与细节难免有所虚构,但其本事——文艺作品所依据的故事原委,当属不虚。崔护生活在中唐后期,孟棨生活在晚唐前期,所处时代相去不远,所记此诗的本事(以下简称"本事"),至少是以有关传闻逸事为据,不会纯系空穴来风。退一步讲,即便整个故事情节都是虚构的,但也是从《题都城南庄》这首诗的意境中合情合理地衍生出来的。不论其虚构占有多大的比重,有一点是确定无疑的:其体裁当属唐传奇——唐人文言短篇小说,是一篇与《题都城南庄》血脉相通的叙事性文学作品。因此,可以将这两个文学作品参读、对读:以"本事"为参照系,品鉴此诗的诗意;对照"本事"的体裁特征,研赏并例析诗区别于其他文学体裁的体裁特征,即诗富于抒情性,具有诗情美这一本质属性。

"本事"无论以逸闻为据,还是据此诗生发,无疑都是以本事为本,是从生活事件的土壤中滋生出来的;而这首诗,却是挚情与痴情的产物。前二句追忆去年邂逅的难忘情景:"去年今日此门中,人面桃花相映红。"去年的今天,就在这座院门中,姑娘娇艳如花的脸庞,同灿然盛开的桃花交互辉映,红得妩媚,美得迷人。"去年今日"和"此门",点明去年邂逅的时间、地点,非常肯定,毫不含糊,可见这次不期而遇,印象的深刻,记忆的确切。同时,这里明点出"去年今日",则暗伏下"今年今日",后二句不再点示时间,读者亦可心领神会。"人面桃花",实写刻骨铭心的当时的眼前人物与景物。"相映红",则突现"人面"与"桃花"争妍斗艳,辗转相衬,交映生辉。这里不用"面如桃花"这种简单便捷、流于俗套的明喻手法,而是用"人面桃花"回环相映的拼接镜头去表现,有相得益彰之妙。"桃花"被"人面"辉映得更加嫣红,"人面"被"桃花"衬托得更加美丽,而"面如桃花"的比喻也暗含于其中。尤妙之处还在于,人物与景物浑融无间,全然分不清孰为人孰为花,透现出诗人当时已眼花缭乱,情摇意夺,而惊喜之情、羡慕之意,尽在不言中。后二句陈说今年不遇的满腹惆怅:"人面不知何处去,桃花依旧笑春风。"今年今日,还是这座院门,但门中已不见了那张妩媚动人的脸庞,只有这曾与之

交映生辉的桃花,依旧像去年今日一样,在和煦的春风中绽开了笑靥。只写人面已杳、桃花依旧,物是人非、世事无常的哀伤痛楚,不言而喻;诗人极度失望、无限迷惘的神情,亦了然在目。诗人何以如此失望与失落呢?因为"人面不知何处去",远比知道确切答案更令人揪心,更令人怅惘。"桃花依旧笑春风",移情于景,乐景衬哀,加倍有力地反跌出诗人的失望与失落。总之,去年今日的不期而遇,今年今日的重寻不遇,造成的巨大的情感落差,熬煎出了这首饱和着挚情与痴情的抒情小诗。显然,此诗以情为根。

这首诗不仅以情为根,由情滋生,而且以情为表现对象,以抒情为指归。诗中虽有一定的叙述性,有时间、地点的交代,有人物、场景的描写,但无故事性,更无情节性。原本实有的故事原委被虚化,被泛化了,浓缩并凝固成两个叠相映现的瞬间画面。通篇以"人面"与"桃花"这两个核心意象的隐显去留为契机,在叠映与对照中,集中地、含蓄地表现了诗人与美丽的姑娘失之交臂所激发出来的真情至性。初逢的惊喜、离别的眷恋、别后的憧憬、重访的期待、不遇的失落,种种纷纭繁复的情感与意绪,潜流于诗的意境之中。可以说,这首诗句句是情,字字是情。由于故事原委被虚化,被泛化了,被推到了实存而不必实指的背景位置,衍化成一组富于包孕性、象征性的艺术符号,于是,诗人那偶然性的、个别性的人生际遇与情感体验,则升华为一种具有普遍意义的,能引起广泛共鸣的人生体验与审美经验:人生旅途中,有些美好的人、事、物,可于无意中遇之,却不可刻意地求得;可觅得者,除了往事如烟的无限惆怅之外,还有那永远也抹不掉的美好记忆。"本事"则不然,它旨在把崔护创作《题都城南庄》这首诗所依据的故事原委告诉人们。也就是说,它以叙事为指归,有相对完整的故事情节,有场面的描写,甚至有细节的刻画。虽然其情节、场面与细节中也体现出震撼人心的挚情与痴情,但抒发情意并以情动人却不是作者创作"本事"的终极目标。

《题都城南庄》所抒的挚情与痴情,具有惊天地,泣鬼神的艺术魔力,这从孟棨的创作"本事"已得到初步的验证,孟棨正是深受这份挚情与痴情的感染才写此"本事"的。后来,《太平广记》为"本事"续了这样一个"大团圆"式的美满结局:崔护在门上题诗之后,过了几天,又鬼使神差般来到京城南郊,又去找那位姑娘。到了门外,听见里边有哭声,就敲开门打听。一位老人出来问道:"您莫不就是崔护吧?"崔护回答说:"是的。"老人痛哭流涕地说:"您害死了我的女儿啦!"崔护大惊失色,不知道该怎样答复他。老人说:"我的女儿刚刚成年,知书识礼,还没有婆家。从去年清明以来常常恍恍惚惚,好像丢了魂似的。前不久,她同我一道出门,回来一看,左边门扇上写得有字,仔细读完之后,进门就病倒了,不吃不喝,几天工夫就断气了。我老了,这孩子之所以不嫁出去,是打算找个靠得住的正人君子入赘,好为我养老送终。现在不幸夭折了,这正是您害死了她呀!"说完又放声大哭起来。崔护也禁不住痛心疾首,请求进屋哭祭姑娘。姑娘躺在床上,像活着的时候一样。崔护扶起姑娘的头,枕在自己的腿上,哭喊道:"我在这里呵!我在这里!"不一会,姑娘竟然睁开了眼睛。又过了半天,她就完全复苏了。老人喜出望外,便把姑娘许配给了崔护。这个美满的结局虽落入了"愿天下有情人终成眷属"的俗套,也框死了让人们自由自在地驰骋其审美联想与想象的域界,却生动地表明《题都城南庄》这首诗所抒的挚情与痴情有着巨大的艺术魔力。姑且不论后世有多少痴男怨女读此诗而顿足唏嘘,单说自元代至现代这"人面桃花"的韵事一再被改编成戏曲,元代有白朴、尚仲贤的《崔护谒浆》,明代有孟称舜的《桃花人面》,现代有欧阳予倩的《人面桃花》。这些改编者的乐此不疲,这些戏曲的久演不衰,更从另一个侧面证明:这首仅有短短四句的抒情小诗,其以情动人的艺术生命与艺术魅力,是不可估量的。

通过对《题都城南庄》的研赏与例析,我们可以清晰地洞察到一种带有本质性、普遍性的特征:抒情是诗的特性,也是诗的特长。就生成机制而言,诗是情的产物;就表现对象而言,情是诗的灵魂;就审美功效而言,抒情是诗的专长。也就是说,凡真诗、好诗,皆富于抒情性,皆具有诗情美。

2. 诗以抒情为指归

节妇吟[①]　张籍
君知妾有夫[②],赠妾双明珠[③]。
感君缠绵意[④],系在红罗襦[⑤]。

妾家高楼连苑起⑥,良人执戟明光里⑦。
知君用心如日月⑧,事夫誓拟同生死⑨。
还君明珠双泪垂,恨不相逢未嫁时。

[注释]

①节妇吟:张籍自创的新题乐府诗。节妇,坚守节操的妇女。
②君:对男子的敬称。妾:女子的谦称。
③明珠:俗称夜明珠,一种宝珠。
④缠绵意:深厚执着、爱恋不舍的情意。
⑤罗:质地稀疏的丝织品。襦(rú):短衣、短袄。
⑥连:连接。苑:畜养禽兽并种植林木的地方,多指帝王的花园或园林。
⑦良人:丈夫。执戟明光:指侍卫皇帝,这里有供职朝廷、身属中央的意思。戟,一种古代兵器。明光,汉代宫殿名。
⑧用心:动机、目的。如日月:光明磊落,这里指坦诚。
⑨誓拟:决心、打算。

[赏析]

诗无论写景状物,还是叙事写人,换言之,无论用何种题材、用何种表达方式,皆以抒发诗情为终极目标;诗中一切艺术手段的运用,都服从于并服务于诗情的生动表达与酣畅抒发。张籍的《节妇吟》是一个极富典型性的例证。这首新题乐府诗以"节妇"自叙的口吻叙述了一个贞洁自守、婉拒诱惑的动人故事,有很强的叙事性。但它绝非叙事性文学作品,而是一首寓托遥深、婉曲达意的抒情诗。

《节妇吟》有一实一虚、互为表里的双层结构。其表层叙事写人,写少妇自叙艰难拒惑的具体过程。这表层大体分为两部分。前四句为第一部分,写少妇受珠——接受对方诱惑。"君知妾有夫,赠妾双明珠。"您明明知道我是有丈夫的人,却还是送给我璀璨夺目的宝珠。"双明珠",一对夜明珠,是价值连城的馈赠品。明知"有夫"而赠"双明珠",突显对方感情付出之厚重、物质投入之珍贵,虽已逾越封建礼教之底线,却显得情真意挚,因而极具感染力与诱惑力。"感君缠绵意,系在红罗襦。"感念您深厚挚着、爱恋不舍的情意,我把宝珠系在朱红色的绫罗小袄上。这位"有夫"之妇,不仅认可与接受了插足的"第三者"的感情与馈赠,而且感念对方的深情厚谊,郑重其事地把宝珠系在贴身小袄上。如此心态、如此举动,为礼法所不容,与失节的"荡妇"仅差半步之遥,张籍何以誉之曰"节妇"呢?请看第二部分。后六句为第二部分,写少妇还珠——婉拒诱惑。"妾家高楼连苑起,良人执戟明光里。"我家的高楼大厦紧挨着皇家的园林,我的丈夫是明光宫里的执戟卫士。表白在夫家享尽荣华富贵,这只是少妇婉拒诱惑的表面原因,一种遁词而已。"知君用心如日月,事夫誓拟同生死。"尽管我知道您用心良苦、感情真挚、襟怀坦诚,可是我已海誓山盟决心服侍丈夫一辈子,与他同生共死。一纸婚姻的契约,彻底地、永远地褫夺了少妇爱的权利、爱的自由,这才是少妇婉拒诱惑的深层原因,是症结所在。由此可以窥见,女主人公面临着极其艰难的抉择、承受着非常沉重的心理负荷。"还君明珠双泪垂,恨不相逢未嫁时。"解下宝珠奉还给您,禁不住泪如雨下。实在遗憾!没有出嫁的时候怎么就没有遇上您这样的如意郎君呢!少妇终于以理胜情,垂泪还珠。虽然守住了节操的最后防线,却也泄露了深藏心底的秘密:对真挚爱情的向往,对现存婚姻的不满。显然她深陷于婚姻的困局。

  诗以"双明珠"为叙事线索,展开情节,有头有尾地叙述了节妇拒惑的感人故事。故事情节的基本环节,应有尽有。对方赠珠相惑,是情节的开端;少妇受珠珍藏,是情节的发展;随后,在受惑与拒惑相互冲突、情感与理智相互龃龉中,内心矛盾不断激化,促使情节不断发展,迅猛推向非此即彼、须作了断的高潮;最后倏然滑向抱憾还珠的结局。情节结构十分完整。整个叙事过程,不仅富于情节性,而且富于戏剧性。两个主要人物之间,一个倾情诱惑,一个艰难拒惑。一个不惜血本,志在必得;一个苦苦挣扎,战胜自我:矛盾冲突是尖锐激烈的。女主人公的内心矛盾同样是尖锐激烈的,她在接受与拒绝之间左摇右摆,最终虽违心拒惑,却在矛盾与痛苦中沉溺得更深。在矛盾冲突的不断发展中,在故事情节的循序延展中,诗人以毫无矫饰、极真纯、极细腻的笔墨,塑造了一个在情与理、爱情

与贞操水火不容时,做出极其违心的抉择的"节妇"形象。总而言之,《节妇吟》具有极强的叙事性。

但诗人写此诗绝非要与人闲聊他人的风流韵事,也绝非要为这位成功拒惑的"节妇"唱赞歌。题下原有注(亦可看作是副题):"寄东平李司空师道。"这个题注就泄露了天机:讲述故事是为了抒发情意,叙事写人只是一种艺术表达手段。因此,应该把这个题注当作解剖刀,剖开叙事性的表皮,去探究其抒情性的内质,去体悟其个中三昧。"李司空师道",即李师道,是中唐时期割据一方、炙手可热的藩将之一,官平卢淄青节度使、检校司空、同中书门下平章事(相当于副宰相)。"东平",即郓州,今山东省郓城县,平卢淄青节度使府所在地。李师道加"检校司空"衔,系唐宪宗元和十一年(816)事,三年后,其部将刘悟杀李师道,归顺朝廷。据此,《节妇吟》当作于元和十一年至十四年间,为婉拒李师道的延聘而作。

张籍是新乐府运动的先导之一,在中唐诗坛享有盛名,但仕途不畅,四十一岁步入官场,任太常寺太祝,官阶为正九品,屈居下僚,且升迁极缓慢。他的诗友白居易就曾一再为其抱不平,说他"为何欲五十,官小身贱贫"(《读张籍乐府》)、"独有咏诗张太祝,十年不改旧官衔"(《张十八》)。因此,地方割据势力的重金延聘,势必在陷于官场窘境中的诗人本不平静的心海里激起狂涛巨浪。诗人对李师道的拉拢、收买,不仅怦然心动,而且心存感激;但张籍毕竟是恪守儒学正统的忠贞之士,忠君爱国、关心国计民生,是其价值观的主轴。不过,对方的一片热忱,亦不便生硬拒绝;自家政治失意的隐衷,更不宜率直形诸于言。于是创造性地承袭屈原所开创的"以夫妇之情寓君臣之道"的比兴传统,妙用托物寓意的方式营构意境,以节妇拒惑的男女情事为托体,寄寓其政治情怀和政治操守,极含蓄、极委婉地回绝了李师道的政治诱惑。整首诗就是一个比喻、一种象征:没有爱情、只存礼法的婚姻关系,托讽不和谐、不如意的君臣关系,暗示其仕途窘况与无奈心态;"节妇"坚守个人贞操的具体过程,隐喻诗人坚守政治节操的心路历程。现身于意境中的两个角色——两个虚构的人物意象,皆为拟喻性意象:一为诱惑有夫之妇的"君",一为艰难拒惑的"节妇",前者借喻李师道,后者为诗人自比。这两个拟喻性意象,既有血有肉、个性鲜明,又切人切事,十分熨帖。李师道野心膨胀,与朝廷分庭抗礼,不择手段,网罗人才,这同第三者插足,明知"妾有夫"还"赠妾双明珠"有惊人的相似之处。少妇经受住了一场濒于失节的婚外恋的严峻考验,虽曾心旌摇荡、脚跟不稳,却"发乎情,止乎礼义",守住了贞操的最后防线,称之为"节妇"于情于理都说得过去。张籍尽管对现时政治际遇十分不满、心怀怨怅,但是面对李师道的百般笼络,在经历了立场动摇、违心抉择之后,最终还是站到了不计个人进退得失,而以社稷为重、大节为重的道德制高点,婉拒了地方割据势力的拉拢、收买,坚守住了誓死效忠朝廷的心防,名之曰"忠臣",亦当之无愧。借这样的节妇喻这样的忠臣,也是再妥帖不过的了。而通过叙述节妇拒惑守节的风流韵事暗表忠臣效忠守节的政治话题,则达于寓庄于谐、婉转抒情的极致。技巧之娴熟独到,令人称绝。

纵观《节妇吟》,诗中男女情事的叙述、人物意象的创造、超妙意境的营构、寓托和隐喻手法的运用,一切都是为了含蓄蕴藉、生动感人地抒写诗人那难以明言、不便直白的政治情怀、政治操守。诗中最能扣人心弦、最能怡情悦性者,不是那曲折有致的故事,而是诗人对复杂微妙的心曲的披露;诗中最能让人动容、最能让人动情者,不是那拒惑守节的"节妇",而是以人格美、情操美为内核的诗情美。总而言之一句话:诗以抒情为指归。

3. 抒情性和诗情美是诗特有的属性

早发白帝城^①　李白

朝辞白帝彩云间^②,千里江陵一日还^③。
两岸猿声啼不住, 轻舟已过万重山^④。

[注释]

①发:出发、启程。白帝城:本名鱼腹城,东汉初公孙述在此称帝,自号白帝,改名白帝城。故址在今重庆市奉节县白帝山上。

②彩云:这里指朝霞。

③千里：江陵与白帝城相距六百华里，古时传说相距一千二百华里。江陵：今湖北省江陵县。

④轻舟：轻快如飞的船。

[赏析]

诗是情的产物，情是诗的表现对象，以情动人是诗之专长。因此，富于抒情性，具有诗情美，成为诗区别于其他文学体裁（小说、戏剧、记叙性散文等）的最本质的属性和特征。立足于诗学的这一理论制高点研赏李白的《早发白帝城》，不仅会别有会心，别有情趣，更有助于对诗的最本质的属性与特征的透彻理解与深入把握。

首先来了解这首诗的写作背景，这有助于洞悉《早发白帝城》不是一则如实地记叙行踪、描写山水的览胜纪游文字，而是一首富于抒情性，具有诗情美的抒情诗。在安史之乱中，李白怀着挽大厦于将倾的救国壮志投入永王李璘麾下，却无意中被卷入了皇权之争的旋涡。李璘兵败而死，李白受到株连，被流放夜郎（今贵州桐梓一带）。李白沿长江逆流而上，于唐肃宗乾元二年（759）三月抵达夔州（即奉节）时，喜从天降，遇赦放还。于是诗人顺流而下，东返江陵。《早发白帝城》作于东返时。

前二句泛写飞舟下江陵的情景。首句"朝辞白帝彩云间"，突出白帝城之高，它高入彩云间；暗与下游江陵之低作高下悬殊对比。落笔即成高屋建瓴、飞流直下之势，为下面写顺水飞舟、一日千里张本。同时，通过渲染白帝城的壮美景色，暗透出遇赦而还的欢快情绪。次句"千里江陵一日还"，"千里"与"一日"，是以空间距离之遥与时间距离之短作悬殊的时空对比，突出船行之神速。当时，从夔州到江陵，最快也得两三日，所说"一日"而"千里"，系艺术夸张，是极度兴奋喜悦之中的想象之辞。借助于夸张，使时空对照的反差更大，对比度更显，从而形象而含蓄地以舟行之轻快暗传出情绪之欢快。后二句特写飞舟下江陵时的所见所闻："两岸猿声啼不住"，落墨于所闻；"轻舟已过万重山"，下笔于所见。这两句可颠倒读："轻舟"已飞越"万重山"，而"两岸猿声"尚不绝于耳。以猿声未逝垫衬万山早过,仍借巨大的时空反差,写足舟行之迅捷,突现情绪之欢快。

显然,《早发白帝城》是从诗人遇赦放还、绝处逢生的欢快之情中诞生的,它以痛快淋漓而又含蓄婉转地表现这种欢快之情为指归。全诗着笔的重点是舟行的轻快,而这舟行轻快只是情绪欢快的载体,或者说只是表现并传达这种欢快之情的媒介。而诗中最能感发人心、激人俊赏者,不是三峡的壮景和神速的行程,而是诗中这种如峡中湍流一泻千里般的欢快之情,是这种欢快之情的外射力、渗透力缔造了这首诗的审美价值。

下面我们来参读李白与《早发白帝城》关系至密的一诗一文。这有助于深入研赏《早发白帝城》,也有助于进一步明晰而深刻地体认诗富于抒情性,具有诗情美这一最根本的属性。

先看一首诗。李白遭贬,溯江而上时,写过一首《上三峡》,其诗如下:

巫山夹青天,巴水流若兹。

巴水忽可尽,青天无到时。

三朝上黄牛,三暮行太迟。

三朝又三暮,不觉鬓成丝。

黄牛,指黄牛山。黄牛山在今湖北省宜昌市西,山下滩险浪急,江流弯曲。古谣云:"朝发黄牛,暮宿黄牛,三朝三暮,黄牛如故。"是说在黄牛山下逆水行舟,由于江流纡曲湍急,所以船行三天三夜,黄牛山仍在视域之内。李白《上三峡》化用古歌谣之意,更融进了诗人流放夜郎时在三峡溯游而上的切身感受与主观情意。与《早发白帝城》围绕一个"快"字下笔不同,此诗极力渲染一个"迟"字。客观上,在三峡逆流而上确实比顺流而下要慢好几倍,但诗人感叹"巴水忽已尽,青天无到时",夸张"三朝又三暮,不觉鬓成丝",目的不在于强调"行太迟",而旨在突现他在贬谪途中情抑郁苦闷,以致在迟缓的行程中熬白了双鬓。通篇记的是行程,写的是山水,抒发的却是贬谪之情。《上三峡》与《早发白帝城》,同样雄辩地证明,真正的记游诗、山水诗,都是缘情而生、抒情为本的抒情诗。换言之,基于情的外化、物化而有记游诗、山水诗;诗中所记游程,所写山水,只是情的物质外壳。反之,若纯记游程,纯绘山水,而不融入主观情意,只能看作是用诗的形

式写成的旅游笔记,而非真正的记游诗、山水诗。据此,我们可以断言:情是诗之根本,无情则无诗。

再看郦道元《水经注》中一则关于三峡的注文:

自三峡七百里中,两岸连山,略无阙(缺)处。重岩叠嶂(峭壁),隐天蔽日,自非亭午夜分(正午或半夜),不见曦(日光)月。

至于夏水襄(漫上)陵,沿溯阻绝。或王命急宣,有时朝发白帝,暮到江陵,其间千二百里,虽乘奔(奔马)御风,不以疾也。

春冬之时,则素湍绿潭,绝巘(yǎn,山峦)多生怪柏,悬泉瀑布,飞漱其间,清荣峻茂,良多趣味。

每至晴初霜旦,林寒涧肃,常有高猿长啸,属(zhǔ,连续)引凄异,空谷传响,哀转久绝。故渔者歌曰:"巴东三峡巫峡长,猿鸣三声泪沾裳。"

这可以说是一篇览胜纪游的优美散文,即游记。这段文字摘引自盛弘之的《荆州记》而有所改动。原文虽非句句实录,但总体笔调是纪实性的、客观性的。其中尽管掺和着作者主观的感情与感受,但其基本表现对象则是客观存在的三峡四时景观,非以主观的感情与感受为表现对象。总之,它是原作者亲历三峡时积淀下来的具有客观性的实地印象的结晶。《早发白帝城》则不然,如前所述,它作于李白贬谪遇赦时,大约作于飞舟下江陵途中,甚至像杜甫《闻官军收河南河北》一样,系初闻喜讯的狂喜中的想象之辞,而非纪实性的行程笔录。它虽从《水经注》这段注文中有所取材,有所借鉴,但并非这段注文的浓缩与精炼,而是熔铸着自己遇赦而返绝处逢生的生活体验与情感体验。所以通篇虽集中笔墨描写舟行轻快,但这舟行轻快只是情绪欢快的投影。究其底里,全诗所要表现的,乃是喜从天降的欢快之情,而非舟行轻快本身。

4. 诗情的繁复内涵

春夜喜雨　　杜甫

好雨知时节①,当春乃发生②。
随风潜入夜③,润物细无声。

野径云俱黑④,江船火独明。

晓看红湿处, 花重锦官城⑤。

[注释]

①时节:春夏秋冬四时的节序。

②乃:就。发生:催发生机,促进万物萌发生长。

③潜:原意是暗藏,引申为隐蔽地、悄悄地。

④野径:田野的道路。俱:都。

⑤锦官城:成都的别称。成都旧有大城、少城,少城为古代主管织锦的官员所居,所以称为锦官城,后来泛称成都。

[赏析]

诗情,是诗最本质的属性,最基本的特质。诗情,诗所抒之情,是广义的,泛指思想感情,它不仅包括情感、情绪,也包含着与情感、情绪血肉相连的观念、理想、伦理和道理;它既以情感、情绪为基础,为核心,又超越于情感、情绪,是一种高级的、繁复的审美情感。下面,不妨通过研赏杜甫《春夜喜雨》,并侧重解读题上这个"喜"字的意蕴,来解析诗情的深湛而丰富的内涵。

《春夜喜雨》是一首绘形传神的写景诗、咏物诗,更是一首感物动情的抒情诗。诗人作诗,其主旨非在表现客体对象本身,而在于借表现客体以抒写主体对客体的态度和感受。这首诗的诗题简明扼要地标示出创作主旨:"春夜雨",是基本题材、描写重点,是所要表现的客体对象;"喜",才是基本的表达内容,是所要抒写的主体体验。因此,篇中虽全然不见一个"喜"字,也少有直抒喜情的语句,却句句扣着一个"喜"字循序着墨,通过对一场春夜好雨的描写,形象而又含蓄地抒发喜雨之情。

首联赞春雨及时,点题开篇:"好雨知时节,当春乃发生。"用"好雨"二字对"春夜雨"作总体赞评,并以此为全篇写景抒情的总纲。一个"好"字于赞美声中初见诗人的喜悦之情、喜爱之意。"知时节",具体表述春雨之"好",好就好在有

灵气,通人性,既有知,也有情。起笔便用拟人手法移情于景,把春雨人格化、情感化。下句"当春乃发生",进一步把"好雨知时节"具体化,不仅进一步写活了春雨,更把春雨当令就到,盼之即来,来即催发生机的及时雨品性写出来了。杜甫对时雨、久雨、不雨等自然现象都十分关切,因为这些都关系着国计民生。杜诗中有不少的篇章表达了这种关切,体现了这位爱国爱民的伟大诗人崇高的理智感、道德感。诗人喜好雨及时,赞好雨及时,这喜,这赞,既是一种基于对美好事物的感知而产生的情感、情绪的表露,也包含着这种关怀国计民生的理智感、道德感。只有有情有知的诗人,才能看出雨也有情有知,才能带着深厚的情、睿智的知,写出这有情有知的雨。开篇赞美"好雨知时节,当春乃发生",正是诗人主观的情与知的投射与移置,也是诗人主观的情与知的曲折表现。

"随风潜入夜,润物细无声。"颔联从听觉的角度描写春雨的形与神,写出春雨纤细绵密、轻柔湿润、无声无息的特征,突现这场及时好雨不仅有灵心慧性,还有气度,有风格,具有甘做奉献而无意张扬的高贵品质。诗人因"春夜雨"而"喜"的情感、情绪也洋溢于景物描写之中。此联仍用拟人手法,不仅表现了春雨的美好特征,写出了春雨的美好品格,也进一步折射出诗人的高尚人格。诗人笔下这有知觉、有感情、有理性、有品格的春雨,简直就是诗人的化身。这是由于诗人把自己的理想人格、博大胸襟移植到了春雨身上,使春雨意象在诗人理想人格、博大胸襟的外化、物化中得以升华。可以说,诗人是将自己的生命与灵魂熔铸到了春雨中。

颈联从视觉的角度写春夜好雨:"野径云俱黑,江船火独明。"上句以云黑写雨密。彤云密布,使田野小径都销蚀在漆黑的夜色中,预示一场滋润万物的即时好雨将酣畅淋漓地下个透彻,下个通宵。下句借一星渔火来与一片漆黑互为反衬:唯其有一星渔火,更显出天地混沌,漆黑一片;唯其一片漆黑,更显出一星渔火的灿然悦目。反衬手法的妙用,更加烘托出云浓雨密;而在漆黑的夜幕上点缀上一个耀眼的光点,既显示出宁静平和之美,也透露出欣慰喜悦之情。此联承上联的写听雨转写诗人看雨,虽没有直接下笔于雨(因为当时没法直接看到雨),却渲染出一幅细雨迷蒙、天地混沌的春郊夜雨图,突现雨意正浓的景象,进一步暗传出喜雨之情。诗人一再含蓄地表明喜雨,不仅因为这场好雨适时而至,不仅因为这场好雨润物无声,也是因为这场好雨润物彻底,要下就下它个透透彻彻,通宵达旦,而不是虚应光景,一下就停。

"晓看红湿处,花重锦官城。"尾联由实转虚,由当夜雨中美景展开联想,悬想明朝雨后美景,突显春雨化育之功。以"红""湿""重"三字精确、生动地表现雨后春花的特征,以"红"代花,以"湿"示雨,而"重"字使"湿"字从轻重感上得到形象的补充。在想象中,视觉与触觉双管齐下,表现雨后春花之美,回应首联的"知时节""乃发生",彰显春雨润物的丰硕成果:使"锦官城"中春意醇浓,春色醉人。这化实入虚的联想之笔,使"春夜雨"这一美好意象达于极致,使喜雨之情达于饱和,从而将全篇意境开拓得更高远,更深邃。

纵观这首五言律诗,全诗四联,每联都下笔于春夜好雨,通过对诗人赞雨、听雨、看雨、想雨的描写与表述,尽情抒发诗人的喜雨之情,使联联皆浸润着喜意:首联,喜好雨及时;颔联,喜春雨润物;颈联,喜雨意正浓;尾联,喜雨后春浓。这首写景咏物的抒情诗,若一言以蔽之,就是这个"喜"字。显然,诗人在"春夜雨"中发现了自己,并借"春夜雨"来表现了自己,这决定了题面"喜"字、诗中喜情的实质性内涵。它不仅包含着诗人通过感官感知了这场春夜好雨而引发的喜悦与欣慰之情感、情绪,它更是诗人关切国计民生,甘做忘我奉献的志趣、操守的发散与投射。此足以印证,诗情确是一种高级的、繁复的审美情感,它含蕴丰厚,精微宏深,是思想与情感的水乳交融,更是真、善、美的有机统一。这首写景咏物的抒情诗,既形神兼备地表现了一场春雨的美好特征与美好品性,也折射出诗人的崇高人格与博大胸襟,所抒喜雨之情之所以具有永不枯竭的艺术魅力,正是基于这真、善、美的有机统一。

(二) 诗有意象美

用具有审美意义的形象,集中地反映以人为中心的社会生活,表达特定的思想感情,是文学的基本特征。也就是说,形象性是文学的本体性属性。诗,作为文学的一个重要门类,也必然具有文学所共有的这种本体性属性。富于抒情性,

具有诗情美,是诗区别于其他文学体裁的最本质的属性。换言之,诗首先必须是抒情的。但诗的抒情必须是形象化的,必须化抽象为具象,用生动的形象来抒发感人的诗情。形象,传统诗论称为意象。意象,是诗人的情意与客体物象主客交感熔铸而成的艺术元件。由于它不是纯客观的物之象,而是寓意之象,表意之象——渗透着主观的情意,是用来表现主观情意的,所以传统诗论称之为意象,或与情这一基本的艺术元素相提并论而称之为"景"。

换一个层面看,诗的基本表达方式和手段不外乎写景与抒情。写景固然是形象化的,不赋形传神则无所谓写景;抒情同样要形象化,借助于描绘意象、创造意境以传情达意。诗并不一味排斥抽象地、直白地抒发情意;但是一味抽象地、直白地抒发情意,却不能成为真正的诗,更不能成为好诗。从语言的层面看,诗的语言大致分为两种类型:一类叫作情语——抒情的语句;一类叫作景语——写景的语句。景语必须是抒情的,好诗中绝不容许游离于抒情的"景语"的存在。所以王国维说:"一切景语皆情语也。"(《人间词话》)反之,情语也应尽可能是景语,即尽可能使情意具象化,借助于种种艺术手段,使抽象的情意化为生动具体、赏心悦目的意象,亦即所谓"不以虚为虚而以实为虚,化景物为情思"(范晞文《对床夜话》引《四虚序》)。

总而言之,诗必须富于抒情性,具有诗情美;但同时必须富于形象性,具有意象美。

1. 从内质的层面例析诗的形象性和意象美

秋浦歌(其十五)① 李白
白发三千丈, 缘愁似个长②。
不知明镜里③,何处得秋霜④。

[注释]

①秋浦歌:是李白在唐玄宗天宝后期漫游池州秋浦县(今安徽池州)时写的、由十七首短诗构成的组诗。这里选的是其中第十五首。

②缘:因为、由于。个:这样。
③明镜:借喻秋浦湖,一说借喻秋浦县境内的玉镜潭。
④得:聚来。

[赏析]

诗首先必须是抒情的,无情则无诗;诗的抒情又必须是形象的,基于形象思维,运用种种艺术技巧,使抽象的情意具象化——化为意象,借助于意象来形象地抒情,没有意象,同样也就没有诗。大诗人李白有不少抒写愁绪的优秀诗篇,《秋浦歌》(其十五)是其中最具代表性的一首。它之所以成为交口赞誉、千古传诵的真诗、好诗,除了因为它富于抒情性、具有诗情美之外,也由于它使无迹可求的忧愁化为了有形可睹、生动感人的意象。下面我们来研赏这首《秋浦歌》是如何化抽象为具象的,从而把握诗富于形象性、具有意象美这一本质属性。

李白有匡时之志,也有济世之才,但怀才不遇,壮志难酬,却又不肯退缩,不愿放弃。理想与现实的矛盾冲突愈演愈烈,使诗人忧愁郁结,如鲠在喉,于是借这首小诗倾吐出来。形象地抒发抽象的忧愁,是诗人之专长,且各有千秋。杜甫以山喻愁:"忧端齐终南,澒洞不可掇。"(《自京赴奉先县咏怀五百字》)忧愁的沉重感、压抑感,形同身受,撼人心魄。李煜以水喻愁:"问君能有几多愁?恰似一江春水向东流。"(《虞美人·春花秋月何时了》)忧愁之既深且广、悠悠无尽,历历在目。"试问闲愁都几许?一川烟草,满城风絮,梅子黄时雨。"在《青玉案·凌波不过横塘路》中,贺铸妙用博喻手法,把愁绪的茫无涯际、乱无头绪,把愁绪的凄凄迷迷、缠缠绵绵,表现得淋漓尽致,可触可摸。在这首《秋浦歌》中,李白又是怎样形象地畅抒忧愁的呢?这首抒情诗,通过对诗人照见白发而顾影自怜的审美心理流程的生动表现以抒写忧愁。通篇基于形象思维,妙用夸张、比拟、比喻等技巧,把抽象的愁绪化作一系列意象,并以因果联系为关系链,把这一系列意象组合成有机统一的整体,从而形象鲜明、痛快淋漓地抒发了满腹忧愁。

开篇劈空而起,以夸张的手法展现了辅意象——"白发三千丈"。"白发"居然长达"三千丈",这极度的夸张突现了诗人惊见白发时的心灵震撼,有一鸣惊

人的奇效。然后由果及因,倒挽出具象化的"愁"这一主意象——"缘愁似个长"。为什么白发会有这么长呢?是因为忧愁就有这么长。次句立足于前句的夸张,巧用拟物手法,连类而及,使抽象的愁绪仿佛有了可用目视、可以度量的形体,恍若"三千丈"长的"白发"一般赫然在目。头发变白,除了由于衰老之外,往往是因为忧愁,白发与愁本有因果联系。此处,"白发"与"愁"这两个意象,乘联想与想象之舟,用"缘"这一表现因果联系的关系链紧密地联系在一起,从而增强了化抽象为具象的艺术效果。

后二句中的"明镜"与"秋霜",同前二句中的"白发"与"愁",这两组意象之间也是以因果联系为关系链加以连缀的。"不知明镜里,何处得秋霜?"表面上诗人故作惊疑,含糊其辞:不知道那明净如镜的水中,从哪里聚得了这么些秋霜似的白发?骨子里却强化了两组意象之间的因果联系:暗示出这深长的愁绪,不仅仅损形伤神,使诗人"白发三千丈",而且这深长的愁绪还具有不可遏制、不可抗御的传染性,所以才感染了"明镜",使"明镜"也厚积上一层秋霜似的白发。这里,"秋霜"是一个拟喻性意象,借喻白发;"明镜"也是一个拟喻性意象,非实指明亮的镜子,而是借喻秋浦湖或玉镜潭。说"明镜"由于受到诗人满腹愁绪的传染,因此也白发丛生,是拟物为人。原本由于诗人临水照影,在水中发现了满头银丝,所以才寻根究底,从而引发满腹愁绪的宣泄。诗人刻意倒置其因果联系,加倍有力地突现了自己的愁肠百结,无由纾解,也使愁绪的抒发更加形象生动,饶有兴味。

读完这首《秋浦歌》,我们都会情不自禁地为诗人化抽象为具象的绝技拍案称奇。愁绪是那样的抽象,无形可睹,非尺可量,但倾泻于诗人的笔端却是如此之具体,如此之形象;杳无形迹的内心感受、内在情绪,竟然转化为了然在目、怡人情性的视觉意象与触觉意象,我们通过联想与想象便可感知其形状、长短、色彩和冷暖。其实,不唯这首《秋浦歌》,凡真诗、好诗,都是这样:用生动的意象抒发感人的诗情。

2. 从表达的层面例析诗的形象性和意象美

送杜少府之任蜀州① 王勃

城阙辅三秦②,风烟望五津③。

与君离别意④,同是宦游人⑤。

海内存知己⑥,天涯若比邻⑦。

无为在歧路⑧,儿女共沾巾⑨。

[注释]

①杜少府:王勃的友人,名字及生平不详。少府,官名,唐代对县尉的别称。之任:赴任。蜀州:郡名,今四川省西部岷江一带,这里泛指蜀地。

②城阙:城郭和宫殿,借代京城长安(今陕西西安)。阙,皇宫门前两侧的楼观,也叫望楼,这里借代皇宫。辅三秦:辅于三秦,被三秦拱卫。三秦,指长安附近的秦国旧地,即现在陕西省关中地区。项羽灭秦后把这一地区分封给秦朝的三个降将,合称三秦。辅,护持、拱卫。

③风烟:风尘烟霞,指自然风光。五津:指蜀中岷江上的五个著名渡口,这里借代蜀地。津,渡口。

④意:意绪、情意。

⑤宦游:为做官而离乡远游。

⑥海内:四海之内,即国内。古人认为中国四周都是海洋,所以称国境以内为海内。存:存问、挂念。

⑦天涯:天边,指极远的地方。比邻:近邻,古代五家相连为比、为邻。

⑧无:同"毋",不要。歧路:岔路。古人送别常送到大路分岔的地方分手,所以临别也叫临歧。

⑨儿女:青年男女,这里用作状语,即像一般青年男女那样。共:一起。沾:浸湿。巾:佩巾。

[赏析]

《送杜少府之任蜀州》是一首抒写离情以表现友情的抒情诗。王勃与"杜少府"同样为做官而离乡背井,客居京城,又都不甚得志,相同的境遇使他们成为心心相印、情谊深笃的知己。而今这位朋友"之任蜀州",去遥远的外地担任官卑职微的县尉,客中送客——背井离乡中送背井离乡之人,于是深深的友情变成了浓浓的离情。然而作为"初唐四杰"之一的王勃,此时才二十岁左右,年少多才,血气方刚,且正值初唐这个如日东升、可以大有作为的年代,又在繁华的京都长安、恢宏的三秦大地这样壮美的环境中送别。总之,朝气蓬勃的诗人,于蒸蒸日上的时代,在大气磅礴的地方饯行送别,因此惜别而不伤别,反倒豪情激荡。这激荡于胸臆的豪情,最终外化为这首尽扫哀婉凄切的传统老调,而代之以昂扬奋发的进取精神的赠别诗。下面我们从表达的层面,从形象性,即意象美这一单一的审美视角切入这首诗的鉴赏,以进一步把握诗的另一个根本性的属性:形象性,亦即意象美。

一般地讲,诗的基本表达方式不外乎写景与抒情。写景固然是形象化的,抒情同样要形象化,要借助于生动具体、赏心悦目的意象来传情达意。王勃的这首赠别诗就体裁而言是五言律诗,它以首联写景,而以后三联抒情。无论写景与抒情,都是借贻人以美感的意象来表达沁人心脾的情意,全诗有很强的形象性,富于意象美。

首联暗扣诗题写景,点示送别之地,交代"之任"之所,暗叙送别之事。"城阙辅三秦,风烟望五津。"我们分别,在这城阙壮伟、三秦拱卫的京都长安;展望前程,只见那巴山蜀水,风尘烟霞迷迷蒙蒙,莽莽苍苍。上句实写眼前景,下句虚拟意中景。实景与虚景,皆以景涵情。因为所写之景正扣住"杜少府之任"的两端:一端为别后诗人之所在,一端为别后友人之所往。写此两端之景,依依惜别的深情,融于景中;此地一别,两地相思之意,见于言外。而想象中友人"之任"之所景象迷茫,又隐隐折射出远行者与送行者心境的凄迷与失落。但从格调上看,首联所写之景,境界雄浑,气势壮伟,写此壮景,为后三联的畅抒豪情作了有力的铺垫与烘托。

后三联写诗人与友人话别。话别也是一种抒情的方式,但诗人并未抽象地抒情,而是化抽象为具象,借生动的意象抒发感人的诗情。

颔联倾诉别时感受以相抚慰。"与君离别意,同是宦游人。"分别之际,心情是相同的,感情是相通的,因为我们同是为了一官半职而漂泊异乡的游子。以"宦游人"这一典型意象将"离别意"具体化、具象化,表明此时此境这种"离别意",是"宦游人"所共有的,也是"宦游人"所特有的。生活经验告诉我们,宽慰对方,最有效的办法,是设身处地,将心比心,就是将自己的处境与心境"挪移"到与对方的处境与心境同等的位置。诗人此刻强调"同是宦游人",正是设身处地,将心比心。其实诗人与友人本有诸多不同:一为远行者,一为送行者;更何况古人素来重京职(在京城做官),轻外任(在外地做官),而此时诗人任京职,友人却放外任。诗人特意回避其异而凸显其同,既含蓄地表达了官场失意、客中送客、同病相怜,因而离情倍增之意,又表明双方是境遇相同、心心相印的"知己",为颈联以知己的身份相劝慰蓄势。

颈联设想别后深情以相劝勉。"海内存知己,天涯若比邻。"本联从曹植《赠白马王彪》"丈夫志四海,万里犹比邻。恩爱苟不亏,在远分日亲"几句化出,辩证以言理,议论以抒情。深刻而生动地表明,真挚的友情是不受空间与时间的制约的,知心朋友之间,只要你心里有我,我心里有你,永远相互挂念,时时互致问候,即便远隔天涯,也如同左邻右舍般亲近,即便是天长地久的阔别,也如同暂时分手。劝勉之语既饱和着感人肺腑的挚情,又蕴含着激人奋进的哲理。既富于情趣,又富于理趣,更富于意象美。本联虽以议论的方式抒情,却巧妙地把逻辑思维与形象思维有机地结合起来,用比喻、夸张、映衬等艺术手段,使议论具象化。从逻辑的角度看,上、下句构成一个假言判断:假如有"海内存知己"这个前提条件,便有"天涯若比邻"这个理想结果。从表达看,本联是以生动具体的意象来表现抽象的情与理。上句远承首联,近承颔联,陡作转折,由现实时空转入未来时空,用"海内"这一意象将广阔悠远的未来时空具体化、具象化,并极大限度地拉开了"知己"之间的时空距离,为下句张本。下句以"若"这一假设性关系链,联系着"天涯"和"比邻"这两个具有极端性的意象。一端极言时空距离之大(各

在天一涯,且再会难期),一端极言感情距离之小(人虽远离久别,心却贴着心),都是极度夸张的产物。"天涯"与"比邻",这极远的与极近的距离,构成强烈对比,造成巨大反差,更把无迹可求的情意化为有形可睹的意象。

尾联以叮嘱潇洒分手相激励。"无为在歧路,儿女共沾巾。"千万别在分手的岔路口,像一般青年男女那样,缠缠绵绵,哭哭啼啼,让眼泪沾湿了佩巾。以不要临歧洒泪相叮嘱,正是由于双方心心相印、情深意笃、难分难舍,因而禁不住要临歧洒泪,所以才出此语共勉。语调是平静的,情绪却是激昂的;语意是旷达的,情感却是真挚的。临歧共勉是情语,诗人同样使之具象化,化情语为景语。"歧路"是送别分手的典型场景,可履可践,历历在目。若将"在歧路"改为"分手时",意思没变,却失之抽象。"儿女共沾巾"更是一幅可凭心目来观赏的生动画面,更能给人以亲历亲见的美感。

统观全诗,《送杜少府之任蜀州》,由于尽力避免抽象地表达思想感情,而是寄意于象、借景载情,用一系列关涉着离情与友情、饱和着离情与友情的意象,来抒发这种激动人心、振奋人心的离情与友情,因而富于形象性、富于意象美,这是此诗成为有口皆碑的真诗、好诗的诀窍所在。

(三) 诗有意境美

有情意,有意象,即有情也有景,但两者若未能借种种艺术手段相谐相融,有机化合,虚实相生,营构为意境,从而富有意境美,还不成其为真正的诗。真正的诗必须有意境,好诗必须意境高远,富有和谐超妙、韵味无穷的意境美。因此,古代诗人和诗论家特别注重意境的营构,并把意境的有无与高下作为诗的真伪与优劣的最高的、最终的鉴别标准。有意境便是真诗,意境高远便是好诗。赏诗,自然也应把神游意境作为关键性的步骤。那么,什么是意境呢?简而言之,意境是由心物交感、情景交融、虚实相生而精心创造出来的艺术情趣、艺术氛围。

下面,我们不妨援引正面与反面的例证,在对照中粗略了解什么是意境,初步体味什么是意境美,并初步了解意境和意境营构在诗歌中的关键性地位和作用。

1. 对比验证意境及意境营构在诗中的关键性地位和作用

新嫁娘词① 王建

三日入厨下②,洗手作羹汤③。

未谙姑食性④,先遣小姑尝⑤。

[注释]

①新嫁娘词:王建自创的新题乐府诗。新嫁娘,刚出嫁的女子,今称"新娘""新媳妇"。

②三日:指婚后第三日。古代风俗,婚后第三日新娘须下厨做菜肴,俗称"过三朝"。

③羹汤:用肉食、蔬菜烧制而成的汤,这里作为菜肴的通称。

④谙(ān):熟悉。姑:指婆母,丈夫的母亲。食性:口味,吃东西的爱好和习惯。

⑤遣:使、让。小姑:丈夫的妹妹。

[赏析]

王建自创的新题乐府诗《新嫁娘词》共三首,用白描手法顺时描述了婚嫁习俗。这里选读的是第三首。

为了在对照中初步了解意境及意境营构在诗中的关键性地位和作用,不妨先浏览其前二首。第一首:"邻家人未识,床上坐堆堆。郎来傍门户,满口索钱财。"描写迎娶新娘的热闹场面:连不相识的邻居也来了,同亲朋好友一起扎堆簇拥在新娘的床上,关门闭户,七嘴八舌一声迭一声地向门外前来娶亲的新郎索要喜钱。第二首:"锦幛两边横,遮掩侍娘行。遣郎铺簟席,相并拜亲情。"描写拜堂成亲的隆重礼仪:两旁张设用锦缎做的幛子,新娘在其间被搀扶着款移莲步;让新郎铺好竹席,新郎、新娘并肩向双亲叩拜行礼。

第三首描绘的是"过三朝"这一新婚习俗。"三日入厨下,洗手作羹汤。"婚后

第三天下到厨房，洗净了双手试做菜肴。诗人紧扣题上的"新"字下笔：人新、境新、事新——按沿袭已久的风俗入厨做菜，这是新娘进入新家的第三日必须做好的新功课，是新娘融入新家必须通过的数道"验收关"之一。也就是说，这是初为人妇的女子人生道路上的关键之举。在封建社会里，女子的地位本来就非常低下，若不能顺利通过"验收关"，日后被夫家打入十八层地狱也说不定。正因为如此，"作羹汤"这种区区小事也当如临大敌、如履薄冰，慎之又慎，认真对待。"洗手"，原本寻常，入厨做菜都须洗手，但在这特定的场合则有了不同寻常的意义。这里突出"洗手"这一细节，体现了新娘郑重其事的行事作风。俗语云："良好的开端是成功的一半。"看来机灵聪慧的新娘是深知其理的。"未谙姑食性，先遣小姑尝。"只因不熟悉婆母的口味，先让小姑过来品尝品尝。"姑"——婆母，是夫家的内当家，自然也就是新娘加盟新家必须通过的"验收关"的把关者。自古以来，所有伦理关系中最难处的是婆媳关系，所以说媳妇难当；由于人地生疏，新媳妇更难当。因此，能否给婆母留下良好的第一印象，成了新娘融入夫家的关键之关键。然而新娘初来乍到，自然"未谙姑食性"。形势十分严峻！知己不知彼，岂能稳操胜券？岂能顺利闯过"验收关"？但这难不倒这位睿智过人、精细入微的新娘，她自有良策。"小姑"是婆母最贴心的人，是最熟悉"姑食性"并与"姑食性"吻合度最高的人，新娘要精准把握"姑食性"，这位"小姑"便是最好的参谋，于是"先遣小姑尝"。

《新嫁娘词》（其三）是王建即事感兴写出来的一首小诗、好诗。诗人以生动逼真的行为描写、心理描写成功地塑造了精明、聪颖，甚至还有点狡黠的"新嫁娘"的形象，形神毕肖、楚楚可人。更为成功之处还在于，诗人看似不着力，却精心创造出情景相谐、韵味醇浓的意境来。联系前二首来解读这第三首，很难看出此诗有托物寓意的旨趣，然而不少的读者却从中读出了深寓着的远意：初出社会、初入官场，当托有经验的先行者做向导，当请尊长的贴心人当参谋。读者若联系自己的人生体验细品此诗，确实可以从诗人信笔挥洒、随意绘就的这幅民俗画中获致品读人生、茅塞顿开的审美愉悦，确实可以从这一件日常生活琐事中顿悟出人生哲理。这就是前人所谓"兴发于此而言归于彼"，是一种"作者之心未必然,读者之心未必不然"的艺术再创造。产生如此奇效,首先当归功于超妙谐美的意境的营构。

王建《新嫁娘词》中的这三首诗,前二首无人理睬,绝大多数读者竟不知其存在;盛传于世、倍受青睐者只是这第三首,历代有影响的唐诗选集无不将其收录其中,人们对其赞誉有加。同一位诗人在同一场合写出来的同一组作品,其待遇何以会如此炎凉殊异呢?症结在于诗味的有无。前二首抓住典型细节描绘嫁娶场面,倒也十分生动,有一定的形象性,字里行间也透溢出了欢乐喜庆的情绪,但是并无涵蕴丰厚的诗情的抒发,更乏诱人玩赏、回味无穷的意境美,几乎是三味全无。换言之,它们基本上不具备诗所必备的、所独有的内在特质。它们根本就不是诗,只不过是两则用貌似诗的形式写成的民俗实录。第三首则不然,诗人或许以己度人,参照自己初出社会或初入官场的生活体验、情感体验,揣摩和刻画"三日入厨下"的"新嫁娘"的心理和行为,而诗人的这种生活体验和情感体验又是许许多多的人所共历共有的,于是现实中实有的一件生活琐事在意境营构中被虚化、泛化为一个包孕着普遍意义的瞬间画面。总之,诗人有意无意地将自己初出茅庐的人生感悟与现场感受融合在一起,并同亲历亲见的嫁娶场景有机地化合为一,这情、这景,相融相谐,虚实相生,营构为承载着、包藏着丰富的情感信息和美感信息的特定情境与氛围。这种特定的情境与氛围便是意境。这意境引人浮想联翩,激起广泛的共鸣,读者往往挟带着自己的生活体验、情感体验,去再创意境,去神游意境,去深掘蕴藏于其中的诗意,去升华其意蕴与美感,于是纷纷从这首并未刻意寄托的风情小品中体悟出宏旨要义和深情逸韵来,从而赋予此诗以人见人爱的艺术品位,为其注入了历久不衰的生命活力。

2. 简释意境和意境营构

夜雨寄北① 　李商隐

君问归期未有期②,巴山夜雨涨秋池③。
何当共剪西窗烛④,却话巴山夜雨时⑤。

[注释]

①北:指在北方的人。

②君:指诗人的妻子王氏。未有期:没有定期,指归期不定。

③巴山:泛指今四川省东部及重庆市一带的山。池:池塘,一种小型水库。

④何当:当何,在哪一天。共:一同,这里是轮番的意思。剪烛:剪去燃焦的烛芯,使烛光更明亮。

⑤却话:追诉。却,回溯。

[赏析]

《夜雨寄北》是一首书信体的诗,是仕途困顿的李商隐远出做幕僚滞留巴渝地区时,以诗代简,给爱妻王氏的回函。

这是一首七绝。首句以问答方式,叙恩爱夫妻书来信往。"君问归期未有期",您问我回家的日期,可回家的日期哪有个准儿呵!"君问归期",是妻子捎信催问。这一问饱含妻子的离别之苦、盼归之意。"未有期",是诗人作答。无可奈何地答以归期未卜,这一答流露了诗人的羁旅之愁与思归之意。一问一答间暗示出两地相思,伉俪情深,为后二句抒写想象中的鸾凤和鸣蓄势。一句中"期"字两见,于前呼后应中酿造出归期渺茫的无限惆怅,为全诗设定了情感基调。次句一笔宕开,写眼前苦景,进一步为悬想鸾凤和鸣铺垫。"巴山夜雨涨秋池",此时此地,夜雨潇潇,雨帘笼罩巴山,秋水涨满池塘。此句描写典型环境,兼用融情入景、即景抒情和以景衬情之法,以眼前夜雨秋池之苦景,折射心中孤寂凄凉之苦情。巴渝地区多池塘,多秋夜雨。诗人抓住这富于地方特色和时令特征的景物着笔,点示地点、节候和时间,展示自己当前所处环境,以那混混沌沌的夜色、淅淅沥沥的雨声、淋淋漓漓的情状,着意营造和渲染萧索凄苦的情境与氛围。只写眼前景,无一字言情,而情浸润于景,景烘托着情,使人仿佛看到诗人那无穷的且无形的羁旅之愁、相思之意,正绵绵密密交织在夜雨中,正浩浩荡荡涨满于池塘里,更涨满了诗人的心田。在这幅以浓墨重彩绘就的巴山夜雨图中,愁思同雨丝浑融,心声共雨声和鸣,情与景、心境与物境,契合无间,难分彼此。

后二句笔锋陡转,用虚拟之笔造景抒情。"何当共剪西窗烛,却话巴山夜雨时。"什么时候我们才能欢聚一室,在西窗下,边剪烛花,边诉衷肠,再回头品味今夜在巴山下、秋雨中的苦苦相思和无限迷惘呢?此刻,诗人的神思逸出现实的苦境,设想将来夫妻团圆、忆苦思甜的情景。这是从归期渺茫的极度失望与"巴山夜雨时"的孤凄难耐中滋生出来的憧憬。本在现实苦境中,却虚拟未来之甜美;虚拟未来之甜美,却反刍实境中之凄苦。苦中思甜,更觉其苦;甜中忆苦,倍感其甜。这苦与甜,实实虚虚,虚虚实实,反复掺和,勾兑出来的已不知成何滋味!然而非如此则不足以表现此时此境诗人内心深处那实实在在的悲愁与虚无缥缈的欣喜相互杂糅,失望中混杂着希望、向往中拌和着惆怅的复杂情感。

李商隐这首抒写羁旅愁怀、伉俪深情的绝句,几无一字直抒胸臆,全用借景抒情之法:或融情入景,即景抒情;或据实构虚,造景抒情;或以景衬情,反复烘托。在诗的构思中,诗人的诗思如脱缰之马,自由自在地跨越时间与空间的栅栏:从"君问归期"的过去跨入"巴山夜雨"的现实,从"巴山夜雨"的现实驰向剪烛西窗的未来,又从剪烛西窗的未来回归"巴山夜雨"的现实,在巴山与故园之间往复驰骋。诗人并未铺陈其笔墨,只精取少许富于特征性、典型性的景物(意象)组合成三个画面。以"巴山夜雨涨秋池"的实景,折射异乡独处的凄凉苦涩;以"共剪西窗烛"的虚拟画面,表现夫妻夜话的温馨甜蜜;而夫妻夜话中呈现的"巴山夜雨时"的画面,则是悬想中痛定思痛的回味,是现实画面的回放,似虚中之实,实乃虚中之虚。真相与幻象,回环叠映,交互衬托。于是融于景中之情亦复沓交错,相生相发:滞留异乡的愁苦,激发了返乡团圆的憧憬;鸾凤和鸣的虚幻,反跌出羁愁旅思的难堪。其情其景,相谐相融,虚实相生,创造出萦回隽永、凄美动人的艺术情境,烘染出落寞凄迷的艺术氛围,这艺术情境与艺术氛围就是意境。这意境给人以美感享受,让人产生情感上的共振共鸣,让人玩味不已,让人回味无穷。意境超妙并富于意境美,正是《夜雨寄北》有口皆碑、历久弥新的诀窍所在。

二、诗的外部特征

诗,既然是文学——语言艺术的一个重要门类,自然是以具有文学性、审美性的文学语言为其物质外壳。诗的语言——诗所使用的文学语言,不仅仅是诗的本体性的内在特质,诸如诗情、意象、意境等的载体,不仅仅是诗的这些本体性的内在特质的外显表征和传达媒介,本身也像其他门类的文学样式所使用的文学语言一样,是一种承载着丰富的情感信息和美感信息的艺术符号系统。也就是说,诗的语言本身就是一种具有迷人的天生丽质与鲜活的艺术生命的审美对象。因此,这种艺术符号系统的美学特征,也就构成了诗的可视可闻、可感可悟的、本体性的外部特征。诗的这种本体性的外部特征主要有三:一、凝练之美,二、含蓄之美,三、音乐之美。

泊秦淮[①] 杜牧
烟笼寒水月笼沙[②],夜泊秦淮近酒家[③]。
商女不知亡国恨[④],隔江犹唱后庭花[⑤]。

[注释]

①泊：停船靠岸。秦淮：秦淮河，源出江苏省南京市溧水县东北，横贯南京市注入长江。

②笼：笼罩。沙：岸边沙滩。

③酒家：酒楼、酒馆。

④商女：歌女，以卖唱为生的女子。知：晓、懂得。

⑤江：指秦淮河。后庭花：乐曲名，是《玉树后庭花》的简称。

[赏析]

《泊秦淮》写诗人夜泊秦淮河的所见所闻所感，是一首抚景感时、借古鉴今的政治讽喻诗。

首句描写秦淮夜色。"烟笼寒水月笼沙"，句中"烟"与"月"互文见义，意思是烟与月既笼寒水亦笼沙。"烟笼寒水"与"月笼沙"为当句对，并在对仗中省略掉"沙"前一个"寒"字。此句若还原为散化句式，大意是：迷离的水雾、朦胧的月色，笼罩着凄寒的水面和凄寒的沙岸。"寒"，既暗示时值清秋，也是一种主观意绪的投射。而两个"笼"字叠用，更将"烟""水""月""沙"四种意象谐美地融合为一，营造出迷蒙中透着冷寂、清丽中微露忧伤的情境与氛围。这是诗人"泊秦淮"之所见，是对当前环境的真实写照，也隐隐折射出忧国伤时的诗人心境的悒郁与迷惘。"夜泊秦淮近酒家"，船只停泊在秦淮河边靠近酒家的地方。次句补叙一笔，回扣诗题，点出时间、地点，导引典型事件，在结构上起着枢纽作用，上承所见，下启所闻，以"酒家"自然地引出"商女"。

后二句写"泊秦淮"所闻。"商女不知亡国恨，隔江犹唱后庭花。"歌女不懂得亡国的痛苦，隔着江面依旧演唱着《玉树后庭花》以侑酒助兴。诗人夜泊秦淮河，所见景象已足以引人深思，令人伤感，而"酒家"又传出了"商女"的靡靡之音。此时此境，诗人情何以堪！《玉树后庭花》系南北朝时期陈朝后主陈叔宝所作。这位末代昏君，荒于声色，疏于朝政，成年累月同一群妃嫔宫娥、帮闲文人作歌谱曲，寻欢作乐，终至于招来亡国之祸。《玉树后庭花》中有"玉树后庭花，花开不复久"

这样的诗句,世人把它看作是亡国之兆,这支曲子也被后世当作亡国之音的代称。中晚唐诗人对此亡国之音是十分敏感的,刘禹锡就曾慨叹过:"千门万户成野草,只缘一曲后庭花。"(《台城》)它也同样刺激了杜牧那极其敏感的神经,于是以一曲《玉树后庭花》在六朝末世与晚唐颓世之间架通了联想的桥梁,把对历史的反思与对现实的反射紧密地连接在一起。"犹唱"二字更强化了这种古今联系,意思是说,亡国之曲,"不知亡国恨"的古人在唱,不知以史为鉴的今人还在唱。今人浑浑噩噩、醉生梦死之意,意在言外。"商女不知亡国恨,隔江犹唱后庭花"这一富于典型性的生活琐事,既散发出晚唐国势日衰、世风日下的腐朽气息,也影影绰绰闪现着六朝绮靡生活的鬼影,寓托深远。世人皆醉,诗人独醒,忧念时局,不能自已,于是触景伤怀之情便结晶为这首足以警世、足以醒世的千古绝唱。

《泊秦淮》通首着墨于夜泊秦淮河的所见所闻,而所感几成弦外之音。通过对所见所闻的描写,委婉曲折地抨击身处颓世却不知忧国的统治阶级,表达了诗人对国家命运的隐忧。诗情隽永、意象曼妙、意境高远,是一首三味俱全、三味俱浓的绝妙好诗。完美的内容总是和完美的形式有机地结合在一起的;真诗、好诗总是内含三味而外具三美的。《泊秦淮》是一个具有典范性的例子。它不仅三味俱全、三味俱浓,视其表,即从文学语言的层面审视,则三美毕现:富于凝练之美,富于含蓄之美,也富于音乐之美。

其一,它富于凝练之美。秦淮河横贯六朝故都金陵,两岸歌台舞榭林立,河上画舫云集,是灯红酒绿、纸醉金迷的金陵的缩影,是六朝繁华的遗踪。在这样的场所,歌女唱曲,狎客听歌,乃司空见惯的小事一桩。诗人却独具慧眼,从中发掘出典型意义来,巧妙地小题大做,从而以少总多,以小见大,借商女演唱《玉树后庭花》这一桩日常生活琐事,大发天下兴亡之慨,言简意赅而富于美感。言简意赅而富于美感,这就是凝练之美。

其二,它富于含蓄之美。全诗题旨深隐,意在言外,情溢诗外。后二句笔致尤为婉转蕴藉,是典型的曲笔。它曲在两处:一是用旁敲法指桑骂槐,表面上是责怪"商女"不懂亡国之恨而唱亡国之曲,实际上是鞭挞只知寻欢作乐醉生梦死而无亡国之忧的显贵豪富。二是用托讽法借古讽今,借南朝陈叔宝淫逸误国的历史教训,告诫逸豫忘忧的当朝统治者。不直言,不尽言,拐着弯说,说一半留一半,这就是含蓄;含蓄而予人以美感,即为含蓄之美。

其三,它富于音乐之美。这是一首七言绝句,属格律诗的范畴,尤具音乐性。整齐划一的句式、和谐匀称的顿逗、铿锵悦耳的韵脚、抑扬顿挫的声调,使这首诗节奏鲜明,音调谐美,具有音乐般的艺术素质和美学特征,读来琅琅上口,有不歌而歌之音乐感。

(一) 诗有凝练美

富于凝练美,言简意赅而富于美感,是诗最显著的本体性外部特征。文学作品要求集中地、概括地反映生活,表达情意;而诗则要求高度集中、高度概括地表现生活,抒发情意。凝练,正是这种艺术需求、审美需求在诗歌语言上的体现。于是,诗成为一种篇幅极短而意蕴极丰,能予人以充裕的美感享受的文学体裁。

凝练,就语言层面而言,是言简意赅,即以尽可能少的语言,涵纳尽可能多的内容,表达尽可能多的情意,也就是清代戏曲家李渔所谓"意则期多,字唯求少"(《闲情偶记》)。因此,睿智的诗人总是充分地、巧妙地利用和造就诗的语言的多义性、变异性与伸缩性,以最经济的笔墨包容最大的信息量,从而以有限表现无限。为求得诗的凝练之美,古代诗人十分注重以炼意为前提的炼字与炼句,殚精竭虑,字斟句酌,尽力把向内凝缩与向外延展辩证地统一起来。一方面,是语言的向内凝缩,力求无一字多余,无一字不妥;字字都有分量,而不可或缺,不可替代。一方面,是意蕴的向外延展,虽字精句简,篇幅凝缩,诗的内蕴却极大地丰富了,并在语言之外有了极大的时空延展性。因此,真诗、好诗,体积极小而容积极大,片言可以纳百意——以极其有限的语言和篇幅,包孕尽可能稠密的意蕴。

凝练,就表现手段而言,则要求进行典型概括。古代诗人进行典型概括的基本手法是以少总多,以小见大。少与小,是有限;多与大,是无限。真诗、好诗都应该是有限与无限的辩证统一,而以少总多,以小见大,则是达到这种辩证统一的

最佳途径。诗人的最大能耐,就在于能以少总多,以小见大,以有限的意象营构深远的意境,以有限的诗句蕴蓄无穷的诗味。

诗,言约意丰,富有凝练美。因此,读诗当举一反三,循少知多,思小得大。这样,方能领略诗的凝练之美,感悟诗的个中三昧。

1. 例析凝练美

蜀相① 杜甫

丞相祠堂何处寻②?锦官城外柏森森③。
映阶碧草自春色④,隔叶黄鹂空好音⑤。
三顾频烦天下计⑥,两朝开济老臣心⑦。
出师未捷身先死⑧,长使英雄泪满襟⑨。

[注释]

①蜀相:指三国时蜀汉丞相诸葛亮。东汉建安二十六年(221),刘备在蜀称帝,国号为汉(后世称蜀汉),以诸葛亮为丞相;后主刘禅即位,仍以诸葛亮为丞相。

②丞相祠堂:即武侯祠。诸葛亮受封为武乡侯,故祠称武侯祠,在今四川省成都市。

③锦官城:成都的别称。成都旧有大城、少城,少城是古代主管织锦的官员所住的地方,所以称为锦官城,后来代称成都。森森:高大茂盛的样子。

④阶:台阶。自:空自、白白地。下句的"空"字与此同义,避复换用。

⑤黄鹂(lí):黄莺。

⑥三顾:即三顾茅庐。诸葛亮隐居隆中(山名,在今湖北襄阳西)时,刘备曾三次登门拜访,共商天下大计。频烦:一再劳烦。天下计:天下大计,这里指统一天下的策略,即隆中对。

⑦两朝:指蜀汉先帝刘备、后主刘禅两朝。开济:开创基业,匡济艰危。济,渡河,引申指时局艰危时,扭转局面,渡过难关。

⑧出师句:诸葛亮曾多次率领军队伐魏,皆未成功。蜀汉建新十二年(234),诸葛亮最后一次率领军队伐魏,病逝于五丈原(今陕西眉县西南)军中。

⑨长:长久、永远。

[赏析]

　　文学作品反映生活,表现思想感情,必须进行艺术的集中概括,诗则要求有高度的集中性、概括性。诗是文学作品中一种体积极小而容量极大的奇特样式,往往几行诗便可横越千万里,纵贯千百年,便可囊括人的一生一世。长篇历史小说《三国演义》,其主体部分,可以说就是一部《诸葛亮传奇》,用数十万言集中概括地表现了诸葛亮的传奇人生。而杜甫《蜀相》一诗仅用了几行诗,便高度集中地总括了诸葛亮千古流芳的传奇人生,且字里行间蕴藏着丰富的寓意、深厚的情感,其语言的概括力及凝练美,令人称绝。

　　这是一首吊古感怀的七律。杜甫曾写过多首缅怀诸葛亮的诗,这是其中最有代表性的一首,大约作于唐肃宗上元元年(760)春天,诗人初到成都首次拜谒武侯祠之时。诗中描写了武侯祠的外观内景,追怀了诸葛亮的丰功伟绩,倾诉了诗人对这位贤臣名相的仰慕和悼惜之情,委婉地表达了自己怀才不遇、壮志难酬的苦衷。这首律诗大致均分为前后两半,前半写祠,后半写人。

　　前两联写拜谒武侯祠。"丞相祠堂何处寻?锦官城外柏森森。"诸葛丞相的祠堂,要到什么地方去寻访?就在成都郊外那参天古柏郁郁葱葱的地方。首联以一问一答的方式,自开自合,既点示武侯祠所处方位和环境特征,也写出诗人访古览胜的过程和心情,暗示诗人对诸葛亮倾慕之极,对武侯祠向往已久。上句着一"寻"字传神,状写出诗人情不可耐、专诚拜谒的心态;下句用"森森"描写祠外古柏的高大茂盛、气象不凡。而这古柏相传是诸葛亮亲手所植,是武侯祠的标志,也是诸葛亮功业和精神永垂不朽的象征。"柏森森"三字情景相生,言简意赅:既是对武侯祠外观的实描,展现了武侯祠的自然环境,渲染了庄严肃穆的气氛;也隐隐透出睹物思人、肃然起敬的情思。"映阶碧草自春色,隔叶黄鹂空好音。"映绿台阶的芳草空自展现着一派春色,藏在密叶间的黄莺徒劳地婉转歌

唱。颔联写祠内所见所闻，着墨虽不多，若从不同层面与侧面反复品鉴，却可悟出蕴藏于其中的多重意蕴。其一，写祠内景，下"自""空"二字，突显"碧草"与"黄鹂"对世事沧桑不管不顾，或逢春转绿，或自作佳音。先贤已逝而好景依然，徒增伤悼之情。此为乐景衬哀，以景之无情衬出人之多情，诗人的无限惆怅见于言外。其二，碧草映阶，非不悦目，但诗人无心欣赏，让它自呈春色；黄莺巧啭，非不悦耳，但诗人无心聆听，任其空作好音。因为此时此境，诗人的心完全沉浸在对诸葛亮的缅怀、悼惜之中了，所以一切好景佳音皆空自徒劳。其三，武侯祠内，虽春草碧绿，秀色可餐，春鸟啼鸣，佳音可赏，但吊者寥寥，显得十分冷清，足证诸葛亮身后萧条。因此，草自春色，鸟空好音，也暗传出诗人对时人（特别是当权者）漠视诸葛亮的功业与精神的无比惋惜与伤感。总之，此联是借描写祠内景象间接抒发对诸葛亮的景仰与伤悼之情，为后二联直接颂扬与悼惜诸葛亮作了充分的铺垫。

　　后二联缅怀诸葛亮。"三顾频烦天下计，两朝开济老臣心。"先帝刘备三顾茅庐，一再向诸葛亮讨教安邦定国的天下大计；诸葛丞相佐先帝开创了基业，嗣后又辅后主济危守成，体现了两朝元老的一片耿耿忠心。"出师未捷身先死，长使英雄泪满襟。"诸葛丞相多次率兵伐魏，可惜没来得及完成统一大业，却溘然长逝于军中，这永远使得后世英雄浩叹不已，泪湿衣衫。王文濡《唐诗评注读本》说："后四语将武侯自始至终，一身功业心事，概括都尽。非有如椽之笔，不能到此境界。"道出了后两联非凡的概括力。这两联夹叙夹议，以三句评述史实：一句总括君臣际遇的开端，一句总括创业守成的过程，一句总括竭诚尽忠的结局。三行诗便笼括了诸葛亮作为"蜀相"的功业和精神，是以少总多的"如椽之笔"，二十一字抵得上千言万语。尾句则形象地直抒悲慨，凭吊武侯祠的诗人为诸葛亮功业未竟而痛极垂泪的自我意象跃然纸上，不仅生动感人，且言简意赅，字字千钧。杜甫作《蜀相》时，安史之乱尚未平息，河山破碎，万方多难，正是应当为国为民效命之时，可惜诗人远不如诸葛亮幸运。诸葛亮虽功败垂成，毕竟还有一段君臣际遇、相与为用的佳话流芳百世；自己却徒有匡时济世的才志而未遇明主，不仅报国无缘，反倒颠沛流离。尾句这七个字，既是悼人，亦是自伤；既是对诸葛亮长逝于功业将成而未成之际的哀悼,也寄寓着诗人自己英雄失路、报国无门的感伤。以"长使"提挈此句,则将时间无限度地延伸到后世,突显出遗恨千秋之意。这里,"英雄"泛指一切有志于振兴国家民族而壮志未酬的仁人志士,当然也包括诗人自己。着此二字,则将伤悼之意作了横向的拓展,推己及人,广及同侪,因而更易激起广泛的共振共鸣。"泪满襟"三字更是言少意丰,因,这"满襟"之"泪"里,饱和着沉重而炽烈的忧国忧民之情。这"泪",是为河山破碎的国家而流,也是为灾难深重的人民而流;是为赍志而殁的先贤而流,也是为志高命蹇的自己而流。

《蜀相》以数言之少而总万形之多,意蕴丰厚,堪为凝练之圭臬。这首七律前二联侧重写景,后二联侧重怀人,无论写景与怀人都以极其有限的文字,涵纳了极其丰沛的生活内容与思想感情。写武侯祠的外观与内景,只精取森森古柏、"映阶碧草""隔叶黄鹂"这三样景物,就突显了环境特征、时令特征,营造出沉寂、肃穆的氛围,并以"寻""自""空"三字,将满腔倾慕、痛惜之情涵蕴于景中,传达于言外。追怀诸葛亮的功业与精神,笔力更可扛鼎。诸葛亮隆中对策、两朝开济、六出祁山、病逝军中,这风风雨雨、纵横捭阖的战斗生涯,这鞠躬尽瘁、死而后已的不朽人生,总揽在四句诗中;诸葛亮的雄才大略、高风亮节、遗恨隐衷,也体现在四句诗中;诗人吊古伤时、自叹身世的复杂情感、深沉感慨,也包含于四句诗中。我们能从短短的一首律诗中体味出这么丰富而深刻的意涵来,并获致惬意的美感享受,正是由于诗的语言具有高度集中的概括力,富于令人称奇的凝练美。

2. 语言的多义性与凝练

江南逢李龟年① 杜甫

岐王宅里寻常见②, 崔九堂前几度闻③。

正是江南好风景, 落花时节又逢君④。

[注释]

①江南:这里指江湘一带,即现在的湖南省,唐代属江南道。李龟年:开元、天宝时著名歌手,颇受唐玄宗优遇,后流落江南。

②岐王:唐睿宗第四子、玄宗之弟李范,封岐王,爱好文艺,喜结纳文士。寻常:本为长度单位,引申为平常、经常。

③崔九:崔涤,排行第九,玄宗宠臣,曾任秘书监。度:次。

④落花时节:暮春季节。

[赏析]

诗的语言言约意丰,富于凝练美,首先是基于词语的多义性。诗中词语往往一语多义,有字面义、内蕴义,还有言外义等多重意义。字面义,指显示于字面的本原义或长期沿用而结晶出来的各种引申义。内蕴义,指字面义所蕴含的拟喻义、象征义、借代义等含义。内蕴义较稳固地附着于字面义。言外义,指在特定的语境中,诗人临时赋予词语的,浸润着诗人的主观情感,体现着诗人的独特个性的意义,涵蕴的是诗人未曾言传而读者可以意会的情思。在一般语境,语义具有单一性、确定性,一个词语只传达一种意义。因此,措辞要力避产生歧义,切不可模棱两可。但作诗却要求能动地求得一语多义,使语义具有一定的模糊性、不确定性,并使明确性与模糊性、确定性与不确定性有机地统一起来,从而收到言简意赅、耐人寻味的艺术效果。由这种具有多义性的词语组成的诗句、创构的诗歌,往往涵纳了多重意蕴,所以诗的语言尤其富于凝练之美。正如袁行霈先生所言:"一首含义丰富的诗歌,好像一颗多面体的宝石,从不同的角度可以看到光的不同折射和色的不同组合。"(《中国古典诗歌的多义性》)下面,试以杜甫《江南逢李龟年》为例,解析和体味基于词语的多义性而生发并升华出来的诗的语言的凝练之美。

这是一首叙事抒怀、感昔伤今的七绝,叙述劫后余生、饱经忧患的诗人流落江南时,与故人李龟年的意外重逢。明叙其事而暗抒其情,家国兴亡、身世荣枯、离合悲欢,如此丰富而深厚的生活内容与思想感情的表达,全仰仗基于词语的多义性而富于凝练美的诗的语言。

时代的盛衰往往决定着个人的荣枯,而个人的荣枯又往往折射出时代的盛衰。因此,这首绝句更当紧密结合着时代背景来读。李龟年是盛唐时期著名的音乐家。缔造了盛唐盛世的唐玄宗也是一位酷爱音乐、精通音乐的音乐家,曾召集音乐世家子弟三百人,亲自教习,号为梨园子弟,李龟年是其中的佼佼者,深得唐玄宗的赏识。他出入宫廷,也常在王公大臣府第演唱,声名煊赫。不料"渔阳鼙鼓动地来",安史之乱骤起,李龟年逃难到江南,从此沦落。《明皇杂录》说他流落江南时,"为人歌数阕,座中闻之,莫不掩泣罢酒"。李龟年的个人遭遇,正是唐王朝盛极而衰的折光。杜甫少年时就与李龟年相识,曾多次欣赏过他的演唱。四十多年后,在潭州(今湖南长沙)重逢。此时杜甫年近六十(杜甫当年冬天辞世),已在穷愁潦倒、艰难苦恨中漂泊了将近十年,与"同是天涯沦落人"的故人重逢,面对苦难的现实、凄凉的晚境和曾经辉煌而今落魄的旧交,诗人百感交集,于是用极其凝练的笔墨写成了这首脍炙人口的绝句。

前二句思昔:"岐王宅里寻常见,崔九堂前几度闻。"追忆盛年盛世与李龟年的交往,再现李龟年盛年走红的盛况。当时正值开元盛世,且一个是红极两京(长安、洛阳)、誉满天下的歌手,一个是早露锋芒的少年诗人,因此两人的交游留下了终生珍藏的记忆。前二句所写,正是这珍藏着的记忆的复苏。句中"岐王"与"崔九",字面上特指李范、崔涤这两个特定的、具体的人,言外却泛指开元时期的王公重臣。与此相应,"岐王宅"与"崔九堂"兼有特指与泛指两重意思。无论特指与泛指,都表明诗人与李龟年昔日交游的场所不同寻常,是在显贵府第,那里是开元盛世文化名流雅集之处,堪称盛唐文明的渊薮。上句的"见"与下句的"闻",互文见义。互文见义,简称互文,是中国古代文学作品特有而又习用的修辞手法,常与对偶配套使用。所谓互文,指在对称的语言单位中,部分或全部相对应的词语参互省略、相互包蕴,从而参互成文、互补见义的一种修辞手法。例如此诗的前二句,这是一组运用了互文见义手法的对偶句。上句说"见",省略并蕴含下句的"闻"(是既见且闻);下句说"闻",省略并蕴含上句的"见"(是既闻且见)。也就是说,两者皆以对方为言外意。两者参合补足,实际意思是说:诗人屡

次在"岐王宅""崔九堂"这样的显贵府第,既会见了李龟年,也聆听到了他的演唱。用字节省了,意义却依然完备而丰富。"寻常"与"几度",同义反复,明写听歌之频、交往之密,暗示交情之笃、印象之深。两句对举对称,复沓咏叹,拉长了回味的时间,强调了诗人对永逝的昔日的追怀与眷顾。联系写作背景来解读,可洞知这两句虽是对昔日交游、个人荣显的回顾,但由于李龟年身份特别,故从一个特定的侧面折射出唐王朝极盛时期的繁荣昌盛,也流溢出诗人对逝去的盛年与盛世的深情怀念。

后二句转入抚今:"正是江南好风景,落花时节又逢君。"诗人由梦幻般的美好回忆跌回可悲可叹的现实,隐隐见出李龟年与诗人自己乱世沉沦的颓象。此二句尤富于凝练之美。字面只说重逢的地点、季节、风物,却暗传出宏深博大的社会内容与情感内涵。"江南好风景",以好地方、好风光暗作反衬。暗示江南风景依旧而时移世易:虽在佳境,却非盛世;难得重逢,却非盛年。乐景衬哀,已倍增其哀;再衬以"落花时节",更添哀愁无限。"落花时节"一语多义:其一,点明诗人与故人重逢,正值"流水落花春去也"的暮春季节,这是字面义。其二,暮春季节隐喻盛年流逝,青春不再,这是附着于字面的内蕴义。其三,诗人借这一习用语临时寓托了深远的象征意义:象征着唐王朝此时正处在风雨飘摇中;暗示了重逢时彼此命运的零落:"君"已非出入高门大第的音乐大师,而是流落江湖的白发艺人,自己则是身心交瘁、浪迹天涯的垂垂老者。这一层言外意深藏不露,兴寄全在有意无意间。尾句再下一"又"字,点明重逢,并系结昔与今、盛与衰,强化了今昔盛衰的叠映与对比。

综合观之,《江南逢李龟年》虽只是一首仅有二十八个字的七绝,但由于充分地、巧妙地利用了词语的多义性,从而获致言简意赅、富于凝练之美的最佳效果。使这首写乱世重逢、个人身世的小诗,成为唐王朝盛极而衰的缩影,将数十年的世事沧桑、人生巨变及人情聚散,浓缩在尺幅之中。不仅在有限中涵纳了无限,在简省的语言和短小的篇幅中包孕了丰富的意蕴,而且能充分调动读者的主观能动性,诱导他们多层面、多侧面地伸出其审美触角。

3. 语言的变异性与凝练

和晋陵陆丞早春游望① 杜审言

独有宦游人②，偏惊物候新③。

云霞出海曙④，梅柳渡江春。

淑气催黄鸟⑤，晴光转绿蘋⑥。

忽闻歌古调⑦，归思欲沾襟⑧。

[注释]

①和(hè)：依照别人诗词的题目、意蕴或韵脚而作诗填词叫和，有和诗或和词的原作则称为原唱。晋陵：唐代县名，今江苏省常州市。陆丞：姓陆的县丞，名字及生平不详。

②宦游：为做官而离乡远游。

③偏：特别。物候：动植物等随季节气候的变化而变化的周期性现象。新：更新。

④曙：天亮，这里指曙光。

⑤淑气：温暖的气息。黄鸟：黄莺。

⑥晴光：晴和的阳光。蘋：一种水草，俗名田字草。

⑦歌：吟诵，指作诗。古调：格调近于古人的、质朴而高雅的歌咏，指陆丞的原唱。

⑧归思(sì)：思归想家的意绪。襟：衣襟，衣服胸前的部分。

[赏析]

诗的语言具有变异性，不像散文、小说和其他文体的叙述性、阐述性或说明性语言那样恪守语法规则和注重表述的连贯性、逻辑性。诗人往往打破语法常规的桎梏，采用颠倒语序、省略成分、错位组词、活用词性等变异手段，变符合语法的常式句为不合语法的变式句，所以前人有"诗多变句"的定评。运用种种变

异手段,词语并未有所增添,往往还大幅度精简了,其表达效果、审美效应,却成倍地增加了。也就是说,这些变异手段的运用,使诗富于凝练美,语言更简洁,更精粹,而意涵更丰,诗味更足。同时,采用这些变异手段,除了强化其抒情表意的功能外,更有押韵合辙、优化其音乐美的功能。正由于诗的语言具有变异性,读诗者必须跨越的第一道门槛,就是在解读词语的基础上,按语法常规将变式句还原为常式句。只有这样,才谈得上准确地、深入地品鉴诗的语言中深蕴的情意。

  诗的语言的这种超越语法常规的变异性,在杜审言《和晋陵陆丞早春游望》中有典型的体现。这是一首诗味醇厚的和诗,诗人应和陆丞《早春游望》的原唱,通过对自己"早春游望"所感受到的物候变迁的描写,抒发宦游思乡的情怀。作为和诗,既要处处自相照应,又要时时与原唱相对应。从和诗的角度看,这首诗亦具有典范性。

  首联以情起,点题开篇。"独有宦游人,偏惊物候新。"唯独离乡宦游的人,对他乡的物候变迁特别敏感,尤其容易引发心灵的震颤。这是从"早春游望"的总体感触,也是从"宦游人"所共有的典型感受入题,领起和诗,应和原唱,自然而然地将诗人自己与原唱作者融入同样的情境与氛围之中。"物候新",暗扣题面"早春游望"四字,暗示和诗与原唱的题旨。"宦游人""偏惊物候新",大约正是陆丞原唱的题旨,同时也是这首和诗写景抒情之总纲。如此开篇,既为和诗与原唱之间诗与诗的应和,诗人与陆丞之间心与心的交流开掘出沟通的渠道,也为中间两联描绘自己眼中与心中的"早春游望"图勾画轮廓,渲染底色,并把读者导向一个富于典型性的精神世界。为了突现感受的典型性,以一"独"字强调感受的独特,以一"偏"字强调感受的强烈。可以说,好诗中无一字不包涵丰富的意蕴,不具有独到的表现力,开篇已见一斑。

  中间两联描绘"早春游望"图,具体表现"宦游人"对"物候新"的独特而敏锐的审美感受。颔联"云霞出海曙,梅柳渡江春",描写远景、大景。此联两句颇费解索,也颇耐玩味,历来赏者接踵,歧见纷呈。首要原因在于这是一组典型的变式句。诗人遣词造句创构此联,完全抛开了语法规则。首先,是颠倒了语序。在汉语中,语序是最重要的语法手段之一;而超越语法,颠倒语序,则是诗人最常用的手法之一。这两句主谓倒序,分别将主语"曙"与"春"倒置于句末。其次,这两句省掉了关键性的谓语"映"与"绽",其中"绽"活用为使动词。同语序的颠倒、成分的省略、词性的活用相伴而行的,是词语的错位组接与搭配,于是有"云霞出海""梅柳渡江"这样的怪异组合。若还原为常式句,这是两个连动式主谓句:"曙出海(映)云霞,春渡江(绽)梅柳"——曙光从海中照射出来,投映到浮云上,使之幻化为彩霞;春风渡过江去,使梅枝绽放花蕾,使柳丝吐露新芽。其中"云霞"句亦可还原为"曙(共)云霞出海"——曙光同彩霞一起从海里涌出。这两个变式句尤为精练传神,富于表现力,不仅体物细密,而且融情入景,暗逗"归思"。大陆的东边是海洋,所以让人感到曙光仿佛是从海中照射出来的,而刚出现的曙光,在照耀大地之前,先投射到浮云上,使之幻化为多姿多彩的朝霞,还往往造成曙光与朝霞一起从海中涌出的审美错觉,于是有"云霞出海曙"之句。古人认为春神是从东方起步的,所以春风也叫东风。"云霞"句不仅含糊其辞地再现了旭日东升时的直觉印象或错觉印象,也表现了想象中的春神起驾、云旗招展的情景。春天回归大地,也是自南而北的,所以有"春""渡江"而去的感觉;而春意最早显现在梅和柳上,是梅花绽放、柳芽新吐,通报了大地回春的讯息,故有"梅柳渡江春"之句。如此创构诗句,虽说首先是为了合于格律,但同时也强化了凝练之美。因为,这两句既生动地描绘了呈现于眼前的早春景色,也暗传出了"宦游人"的"归思"。尤其是"梅柳渡江春"一句,写的是眺望所见,也带有想象的成分。诗人由显现在远远近近的梅枝柳条上的春色,想象春神渡江,染红了梅,染绿了柳,使江南江北到处洋溢着勃勃生机,洋溢着浓浓春意,也会自然而然地联想到这春神姗姗而行前往中原的情景。而那里有诗人的故乡,有诗人的亲人。不说思归,思归之意已在言外。一个"渡"字下得极妙,既将两岸春色连成一气,也暗将诗人的诗思引渡到江北,引导回故乡。颈联转写眼前近景、小景。"淑气催黄鸟,晴光转绿蘋。"此联两句同样是变式句:语序有所颠倒,成分有所省略,词性有所活用。按语法规则还原,应为:"淑气催黄鸟(啼),晴光(使)蘋转绿"——春天的温煦气息催促着黄莺唱起了春歌,沐浴在晴和的晨光中的浮蘋渐渐转绿。就笔法而言,此联视听并举,上句写所闻,下句写所见,通过对风和日丽中的春鸟与

春草的描写,进一步渲染出弥天漫地的浓浓春意,写足了"物候"之"新"。以上两联是"偏惊物候新"的具体化、具象化:"梅柳""黄鸟""绿蘋"是"物";"云霞""曙""春""淑气""晴光"是"候";"出""渡""催""转"四个动词则把"物候"之"新"形象地、动态地展现出来。句句写景而句句含情,"偏惊"之意、"偏惊"之由、"偏惊"之果,皆见之于言外。

尾联以情结。"忽闻歌古调,归思欲沾襟。"由于格律之所限,也出于凝练之所需,诗人往往超越语法常规,大量省略句子成分,从而创构出变式句来。此联是一个典型的例子。若将此联还原为常式句,则为"(我)忽闻(陆丞)歌古调,(引发)归思欲(使泪下)沾襟"——忽然听到陆丞您格调古朴的歌咏,思乡之情油然而生,归心如焚,几乎使我潸然泪下,沾湿衣襟。尾联的抒情回应首联,并回扣题面"和晋陵陆丞"五字,赞美原唱,既点明题旨,也再申和意,表明篇中诗情,系"早春游望"时由"物候新"所引发,也是原唱——陆丞《早春游望》的"古调"所激起的共鸣。

诗人的任务是心造一座艺术殿堂,并引人入胜,至于如何游赏于艺术殿堂,那是读者自己的事。因此诗人只需用具有高度概括力、富于凝练美的笔墨点到为止。譬如此诗,对"宦游人"因物候变迁而引发的特殊的敏感与美感,自始至终只说其然,不说其所以然。读者须根据字面提供的信息,以及作者经历、写作背景,展开联想与想象,方能体味和感悟其所以然。对物候变迁的这种特殊的敏感与美感,首先源于诗人作为失意的"宦游人"的特定境遇。杜审言于武则天永昌元年(689)前后任职于江阴县,与陆丞是同郡邻县的僚友。这首和诗大约作于这一时期。诗人此时已宦游近二十年了,诗名甚高而官职颇低,且在远离京城、远离故乡的江南小县做小官,难免感到压抑、寂寞与失落,诗人正是带着这样的心情"游望"于"早春",去感受"物候新"的。物候变迁,展现了万象更新的美好景色,也象征着美好光阴的流逝,因此也容易触动"宦游人",特别是失意的"宦游人"敏感的神经。春光大好而功业未就,岁月蹉跎而壮志未酬,更何况江南与远在中原的故乡时令相同而物候有别,自然会引发万千感慨,引发诗兴。所以赏心悦目的江南早春风光("物候新"),未能使诗人乐不思蜀,反而激起"虽信美而非吾土兮,曾何足以少留"(王粲《登楼赋》)的喟叹和岁月如流、漂泊异乡的伤感。而陆丞的原唱《早春游望》,更起了催化剂的作用。于是这眼前的"物候"、陆丞的"古调",使诗人的宦游意与思乡情汇聚在一起,汩汩而出,不能自已,几乎泪下"沾襟"。如此丰富的诗意,诗人只提炼出四十个字来表现,并超越语法常规,完全按五言律诗的格律排列组合,便以最少的语言文字取得了最佳的表达效果。明代胡应麟在《诗薮》中说:"初唐五言律,'独有宦游人'(即此诗)第一。"美誉如此,一则是由于它格律工整,是五律的奠基作之一;一则正是由于它文简而意深,富于凝练之美。

4. 语言的伸缩性与凝练

虞美人·听雨① 蒋捷

少年听雨歌楼上,红烛昏罗帐②。
壮年听雨客舟中,江阔云低、断雁叫西风③。

而今听雨僧庐下④,鬓已星星也⑤。
悲欢离合总无情,一任阶前、点滴到天明⑥。

[注释]

①虞美人:词牌。

②昏:指烛光昏暗,这里用作使动词。

③断雁:离群的孤雁。

④僧庐:僧房、寺庙。

⑤星星:形容头发花白,白发星星点点。

⑥一任:完全听任。

[赏析]

诗的语言富于伸缩性:语言向内凝缩,力求简约;内涵向外拓展,力求丰厚。

这种伸缩性主要通过省略字句、调整语序、错位组接等变异手段来实现。这些变异手段的运用,强化了语言的弹性,扩大了语言的容积,使语意浓缩,意象密集,意境深邃,意蕴深广,并留下巨大的艺术空白,为读者拓展出可供自在地展开联想与想象的广阔空间,从而优化了诗的语言的内涵与美感,使之富于凝练之美。诗的语言的伸缩性,首先仰仗于字句的省略。字句的省略,造成语言结构的断裂和语意、意象、时空等内涵的跳跃。表面上,似乎前言不搭后语;骨子里,语断情续,潜流在具有断裂感与跳跃性的语言中的情感活动却是一气贯通的。借助于字句的省略,基于断裂与跳跃,使语言达于以一当百,以简化繁,以有限表现无限的最佳境界,是诗人之专长。诗的语言的省略与跳跃,出于凝练之所需,但归根结底,是以诗的抒情性这一最根本的属性为出发点。诗的表达宗旨,并不在于表现事物或过程本身,而是要抒写诗人对事物或过程的瞬间情感体验与审美感受。所以诗人总是大刀阔斧地砍削掉毫发毕现的琐细描写与按部就班的过程详述;而那些起交代作用的过渡性、联系性的陈述,往往被芟除殆尽。这是为了聚光似的将笔墨最大限度地集中于诗中那一个个诗情的闪光点,并让这些闪光点像灯塔导航一般,将读者导向冥冥中的诗国彼岸。

　　蒋捷的这首《虞美人》词正是通过省略与跳跃,以富于伸缩性的、高度凝练的诗化语言,把一个漫长的人生历程和心理流程浓缩进尺幅之间的。这是一首双调词,分上下阕,上阕感怀逝去的岁月,下阕概叹目前的境遇。通首以"听雨"这一生活琐事为线索,通过时空转换,今昔对比,跳跃式、嬗递式地把三幅断面画——三幅听雨图,组接在一起,生动而深刻地表现了人心随人生的由盛而衰到由欢而悲的嬗变轨迹。

　　"少年听雨歌楼上,红烛昏罗帐。"这是第一幅听雨图:时间段(年龄段),"少年";地点,"歌楼上";情景,"红烛昏罗帐"。"红烛""罗帐",加上隐去的"美人""美酒""弦歌"等等,使这幅听雨图的色调柔和、绮丽。在这样的场合听雨,显然是一件赏心乐事,储存下来的是甜蜜、温馨的回味,反映出来的是青少年时代全然不知愁滋味的浪漫与潇洒。虽然格调不高,却洋溢着青春活力与人生乐趣。从语法学的角度审视这两句:第一句虽省掉了主语,还算是一个大体完整的句子;

第二句之中及一、二句之间却有许许多多的省略。不过这些省略都无损于对其内涵的解读,反而强化了语言的伸缩性。

"壮年听雨客舟中,江阔云低、断雁叫西风。"这是第二幅听雨图:时间段,"壮年";地点,"客舟上";情景,"江阔云低、断雁叫西风"。画面上,空阔的江面、低垂的乌云、萧瑟的秋风、哀号的孤雁,构成了苍茫、肃杀的背景,营造出凄凉、衰飒的氛围。在这样的情境中置一条漂泊不定的客舟,表明诗人正离乡背井,浪迹天涯,或为前程而拼搏,或为生计而奔波,或为活命而逃亡。在这种场合听雨,早已不再是赏心乐事了。这雨声,加上涛声、风声、雁声,谱写出来的是一支以苍凉、凝重为主旋律的人生交响乐,只能给流浪在人生旅途上的游子平添无尽的哀愁与感喟。画面上的意象多有寓托,"断雁"尤其富于象征意义。不仅实指离群的孤雁,也影射着颠沛流离、孤独寂寞的诗人。这一深有寓托的意象,更为本已灰暗的画面增添了几分黯然的色调。这两句同样有许多省略,若补足基本的语法成分,其梗概是:"壮年(时),(我)听雨(于)客舟中,(面对着)江阔云低、断雁叫(于)西风(的景象)。"

"而今听雨僧庐下,鬓已星星也。悲欢离合总无情,一任阶前、点滴到天明。"下阕结合着抒情,推出了第三幅听雨图。没有明示时间段,却以"而今"点明是现在时,自然而然地由忆昔跳到抚今;再以"鬓已星星也"的特写,暗示人到暮年。业未竟、鬓已霜的失落感、伤痛情,已在言外。听雨场合的变迁更是触目惊心。"僧庐下",表明这位挣扎于风雨飘摇、大厦倾颓的南宋末世的诗人,而今已是遁入空门的人生倦客,只能无奈地寄身于寺庙中了。日月如梭,光阴似箭,由少而壮而老,诗人在忧患人生中经历了太多的离合悲欢,尝腻了人世间的甜酸苦辣,对一切都处之泰然了。因此,面对这点点滴滴的雨,心如止水,无动于衷。对这种情感体验,诗人不正面表达,反移情于物,怨雨太过无情,对人世间的离合悲欢不闻不问,始终自顾自地点点滴滴,淅淅沥沥。于是,对这太过无情的雨,诗人也漠然置之,"一任阶前、点滴到天明"。再不像"少年听雨"或"壮年听雨"那样,每一滴都能或轻柔或重浊地滴落在心海里,都能激起情感的涟漪或浪花。哀莫大于心死! 这貌似一种看破红尘、彻悟人生的旷达与超脱,究其实,是由于遭遇了

国破家亡的浩劫,承受过太多的深创剧痛,诗人的感觉与感情都变得麻木不仁了。万念俱灰,一切归于平静,一切化为乌有。显然,这旷达与超脱背后,深藏着巨大的、无告的痛苦。"点滴到天明",正表明诗人满怀忧伤,通宵未眠,彻夜听雨,远未真正超然于物,更未真正超然于心。从语言的层面看,这下阕同样有许许多多的省略与跳跃,细读可知。

　　整首词展示出来的是三个不同时段的人生阶段、不同空间的生活画面的大跨度跳接:从一个时间段迅疾地跳到另一个时间段,三大步跨越了整个人生;空间的跨度则更大,转瞬间千里万里;而场景的转换尤具突变性。画面与画面之间,几乎未作任何过渡性、联系性的榫接铆连。对每一个生活画面的描绘,措辞都极简约,省掉了许许多多的过程叙述、细节描写和场景渲染,只挂一漏万地撷取少许富于典型性、包孕性,也富于表现性或暗示性的场景和细节,集中地、醒目地突显出来。同时也略去了许许多多的情感的直接抒发,让情感饱蓄于、深藏于字里行间。这种省略与跳跃始终信守着一个基本的法则,即语断情续,似断实续。诗人虽有意"忽略"语言表述的连贯性、过程性,最大限度地削减掉面面俱到、森罗万象的铺陈与赘述,却全神贯注于诗情抒发的承续性、关联性,使潜在的情感活动以及与情感活动血肉相连的表象活动潜气内转,一脉相贯。在这方面,这首《虞美人》词堪为范例。全篇自始至终都紧扣着少年、壮年、老年这人生三个阶段中,在不同场合听雨的情景和在听雨中品出来的人生滋味下笔,并刻意突现三个阶段间的递降关系,从而以少总多,以小见大,借点点滴滴的生活琐事与情感体验,曲折地表现人生行藏、心路历程,并折射出时事的变迁。而诗人省掉的、跳过的,一般都是读者凭借经验与记忆,通过联想与想象便能填补出来、续接得上的字句;这种似断实续的片段式诗化语言,能诱导读者依据自己的生活体验、审美经验,通过联想与想象,去重现或再创诗人省掉的、跳过的东西。在这首《虞美人》中,诗人只是跳跃式地点虱了三个点,从而淡淡描出一条人生历程、心路流程的虚线,而那点虱出来的三个点,因富于典型性,因而富于包孕性和启发性,能诱导读者在心幕上据实构虚,连点成线,还原出一个实实在在、完完整整的人生历程、心路流程来。由此可见,语言的省略与跳跃所产生的语言伸缩性,所形成的艺术张力是巨大无比的:诗人借此能以"少少许胜多多许";读者借此能见少知多,循小思大,睹片言而明百意。在语言的省略与跳跃中,留下的艺术空白越大,诗也就越言简意赅,为读者留下的联想与想象的空间也就越大,语言也就越富于耐人玩味的凝练之美。

此外,这首词的凝练之美,也有赖于一语多义和字句的锤炼。"雨"是这首《虞美人》的关键词和"关联词",像一根红线纵贯全篇,有机地贯串起三幅断面画,贯串起人生三阶段。而这"雨"字多义:既实指自然界之雨,也隐喻人生风雨,还象征着时代风雨。这一语多义,使三幅断面画蕴含着丰沛无比的象征意义,强化了这首词以少总多、以小见大,借身世之哀传家国之痛的艺术效果。在词中,字句的锤炼与谋篇布局巧作配合:既以"少年""壮年""而今"(老年)标示出三幅听雨图顺时间之流每况愈下、递相衔接的脉络,而点明听雨的场所时,又辅以"上""中""下"三字,标示出人生三部曲等而下之、步步递降的阶梯式大趋向。这字句的锤炼与谋篇布局的配合默契,亦令人称绝。

5. 炼字与凝练

泊船瓜洲[①]　　王安石

京口瓜洲一水间[②],钟山只隔数重山[③]。
春风又绿江南岸[④],明月何时照我还[⑤]?

[注释]

①泊:停船靠岸。瓜洲:在今江苏省扬州市南,正当长江北岸运河入口处,是当时水陆运输的重镇。

②京口:即今江苏省镇江市,在长江南岸,与瓜洲隔江相对。间(jiàn):分隔。

③钟山:即紫金山,在今江苏省南京市。数重:几座。

④绿:使绿,动词。

⑤还:回家。

[赏析]

　　诗贵有凝练之美：言约意丰，韵味深长，耐人玩赏。要凝练，就得精于选择，勤于修改，力求使每一个字都有极强的艺术概括力与艺术表现力。因此，诗人尤其注重语言的锤炼，作诗总是字斟句酌。卢延让说"吟安一个字，捻断数茎须"（《苦吟》）；贾岛说"二句三年得，一吟双泪流"（《题诗后》）；皮日休也说"百炼为字，千炼成句"（南宋魏庆之《诗人玉屑》引）。虽然说得很夸张，却真切地道出了诗人炼字的严谨与艰辛。说到炼字，人们往往会即刻联想到王安石的《泊船瓜洲》。诗人对"绿"字的锤炼，传为千古佳话，《泊船瓜洲》也因此成为有口皆碑的名诗。

　　这首诗作于宋神宗熙宁八年（1075）二月，王安石第二次应召入朝为相之时。此时，这位备受攻击与挫折的改革家的内心是极为复杂，十分矛盾的。王安石第一次为相变法维新时，阻力极大，举步维艰，曾六次请辞，最后宋神宗才答应了他的请求，并让他回到他的第二故乡江宁（今江苏南京）任知府。不到一年，再次应召入朝，此时的王安石虽未完全放弃推行新政的宏图，却已收敛了锐意改革的锋芒。他志在退居故里却又不得不违心出山，明知新法难行却又不得不勉为其难，只得带着无奈的、茫然的意绪赴任。诗人离开江宁，路过京口，泊船瓜洲，怅然回望，触景感怀，写下了这首名诗。

　　首句"京口瓜洲一水间"，扣题点示行程：诗人从京口渡江，泊船瓜洲。"一水间"三字，看似寻常，却很有表现力，既描写出诗人在瓜洲回望时的所见，也传达出一种微妙的心理感受。字面上似乎表现舟行之速，瓜洲与京口只有一水之隔，顷刻可到，却隐隐流露出一过大江，自己与家山那种"盈盈一水间，脉脉不得语"的殊隔之感与怅然意绪，也为次句写回首家山预作铺垫。次句"钟山只隔数重山"，承首句写在瓜洲眺望家山，并进一步追述行程：始发于江宁，始发于故园。王安石原籍抚州临川（今江西抚州），幼年时随父移居江宁，随后其父母亦安葬于江宁；王安石第一次罢相后则寓居江宁钟山，因此诗人把江宁当作他的家乡，"钟山"则成了家园的表征。"只隔数重山"，字面上是说家乡近在咫尺，言外却蕴含着咫尺天涯的深沉感慨。因为，一旦离开"钟山"，渡过"一水"，颠簸于宦海中的航船何时才能重新驶回那风平浪静的港湾,这是难以预料的。"钟山只隔数重山",语调轻松平淡,而诗人对美好家园的依恋之情,对平静生活的向往之意,却显得浓浓的,甚至是沉甸甸的。以上两句形象地写出了瓜洲与京口、钟山三地之间的地理方位和诗人的心理距离,为后二句的写景抒怀张本。

第三句"春风又绿江南岸",渲染回望故园的所见所感,暗示复出为相时的时令与心情。此句为全篇精华,句中"绿"字尤见锤炼功夫。洪迈《容斋续笔》载:"吴中士人家藏其草(指《泊船瓜洲》的原稿)。初云'又到江南岸'。圈'到'字,注曰'不好'。改为'过',复圈去而改为'入'。旋改为'满'。凡如是十许字,始定为'绿'。"一字之炼,炼出无穷诗意,让人玩味不已。首先,诗人提炼出"绿"这一形容词,并活用为使动词,使其表意功能多样化:既生动地状写出春天那赏心悦目的基本色调,也传神地描摹出春回大地时绿染乾坤的过程;既予人以色彩感,亦予人以动感,强化了词语的形象感,美化了江南,更美化了诗的意境,有化静为动、化美为媚的奇效。其二,用"到""过""入""满"等字来写无形可睹的春风,都会显得比较空泛、抽象,很难突显春风的个性与魔力;下一"绿"字则形神兼备,既通过对春风的神奇功能的表现,将其转化为秀色可人、伸手可掬的视觉意象,也生动地表现了春风化育万物的盎然生机与诱人魅力。其三,一字之炼使全句皆活,优化了融情入景、借景抒情的艺术表现力。其实春风何尝未"绿"江北岸,只强调"又绿江南岸",既是实描回首故园时的所见,更集中笔墨暗传出对沐浴在春风中、融合在新绿里的故园的依恋不舍,并透露出绵绵不尽的归思。《楚辞·招隐士》:"王孙游兮不归,春草生兮萋萋。"王维《送别》:"春草明年绿,王孙归不归?"都是借春来草绿抒写归隐情思。王安石亦化用前人诗意暗寓归思。同时,这象征着春天与生命、寓托着无限希望的绿色,也隐隐折射出诗人因东山再起而激起的淡淡的喜悦,以及对再展雄风、功成身退的渺茫期待。这写景名句暗传出来的情感是忧喜参半而自相龃龉的,也是深藏不露而颇耐玩索的。这亦得益于"绿"字的锤炼。尾句"明月何时照我还",和盘托出深情眷恋故园、殷切期待回归平静生活的主旨。诗人久久地伫立着,痴痴地回望着隔山又隔水、可望而不可还的故园,不知不觉中,红日西沉,皓月初升,"钟山"和"江南岸"一起消失在朦

胧的月色中。但诗人兴犹未已,情不自禁,翘首问月:什么时候才能伴送我回到温馨宁静的故园呢?这是妙用传统手法,借象征着团圆与离别的明月以寄托归思。始发盼归,足见复出为相时,诗人的内心是何等的矛盾与复杂!

虽不能说诗人作诗,对每一个字都会千锤百炼,但从王安石作《泊船瓜洲》时对"绿"字的锤炼可以看到:为求得凝练之美,诗人遣词造句,总是精心推敲,反复琢磨,力求使每一个字,尤其是关键字,都富含无穷无尽的概括力与意想不到的表现力,都颇有分量而不可替代。

6. 概说典型概括与凝练

行宫① 元稹

寥落古行宫②,宫花寂寞红。
白头宫女在③,闲坐说玄宗。

[注释]

①行宫:皇帝出行时暂住的宫殿,建在京城之外。这里的行宫当指上阳宫,故址在今河南省洛阳市。

②寥落:空旷冷落。

③白头宫女:指上阳宫幸存的老宫女,她们是在唐玄宗天宝末年送到这里来的。白居易诗《上阳白发人》说她们"玄宗末岁初选入,入时十六今六十"。白头,白发。

[赏析]

作诗要做到言简意赅而富于美感,从而以有限的篇幅蕴蓄无穷的诗味,首先必须字斟句酌,力求以最简约、最精切的语言涵纳最丰富、最深刻的意蕴,但也往往要借助于以少总多、以小见大之类的典型概括手法。运用典型概括手法,把个别性与一般性、具体可感性与普遍概括性辩证地统一起来,就能以有限的意象营构深远的意境,表达无限的情意。元稹的《行宫》是一个颇具典范性的例子。这是一首篇幅极为短小、诗意极为丰腴的五言绝句。由于措辞极为精练,并妙用典型概括手法,所以只用少许文字与意象,便写尽时事巨变、身世巨变,并透出无穷的感慨,富于凝练之美。

全诗分三个层次运笔,以简练精切而内蕴丰厚的语言描写典型环境中的典型细节,从而以少总多,以小见大。

首句为第一层,用远景镜头展示行宫的全貌。"寥落古行宫","行宫"二字直扣诗题,展现典型环境。"寥落",是对环境氛围的写真。曾经富丽堂皇、繁华热闹的行宫,而今空旷冷落,一片死寂,足见其废置已久。再着一"古"字,进一步渲染气氛,传达出一种重浊的历史感。其实,诗人写此诗时,距安史之乱这个历史转捩点还不到半个世纪,还谈不上"古"。但由于目睹这座废弃于安史之乱的行宫,会让人痛切地感到:一切都遥不可及,一切都去而不返。也就是说,行宫的废置所体现出来的今昔盛衰的历史变迁太过剧烈了,难免让人产生巨大的历史距离感。因此,不用这个"古"字,便不足以表现诗人面对废宫所产生的恍若旷代隔世的心理距离。"古",显然已不是一个单纯的时间概念。

次句为第二个层次。"宫花寂寞红",视点聚焦于行宫一隅之近景,进一步突现典型环境,渲染凄寂氛围。"花"前饰以"宫"字,突现其特殊性,见出此非寻常之花,而是艳冠群芳的宫苑之花。"宫花"已"红",表明时值万物复苏、万象更新的春天。而这"宫花"虽"红"却显得"寂寞",可见当此"宫花"播香吐艳时,却无人问津,更见出这废宫再也不能随万物复苏而复苏,随万物更新而更新了!难怪诗人要在"行宫"之前冠以"古"字,状以"寥落"了。这里"宫花红"有多重衬托作用。其一,烘托前面所写的"寥落古行宫"。"宫花"年复一年地要"红",而"行宫"则年甚一年地"寥落"下去。自然景观与人文景观相互悖逆,相反相衬,暗含江山依旧而人事多变的言外之意。其二,对后面所写的"白头宫女"亦起着反衬作用。"宫花"年复一年地要"红","宫女"的"头"则年甚一年地"白"下去。红白相形,反差强烈,"年年岁岁花相似,岁岁年年人不同"的画外音隐约可闻。其三,"宫花"争妍斗艳的勃勃生机,暗衬出"宫女"形同死水的枯寂心境,暗传出"宫女"的满腹幽怨。

"白头宫女在,闲坐说玄宗。"这是第三个层次。以前面两个层次所展示的环

境、所渲染的氛围为背衬,描绘典型的人和事,从而完整地展现出一幅富于典型性、包孕性和启发性的断面画,画面中心正是典型环境中的一个典型细节。这两句看似轻描淡写,平平道来,但每一个字都极有分量。"宫女",点出人物的特殊身份,表明她们与行宫有着不同一般的、密不可分的联系。"白头",不仅显示"宫女"之外貌与高龄,更暗寓阅历深广之意。"白头宫女",表明她们是红颜薄命的悲剧角色,也是安史之乱这一空前浩劫和大唐王朝由盛而衰的时代悲剧的亲历者、见证者。这个"在"字更是一字千钧,涵纳了丰富的言外之意。强调"白头宫女在",意味着与"白头宫女"密切相关的人和事全都不复存在了。小而言之,她们的青春、她们的美貌、她们的憧憬,全都化为乌有了,幸存着的只是几个苍颜白发的活死人而已;大而言之,行宫昔日的繁盛与辉煌,主宰行宫与宫女命运的唐玄宗连同他所缔造的开元盛世,全都灰飞烟灭了。一句"白头宫女在",真不知浸透着几多个人的辛酸,几多时代的辛酸!不作悲怆语,似闻恸哭声,妙!"闲坐说玄宗",更是言约意丰,音在弦外。这"闲坐"的"闲",不是闲适,更不是闲逸,而是闲极无聊。所以,在废宫的花丛中闲坐闲聊,成为"白头宫女"唯一的日常消遣,甚至成为唯一的精神寄托。闲聊的话题,是"说玄宗"。"说玄宗"三字颇似一块极富弹性的跳板,笔端轻轻一点,诗思便跳跃了四五十年,由劫后余生的宫女们的古稀之年跳回豆蔻年华,由今日之衰跳往昔日之盛,由个人命运跳往时代悲剧。那么,"说玄宗"到底"说"了些什么呢?是"说"玄宗早年开创了大唐盛世后来又差点败掉了江山?是"说"玄宗在位时因杨贵妃专宠而将后宫佳丽三千人发配到行宫?是"说"玄宗将宫女们幽闭在行宫中,一闭就是四、五十年?是"说"玄宗在位时上阳行宫的繁盛与辉煌?……而这"说玄宗"又带着什么样的情绪?是美滋滋的回味,是满腹牢骚的宣泄,还是怒气冲天的抗争?只以"说玄宗"一言以蔽之,诗便戛然而止,留下了巨大的艺术空白,全任读者自己去品味,去联想,去填补,去拓展。当然,诗人也作了一定的暗示和引导:"白头宫女""说"的是开元、天宝年间的往事,那些与"玄宗"有关的宫闱盛事与琐事。

绝句用字极省亦极吝,真可谓惜墨如金,每用一个字都力求一以当百,一般忌用重字;此诗却连用三个"宫"字,并无重复之感,反增凝练之美。首先,叠用三个"宫"字,反复点题,一再强调这是一座"行宫",暗示皇帝曾经临幸过,因而曾经繁华过,煊赫过;而今,"行宫""寥落","宫花""寂寞","宫女""白头"。于是,今昔盛衰的鲜明对比闪现于字里行间,世事沧桑的弦外之音萦绕于耳际。其次,三个"宫"字叠用,将诗中所写的人、事、物,牢牢地拘囿于宫禁之中,营造出一个禁锢森严、与世隔绝的典型环境,烘托出一种单调、沉闷而悲凉的特殊氛围,强化了以景寓情、以景衬情的艺术效果。此外,连用三个"宫"字,复沓成韵,读来铿锵浏亮,强化了音乐美。可见诗中的每一个字,即便是重复使用的字,都是不可或缺、不可移易的,都具有巨大的艺术概括力和艺术表现力,诗也因此能以极小的容器储存无穷之味。

《行宫》用字极少,只有二十个字;意象亦极少,仅有"行宫""宫花""宫女"及"玄宗"这或实或虚四个意象,何以能营构出如此深邃的意境,酿造出如此隽永的诗味来呢? 从语言的层面看,如前所述,是由于措辞精练,概括力极强,故能以少胜多、言约意丰。若从技巧的层面看,是由于妙用典型概括的手法,以有限表现无限。这以有限表现无限,就量而言,是以少总多,即以有限的个别表现无限的一般,或以有限的局部表现无限的整体;就质而言,是以小见大,即以富于典型性、包孕性和启发性的"小景传大景之神"(王夫之《姜斋诗话》)。即如此诗,诗人仅以写意之笔勾画出废置的行宫中的一隅小景、一桩琐事:几个百无聊赖的白发宫女,在宫苑的花丛中,闲聊着与唐玄宗有关的往事。其量,可谓少而又少;其质,可谓小而又小。但这"少"和"小",却涵蕴无穷。它反映出来的是成百上千的宫女的人生悲剧,是一个曾经空前强盛而又一落千丈的封建王朝的时代悲剧,以及由此而生的无限悲悯、无限感慨。总而言之,这一滴海水折射出来的是一片汪洋大海。

7. 以少总多与凝练

过华清宫绝句①(其一)   杜牧

长安回望绣成堆②,山顶千门次第开③。
一骑红尘妃子笑④,无人知是荔枝来。

[注释]

①华清宫:唐代行宫,唐玄宗和杨贵妃常来此寻欢作乐。故址在今陕西省临潼县南骊山上。《过华清宫绝句》共三首,这是第一首。

②长安:唐代国都,今陕西省西安市。绣成堆:骊山上有东西绣岭,都在华清宫缭垣之内。这里"绣成堆"一语双关:既指东西绣岭花木繁茂,远望像一堆锦绣,又形容华清宫及其周围花团锦簇。

③千门:是宫门的代称,这里指华清宫的重重宫门。次第:依次、一个接着一个地。

④骑(jì):一人一马的合称,这里指骑马的驿使。妃子:指贵妃杨玉环。

[赏析]

为使诗富于凝练之美,诗人往往进行典型概括,以少总多,精选或剪辑具有特征性、代表性的个别事物、事件或事物、事件的局部入诗,并将繁富的生活内容与思想感情凝缩于其中,从而以具体的、具象的感性形式笼括与表现普遍的、抽象的理性意涵。由此而形成了以少总多的两种基本方式:一是借个别表现一般,一是借局部表现整体。杜牧《过华清宫绝句(其一)》兼用这两种基本方式以少总多:从众多的典型事件中择取一桩琐事来下笔;但不备述其全过程,而是截取其结局来着墨。具体讲,这首绝句以高度集中、高度概括的笔墨,描写唐玄宗不恤民命,令人千里迢迢驰送鲜荔枝入华清宫取悦杨贵妃这一典型事件的结尾,抨击唐玄宗穷奢极欲,淫逸误国,并委婉地警告当朝人君勿重蹈覆辙。

全诗分三个层次运笔:先远勾轮廓,再近描细部,后聚焦于要害。视点在时空领域由远及近,由今而昔,由实而虚,次第游移;画面由全局而局部,由模糊而清晰;意涵由浅表而深层,由个别而一般,逐层递进。

第一层次:"长安回望绣成堆",从长安回首远眺,华清宫金碧辉煌的殿宇楼台,掩映在东西绣岭的林木花草中,犹如锦绣堆叠。诗人以"长安"为立足点,以"回望"为视角,用远景镜头摄取大背景,展示了华清宫和骊山的全貌,一组美丽而模糊的总体意象:"绣成堆"。取这样的立足点,从这样的视角切入,除了便于展示华清宫与骊山的全貌,突现典型环境之外,或许有更深的用意:国君本当待在皇宫里主持朝政,"妃子"本当待在后宫里尽其本分,可他们却沉溺在行宫里,成年累月寻欢作乐,醉生梦死。不置讥评,讽谏之意已露端倪。于是,顺势由"回望"转为反思,逆向揭开历史的一页。

"山顶千门次第开",山顶上平日紧闭的重重宫门,突然一扇接着一扇依次打开了。"一骑红尘妃子笑",一匹快马扬起漫天尘土,飞驰而来;雍容华贵的杨贵妃嫣然一笑。这是第二层次,视野由全局聚向局部,在视角的快速切换中,连锁般展现三个特写镜头:宫门开、驿使来、妃子笑,艺术地复现了历史上一个典型事件的典型瞬间。三个特写镜头顺次推出,犹如步步置疑,留下一串连环套似的悬念:"千门"因何事而"开"?"一骑"因何事而来?"妃子"因何事而"笑"?"千门"之"开"、"一骑"之来、"妃子"之"笑",三者之间有何相干?这一组镜头和这一串悬念,为最后推出关键性的中心意象蓄足了水到渠成之势。这一层次措辞之精练传神、意象之巧妙组接,令人称绝。以"次第"状"千门"之"开",便将华清宫的气派与排场表现无遗,同时也将"一骑"神圣化、神秘化,造成将有重大事件发生的错觉。对于劳民伤财的血腥史实,仅以"一骑红尘"轻轻带出,真可谓举千斤若鸿毛。而"一骑红尘"与"妃子笑"两组意象并置对举,反差强烈地焊接在一起:"一骑"拼命飞驰,"红尘"扑面,苦不堪言;"妃子"坐享清福,破颜一笑,乐不可支。在鲜明的对照中,暗传出无言的谴责。

"无人知是荔枝来",这第三层次聚焦于中心意象。这一层出以议论,画龙点睛,揭示"谜底":原来扬起漫天"红尘"的"一骑",为"妃子"送来了"荔枝"。难怪"千门"要"开",难怪"妃子"会"笑"。"无人知"三字,使这一典型事件再蒙上一层令人惊诧莫名的诡秘色彩,使其典型意义得以进一步升华。"无人知",真正的含意是:如此荒唐,殊非常人所能想象,所能预料,所能理解;说不定大家都会误认为是飞递攸关社稷命运的紧急公文,谁会相信竟然是专程送来了鲜荔枝呢!唐玄宗为取悦杨贵妃,竟至于悖谬如此,实在令人咋舌,令人不齿!那么,唐玄宗的由圣君堕落为昏君、唐王朝的由鼎盛趋向骤衰,窥此一斑,全豹赫然在目矣。

关于唐玄宗远取荔枝取悦杨贵妃一事,唐宋时期的典籍与诗歌多有记述与反映。《新唐书·后妃传》载："妃嗜荔枝，必欲生（鲜）致之，乃置骑传送，走（飞驰）数千里，味未变，已至京师。"《方舆览胜》载：涪州（今重庆涪陵）有一处专用作进贡的荔枝园，叫"妃子园"，当时"以驿马驰递，七日七夜至京，人马毙者甚众"。谢枋得在《唐诗绝句注释》中作了更为详备而生动的记述："明皇（唐玄宗）天宝间，涪州贡荔枝，到长安，色香不变，贵妃乃喜。州县以邮传（驿使）疾走称上意（使皇上满意），人马僵毙（活活累死），相望于道……明皇致远物以悦妇人，穷（耗尽）人之力，绝人之命，有所不顾，如之何不亡。"杜甫则说荔枝来自南海（今广东广州），在《病橘》诗中写道："忆昔南海使，奔腾献荔枝。百马死山谷，到今耆旧（老一辈人）悲。"此外还有别的说法，例如罗大经《鹤林玉露》认为荔枝"盖泸、戎（今四川泸州、宜宾）产也"。驰送入宫的荔枝到底来自南方的何处？这个问题引发了一场至今未休的争论与考证。为了更精确、更透彻地解读一首诗，参读一些相关资料和作品，倒是十分必要、十分有益的。但如果苦心孤诣，寻根究底，强将诗中事迹或细节一一坐实，以还其历史真面目，这就大可不必了。写诗毕竟不是修史，艺术的真实性同历史或现实的真实性虽不能截然分割开来，但也绝不能用等号连接起来。写诗必须对原始素材进行艺术加工，才能突显其艺术真实性，才能更有效地表现历史或现实的真实性。而这艺术加工的关键之举，就是典型概括。为了突显典型事件的典型性，从而强化其艺术真实性，诗人不仅要对题材进行精选与剪裁，而且应该对典型事件的某些局部或细节进行剪辑、改造，甚至再造。鉴于此，我们不必煞费苦心去将荔枝的产地考订得清清楚楚，精确无误。因为不管荔枝来自南方何处，都不会影响这一典型事件的典型性。

牵涉此诗典型概括手法的还有另一桩公案。有人因史载唐玄宗与杨贵妃只在华清宫过冬不在华清宫避暑，而荔枝又成熟于夏天，于是置疑此诗的真实性。此人显然是把诗集当作史籍读。其实，杜牧如此下笔，绝非出于对历史的无知，乃是出于典型化之所需。因为华清宫及骊山是唐玄宗耽于逸乐、荒废朝政的典型场所，所以诗人才把典型事件的典型环境设定在华清宫，设定在骊山。历史往往有惊人的相似之处，这也是一种典型性的体现。唐玄宗为博杨贵妃一笑，命人远取荔枝，不惜使"人马僵毙，相望于道"，这与周幽王为博褒姒一笑，在骊山山顶以烽火戏诸侯如出一辙。为突现这种典型性,诗人刻意将唐玄宗与杨贵妃在华清宫时日常起居游乐的宫殿"搬"上了骊山"山顶"。

总起来看,《过华清宫绝句(其一)》并未从头至尾再现典型事件的来龙去脉,展示出来的仅仅是典型事件中一个典型瞬间——在劳民伤财,付出了惨重的代价之后,方以"荔枝来"博得"妃子笑"的刹那间。但人们窥此偶露云隙的龙尾,却可洞见神气活现的全龙。其奥诀在于以典型的局部笼括整体,从而以少总多。这首诗以少总多,还妙在以典型的个别反映一般。由圣主堕落为昏君的唐玄宗,其淫逸误国的大事小事不胜枚举,此诗只举其琐事一桩,但折射出来的却是唐玄宗乃至历朝历代封建帝王淫逸误国的本质与全貌,有一以当百之效。此所谓"拈一事而诸事俱包其中",诗人展示于画面的只是杨贵妃骊山一笑,赏诗者透过画面所见到的又岂止一端?霍松林先生《唐诗精选》说:"周幽王的烽火台也在骊山山顶上。作者让杨贵妃在骊山'山顶'望见'一骑红尘',并特意用'妃子笑'三字,是有意使读者产生联想,想起'褒姒一笑倾周'的历史教训的。"其实读者所联想到的又岂止"褒姒一笑倾周"这一历史教训,唐玄宗的前前后后,封建帝王荒淫无度、昏庸无道,以致误国误身的历史悲剧,都会过电影似的,一幕又一幕地闪现于读者的脑海之中,并触发典型性的情感,开启哲理性的睿思。这,就是以少总多的艺术魔力所在。

8. 借小写大与凝练

过勤政楼[①]　　杜牧

千秋佳节名空在[②],承露丝囊世已无[③]。

唯有紫苔偏称意[④],年年因雨上金铺[⑤]。

[注释]

①勤政楼:全称"勤政务本之楼",为长安兴庆宫中最豪华的建筑,是唐玄宗处理朝政、举行国家大典的地方,故址在今陕西省西安市。

②千秋佳节:阴历八月初五是唐玄宗的生日,定为千秋节,举国同贺。玄宗

每逢千秋节御临勤政楼,楼前百戏杂陈,万民欢庆,楼内百官聚饮。

③承露丝囊:一种用丝线编织的香袋,为节日相赠的礼品。

④紫苔:即莓苔,苔藓的一种。偏:特别。称意:称心如意,这里用拟人手法形容紫苔无拘无碍,恣意生长。

⑤因:趁、凭借。上:蔓延而上。金铺:铜制或镀金门饰,作兽形或其他形状,用以衔门环,这里借代宫门。

[赏析]

　　以小见大,同以少总多一样,都是诗人进行典型概括的高招。以小见大,即着意于大而下笔于小,透过具有典型意义的小事、小物,折射出宏深博大的题旨。由于着意于大而下笔于小,所以着墨不多而意蕴丰厚,情韵悠长,诗因此而富于凝练之美。以小见大,即王夫之所谓"以小景传大景之神"(《姜斋诗话》)。"小景",就是具有典型意义的小事、小物;"大景之神",就是宏深博大的题旨,一般要借助于重大题材方能表现出来,所以称为"大景之神"。这一辩证技巧的渊源,可一直追溯到先秦时代。老子曰:"为大于其细。"(《道德经》)从文学创作的角度来阐释,即若要艺术地表现宏大的题旨,可巧妙地从细微处着手,从而以小见大。古代诗人以小见大进行典型概括的具体手法有种种,最常用的手法是借小写大,以微见著,即描写富于特征性、包孕性的小事、小物,也就是所谓典型细节,借以表现重大的主题,抒写深情至理。此处所谓特征性、包孕性,是指小事、小物既有"小"的个别性、特殊性,又蕴含"大"的普遍性、一般性,因而富于启发性,能诱导读者思小而得大,见微而知著,感悟宇宙、社会或人生的本质与规律。

　　杜牧《过勤政楼》正是"为大于其细",借微尘折射大千世界的优秀诗篇。写的只是与勤政楼相关联的小事、小物,但唐王朝的盛衰巨变、唐玄宗的个人荣枯,以及诗人触景伤怀的无限感慨与理性思索,俱可窥之于小事、小物中。

　　全诗均分为前后两半,各写一件小事或小物。前半借一件小事抚今思昔:"千秋佳节名空在,承露丝囊世已无。"千秋节早已无人在意,徒留空名;承露囊早已不再时髦,不再流行。这两句下笔于小处,言简意赅,寄慨深远;着眼于今之

"无",却导向了昔之有。想当年,唐玄宗的生日竟成了举国同庆、百官聚饮、万民欢腾的盛大节日——千秋节,而承露囊则成了千秋节里最时髦的馈赠珍品,这在一定程度上体现了臣民对开元盛世及勤政务本缔造了盛世的圣君的景仰与赞许。而今,"千秋佳节"空余虚名,而"承露丝囊"潜踪隐形,这意味着臣民对幻灭了的盛世和堕落了的圣君的淡忘,甚至是鄙弃。这微不足道的节日习俗的变迁,折射出世事沧桑、人生巨变。因此,诗人写此小,能蕴其大;读者见此小,能思其大。

后半借小物感昔伤今:"唯有紫苔偏称意,年年因雨上金铺。"现在唯有那苔藓能够随心所欲,恣意滋长,年复一年,趁着连绵淫雨,爬上了宫门,苫住了金铺。写长满"紫苔"的"金铺",同样是着意于大而下笔于小。"紫苔"只生长在阴暗潮湿、人迹罕至的地方,而勤政楼所在的兴庆宫的宫门上的"金铺",虽小而蕴大,沉淀着开元盛世的辉煌,见证过唐玄宗励精图治、勤政兴邦的业绩,而今,"紫苔"居然"年年因雨上金铺",足见早已废置的勤政楼的荒凉与死寂。再着一个"唯"字、一个"偏"字,则十分有力地突现"称意"者唯"紫苔"而已,其余诸事皆不顺心,尤其是那中兴无望的天下大势,更难以让人"称意"。失望,乃至绝望的意绪,溢于言表。

研赏《过勤政楼》可悟出一则作诗要诀:只要选择精,开掘深,小景也能让人于细微处洞见宏旨要义。这是因为,大与小对立统一,相反相成:大中有小,小中藏大,相互依存,相互作用,犹如汪洋大海中有数不胜数、微不足道的小水滴,而一滴小水滴却可以折射汪洋大海。表面微小的小事、小物,往往倒能显示出比其自身价值大了许多倍的意义来。因为,宇宙、社会、人生的本质与规律往往就以各种各样的方式蕴蓄在小事、小物之中。这,就是以小见大这种辩证技巧、这种典型概括手法的哲学基础。《过勤政楼》借小写大的手法正是建构在这样的基础之上的。通篇所写,只是一桩小事、一件小物——"承露丝囊"的兴废、长满苔藓的"金铺",却"以小景传大景之神":历史的沧桑巨变、人生的荣枯无常,诗人对盛世难再、颓局难挽的切肤之痛与哲理思辨,全借此小事、小物婉转曲达。着墨不多,言简意赅而富于美感。

此外,这首诗的章法、笔法都较别致。诗人"过勤政楼",在踏访、凭吊盛世遗迹时,见"紫苔上金铺",勤政楼几成荒无人烟的废墟,感触良深,引发联想,想到"千秋佳节"与"承露丝囊"的兴废。但诗人不按触景生情,先景后情,先实后虚的常式谋篇和运笔,而是将写景与抒情、昔盛与今衰糅合为一,于小处着墨,以小见大。

9. 借小喻大与凝练

再游玄都观① 刘禹锡

百亩庭中半是苔②,桃花净尽菜花开③。
种桃道士归何处? 前度刘郎今又来④。

[注释]

①玄都观(guàn):是长安的一座道教庙宇,故址在今陕西省西安市南。

②庭:院子。苔:苔藓。

③净尽:一点不剩。菜花:指菟葵之类的野菜花。

④前度:前一次。刘郎:刘禹锡自称。

[赏析]

托物寓意,物小旨大,也是诗人以小见大的常用手法。小,指题材小,即诗人择取身边琐事、眼前细物,作为描写、吟咏的对象,即景兴感,咏物抒情。大,指题旨大,即主题重大。诗人以象征、隐喻为手段,在对微小事物的描写、吟咏中,寄寓着对宇宙、社会、人生的深刻感悟或哲理思辨。所咏者小,所寓者大,具体而微与宏深博大融为一体,言近而旨远,让读者因小而识大,见微而知著。这种借端托寓、以小见大的手法,同样使诗富于凝练之美。刘禹锡《再游玄都观》是借端托寓、以小见大的范例。

诗前有小序:"余贞元(唐德宗年号)二十年为屯田员外郎,时此观未有花。是岁出牧(到京城之外的地方任刺史)连州(今广东连县)。寻(随即,这里指贬官途中)改朗州(今湖南常德)司马。居十年,召至京师(京城),人人皆言有道士手植仙桃,满观如红霞,遂有前篇,以志一时之事。旋(不久)又出牧。今十有四年,复为主客郎中。重游玄都观,荡然无复一树,唯菟葵(一种野菜)、燕麦动摇于春风耳。因再题二十八字(即此诗),以俟后游。时太和(唐文宗年号)二年三月。"小序中提到的"前篇",指《元和十年自朗州承召至京,戏赠看花诸君子》一诗:

紫陌红尘拂面来,无人不道看花回。
玄都观里桃千树,尽是刘郎去后栽。

刘禹锡参加王叔文革新集团,革除弊政,失败遭贬,十年后才得以召回长安。当时顽固保守的新贵把持朝政,飞扬跋扈,腐败弄权,把朝廷搞得乌烟瘴气。诗人义愤填膺,题诗玄都观壁,托物暗讽,借游玄都观看桃花这一日常琐事隐喻政治大事,讥讽靠扼杀革新运动起家的新贵和趋附新贵的小人。这首深有寓托的看花诗刺痛了当权者和新贵们,招致诗人再度贬谪,这一贬又是十四年。从小序可以看出,《再游玄都观》为"前篇"的续篇。此时,排挤掉革新派的顽固派自己也被排挤掉了,他们多已失势或已亡故。刘禹锡重游玄都观,再作看花诗,特意旧话重提,并非要向顽固派讨索旧债,而是由于先前的是非曲直、深创剧痛难以淡忘,积久发酵,激愤不平,不平则鸣,于是再续前作。续篇与"前篇",题旨一脉相承,手法亦如出同一机杼。

前二句写玄都观的现状,或明或暗地作今昔盛衰的对照。"百亩庭中半是苔,桃花净尽菜花开。""百亩",表明庭院颇大。偌大的庭院居然"半是苔",一半竟被苔藓占了去,玄都观无人问津之意,不言自明。这与十四年前"紫陌红尘拂面来,无人不道看花回"的盛况,恰成鲜明对照。不言萧条冷落,萧条冷落之状已呈现在读者眼前。次句进一步渲染玄都观的萧条冷落。"桃花净尽",指桃树"荡然无复一树","玄都观里桃千树"的景观化为乌有,取而代之的是"菟葵、燕麦"之类的野菜野麦。"菜花"即野菜花,"菜花"取代了"桃花",所以赏花者不再趋之若鹜,所以玄都观门可罗雀。这两句貌似纯写眼前之实,却寓托着深情远韵。"玄都观",隐喻朝廷。"百亩庭中半是苔",影射朝中乏贤臣,朝政半荒废。"桃花",暗指迫害和排斥革新派的顽固派。"菜花"取代"桃花"则隐喻人事变迁:当年权倾

京华的满朝新贵而今已作鸟兽散——排挤者亦被排挤掉了。

后二句写故地重游,慨叹今昔:"种桃道士归何处?前度刘郎今又来。""种桃道士",喻指培植顽固派,迫害革新派的当权者。观刘禹锡那一身铮铮铁骨,"种桃道士"多半是影射那位重用以宦官为核心的顽固派最终却死于宦官之手的糊涂皇帝唐宪宗,诗人的讽刺锋芒暗指最高封建统治者。尾句回扣旧游,呼应"前篇",无限感慨溢于笔端。这实为满怀胜利喜悦,且极具挑战意味的自我亮相。

从整体的艺术构思看,这首诗用象征、隐喻手法,借端托寓,咏物抒情,用微小的影射宏大的,用单纯的暗示繁复的。赏花,不管场面多么壮观,就其质而言,亦不过生活琐事而已;以此入诗,亦不过小题材而已。在这样的小题材中,诗人却寓托着重大主题。表面上是写玄都观桃花的盛衰兴废与"前度刘郎"的去而复来,骨子里说的是顽固派的沉浮升降与革新派的宁折不弯——是关系着社稷命运的政坛大事,同时也含蓄地表达了诗人对昙花一现的政敌与翻云覆雨的政局的暗藏着锋芒的讥评。

这首小诗寄寓的宏旨要义、蕴蓄的审美价值,远不止于此。在意象的叠加与对比中,闪烁着一种彪炳千秋的人格美,为后世文人树立了历尽劫难而守志有恒的光辉典范。诗中,桃花"满观如红霞"的往昔,同"桃花净尽"一扫光的现实重叠映现;傲骨嶙峋的"前度刘郎",同依然故我的今次"刘郎"叠相映出。玄都观的过去与现状形成鲜明对照,剧变的政局与不变的"刘郎"亦形成强烈反差。这意象的叠加与对比,生动地表现了刘禹锡百折不挠的进取精神和桀骜不驯的刚毅品格。刘禹锡因参与并坚持政治革新,两度贬谪边远地区,"巴山楚水凄凉地,二十三年弃置身。怀旧空吟闻笛赋,到乡翻似烂柯人"(《酬乐天扬州初逢席上见赠》)。贬官二十三年,沧海桑田:贬官时,三十三岁,年轻气盛;归来时,人到暮年。贬官时,宪宗当朝;贬官后,皇帝换了一大串,由宪宗、穆宗、敬宗而文宗,一朝天子一朝臣,政局走马灯似的变换着,顽固派也早已树倒猢狲散。但是,"刘郎"一如既往:坚持革新的初衷未改,不屈不挠的斗志未衰,不阿权贵的节操未丧,刘禹锡还是刘禹锡!所以,诗人高傲而又自豪地宣告:"前度刘郎今又来!"

（二）诗有含蓄美

含蓄之美，也是诗的本体性的外部特征之一。所谓含蓄，指诗的意蕴丰厚而含蕴不露。含蓄则能引发读者寻幽探胜的盎然兴味，而一旦这种探寻获得最佳效果，也便获致超乎寻常的审美享受。因此，诗的语言力求借助于含蓄而具有很强的暗示性与启发性，能诱导读者自己去品鉴深蕴其中而味之不尽的情意与旨趣。这，便是诗的含蓄美。真诗、好诗都富有这种含蓄美。

含蓄，从语言表达的层面讲，指不直言，不尽言：不直接地、明确地表达情意，也不让情意完整地、直露地尽显于言表，尽显于诗内；而在言外含有丰厚的意蕴，诗外留有无穷的韵味；读来意味深长，读后余味无穷。唐代学者刘知己在《史通·叙事》里归纳出一种表达原则："言近而旨远，辞浅而义深，虽发语已殚，而含意未尽。使夫读者望表而知里，扪毛而辨骨，睹一事于句中，反三隅于字外。"大意是说：进行表达，力求做到言辞浅近而旨意深远，话虽说完却余意无穷，能让读者透过字面了解到丰富的内涵，就像触摸皮毛而洞知骨骼的架构一样；在字面上只看见了一件事物，在言外却能体味到几层意思。这段话可以借来注解诗的含蓄美。

诗要含蓄，就表现形式而言，须托物写意，借景抒情。即通过创造意象与意境，表现诗人对自然、社会或人生的独具睿智、独显个性的体验与感悟。即使情意的表达形象鲜明，生动感人，富有审美价值；也使情意的表达含蓄蕴藉，耐人品味，从而优化审美效果。

诗要含蓄，得借助于种种婉转曲达的艺术技巧。婉转曲达，即讲究表达的曲折性、隐蔽性，以实现其含蓄性。婉转曲达的艺术技巧统称之为婉曲法。婉曲法有种种，最常用的有反跌法、吞吐法、旁敲法、暗传法、折进法、用典法、双关法等等。

诗贵含蓄，这是一个基本的法则；从反面讲，就是诗忌直露，太直太露则无诗。因为，太直太露则不耐玩索，不能予人以含蓄之美感。

作诗讲究含蓄，读诗也应针对诗贵含蓄而富于含蓄之美这一本体性特征，读进诗之内，再读出诗之外。就是说，读诗要有进有出：进而解其深意，出而品其

余味。读诗倘若只满足于解词释句,止步于理解字面意义,而不由表及里,由内到外,由此及彼地解读、玩味,那么,你永远只能徘徊于诗的艺术殿堂之外,绝不可能登堂入室。

1. 例析含蓄美

隋宫① 李商隐

乘兴南游不戒严②,九重谁省谏书函③?
春风举国裁宫锦④,半作障泥半作帆⑤。

[注释]

①隋宫:指隋炀帝在江都(今江苏扬州)建造的行宫。

②乘兴:乘着兴致,这里是恣意妄为的意思。南游:南下游江都。不戒严:古时皇帝出行,各地要实行戒严,而昏聩骄狂的隋炀帝以为天下无事,毫无戒备。

③九重:皇帝所居的深宫。省(xǐng):审察、理会。谏书函:装在信函里的规劝皇帝的文书。

④举:全。宫锦:专供宫廷使用的高级锦缎。

⑤障泥:即马鞯,垫在马鞍下面垂在两旁用来挡泥土的用具。

[赏析]

隋朝是一个短命的王朝,隋炀帝杨广暴虐昏聩、荒淫奢侈,是隋王朝迅速覆灭的主要原因。李商隐的这首咏史七绝《隋宫》,旨在以史鉴今,借鉴隋炀帝骄奢淫逸、亡国亡身的历史教训,婉转地警告晚唐的昏君孱主:殷鉴不远,莫蹈覆辙!

富于含蓄之美,是这首诗最显著的艺术特色之一。这含蓄之美,首先表现为不直言。诗人把怨愤、嘲讽之情,针砭、劝诫之意,完全隐藏在对典型的史实的冷静而客观的描述中。

"乘兴南游不戒严,九重谁省谏书函?"隋炀帝乘一时之兴,南游江都,一路上竟毫无戒备。高踞深宫的暴君,哪里还把群臣的规劝放在心上,对一封封劝谏的文书甚至不屑一顾。隋炀帝是中国历史上最昏聩、最暴虐、最荒淫、最奢侈的君主之一。前二句则集中地、含蓄地表现其昏聩与暴虐。"乘兴南游",是说隋炀帝乘一己之兴、一时之兴,南游江都。这充分暴露其不顾国家安危,不恤民生疾苦,肆意妄为,祸国殃民的昏君嘴脸。隋炀帝当政十四年,待在京城的时间,加起来只有一年,其余时间则恣意浪游,恣意逸乐。在江都大兴土木,广建行宫,三次游幸,是隋炀帝主要的巡游活动。当此之时,民怨鼎沸,义军蜂起,他却"不戒严",轻举妄动,不加防范,昏庸之至,不可救药。对隋炀帝的倒行逆施,统治集团内部也多有反对之声。特别是第三次南游江都,先后就有建节尉任宗、奉信郎崔民象和张爱仁等上书谏阻,结果都惨遭杀害。如此鲜血淋漓、令人发指的史实,只用"九重谁省谏书函"这一反诘语婉转曲达。诗人对隋炀帝暴戾恣睢、纵欲拒谏、虐杀忠良的无情鞭挞、愤怒谴责,全于不露声色处见之。

"春风举国裁宫锦,半作障泥半作帆。"东风浩荡,春耕大忙时节,全国动员,裁剪宫锦,一半用作马鞯,一半用作船帆。后二句以小见大,侧重突现隋炀帝的荒淫与奢侈,抨击隋炀帝为一己之逸乐,不惜耗竭天下之民力。"春风"二字,不仅点明时令,渲染气氛,更暗示隋炀帝是在春耕大忙时节,一意孤行,劳民伤财!隋炀帝南游江都,"龙舟"数以千计,首尾相接,绵延二百多里,船帆全用高级锦缎"宫锦"制成;夹岸护卫的骑兵,成千上万,其马鞯亦用"宫锦"制作。隋炀帝的穷奢极侈,令人不齿!

这首咏史七绝的含蓄之美,除了体现于不直言之外,还表现为不尽言。只说前因,不说后果;只叙隋炀帝骄奢淫逸的史实,而将其亡国亡身的可耻下场,留待读者思而得之。这首咏史七绝之咏史,旨在鉴今,委婉地规劝淫逸昏庸的当朝人君吸取历史的教训,但这一层讽谏之意更是深藏不露,只让人于诗外读之,更可谓含蓄隽永之至。

《隋宫》通首不直言,不尽言;言在此而意在彼,言有尽而意无穷。如此含而不吐,引而不发,更能让人浮想联翩,思深虑远,使这首咏史七绝更具促人感悟、激人警怵的艺术效果和认识价值。

2. 反证诗贵含蓄

歌舞　　李商隐

遏云歌响清①，回雪舞腰轻②。
只要君流盼③，君倾国自倾④。

[注释]

①遏云：即响遏行云。《列子·汤问》里有一个寓言故事：薛谭向秦青学唱歌，还没把技艺学完，就自以为学到了家，便向老师告辞。秦青也没有阻拦他，在城外道旁给他饯行。这时秦青慷慨激昂地高歌一曲，歌声振动了林间的树木，回声挡住了流动的云彩。薛谭急忙向老师认错，从此再没说要回家的话。这里化用典故形容皇宫里歌舞喧天。响：回声。清：清脆响亮。

②回雪：洁白如雪的长袖或白练回旋舞动。曹植《洛神赋》："飘飘兮若流风之回雪。"舞腰：舞动着的细细的腰肢。

③要(yāo邀)：同"邀"，博得。流盼：迅速地扫一眼，这里有宠幸的意思。

④君倾句：美色使国君倾倒，自然也就使得国家倾覆。《汉书·外戚传》："(李)延年侍上(皇上，指汉武帝)起舞，歌曰：'北方有佳人，绝世而独立。一顾倾人城，再顾倾人国。'"此句化用这一典故。

[赏析]

诗贵含蓄而忌直露。诗的语言，不是以向读者明示了多少论优劣，而是以向读者暗示了多少，并启发读者感悟到多少论高下。因而诗人总是力避依赖语言的明示性功能，而将其暗示性、启发性作用发挥到极致。这自然离不开不直言、不尽言的表达方式和各种各样的婉转曲达的语言表达技巧。读了李商隐的七绝《隋宫》，再来参读这首《歌舞》，便会幡然领悟：诗贵含蓄而忌直露，确乎是作诗的一条不可移易的法则。

《歌舞》与《隋宫》，同出晚唐大家李商隐之手，也同为咏史绝句，且旨趣相类:总结骄奢淫逸导致亡国亡身的历史教训,借古鉴今。

本诗前二句描写宫廷歌舞的热闹场面。"遏云歌响清,回雪舞腰轻。"喧嚣的歌吹弹唱,响彻长空;震耳的回声,挡住了浮云。洁白的长袖,回旋飘舞,像雪花凌空盘旋;舞姿蹁跹的腰肢,更显得灵巧轻盈。这两句生动地状写出乐手们尽情地吹拉弹唱,舞女们撒欢地婆娑起舞的盛况。

后二句承前二句,挑明宫女欢歌狂舞的原因何在,后果如何。"只要君流盼,君倾国自倾。"美女们一个劲地想博得皇帝的青睐,皇帝一旦神魂颠倒,国家也就跟着倾覆了。第三句说原因,尾句说后果。尾句的两个"倾"字,含义不同,却相互关联,互为因果。前一个"倾"字是倾注、倾心的意思,这里形容国君对声色的痴迷、沉溺;后一个"倾"字是倾覆的意思。两个"倾"字前呼后应,阐明了逸豫忘忧、亡国亡身的哲理。

乍读《歌舞》,觉得还不错。它描写了宫廷歌舞的盛大场面,写得神采飞扬,惊心动魄,写出了情状,也写出了声势。后二句所发议论,虽失之偏颇,尚属高见。但是,与《隋宫》的赏者接踵、论者如云不同,《歌舞》几乎无人问津。偶有论者,也持严厉的批评态度。究其原因,首先在于《隋宫》富于含蓄之美,值得品味,耐人回味。《歌舞》则不然,它太直太露,一切情意和盘托出,诗中再无深意,诗外更无余味,言尽意尽,所以不耐读。犹如吃糖衣面豆,刚入口时,甜甜的,含化糖衣,里面是面粉疙瘩,不甜,也不咸,味同嚼蜡。因此不耐品味,更无所谓回味,只能嚼着吃,不能细细品尝。可见,作诗要讲究含蓄:说出来的要少,包藏着的要多。这样,才值得品味,耐得回味。

3. 具象化与含蓄

江雪　柳宗元

千山鸟飞绝①,万径人踪灭②。

孤舟蓑笠翁③,独钓寒江雪。

[注释]

①绝:尽,这里指绝迹。

②径:路。踪:脚印。灭:湮灭、消失。

③蓑:蓑衣,一种雨具,用棕丝、稻草或莎草等编织的雨衣。笠:斗笠,用竹篾、竹叶编织的遮阳挡雨的帽子。

[赏析]

作诗须凭借艺术形象生动而含蓄地传情达意,绝不能干巴巴、赤裸裸地抒发情意,让读者一目了然,直探底蕴。在借艺术形象生动而含蓄地抒发情意方面,柳宗元这首《江雪》堪为典范。诗人通过创造意象和意境,使抽象的情意具象化,因而情意的表达,既形象鲜明、生动感人,也含蓄蕴藉、耐人品味。

从字面上看,《江雪》是一首山水诗。诗人分两个层次创造和组合意象,拼接为一幅山水画,一幅寒江独钓图。前一个层次从大处取景,展现寂寥、冷峻的背景意象。"千山鸟飞绝,万径人踪灭。"放眼望去,那莽莽苍苍的崇山峻岭、纵横交错的大路小径,看不见一只飞鸟的影子,也看不见一个行人的足迹。这两句没有直接描绘雪满"千山"、冰封"万径"的情景,却下笔于侧面,以"鸟飞绝""人踪灭",间接地、曲折地表现一个幽冷、死寂的冰雪世界。"千山""万径"之所以飞鸟绝迹,人踪湮灭,正是由于大雪铺天盖地。不着一个"雪"字,却将一场罕见的大雪展现于眼前,并让人产生不胜其寒的感觉,笔致婉曲,颇耐玩赏。后一个层次从小处、近处摄像,镜头聚焦于渺小、孤寂的中心意象。"孤舟蓑笠翁,独钓寒江雪。"在大雪纷飞、寒气袭人的江滨,一位披蓑衣戴斗笠的老翁,端坐在孤零零的小船上,独自垂钓。后二句形神兼备地描绘出中心意象。"孤舟""蓑笠""独钓",一系列富于特征性的"道具"与动作,将渔翁浮雕般凸显于画面。我们再来深入一个层面审视这两个层次的意象:前一个层次极力突现的是多与大,是"千山""万径";后一个层次极力突现的是少与小,是"孤舟""独钓"。"万""千"与"孤""独",极多与极少,极大与极小,造成强烈的反差,形成有力的反衬——背景意象的寂寥、冷峻,有力地烘托出中心意象超然物外、我行我素的幽独与孤傲。将

"蓑笠翁"凌寒傲雪、从容垂钓的力度、硬度和稳度,刻画得入木三分,给人以压不垮、折不弯、推不倒的强烈感受,同时,也烘染出一种岑寂、幽冷的氛围。

《江雪》是诗人贬官永州(今湖南永州)时期的代表作。柳宗元有一个悲剧性的人生。他积极参与王叔文领导的政治革新,精诚效命于唐王朝的中兴。然而,好景不长,革新夭折,一场突如其来的政治风暴将他从顶峰扫落到深渊,顷刻间便粉碎了他人生的所有希望,一身去国,万死投荒,从此便开始了他那如同被抛弃、被拘囚的贬谪生涯,直到四十七岁含恨辞世为止。诗人的遭遇是不公与不幸的,但诗人的个性却是执着与傲岸的。在贬所,诗人写了许多众口称颂的山水诗和山水游记,托山水以抒幽愤。《江雪》正是柳宗元托物写意、借景抒情的山水诗中最为典型的一首。诗中"蓑笠翁"这一意象及整幅寒江独钓图,并非真正的表现对象,只是诗人抒情写意所托之物、所借之景而已,真正的表现对象是诗人的主观意识、自我精神,是诗人那孤寂郁愤的内心世界,那耿介不屈的崇高人格,以及严酷、冷峻的处境。因此,通篇都用叠加型复合意象:渔翁之象与诗人之象叠合,渔翁所处的自然环境叠映着诗人所处的政治环境。这叠加型复合意象,与诗人遗世独立的意趣、孤傲拔俗的人格,相融相谐,营构为空灵、奇峭的意境,将诗人的主观意识、自我精神和现实处境,生动形象而又委婉曲折地表现出来。

由于《江雪》纯借画面折射情意,包蕴细密,韵致深婉,富含象外之象、味外之旨,所以,读《江雪》如赏镜中之花、水中之月,既清晰而又朦胧,既实在而又虚幻,含蓄之美达于极致。正因为如此,不同的时代,不同的读者,从《江雪》中发掘出来的意蕴,品尝到的韵味,各不相同,甚至大相径庭。

4. 婉曲法与含蓄

月夜　杜甫

今夜鄜州月①,闺中只独看②。

遥怜小儿女③,未解忆长安④。

香雾云鬟湿⑤,清辉玉臂寒⑥。

何时倚虚幌⑦,双照泪痕干⑧!

[注释]

①鄜(fū)州:唐代州名,今陕西省富县。

②闺中:古代女子居住的内室叫闺。闺中借代闺中之人,这里指杜甫的妻子。

③怜:这里既有疼爱之意,也含惋惜之意。

④解:明白、懂得。忆:怀念。

⑤香雾:发香透入雾气,所以称为香雾。云鬟(huán):古代称妇女的发鬟为云鬟或云髻。云,比喻秀发稠密蓬松,浓黑如乌云。鬟,古代妇女梳的环形发髻。

⑥清辉:月光。玉臂:洁白如玉的胳臂。

⑦虚幌:轻薄透明的帷幔,这里指窗纱。虚,空、透明。

⑧双照:同照两人。

[赏析]

诗要含蓄,就表现技巧而言,就是要运用种种婉曲法,婉转曲折地表达情意。杜甫的《月夜》在妙用婉曲法使诗富于含蓄美方面,历来被视为圭臬。

《月夜》作于安史之乱中。安史之乱爆发后,杜甫把妻子儿女安置在鄜州的羌村,当得知唐肃宗在灵武(今宁夏灵武)即位后,便只身投奔肃宗。途中被叛军俘获,拘押在长安。陷身贼中的诗人,于清秋月夜,忧愁难眠,望着那象征着团圆和离别的月亮,思念妻子,渴望太平,亟盼团圆,以致离愁煎心,泪流满面。这,就是当时的实情。如果诗人实打实地写,像拍纪录片似的,这就没戏,就不成其为诗。杜甫的高明处,就在于妙用多种婉曲法婉转曲达。这首诗运用得最为成功的是反跌法。反跌法,指本来是要表达自己的某种情意,但不从自己下笔实写,而从对方下笔,虚拟对方有这种情意,借对方反射自己的情意。即原本要写本面,不下笔于本面而下笔于对面,借对面反弹本面。《月夜》以反跌法为基本手法,再辅之以其他婉曲法,使诗含蓄隽永,颇耐玩赏。

"今夜鄜州月,闺中只独看。"今天晚上,鄜州也可见这轮皎洁的明月,家中的妻子只能孤苦伶仃地瞻望。诗人撇开自己独在长安望月的实情不说,从对面虚拟，反笔曲写，说妻子"独看""鄜州月"，借对面反弹本面。除反跌法外，首联还套用了吞吐法。所谓吞吐法，就是半吞半吐，半藏半露；吐露只有表征性、诱导性的表皮，吞隐具有实质性、关键性的内核。这里吐露的是妻子独自望月的表皮，咽下的是妻子望月思夫的内核，引而不发，蕴含无穷，为读者的想象力留下一大片可供填补的空白。如果说反跌法是一种不直言的艺术技巧，吞吐法则是一种不尽言的艺术技巧。反跌法与吞吐法的套用，使首联臻于含蓄的极致。字面上一层意思（妻子独自望月），字里行间还包藏着几层意思：暗示出一层（妻子望月思夫），反弹出一层（自己望月思妻），也许还深蕴着夫妻相偕共赏明月的往昔情事。不仅委婉地表达了对妻子的无限思念，而且一月同望，两地相思，两心相印，离情难堪之意，全于言外见之。

"遥怜小儿女，未解忆长安。"遥想那可爱的小儿女，幼稚无知，还不懂得牵挂困在长安的父亲，更不懂得母亲望月是在惦念身陷长安、生死未卜的父亲。颔联宕开一笔，用旁敲法婉转曲达。着意于主体，却下笔于衬体，借衬体托出主体；着意于正面，却下笔于侧面，从侧面曲达本意：这就是旁敲法，即俗语所谓"敲边鼓"。本联正是以"小儿女"幼不更事，"未解忆长安"，从旁烘托，进一步突显"闺中独看"。妻子有儿女在身边，本不可谓"独"，但儿女尚幼，不解忆父，更不能分忧。旁敲一笔，意蕴深婉，暗示妻子不仅因夫妻离散而"独"，更因儿女"未解"而"独"。"独看"已苦，"未解"则更苦。同时也从旁加以点示，泄露"闺中独看"的天机，是"忆长安"，是在望月思夫。此联也兼用了反跌法，以儿女"未解忆长安"，反弹自己在长安深忆儿女。一个"怜"字已透露些许消息，与其说"怜"字表露了诗人对儿女不谙世事的怜惜之意，不如说它体现了一位慈父对离散于战乱中的儿女的深爱。《月夜》是乱世忆内之作，写"小儿女"，当系捎带之笔，而这捎带一笔，也曲曲见出深情。流露了诗人对身当乱世、弱肩负重、独自持家的妻子的怜爱、关切与体贴，亦委婉地体现了诗人对儿女的一片舐犊之情。

"香雾云鬟湿，清辉玉臂寒。"深夜的薄雾，沾湿了她如云的秀发；清秋的冷月，映照得她两臂冰凉。颈联遥承首联，具体描写"闺中独看"的情状。通过对雾湿云鬟、月寒玉臂的生动描绘，即通过对妻子"独看"之形象的具体描写，

暗示望月良久,夜阑不寐,进而暗传出妻子相思出神、相思入骨的缠绵情意。这叫作暗传法,即通过对具体形象的描写曲折地暗示本意,言在此而意在彼。这同时也是反跌法的进一步运用,以浓墨重彩描绘妻子"独看"的倩影,反照出自己独在月下久伫凝望的情态与心态,折射出对妻子的满腔怜爱、无限感慰之至情。

"何时依虚幌,双照泪痕干!"什么时候才能重新聚首,夫妻双双相偎在稀薄透明的窗纱后面,让月亮烘干我们的眼泪!尾联处处回应和反扣首联:"何时"应"今夜","虚幌"应"闺中","双照"明确回扣"独看","泪痕干"暗暗反射泪不干。此联系用反衬法,以未来的"双照泪痕干",折射现时的"独看"泪满面,即以虚幻的团圆之喜,反衬实有的离散之悲,从反面着色,进一步将望月忆内、乱世伤离的无限深情,曲折地、鲜明地烘托出来,也表达了诗人对四海升平、阖家团圆的渺茫而又殷切的期盼。

综合观之,《月夜》这首借写望月抒发乱世亲情的名诗之所以脍炙人口,其诀窍主要在于:一、虽全是以己度人的悬想之辞,却通篇洋溢着诗人对妻子至诚、至厚的爱,且处处显现出两颗美好心灵的契合感应,体现了深笃的伉俪之情,所以感人肺腑。二、通篇不直言,不尽言,纯以反跌法、吞吐法、旁敲法、暗传法、反衬法等婉曲法婉转曲达,让人"睹一事于句中,反三隅于字外",所以尤耐玩索。

5. 具象化与婉曲法相互为用使诗富于含蓄之美

无题① 李商隐

相见时难别亦难②,东风无力百花残③。
春蚕到死丝方尽,蜡炬成灰泪始干④。
晓镜但愁云鬓改⑤,夜吟应觉月光寒⑥。
蓬山此去无多路⑦,青鸟殷勤为探看⑧。

[注释]

①无题:诗人对所写的内容有所隐讳,不愿或不便标题,则以"无题"作为题目。

②难:前一个"难"字是困难的意思,后一个"难"字是难受的意思。

③东风:春风。残:凋零。

④蜡炬:蜡烛。泪:烛泪,蜡烛燃烧时流下的蜡油。始:才。

⑤镜:用作动词,照镜子,即对镜梳妆。但:只。云鬓:浓黑松软,像乌云一样的头发。改:指改变颜色,黑发变白。

⑥吟:吟诗。

⑦蓬山:即蓬莱山,神话中的海上仙山。

⑧青鸟:神话中的神鸟。为:替。

[赏析]

托物借景以蕴涵和抒发情意的表现形式,与种种婉曲技巧相互为用,实现不直言、不尽言的表达目标,使诗富于含蓄之美,这一特色在李商隐这首《无题》诗中体现得最为集中,最为典型。

这是一首爱情诗,写难堪的离别和入骨的相思,表现了恋人之间坚贞执着的恋情,委婉含蓄,凄美动人。

"相见时难别亦难,东风无力百花残。"相见的机会实在难得,而离别的痛苦也更难忍受,更何况离别时又偏遇上春风柔弱、百花凋残的季节。首联追忆离别的难堪。上句虽直抒离情,却避免平铺直叙,以用典法、折进法婉转曲达。自古抒离情着意于再会难期。曹丕《燕歌行》:"别日何易会日难。"曹植《当来日大难》:"今日同堂,出门异乡。别易会难,各尽杯觞。"自此,"别易会难"凝固为代相袭用的典故。李商隐引此习用成语却反其意而用。两"难"字含意各别而互为因果:前一"难"在于客观上障碍重重,后一"难"在于主观上依恋难舍;由于相见极难,因而离别更难。以相见之"难"有力地衬托出离别之"难",将离情翻进一层。言外似见"执手相看泪眼,竟无语凝噎"的断肠惨状。这里还兼用了另一种婉曲法,叫折

进法。折进法,即基于联想与想象,运笔或由轻及重,或由浅入深,转折递进,逐层垫衬,层递层深,含蓄蕴藉而又深婉热烈地抒情写意。上句便是由相见之"难"向离别之"难"转折递进,层递层深,将离情翻进一层的。下句则是这一折进法的延续,将离情再翻进一层。但表达方式却迥异于上句,不直抒胸臆,而是兼用即景抒情、融情入景、以景衬情的方式化抽象为具象,含蓄地加以表达。诗人精取依依惜别时面临的暮春景象,暗示恋人艰难相聚而后匆匆离别正值暮春时节,为这难堪的离别渲染出黯然销魂的背景和氛围,加倍有力地烘托出离情的难堪。而这风弱花残的暮春景象显示着自然生命力的萎缩与衰竭,暗融着青春流逝、人生失意、劳燕分飞的无奈与痛楚,进一步写足了"别亦难"的伤感况味。

"春蚕到死丝方尽,蜡炬成灰泪始干。"春蚕只有到死的时候,丝才会吐完;蜡烛直到成灰的时候,泪才会淌干。颔联亦化用典故——熔化前人诗句,自铸新辞。南朝乐府《作蚕丝》:"春蚕不应老,昼夜常怀丝。何惜微躯尽,缠绵自有时。"陈叔达《自君之出矣》:"思君如夜烛,煎泪几千行。"李商隐点铁成金,从前人诗句中翻新出奇,创造出"春蚕""蜡炬"这两个意象,以托物寓意的方式,形象而含蓄地表现爱情与生命同在的顽强意志与坚贞情操。就表现技巧而言,此联是以比喻套用双关法,既化抽象为具象,也委婉隽永,尤耐玩索。双关法也是古代诗词,尤其是民歌中常用的一种婉曲法。所谓双关,指借助于词语同音或多义的条件,使一个词语或句子同时兼有字面和字外两层意思,并往往以字外意思为重点。双关有两种类型:一为谐音双关,一为语意双关。谐音双关又细分为异字谐音双关和同字谐音双关两种。颔联即套用了谐音双关的这两种手法,而且用得很妙。上句"春蚕到死丝方尽",从整体看是借喻,借春蚕吐丝至死方休,比喻恋人相思相恋死而后已。其中"丝"系用谐音双关法,"丝"与"思"异字谐音双关,明指蚕丝,暗指情思,且重在情思。于是无迹可求、缠绵执着的情思,化为有形可睹、抽绎不尽的蚕丝,并把这情思包藏在蚕丝中,委婉曲折地表现出来。下句"蜡炬成灰泪始干",同上句一样,比喻套用双关:从整体上看是借喻,仍然是比喻恋人相思相恋死而后已,并侧重突现相思相恋之痛苦,不过换了一个比喻,是借蜡烛燃尽烛泪始干打比方。其中"泪"字双关,但也换了一种手法,烛泪之"泪"与人泪之"泪"同字谐音双关，明指烛泪，暗指离人的伤别泪、相思泪，从而将恋人生离死别时的无限痛苦蕴蓄在烛油淋漓的生动形象之中，化抽象为具象，委婉曲折地表达出来。

有别于颔联的从本面下笔表现相思相恋之苦，颈联则落墨于对面。"晓镜但愁云鬓改，夜吟应觉月光寒。"清晨照镜，只怕因相思煎熬而看到容颜憔悴；深夜吟诗，也会因满怀离愁而感到月色凄凉。这首诗除首联下句外，很少即景抒情，大多基于联想与想象，甚至借助于幻想，造景抒情。上一联如此，此联与下一联亦如此。此联是推己及人，虚拟对方相思相恋的情景，进一步形象而含蓄地表现自己相思相恋的缠绵情思。就表现技巧而言，这是反跌法。难得的相聚与难堪的离别之后，诗人苦苦眷恋和思念着对方。而此联不写自己的眷恋与思念，却下笔于对面，想象对方因眷恋和思念而容颜憔悴、深夜苦吟，从而借对面反弹出本面。虽只取一早一晚两幅瞬间画面，却一箭双雕：对方相思相恋之苦，意在言外；自己相思相恋之苦，更在不言中。不仅把相思相恋之情再翻进一层，且大有"诗从对面飞来"的奇趣。

"蓬山此去无多路，青鸟殷勤为探看。"好在蓬莱仙岛离这里不会太远，但愿青鸟频频往返，不断地为我们传递消息，互致问候。尾联仍然造景抒情，并寓情于景，借两个神话故事形象而含蓄地表达美好的憧憬。《史记·封禅书》载：齐威王、齐宣王、燕昭王先后派人到海上寻找蓬莱、方丈、瀛洲。传说这三座仙山坐落在渤海中，离尘世并不远，但仙人害怕凡间船只靠近，或借风将船吹走，或让仙岛隐没在海里，凡人只能远远望见，却不可到达。上句即从这海上仙山的神话中化出。把恋人的住处比作蓬莱仙岛，既美化了对方，使热恋之情溢于言表，更回应"相见时难"，暗示由重重障碍造成的心理距离犹如仙境与人间的殊隔；"无多路"则进一步补足了咫尺天涯之意，字里行间充满了可望而不可即的痛楚。此句字字饱和着爱恋，字字暗藏着无奈。《汉武故事》载：西王母探望汉武帝时，曾派青鸟为信使。下句即化用青鸟充当信使的神话，婉转地表达常遣信使，互通情愫，以慰相思的希冀，是以无望中的奢望，给自己也给对方一丝慰藉，使凄美哀婉的情韵悠悠无尽，流溢诗外。就表现技巧而言，这是用典法。用典也是一种常

用的婉曲法。用典,即引用典故,引用典籍中的故事(史实、传说、神话等)和成语(前人用过的现成的词句)。用典的方式方法有种种。就形式而言用法,主要有直用(直接引用原话)与化用(用其意而不用其言)两种;就内容而言用法,主要有正用(用意与原意相同相类)与反用(用意与原意相反相对)两种。用典不仅可以增进含蓄之美,亦可强化凝练之美。因为,一句话或一个词,就包含着一个故事,一段妙语,乃至一种妙境,极富包孕性,极具表现力,这大概就是古人好用典故的主要原因之一。李商隐就好用典故且善用典故,这首《无题》即大用典故,正是由于大用典故,这首诗才更加含蓄、凝练,颇耐玩索。

这首体物细密、深情绵邈的爱情诗,从哀叹相见之难得、离别之难堪,一直写到别后的无穷思念、无比痛苦与渺茫希望,纯是抒情,少涉叙事,却综合运用即景抒情、融情入景、以景衬情及造景抒情、托物寓意等方式寓抽象于具象,从而借景抒情,并以用典法、折进法、双关法、反跌法等表现技巧婉转曲达。具象化与婉曲法相辅相成,使此诗的含蓄蕴藉达于出神入化的极境。

6. 含蓄与凝练相辅相成

赤壁① 杜牧

折戟沉沙铁未销②,自将磨洗认前朝③。
东风不与周郎便④,铜雀春深锁二乔⑤。

[注释]

①赤壁:即赤壁山,在今湖北省赤壁市西北,是三国时代赤壁之战的战场。这首《赤壁》大体作于杜牧任黄州(今湖北黄冈)刺史时,诗中的赤壁指赤鼻矶,在黄州,并非赤壁之战的赤壁。诗人或许是无意地以假当真,或许是故意地借名发挥。

②戟:一种古兵器,合戈矛为一体,能直刺也能横击。沉:沉埋、埋没。销:毁、锈蚀掉。

③将:拿起。认:辨认。前朝:以前的朝代,这里指三国时代。

④东风:赤壁之战时,周瑜采纳了黄盖的火攻之计,让黄盖诈降曹操。接近曹军时,黄盖点燃了满载灌了油的柴草的船只,当时正值东南风起,风助火势,烧毁了曹军战船及营垒,曹军大败。可见东风(即东南风)是东吴获胜的必要条件之一。周郎:周瑜,二十四岁时即拜中郎将,吴中人称他为周郎。便:方便。

⑤铜雀:铜雀台,曹操所建,是曹操晚年寻欢作乐的地方,故址在今河北省临漳县西南。锁:禁闭。二乔:三国时东吴著名的美女,称大乔、小乔,大乔是孙策的妻子,小乔是周瑜的妻子。

[赏析]

古典抒情诗一般篇幅短小,却要以有限的篇幅反映丰富多彩的生活,抒发欲言难尽的情意。因此,诗的语言既要凝练,同时也必须是含蓄的。凝练与含蓄不能混为一谈,因为两者的艺术功能是有区别的,凝练重在增加语言内涵的密度、浓度,而含蓄旨在强化语言表达的暗示性、启发性。但凝练与含蓄又是相辅相成的。譬之若筷子,合则一双,分则两支,但谁也离不开谁。言简意赅而富于美感,那么简约的言中势必蕴藏着繁复的意;以少总多、以小见大,进行典型概括,那么少与小中务必包孕着多与大,并且往往要用种种婉曲手法婉转曲达。种种婉曲手法的运用,主要出于含蓄之所需,但同时也优化了凝练之美;以少总多、以小见大之类的典型概括手法的运用,主要出于凝练之所需,但同时也获致了含蓄蕴藉的审美功效。典型概括与婉转曲达往往难分彼此地交织在一起。总而言之,凝练美与含蓄美,是诗的两种相互依存着的本体性的美学特征。为了便于表述,易于接受,对于诗的凝练美与含蓄美这两种本体性的美学特征,前面采取分而述之的方式,下面试以《赤壁》为例,探究凝练美与含蓄美是怎样相互依存、相得益彰的。

用仅有二十八个字的七绝,来表现和评论赤壁之战这样重大的历史事件和周瑜这样杰出的历史人物,同时还要借题发挥,抒写怀抱,这远非易事。诗人却化难为易,化繁为简,举重若轻地写出这首千古传诵的咏史抒怀的七绝来,其诀窍正在于凝练与含蓄手法的相辅相成。

诗起笔于少和小。"折戟沉沙铁未销,自将磨洗认前朝。"在赤壁的沙碛中找到一截沉埋已久的、锈迹斑驳的断戟,拿来经过一番打磨清洗,辨认出是三国时代的遗物。前二句由一件小小的兵器残骸起兴,逗出对重大的历史事件和杰出的历史人物的回顾与反思。诗也从少处、小处立论。"东风不与周郎便,铜雀春深锁二乔。"当年,东风如果不给周郎方便,说不定连那大、小乔都会在春意盎然的时节被幽禁在曹操的铜雀台中。后二句讥评重大的历史事件和杰出的历史人物,却将千帆竞渡、烈焰遮天的大场面一概略去,也避开国家命运、黎民生死不说,只从反面假设,逆向推测"二乔"两人的个人命运和孙、周两家的安危存亡。通篇落墨于少与小:一截"折戟",两家"家破"。表现的却是多与大:评论一举定乾坤的赤壁之战和叱咤风云的英雄周瑜,发表了安邦济世不能凭侥幸却须借重机遇这一富含辩证因素的远见卓识,也发泄了自己徒有匡时之才而无报国之机的满腹牢骚。下笔于少和小,何以能以少总多、以小见大呢?关键在于含蓄,在于所写的少与小中蕴蓄着多与大。前二句说的虽只是一次随意性的、小小的"考古发掘"中一个小小的发现,然而这"前朝""折戟"却富含特征性、代表性,即所谓典型性。它应和诗题,暗示这是三国时代赤壁之战的遗物,因此而富于包孕性和启发性。它把大事件和大人物的遗踪凝缩于其中,包藏于其中。也正因为如此,借这一件小小的兵器残骸便架起了联想的桥梁,把读者从少与小渡向多与大,让千军万马、飞矢如雨的壮观场面复现在读者的心幕上。后二句字面上只涉及两个人、两个家的命运,仍是所谓少与小,而这少与小同样富于典型性、包孕性和启发性。"二乔"若被掳,意味着孙、周两家之破,而"二乔"的身份与地位,标志着东吴作为一个独立的政治实体那凛然难犯的尊严。试想,国君之寡嫂、统帅之爱妻,若成了死敌的掌中玩物,那么千千万万寻常百姓家焉得不破?东吴的政权又焉能安然无恙?因此,诗人寓多于此少,托大于此小;读者亦能循此少知其多,据此小思其大,通过审视个人命运、家庭命运,去反省天下大事,去顿悟宏旨要义。诗人着意于多与大,而下笔于少与小,因而着墨不多而诗味隽永。凝练与含蓄就是这样血肉相连般结合在一起的。

换一个角度看,含蓄的也往往是凝练的;凝练离不开典型概括,同时也往往离不开婉曲手法。这首诗就妙用了翻案法、托讽法等婉曲法,既优化了含蓄之美,同时也强化了凝练之美。首先是妙用翻案法。所谓翻案法,指从既成史实的反面下笔,生发悖论,婉转见意。常人咏赤壁,只说周瑜之胜而绝不言周瑜之败,因为那已是铁定了的事。杜牧独出心裁,无中生有,偏说其败,即设想赤壁之战双方胜败易位的局面:"东风不与周郎便,铜雀春深锁二乔。"三国鼎立局面的形成,关键在于赤壁之战;而赤壁之战的成败,历来有"万事俱备,只欠东风"之说,也就是说,"东风"是周瑜获胜的必备条件。诗人偏不沿着既成史实和习惯思路去回顾与反思这段历史,而是从迥异于他人的方向揭开了历史的这一页,硬将历史的旧案翻转过来。用此翻案法反面着墨,词微意婉,正意益醒,"东风"对赤壁之战,乃至对鼎足三分的决定性作用,更加彰显无遗,更见触目惊心。诗中还用到另一种婉曲法,即托讽法。在赤壁之战中,"东风"虽是决定胜负的必要条件之一,却远非关键性因素。诗人故意夸大"东风"的决定性作用,非在嘲笑周瑜侥幸取胜,也非贬抑周瑜运筹帷幄的绝世帅才,目的在于强调条件或机遇在成就事业中的重要性。内蕴之意是:要成就一番伟大的事业,非有一定的条件或机遇不可;如果没有,即使是旷代英才,也无能为力,只能徒唤奈何。诗人从沉埋已久的史实中发掘出这一独到的史观,非为论史而论史,而是古为今用。换言之,旨在借论史以抒怀。杜牧有安邦济世之政治才干,并曾注释过《孙子兵法》,常以"知兵"(懂军事)自负。他翻出赤壁之战的历史旧账加以点评,显然只是借端托寓而已。原因在于"东风"不与杜郎"便",以致自己雄才难展,壮志难酬。于是借讥评曾得"东风"之"便"的"周郎",以纾解生不逢时、未遇良机的郁塞不平之气。"东风"这一意象显然别有寓托,作为关键词,它也是一个包含多重意蕴的多义词,蕴含着条件、机遇等意义。翻案法、托讽法等婉曲手法的巧妙运用,不仅使诗情的表达婉转蕴藉,而且强化了言简意赅、言近旨远的艺术效果,使诗的含蓄之美与凝练之美皆达于极致。

好诗皆凝练而含蓄,有弦外之音、味外之味,耐人玩索。但有时也招人误解,杜牧的《赤壁》亦有此遭遇。南宋许彦周曾尖刻地指责道:"孙氏霸业系此一战,社稷存亡、生灵涂炭都不问,只恐捉了二乔,可见措大(书呆子、半吊子)不识好

恶。"(《彦周诗话》)许彦周自己迂阔、不开窍,反骂人是"措大",殊不知他所抨击者正是《赤壁》的精髓所在:凝练与含蓄紧密结合而产生的美学特征和审美效应。杜牧不直言,不尽言,明示其少与小,暗示其多与大,言约意丰,一语多义,字面只见"二乔"的休戚荣辱,而"社稷存亡、生灵涂炭",乃至鼎足三分之大势,尽在其中。也正是由于诗的这种凝练与含蓄紧密结合的美学特征,使诗的鉴赏成为一种由表及里、由浅入深、由此及彼的,具有多层面性、多侧面性的审美过程。所以,赏诗若止步于表面,或止步于一隅,甚至偏执于某一层面或侧面,是难臻其妙的。

(三)诗有音乐美

诗的音乐美,指诗的语言所具有的与音乐相同或相近的艺术素质、审美特征,这种艺术素质、审美特征使诗顺口成诵,婉转动听,有音乐般的美感。诗何以有如此本体性的外部特征呢?是由于各种文艺形式总是相互影响,相互渗透的,更何况诗与音乐本来就是共生共存的。中国古代诗歌的多种体裁,如诗经体、楚辞体、乐府诗、词和曲,原本就是歌词;有的虽不是歌词,却可合乐歌唱,如部分古体诗与近体诗。这些诗体的体裁的形成与发展,必然受到音乐的影响或制约,因此诗的语言具有一定的音乐性与音乐美,也因此有人称这些诗体为音乐文学。有的诗体,如词与曲,后来虽与音乐相剥离,演化为专供案头阅读鉴赏的纯文学,但通过格律化而在其体制中依然保留着音乐的某些特质。至于绝大部分近体诗,虽不是歌词,也不合乐歌唱,但借助于格律化,仍与音乐保持着割舍不掉的血缘关系。吟诵之际,吐纳珠玉之声,所以亦能从听觉上予人以音乐般的美感。在现代汉语里,我们通常用"诗歌"这个双音节词来指代诗这个概念,正表明诗与歌——音乐,是血肉相连的。

中国古代诗歌的音乐性与音乐美,也自有其语言方面的特定的物质基础。汉语语音有两个突出的特点:第一,一个字就是一个音节,因而在用字组词或遣词造句中,有很大的灵活性、伸缩性。第二,汉语是独具声、韵、调三元素的语言。声,声母;韵,韵母;调,声调。三元素自成体系,三者合而为一,有机组合,则构成独具特色的汉语语音系统。古代诗人正是以此为基础,创构了诗的节奏与音调的规则、形式,从而使诗的语言富有音乐般的特质与美感。这种特质与美感主要体现为节奏感与音调美。

节奏感。合乎规律的重复形成节奏。"节奏能给人以快感与美感……节奏还可以使个体得到统一、差别达到协调、散漫趋向集中。"(袁行霈《中国古典诗歌语言的音乐美》)诗的节奏感主要有篇式、顿逗、韵律等构成要素。

音调美。诗的语言的音乐性与音乐美也体现在音调上。色有色调,音有音调。一首诗由许多字词的声音组成,字词声音之间的整体关系,也就构成了诗的音调,它同样也能予人以音乐般的听觉美感。诗的音调美主要源自声律和对仗等要素。

此外,中国古代诗歌还往往借助于双声词、叠韵词、叠音词、象声词来强化其节奏感与音调美。

音乐性与音乐美之所以成为诗的本体性外部特征之一,不仅仅是因为诗与音乐共生共存而受到音乐的影响与制约,更是基于诗的本体性内在特质——抒情性与诗情美。也就是说,诗与音乐同源共生,只是诗的语言具有音乐性与音乐美的外因;出于抒情之所需,才是内因。从语音的层面看,诗的语言的音乐性与音乐美,不过是诗人情感律动的外化,是内在情感的一种感性呈现而已。诗人写诗,既要充分运用语言的意义,去涵纳诗情、意象与意境,去传情达意,去怡情悦性,又要充分调动语言的声音,去优化抒情性与诗情美,去扣动读者的心弦。因此诗人将语音有序地排列组合以创构节奏与音调时,务必与诗情的抒发高度协调,力求做到以声传情,声情并茂。忽视诗情的抒发,片面追求节奏鲜明、音调谐美,是毫无艺术价值可言的。

纵观始自诗经体、楚辞体,经乐府诗、古体诗、近体诗,直至词与曲这一诗歌体裁的流变过程,可以清晰地看到,在与诗情的抒发相辅相成中,体现在诗的篇式、顿逗、韵律、声律、对仗等方面的音乐性与音乐美,一直递相传承着,不断发展着。下面,我们来系统地例析一组具有典范性的作品,以浏览诗的音乐性与音乐美的传承与演化过程,具体地感受和品味诗的音乐性与音乐美。

1. 诗经体的音乐性和音乐美

芣苢① 《诗经·国风·周南》

采采芣苢②,薄言采之③。采采芣苢,薄言有之④。
采采芣苢, 薄言掇之⑤。采采芣苢,薄言捋之⑥。
采采芣苢, 薄言袺之⑦。采采芣苢,薄言襭之⑧。

[注释]

①芣苢(fúyǐ):植物名,即车前草,古人认为车前子可以治疗妇女不孕与难产。

②采采:同"灿灿",色彩鲜明的样子。

③薄言:语助词,无义。之:代词,指代芣苢。

④有:采得。

⑤掇(duō):拾取,这里指从茎上一粒粒摘取。

⑥捋(luō):用手成把地从茎上抹下来。

⑦袺(jié):手执衣襟兜东西。

⑧襭(xié):翻转衣襟掖在腰带上以兜东西。

[赏析]

《芣苢》是先秦时代妇女在集体采集劳动中即兴合唱的一首民歌。改写成现代语,大意是:

车前子儿明灿灿,采呀快快采些来。车前子儿明灿灿,采呀快快采起来。
车前子儿明灿灿,一颗一颗摘下来。车前子儿明灿灿,一把一把捋下来。
车前子儿明灿灿,手提衣襟盛起来。车前子儿明灿灿,掖起衣襟兜回来。

全诗三章,诗意逐层递进。首章再现妇女们呼伴唤侣,开始采摘的情景。次章再现逐步加快节奏的、轻松愉快的采摘过程。末章再现越采越多,越采越欢,满载而归的情景。三章递相衔接,绘出一幅妇女们兴高采烈地采集车前子的劳动画卷。妇女们采集车前子,非一般的采集劳动,而是一种维系着种族繁衍,体现着生殖崇拜的古老习俗。因为,相传车前子有治妇女不孕与难产的特殊药效,所以妇女们怀着母性的期待与激情参与采集。在采集劳动中,热情高涨,愉快有加,并且一边采摘一边即兴歌唱。《芣苢》正生动地体现了采集劳动的进程和在劳动中情绪亢进的过程。

《芣苢》是《诗经》中激人俊赏的代表作之一。清代方玉润的《诗经原始》中就有一段绝妙的赏析文字:"读者试平心静气,涵咏此诗。恍听田家妇女,三三五五,于平原绣野、风和日丽中,群歌互答,余音袅袅,若远若近,忽断忽续,不知其情何以移,而神之何以旷,则此诗可不必细绎而自得其妙焉。"并认为"今世南方妇女登山采茶,结伴讴歌",是其遗风。涵咏《芣苢》,何以会产生如此神奇美妙的音乐感呢?这是因为《芣苢》同《诗经》中所有的诗一样,原本就是歌词,由于与音乐共生共存,天生就具有同音乐相同相近的艺术素质与审美特征,富于音乐性与音乐美也就不足为奇了。这种音乐性与音乐美主要体现为鲜明的节奏感,而这节奏感主要源自篇式、顿逗与韵律。

篇式。篇式指诗的整体架构。篇式取决于句子长短、句数多少及是否分段。篇式虽不能直接形成节奏,却决定着节奏的形式与特点,是体裁的构成要素,也是节奏的生成因素。篇式以句式为基础。这里句式专指句子长短,不涉及语法。汉语一个字称为一言,由于一个字就是一个音节,并以音节为单位构词造句,因而句式可长可短,灵活多变。句式的灵活多变决定了篇式与节奏的多样性、灵活性。从总体结构看,中国古代诗歌有两种最基本的篇式:一种是句式整齐划一而造就节奏匀称工整的齐言诗,一种是句式参差而节奏千变万化的杂言诗。《诗经》中百分之九十以上的句子是四言。也就是说,《诗经》中的诗基本上是四言体齐言诗,只有少部分是杂言诗。整齐划一的句式,形成一种匀称、工整的节奏,往往具有典雅、庄重、沉稳的美感。《芣苢》正是一首四言体齐言诗,每句都是四个字,即四个音节。分章联唱,并广泛运用复叠手法,形成了《诗经》的篇式的另一个特点:重章迭唱。分章即分段,复叠就是重复运用字、词或句子。《诗经》中的诗大多分章,且多用重章迭唱的形式,每章只更换少数几个字(词),而各章结构、

句式、词语基本相同。《芣苢》是典型的一例。全篇三章,每章四句,通篇用复叠的形式:间隔叠用一个完全相同的句子和一个大体相同的句子,连缀成章;一而再,再而三,联章复沓构成篇。从头到尾,仅仅系列化地更换了六个表示采摘动作的韵字,细致传神、循序渐进地再现采摘劳动的全过程以及劳动热情的步步高涨。每章一、三两句句首都用"采采"这一叠词。叠词、叠句、叠章的运用,组合成回环往复、一唱三叹的旋律,具有浓厚的民歌情调。这种篇式特点,源自以同一流行曲调配上若干段大同小异的歌词反复歌唱这种民歌形式。

顿逗。顿逗即音步的间歇。音节的组合构成音步与顿逗:在诗中,大多是由两个音节组合成音步,其次是一个音节自成音步,也偶见三个音节构成的音步。音步一般以略作停顿表示,也有用轻微的拖腔来表示的。停顿与拖腔即为顿,较长的顿就是逗。音步与顿逗有规则地排列组合便形成节奏鲜明的顿逗形式。诗句的顿逗必须是节奏鲜明的,这种顿逗形式近似于乐曲的节拍,并往往与乐曲的节拍相应相协。因此,读起来朗朗上口,听起来铿锵悦耳,富有音乐感。节奏鲜明的顿逗,是诗的节奏感的主要构成因素之一,也是诗化句式与散化句式最显著的区别之一。散化句式也是有顿有逗的,但它们不像诗化句式这样为应和音乐的节拍而刻意讲求顿逗的节奏感。《诗经》以四言为基本句式。四言句四个音节,两两组成音步,形成前二后二的顿逗,产生前后均衡对称的节奏感,与曲调的节拍相应和。而曲调的节拍又源自生活,源自劳动。《芣苢》中这种前二后二的匀称顿逗形成短促明快的旋律,正与采集劳动的自然节奏相吻合,生动地体现了劳动的欢快与和谐。

韵律。韵律指用韵的规则。用韵一般称为押韵,押韵即把韵母相同或相近的音节(字),安顿在相对应的位置上,使它们相互呼应,形成周期性的重复。押韵可造成同声相应、回环往复的节奏感,从而收到优化诗的音乐性与音乐美的效果;同时,通过韵字的前后呼应,前后粘连,把具有跳跃性和断裂感的诗句与意象群连成一气,有助于谐美圆整的意境的创构,从而强化诗的抒情性;押韵还有使诗便于吟诵,便于记忆,便于流传的功用。因此,韵律成为诗的节奏的第一要素,甚至成为诗的体裁的第一特征,押韵与否,成为区分诗化语言与散化语言的另一个重要标准。作为我国最早的诗歌总集《诗经》的韵律,比后世的韵律自由得多,也复杂得多。就用韵的位置而言,可用在句尾,可用在句中,还可用在句首。如果句尾是语气词或同一个代词,通常是把韵用在倒数第二个字身上,这种方式可称为准句尾韵。《芣苢》用的便是准句尾韵:首章"采"(古音 cǐ)、"有"(古音 yǐ)押之韵,次章"掇""捋"押月韵,末章"袺""襭"押质韵,每一个韵字后面都缀有同一个代词"之"字。就《诗经》用韵的方式而言,也是多种多样,但有两种是主要的:一是句句用韵,一是隔句用韵。隔句用韵通常用在偶句(双数句),叫作偶韵式。《芣苢》的用韵就属偶韵式。这种用韵方式为后世诗歌所传承,成为基本的押韵方式,不过,用韵的位置一般限定在句尾。《诗经》用韵有通首一韵到底的,也有数换其韵的。《芣苢》采用的是后一种方式。

综合观之,《芣苢》在《诗经》中是很有代表性的。它色调清丽,风格明快,意境优美。单从体裁形式看,复沓的章法、流畅的节奏,显得简洁而单调,但是,在似乎一目了然的单纯之美的背后,却深藏着味之不尽的醇厚之美。这醇厚之美,首先体现为可以悦耳、足以移情的音乐之美。

2. 楚辞体的音乐性和音乐美

国殇[①]   屈原

操吴戈兮被犀甲[②],车错毂兮短兵接[③]。
旌蔽日兮敌若云[④],矢交坠兮士争先[⑤]。
凌余阵兮躐余行[⑥],左骖殪兮右刃伤[⑦]。
霾两轮兮絷四马[⑧],援玉枹兮击鸣鼓[⑨]。
天时怼兮威灵怒[⑩],严杀尽兮弃原野[⑪]。
出不入兮往不反[⑫],平原忽兮路超远[⑬]。
带长剑兮挟秦弓[⑭],首身离兮心不惩[⑮]。
诚既勇兮又以武[⑯],终刚强兮不可凌[⑰]。
身既死兮神以灵[⑱],子魂魄兮为鬼雄[⑲]。

[注释]

①国殇(shāng):为国捐躯,这里指为国牺牲的将士。殇,一指夭折,未成年而死;一指客死,死在他乡,死在旷野。这里兼有两重含义。

②操:持、拿着。吴戈:吴国制造的戈。当时吴国的冶铁技术较先进,吴戈以锋利闻名。戈,古代兵器,刃横出,有长柄,可钩可击。被(pī):同"披",披挂。犀甲:用犀牛皮做的铠甲。

③错:交错。毂(gǔ):车轮中心用以横贯车轴的圆木。短兵:短兵器,指刀剑之类。接:交,交互砍杀。

④旌(jīng):旗上的羽毛缀饰,借代旗。若云:如云汇集,比喻多而密集。

⑤矢交坠:箭交互落在对方阵地上。

⑥凌:侵犯。余:我、我们的。躐(liè):践踏。行(háng):行列、队列。

⑦骖(cān):骖马、边马。古代战车辕木只有一根,而用四匹马驾车,中间两匹叫服,两旁的叫骖。殪(yì):死,这里指被杀死。右:右边的骖马。刃:用刀砍。

⑧霾(mǎi):同"埋"。縶:用绳系住。

⑨援:拿起。枹(fú):鼓槌。鸣鼓:响鼓。在古代,击鼓是进军的信号。

⑩天时:天象。怼(duì):怨恨。

⑪威灵:威严的神灵。严:严酷。

⑫反:同"返",回来。

⑬忽:渺茫无边。超远:遥远。

⑭挟:挟持、携带。秦弓:秦国所造的弓,以强劲著称。

⑮离:分开。惩:惩创、损伤,引申为衰减、改变。

⑯诚:确实。武:威武。

⑰凌:欺侮。

⑱神:精神。

⑲子:您、你们。魂魄:灵魂、鬼魂。鬼雄:鬼中的英雄豪杰。

上篇 本体篇

[赏析]

《国殇》是追悼阵亡将士的祭歌。大体上可分为两部分,前十句为第一部分,后八句为第二部分。

"操吴戈兮被犀甲,车错毂兮短兵接。"手持着吴国造的锐利戈矛,身披着犀牛皮做的坚韧铠甲;敌我双方车轮交错,用短兵器进行搏斗。开篇即从一场恶战的断面切入,推出一个已经进入到白热化阶段的战斗场面,突显楚军将士英勇杀敌、壮烈殉国的典型环境。上句作肖像描写,绘出楚军将士的飒爽英姿,装备精良、军容壮盛、斗志昂扬,一切全在画面上。下句单刀直入,写这场战斗的基本特点,这是一场车战、混战,一场短兵相接的白刃战、肉搏战。"旌蔽日兮敌若云,矢交坠兮士争先。"旌旗遮天蔽日,敌人密集如云。两军对射,流矢交错地在对方阵地上纷纷落下。勇士们奋勇争先,向前冲杀。这两句采用侧面烘托与正面描写相结合的手法,表现战场形势的险恶、楚军将士的英勇。"旌蔽日""敌若云""矢交坠",是侧面烘托。夸张、比喻、摹状,多法并举,突出敌方人多势众,形势十分严峻。"士争先",是正面描写。仅用三个字,把楚军将士不畏强暴、争先杀敌的英雄形象刻画得栩栩如生。以上四句是一层,是场面描写,以鸟瞰图的形式再现整个战场的场景。叙事一定要点面结合。面,指全局,指整体场面;点,指局部,指细节、细部。以上一层就是写"面",下一层是写"点"。"凌余阵兮躐余行,左骖殪兮右刃伤。"敌人突入我们的阵地,冲乱我们的队列。驾车的骖马,左边的被杀死了,右边的被砍伤了。这两句笔触逐步由全局转向局部,即由面及点,由泛写转为特写。"霾两轮兮絷四马,援玉枹兮击鸣鼓。"埋住两个车轮,系住四匹辕马,操起鼓槌,把战鼓擂得震天响。这两句是对将军的特写:在敌强我弱、损失惨重的严峻形势下,将军埋轮系马,誓死不退,还擂响战鼓,激励士气,指挥反攻。强将手下无弱兵,将帅如此,战士们的英勇无畏、拼死向前,可想而知。以上四句为一层,以细节描写为主,用特写镜头进一步突现这是一场苦战、恶战,一场你死我活的殊死搏斗。"天时怼兮威灵怒,严杀尽兮弃原野。"战斗空前惨烈,杀得天怨神怒;在残酷的厮杀中,楚军将士全部壮烈牺牲,旷野里到处横陈着他们不屈的身躯。这两句是一层,再次转向场面描写,展示这场战役的悲壮结局。上句间接

表现战斗的残酷激烈,以天怨神怒渲染气氛,从旁烘托。下句直接描写战斗的悲壮惨烈,展现血染沙场、横尸盈野的战场惨象。至此,一幅全景式的古代车战画卷完整地展现在我们面前。以上是第一部分,描叙楚军将士为国而殇的经过。这一部分不仅字字带血,而且句句含情,诗人对为国捐躯的楚军将士的崇敬与哀悼渗透在描述之中。

"出不入兮往不反,平原忽兮路超远。"一出征就没打算活着回来,义无反顾地奔赴那旷野莽莽、路途迢迢的异乡。这是赞颂将士们勇往直前、慷慨赴死的崇高精神。"带长剑兮挟秦弓,首身离兮心不惩。"死了依然佩着长剑,挟着秦国造的硬弓;头颅和躯体都分开了,报国壮志却丝毫不减。这又是一个特写镜头,再现的是楚军将士的死后雄姿,与开头一句所描写的生前雄姿前呼后应,相得益彰,充分表现出将士们为国捐躯、死而后已的英雄主义和爱国主义精神。"诚既勇兮又以武,终刚强兮不可凌。"实在是又英勇啊又威武,始终刚强不屈,凛然难犯。"身既死兮神以灵,子魂魄兮为鬼雄。"勇士们虽然已经战死,但是为国献身的精神却化为永世长存的神灵;你们的神灵永远是鬼魂中的英雄豪杰。诗人所纵情讴歌,顶礼膜拜者,与其说是死而不屈的楚军将士,不如说是生为人杰,死为鬼雄的民族魂!以上是第二部分,礼赞楚军将士为国而殇的精神。这一部分是抒情,却将精神赞美与外形描绘紧密地结合在一起,把无限的景仰与深切的哀悼奉献给舍身卫国的忠魂,把洗雪国耻、激励生者的希望寄托于死而不屈的英灵。

《国殇》描写了一场敌强我弱、牺牲惨烈的战役,歌颂了楚军将士奋勇争先、以死报国的英雄主义精神和爱国主义精神,表达了诗人对阵亡将士的崇敬与缅怀,抒发了诗人炽烈而赤诚的爱国激情。情调激昂慷慨,撼人心魄,催人振奋。

就体裁而言,《国殇》属楚辞体。《离骚》是屈原的代表作,也是楚辞的巅峰之作,因此楚辞体也称为骚体。这种诗体是屈原在楚地民谣的基础上创制而成的,而原始宗教仪式则是滋生这种诗体的主要生活土壤。在原始宗教仪式中,诗歌、音乐、舞蹈三者往往结合在一起进行表演,这大约就是后世歌舞剧的滥觞。这一特征,从《国殇》中可窥其一斑,这便是它所具有的音乐性与音乐之美。《国殇》是屈原根据楚国民间祭歌加工改写而成的组诗《九歌》中的一篇。祭歌亦称巫歌,是从事祭祀的巫师们边舞边唱用以迎神、送神、娱神的乐歌,所以它具有音乐性,能予人以听觉上的美感。这种音乐性与音乐美,在《国殇》中主要体现为鲜明的节奏感。首先,它的句式具有鲜明的节奏感。楚辞突破了《诗经》短促、板滞的四言句式,代之以较为舒展的、音步灵巧多变的句式。楚辞以句中或句尾带有"兮"字的六言句与七言句为基本句式,有时间用四、五、八言(大多亦带有"兮"字或别的虚词)。句式的延展与多变,特别是"兮"字有规则的大量运用,使音步与语调都变得曲折婉转,起伏跌宕,强化了抒情功能,也优化了节奏感。楚辞的篇式,有句式参差的,也有句式整齐的。《国殇》句式整饬,全部为句中加一"兮"字的七言句。与句式的演进相应,顿逗形式也有所发展。四言句前二后二的音顿形式虽然整齐、匀称,却显得呆板,缺少奇偶变化。在楚辞中除了双音节顿外,开始大量出现单音节顿与三音节顿,并形成奇偶相间的顿逗形式。《国殇》中"兮"字的运用使顿逗形式富于变化,有顿也有逗。顿,是短暂的停顿与延宕;逗,是较显著的顿。"兮"字多为语助词,其语音与语法功能大致如"啊",主要起着舒缓语气的作用。《国殇》中的"兮"字以其固定的位置与明显的语气延宕,将每一句都分隔成前四后三两段,其作用相当于逗。"兮"字与之前的两个或一个音节紧密结合,构成三音节顿或双音节顿。于是"兮"字之前(含"兮"字)的四个音节形成一、三音顿形式或二、二音顿形式;"兮"字之后的三个音节则形成一、二音顿形式或二、一音顿形式。就句式而言,《国殇》中主要有两种顿逗形式:或一、三、一、二,如"操／吴戈兮∥被／犀甲"(／,表示顿;∥,表示逗);或一、三、二、一,如"车／错毂兮∥短兵／接"。个别则为二、二、一、二,如"左骖／殪兮∥右／刃伤";或为二、二、二、一,如"天时／怼兮∥威灵／怒"。《国殇》中整齐划一的句式与灵活多变的顿逗造就一种铿锵有力的旋律,与激昂慷慨的情调互为表里,使《国殇》富于阳刚之美,迥异于《九歌》中其他篇章的阴柔之美。押韵,也是造就节奏感的重要手段。同《诗经》一样,楚辞的用韵灵活多变。例如《国殇》,前十二句每句用韵;大多两句一换韵,其中一组四句一换韵。后六句更灵活,两句句句押,另外四句隔句押,四个韵字属同一个韵部。这一状况也表明,韵律尚在形成期。楚辞多用句尾韵,韵字在句尾,称为韵脚。《国殇》全为句尾韵。现将其韵脚依次

分列于后:"甲""接",押叶韵;"云""先",押文韵;"行""伤",押阳韵;"马""鼓"、"怒""野",押鱼韵;"反""远"押元韵;"弓""惩""凌""雄"押蒸韵。灵活多变的用韵,应和着情感流的抑扬起伏、快慢强弱,更有效地发挥着声情结合、以声传情的功能。楚辞与《诗经》的用韵皆属上古音系,由于语音的发展变化,与现代音系有较大的差别。例如,"马"(古音 mǔ)、"鼓""怒""野"(古音 shǔ),若按现代语音读,也就不押韵了。总起来看,《国殇》的这种节奏感与高亢、激越、悲壮的格调相辅相谐,使这首祭歌具有惊天地泣鬼神的艺术感染力,也使这首祭歌如战歌一般具有激励斗志、振奋人心的巨大感召力。

3. 乐府诗的音乐性和音乐美

战城南①　　汉乐府

战城南,死郭北②,
野死不葬乌可食③。
为我谓乌④:且为客豪⑤!
野死谅不葬⑥,腐肉安能去子逃⑦!
水深激激⑧,蒲苇冥冥⑨;
枭骑战斗死⑩,驽马徘徊鸣⑪。
梁筑室⑫,何以南⑬,何以北?
禾黍不获君何食⑭?愿为忠臣安可得?
思子良臣⑮,良臣诚可思⑯;
朝行出攻⑰,暮不夜归!

[注释]

①战城南:这是一首西汉民歌,为汉乐府《铙歌十八曲》之一。

②郭:外城,即城外围着的墙。

③野死:死在野外。乌:乌鸦。据说乌鸦喜欢吃死尸的腐肉。可:正好。食:吃。

④为:替。我:作者自称。谓:告诉。

⑤客:指战死者,死者是转战他乡的人,所以称为客。豪:同"嚎",哀号。古人对刚死的人必须行招魂之礼,招魂的人边哭边说,就是嚎。

⑥谅:想必,表示揣测。

⑦安能:哪能。去:离开。子:你、你们,指乌鸦。

⑧激激:水清澈的样子。

⑨蒲:菖蒲,一种水草。苇:芦苇。冥冥:阴森森地,幽暗的样子。

⑩枭骑(xiāojì):骁勇善战的骑兵战士。枭,同"骁",勇敢。

⑪驽(nú)马:跑不快的马,这里指伤残而不能快跑的马。

⑫梁筑室:为备战而在桥梁上构筑营垒。

⑬何以:以何,靠什么。

⑭禾黍:泛指庄稼。不获:无收获。君:指国君。

⑮良臣:优秀的臣民,对战死者的敬称。

⑯诚:确实。

⑰朝行:早上出征。

[赏析]

这是一首诅咒战争、哀悼阵亡将士的挽歌。全诗大体分为四个层次。

前七句为一层,描写战场惨状。"战城南,死郭北",两句互文见义,意思是说城南郭北到处都在激烈地战斗,城南郭北到处都有惨重的伤亡。一开篇就展开了一幅尸横遍野、惨不忍睹的画面。"野死不葬乌可食",尸陈荒野没人埋,腐肉正好喂乌鸦。战死在荒野,已属可悲,更可悲的是成群的乌鸦正在肆无忌惮地啄食战死者的遗体,真可谓惨绝人寰!着一个"可"字,正话反说,似旷达,实悲怆,饱含着一腔怜悯、激愤之情。义愤填膺,百般无奈中,诗人想落天外,向苍天求告:"为我谓乌:且为客豪!野死谅不葬,腐肉安能去子逃!"替我转告乌鸦:"先为战死他乡的人们哀号招魂吧!战死在野外,想必不会埋葬,他们的腐肉岂能逃离你们乌鸦的嘴!"诗人竟异想天开地要求乌鸦先替战死者招魂,然后再啄食他们的遗体,实在令人发怵!令人心酸!

第二层:"水深激激,蒲苇冥冥;枭骑战斗死,驽马徘徊鸣。"又深又清的河水哗哗地流淌着;放眼望去,菖蒲、芦苇黑压压、阴森森一大片。骁勇的战士们壮烈地牺牲了,刀下余生的伤残战马眷恋着战死的主人,徘徊不去,时不时地仰天长啸。这一层紧扣着"野死"二字描写战场环境,并烘托出一派死寂、悲凉的气氛,流水的哗哗声、战马的"徘徊鸣",倒真像是在为壮烈的牺牲者招魂。这一层是写景的妙笔,更是融悲情入惨景,从而借景抒情的妙笔。

如果说前两层是通过叙事写景间接地抒情的话,从第三层起,则是直吐心声。第三层以连锁般的三个反诘句,对战争和战争的发动者进行谴责。战争,尤其是不义战争,是毁灭性的!它不仅毁掉了人们的宝贵生命,也毁掉了人们正常的生产与生活。"梁筑室,何以南,何以北?"桥上修筑了营垒,人们又怎么能自由地南来与北往?这是作为引子的一问,它牵出后面的两问。桥梁,和平时期的通途,成了战争中的要隘,人们的和平生活、劳动生产能不受到严重影响?"禾黍不获君何食?"庄稼颗粒无收,国君您又吃什么?这第二问矛头直指最高封建统治者。和平时期劳动的生力军,像被赶进屠宰场的牛羊一般,成了战争的牺牲品,庄稼谁去种谁去收?战争对生产,对人民,对整个社会,甚至对穷兵黩武的统治阶级本身,都造成了不可估量的巨大伤害!"愿为忠臣安可得?"这是第三问:即便一心想做忠臣良民,永续为国效力,为君效忠,可是陷溺进战争,送掉了性命,这一切又怎么能办得到呢?矛头仍直指最高封建统治者,但依旧深藏其锋芒,原本是在责问,却仿佛是处处为之着想,大有"温柔敦厚,怨而不怒"的意味。第三层对战争和战争的发动者进行谴责,是由果及因,追究造成惨重牺牲的根源。第四层则回归伤悼之旨,直接表达对牺牲者的悼念与崇敬。"思子良臣,良臣诚可思",怀念你呀,优秀的臣民,优秀的臣民确实值得深深地怀念!诗人直抒胸臆,表达了对战死者的深切悼念与无上崇敬。一再以"良臣"尊称战死者,发自肺腑,可惜这只是身后的殊荣与虚名,尊崇之余已露悼惜之意。"朝行出攻,暮不夜归。"早晨出发去进攻敌人,天黑尽了却不见连夜回来。言外之意是,一个个生龙活虎般的人,转眼间便灰飞烟灭,不复存在了!措辞平淡,抒情隐忍,却蕴蓄着倏忽之间天塌地陷的巨大震撼力,强化了伤悼情绪,也强化了谴责意味。

这首反战诗思想性强,艺术性亦高,但不是此处赏析的重点,所以暂不详述。赏析此诗,旨在以此为例,说明在诗体流变中音乐美这种诗的本体性的外部特征是怎样保持着并发展着的。

看其体裁,《战城南》是一首乐府诗。乐府诗体式上的最大特点,是它除了押韵,除了顿逗富于节奏感以外,不受任何格律的约束,是一种半自由体诗。乐府诗原本就是歌词,与音乐血肉相连;即便与音乐剥离开来,诵而不歌,仍会保持着较强的、能予人以听觉美感的音乐性与音乐美,读起来朗朗上口,听起来铿锵悦耳。其音乐性与音乐美主要体现在以下几个方面:

其一,句式。乐府诗突破了《诗经》的以四言为主并以四言为定格的呆板体式,代之以灵巧多变的体式:以四、五、七言为主,句式可长可短,短则二言、三言,长则八言、九言;篇式——整首诗的句式架构,可参差错落,也可整齐划一。句式的拓展与多变,增大了诗的容纳量与表现力,也为节奏感的多样化与丰富性奠定了基础。《战城南》是一首篇式长短参差的杂言诗,三、四、五、七言,几乎平分秋色。其中四言略占优势,隐隐见出从《诗经》的体式中脱胎而出的痕迹。

其二,顿逗。随着五、七言在乐府诗中的大量出现,在以双音节顿为主的基础上,出现了单音节顿,即一个音节自成一个音步。于是形成新的音顿形式:五言三顿,或二、二、一,或二、一、二,各带一个单音节顿;七言四顿,或二、二、二、一,或二、二、一、二,也各带一个单音节顿。此外,五、七言句中还偶有三音节顿出现。在四言句中,一般顿逗合一,顿即逗,逗即顿,每句只有一个短暂的停顿或延宕,顿逗形式单一而少变化。五、七言句则不然,每句除了顿,还有逗——一个显著的顿,即一个略长一点的停顿或延宕。逗较明显地把一句分为前后两段:五言多为前二后三,七言多为前四后三。其顿逗形式的节奏感更加鲜明,更加谐美。《战城南》共二十句,五言与七言各四句,占有相当的比重,现将其顿逗形式(∕表示顿,∥表示逗)罗列如下:

野死∥谅∕不葬

枭骑∥战斗∕死

驽马∥徘徊∕鸣

良臣∥诚可／思

野死／不葬∥乌／可食

禾黍／不获∥君／何食

愿为／忠臣∥安可／得

早期乐府诗中,顿逗形式尚未完全定型,时有例外,"腐肉安能去子逃"就是一个例外,是前二后五的顿逗形式:"腐肉∥安能／去子／逃"。《战城南》中还有五个三言句。三言句同四言句一样,顿逗合一。但四言句是前二后二的单一音顿形式,三言句却是一个双音节顿加一个单音节顿。或前一后二,如"战／城南,死／郭北";或前二后一,如"何以／南,何以／北"。这或许就是五、七言句后半部分的顿逗形式,即所谓三字尾的雏形。顿逗形式的多样化,使节奏具有多变性、丰富性,强化了音乐感。

其三,韵律。诗必押韵,这早已是定规,乐府诗亦然。但乐府诗的押韵是比较自由的,尚未形成严格的韵律。可奇句押,也可偶句押;可连续押,也可间隔押;可一韵到底,也可数换其韵。《战城南》是典型的一例,现分列其各组韵脚如下:

"北""食",押职韵

"豪""逃",押宵韵

"冥""鸣",押耕韵

"北""食""得",押职韵

"思"属质部,"归"属微部,邻部通押

汉乐府与《诗经》、楚辞一样,用韵属上古音系。语音是语言中最活跃多变的要素,因此,古韵与今韵有较大的差异,诵诗者不可不知,但一般不必按古韵来诵读。

4. 古体诗的音乐性和音乐美

迢迢牵牛星①

迢迢牵牛星， 皎皎河汉女②。

纤纤擢素手③，札札弄机杼④。

终日不成章⑤，泣涕零如雨⑥。
河汉清且浅，相去复几许⑦？
盈盈一水间⑧，脉脉不得语⑨。

[注释]

①迢迢牵牛星：选自《古诗十九首》，原诗无题，后世取其首句标题。《古诗十九首》是汉代文人五言诗，原非一时一人所作，梁代萧统因其风格相近，收入《文选》时，题为《古诗十九首》。迢迢：遥远的样子。牵牛星：天鹰星座的主星，俗称牛郎星，在银河南。

②皎皎：明亮的样子。河汉女：指织女星，天琴星座的主星，在银河北，与牵牛星隔银河相对。河汉，银河。

③纤纤：细长柔软。擢（zhuó）：伸出，这里指挥动、摆动。素：洁白。

④札札：象声词，织机声。弄：摆弄、操作。杼（zhù）：织布机上的梭子。

⑤终日：一整天。章：纺织物上的经纬纹理，这里指整幅的布匹。

⑥泣涕：眼泪。零：落下。

⑦去：距离。复：又。几许：多少，这里指距离远近。

⑧盈盈：水清浅的样子。水：指银河。间（jiàn）：隔开。

⑨脉脉：含情相视的样子。语（yù）：说话、交谈，用作动词。

[赏析]

《迢迢牵牛星》是一首富于浪漫色彩的抒情诗，诗人借天上牛郎织女隔河相望的神话，抒写人间痴情男女咫尺天涯的隐衷与哀怨。

开头两句描写星空夜景，即景起兴。"迢迢牵牛星，皎皎河汉女。"上句的"迢迢"与下句的"皎皎"互文见义，意思是说：牵牛星既"迢迢"且"皎皎"，织女星既"皎皎"且"迢迢"——牵牛星与织女星都在遥远的天空闪闪烁烁，星光灿烂。这两句写诗人仰望星空，看见了隔在银河两边的牵牛星和织女星，触景生情，联想到牛郎织女的神话故事，更引发了自己的离愁别恨。于是借描写眼前的星空夜

景,领起对离愁别恨的抒发,这便是所谓即景起兴,是古代诗歌常用的开头方式之一,也是古代诗歌营构意境的常用手法之一。"纤纤擢素手,札札弄机杼。终日不成章,泣涕零如雨。"这是从织女的角度来讲这个神话故事:以女红工巧著称于世的织女,夜以继日地劳作,但是由于她心系牛郎,心思全不在织机上,所以"出工不出活",一整天也织不出一匹布来。更为可悲可怜的是,她泪如雨下,终日以泪洗面。那"盈盈"的银河水里,不知汇集了织女的几多伤心泪!"河汉清且浅,相去复几许?"借描写银河的又清又浅、两星的咫尺间隔,暗传跨越障碍、重新聚首的强烈意愿。"盈盈一水间,脉脉不得语。"由于一河相隔,两星只能含情相望,哽咽难言。诗人借两星咫尺天涯的隔离,含蓄地表达了隐形的、巨大的障碍难以逾越,以致有情人难以重聚的幽怨。以上四句兼顾两星,讲述牛郎织女的神话故事,并暗抒自己的离情别绪。

这首诗用《诗经》、楚辞惯用的比兴寄托手法,把一种虽遭压抑,彼此离散,却真诚相爱、相思入骨的挚情、痴情,投射到赏心悦目的星空美景和凄美动人的神话故事中,通过对星空美景的描绘,对神话故事的演绎,生动形象而又含蓄委婉地抒发这种挚情、痴情。诗中,星空美景、神话故事、离愁别恨,融合无间,三位一体,营构出幽邃、曼妙的意境来。一首小诗,三重洞天:一个神奇缥缈的外部世界,一个瑰丽诡异的神话世界,一个催人泪下的情感世界。读之让人玩味无穷,唏嘘不已。

究其体裁,这是一首古体诗。古体诗与乐府诗一样,也是一种半自由体诗,除了押韵、除了顿逗富于节奏感以外,不受任何格律的约束。古体诗虽与音乐没有直接的联系,既非歌词,也不一定配乐歌唱,但是,以《诗经》和乐府民歌为渊源的古体诗仍然与音乐有着割舍不掉的血缘关系。因此,它在篇式、顿逗及韵律等方面依然体现出较强的音乐性,并焕发着音乐美。

先看篇式。古体诗与乐府诗一样,可以是句式参差、音步多变的杂言诗,也可以是句式整齐、音步匀称的齐言诗——五言诗或七言诗。五言诗是较早产生并流行开来的古体诗,《迢迢牵牛星》就是一首句式整齐、节奏鲜明的五言古体诗。

再看音顿。由于古体诗与乐府诗一样,以五、七言句为基本句式,其音顿形式也是以双音节顿为主带一个单音节顿。《迢迢牵牛星》全为五言句,每句三顿,其中第三、四、七、八句为二、一、二音顿形式,其余六句为二、二、一音顿形式。古体诗每句除了顿,还有逗,把一句隔成前后两段,五言为前二后三,七言为前四后三。《迢迢牵牛星》为五言古体,每句皆为前二后三。

再看韵律。偶韵式是古体诗的基本韵律形式。《迢迢牵牛星》用偶韵式:双数句的尾字"女""杼""雨""许""语"押韵。除"雨"属虞部外,其余皆属语部;语、虞两部相邻,邻部相押,音调相协。《迢迢牵牛星》系东汉后期作品,其语音较先秦时代有较大的发展变化,用韵大致属于中古音系,接近于近体诗的用韵,只不过韵律较宽松。

此外,对偶句的运用,以及双声、叠韵、叠音、象声等特殊的双音节词的运用,也增强了诗的音乐性与音乐美。古体诗中常用对偶句,但由于这种对偶句只讲求上下句相对应的词的词性、词义的对应关系,尚不涉及声律,即不讲求平仄的对应关系,所以对偶句的运用,只有增强节奏感的功效,尚乏优化音调美的作用。对偶与否,更无定规。总之,古体诗的对偶与近体的对仗还不完全是一回事。《迢迢牵牛星》高频率地运用了对偶句。全诗十句,竟以六句构成三组对偶句,使节奏感倍增。双声词、叠韵词、叠音词、象声词的运用可强化节奏感与音调美,有明显的音乐效果与借声传情的效果。正如袁行霈先生所说:"在一连串声音不同的字中,出现了声韵部分相同或完全相同的两个邻近的字,从而强调了某一个声音以及由此声音所表达的情绪,铿锵的越发铿锵,宛转的益见宛转,荡漾的更加荡漾,促节的尤为促节。"(《中国古典诗歌语言的音乐美》)双声词、叠韵词是由局部语音相同的字组成的双音节词,声母相同的叫双声词,韵母相同的叫叠韵词。叠音词是语音——声、韵、调完全相同的双音节词。象声词是模拟声音的词,一般也是叠音词。《迢迢牵牛星》大量地使用了这几类特殊的双音节词。全诗十句,有五句分别用了叠音词"迢迢""皎皎""纤纤""盈盈"和"脉脉",还有一句用了象声词"札札",另有两句分别用了双声词"河汉"与叠韵词"泣涕"。高频率地使用这几类特殊的双音节词,使节奏感更见鲜明,音调越发谐美,形成回环复沓、一唱三叹的韵味,优化了令人回肠荡气的音乐美。

5. 近体诗(律诗)的音乐性和音乐美

寄李儋元锡① 韦应物

去年花里逢君别②,今日花开又一年。
世事茫茫难自料③,春愁黯黯独成眠④。
身多疾病思田里⑤,邑有流亡愧俸钱⑥。
闻道欲来相问讯⑦,西楼望月几回圆⑧。

[注释]

①李儋(dān):字元锡,曾任殿中侍御史。

②逢君别:即"逢别君",为合于格律而颠倒语序,意思是适逢与君离别。

③茫茫:形容渺茫难测。

④黯黯:情绪低落,神情沮丧。

⑤田里:田园故里。

⑥邑:城邑,这里指自己所管辖的地区。流亡:外出逃难的人。愧:为……而感到惭愧,愧对。俸钱:封建时代官吏的薪金。

⑦闻道:听说。问讯:探望。

⑧西楼:指滁州(今安徽滁州)西城楼。

[赏析]

《寄李儋元锡》是一首寄给朋友的赠答诗,大约作于韦应物在滁州刺史任上。当此之时,尚未从安史之乱中完全喘过气来的大唐帝国,朝政混乱,藩镇割据,国弱民穷,甚而至于发生叛军盘踞京城,皇帝逃难在外的重大变故。韦应物便是在这样的时代背景下出任滁州刺史的,也是在这样的时代背景下写这首赠答诗的。

首联忆别。"去年花里逢君别,今日花开又一年。"去年正赶上在花开的时节依依惜别,转瞬间花开花谢又是一年。开篇淡淡叙来,却含深深的思念与浓浓的愁绪。这是即景起兴,从眼前花事联想到去年花中相别。以下转向抒情。"世事茫茫难自料,春愁黯黯独成眠。"世事渺茫,难以预料,春愁萦怀,神情黯然,唯有昏昏独睡寻个好梦而已。由于时局动荡、民生凋敝,无论国家还是个人,前途茫茫,希望渺渺,所以诗人深感"难自料"。可见"春愁黯黯",不仅包含着光阴荏苒、岁月蹉跎引发的愁绪,也包含着忧念前程与无力补天的苦闷。"独成眠",更形象地披露孤寂郁闷的诗人百无聊赖而亟盼慰藉的心态。颈联进一步揭示出"春愁"的深层意涵。"身多疾病思田里,邑有流亡愧俸钱。"身体多病,早想退隐田园故里,但是看到治下的州县有逃难的灾民,又痛感自己上不能纾国君之困,下不能安治下之民,实在愧领朝廷俸禄。这不仅表明诗人的内心充满了进退出处的矛盾与烦恼,更体现了封建时代的仁人志士的良心与良知,他们忠君爱民,清正廉洁,富于责任感。这种良心与良知极大地提升了诗的思想性与感召力,使这首赠答诗标格独高,历来备受推崇。以上两联是向友人倾诉别后一年来自己的满怀苦闷。正是这种苦闷萦怀、亟须排遣和慰藉的心态,激化了诗人对友人的思念与期待:"闻道欲来相问讯,西楼望月几回圆。"听说您要前来看望,我在西楼上望见月亮圆了又缺,缺了又圆,已经反复好几次了。由于李儋远在西边的都城长安,所以诗人频频登上滁州城的"西楼",眺望着月亮以寄托思念之情。尾联回应首联,抒写对友人的思念与期待,但不直言,不明言,而是借望月怀远这一传统的、典型的意象,形象地、含蓄地表达思念之殷、期待之切,并留下无穷余味于诗外。

《寄李儋元锡》不仅以其仁民爱物的襟抱、语淡情深的风格,足为做官者、作诗者示范;究其体裁,它也是一首具有示范性的近体诗、格律诗。古代诗歌的体裁,自远古、先秦,一路发展、演变,至唐代产生了一种严格讲究格律的新诗体——近体诗。近体诗即格律诗,包括律诗和绝句两大类。律诗又主要包括五言律诗和七言律诗两种基本类型,前者简称为五律,后者简称为七律。此外还有一种律诗叫长律,或称排律。下面试以《寄李儋元锡》为范例来探讨律诗的这两种基本类型的格律及在格律中体现出来的音乐性与音乐美。

绝大部分近体诗，特别是律诗，早与音乐脱离了干系，但在篇式、顿逗、韵律，尤其在声律与对仗诸方面形成了一整套严格的格律。正是这一整套严格的格律，保持并强化着诗的节奏感与音调美，从而使诗葆有音乐美。

（1）篇式。律诗是一种篇式定型化、句式整齐划一的齐言诗。五律与七律的句数、字数都有定规：每首八句。五律每句五个字，共四十个字；七律每句七个字，共五十六个字。长律每首则为十句或在十句以上，是个例外，或者说是五律与七律的扩展。律诗两句为一组，称为联。五律与七律每首四联，每联各有名称：第一联称为首联，第二联称为颔联，第三联称为颈联，第四联称为尾联。每联的上句称为出句，下句称为对句。律诗篇式的定型化、句式的整齐化，使诗的节奏更加匀整协调，呈现出整饬之美、匀称之美。《寄李儋元锡》是一首七律，全诗八句，每句七言，共五十六个字，是标准的七律体式。

（2）顿逗。律诗的顿逗有严格的规则，鲜有例外。五言三顿，或二、二、一，或二、一、二；七言四顿，或二、二、二、一，或二、二、一、二。近体诗虽大多与音乐脱钩，诵而不歌，但一首诗中每句字数相等，顿数也相同，似与现代音乐中3／4与4／4节拍的乐曲有某种不谋而合之处。但又不完全相同，律诗的每一句在固定的位置有一个逗，把一句诗分为前后两段，五言为前二后三，七言为前四后三。现将《寄李儋元锡》的顿逗形式标示如下：

去年／花里／／逢／君别，今日／花开／／又／一年。

世世／茫茫／／难／自料，春愁／黯黯／／独／成眠。

身多／疾病／／思／田里，邑有／流亡／／愧／俸钱。

闻道／欲来／相／问讯，西楼／望月／／几回／圆。

尽管应和着诗情的流动与变化，各个顿逗间的停顿与延宕时间也有长有短，但顿逗的整体格局却是大体固定的。顿逗的定型化使诗的节奏感更具整饬之美。

（3）韵律。律诗的韵律比古体诗严格得多。律诗在押韵方面有诸多严格的规则：第一，要求偶句必押，奇句不押，即二、四、六、八句句尾押韵；有的首句也押，即一、二、四、六、八句句尾押韵。也就是说，偶韵式是律诗韵律的基准形式。第二，要求一韵到底，不能换韵，即一首诗只能用同一韵部的字。第三，一般押平声韵,极少押仄声韵,更不能平仄通押;不押韵的奇句的尾字必须是仄声。④不能同字为韵,即一首诗里不能有重复的韵脚。严格的韵律使律诗更富于整饬、谐美的节奏感。近体诗的用韵属中古音系,旧称平水韵,分106部。中古音系是六朝到唐宋时期的语音体系。《寄李儋元锡》的用韵完全合乎律诗的韵律:用偶韵式,第二、四、六、八句的尾字"年""眠""钱""圆"押平声先韵。

(4)声律。声律即平仄律,指声调搭配组合的规则,是律诗,也是各类近体诗的格律的核心部分。古代汉语有平、上、去、入四种声调。平声不升不降,音较长;上、去、入三声合称仄声,仄声或升或降,音较短。有规则地将平仄声相间,相对,相粘,构成平仄律,可造成音调抑扬顿挫、长短疾徐的变化。因此,律诗虽与音乐拉开了距离,但主要由于讲究平仄,即由于有严整的声律,因而更具有波澜起伏、错综和谐的音调美,近似于乐曲中高低不同的音阶有序排列所产生的美感,其音乐性反而有所强化。声律主要有三条:第一,同句平仄相间。平声字与仄声字要有规则地交替出现。第二,同联平仄相对。同一联的出句与对句中相对应的字平仄相对立,即出句用平声处,对句则用仄声,反之亦然。第三,邻联平仄相粘。所谓粘,就是前一联对句的第二字与下一联出句的第二字平仄相同。按规则,有的地方平仄可以通融,即所谓可平可仄——要求用平声的地方,用仄声亦可;反之亦然。合于声律的诗句称为律句,不合声律的称为拗句。过去作近体诗有个口诀:"一、三、五不论,二、四、六分明。"即各句的第一、三、五字的平仄可以不论,第二、四、六字的平仄不可通融。这个口诀虽不完全正确,却大致是对的。此外还有拗救等权变之法。可见平仄律是很严格的,但也非铁板一块。律诗的平仄律有四种定格:平起入韵式、平起不入韵式、仄起入韵式、仄起不入韵式。《寄李儋元锡》用的是平起不入韵式。由于有"一、三、五不论"的灵活性,它实际的平仄律如下图所示(—表示平声,丨表示仄声):

去年花里逢君别,今日花开又一年。

丨——丨——丨　—丨——丨丨—

世事茫茫难自料,春愁黯黯独成眠。

丨丨———丨丨　——丨丨丨——

身多疾病思田里,邑有流亡愧俸钱。
——｜｜——｜　｜｜——｜｜—

闻道欲来相问讯,西楼望月几回圆。
—｜｜——｜　—｜｜——｜｜—

（5）对仗。产生于近体诗之前的种种诗体中,也时有对偶句出现:相邻的两句字数相等,句式相类;两句中相对应的词词性相当,义类相关。律诗的对仗则更进了一步,要求同联两句的平仄要相反相对。可以说律诗的讲究对仗,实质上就是讲究平仄,或者说首先是讲究平仄。律诗的讲究对仗强化了诗的节奏感,更优化了诗的音调美。律诗对仗的位置有严格的限定:要求中间两联必须对仗,而首尾两联一般不必对仗。《寄李儋元锡》正是中间两联对仗,而且对仗工稳。譬如颈联,"身"对"邑","多"对"有","疾病"对"流亡"(指流亡者),"思"对"愧","田里"对"俸钱"。实词对实词,虚词对虚词;名词对名词,动词对动词。平仄也严格地相反相对,出句为"平平仄仄平平仄",对句为"仄仄平平仄仄平"。

总而言之,由于律诗篇式定型,在顿逗、韵律,特别是声律、对仗等方面都有严格的格律,所以依然葆有音乐性,富有音乐美。

6. 近体诗(绝句)的音乐性和音乐美

芙蓉楼送辛渐① 王昌龄

寒雨连江夜入吴②,平明送客楚山孤③。
洛阳亲友如相问,一片冰心在玉壶。

[注释]

①芙蓉楼:在润州城西北角,润州就是现在的江苏省镇江市。辛渐:王昌龄的朋友,生平不详。

②连江:弥漫江面。吴:指镇江一带,这一带春秋时属于吴国。

③平明:清晨。楚山:指镇江一带的山峰。楚,仍指镇江一带,这一带战国时属于楚国。先称其为吴,后称其为楚,是为了避免重复而使用了避复这种修辞手法。

[赏析]

《芙蓉楼送辛渐》是一首极负盛名的送别绝句,作于王昌龄贬为江宁(今江苏南京)丞时。这首绝句立意构思匠心独运,起承转合新颖拔俗。

前二句通过写景暗叙送别之事,婉抒惜别之情。"寒雨连江夜入吴,平明送客楚山孤。"在凄寒的烟雨弥漫秋江的夜里,我们来到润州,来到芙蓉楼。清晨话别,只见楼外楚山孤峰兀立。首句以回溯之笔起,暗扣题面"送"字,写雨夜饯行。辛渐大约是取道润州对岸的扬州,经运河北上洛阳的,所以诗人伴送辛渐从江宁东下润州,并在芙蓉楼饯别。天公偏不作美,彻夜秋雨绵绵,淅淅沥沥。这漫江夜雨,更在贬谪中送别友人的诗人心里平添了几分凄凉。因此,这里用"寒"字修饰"雨",不仅表现了雨之寒、境之寒,也表现了心之寒。次句以写实之笔承,明点题面"送"字,写平明送别。"楚山孤",亦实亦虚。首先是实景实写。镇江一带,山峦不多,且多为孤峰独立,少有连绵成岭者。同时这也是移情于景,实中带虚。王昌龄于"谤议沸腾"、一再遭贬的逆境中,客中送客,身边少了一个朋友,势必又添一份孤独,所以强烈地感受到了"楚山"之"孤"。因此"楚山"之"孤"也含有主观情意的投射,隐隐折射出诗人心境的孤寂与人品的孤傲。以上两句重在写景,但诗人移情于景,并以景衬情,借漫江的"寒雨"和孤峙的"楚山",烘托出离情别绪与贬谪意绪来。

后二句是话别。"洛阳亲友如相问,一片冰心在玉壶。"回到了洛阳,要是有亲朋好友问起我的近况,请转告他们:我的心仍像盛在玉壶里的冰。第三句以虚问反跌之笔转,顿生跌宕。既从眼前实景宕开,转向虚处;又从抒写离恨的老套宕开,转出新意来。"如"字表明,这是悬想可能性、必然性,所以说是虚问。本来是诗人自己殷切思念"洛阳亲友",托归去的朋友转致问候并表明心迹,却不直说,不明说,反从对方下笔虚拟,反跌出对"洛阳亲友"的问候。不说思念,思念之意反充溢于字里行间。尾句以设喻自答之笔合。在南朝刘宋时代,鲍照曾以"清如玉壶冰"比喻高洁的品质。王昌龄则化用典故,点铁成金,借妙喻明高志,以冰清玉润、纯洁无瑕告慰远方的亲友,也含有与离去的朋友互勉的用意。玉壶冰心的妙喻,把处在众口交毁的逆境中的诗人孤高傲岸、坚持操守的高风亮节生动

地表现出来,也使全诗意境顿然升华。

究其体裁,《芙蓉楼送辛渐》可以说是一首有示范性的绝句。绝句,也称律绝,是近体诗的基本类型之一。绝句分为五言绝句与七言绝句两种,前者简称为五绝,后者简称为七绝。《芙蓉楼送辛渐》属于后者。绝句在顿逗、韵律与声律等方面的格律与律诗是一致的,或者说是相通的,只在篇式与对仗两方面有别于律诗。

首先,绝句的篇式犹如截取律诗的一半:每首只有两联四句,五绝二十个字,七绝二十八个字。《芙蓉楼送辛渐》是七绝,全篇四句,二十八个字,篇幅正好是七律的一半。

其次,对仗方面的格律较律诗宽松。绝句可以通篇不用对仗,也可以第一联(前二句)对仗而第二联(后二句)不用对仗,也可以第一联不用对仗而第二联对仗,还可以两联都对仗。不过,后两种格式较为少见。《芙蓉楼送辛渐》全篇不用对仗。

在唐代,有的绝句往往配上乐曲来演唱,并借歌伎之口广为传播,成为当时的流行歌曲。唐人薛用弱《集异记》里有一则逸闻,记述王昌龄与高适、王之涣在旗亭(酒馆)听歌伎们演唱他们作的绝句,歌伎们演唱的绝句中就有这首《芙蓉楼送辛渐》。这则逸闻足资佐证音乐美之所以成为诗的本体性外部特征之一,正是由于诗与音乐有着难以分割的血肉联系。

7. 词的音乐性和音乐美

八声甘州[①]　柳永

对潇潇暮雨洒江天[②],一番洗清秋。

渐霜风凄紧[③],关河冷落[④],残照当楼[⑤]。

是处红衰翠减[⑥],苒苒物华休[⑦]。

惟有长江水,无语东流。

不忍登高临远,望故乡渺邈[⑧],归思难收[⑨]。

叹年来踪迹,何事苦淹留⑩?

想佳人、妆楼颙望⑪,误几回、天际识归舟⑫。

争知我、倚阑干处⑬,正恁凝愁⑭。

[注释]

①八声甘州:词牌。

②潇潇:形容雨势急骤。

③霜风:指深秋寒风。凄紧:风寒而疾。

④关河:关口、渡口之类行人过往的地方。

⑤残照:落日的余晖。

⑥是处:到处。红衰翠减:红花凋谢,绿叶枯萎。

⑦苒苒:同"冉冉",渐渐地。物华:美好的景物。休:止,这里是消失的意思。

⑧渺邈:遥远、渺茫。

⑨归思:回家的念头。收:收住、抑制。

⑩何事:为什么。淹留:长久停留。

⑪颙(yóng)望:伸长脖子久望。

⑫误几回句:化用典故,谢朓诗《之宣城郡出新林浦向板桥》:"天际识归舟,云中辨江树。"柳永反其意而用。

⑬争:同"怎",怎么。阑干:同"栏杆"。

⑭恁(nèn):如此、这样。凝愁:忧思凝结难消。

[赏析]

《八声甘州》是宋词大家柳永的代表作之一,也是宋词中抒写羁愁旅思的名篇。这首词采用了双调词上阕写景、下阕抒情的常格。

上阕写游子(即诗人自己)登高远眺所目睹的肃杀秋色,开篇便展现了一幅残秋暮雨图。"对潇潇暮雨洒江天,一番洗清秋。"一阵急骤的暮雨铺天盖地洒落江天,使秋意更浓,河山如洗,仿佛是暮雨洗濯出了一派凄清肃爽的秋色。下一

"对"字,点明诗人正"登高临远",暗示上阕所写景物正是登临所见,既总提上阕的写景,也遥启下阕的抒情。"渐霜风凄紧,关河冷落,残照当楼。""渐"字表明,随着时间的推移,雨过天晴,景观递变,秋意益显:寒风瑟瑟,一阵紧似一阵;关山渡口越来越冷清;雨渐渐停歇,空空楼头,投射来一缕惨淡的余晖。"渐"字领出一串意象,视域由宏观到微观层层内聚。"残照当楼"尤妙,如舞台上的聚光灯投映到角色身上一般,将隐形的、诗人的自我意象凸显出来。"是处红衰翠减,苒苒物华休。"上承"洗清秋",继续描写诗人"颙望"所见。视域再度向宏观拓展,进一步渲染经过"暮雨""霜风"的摧残之后呈现出来的花谢叶稀、万物萧疏的衰飒景象。"惟有长江水,无语东流。"前面所写都是遽变中的景物,"惟有长江水",亘古如斯,不管不顾,无语也无情,兀自东流。瞬息变迁的与永恒不变的形成鲜明的对照,笔端流溢出时光永逝、生命落空的悲凉,为下阕的抒情设渡搭桥。

　　伤心人怕见伤心景,残秋薄暮的凄凉景,使人生失意、乡愁萦怀的游子不堪其愁。下阕便将这不堪之愁层层叠叠、曲曲折折地宣泄出来。先从本面下笔:"不忍登高临远,望故乡渺邈,归思难收。"本已"登高临远",反说"不忍",足见诗人心里充满了矛盾与无奈。何以如此呢?是由于故乡渺渺茫茫,望而不见,更是由于入目只有清秋的衰景颓象,因而反激起归心似箭,不堪收拾。"叹年来踪迹,何事苦淹留?"可悲可叹啊!近年来萍踪浪迹,不知何苦总在他乡滞留?有家难归的诗人,把受阻于仕途、滞留于异乡的无限酸楚,把挣不脱名缰利锁的万般无奈,全融于一声长叹与问而不答之中。"想佳人、妆楼颙望,误几回、天际识归舟。"料想家中的美人,此时此刻正企望在梳妆楼头,一次次错把天边的航船当作我的归舟。诗人推己及人,由本面揣测对面,借对面反弹本面——由自己的"登高临远",悬想爱妻的"妆楼颙望",反射出怀乡思亲的无限深情,把旅愁翻进一层。最后再由彼及此,借对面映带本面:"争知我、倚阑干处,正恁凝愁!"她哪里知道,此时此刻,我也正在凭栏痴望,心头凝结着无限乡愁! 这是设想对方在抱怨自己久游不归,因而向对方袒露胸襟,由对方的幽怨引出自己的苦衷,把旅愁再翻进一层,圆满地收束下阕的抒情,同时回应开篇的"对潇潇暮雨洒江天",使全词结构首尾圆合,一气贯通。整个下阕的抒情,其着眼点在对面与本面之间屡屡转换,每转换一次,词意折进一层,把郁结难解的旅愁曲曲写出,并使言有尽而意无穷。

这首《八声甘州》通过对暮秋黄昏登高临眺所见所思的层层铺叙,抒发了游子思乡怀亲和失意漂泊的哀愁,表现了封建社会怀才不遇、落拓江湖的知识分子的典型感受。写景、抒情皆富有韵致。写景不仅大笔挥洒,气势恢宏,而且融情入景,使景语皆为情语。抒情则本面、对面双管齐下,对举对照,颇有"照花前后镜,花面交相映"的韵味。全词意象纷呈,组合精妙;意境清旷幽邃,颇耐寻味。这首词无论其内容,无论其手法,还是其格律,在宋词中都具有典范性。下面试以此为范例,综述词的格律及从词的格律中体现出来的音乐性与音乐美。

词,原名"曲子词",是隋唐之际兴起于民间的一种诗歌体裁。它与音乐共生,是按一定的曲调谱式填写与歌唱的歌词。后来它的格律越来越严格,并逐步定型化,于是演变为一种特殊形式的格律诗,这种特殊形式的格律诗仍与音乐血肉相连。词牌——词调的名称,原本就是曲调谱式的名称,正标示着词与音乐的密切联系。正由于这种密切联系,因而词即便后来与曲调脱钩,按词谱或范例来填写或仿作,但始终保有音乐性,谐于口,悦于耳,富于音乐美。这种音乐性和音乐美,主要体现于词的格律之中。词的格律脱胎于近体诗的格律,但又有别于近体诗的格律,因此可以参照近体诗的格律来了解词的格律。词的格律主要包含四种因素:篇式、顿逗、韵律、声律。

(1)篇式。词的篇式即词调的基本架构,它取决于乐曲谱式,每一种乐曲谱式都有与之相应的词调篇式。近体诗的基本篇式只有四种:五律、七律、五绝、七绝。词调篇式则很多,留传下来的词调就有两千多种,有多少种词调就有多少种篇式与格律。而且同一词调往往还有别格,自然也就多了一种或几种篇式与格律。篇式包括三个方面:①段落。所有的近体诗都浑然一体,不分段,词则大多分段。词的段称为阕或片。阕,原本是乐曲的段落的名称,阕是停顿的意思,奏完一段乐曲有一定的停顿或者过门(过渡性的乐曲片断),所以乐曲的一个段落称为阕,后来用以指称与一段乐曲相对应的歌词。这一称谓也显示了词与音乐的密切联系。词若依分段的情况分类,可分为四类:单调(不分段)、双调(分两段)、三

叠(分三段)、四叠(分四段),以双调词居多。②句数。近体诗的两种基本体式——律诗与绝句,可谓千篇一律,或每首八句,或每首四句。词的各种词调的句数则千差万别,最短的只有四句,最长的则有数十句。③字数。各种词调的总的字数与各句的字数,像律诗、绝句那样各有定规,不得随意增减。律诗或四十个字,或五十六个字,绝句或二十个字,或二十八个字。各种词调篇幅或长或短,总的字数或多或少,最少的十六个字,(如《十六字令》),最长的有二百四十个字(如《莺啼序》)。律诗、绝句是整齐划一的齐言诗,或每句五言,或每句七言。词大多是杂言诗,句子长长短短,参差不齐,从一言到十一言,一应俱全。正因为如此,词有"长短句"的别名。柳永这首《八声甘州》是双调词,共十八句,九十七个字,以五言、七言为主,兼有四言、六言和八言。

(2)顿逗。词与近体诗一样,要求顿逗有非常鲜明的节奏感。两者的顿逗形式有许多相似之处,又有诸多不同。都以双音节顿与单音节顿为基本单元加以组合;但词中时见三音节顿,近体诗中较罕见。近体诗的顿逗形式大体整齐匀称,格式比较单一。词的顿逗形式则灵巧多变,格式繁多。同是五言句,有前二后三的逗,也有前三后二的逗,还有前一后四的逗;有二、二、一或二、一、二的音顿形式,也有一、二、二或二、二、三等音顿形式。例如,"一番／洗／清秋","苒苒／物华／休","望／故乡／渺邈","惟有／长江水"。有的五言句,例如"叹∥年来／踪迹",以第一字为领字,形成前一后四的逗,领字则一字一逗,有较明显的停顿或延宕。有的领字甚至带出两个以上的四言句来,例如"渐∥霜风／凄紧,关河／冷落,残照／当楼",领字"渐",带着三个四言句,一气呵成。同是七言句,有前四后三的逗,也有前三后四的逗和前一后六的逗;有二、二、一、二或二、二、二、一的音顿形式,也有一、二、二、二或二、一、二、二等音顿形式。词的七言句中时见一种前三后四的逗,前后之间的停顿或延宕十分明显,因此有些词谱往往在前三后四之间逗开。例如,"想／佳人、妆楼／颙望","争知／我、倚／阑干／处"。至于其他各言句,其顿逗也是因调而异,变化多端。总之,词既以近体诗的基本顿逗形式为常式,又有诸多近体诗所不具备的顿逗形式。

(3)韵律。词韵基本上就是诗韵,但又有所演化。词与近体诗一样,用韵属中古音系。诗韵很严,刻板单一;词韵却较宽,且依调而定,因调而异,灵巧多变。词韵与诗韵的主要区别在于:①词用韵较近体诗宽泛。词的韵部大体上就是诗韵的合并。诗韵分106部,词韵归并为19部。近体诗只押同部的韵字,词可邻部通押。近体诗一般只押平声韵;词可押平声韵,也可押仄声韵,还可平仄通押。近体诗必一韵到底;词既可一韵到底,也可多次换韵。②就押韵方式而言,近体诗千篇一律,基本上是偶韵式,部分首句亦押。词则不然,韵脚位置千变万化,有句句押的,有两句一押的,有三句一押的,也有四句一押的,且各调有别。但有一条却是铁定的,即押韵方式必须依循词律或词谱的定规,不能随意变更,这与近体诗倒是一致的。柳永这首《八声甘州》体现了词韵的基本特点:虽一韵到底,用韵方式却多变化,或两句一押,或三句一押。

(4)声律。词与近体诗一样,是很讲究声律的,也就是说,词有严格的平仄律。词的五、七言句,大体上是用近体诗的律句与拗句,其余各言句,大体上也是由五、七言律句演变而来。例如,三字句大多是截取五、七言律句的后三字(所谓"三字尾")而成,四言句大多是截取七言律句的前四字而成。八言以上的句子,从声律看,大多数可以说是两个七言以下的律句的复合。词的声律与近体诗的声律也有诸多不同:对平仄的要求,词比近体诗严格得多,也复杂得多;词把平仄分得更细,有些地方不仅讲究平仄,而且讲究四声;近体诗遇拗句,在当句或对句必须补救,词遇拗句,只需按词律或词谱照填,不能改,也不必救。此外,近体诗的平仄讲究对与粘,词则不讲究对与粘。

词不像律诗与绝句那样,有严格的对仗律;词的对仗全由作者各取所需,灵活处置。由于词的对仗没有定规,所以有人把对仗排除于词律之外,这是很有道理的。

词与乐府诗一样,都是歌词,但乐府诗一般是先有诗再配曲,词一般却是先有曲再填词。因此,在词的创作过程中就先已有了音乐因素的介入。词的篇式的多样性(词调繁多)、复杂性(分段分片),词的顿逗灵巧多变,韵律宽松,对仗随意,都是为了适应音乐的发展,为了宜于歌唱。词的声律比近体诗更严格,更刻板,也是为了使其音调之美与乐曲的旋律之美更合拍,更协调。总之,词这种特

殊的格律诗的形成与兴盛,既意味着诗歌体裁的解放,也显示了诗歌音乐性的强化。

8. 曲的音乐性和音乐美

〔中吕〕山坡羊·潼关怀古① 张养浩

峰峦如聚②,波涛如怒,山河表里潼关路③。

望西都④,意踌躇⑤。

伤心秦汉经行处⑥,宫阙万间都做了土⑦。

兴,百姓苦;亡,百姓苦。

[注释]

①〔中吕〕:宫调。山坡羊:曲牌。潼关:古代关隘,在现在陕西省潼关县。

②聚:凑集,这里形容山脉绵延,群峰簇拥。

③山河表里:指潼关外有黄河,内有华山,形势险要。表里,内外。

④西都:指长安,即今陕西省西安市。东汉建都洛阳,称为东都,以西汉故都长安为西都。

⑤踌躇:思量、考虑。

⑥经行处:佛家为养身散闷而在一定的地方来回行走称为经行,这里以经行处借指封建帝王起居活动、苦心经营的处所,即京都。

⑦宫阙:泛指皇宫。宫,宫殿。阙,皇宫门前两侧的望楼。

[赏析]

《〔中吕〕山坡羊·潼关怀古》是元曲名作,系张养浩赴关中赈灾途中,行经潼关时所作。全曲分三个层次。

首三句为第一层,扣住题中"潼关"二字,写在潼关览胜,从描写潼关险要的地理形势入题,横向展开画面。"峰峦如聚,波涛如怒,山河表里潼关路。"群峰攒立,像愁眉紧蹙;波涛汹涌,似蛟龙狂怒;内倚华山,外傍黄河,中间夹着一条潼关路。首句以"如聚"化静为动,写"峰峦"之势;次句以"如怒"移情于景,摹"波涛"之状。诗人抓住特征,巧作比拟,写活了山与水,写出了潼关地理环境的雄峻险要,也融进了自己的情和意。当时关中大旱,"饥民相食",本已厌弃官场退隐在家的张养浩再度出山,担任陕西行台中丞,"登车就道,遇饥者则赈之,死者则葬之……到官四月,忧劳以死。"(《元史·张养浩传》)诗人因生灵涂炭而忧心如焚,因愤世嫉俗而怒火中烧,满怀悲悯与愤慨走马上任,自然见山山愁,见水水怒。"峰峦如聚,波涛如怒",便是这种情绪的外射。这两句是分写,一句写山,一句写河。第三句则是合写潼关与山河,并化用典故,突现潼关背靠华山、俯临黄河的冲要形势。这句语出《左传》,《左传·僖公二十八年》载:晋楚决战之前,子犯劝晋文公与楚国决战,说晋国"表里山河",即使战败,也可据险固守。以上一层极言潼关险峻依然,为下二层抒吊古之幽情,发悯民之宏论作引。

中四句为第二层,扣题中"怀古"二字下笔,着眼点由潼关的地理形势转向与潼关有关的历史,即从不变的江山联想到多变的人事,纵向延展画面。"望西都,意踌蹰。伤心秦汉经行处,宫阙万间都做了土。"驻马潼关,西望长安,浮想联翩,思潮起伏。想到那秦皇汉武曾经惨淡经营过的地方,不禁痛心疾首,因为成千上万座宫殿都化作了焦土!潼关是关中咽喉,历朝历代为兵家必争之地;而关中的心脏长安是汉唐故都,秦都咸阳也在其近侧。在"潼关"而"怀古",必然会从潼关的依然险要,联想到它所拱卫的"西都",联想到那一次次为改朝换代而发动的战争,联想到战争给人民带来的巨大灾难与痛苦,并与眼前这赤地千里、饿殍遍野的惨象联系在一起。所以,诗人驰骋神思,超逸现实胜境,回溯历史长河,纵览古今,吊古而伤今,也为第三层做了进一步的铺垫。

后四句为第三层,出以议论,阐发在潼关览胜怀古而彻悟的真谛。"兴,百姓苦;亡,百姓苦。"历代王朝,不论是兴盛,还是衰亡,给人民带来的,都是灾难与痛苦!诗人一针见血地揭示了封建王朝改朝换代的实质性后果,表达了对人民的深切同情,也体现了对历史的深刻认识。封建王朝之"兴",必大兴土木,百姓会因"宫阙万间"的兴建而备受其苦;"亡"则遍地烽火,百姓必为政权更迭而大遭其殃。所以,任何一个封建王朝无论"兴"与"亡",带给人民的都是一个用血泪

铸就的"苦"字。这,就是改朝换代的实质性后果。

《〔中吕〕山坡羊·潼关怀古》虽为小令,却显示出诗人非凡的历史洞察力和精湛的艺术概括力。这支小令是元曲中内容与形式完美结合的绝世佳作,其格律也同样具有典范性。下面试以此为范例,综述曲的格律及由曲的格律显示出来的音乐性与音乐美。

曲原本是词的分支与变种,得适宜的生活土壤,滋生繁衍,蔚为大观,至元代逐步挤占了词在诗歌园苑中的位置,如同诗之于唐,词之于宋,成为时代的文学,所以历来有唐诗、宋词、元曲的称谓。元曲分散曲与杂剧两大类。杂剧属戏剧的范畴,不在本书的视域之内,这里只涉及散曲;元曲有北曲与南曲之分,两者在音乐、体制、格律、风格等方面都有区别,而北曲是元曲的主流,所以这里只谈北曲。

曲,指曲辞。曲与词一样原是按一定的乐曲谱式填写以合乐歌唱的歌词,本与音乐血肉相连,是所谓音乐文学。曲与词一样,后来也逐渐与歌唱脱钩,作者只是按谱填写,作为传情达意的新体诗以供案头阅读鉴赏,但仍葆有一定的音乐性与音乐美。曲的标题一般标出三部分:宫调、曲牌、曲题。除曲题标示曲辞的内容外,前两部分都是音乐术语,标示出曲辞与音乐的血肉联系。如这支例曲,"潼关怀古",标明此曲的题旨。"山坡羊",是曲牌。每支曲子都有特定的腔调、谱式,其书面形式即现在所谓乐谱,曲牌就是曲调和乐谱的名称。每种曲牌都属于一定的宫调,《山坡羊》这种曲牌就属〔中吕宫〕。题上〔中吕〕即〔中吕宫〕,是宫调的名称。宫调是中国古代音乐的调式——基本音律的名称,它的基本功用在于标定乐器乐音高低的起点。中国古代的音律,音有七声,即宫、商、角、变徵、徵、羽、变宫,相当于现代音乐简谱上的 1、2、3、4、5、6、7 这七个音符;律分十二律吕——十二个半音阶的名称,即黄钟、大吕、太簇、夹钟、姑洗、仲吕、蕤宾、林钟、夷则、南吕、无射、应钟,相当于西洋音乐的 C、D、E、F、G、A、B 等十二调。七声配十二调,理论上可得八十四宫调。不过实际运用的远没有这么多,散曲常用的只有五宫四调,〔中吕〕就是一个常用的宫调。曲的音乐性虽由宫调和曲牌来标示,却具体地存在并体现于曲辞的格律之中。

曲的格律主要包含篇式、顿逗、韵律、声律、对仗五种要素。曲既然是词的分支与变种，所以两者的格律既相似又不同，可以将词的格律作为参照系来解读曲的格律。

（1）篇式。曲的篇式指曲辞的基本架构，如同词一样，它取决于乐曲谱式，有什么样的乐曲谱式，就有什么样的曲辞篇式。每支曲子都有独特的谱式，因此每种曲辞的句数、字数都有定规。换言之，曲像词一样，调有定句，句有定字，且长短参差。之所以如此，是为了协于乐曲的节拍，宜于歌唱。例如，《山坡羊》，篇式常格是：四，四，七。三，三。七，七。一，三；一，三。共十一句，有一言、三言、四言、七言四种句型。曲与词在篇式方面的最大区别，就是曲可以超越格律，在规定的字数之外加字，这种额外添加的字叫衬字。衬字大多加在句首，也可加在句中，但不能加在句尾，也不能加在重要节拍处。是否加衬字，哪句可加衬字，加多少衬字，全无定规。若加衬字，少则一字，多则数十字。显然，添加衬字带有一定的随意性，但必须服从于歌唱时增强语气、优化抒情性的需要。所加衬字，在歌唱时一般是轻轻带过。张养浩这支《山坡羊》只加了一个衬字。第七句"宫阙万间都做了土"，按格律是七个字，它却有八个字，其中"了"是衬字。在篇式方面，曲与词的另一个显著区别在于，曲一般不分段，不像词那样有单调、双调、三叠、四叠之分，并以双调为常式。曲只有单调的小令，但若干小令可按一定的规则组合为套曲，所以曲有小令与套曲之分。套曲也称为散套或套数，从音乐的角度看，它是组曲；从文学的角度看，它是组诗。此外，小令还有重头、带过曲等变体。张养浩这支《山坡羊》便是一支小令，其体制相当于一首单调的词。曲与词在篇式上的这种差异，是由于乐章的结构方式与歌唱方式不同。

（2）顿逗。为了应和乐曲的音律，宜于歌唱，曲同词一样，句式长短参差，顿逗形式也相应地灵巧多变，富于节奏感。曲的句式有散文化的趋势，而衬字的大量地、自如地运用，则强化了这种趋势，同时也显示出由格律体诗向自由体诗转化，由音乐文学向说唱文学、戏剧文学转化的趋势。如前所述，添加衬字的位置还是有一定的限制的，这是由于受乐曲的制约，是出于保持曲辞的音乐性与音乐美的需要。

(3)韵律。曲韵与词韵大不相同:①词韵是诗韵的变通,词同诗一样,都是依据韵书用韵,语音属中古音系。作为元曲主流的北曲,是根据当时北方话的实际语音用韵的,属近古音系,语音大部分与现在的普通话相同。入声字已分别归入平、上、去三声,而平声则分阴平、阳平二声。②曲韵也分为19部,但分部情况与词韵19部则很不相同;曲韵把平、上、去三声纳入同一韵部中,用韵则平、上、去通押,但按照歌唱的需要,韵脚的声调常是固定的,尤其是仄声韵,有时是要严格区分上、去二声的,原则上得依曲谱的规定用韵,不能随意改动韵脚的声调;曲不论小令,还是套曲,都像近体诗那样,一韵到底,不能换韵。③词同近体诗一样,忌用重韵,即不能在同一作品中重复使用同一韵字;曲一般不忌重韵。④曲用韵较密,有些曲调几乎句句用韵。在用韵方面,这支《山坡羊》是典型的一例,十一句诗共九个韵脚,依次是"聚"(去声)、"怒"(去声)、"路"(去声)、"都"(平声)、"蹰"(平声)、"处"(去声)、"土"(上声)、"苦"(上声)、"苦"(上声)。韵字全属"鱼模"部,平、上、去通押,上、去二声韵脚完全依照曲谱的定规;第九、十一两句重复使用"苦"字作韵脚;唯有第八、第十两句不押韵,但依据曲谱,这两句也是可以押韵的。

(4)声律。曲与音乐结合得更为紧密,为了和谐于乐曲的音调,曲在声律方面有些地方比较宽松,可以不论平仄。但从总体上看,曲的声律比词更为严格:有时仄声要严格区分上、去二声,尤其是韵脚,用上声或是用去声,往往有明确的规定;若句末是两个仄声字,则必须是上、去或去、上,而不能是上、上或去、去。有些地方平声还要区分阴阳。试看这支《山坡羊》的声律:

平平仄去,平平仄去,平平仄仄平平去。

仄平平,仄平平。

平平仄仄平平去,仄仄平平平去上。

平,平仄上;平,平仄上。

其多处平仄可以通融,如第一、二两句的第三字,第三、六、七句的第一、三字,第四、九、十一句的第一字,都是可平可仄。韵脚则严格区分上、去二声;第七句末二字是两仄声,则明确规定用去、上二声。

(5)对仗。在对仗方面,曲不像词那样随意,何处该用对仗或宜用对仗,曲谱一般都有明确的标示,显然是把对仗作为曲的格律的一项重要内容。曲的对仗形式多姿多态,不仅两句成对,亦可三句成对、四句成对,甚至一支曲中绝大多数句子皆成对仗,构成合璧对、鼎足对、扇面对、重叠对、连璧对、联珠对等多种对仗形式。曲的对仗,在声律方面的要求不像近体诗那样严格,可平仄对,也可同声相对,即平对平,仄对仄;曲还可同字相对、叠句相对,有的形同排比句。曲的对仗主要是为了求得歌唱时婉转流畅的听觉美感。张养浩这支《山坡羊》用了两种对仗形式:首二句"峰峦如聚,波涛如怒",为合璧对。最后四句"兴,百姓苦;亡,百姓苦",为重叠对。

总而言之,由于曲辞的格律受制于乐曲的旋律,所以它总是葆有一定的音乐性与音乐美。

9. 音乐美与诗情美当有机结合

闻官军收河南河北① 杜甫

剑外忽传收蓟北②,初闻涕泪满衣裳。
却看妻子愁何在③?漫卷诗书喜欲狂④。
白日放歌须纵酒⑤,青春作伴好还乡⑥。
即从巴峡穿巫峡⑦,便下襄阳向洛阳⑧。

[注释]

①官军:王朝的军队。收:收复。河南河北:唐代河南道、河北道,包括黄河中下游的河南河北广大地区。

②剑外:剑门关以南地区,指蜀中地区,也称剑南,即现在的四川省西部地区。剑,剑门关,在今四川省剑阁县。蓟(jì)北:泛指唐代幽州、蓟州一带,即今北京市、天津市及河北省北部地区,是安史之乱的发源地。蓟,蓟州,今天津市蓟县。

③却:回头。妻子:老婆、孩子。

④漫卷：胡乱地、漫不经心地收卷起来。唐代的书籍形如字画，一卷一卷的，所以需要"卷"。诗书：泛指书籍、诗稿。

⑤白日：阳光灿烂的白昼。放歌：放声歌唱。纵酒：纵情饮酒。

⑥青春：山青水绿、草木葱茏的春天。

⑦即：立即。巴峡：指嘉陵江上游的峡谷。巫峡：长江三峡之一，在今重庆市巫山县东，这里泛指三峡。

⑧襄阳：今湖北省襄樊市，杜甫祖籍襄阳。洛阳：今河南省洛阳市。杜甫的籍贯是洛阳巩县，三岁时移居洛阳，所以把洛阳当作故乡。

[赏析]

《闻官军收河南河北》写于唐代宗广德元年（763）春，由于此前成都发生兵变，杜甫离开草堂，携家寓居梓州（今四川三台）。这年正月，唐军彻底消灭安史叛军，包括诗人家乡在内的黄河南北广大地区得以光复。捷报传来，诗人惊喜若狂，在梓州写下他"生平第一快诗"。

全篇除第一句叙事点题外，其余各句皆畅抒闻捷狂喜之情。"剑外忽传收蓟北，初闻涕泪满衣裳。"剑南一带忽然盛传官军收复蓟北的喜讯，初闻喜讯，禁不住热泪滚滚，洒满衣襟。"却看妻子愁何在？漫卷诗书喜欲狂。"回头看看妻子儿女，只见他们脸上的愁云已经一扫而光；胡乱地收卷起一堆堆书籍和诗稿，我高兴得简直要发狂。"白日放歌须纵酒，青春作伴好还乡。"趁着阳光灿烂，我要放声歌唱，还要尽情饮酒。有明媚的春光做伴，正好启程返乡。"即从巴峡穿巫峡，便下襄阳向洛阳。"我要立刻从巴峡启程，穿越巫峡，直下襄阳，飞奔故乡洛阳！这首七律酣畅无碍地抒发了饱经离乱的诗人听到安史之乱彻底结束的喜讯时惊喜欲狂的激情。"喜"，是贯穿全诗的情感脉络：由闻喜讯开篇，引发流喜泪；再由一己之喜扩散为一家之喜；在全家人的狂喜之情的相互感染中，引出狂喜之举动——"漫卷诗书"；更引出一连串的狂喜之想象——"放歌""纵酒"的欢庆之举与"青春作伴"的还乡之行。"喜"字从头到尾一气贯通，并造成一泻无余之势，痛快淋漓地传达出飞流直下的激情。

近体诗等格律体诗的严格的格律,对诗情的抒发往往如一柄双面刃:既能以其音乐性强化其抒情性,从而优化抒情效果;又会形成一种羁绊,制约着诗情的酣畅抒发。不过,睿智的诗人却能挣脱羁绊,自如地、尽情地抒发诗情,且每每臻于以声传情、声情并茂的极佳境界。杜甫的这首七律堪为圭臬。成功的要诀,首先在于因情选韵。高明的诗人擅长根据所要抒发的诗情选择韵部,力求做到声由情出,情在声中。举例来讲,表现高昂、欣喜的诗情,一般宜于选用江、麻之类响度较高的所谓洪亮级的韵部;表现低抑、愁苦的诗情,一般宜于选用灰、齐之类响度较低的所谓细微级的韵部。杜甫在因情选韵方面做了很好的示范。譬如,漂泊西南时期,诗人惯用细微级的韵字来表现抑郁、沉闷之诗情。如《登高》押灰韵,《江汉》押虞韵,《旅夜书怀》《登岳阳楼》押尤韵。而这首七律却一反惯例,选用洪亮级的阳韵,发音浏亮、舒长,充分地传达出惊喜、亢奋的诗情。其次,律诗只是中间两联对仗,首尾两联一般不用对仗。这首七律不仅中间两联对仗,诗人还因应激情,顺势而就,让尾联也形成工整别致的地名对:巧妙地连用"巴峡"与"巫峡","襄阳"与"洛阳"四个地名,分别构成当句对;并用"即从"与"便下","穿"与"向"这两对表示快节奏的时态与动态的词语,一气贯注,构成流水对。这一地名对,造成一泻千里之气势,极为真切地表达出诗人兴高采烈而又归心似箭的激情。此外,格律化的顿逗形式,虽然以其长短音步刻板相间形成的外在节奏制约着千变万化的情感波动所形成的内在节奏的表达,但是,在吟诵中却可以通过调节节奏的快慢来应和情感波动所形成的内在节奏,使声情相应,和谐统一,从而获致最佳的抒情效果。例如,这首七律若用轻快流畅的节奏朗声诵读,便可以使诗人内在的情感节奏借助于诗的外在节奏,生动地、精准地传达出来。

由此例可见,诗是否具有音乐美,不仅有赖于声音的有序排列、有机组合,更取决于声与情的和谐统一。只有做到声情相谐、声情并茂,诗才会真正富于音乐般的艺术素质与审美特质。

中国古典诗歌鉴赏

中篇

意象篇

一、意象的界定与品读

意象，是由意与象两种艺术元素化合而成的。意，指情意，也称情思、情感，即思想感情；象，指物象。意象是审美主体与审美客体的有机统一体；是心与物相互作用的产物，它兼具主体(心)的对象化和客体(物)的主体化的双重特质。诗歌的意象是诗人情意与客体物象主客合一，两相化合而成的艺术元件。换一个角度讲，意象就是寓意之象，表意之象，传统诗论多称之为景。

意象有两种阶段性的形态，它们分别存在于审美活动的不同阶段。一种叫作审美意象，即心象、意中之象。它存在于创造美(诗人作诗)与欣赏美(读者读诗)的审美活动中，即存在于审美主体的心理活动中。如骆宾王《在狱咏蝉》中，蝉的物象与诗人的情意两者主客交融，物我同构而形成的意中之象。另一种叫作文学意象，即语象，也叫文学形象，它是审美意象的载体，就是诗歌中那一个个作为审美意象的物质外壳和艺术符号的词语。如《在狱咏蝉》中作为蝉这一审美意象的载体的"蝉"这个单词。审美意象直接具有形象性，是存在于

审美心理活动中的感性形态;文学意象却只具有间接的形象性。在诗歌鉴赏中,既涉及文学意象,也涉及审美意象,但注目的焦点应当是后者。既要通过解词释句、"咬文嚼字",对文学意象进行艺术欣赏、审美观照;更要借助于形象思维与情感活动,将文学意象还原为审美意象,将其映现于心幕上。鉴赏诗歌,若止步于对文学意象的解析,甚至止步于解词释句,是不可能步入诗歌的艺术殿堂的。

要透彻理解并准确把握意象这一基本概念,必须把以下两组概念辨析清楚:①意象与形象。在特定语境,例如指诗歌的基本艺术元件,两者大体上是对等概念,只不过一个是传统的称谓,一个是西方的叫法。说它们在特定语境大体上是对等概念,是因为在一般语境,形象的外延大于意象,在诗歌中意象只是形象的一种,意境的具象体系也是一种形象,或者说是一系列形象的有机统一体,是复合型的形象;在其他文学领域,形象所指的范围就更大了。意象,从字面上看,它更强调诗歌的这一基本元件的主观因素,更能在字面上体现其主客同一、物我交融的本质特征;形象则易与物象(物之形象)混为一谈。因此,论诗,特别是论中国古代诗歌,宜用传统概念"意象",而不用舶来品"形象"。②意象与物象。两者是不同质的概念。物象指纯客观的物之形,乃客体之像;意象则为寓意之象、表意之象,是主体与客体交互感应的产品。体现于语言,则一为抽象概念、词语,一为文学意象,即审美意象的语言载体、艺术符号。例如,《新华字典》释"菊":"菊花,多年生草本植物,秋天开花,种类很多。有的花可入药,也可以作饮料。"这里的"菊",就是一个概念,一个单词。陶渊明《饮酒》(其五):"采菊东篱下,悠然见南山。"这里的"菊"是一个文学意象,是一个特定具体的审美意象的物质外壳和艺术符号。而审美意象则不仅是有意之象、表意之象,而且是意中之象。为生动便捷地辨析意象与物象这两个基本概念的区别与联系,不妨打一个比方:意象与物象,犹如糖开水与水。物象是水,是自然形态的东西;意象是糖开水,煮沸了,而且放了糖,是经过加工的水。

为了切实把握意象这一基本概念,我们来欣赏几首名作。

1. 意象的界定及文学意象的解读

望月怀远[①]　　张九龄

海上生明月，　天涯共此时[②]。
情人怨遥夜[③]，竟夕起相思[④]。
灭烛怜光满[⑤]，披衣觉露滋[⑥]。
不堪盈手赠[⑦]，还寝梦佳期[⑧]。

[注释]

①怀远:怀念远方的亲友。

②天涯:天边,指极远的地方。共此时:此时共赏一月。

③情人:感情深厚的人,诗人自指。遥夜:漫长的夜。

④竟夕:整夜。

⑤怜:喜爱。

⑥滋:生。

⑦不堪:不能。盈手:用手捧满。

⑧梦佳期:做个好梦,梦见重逢相聚的好时光。

[赏析]

《望月怀远》全篇以"望月"和"怀远"为纲,交错运笔,起承转合,章法缜密别致。"海上生明月,天涯共此时。"朗朗的一轮明月冉冉地升起在茫茫大海,天各一方的人今宵共赏着一轮明月。首联扣"望月"开篇,从本面与对面双管齐下,虚实相济。明写一月同望,暗示两地相思,"怀远"之意意在言外。"情人怨遥夜,竟夕起相思。"多情的人深怨着长夜漫漫,整夜相思熬过这漫漫长夜。颔联扣"怀远"相承,写月色撩人,"情人"无眠,长夜相思,怨积胸臆,"望月"之意则意在言外。颈联"灭烛怜光满,披衣觉露滋。"转回"望月"二字:上句写室内"望月",系"怜光满而灭烛"的倒文,是说因钟爱盈室月光而灭烛以赏(点着灯烛是没法欣

赏室内之月光的);下句写室外"望月",系"觉露滋而披衣"的倒文,暗示室外凝望,伫立良久,直到晨露滋生,才不得不入室披衣。室内室外,出出进进,人在月光中,月在人心中,心物交感,情景无垠,浑然一体,更见"望月怀远"之深情绵邈。尾联"不堪盈手赠,还寝梦佳期。"结以"怀远",而又揽住"望月"。上句化用陆机《拟明月何皎皎》"照之有余辉,揽之不盈手"之意,且勘进一层:即便揽月"盈手",也无计相赠,以慰相思,更何况"不堪盈手"。下句写"望月"未果而托梦"怀远"——为了追寻重逢佳期,只好躺回床上进入梦乡,更见出"望月怀远"之深情难遣,即《诗经·周南·关雎》"求之不得,寤寐思服"之意。诗已终了,然余韵袅袅。

诗题"望月怀远"已点示出这首诗的基本意蕴:写"望月"之美景,抒"怀远"之深情。而这诗题也体现出诗中意象的生成机理:诗人触景生情,物我交感,望月而怀远,怀远而望月,时而室外,时而室内,周而复始,诗人在月下徘徊不已。在这一审美过程中,诗人把望月所触发的情意,不断地注入望月所感触之物象中,使客体物象主体化,使主体情意对象化,从而创造出《望月怀远》中以"情人"和"月"为中心的意象系统。下面我们来探究这首诗中"月"这一意象的生成过程,以便具体地、深入地把握意象的基本特质。

意象的生成过程大体有四个步骤:①意象的生成,起步于客体物象。张九龄望月怀远,所望之月是自然之月,是客体物象,是同诗人构成审美关系的审美对象。一旦诗人进行审美活动——望月、赏月,它便和审美主体联系起来。②形成审美表象。诗人望见之月,即诗人眼中之月,是审美表象。是客体,即自然之月的物象,经过诗人审美视觉中枢的折射,在大脑中形成的视觉映象。这种审美表象是审美感觉的产物,是客体物象在大脑中存留的由感知而得的具象化的印记。③升华为审美意象。在中华民族的传统文化中,月亮有诸多象征意义,而象征团圆与离别,是其中最重要、最习见的一项。因此人们常常触景生情,望月怀远,借望月以寄托怀人念远的离情别绪。张九龄亦如此:望月怀人,心潮起伏,浮想联翩,进行艺术构思,于是有意中之月。这意中之月即所谓心象,它是自然之月的物象与眼中之月的表象,经诗人凭借联想、想象,用寓托、移情、融情等手段,加工,改造,并同历朝历代的前人在对月的审美观照中蓄积的文化底蕴——中华民族关于月的传统文化的心理积淀融合在一起,同诗人在特定物境与心境中望月怀远的情意融合在一起,从而创造出来的心象。换言之,它是意与象、主体与客体相互作用,相互契合,而被人格化、情感化了的审美意象,是寓意之象。④外显为文学意象。张九龄以月之心象为基本的原材料,由艺术构思转向艺术传达——写出诗歌:以语言为物质外壳,为艺术符号,把月之心象结晶为月之语象——文学意象,于是便有了诗中之月。这一文学意象不仅是有意之象,而且是表意之象。文学意象一般称为文学形象。《望月怀远》中"月"这一意象的生成过程可图示如下:

自然之月→眼中之月→意中之月→诗中之月

客体物象　审美表象　审美意象　文学意象

审美对象　审美感觉　艺术构思　艺术传达

上述过程清楚地表明,意象的生成是一种双向浑融的过程:既融情入物,又以物载情;既把"怀远"之情寄寓在"月"这一物象中,又使"月"这一物象成为"怀远"之情的载体;既有主体的对象化,又有客体的主体化。总而言之,诗的意象是诗人内在的情意与客体外在的物象化合而成的艺术元件。其生成机理,犹如无形的氧元素与有形的铁元素化合而成氧化铁。

在诗歌鉴赏中,解读意象,是过渡性的一步,也是极为重要的一步;解读意象,才有可能进入那一座座诗歌的艺术殿堂,去尽情欣赏那琳琅满目的艺术瑰宝。

意象是寓意之象、表意之象,审美意象更是意中之象。因此,解读意象,就是发掘象中所寓之意,同时通过联想与想象还抽象为具象,变语象为心象。一般地讲,意象由表及里有三重意蕴:(1)意象的客体实像,即物象的自然意义。例如,《望月怀远》中的"月",首先是指夜空中那或盈或亏,或灿然或黯然的自然之月。(2)意象中由民族文化心理积淀而生成的意义,即意象在我国古代文化中被赋予的独特内涵。在中华民族的心灵世界,月早已成为一种富含象征意义的意象,譬如,常用它来象征团圆与离别;而望月怀远则是中华民族的传统心态。把月亮

与离别相思凝聚在一起,大约起源于嫦娥奔月的神话,后来月这一意象便饱含着离别相思的情意,频频出现于诗文中。东晋名士刘惔曾说:"清风朗月,辄思玄度(许询)"(《世说新语·言语》)。南朝谢庄亦曰:"美人迈兮音尘阙,隔千里兮共明月"(《月赋》)。刘惔与谢庄都在望月怀远。而西晋的陆机则要揽月"盈手",以慰"离思":"安寝北堂上,明月入我牖。照之有余辉,揽之不盈手。"(《拟明月何皎皎》)到唐代,观赏明月,思亲念远的佳构更层出不穷。单在初盛唐,便有张若虚的《春江花月夜》、李白的《静夜思》、杜甫的《月夜》,还有张九龄的这首《望月怀远》。这些望月怀远的名作,都沿着一条习惯思路进行构思,厚积着一层传统文化的意蕴。(3)诗人为表达该作品的主旨所临时赋予的意义。在《望月怀远》中,诗人也许用传统题材,循习惯思路,借"望月"以表达自己对亲人或友人的无限思念。但联系这首诗系张九龄罢相,谪居荆州时的作品这一写作背景来解读,他深情怀念的也许是他曾竭诚尽忠、朝夕侍奉的君主。那么,此诗中的"月"这一意象则被临时注入了君臣际遇的新义,是深有寄托的。

在解读意象的过程中,如此层层深入,充分发掘意象所包含的意蕴,并借助于形象思维,伴随着情感活动,才能将文学意象还原为审美意象,才能在灵视中"看"到意象,才谈得上真正的诗歌鉴赏。

2. 审美意象的品读与形象思维

乌衣巷①　　刘禹锡

朱雀桥边野草花②,乌衣巷口夕阳斜。

旧时王谢堂前燕③,飞入寻常百姓家④。

[注释]

①乌衣巷:在今江苏省南京市秦淮河南岸。

②朱雀桥:也叫朱雀航,建于东晋,是秦淮河上一座浮桥,离乌衣巷很近,是进出乌衣巷的交通要道。花:开花,用作动词。

③旧时:指东晋时,距刘禹锡所处的时代已有四百多年。王谢:王导、谢安两

大豪门望族。号称与司马氏共有天下,因为当朝宰相,不是出自王家,便是出自谢家。

④寻常:平常、普通。

[赏析]

　　意象是由形象思维孕育出来的,形象思维的核心是联想与想象。解读与品鉴意象,既要由浅入深,层层递进,发掘和品鉴象中蕴含的意;同时,必须通过形象思维,将文学意象(语象)还原为审美意象(心象),即借助于联想与想象,"看"到意中之象,在心幕上复现一系列意象有机组合而构成的生动画面。下面我们借《乌衣巷》来做意象解读与品鉴的示范。

　　《乌衣巷》系组诗《金陵五题》之一,作此组诗时,诗人尚未到过金陵(今江苏南京),则《乌衣巷》中所有意象皆为联想与想象的产物,是诗人神游乌衣巷时所见所感,解读与品鉴这一系列意象,自然更离不开形象思维。刘禹锡这首传世名作,意象寥寥,然而意境高远幽邈,意蕴丰厚隽永。首先是由于诗中意象皆从丰富的联想与想象中结晶而出,而且是由现时映象与历史陈迹虚实叠加生发并升华而成。诗中所展现的是诗人神游现实与历史中的乌衣巷的心路历程,现实中,诗人借助于形象思维神游乌衣巷,由远而近,移步换形,随步履的移动,转换视域,凭迹吊古,感慨今昔。诗的构思思路与此相应:从横向联系,即从空间角度看,诗人采用跟踪摄像的层递式组合意象。灵视中的视点起于"朱雀桥",由远及近,由外而内,移动扫描,深入"乌衣巷";从纵向联系,即从时间角度看,诗人凭借联想与想象,灵视中的视点游移于历史与现实、繁盛与衰败之间,回环往复。在此心理活动过程中,精选少许意象,组接为三幅富于概括力、表现力和感发力的瞬间画面,营构为超妙谐美、耐人品味的意境。

　　"朱雀桥边野草花",这是一幅瞬间画面。昔日熙来攘往、车水马龙的交通要冲,而今竟长满野草,开着野花,可见早已乏人问津了。把"朱雀桥"和"野草花"这两个意象组接在一起,便将古与今、盛与衰叠加在一起。不言衰败,盛衰无常、世事沧桑的悲慨已在言外了。"乌衣巷口夕阳斜",乌衣巷口斜挂一轮血红的残

阳,给乌衣巷抹上了一层惨淡的余晖。这第二幅瞬间画面,推出了主意象"乌衣巷",并承续前一幅瞬间画面点示"行程"(实为心路轨迹)。以"夕阳"这一象征着盛极而衰的意象,点示诗人神游乌衣巷的具体时间,渲染苍凉寂寥的氛围。"旧时王谢堂前燕,飞入寻常百姓家。"昔日栖息在达官显贵之家的燕子,而今出入于普通百姓之家。这是第三幅瞬间画面,一个蕴含画外音的特写镜头:王侯府第的故址变成了普通民居,昔日的高门望族早已沦落为平民百姓,足见朝代兴替如转轮,荣华富贵不久常。历史的沧桑巨变、人世的盛衰无常,全于细微处见之。其中也暗暗寄寓着诗人对盛极而衰、江河日下的唐王朝的无限隐忧与凝重叹惋。

《乌衣巷》中所有的意象都是诗人凭借联想与想象精心创造出来的,是叠映着历史与现实、繁盛与衰败的复合型意象。解读与品鉴这些意象,既要凭借睿智,激发情感,充分揭示并深切感悟其丰厚的意蕴;同时要驰骋联想与想象,在心目中将其具象化。主意象"乌衣巷",既是诗人神游乌衣巷时所获致的现时表象,即悬想中的当前颓相,同时也厚厚地沉淀着历史的陈迹——那早已远逝的繁华。乌衣巷得名于三国时代,当时这里是吴国护城卫队的营地,由于士卒都穿黑色军衣,因此这里称为乌衣巷。东晋时,开国元勋王导、淝水之战的指挥者谢安等豪门世族,多聚居于此,乌衣巷于是成了"贵族巷"。到了唐代,乌衣巷早已随同六朝故都金陵一起败落了,"贵族巷"沦为"贫民巷"。因此,解读与品鉴"乌衣巷"这个意象,须基于联想与想象,将乌衣巷萧条的现状映现在心幕上,同时也要叠现出乌衣巷昔日繁华的幻影。同样,解读与品鉴"朱雀桥"这一意象,也须借助于联想与想象,将先前车马喧阗的热闹景象与后来人迹罕至的冷落景象叠映在心幕上。"燕",是关键性的意象,犹如画龙点睛之睛,有此意象,全篇皆活。这个关键性的意象更是审美想象的杰作。它是现实的,又是超现实的。它具有秋去春来,代相因袭,定居旧巢的自然习性;同时又具有飞越历史时空的超自然属性,能从"旧时王谢堂前",穿透历史的重重帷幕,飞进现今"寻常百姓家"。诗人驰骋想象,赋予"燕"以历史见证人的身份,让其饱览乌衣巷的沧桑巨变,成为联系古今,绾合盛衰的纽带,从而使《乌衣巷》以历史反射现实,借现实反思历史的题旨得以体现。因此,读者同样需要驰骋想象,方能清晰地"看见"这神奇的"燕"。"野草花""夕阳斜""寻常百姓家"同"乌衣巷""朱雀桥""王谢堂前燕"等意象一样,是诗人神游乌衣巷时映现于心幕上的意中之象,也是诗人借助于联想与想象从以往的生活体验、情感体验及阅读鉴赏活动中蓄积的审美经验里提炼出来的。解读与品鉴这类意象,同样要基于联想与想象。

总而言之,赏析诗歌,必须充分展开审美联想与审美想象,去复现意象,鉴赏意象,才能欣赏到那一幅幅由意象构成的绚丽画面,才能畅游于那一座座以意象为感性材料建筑的艺术殿堂——意境之中。这样,方谈得上真正的诗歌鉴赏。这样,你即便不能亲自去作现场踏勘,也能循着诗人的构思思路,神游胜境,去经历一番真切的、动情的审美体验,去获致一种怡情悦性的审美享受。

3. 审美意象的品读与情感体验

月下独酌[①]**(其一)**　　李白

花间一壶酒,　独酌无相亲。
举杯邀明月,　对影成三人[②]。
月既不解饮[③],　影徒随我身[④]。
暂伴月将影[⑤],　行乐须及春[⑥]。
我歌月徘徊,　我舞影零乱。
醒时同交欢[⑦],　醉后各分散。
永结无情游[⑧],　相期邈云汉[⑨]。

[注释]

① 酌:酙酒、饮酒。

② 对:面对。

③ 解:懂得。

④ 徒:空、白白地。

⑤ 将:偕、和、与。

⑥须:一定。及:趁着。
⑦交欢:同欢共乐。
⑧无情:即忘情,忘却世俗之情。
⑨期:约定、约会。邈:遥远、杳远。云汉:银河,这里指太空仙境。

[赏析]

意象是形象思维的产品,更是情感活动的结晶,解读、鉴赏意象,既要借助于形象思维,同时也必须有情感活动的介入,即必须激发胸中情去体验诗中情。所以,借鉴在生活体验或阅读鉴赏中贮存于心的情感经验,结合着理性剖析所发掘的意蕴和形象思维所还原的心象,深入解读、细细鉴赏《月下独酌》(其一)中的一系列意象,方可能如临其境、感同身受般体味到李白那飘逸洒脱的情感活动的实质性内核。

李白有远大的抱负,有旷世奇才,渴望干一番伟大的事业,但是他既不得赏识于朝中,又难觅知音于世间,所以常常不得不单枪匹马左冲右突,从孤寂与苦闷的重围中杀出一条血路来。诗人于供奉翰林后期的天宝三年(744)春天所做的《月下独酌》(其一),正是诗人从孤寂与苦闷中突围的一次战斗纪实。我们不妨以情感体验为主导,解读、鉴赏诗中的意象体系,从而深窥诗人从孤寂与苦闷中突围的心路历程。

先从诗题入手。"月下独酌"这个诗题或明或暗一气标出了诗中的三个基本意象:"月下独酌"的诗人是主意象,还有"月"与"酒"这两个辅意象。无论主意象还是辅意象,象中所蕴全是浓郁重浊的孤寂与苦闷。全篇以此意象为基本元件进行天马行空般的艺术构思,极其形象而又极其含蓄地抒发其浓郁重浊的孤寂与苦闷。

"花间一壶酒,独酌无相亲。"在花丛中捧着一壶美酒,自斟自饮没有知心朋友。开篇先上扬一笔:"花间"呼应题面"月下"二字,暗示时值春宵,有良辰,有美景,在这样的场合畅饮美酒,当是十分惬意的。接下来却以"独""无"二字猛然下抑:无知己相伴,独自喝闷酒,岂不扫兴!抑扬之际,有无相生,难耐的孤寂与苦闷已寓象中。诗人开门见山,托举出"酒"这一意象来,并置于"花间"加以突显。李白是"酒中仙",酒是其浪漫人生中始终不离不弃的至交挚友。他乐时以酒助兴,愁时以酒消忧,甚至借酒装疯,侮弄权贵,平视君王;酒更是其灵感的催化剂,所以杜甫说"李白一斗诗百篇"。此时此境,诗人"独酌"之酒,是"举杯消愁愁更愁"的消愁之酒,是孤寂之情的载体,是极度苦闷的象征。以"独酌"为线索纵贯首尾,则孤寂与苦闷盈溢于全诗。"举杯邀明月,对影成三人。"高举酒杯邀请天上明月,连同地上身影凑成了三人。孤寂难耐、苦闷不堪的诗人见月光照身、影投于地,突发奇想,邀月、对影,拼凑成"三人"。明明冷冷清清、茕独无偶,顿时热热闹闹、三人成众。这是对孤寂的超越,对苦闷的挣脱。转瞬之间连锁反应般牵出两个意象:"月"和"影"。"月"也是与诗人不离左右、同喜共忧的好朋友。"月"意象常常被当作至纯至美至真和永恒的象征,同"酒"意象相伴相倚,频频出现在李白的心灵世界、艺术世界中,此时则是被"独酌无相亲"的诗人盛情邀来侍宴陪饮的嘉宾。"月"意象在意境中的登场,既反照出了诗人的孤孑"无相亲",也携来另一位陪客——"影"。"影"实为"我"与"月"主客交契,生发出来的又一个基本意象。这一意象同样寓有深意:人们常用"形影相吊"形容孤独与寂寞,唯自己的影子同自己相依相伴、互为慰藉,反弹出来的自然是至为深沉难耐的孤独与寂寞。当此之时,李白把自己的身影也拽来硬凑"三人",则是对孤寂与苦闷的奋力抗争。

"月既不解饮,影徒随我身。"明月根本不懂得开怀畅饮,影子憨憨地把我紧紧跟随。诗人虽驰骋想象凑成了"三人",然而想象终归是想象,再美妙超逸的想象也没法让头脑清醒的诗人迷失自我,诗人又跌回了孤寂与苦闷之中。一"既"字、一"徒"字,前呼后应,传达出试图摆脱孤寂与苦闷的诗人反观现实时的失落与怅惘。素来不受束缚、不甘屈从的诗人再次突围:"暂伴月将影,行乐须及春。"姑且陪伴着明月和影子,趁着春光明媚及时行乐。"暂",暂且、姑且。一"暂"字表明:为反制孤寂与苦闷的步步紧逼,诗人强邀"月"与"影"相伴,及时行乐,实属无可奈何,姑妄为之。

在反复自慰自解中,诗人对孤寂与苦闷的排遣,总算渐入佳境:"我歌月徘

徊,我舞影零乱。"我放声高歌,明月为我流连不去;我翩翩起舞,影子随我左摇右晃。诗人于花间月下,自斟自饮,兴之所至,载歌载舞,恍惚中觉得"月"与"影"亦同欢共乐,足见诗人已经醉意蒙眬,行将酩酊大醉了。"月徘徊""影零乱",如水照影,映照出了诗人的颠顶醉态。"醒时同交欢,醉后各分散。"清醒时同欢共乐,酣醉后各自分散。显然诗人还坚守着沉入醉乡前的最后一丝清醒,意识到自己并未真正摆脱孤寂与苦闷的死死纠缠。于是诗人趁最后一丝清醒尚未消失,奋力一搏,再次突出孤寂与苦闷的重围。"永结无情游,相期邈云汉。"愿永结忘却世情的交游,相约在邈远的太空仙境。李白痛感在现实世界自己的鲲鹏之志无人赏识,难以实现,由此而生的孤寂与苦闷也难以彻底消除,只好携带自己的孤影,追随永恒的明月,遁向天上仙界,去结成千古不散的游伴,去享受万世不泯的自由与欢乐。同诗人协力突围的战友,仍然是这"月"与"影";借以突围的唯一法宝,依旧是那经常随侍左右、似乎无所不能的"酒";突围的关键之举是"无情",即忘情,忘却包括功名利禄在内的一切世俗杂念。从此以往,诗人与"月"与"影"的关系由"暂伴"升格为"永结",诗的意境也在超妙幻境中得以升华。那么在神仙世界的这种"无情游"中,诗人能彻底廓清那如影随形、挥之不去的孤寂与苦闷吗?这位从现实幻灭中突围、奔向虚幻灵境的"酒中仙",未必"酒醉心明白"!

《月下独酌》(其一)以月明花好的春宵为背景,描写独酌的全过程,抒写诗人在现实人生中无法忍受、更难以排遣的孤寂与苦闷,从诗中我们可以聆听到一个放浪不羁、狂傲不驯的灵魂发出来的足以惊天动地的呐喊和抗争。诗人借助于浪漫瑰奇的诗思,将其孤寂与苦闷蕴蓄在"我"这个主意象同"酒""月""影"等辅意象有机组合创构的意象系统中,恣酣流走地宣泄出来。我们若设身处地、将心比心,品读这系列化的意象,不难体味诗人的孤寂与苦闷。任情纵性的李白其孤寂与苦闷是重浊难泯的,但李白对孤寂与苦闷的表达与宣泄却是卓尔不群的,因此我们务必另有一番"知人论世"的情感体验,才能洞见这旷代诗人的心灵世界。

在意象的品读中,情感活动与认识活动往往须紧密结合。也就是说,对意象的解读与鉴赏,既要施以情感体验,有时也要辅以逻辑思维。因为意象所蕴之情意,既包含情感、情绪之类的感性成分,也往往同时含有理念、道理、理想之类的理性成分。单凭情感体验而不辅以理性剖析,是很难深入地、精准地体悟其内在实质的。譬如,此诗的意象系统中流露出了及时行乐和出世成仙的思想意识,这不过是壮志落空而又执着于追逐理想的诗人在极度失望、倍感孤寂与苦闷中,对丑陋现实的一种特殊形式的反抗,所以不能简单粗暴地把诗中流露的这种种思想意识同消极颓废画上等号。

二、意象的组合

作诗首先要精心创造意象,选择意象。但意象只是建筑诗歌艺术殿堂的建筑材料,单个意象即便很美,也不过是金砖一块、玉瓦一片。只有按一定的设计方案,用一块块金砖、一片片玉瓦,建造成一座金碧辉煌的艺术殿堂,意象的审美功能、审美价值才能达于极致。也就是说,意象只是诗人精心创造意境的一种基本的艺术元件,精心创造意境才是诗歌构思的最高的、最终的创作目标。只有把诗中所有的意象有机地组合起来,意境的营构才有所附丽,才有了根基;也只有把诗中所有的意象有机地组合起来,意象的审美功能才能充分地发挥,意象的审美价值才能完美地体现。因此意象组合便成了诗的艺术构思中最具关键性的一个环节。

一首诗,即便是一首绝句,往往不只有一个意象,而是有几个,甚至许多个意象。这些意象在诗中不是无序地堆砌与罗列,而是根据营构意境、抒发情意的需要,用一定的方式,有机地组合成一个感性体系,即形象系统。探究和鉴赏意象组合的种种方式,则可蹑迹追寻诗人营构意境、抒发情意的构思思路,进而置身于诗的超妙谐美的意境之中,去细细品尝那浓浓的诗味。也正因如此,我们把系统地探究和鉴赏诗的意象组合,当作诗的鉴赏过程中破门而入、登堂入室的便捷之道。

意象组合既涉及审美意象,也涉及文学意象,但归根结底涉及审美意象。意象组合,是诗在意象这个层面的构思技巧,它活跃于审美创造(诗人作诗)的心理活动,即构思过程中,却透露于文学意象构成的艺术符号系统,即显露于字面。因此在审美再创(读者赏诗)的过程中,探究与鉴赏诗的意象组合,须由表及里,"披文入情",以文学意象为中介,去赏析审美意象的组合。

意象组合是一个复杂的、动态的艺术构思过程。诗人往往通过形象思维,全方位地,多层面、多侧面地组合意象。因此,组合意象的方式丰富多彩,千变万化,错综复杂。诸多意象组合方式中,有几种使用频率极高,极为习见。兹将这几种常见的意象组合方式罗列如下:

诗的表层意象结构的意象组合方式:横断式、层递式、叠映式

诗的深层意象结构的意象组合方式:连缀式、反差式、辐射式、辐辏式、拼置式

现在我们以此为纲,例析一系列具有典范性的作品,以便从意象组合的审美视角切入诗的鉴赏领地,在惬意的艺术巡礼中,掌握诗的鉴赏技能,培养诗的鉴赏能力。

(一) 诗歌表层意象结构的意象组合方式

诗的表层意象结构,指意象的"象"(寓意之象)这一层面的结构。这一层面的意象组合方式,是以意象之间的时空联系为依据而形成的。它们是外显的、可感的,因为它们是基于意象之间的外在的、可感的时空联系来组合意象的。世界上万事万物的存在与发展,都要以时间、空间作为自己运动的存在形式,也就是说,都必须经历一定的时间,同时也占有一定的空间。诗人作诗当然也不能超然于时空之外。不过诗的时空不是物理时空(自然时空),而是以物理时空为原材料,心灵化、艺术化了的心理时空,是诗人主观能动地反映客观的物理时空的一种特殊的审美意识形态,是客观的物理时空的再现与主观的审美体验的表现的

统一体。诗的表层意象结构的意象组合与心理时空有着或明或暗、或疏或密的联系。依据其时空联系的不同而形成种种意象组合方式。其常见方式有横断式、层递式、叠映式。

1. 横断式

横断式是截取生活之流或意识之流的一个横断面凝固而成断面画的意象组合方式。换言之,横断式是将以特定时空为背景和要素构成的横断面上的意象,于刹那间凝固于心幕上而成瞬间画面的意象组合方式。

在横断式意象组合中,作为背景和要素的空间因素,可以是有限的一隅,可以是目力所及的广阔空间,也可以是超越现实视域的想象空间。因此,用横断式组合意象创造的瞬间画面,可以是一隅小景、一个细节、一个小小的场面,也可以是一个广阔无垠的大场景、大场面。但由于所有意象连同整个时空背景都于特定的一瞬凝固而成断面画,因而横断式意象组合方式最突出的特征,是它不具备明显的过程性,而具有相对的静止性,即在意象组合过程中几乎见不到灵视中的视点在心理时空的运动痕迹。借用一个摄影术语来说,叫作一次性成像,因此所创造出来的是具有凝固感的静态画面。

横断式意象组合方式,基于相对静止的断面与绝对运动的流程的辩证统一。用横断式组合意象创造的瞬间画面,具有凝固感,却又蕴含流动感,因而富于包蕴性、典型性和生发性,往往具有以少总多、以小见大的审美功效。

正如影视艺术中画面是最小的、最基本的构成单位和艺术语汇一样,横断式是最基本的意象组合方式,以横断式组合意象创造的瞬间画面则是最基本的艺术单元,不仅每一首诗几无例外地要用到横断式,而且其他意象组合方式往往须以横断式为基础。

(1)横断式的界定

富贵曲　郑遨

美人梳洗时,　满头间珠翠[①]。

岂知两片云[②],戴却数乡税[③]。

[注释]

①间(jiàn)：间杂、交错。珠翠：珍珠、翡翠，这里泛指名贵首饰。

②云：借喻蓬松如云的鬓发。

③却：除去，这里是挥霍的意思。数乡税：几乡农民上缴的赋税。

[赏析]

郑遨《富贵曲》以一幅典型的瞬间画面，生动而深刻地揭示了晚唐社会最本质的社会矛盾——剥削者与被剥削者之间尖锐激烈、臻于白热化的阶级对立，表达了诗人对奢侈腐朽的晚唐统治阶级的愤怒谴责，对饱受压榨之苦的农民阶级的深切同情。

全篇四句，两句写景，两句抒情。先写景，展示一幅剪影，一个具有特征性、普遍性、代表性的瞬间画面："美人梳洗时，满头间珠翠。"这幅剪影，犹如一帧彩照，再现了富贵人家的生活场景。然后抒情，面对"彩照"大发议论："岂知两片云，戴却数乡税。"——哪知道两片如云的秀发，耗费掉几乡农民的赋税。诗人愤愤不平地表达了宏旨高论。

前二句选择"美人梳洗时"这一典型瞬间，摄取"满头间珠翠"这一典型细节，构成瞬间画面："头"和"珠翠"这两种意象于同一瞬间被组合于同一画面，好似"咔嚓"一声拍下一张艺术照，或者说拍摄了一个特写镜头。其意象组合方式是典型的横断式，系截取贵妇人生活之流的一个横断面，于刹那间凝固于心幕上而形成的断面画。"满头间珠翠"，展示珍珠翡翠间杂，各色名贵首饰缀满秀发的瞬间画面；再比喻为"两片云"，说贵妇人的发髻像两朵五光十色、堆金叠翠的彩云，已充分见出贵妇人的华美与奢侈；再通过议论，将装扮"两片云"的耗费同"数乡税"作价值比较，更突显贵妇人的穷奢极欲，享乐无度。一个贵妇人的头饰竟如此靡费，如此昂贵，其一日、一生之奢靡生活，又当耗费掉多少民脂民膏！整个统治阶级对农民阶级的残酷压榨，又当如何估算，又当何其令人咋舌！不堪重负的农民阶级对统治阶级的刻骨仇恨又当何等炽烈！建筑在残酷压榨与刻骨仇恨之上的唐王朝又是何等的岌岌可危！这些，都可以说是这幅瞬间画面的画外音。以横断式组合意象创造出来的这幅瞬间画面,展现的仅仅是统治阶级豪奢生活的一瞬一隅之片断,其艺术张力却不可估量,实在令人称绝。

(2)横断式的基本特征:凝固感——相对静止性

逢入京使① 岑参

故园东望路漫漫②,双袖龙钟泪不干③。

马上相逢无纸笔, 凭君传语报平安④。

[注释]

①逢:碰上,偶然相遇。京:京都,指长安,今陕西省西安市。

②故园:故乡、家园,这里指长安和诗人在长安的家园。

③龙钟:即泷涷,湿漉漉的样子。

④凭:托请、劳烦。君:指入京使。传语:捎口信儿。

[赏析]

唐玄宗天宝八载(749),岑参赴安西(今新疆库车)高仙芝节度使府任幕僚,于西赴边塞途中作了《逢入京使》这首脍炙人口的边塞绝句,形象地抒发了怀乡思亲的真挚情感,生动地表现了一种人人心中皆有而人人口中却无的人生体验。全诗以横断式组合意象。以横断式组合意象,由于所有的意象连同时空背景都在特定的瞬间有机组合、凝固而成断面画,因而所创造的画面具有相对的静止性,而没有明显的过程性,是一个相对独立的静态画面,颇有凝固感;整个意象组合过程中,几乎不见灵视中的视点在心理时空的移动痕迹。所以用横断式组合意象所创造的画面叫作瞬间画面,《逢入京使》全诗便是一幅瞬间画面。

"故园东望路漫漫,双袖龙钟泪不干。"回首东望,通往家园的路是那样的漫长,一眼望不到头。双袖都被湿透了,眼泪还是流个没完。开篇便作人物特写,诗人的自我意象呈现于画中,一个潜在的辅意象"入京使"亦在画中。尽管诗人怀着"功名只向马头取"的雄心壮志从军西行,但边地荒远,旅途劳顿,诗人在漫长的赴边途中难免备尝艰辛,倍感孤独寂寞,因此一路上摆脱不了怀乡思亲之情的困扰。离乡愈远,乡愁愈浓。此刻恰与"入京使"邂逅相逢,这位"入京使"显然是诗人熟识的故交,行程趋向又恰是诗人的"故园"所在地京城。因此诗人不由自主地再次回首东望,但映入眼帘的只有那"漫漫"来路,"故园"不可望,难免顿增惆怅。虽说"男儿有泪不轻弹",但此时此境,那"不轻弹"的泪却完全失控了,扑簌簌地滴落下来,以致双袖都揩湿了,还不住地往外涌。"双袖龙钟",虽言辞夸张,却系真情流露。"马上相逢无纸笔,凭君传语报平安。"驱马赶路,偶然相遇,双方都行色匆匆,又没有用以写信的纸和笔。情急之下,只好把千头万绪、千言万语浓缩成"平安"二字,口口相传——从诗人之口,传诸使者;借使者之口,传诸家人,以释家人之念,以慰家人之心。这"平安"二字很有分量。"平安",正是诗人最牵挂的人对远涉绝域的诗人最牵挂的事。诗人以己度人,宽慰对方,既表现了诗人思念家人,体贴和关爱家人的拳拳之心、眷眷之情,亦从反面见出诗人勇往直前、旷达豪迈的男儿本色。

诗人与"入京使""马上相逢",且即刻就得分道扬镳,是容不得拖拖拉拉、缠缠绵绵的耽搁延宕的。所以,回首望乡、泪湿双袖、托捎口信,这一系列神情动态、言谈举止都发生在片刻之间,用横断式组合意象创构出来的这幅断面画也只能是一幅富有凝固感的瞬间画面。至于"逢入京使"前前后后的冗长而复杂的过程则全略去了,只聚焦、定格于片刻间的情景;既不见来龙去脉,亦不见前因后果。不过,由于诗人善于捕捉典型瞬间,截取典型断面,并用以抒发至性真情,因此把平凡琐碎的生活片断写成了千古绝唱。

(3)横断式的生成机制:相对静止与绝对运动的辩证统一

宫词　　张祜
故国三千里①,深宫二十年。
一声何满子②,双泪落君前③。

[注释]

①故国:故乡。

②何满子:乐曲名,曲调十分哀伤。

③双泪:两眼流下的泪。君:君王、皇帝。

[赏析]

这是一首独具美感的宫怨诗,与一般宫怨诗以写景为主,借环境描写与气氛烘托来抒写怨情不同,这首诗以叙事为主,借事抒情。主要是截取绝对运动着的生活之流的一个相对静止的片断,以横断式为基本方式组合意象,形象而委婉地畅抒怨情。

横断式意象组合方式与影视艺术的画面拍摄出于同一机杼。诗与影视艺术一样,是流动的艺术。诗中的画面绝不同于静物写生的画面。一般来讲,诗的画面不是静止的,而是运动的,因为它的题材是生活之流或意识之流,而生活之流或意识之流永远是运动着的;但在一定的瞬间,其断面具有相对的静止性、稳定性。这是因为物质世界是绝对运动与相对静止的统一体:绝对运动的流程包含着无数个相对静止的断面;无数个相对静止的断面递相衔接,有机地组合成绝对运动的流程。截取某个相对静止的断面即为瞬间画面,而截取富于典型性的相对静止的断面,即可折射出整个绝对运动的流程,收到以少总多、以小见大的艺术功效。这便是横断式意象组合方式的生成机制。这首《宫词》的艺术构思,特别是意象组合,正是基于绝对运动的流程与相对静止的断面的辩证统一。

这是一首绝句。前二句展现典型环境。"故国三千里,深宫二十年。"故乡离京城有三千里之遥,幽禁在深宫达二十年之久。从离家路途之远、入宫时间之长两个方面双管齐下,突现时空背景,生动而深刻地揭示宫人(妃嫔或宫女)的悲剧人生。她们十来岁便被迫远离故乡,诀别亲人,自由、幸福和青春被褫夺尽净,如奴隶般,如囚徒般,在寂寞与苦闷中,苦熬过每一个昼夜、每一个春秋,苦熬了整整"二十年"!"故国"与"深宫"相互映衬,"三千里"与"二十年"相互强化,将宫人远离故土的刻骨乡愁、幽禁深宫的深切哀怨,极其概括地、集中地表现出来。

后二句突现典型细节。"一声何满子,双泪落君前。"刚开口唱了一句《何满子》,就双泪涟涟,滴落在君王面前。《何满子》是自盛唐至晚唐都十分流行的乐曲。相传唐玄宗开元年间,沧州有一位叫何满的歌手被判了死刑,刑前悲歌一曲(这支乐曲后来被称作《何满子》),希望借这支哀感凄切的曲子博得皇帝的赦免,从而挽救自己的生命。然而这最后的希望落空了,他最终还是被无情地处死了。显然,着支名曲本来就带有浓厚的悲剧情调,难怪传入宫中会激起异乎寻常的共振共鸣。一声悲歌,双泪齐落,足见《何满子》的声情何其凄楚悲怆,令人肠断;更表明演唱者——这位远离故乡与亲人,长期幽闭深宫的宫人那久积深藏的怨恨,何其炽烈,何其深沉!这位宫人不顾严酷的宫禁宫规,不惮触怒龙颜而招致不测,一声才发,双泪难禁,更可见其满腔怨愤早已不可遏制了!

从意象组合看,前二句用极其凝练的笔墨,以少许富于典型性的意象,高度概括了宫人的悲剧人生,是对绝对运动的生命流程的浓缩,为后二句推出相对静止的断面蓄足了爆发力、表现力和感染力。后二句用横断式组合意象,即截取宫人悲剧人生的一个相对静止的断面,凝固而成瞬间画面,犹如一个特写镜头,一个定格的画面。一声悲歌,双泪齐落,在离家三千里、幽禁二十年的典型环境与悲剧人生中蓄积的满腔悲愤、万般哀怨,像火山熔岩的喷发,势不可当,轰然而出,且一鸣惊人。诗亦戛然而止,仿佛断面上的一切连同那一声悲歌,都于刹那间凝结了一般。在绝对运动的生命流程中蓄之既久、藏之极深的怨愤,以相对静止的典型断面为突破口,喷薄而出;而这相对静止的典型断面,又生动而深刻地折射出绝对运动的生命流程,高度集中地表达了宫人对封建社会妃嫔制度的血泪控诉,表达了诗人对形同奴隶与囚徒的宫人的深切同情。

(4)横断式的审美功能:典型概括

忆江南① 白居易

江南好,风景旧曾谙②。
日出江花红胜火③,春来江水绿如蓝④。
能不忆江南?

[注释]

①忆江南:词牌。忆,回忆,这里是怀念、眷恋的意思。

②谙(ān):熟悉。

③胜:超过。

④蓝:蓼蓝,一种草本植物,生长在水边,可从叶中提取一种叫作靛青的蓝色染料。

[赏析]

白居易少年时代避乱江南,成年以后,又曾贬官江南,做官江南。迷人的江南风光曾使他流连忘返,由衷赞美。晚年退居洛阳后,依旧怀念不已,期盼旧地重游。诗人对江南的热爱与眷恋之情,同他对江南的美好印象交汇在一起,激荡于胸,酝酿于心,最终化为三首《忆江南》:一首总忆江南,一首怀念杭州,一首追忆苏州。这里选读的是其中第一首,这首小词描绘了江南水乡的明媚春光,抒发了诗人对江南的无限热爱与眷恋之情。

这首词首尾三句抒情,中间两句写景。首句应题,由衷地为江南喝彩:"江南好!"挑明"忆江南"的缘由。次句紧承首句,"风景旧曾谙",表明盛情赞美江南,深切忆念江南,是有十足的依据的,那便是切身感受过并镌刻于记忆的美好的江南"风景",为接下来的写景做了铺垫。尾句"能不忆江南?"反诘作结,既是倒点题,亦为暗点睛,道足诗人对江南铭心刻骨、难以割舍的忆念与神往。问而不答,言尽而意未止,留下悠悠余韵流溢于词外。抒情的三句,因果连属,前呼后应,不加藻饰,无遮无拦,直接倾吐对江南那如痴如醉的追忆与思念,为中间两句的写景染足了浓艳的情感色彩。

写景的两句用横断式组合意象。诗人从深情追怀江南"风景"的意识流中截取了一个富于典型性、生发性的横断面,凝固而成瞬间画面。"日出江花红胜火,春来江水绿如蓝。"两句中"日出""春来"互文见义,参互读之,意思是:"春来""日出"之际,"江花红胜火","江水绿如蓝"。从意象组合看,是以某一个"春来""日出"之绚烂瞬间与江南水乡某一处诱人的角落为背景意象,把"红胜火"的

"江花"与"绿如蓝"的"江水"这两个中心意象同时映现在心幕上,凝固成令人陶醉、令人眷恋的瞬间画面。千百年来,这个用横断式意象组合方式创造出来的瞬间画面,令人玩味不已,叹赏不已,首先是由于它富于典型性。俗语云:"上有天堂,下有苏杭。"以苏杭为核心的江南的"风景",是美不胜收而不胜枚举的。诗人只摄取少许意象,组合成一幅小小的瞬间画面,来表现江南水乡的千里秀色,具有不同凡响的典型概括力。江南四季皆美,终日皆美,以"春来""日出"点示时间背景,则将画面置于四季之中最令人陶醉和眷恋的季节与一日之中最令人陶醉和眷恋的时刻。"春来",使江南披上了绿装;"日出",使水乡沐浴着朝晖。点出佳日良辰,则从时间的角度突现了瞬间画面的特定性与典型性。短短小令,四用"江"字,以"江"反复渲染空间环境,则突显出江南水乡的地域特征,即从空间的角度突出了瞬间画面的特定性与典型性。在这独具审美特征的时空背景下,嵌入江畔之花、江中之水这两个中心意象,再以"红胜火"与"绿如蓝"这两个妙喻为"花"与"水"润色,让这红似火焰的"花"与绿如蓼蓝的"水",形成冷暖色调的强烈对比。红绿相映,冷暖互衬,充分显示这是江南特有的春花与春水,使这"花"与"水"成为独具美感的典型意象。江南春色的神韵由此而彰显无遗,让人一望便知这是一幅在江南水乡随处可见的春朝风景画。也正是这种独具的审美特征,使之具有广泛的代表性。江南水乡的绮丽春色,令人迷恋、值得怀念者,该有多少?何止是这"春来""日出"之际的"江花"与"江水"?然而"浓绿万枝红一点,动人春色不须多"。所以,诗人虽只拈取那最富特征性、代表性的"一点"入画,而这"一点"却足以充分体现"江南好",值得迷恋,值得怀念。这幅具有特征性、代表性的瞬间画面,也因此而富有生发性,能让人睹一瞬一隅之小景而见千里秀色。所以,词中虽只展现一瞬一隅之良辰美景,却以少总多、以小见大,能诱导读者驰骋想象,领略那烟波浩渺的千里江南到处都洋溢着的春意,到处都焕发着的生机,更能在读者的心海里激荡起情感的波澜,如临其境般体验到诗人热爱与眷恋江南的无限深情。显而易见,这幅瞬间画面也充分展示了横断式意象组合方式的巨大的艺术表现力与感染力。

(5)深入一层探究横断式的审美特征与审美功能

古别离① 孟郊

欲别牵郎衣②,郎今到何处?

不恨归来迟,莫向临邛去③!

[注释]

①古别离:乐府旧题,属《杂曲歌辞》。

②欲别:将别未别。郎:古代对青年男子的美称、爱称。

③临邛(qióng):今四川省邛崃县。《史记·司马相如列传》载:汉代司马相如客游临邛,富商卓王孙盛情接待,其女卓文君新寡,司马相如弹琴挑逗,卓文君便同他私奔成都。此处借指男子觅得新欢的花花世界。

[赏析]

这首乐府诗用横断式组合意象。诗人抓住"欲别"这一典型瞬间,女主人公"牵郎衣"求告他别去拈花惹草遇新欢而弃旧爱这一典型细节,组合典型意象,创构出生动感人、耐人玩味的瞬间画面来。

横断式是截取绝对运动着的生活之流、意识之流的相对静止的瞬间断面上那富于典型性的意象,将其组合成瞬间画面。这种瞬间画面富赡凝固感,又蕴含着流动感,并因此而富于包孕性、典型性和生发性。为了进一步把握横断式意象组合方式的审美特征和审美功能,我们不妨潜入诗人的心灵深处,去蹑迹探寻《古别离》的构思过程中意象组合的奥秘。

在非别不可之处,在将别未别之时,诗中两个人物意象:女主人公(主意象)、男主人公(辅意象),于女主人公牵衣求告的刹那间,连同其时空背景,凝固于诗人的心幕上,创构了这幅瞬间画面,并营构为超妙的意境。心幕上这一瞬间画面外现于文字,即审美意象转化为文学意象,超妙意境结晶为艺术符号体系,便成了这首《古别离》。

用横断式组合意象创构的这一瞬间画面富于凝固感。在意象组合过程中,两个人物意象连同主意象那具有典型性的言与行,以及特定的时空背景,几乎在同一瞬间凝聚而成断面画;整个意象组合过程几乎见不到灵视中的视点在心理时空转移流动的痕迹。

这具有凝固感的瞬间画面,生成于女主人公心事重重、痴情流溢的典型瞬间,富于巨大的包孕性。它包孕着流动性,包孕着与这一瞬间密切相关的过去与未来,并诱导读者展开联想与想象,去追踪,去展望,去探索,去鉴赏那与女主人公命运攸关的整个生活流程,是怎样从过去流向现在的,又会怎样从现在流向未来。从女主人公与男主人公难分难离这一瞬间画面上,透露出女主人公浓烈而复杂的情感:既离情依依,又忧心忡忡,更满怀无限哀怨与美好期待。于是在读者的脑海里,一连串的悬念与推测便油然而生:是由于两人过去爱之深,以致今日离之难?是由于过去这位"郎"就有过负心的、不轨的行为?抑或女主人公太多地耳闻目睹了别的女性的不幸?君不见,自《诗经》时代起,便有那么多如泣如诉的弃妇诗令人唏嘘不已!君不闻,自古泊今有那么多负心汉遗弃痴情女的悲惨故事让人不寒而栗!更让人揣度不已的是此时一别的未来:是男主人公真会像女主人公所担心的那样,不仅"归来迟",而且偏向"临邛去",更有甚者,扁舟归日,还另载新欢?还是男主人公真会像女主人公所期盼的那样,金榜题名,衣锦还乡,而不弃糟糠之妻?……生活流程中竟有这么多的悬念,难怪女主人公要拽住"郎衣",苦苦哀告!难怪女主人公首先关注的不是"郎"走多远,去多久,而是"到何处"!也难怪凡是深受诗中女主人公的一片痴心感染的读者,莫不在浮想联翩中与之同悲同忧!

在这一审美过程中,读者诸君各据所好,各取所需——各人根据各人的生活体验、情感趋向和美学理想,去把这四行诗呈现的瞬间画面演绎成涓涓而流,有声有色,不啻有现在,而且有过去和未来的生活流程,演绎成一个生动感人的故事。由此例可见,用横断式组合意象绘就的生活的断面画,既具有凝固感,更蕴含流动感,因而富于包孕性、典型性和生发性。一首小诗,千百年来竟如此令人玩味不已,其奥秘庶几在此。

(6)诗人往往以横断式为基础而套用其他方式组合意象

暮江吟[①]　　白居易

一道残阳铺水中[②],半江瑟瑟半江红[③]。

可怜九月初三夜[④],露似真珠月似弓[⑤]。

[注释]

①暮江:黄昏的江景。

②道:缕、片。残阳:夕阳。

③瑟瑟:一种碧玉,这里用作形容词,形容水色碧绿如玉。

④可怜:可爱。

⑤真珠:珍珠。

[赏析]

诗画相通,都是借眼中与心中之物象以表现主观的情意。但诗画有别:画是凝固了的诗,诗是流动着的画。因此,像画一般纯用横断式组合意象创构一幅相对静止、相对独立的瞬间画面来传情达意的诗,是比较少见的。绝大多数的诗,仅以横断式为基础而套用其他意象组合方式,创构出一组或多组具有承续性、关联性和流动感的瞬间画面以抒发情意,这正体现出诗是一种流动的艺术。白居易《暮江吟》是一个典型的例子,这首绝句以横断式为基础,套用顺时的层递式,组合两个意象群——两幅瞬间画面,创构出营构意境、抒发情意的具象体系来。

这首绝句大体可均分为两部分。前二句用横断式组合意象展现一幅瞬间画面。"一道残阳铺水中,半江瑟瑟半江红。"夕阳将一缕晚霞平铺在江面上,那秋江一半是绿油油的,一半是红彤彤的。这是一幅夕阳西下、晚霞映江的暮色图,诗人着重渲染的是霞光映照水面的色彩之美。"铺"字传神写照,惟妙惟肖。夕阳西下,接近地平线,霞光几乎贴着地面斜射过来,所以让人产生平铺江面的审美错觉,仿佛铺开一幅彩锦似的。也正由于是夕阳斜照,霞光易被遮挡,因此江面只有一半被映红,背阴的一半依旧保持着"瑟瑟"之色。以"瑟瑟"这种碧玉之名借代碧绿之色,既表现了水色鲜明靓丽的特点,也突现了江水莹洁润泽的质感。而水色红绿辉映,对比强烈,更显得鲜丽耀眼,赏心悦目。

　　后二句亦用横断式组合意象展现一幅瞬间画面。"可怜九月初三夜,露似真珠月似弓。"这是一幅新月初显、秋露晶莹的夜色图。侧重表现露珠与新月的形状之美,连用两个妙喻,赋予"露"与"月"以玲珑剔透的美感。农历初三,新月与夕阳在天空同现,当夕阳沉没之后,早已悬挂在天幕上的一弯新月便彰显出来,像一张小巧的银弓。此时月光辉映下的露珠显得莹洁圆润,像珍珠般绚丽可爱。第四句描写的便是这种迷人的夜景。第三句既点示时间背景,也直抒感慨,并起着承接前后、贯通全篇的关联作用。点出"九月初三",承上挑明诗人流连于"暮江"的具体时间;也表明时值深秋,正切合新月如弓、草木露重的时令特征和物候变迁。以"可怜"——可爱,或明或暗点示贯通两幅瞬间画面的情感脉络:"可怜"者不只是这幅夜色图,暮色图同样是"可怜"的。"夜"字回应题上"暮"字,描出由日暮到月夜的时间线索,顺时间之流把两幅瞬间画面有机地组接在一起。就意象组合的方式而言,这便是顺时的层递式。

　　综合观之,这首绝句以横断式为基础,运用顺时的层递式,串联了夕阳西下和夜幕降临两个不同时段的两幅瞬间画面,拼接成具有承续性、关联性和流动感的一组画面,营构为优雅恬静、空幻如梦的意境,显示出视点在时间领域里推移和跳跃的过程,暗传出诗人游赏时间之长和游赏兴趣之浓,艺术地表现了心境恬淡闲适的诗人为暮江美景所感染、所陶醉的审美心理流程。

2. 层递式

　　层递式是以时间空间为线索、为要素的意象组合方式。具体地讲,层递式指以灵视中的视点在心理时空的运动轨迹为线索,分层次、嬗递性地组合意象的意象组合方式。也就是说,层递式是借诗人的心目在心理时空分层递进,扫描摄像的过程来实现意象组合的。与横断式的富有凝固感相反,层递式富有流动感。这种流动感具体体现为意象组合过程中的层次性、嬗递性——形成多层结构,并逐步转移变迁,层递层深;也体现于伴随这一过程的时间流动、空间位移。因此,在意象组合的过程中,不仅层次分明,而且视点在心理时空的运动轨迹也分明可睹。由于层递式是层次性与嬗递性的辩证统一,因而富于流动感,也蕴含着凝固感;无凝固感,没有相对的稳定性便无层次感,所以,层递式得以横断式为基础。

层递式有各种各样的具体方式,这些方式的差异性取决于意象之间不同的时空联系。在客观上,时间与空间是不可分割的,不存在没有空间的时间,也不存在没有时间的空间。但在主观上,譬如在意象组合中,有时却加以分割,并有所侧重:或主要以视点在心理时间的运动轨迹为线索组合意象,或主要以视点在心理空间的运动轨迹为线索组合意象。在鉴赏中,为了方便,亦往往将心理时间与心理空间分而析之。

循视点在心理时间的运动轨迹组合意象有两种具体方式:或沿时间之流顺流而下逐层递进,或溯时间之流逆流而上逐层递进。前者为顺时的层递式,后者为逆时的层递式。为强化表述的形象性,前者可称为顺水推舟式,后者可称为逆水行舟式。这里舟借喻意象,水借喻时间。在诗歌的构思中,顺水推舟式与逆水行舟式往往结合起来,交叉运用。

循视点在心理空间的运动轨迹组合意象主要有四种具体方式:逐层推进式、逐层远移式、跟踪摄像式、定位扫描式。这四种具体方式与现代影视艺术的艺术手段有惊人的相似之处,为化抽象为具象,深入浅出地阐释并例析这四种具体方式,不妨打一个系列化的比方:逐层推进式好比推镜头,逐层远移式犹如拉镜头,跟踪摄像式宛如跟镜头,定位扫描式就像摇镜头。

由于客观上时间与空间的不可分割性,所以,纯以视点在心理时间的运动轨迹为线索组合意象或纯以视点在心理空间的运动轨迹为线索组合意象的诗并不多见,更多的则是时空并举、时空交织以组合意象,即同时以视点在心理时间与心理空间的运动轨迹为线索组合意象,只不过往往有所侧重而已。因此,层递式确切的称呼应该是"时空层递式"。

层递式的具体方式可罗列如下:

一是以视点在心理时间的运动轨迹为线索

顺时的层递式——顺水推舟式

逆时的层递式——逆水行舟式

二是以视点在心理空间的运动轨迹为线索

逐层推进式——推镜头式

逐层远移式——拉镜头式

跟踪摄像式——跟镜头式

定位扫描式——摇镜头式

三是以视点在心理时空的运动轨迹为线索——时空交织式

下面我们通过对典范作品作系统赏析,以浏览和把握层递式的各种具体方式。

(1)顺时的层递式及其层次性、嬗递性特征

塞下曲(其二)① 卢纶

林暗草惊风②,将军夜引弓③。

平明寻白羽④,没在石棱中⑤。

[注释]

①塞下曲:唐代乐府曲,出自古乐府《横吹笛》的《出塞》《入塞》。卢纶本题共六首,这是其中第二首。

②草惊风:草惊于风,草被风吹得剧烈摆动,此处描绘有虎骤出的错觉。

③引:拉开。

④平明:天刚亮。白羽:箭尾装的白色翎毛,借代箭。

⑤没(mò):陷没。石棱:石头的棱角。

[赏析]

这首《塞下曲》从字面上看,是描述边塞将领夜巡射"虎",实则巧用李广射

石的典故,赞美其神勇超群。《史记·李将军列传》载:"广出猎,见草中石,以为虎而射之,中石没镞(箭头)。"诗由此化出。

本篇用顺水推舟式,即用顺时的层递式组合意象。顺水推舟式,是以视点沿时间之流顺流而下的运动轨迹为线索组合意象,即循事物或事件发生、发展的自然时序组合意象。通篇顺时,分层次串联了三个意象群,并以"暗""夜""平明",或明或暗标出了时间线索。每一个意象群分别以横断式构成一幅瞬间画面:第一幅为狂风惊草图,"林暗草惊风",漆黑的密林中突然狂风大作,草木纷披,惊颤不定,仿佛有猛虎骤出。第二幅为将军夜射图,"将军夜引弓",将军敏捷地拉开硬弓,一箭射去。第三幅为黎明寻箭图,"平明寻白羽,没在石棱中",第二天清晨,去寻找射中的猛虎,却发现射出的箭连同尾羽全都深深地陷没在巨石中。第三幅剪影极尽夸张之能事,但也极为生动传神。

顺水推舟式是一种常用的层递式。用层递式组合意象形成的意象结构具有层次性、嬗递性。本篇分三个层次,一个意象群(一个画面)为一个层次,层递层深地表现了边塞将领的神勇,显示出鲜明的层次感和诗意逐层加深的嬗递感。第一层渲染出有虎骤出的环境与氛围,不言虎而令人惊悚的虎威咄咄逼人,这为将军猝然引弓提供了背景,预设了动因;第二层表现将军的临险不惊、敏捷自信,诗意加深一层;第三层表现将军的勇武超群、膂力过人,诗意再加深一层,直逼高潮,戛然而止。这层层递进、逐层强化的三个意象群组合在一起,不仅把一位虎虎生威的将军活画于读者眼前,而且造成一种心理动势,诱导读者顺理成章地做出推断与赞评:如此神勇的将军,定能威镇边关,建树奇功!既留下袅袅余韵于诗外,又为组诗的下一首作了有力的铺垫。

(2)顺时的层递式及其叙述性、情节性特征

闺怨① 王昌龄

闺中少妇不知愁, 春日凝妆上翠楼②。
忽见陌头杨柳色③, 悔教夫婿觅封侯④。

中篇　意象篇

[注释]

①闺:古代称女子的居室。

②凝妆:严妆,精心打扮。翠楼:青楼,古代显贵人家的楼房多饰以青色,这里指精致豪华的楼阁。

③陌头:田间路边。

④教:使,让。夫婿:丈夫。觅封侯:从军去边疆,博取封侯之类的功名。唐人多从边疆立下军功以求得高官厚禄。

[赏析]

循视点在心理时间的运动轨迹组合意象,则意象之间存在着先后次序和承续关系,由此而形成的意象结构具有较强的叙述性,甚至有一定的情节性。王昌龄这首《闺怨》循女主人公触物怀人、心态骤变的自然时序,顺水推舟,组合意象,依次叙写其严妆,临眺,触景,生情。即用顺时的层递式——以视点在心理时间顺流而下的运动轨迹为线索,分层次、嬗递性地组合意象,生动细腻地表现"闺中少妇"的一次相对完整的心理过程,具有一定的叙述性、情节性。本篇为代言体诗,是诗人代诗中女主人公"闺中少妇"倾诉离别之"怨",诗的构思思路与诗中女主人公的心路历程同轨同步。因此,对诗中意象组合过程的探究研赏,可与对诗中女主人公心态变化过程的审美观照同步进行。现在我们将诗人组合意象的构思思路及女主人公的心路历程两相兼顾,一并解析。

"闺中少妇"为此诗主意象,通篇顺时间之流串联一系列意象表现其心路历程。题曰"闺怨",开篇却说"闺中少妇不知愁",这是反起法——刻意从反面落笔,表现怨,偏从无怨说起,抒写愁,反从无愁入题。这逆笔反起,使情节顿生波澜,轮廓分明地将主意象凸现于画面。第二句,"春日凝妆上翠楼",承上句为主意象着色,顺时组合"凝妆"与"上翠楼"两个意象,描述少妇的典型动作:精心打扮,然后登楼赏春。具体地、传神地表现少妇的"不知愁"。不过,这"不知愁"是一种假象,是愁尚未泛出于显意识层而已。诚然,也许是由于天真娇憨、不谙世事;也许是由于养尊处优,无忧无虑;也许是由于夫贵妻荣的传统理念的熏陶,自觉

不自觉地支持丈夫离家远征。因此,在少妇的显意识层中暂时还找不到这个"愁"字。然而正当豆蔻年华,又值青春季节,一对少年夫妻却如牛郎织女般各在天一方,那么,在少妇的潜意识层中,那愁怎能不潜滋暗长呢?

后两句亦顺时串联意象,叙述女主人公触景与生情。第三句写触景,"忽见陌头杨柳色"——忽然发现路旁杨柳又泛新绿,笔势陡转。第四句写生情,"悔教夫婿觅封侯"——后悔当初让夫君从军博取封侯,最终坐实了题上那个"怨"字,表明少妇的心态产生了质的飞跃,由"不知愁"而生离愁。究其实,是愁由潜意识层渗出于显意识层。何以"陌头杨柳色"这个意象群会成为少妇心态骤变的触媒呢?也许是因为象征着离别的杨柳激活了少妇在离别时就播种在潜意识中的离愁。"柳"与"留"谐音而寓留恋之意,古人折柳赠别的风俗大约源于此,于是"杨柳"成了象征离别的象征性意象。而"陌头"大约是昔日夫妻分别时,"举手长劳劳,二情同依依"的地方。所以,"陌头杨柳色"这一意象群勾起了少妇对当年送别情景的回忆,触发了潜伏着的离愁别怨。也许是因为那"陌头杨柳色"显示了万物复苏的勃勃生机,唤醒了少妇沉睡的春情,牵引出一个潜藏在内心深处的意象——去边塞"觅封侯"的"夫婿"。而一年一度柳色新,一年一度春又归,"夫婿"却年复一年没有归,使少妇痛感形单影孤,岁月蹉跎,于是悔不当初:"悔教夫婿觅封侯!"

综观全篇意象组合,诗人顺水推舟,循视点在心理时间顺流而下的运动轨迹组合一系列意象,层递层深地叙述了一个动人的生活小故事,表现了一段典型的心理历程,整个意象结构具有情节性,富于流动美。

(3)逆时的层递式

伊州歌[①] 王维

清风明月苦相思, 荡子从戎十载余[②]。
征人去日殷勤嘱[③],归雁来时数附书[④]。

[注释]

①伊州歌:乐曲名。

②荡子:浪子,游荡在外,不顾家小的人。从戎:参军。十载余:十多年。

③征人:远行的人。

④归雁句:化用鸿雁传书的典故。《汉书·苏武传》:"后汉使复至匈奴,常惠……教使者谓单于,言天子射上林中,得雁,足有系帛书,言武在某泽中。"数(shuò):屡次,多次。

[赏析]

这首诗组合意象的方式为逆水行舟式,即逆时的层递式——以视点溯时间之流逆流而上的运动轨迹为线索组合意象。

开篇从现时实景切入,推出一幅富于典型性和凝固感的瞬间画面:"清风明月苦相思"。"清风明月",是背景意象,代表良辰美景;"苦相思"是思妇这一主意象的现时心态的写照。"清风明月苦相思",一位女子在风清月明的环境中苦苦地思念着远征久戍的丈夫。景乐情哀,乐景衬哀,深蕴"良辰好景虚设"之意,加倍突出相思之苦。这是一个典型细节的真实而生动的写照。然后逆时间之流溯游探源:"荡子从戎十载余"——浪荡公子从军出塞,一去十多年。随着这一快镜头似的画面的展示,辅意象"荡子"浮现出来,这是思妇"苦相思"的对象和根源。称其为"荡子",足见怨气不小。这也难怪,爱之愈深,恨之愈切嘛!"一日不见,如三秋兮",更何况"十载余",相思之苦,更何以堪。然而,思妇的苦衷远不止于此,还有更浓浊的苦水激荡于怀,于是倒挽出"十载余"之前的一幅剪影:"征人去日殷勤嘱,归雁来时数附书。"思妇与"荡子"依依惜别,叮嘱再三,恳求他托"归雁"频频捎信,报告平安。溯游探源戛然而止,最终定格于临别情景。这又是一幅富于典型性与凝固感的瞬间画面,主意象思妇与辅意象"荡子"同时凸现于画面。"归雁"回应"清风明月",表明思妇"苦相思",时值秋高气爽、大雁南归的季节,而引发此次相思与联想的直接诱因,正是这"归雁",因为它们并未"附书"来。

综合观之,本篇从现时的"苦相思"起步;沿"十载余"这一长流水溯游而上,

逆向寻踪,由果推因;最终止步于临别的"殷勤嘱"。分三个层次,逆时串联,组合意象:一层,背衬清秋良宵表现相思之苦;推进一层,说离别"十载余",更苦;再推进一层,暗示音讯杳无,更是苦不堪言!(难怪要突然打住话题!)通篇用逆水行舟式组合的这三个层次的意象,层递层深地表现了浓得化解不开的离愁别恨,并留下无穷的余韵于诗外。

(4)顺时的与逆时的层递式交错运用

啰唝曲① 刘采春

不喜秦淮水②,生憎江上船③。
载儿夫婿去④,经岁又经年。

[注释]

①啰唝曲:一名《望夫歌》,唐代民歌。啰唝(luógòng),大约是《啰唝曲》中特有的衬词,有声无义。
②秦淮:秦淮河,横贯金陵(今江苏南京)入长江。
③生憎:最恨。生,极、很。
④儿:女子自称。夫婿:丈夫。

[赏析]

顺水推舟式与逆水行舟式往往交叉运用。这支《啰唝曲》就交叉运用了这两种层递式,表现秦淮河畔一位女子因丈夫久别不归而蓄积的满腹幽怨。

开篇即推出一个现时性的特写镜头,一位女子迁怒于物,大发牢骚:"不喜秦淮水,生憎江上船。"——不喜欢那秦淮河的水,恨死那扬子江的船。然后逆时间之流,由果推因,倒挽出离别的场景:"载儿夫婿去",揭示她怒气冲天、突发怨言的原委,原来是那无情的"水"和"船"载走了"夫婿",拆散了鸳鸯。最后又顺流而下:"经岁又经年"——还流走了一年又一年。这年复一年"逝者如斯"的时间,既化作眼前之象("秦淮水")又寓胸中之意,成为可感可触的意象。其意蕴是:河水"经岁又经年"地流走,离怨却"经岁又经年"地积淀。因为,流走的不只是河水,不只是时间,更有她的期盼、她的青春、她的幸福,所以才会有满腔积怨喷薄而出。

全篇分三个层次组合意象:起步于当前的怨离;再快节奏回溯到往年的离别;最后慢节奏地顺水推舟,表现离怨"经岁又经年"的积累过程。先倒而叙之,再顺而叙之,将抒情主人公"儿"与"夫婿""秦淮水""江上船"这一系列意象分层嬗递,组合成有机统一的整体,从而层递层深、委婉曲折地抒发了离愁别恨。

(5)逐层推进式

送元二使安西① 王维

渭城朝雨浥轻尘②,客舍青青柳色新③。
劝君更尽一杯酒④,西出阳关无故人⑤。

[注释]

①元二:王维的友人。生平不详。"二"是排行,唐人喜以排行相称,以示亲切与敬重。使:出使,奉皇帝或朝廷之命外出当差。安西:安西都护府,在今新疆维吾尔自治区库车县。

②渭城:秦都咸阳故城,汉武帝时改称渭城,在今陕西省咸阳市东北。浥(yì):沾湿。轻尘:浮尘。

③客舍:旅店,这里指饯别的地方。

④更尽:再干一杯。

⑤阳关:关名,在今甘肃省敦煌市西南,与玉门关同为通往西域的门户。故人:老朋友。

[赏析]

《送元二使安西》用逐层推进式组合意象。逐层推进式是层递式的一种具体方式,即以视点在心理空间由远及近或由外向内逐层推进的轨迹为线索组合意

象。在本篇的意象组合过程中,诗人灵视中的视点由远及近,由外向内,分三个层次朝主意象,那位向"元二"劝酒的抒情主人公逐层推进:由"渭城"集中于"客舍",最后聚焦于劝酒。即由全局聚向局部,而后凝固于一点。

第一个层次,展现送别的总体场景。"渭城朝雨浥轻尘",初春的早晨,一阵蒙蒙细雨洒遍渭城,润湿了驿路上飞扬的尘土。在唐代,从长安西行,送行者一般要陪送一天的行程,在渭城住一宿,并在渭城饯别。所以"渭城"这一意象往往关合着离别,并浸润着离情。在这特定的情境中的"朝雨"与"轻尘"这一组意象,同样浸润着离情。清晨的阵雨不大也不小,刚好润湿了平日飞扬扑面的尘土,使驿路既不扬尘,也不泥泞。仿佛是上苍特遣这场"朝雨",把眼前的一切变得更加美好,更加值得共赏,更加值得留恋。可惜!"元二"却要远赴"安西"。未言别,惜别之情已寓象中。这为后面两个层次作了或有形(景)或无形(情)、或直接或间接的铺垫。随后,由远而近逼近一层,推出饯别的具体场所。"客舍青青柳色新",旅舍的青瓦,洁净无垢,清爽醒目;刚吐新芽的翠柳,清新如洗,绿意醉人。"客舍",是远行者歇足的地方,有时也是送行者饯别的地方,"渭城"的"客舍"更是如此。折柳送别的习俗,古已有之。所以,"柳"早就成了离情的载体。这一层推出"客舍"与"柳色"这个意象群,并用"青青"与"新"为之润色,使依依别情加深一层。在构思中,诗人的视点在由整体到局部逐层推进的过程中,以融情入景、乐景衬哀为手段,层递层深地暗传出离情,烘托出离情。与此同时,诗人的心幕上还叠映着另外一番景象:"元二使安西"的途中,"黄沙碛里本无春""平沙万里绝人烟",于是眼前的乐景与心中的苦景,虚实叠加,相反相衬,为下一个层次做了进一步的铺垫。最后,再由外向内推进一层,推出一幅极富典型性与包孕性的瞬间画面。"劝君更尽一杯酒,西出阳关无故人",劝您再干了这一杯酒,西出阳关以后,就再也见不到老朋友了!诗人向友人劝最后一杯酒,表明分别在即,依恋难舍之意渗透在劝酒辞中。劝酒辞中含有一组意象,而"阳关"这个意象尤其富于典型性、包孕性。阳关与玉门关一样,是汉唐时代内地与西域交通的门户。在人们心目中,犹如一座鬼门关,仿佛一出阳关便到了另外一个世界。那究竟是一个什么样的去处呢?王维在《送刘司直赴安西》里有真切的描绘:"绝域阳关道,胡沙与塞尘。三春时有雁,万里少人行。"岑参在《武威送刘单判官赴安西行营便呈高开府》中的描写更令人毛骨悚然:"有时无行人,沙石乱飞扬。夜静天萧条,鬼哭夹道旁。地上多骷髅,皆是古战场。"这就是"阳关道"!那里荒无人烟,唯有满目黄沙而已,更不待说"故人"了。因此,劝酒辞中"阳关"这个意象极具煽情性和震撼力,料想"元二"不得不和着眼泪痛快地干了这最后"一杯酒"。可以说,诗人劝友人"更尽"的"一杯酒"中,盛满了担忧,盛满了关切,盛满了祝福,也盛满了友情与离情!

《送元二使安西》对逐层推进的层递式的运用十分成功,它将三个层次的意象与画面有机地、和谐地组合在一起,真切感人地表现了送别的典型场面与典型细节,含蓄婉转地抒发了挚友惜别的无限深情。立意新颖,构思别致,耐人玩味,引起了广泛共鸣。此诗一出,旋被谱曲传唱,称为《渭城曲》或《阳关三叠》,曾风靡天下。

(6)逐层推进式与推镜头逐层推进式的内聚力

凉州词① 王之涣

黄河远上白云间, 一片孤城万仞山②。
羌笛何须怨杨柳③,春风不度玉门关④。

[注释]

①《凉州词》:是按凉州的地方乐调制成的乐府曲调。凉州,唐陇右道凉州,州治姑臧,即今甘肃省武威市。

②孤城:指凉州一带某个城堡,即玉门关外一座边塞。仞(rèn):古代长度单位,一仞相当于八尺或者七尺。

③羌笛:我国古代西部少数民族羌族的一种乐器。何须:何必。怨:拟人化,指吹奏哀怨的曲调。杨柳:语意双关。一指乐府歌曲。北朝乐府《横吹曲》有《折杨柳歌辞》:"上马不捉鞭,反折杨柳枝。蹀座吹长笛,愁杀行客儿。"笛吹《折杨柳》曲,是在抒发离别的哀怨;一指杨柳树,柳是春天的标志和象征。

④春风：语意双关，既实指春风，也象征皇恩。玉门关：在今甘肃省敦煌市西。

[赏析]

诗的表层意象结构的意象组合方式，与影视艺术的蒙太奇技巧出于同一机杼。譬如，逐层推进的层递式就很像影视艺术中的推镜头。所谓推镜头，指被摄对象位置不动，摄像机由远而近向主体推进拍摄而成的连续画面。其效果犹如一步步走近看，画面视点由远而近，取景范围由大变小，随着次要部分逐渐移出画面，主体部分逐渐占满画面。它的作用是描写细节，突出主体，使要强调的人或物从整体环境中突现出来，以强化其表现力。王之涣《凉州词》的意象组合方式与推镜头何其相似。所不同者，一借摄像机在物理空间施行；一借心目，即通过联想与想象，在心理空间实现。

从整体构思看，这首《凉州词》采用的意象组合方式是逐层推进式。其意象结构大体分为三个层次，视点在心理空间由远及近，由外向内，逐层推进：由外围的荒原，推向内层的"孤城"，最终推出核心的"羌笛"。犹如镜头逐次推进，推向拍摄主体。"黄河远上白云间，一片孤城万仞山。"——那缥缥缈缈的黄河远远地融进了天尽头的云间，那孤单渺小的边关默默地仰视着万丈高的群山。这两句包含着两个层次的意象组合，它们由远及近，由面及点，展现戍边生涯的典型环境。起初，镜头在极远处，摄取外围意象。其外围意象是大河与高山：远上云端的黄河、高耸入天的群山，一个伸向极远处，一个指向极高处。这外围几乎是无限的，这大河与高山构成了视野寥廓、境界苍凉雄浑的大背景，是大西北的传神写照。这是第一个层次。然后，镜头向前推移，逼近内层。这内层是"一片孤城"，即"玉门关"外的一座边城。它处在高山与大河纵横交接构成的巨大的坐标系上，且偏置于一隅，在一个极其荒凉、遥远、被人遗忘的角落。这是第二个层次。最后，镜头再猛然向前一推，推向核心，推出主意象——正在如怨如诉地吹奏《折杨柳》曲的"羌笛"。"羌笛何须怨杨柳，春风不度玉门关。"——羌笛啊！何必用如怨如诉的声调唱起《折杨柳》，要知道能让万物复苏的春天吹不过玉门关来!"羌笛"这一主意象的内蕴是极其丰富的,"杨柳""春风"及《折杨柳》、"玉门关"、离别、皇恩这一系列的象和意,或粘贴于其上,或蕴涵于其中。这是第三个层次。全篇就是这样用类似推镜头的逐层推进式组合意象,并层递层深,逐步突现置于核心的主意象,委婉地传达出久戍荒漠的将士们埋在心里、诉诸笛声的苦衷。

逐层推进式无论有几个层次,只有最后一层才是核心层,其余都是辅助层;主意象处于核心层,辅助层的意象全为辅意象。在意象组合的过程中,每一个辅助层都为下一层作铺垫,并都直接、间接地为核心层张本;一切辅意象(包括核心层的辅意象)都服从于并服务于处在核心层的主意象的突现。因此,逐层推进式创造的意象结构具有逐层内聚的向心凝聚力,即内聚力,并在逐层内聚中,从意象组合的层面为画龙点睛似的表现诗的题旨奠定基础。这首《凉州词》写诗人在荒远、落寞的边防重镇闻笛兴感,因此,这支"羌笛"便是主意象。意象结构的三个层次,前两层为辅助层,第三层为核心层。前两层具有共同的审美内驱力,层层蓄势,层层递进,极力突现处于核心层的主意象"羌笛"。推出第一层意象,不仅表现大背景的广漠、寂寥,表现其无限性,也为推出第二层意象"一片孤城"作了有力的铺垫;第二层意象则在具有无限性的大背景的反衬下,突现了"孤城"的有限性,突现了"孤城"的"孤",暗示了戍边将士的"孤"。前两个层次前后承续,相辅相成,为最终推出处于核心层的主意象"羌笛"蓄足了水到渠成之势。于是,顺势推出核心层,并醒目地凸显在"杨柳""春风""玉门关"等辅意象的簇拥下、烘托下的主意象"羌笛"。核心层的辅意象同辅助层的辅意象一样具有内驱力——服从于并服务于主意象的表现。"杨柳"表明"羌笛"在吹奏《折杨柳》,通过笛曲倾诉离愁乡思,抱怨春天姗姗来迟,抱怨无柳枝以寄托离情。"春风不度玉门关",更一语双关,或明或暗地表现了玉门关外的高寒荒僻,难见春色;而浩荡皇恩尚不及于玉门关,更何况关外。"羌笛何须怨杨柳,春风不度玉门关。"貌似旷达,自嘲自解,实则暗表苦衷。于是,在各个层次的辅意象的铺垫、烘托下,这支"羌笛"含蓄而酣畅地将戍边将士在艰苦卓绝的边塞备受离情煎熬、备受朝廷冷落的哀怨倾吐出来。

(7)逐层远移式与拉镜头

临滹沱见蕃使列名① 李益

漠南春色到滹沱②，边柳青青塞马多③。
万里关山今不闭④，汉家频许郅支和⑤。

[注释]

①滹沱：(hūtuó)：河名，大清河的上游，在今山西省、河北省境内，唐代为北部边境河。蕃使：少数民族政权派来的使臣。列名：把名字登记入册或张榜，这里指在驿馆登记的名册。唐王朝为平定安史之乱，借用了回纥的力量，从此，回纥成了唐王朝的心腹大患。贞元四年(809)回纥可汗根据和亲协议，派遣公主和使臣率大批人马入唐迎亲，德宗令朔州、太原分留七百人。朔州、太原均离滹沱河不远。李益所见，很可能就是这批使者的"列名"。

②漠南：蒙古高原大沙漠以南的地区，即今山西省、河北省北部及内蒙古自治区南部。

③塞马：塞外的马。《旧唐书·回纥传》："回纥恃功，自乾元之后，屡遣使以马和市缯帛；仍岁来市，以马一匹易绢四十匹，动至数万马……蕃得帛无厌，我得马无用，朝廷甚苦之。"

④关山：边关，边界。

⑤汉家：借代唐王朝。郅(zhì)支：即郅支骨都单于，匈奴单于名号，名呼屠吾斯，初与汉王朝亲善，后杀汉使叛汉，终为汉所灭。这里借代出尔反尔、不当和而和的敌方。

[赏析]

这首诗用逐层远移式由点及面地组合意象。逐层远移式，即以视点在心理空间由近及远或由内向外逐层远移的轨迹为线索组合意象。诗中首先展示的是一幅唐蕃和亲图："漠南春色到滹沱，边柳青青塞马多。"当春天悄然来到漠南滹沱河畔的时候,边关充斥着和亲蕃使,塞马占尽了滹沱春色,蕃使、塞马喧宾夺主,成了边境线上一道特殊的风景线。接着由近及远,由点及面推而广之,渲染广及万里边陲的和平假象:"万里关山今不闭,汉家频许郅支和。"万里边关从今以后不再封闭,因为汉家王朝一而再再而三地同出尔反尔的敌人讲和。诗人以此巧妙的构思,借古讽今,极婉转地批评了唐王朝对回纥采取的妥协苟安政策,深沉的感愤蕴蓄于字里行间。

用逐层远移式组合意象有似于影视艺术的拉镜头。拉镜头与推镜头正好相反:摄像机逐渐远离主要拍摄对象,取景范围由小变大、由近而远地把不同视距的景象拍摄在一个镜头内,画面形象由局部扩大到全局,从而把观众的视线从主体引向整个环境。推镜头是从整体到局部,由面到点;拉镜头则是从局部到整体,由点到面。诗的意象组合中,这种逐层远移的层递式的艺术手段与艺术效果同拉镜头极为相似。譬如,这首《临滹沱见蕃使列名》,它组合意象分两个层次:第一个层次的意象群表现特定的典型场面,是点;第二个层次的意象群表现广袤的典型环境,是面。从总体上看,就像由近及远、由点及面地拉镜头,从而将画面意义由个别向一般扩展开来,使其典型性得以升华。

(8)逐层远移式的张力

春夜洛城闻笛① 李白

谁家玉笛暗飞声②?散入春风满洛城。

此夜曲中闻折柳③,何人不起故园情④!

[注释]

①洛城:洛阳,今河南省洛阳市。

②玉笛:制作精美的笛子。暗飞声:隐隐约约地飘出笛声。

③折柳:《折杨柳》曲的简称。

④故园:故乡、老家。

[赏析]

用逐层推进式组合意象创造的意象结构具有逐层内聚的向心力、凝聚力，与此相反，用逐层远移式组合意象创造的意象结构具有向外的张力，在意象结构由内向外、由近及远的分层扩展中，逐次强化审美感受的典型意义与艺术魅力——由点及面，由个别而一般，嬗递性地将典型意义扩展开来，将其艺术感染力生发开来。《春夜洛城闻笛》正是用逐层远移式所产生的张力把个人闻笛怀乡的典型感受推而广之，由点及面，由个别推及一般地加以扩张，加以强化。

这首诗的意象结构分两个层次：以听觉意象笛曲为核心意象构成第一个层次。"谁家玉笛暗飞声？"谁的家里隐隐约约地飘出了凄清婉转的笛声？然后由近及远、由点及面扩展为第二个层次。"散入春风满洛城"，笛声伴随着春风弥散开来，传遍了整个洛阳城。三、四句则对意象结构的第二个层次作进一步的渲染，以突现"春夜洛城闻笛"的审美感受的典型性。洛阳是唐王朝的东都，那里麇集着许许多多的宦游人、异乡客。因此，"玉笛"吹奏的一曲抒发离情别绪的《折杨柳》，就远不只是激荡起李白一人的悠悠乡愁。"此夜曲中闻折柳，何人不起故园情！"在东风沉醉的夜晚，听到如怨如慕、如泣如诉的《折杨柳》曲，整个洛阳城中，游子的"故园情"都被引发了，犹如"一石激起千重浪"般扩展开来。这"故园情"充满于诗中，更溢出了诗外，而这正得力于用逐层远移式组合意象所产生的艺术张力，是这种艺术张力掀起了一浪高过一浪的情感波澜。

(9) 跟踪摄像式

过香积寺① 王维

不知香积寺，数里入云峰。

古木无人径②，深山何处钟？

泉声咽危石③，日色冷青松④。

薄暮空潭曲⑤，安禅制毒龙⑥。

[注释]

①过:探访。香积寺:故址在今陕西省西安市南子午谷中。

②无人径:人迹罕至的山间小路。

③泉声句:此句倒装,即危石使泉声咽。咽,使之呜咽,比拟泉声低抑。

④日色句:此句亦倒装,即青松使日色阴冷。

⑤空:使之空净,形容潭水清澈明净。潭曲:即曲潭,边岸曲折的潭。

⑥安禅:佛徒打坐入静,身心入于禅定。制毒龙:《法苑珠林》载有槃陀王制服池中毒龙的事。佛家以毒龙象征邪念妄想,制毒龙即摒除邪念妄想,眼、耳、鼻、舌、身、意六根清净,无欲无求,达于禅定境界。

[赏析]

《过香积寺》写诗人探访香积寺途中的见闻感受,极力渲染山寺所处环境的冷寂、幽僻、深邃,表达诗人对禅理的认知与体验,流露了诗人忘情于山水,栖心于禅学的恬静淡泊心曲,是意境空幽冷僻、深含禅意的名篇。

本篇以寻访香积寺的历程为线索,用跟踪摄像式组合意象。跟踪摄像式也是层递式的一种具体方式,即视点平行于或追随于审美对象存储在记忆中的心象体系,循序渐进,逐层转移,摄取和组合静态之象的各个构成部分或动态之象的各个运动阶段。换一个角度讲,就是所谓移步换形法。在《过香积寺》中,视点在心理空间的运动轨迹始于入山访寺:"不知香积寺,数里入云峰。"不知道香积寺隐藏在深山野岭的什么地方,才走了几里路就置身于云霭缭绕的山中了。诗人以这满怀期待而又略显迷惘的一问作引,领起对初访行程的重现,暗示香积寺深藏云峰之中,在远离尘嚣、凡人不知的所在,虚无缥缈、超尘绝俗的境界顿出。然后,视点在古刹钟声的导引下,沿古木参天、人迹罕至的曲径蜿蜒移动:"古木无人径,深山何处钟。"古木参天的林中蜿蜒着人迹罕至的曲径,不知哪里响起的钟声播散着隐隐约约的梵音。借此无人幽径、隐隐钟声,见出山之深、寺之隐、境之寂,亦见出诗人淡泊宁静之心正逐渐化入幽僻冷寂之境。视点继续游移,愈近山寺,所见所闻愈幽僻冷寂。"泉声咽危石,日色冷青松。"在嶙峋的山石

间逶迤穿行的山泉发出了幽咽般的声音,从青松那繁密的枝叶间筛下来的阳光透出了阴冷的气息。在入山访寺的行程中,通过听觉与视觉所获得的这一组意象,不仅进一步表现了香积寺所处环境氛围的幽僻冷寂,也反照出厌弃官场、遁迹禅境的诗人那幽冷孤僻的心境。视点在心理空间的运动轨迹止于寺前的"空潭":"薄暮空潭曲,安禅制毒龙。"此处尤富有禅意。诗人暮至寺前,见"潭曲"空净而联想到"制毒龙"的佛家典故:潭水何以如此清澈明净,空无所有?原来潭中毒龙已被寺中高僧用佛法制服,不再作恶害人了。而毒龙是邪念妄想的象征,诗人于是顿悟"安禅"可以尽除俗念,使六根清净的佛理,灵魂也得以净化,得以升华,达于"禅定"境界。构思过程中,视点的运行戛然而止,至于此次探访的对象香积寺则排除在视野之外。诗人尚在寺外,而身处的静境、心中的禅境,便已合二为一,达于"入定"境界,以至于心灵空明澄澈若"潭曲"之水,抑或"潭曲"空明澄澈若淡泊宁静、无欲无求之心灵。而入寺之后,寺中又是何等境界?造访的诗人当成何等"正果"?则留于诗外,让读者自己去"参",去"悟"。

纵观整个构思过程:诗人灵视中的视点平行于寻幽访胜的历程所储存在记忆中的心象体系,循序渐进,移步换形,摄取静态之象的各个局部,即入山访寺直至寺前沿途所获之一系列意象,组合成有机统一的整体,并以之为创造意境的系列化元件(具象体系),从而表现诗人在"过香积寺"的游程中,由入静到"入定",即由心静升华为心净,达于物我相融、物我两忘境界的审美心理历程。

(10)跟踪摄像式与跟镜头

观猎　　王维

风劲角弓鸣①,将军猎渭城②。
草枯鹰眼疾③,雪尽马蹄轻④。
忽过新丰市⑤,还归细柳营⑥。
回看射雕处⑦,千里暮云平⑧。

[注释]

①劲:迅疾猛烈。角弓:用兽角装饰的弓。

②渭城:秦都咸阳故城,汉代改称渭城,在今陕西省咸阳市东北。

③鹰:指猎鹰。疾:这里指目光敏锐。

④轻:轻快。

⑤过:过访。新丰市:在长安东北(今陕西临潼东),是古代盛产美酒的地方。

⑥还(xuán):同"旋",转瞬间。细柳营:在长安西北(今陕西咸阳西南),汉代名将周亚夫屯兵处。

⑦射雕:雕是猛禽,飞得高而快,不易射中。这里说"射雕"是化用典故形容射技高超。据《北史·斛律光传》载:北齐斛律光善射,校猎时曾射下大雕,被誉为"射雕手"。

⑧暮云平:晚云低沉,与地平线齐平。意思是说,只见一片苍茫,射猎的地方已经十分遥远了。

[赏析]

这首诗的构思脉络,正如诗题"观猎"二字所标示的那样,是将军纵马打猎,诗人跟踪观赏。仿佛一位随军摄影记者,在做现场采访,跟踪录像。与此相应,其意象组合则以跟踪摄像式为主,最后辅之以逐层远移式,多层次、嬗递性地组合意象,生动地再现"观猎"的全过程,形象地表现了诗人"观猎"的审美感受。

全篇共取三个景点、四个画面创造意境。诗的意境里有两个基本意象:一为猎者("将军"),一为观者(诗人);一在画中,一在画外;一为审美对象,一为审美主体。

前三个画面用跟踪摄像式把三个意象群组合成具有层次性、承续性的"连环画"。用跟踪摄像式组合意象,视点的运行可以平行于审美对象,摄取和组合静态之象的各个组成部分,如王维《过香积寺》;也可以追随于审美对象,摄取和组合动态之象的各个运动阶段,就像这首《观猎》一样。跟踪摄像式宛若影视艺术的跟镜头。跟镜头,亦称移动镜头,即摄像机跟随拍摄对象一起移动所拍摄的

镜头,能够连续而详尽地表现具体对象的活动及情感的变化。我们不妨借这种摄像技巧设喻,以探究和鉴赏《观猎》的意象组合。镜头首先从狩猎的场面切入:"风劲角弓鸣,将军猎渭城。草枯鹰眼疾,雪尽马蹄轻。"疾风呼啸,弦声铮铮,原来是将军在渭城的郊野打猎。初春的旷野,积雪化尽,枯草匝地,禽鸟无处藏身,马蹄无所挂碍,更显出鹰眼敏锐,奔马如飞。诗人高密度地摄像入画,作场面描写,使英姿飒爽、豪气逼人的主意象"将军"凸显于画面。"风劲""草枯""雪尽"等意象渲染出壮阔的场景,营造出紧张的氛围。没有直接对将军进行刻画,却以"角弓鸣""鹰眼疾""马蹄轻"这一系列意象作细节描写,从侧面传神写照,一位有大将之风的将军顿时呼之欲出。接着,画面由狩猎跳到猎归,诗人继续蹑迹追踪进行摄像,以两个跳跃式的快镜头表现猎归的情景,也暗传出猎者的欢快情绪和豪迈气概。先后取两个景点:一为猎归途中的"新丰市",一为猎归终点的"细柳营"。承续性地闪现两个富于流动感与包孕性的瞬间画面:一为"忽过新丰市",一为"还归细柳营"。现实中,新丰市距渭城七十余里,距细柳营亦七十余里。诗人以"忽过"与"还归"榫接这一组快镜头,予人以瞬息千里、势不可遏之感,进一步突现"将军"出众的雄姿与不凡的气概。"将军"猎归回营,从长安西北驰往东北,再折回长安西北,沿途所经村镇多矣,却只取"新丰市"一处;而"将军"的营地恰好在"细柳营",大概也不是历史的巧合。两个镜头虽一闪而过,却因摄入其中的两个空间意象富赡典型性与包孕性,或表现了当时的一方风情,或暗含着典故,因而具有巨大的艺术表现力。新丰市是盛产美酒、游侠聚会的闹市,有王维《少年行》为证:"新丰美酒斗十千,咸阳游侠多少年。"闪出"忽过新丰市"这一快镜头,则所获颇丰、踌躇满志的"将军",兴之所至,特意绕行,闪电般造访新丰市,豪饮庆功的情景已在画中。细柳营是以治军整肃著称的汉代名将周亚夫的屯兵处,跳出"还归细柳营"这一画面,盛赞"将军"如同周亚夫之画外音则不绝于耳。

最后,以变焦距为手段拉镜头——视距无限延伸,以"回看"为视角,以猎场"渭城"为远景,取像入画:"回看射雕处,千里暮云平。"转眼间回到军营,蓦然回首,刚才射落大雕的地方,千里暮云低垂,笼罩着莽莽旷野。"回看"者,既有狩猎的"将军",也有"观猎"的诗人,显然,对亲历亲见的这场精彩纷呈、惊心动魄的狩猎,他们都兴犹未尽,回味无穷。而这"回看"之际,也无限地开拓了诗的意境。

纵观全局,"将军""猎"犹如拍摄对象,诗人"观"就像追踪录像,先为跟镜头,后用拉镜头,记录了"观猎"的整个过程,赞美了将军的勇武豪迈、气度非凡,也折射出青年诗人英气勃发、锐意进取的豪侠精神。所不同者,追踪录像,是在摄影者同被摄者平行运动或跟随运动时,睹一物,录一物。写诗则不然,诗人即便做"现场采访",也不会观赏一景,笔录一景,然后连缀成篇;诗人作诗,进行艺术构思,进行意象组合,一般是在事后根据传情达意之所需,追寻审美对象储存在记忆库中的审美表象的运动踪迹,进行筛选、加工,加以剪辑。总而言之,诗,是诗人饱览于耳目、酝酿于胸臆之后的产品。

(11)定位扫描式

途经秦始皇墓① 许浑

龙盘虎踞树层层②,势入浮云亦是崩③。
一种青山秋草里④,路人唯拜汉文陵⑤。

[注释]

①秦始皇墓:在今陕西省临潼县骊山脚下。史书记载,坟高五十余丈,周长四五里。陵墓落成之初,在陵上"树(种植)草木以象(象征)山"。

②龙盘虎踞:像龙盘着,像虎蹲着。这里形容气势壮伟,气派非凡。踞,蹲或坐。

③势入浮云:气势壮伟,仿佛高入云天。亦是崩:一语双关,既指秦始皇墓曾被项羽掘毁,也暗指秦王朝不过二世便崩溃了。

④一种:同样。

⑤汉文陵:即灞陵,汉文帝刘恒的陵墓,在今陕西省西安市东。

[赏析]

秦始皇统一了中国,推动了社会的发展,功不可没。然而秦始皇暴虐无道,

穷奢极欲,残害百姓。因此,两千多年来,歌功颂德者鲜,抨击唾骂者众。在诗界也是如此,许浑的这首《途经秦始皇墓》是其中有代表性的一首。

这首诗写路过秦始皇陵墓的所见所感,用欲抑先扬、以正衬反等手法,将诗人的爱憎褒贬体现于言外。先极写秦始皇陵墓的气势壮伟、不可一世,似乎把"秦始皇墓"抬上了九霄云外。紧接着以"亦是崩"陡然转折,使之跌落深渊;再借助于香烟不绝的"汉文陵"的反衬,将无人问津的"秦始皇墓"捺进地狱。换一个角度看,是以崇尚节俭、体恤百姓,曾下《遗诏》强调勿以造陵扰民的仁君汉文帝,反弹出穷奢极侈、戕害黎民,曾驱使七十余万人为之造陵的暴君秦始皇,使之一落千丈。

与先扬后抑、对比映衬手法相应,本篇组合意象用定位扫描式。定位扫描式——灵视中的观察点,即通常所谓心目,定位于一处,或纵或横变换视角,移动视点,扫描般摄取和组合意象。在此诗的构思中,诗人的心目始终定位于"秦始皇墓"前。先作由下到上的纵向扫描。"龙盘虎踞树层层,势入浮云亦是崩。"龙盘虎踞般的秦始皇墓,绿树层层叠叠,高耸入白云飘荡的长空。可是,也终未逃脱崩坍于一旦的厄运。诗人作仰角审视,视点从墓基自下而上,沿着一层高过一层的"树"扫描式取景摄像,直至陵墓上空的"浮云",将"秦始皇墓"这一"龙盘虎踞"般宏伟壮观的意象投映在心幕上,从而反射出秦始皇生前那煊赫一世的声威。随即以"亦是崩"这斩钉截铁般的三字断语摧之于顷刻,这是对秦王朝迅速覆灭的无情嘲弄。然后,视点作横向扫描:观察点未变,而视点平移,从"秦始皇墓"移向"汉文陵"及祭陵"路人"。"一种青山秋草里,路人唯拜汉文陵。"同样的青山秋草里,掩藏着另外一座皇陵——汉文帝的灞陵。与秦始皇墓的无人理睬不同,祭拜灞陵的过路人络绎不绝。显然,"路人"是非清楚,爱憎分明:景仰仁爱、俭朴的汉文帝;唾弃暴虐、奢靡的秦始皇。"路人唯拜汉文陵",暗示"秦始皇墓"前仅有一位"路人"茕茕孑立,陷入沉思,这正是诗人自己。尤具讽刺意味的是,"秦始皇墓"前这仅有的一位"路人",并非顶礼膜拜者,而是口诛笔伐者。在用定位扫描式纵横扫描摄取和组合意象的过程中,诗人将自己对历史人物的抑扬臧否,准确无误而又含蕴不露地表现出来。

(12)定位扫描式与摇镜头

绝句四首(其三)　　杜甫

两个黄鹂鸣翠柳①,一行白鹭上青天②。
窗含西岭千秋雪③,门泊东吴万里船④。

[注释]

①黄鹂:黄莺。

②白鹭:亦名鹭鸶,一种羽毛纯白的水鸟。

③西岭:即西山,亦名雪岭,为岷山主峰,在今四川省成都市西。千秋雪:西岭积雪,终古不化。

④东吴:三国时代,吴国所据的江东地区泛称东吴,这里指长江下游江浙一带。万里船:远航万里的船。

[赏析]

唐代宗广德二年(764)春,杜甫于成都草堂作此绝句,描绘西蜀春色,融进了喜春之情,也暗寓着买舟东归的意愿。

这首绝句用定位扫描式组合意象。定位扫描式也是层递式的一种具体方式,其手法极像影视艺术中的摇镜头。摇镜头,即摄像机位置不动,借助于三脚架上的活动底盘作原地转动拍摄或镜头俯仰连续拍摄而成的画面。我们不妨以摇镜头设喻来探究和鉴赏杜甫的这首绝句的构思过程。诗人在草堂之内,视线穿过门窗观赏四周春光,并以门窗为取景框,取景摄像,融情入景,创造意境,写成此诗。犹如将摄像机固定于草堂之中,透过门窗,用摇镜头的技法,摄取四帧洋溢着诗情画意的瞬间画面,营构成一个令人陶醉的艺术空间。诗人将这一审美活动中所获致的一系列审美意象加以整合的构思过程大致如下。先展现暗以门窗为取景框所摄取的两个画面:"两个黄鹂鸣翠柳,一行白鹭上青天。"柳色如烟,一对黄鹂在翠柳中欢畅地歌唱;晴空如洗,一行白鹭快捷地飞向蓝天。仿佛

将两滴鹅黄点乳在翠绿之中，在湛蓝的底色上描出一条雪白的虚线，无论色彩搭配，还是巧妙构图，俱见匠心。这简直就是两幅镶嵌在特制的画框——门或窗中的花鸟小品。或者说，这是以摇镜头的技法，于俯仰之际拍摄的两个灿若锦绣的特写镜头。"黄鹂"在地，"白鹭"在天，镜头一俯一仰，开拓了诗的意境。限于格律，没有将取景框显示于字面，而是借后面的"窗"与"门"两个字加以暗示。随后，展示明以门窗为取景框所摄取的两个画面："窗含西岭千秋雪，门泊东吴万里船。"窗框里镶嵌着千年不化的西岭积雪，门框里停泊着往返万里东吴的航船。这好比是沿水平线摇镜头，先透过窗框取景，再透过门框取景。瞬息之间，将诗的意境拓展于"千秋""万里"。而画面特意突显"东吴船"，"青春作伴好还乡"之意，暗含其中，因为"东吴船"的航向正是诗人归心所趋。以门窗为取景框所摄取的这四个特写镜头，有动有静，有远有近，参差错落，和谐统一，营构为令赏者陶然欲醉、欣然忘忧的意境。

换一个角度看，这首诗中，仿佛把门窗当作取景框用摇镜头的方式拍摄画面的技巧，也是一种以少总多的基本手法，即门窗借景法。这首绝句，可以说是一句一画，共四幅画。都是诗人立足于草堂之内，透过门窗观赏门窗之外多姿多彩、气象万千的景致所得。就技法而言，是以门窗所括入的有限之景，凝练而含蓄地表现框外的无限之景，从而获致以少蕴多、以少总多的审美功效。前二句，取景框内只括入"两个黄鹂""一行白鹭"，极为有限，却将读者领进一个鸟语花香、春意盎然的美好境界，去领略春满乾坤时那无穷无尽的诗情画意。后二句，以"窗"和"门"框入有限之景。但为了避免取景框框断读者的视线，框死读者的想象，诗人便于"雪"前巧冠"千秋"一词，以示时间的无限悠远，于"船"前妙缀"万里"二字，以示空间的无限辽阔，从而诱发读者"思接千载""视通万里"的联想与想象，超逸门窗构成的取景框，再创出既富于历史感，又富于宇宙感的艺术世界。这种手法与我国古典园林建筑艺术中的借景法，出于同一机杼。杜甫的草堂本是一座极其简陋的茅草房，家徒四壁，是名副其实的陋室。诗人妙手偶得，用此借景之法，把一个东风骀荡、江山如画的大千世界收藏于陋室之中，犹如在草堂的墙上悬挂了四幅价值连城的传世名画。谁说草堂的主人一贫如洗？在精神上他是一个亿万富豪!

摇镜头似的意象组合方式,同门窗借景以少总多之法,相互为用,相辅相成,使这首写景小诗成为千古称奇的绝唱。

(13)定位移视法与定位扫描式

楚吟　李商隐

山上离宫宫上楼①,楼前宫畔暮江流②。
楚天长短黄昏雨③,宋玉无愁亦自愁④。

[注释]

①山:指巫山。离宫:帝王外出临时居住的宫室。此处指位于今重庆市巫山县西北的楚宫,即宋玉《高唐赋》所写宋玉与楚襄王所游之地。赋中生动地描绘了离宫的宏伟高峻,无与伦比。

②江:指长江。

③楚:这里指今湖北省长江三峡一带,战国时这一带属楚国。长短:总是。黄昏雨:一语双关,既实写眼前暮雨,又暗用典故。《高唐赋》中写到楚襄王梦遇巫山神女,神女自称"且为行云,暮为行雨"。宋玉借此暗讽楚襄王沉溺于声色,疏远了贤才。

④宋玉:战国时代继屈原之后的重要楚辞作家,出身卑微,怀才不遇,沉埋下僚。

[赏析]

《楚吟》用定位扫描式组合意象。在现实的审美观照中,驻足于一处,即观察点固定不变,视线则作或纵或横的角度变换,上下左右纵横扫视,这种审美观照方式可称作定位移视法。这与移步换形法迥然有别。移步换形法,是随观察点的不断移动而不断变换视角与视距,映入眼帘的景物也随之不断变换。移步换形法体现于意象组合,多为跟踪摄像式。定位移视法体现于意象组合,则形成定位

扫描式:诗人的心目定位于一点,视点在心理空间作上下左右的纵横扫描以摄取和组合意象。由于定位,取景范围受到一定的限制,因此,以定位扫描式组合意象,往往充分利用视角的变换,纵横交织扫描取象:既作纵向扫描,即由下至上或由上至下移动扫描;也作横向扫描,即前后左右、南北东西平移视点。《楚吟》正是基于定位移视法,纵横交织扫描取象,并以视点移动的轨迹为线索组合意象。

　　诗人的心目定位于可对"离宫"作全景式审美观照之处,在心理空间作纵横交织的扫描,全方位摄取意象。"山上离宫宫上楼",巫山上有一座气势宏伟的离宫,离宫中矗立着高入云霄的楼台。这是作纵向扫描:视点由高峻的"山"而至宏伟的"宫",由宏伟的"宫"而至高耸的"楼",自下而上,步步攀升。"楼前宫畔暮江流",楼台前面,离宫侧畔,暮色笼罩下的长江滚滚东流。既作纵向扫描,自上而下,由"楼"而"宫",再到"江";也作横向扫描,背衬"宫"与"楼",描出滔滔流逝的"江"。"宫"与"楼"这一意象群迭出复现,隐隐见出亭台楼阁之多、楚国当年之盛,辅以亘古长流的"江"这一富含象征意义的意象,暗传出悠然的历史感与茫然的沧桑感。再用迷茫的暮色渲染出一派黯然的、忧郁的情调。然后,再次纵横交织,自上而下,从东到西(或从西到东),在更广阔的空域挂出巨大的雨帘。"楚天长短黄昏雨",黄昏时分,楚地的天空老是这样凄凄迷迷、朦朦胧胧地下着雨。暮雨与暮色融为一气,进一步营造出凄婉哀愁的情境与氛围。诗人将这一系列在定位移视、纵横扫描中摄取和组合的意象群拼接成一幅楚宫暮雨图,并以此为诱因,为背景,发出吊古感怀的哀吟,借古代楚人的哀愁暗抒自己的隐衷。"宋玉无愁亦自愁",在这样的情境与氛围中,宋玉即使没有愁,也会愁绪萦怀!才华横溢的宋玉,生活在楚国风雨飘摇、国祚将倾的时代,无缘补天,只能写写《高唐赋》之类的文章,委婉地讽谏耽于声色、冥顽不灵的楚王。这无异于吐唾灭火,徒唤奈何而已。原本已是满腹愁绪,身临此境,目睹此景,能不平添万端愁绪吗?说"无愁亦自愁",是以退为进,婉曲达意。李商隐与宋玉有诸多相似之处:同样身处末世,同样睿智多才,同样怀才不遇,同样多愁善感,也同样擅长以微词托讽。因此,诗人屡屡在诗中以宋玉自比。《楚吟》亦然,拟写宋玉置身如此境界的心灵感应,实为自况。

统观全篇,《楚吟》借凭吊楚宫,伤悼宋玉,抒写自己触目伤怀的身世之叹、时势之忧,婉曲地传达出诗人在悲剧的时代、悲剧的人生中蓄积的伤感意绪与忧患意识。正因为如此,诗人不仅给整个画面染上了一层凝重的感伤主义色彩,而且比照《高唐赋》中对楚宫的描写,基于定位移视法,妙用定位扫描式,纵横交织,变换视角,移动视点,摄取和组合意象;所营构的意境也同《高唐赋》中的意境虚实叠加,既富于悠远的历史感,又蕴藏着鲜明的时代感,使这首凭迹吊古、触景兴感的抒情小诗,具有极强的艺术概括力和艺术表现力,妙臻神境,深婉耐味。

(14)时空交织的层递式

寒食① 韩翃

春城无处不飞花②,寒食东风御柳斜③。
日暮汉宫传蜡烛④,轻烟散入五侯家⑤。

[注释]

①寒食:节令名,在清明前一两天。寒食前后三天,白天禁火,晚上禁灯。从汉代起有一个不成文的规矩,寒食节这天由皇帝特准向贵族和近臣颁赐点燃的蜡烛,以示皇恩浩荡。唐代因袭此俗。

②飞花:指柳絮落花,寒食已近暮春,常有风雨,所以柳絮轻扬,落花缤纷。

③御柳:在封建专制时代,凡属皇帝的事物,都冠以"御"字,以示尊崇,以示垄断。御柳,就是皇帝宫苑里的杨柳,本为寻常物,因为长在御苑里也就不同寻常了,于是称为"御柳"。由此"御"字可见皇权的威严。

④汉宫:借代唐宫。传:传赐,分发赏赐。

⑤轻烟:蜡烛散发的淡淡的烟。五侯:汉代封五侯的屡见不鲜。譬如,汉成帝时,皇后的兄弟王谭等五人在同一天封侯,世称五侯;又如汉顺帝时,梁皇后之兄梁冀为大将军,梁冀的五个儿子都封侯,世称梁氏五侯;汉桓帝时同时封宦官

单超等五人为侯,亦称五侯。大封五侯,是皇权旁落的表现。这里借指唐肃宗以来的权臣显贵,包括擅权的宦官。

[赏析]

前面所说的以视点在心理时间的运动轨迹为线索组合意象的种种层递式,如顺时的层递式、逆时的层递式,或以视点在心理空间的运动轨迹为线索组合意象的种种层递式,如逐层推进式、逐层远移式、跟踪摄像式、定位扫描式,一则是据其主要倾向(或以时间线索为主,或以空间线索为主)分而述之,一则是为了叙述方便,或依时间因素或依空间因素分而述之。其实,由于时间与空间客观上的不可分割性,因此,诗歌组合意象,往往时空并举,采用时空交织的层递式,即同时以视点在心理时间与心理空间的运动轨迹为线索组合意象。韩翃的《寒食》就是一个范例,全篇四句,每句为一个由意象群构成的画面,通篇时空交织组合意象。

从空间角度看,本篇组合前三个画面用逐层推进式,有似于推镜头,组合最后一个画面时,转用逐层远移式,有似于拉镜头。其中,第三个画面是核心,是关键。"日暮汉宫传蜡烛",黄昏时分,从皇宫里传赐出了一支支点燃的蜡烛。而"蜡烛"是核心的核心,是主意象。由于和皇帝扯上关系,蜡烛已从寻常之物摇身一变,身价百倍,成了所谓的"御烛"——御赐的蜡烛,是皇权的象征物。意象结构以这一具有象征性的主意象为圆心,构成两个同心圆:外圆是"春城","春城无处不飞花",京城春风骀荡,到处柳絮飞扬,落英缤纷;内圆是皇宫,"寒食东风御柳斜",宫苑御柳横斜,随风摇曳,婀娜多姿。在意象组合过程中,视野由外向内逐层收缩,步步内聚,最终注目于共同的圆心"蜡烛"。犹如推镜头般将三个意象群(画面)组合在一起:先以远景镜头、全景镜头展示大背景京城;再将镜头逐渐前移,以中景镜头推出京城的中心皇宫;然后再次将镜头前推,聚焦于主意象"蜡烛"——推出一个特写镜头。最后将镜头一拉,视野渐次扩张,主意象"蜡烛"化作股股"轻烟"向宫外辐射。"轻烟散入五侯家"——皇权,由皇帝一家专擅,发散为权臣众家分享。于是,在意象结构内聚与外射的渐进过程中,将皇权旁落之意含蓄委婉地表露出来。而这正是中唐以来唐王朝政治上最大的隐忧之一。总之，从空间角度看，此诗意象组合连用了逐层推进式与逐层远移式。与此同时，本篇也用顺时的层递式来组合这四个意象群。前两个意象群为白昼景，后两个意象群为日暮景。四个意象群以时间缓缓流逝为序，从白昼到日暮，依次串联。综观构思全局，《寒食》的意象组合方式为时空交织的层递式。

3. 叠映式

叠映式是跨越时空将不同时空的意象于同一时空叠加在心幕上的意象组合方式。叠映式有两种类型：一种是跨越时空重叠映现同质异形意象，即叠映同一对象的不同意象形态；一种是跨越时空重叠映现密切相关的意象。前一种又细分为两类：或叠映同一对象存在于不同时空的不同意象形态，或叠映同一对象的喻体意象和本体意象。

叠映式与层递式皆属诗的表层意象结构层面，即以意象间的时空联系为关系链组合意象。但层递式意象组合伴随着时间推移、空间位移的历时性（过程性、叙述性），叠映式不存在这种历时性而具有超越时空的共时性；层递式意象组合作或纵向（以时间为线索）或横向（以空间为线索）的意象组接，叠映式意象组合则为意象的叠加。

(1) 叠映式的界定

望驿台① 白居易

靖安宅里当窗柳②，望驿台前扑地花③。
两处春光同日尽④，居人思客客思家⑤。

[注释]

①望驿台：元和四年（809）三月，元稹以监察御史身份出使东川（治所在今四川三台），往来鞍马间，写下《使东川》一组绝句。其中《望驿台》云："可怜三月三旬足，怅望江边望驿台。料得孟光今日语，不曾春尽不归来。"这是元稹在三月的最后一天，因思念妻子韦丛而作。结句"不曾春尽不归来"，乃诗人揣测之词，

料想妻子以春尽为期,等他重聚,而现在竟无法实现。怅惘之情,宛然在目。稍后,白居易作了十二首和诗,这首《望驿台》便是其中之一。

②靖安宅:元稹在长安(今陕西西安)靖安里中的住宅。
③扑地花:指落花。
④两处:指长安与东川。
⑤居人:居家之人,指元稹的妻子韦丛。客:旅居他乡之人,指元稹。

[赏析]

白居易这首《望驿台》与所和原唱一样,是表现元稹夫妇的两地相思之情的。不过,这和诗比原唱写得更加情韵悠长,其意象组合方式尤值得人潜心玩味。此诗反复运用叠映式组合两个意象群,分两个层面交叠相映:先叠映背景意象,再叠映出主意象游子("客")与辅意象思妇("居人")。

"靖安宅里当窗柳",是思妇所处的典型环境。"宅",标明此为思妇所居,即游子所思之"家"。折柳送行,是汉唐以来盛行之风俗,因此,"当窗柳"既是场景,更是引发离愁别恨的触媒,暗示思妇天天凝望着翠柳而思念着远行的游子。这种思念以"春尽"之日尤甚。"望驿台前扑地花",是游子于"春尽"之日面对的典型场景。"驿",表明此为游子所处之地,与"宅"对应对举。"扑地花",则平添了游子的羁愁旅思,游子见满地落花,因而念彼如花之人,慨叹韶光飞逝而夫妻久别之意,见于画外。有这"两处"场景意象的重叠相映,表现两个人物意象的异地相思、心心相印,就有所附丽而不显得抽象浮泛了。"两处春光同日尽",是说已到春三月的最后一天。以此为契机,将"两处"相思的游子与思妇这两个人物意象叠映在叠映着的背景意象上:"居人思客客思家",家里的人殷切思念远行在外的人,远行在外的人同样殷切思念家里的人。于是,两个处于不同空间的相关相应的意象群——凝望"当窗柳"而苦苦思念游子的思妇,与怅望"扑地花"而苦苦思念思妇的游子,跨越时空,叠相映现。

两个叠相映现的意象群交映生辉,产生了"照花前后镜,花面交相映"的最佳艺术效果,充分表现了游子与思妇于春尽花残之际,两地相思的眷眷深情与无限惆怅。

（2）叠映式与层递式的异同

陇西行① 陈陶

誓扫匈奴不顾身②，五千貂锦丧胡尘③。
可怜无定河边骨④，犹是春闺梦里人⑤。

[注释]

①陇西行：乐府旧题，属《相和歌辞·瑟调曲》。陇西，泛指陇山以西地区，今甘肃省、宁夏回族自治区一带。

②扫：扫荡、肃清。匈奴：汉代北方的少数民族，唐代已无匈奴为患，这里泛指北方少数民族。

③貂锦：貂裘锦衣，汉代皇帝的羽林军身着貂皮织锦做的战袍，这里借代精兵良将。胡尘：胡马扬起的烟尘，借代战场。

④无定河：黄河支流，在今陕西省北部，这里泛指边境河流。

⑤犹：还，仍然。春闺：即深闺，古代妇女的住房，这里借代闺中少妇。

[赏析]

叠映式与层递式皆属诗的表层意象结构层面，即皆以意象间的时空联系为关系链组合意象。但两者又有明显的区别：层递式意象组合具有历时性，其意象组合伴随有时间推移、空间位移的过程性；叠映式意象组合具有共时性，其意象于同一瞬间跨越时空叠加相映。与此相应，层递式意象结构具有鲜明的层次感，若干意象群或画面或先或后递相组接；叠映式意象结构不具有这种层次感，若干意象群或画面于同一时间叠合为一。我们不妨以陈陶的《陇西行》为例辨析叠映式与层递式的异同。

《陇西行》前二句用顺时的层递式组合意象。取一场牺牲惨重的战役的首尾两端，按其自然时序先后呈现为两个画面：先呈现出誓死报国的场面，"誓扫匈

奴不顾身",誓死扫灭顽敌,个个斗志昂扬,奋不顾身——这是对誓师出征场面的特写;后呈现出壮烈殉国的场面,"五千貂锦丧胡尘",五千名身着貂锦战袍的精兵良将,壮烈牺牲在黄沙莽莽的战场上——这是对战争结局的特写。虽然只是跳跃性地组合两个意象群展现一个事件的开端与结局,但整个意象组合具有明显的叙述性、过程性,甚至具有一定的情节性。表现两个场面的两个意象群层次分明,并循视点在心理时间的运动轨迹作纵向组接。而这两个意象群反差强烈地组接在一起,则为后二句作了有力的铺垫。

后二句从战役的结局生发出来,以叠映式组合意象,将同一对象的不同意象形态重叠映现,写足了边境战争给人民带来的巨大灾难与深创剧痛。"可怜无定河边骨,犹是春闺梦里人。"可悲可叹啊!无定河边那一堆枯骨,在春闺少妇的团圆美梦中,依然是生龙活虎的人。这里的"无定河边骨"与"春闺梦里人",是同一对象——春闺少妇的丈夫存在于不同空间里的不同意象形态:一为实象,是现实中的一堆骷髅;一为虚象,是梦幻中的英俊少年。一在"无定河边",一在"春闺梦里"。诗人将其重叠映现于春闺少妇做团圆美梦之际。这"无定河边骨"与"春闺梦里人"的叠映,具有共时性,即以"春闺梦"为契机同时叠相映出,并相反相成地叠合为一。可悲的惨象与美丽的幻影互映互衬,于是在这一虚一实两个意象群的叠映中,梦境与现实、荣与枯、生与死、聚与散、喜与悲,一一形成鲜明的虚实对照,从而产生了强烈的反讽效果,强化了诗中的悲剧气氛和谴责意味。此二句在意象叠映中释放出来的艺术感染力,真可以惊天地,泣鬼神!

(3)叠映式的两种类型

寄令狐郎中① 李商隐
嵩云秦树久离居②,双鲤迢迢一纸书③。
休问梁园旧宾客④,茂陵秋雨病相如⑤。

[注释]

①令狐郎中:即令狐绹。郎中,官名。

②嵩(sōng)：嵩山，在今河南省登封县北，洛阳在其附近，这里借代洛阳。秦：秦川，今陕西省中部，这里借代长安。

③双鲤：借代书信，这里指令狐绹的来信。典出于古乐府《饮马长城窟行》："客从远方来，遗我双鲤鱼。呼童烹鲤鱼，中有尺素书。"后世因此称书信为鱼书或鲤书。

④梁园：汉代梁孝王刘武所建的园林，也叫兔园，是刘武同宫妃、宾客游乐的地方，曾在这里接待过司马相如等文士，故址在今河南省商丘市。这里借代令狐绹的父亲令狐楚的官邸。

⑤茂陵：汉武帝的陵墓，在今陕西省兴平县东北。病相如：司马相如，汉武帝时著名的辞赋家，患有消渴病（糖尿病），辞官后在茂陵家居养病。这是作者自比。

[赏析]

这首七绝，就意象而言有两大特色：一是通篇皆用拟喻性意象，几乎所有的意象都是比喻的产物；一是通篇皆用叠映式组合意象，而且兼用叠映式的两种基本类型，既有关系至密的意象的叠映，又有同质异形的意象的叠映。

首句"嵩云秦树久离居"，把"嵩云"与"秦树"这两个密切相关的意象叠相映出。"久离居"，表明这两个意象原本存在于不同的时空。"嵩云"借喻自己，当时李商隐因守母丧而与家人同住洛阳，且抱病闲居。"秦树"借喻令狐绹，此时令狐绹正在长安做右司郎中。"嵩云秦树"化用杜甫《春日忆李白》即景寓情的名句："渭北春天树，江东日暮云。"句中"云"与"树"，是各在天一涯的朋友即目所见的景物，深寓着彼此相思的离情与友情。李商隐将这两句熔铸成一句以寄托离情与友情。意思是说：自己与令狐绹阔别日久，天各一方，正像那"嵩云秦树"一般，久久地、远远地隔离在两地；自己在洛阳思念对方之时，正是对方在长安思念自己之日；而自己极目西望只能在心目中见到秦川的树，对方翘首东向也只能在心目中见到嵩山的云。离情与友情全融化在这叠映的拟喻性意象之中。对佳句的化用富于独创性，杜甫是以树自比，以云喻彼，而李商隐却以云自比，以树喻

彼。如此化用,似别有兴寄:自己若云,飘移不定,政治上尚无着落;对方像树,落地生根,仕途上已有根基。不遇之叹已在言外,求荐之意亦在口边。

次句倒挽出这首诗的写作缘起,原来是因为令狐绹来信慰问,诗人于是作此诗以回复。"双鲤迢迢一纸书",千里迢迢寄来一封弥足珍贵、令人欣慰的信。这一意象为全篇枢纽:它体现了对方对自己的惦念与存恤,"嵩云秦树"这一实一虚两个意象正以此为契机叠相映出;它也激发了失意的诗人的今昔之慨,下文的"旧宾客"与"病相如"这一虚一实两个意象群亦以此为契机叠相映出。

后二句仍用叠映式组合意象。"梁园旧宾客"与"茂陵秋雨病相如"是两个同质异形的意象群,即同一对象(诗人自己)的不同意象形态:前者为往昔形态,后者为现实形态。前虚后实,重叠映现,将李商隐一生的荣辱盛衰浓缩于其中。李商隐一生的荣辱盛衰似乎全维系于与令狐父子的交好与交恶,实质上是由于他无意中卷入了牛(僧孺)李(德裕)党争的旋涡。李商隐早年受知于牛党首领令狐楚,十七岁入令狐楚节度使幕中做巡官。令狐楚亲自指导其作文,并让他与自己的儿子令狐绹一起学习和生活。李商隐多次应举未被取录,后经令狐绹推荐才登进士第。令狐楚病故前曾嘱托李商隐代草遗书。凡此种种,足证李商隐与令狐父子一度关系至密。后来李商隐做了李党中坚泾原节度使王茂元的女婿,令狐绹视之为忘恩负义,与之交恶,但表面上仍保持交往。李商隐回洛阳居丧时,令狐绹写信问讯,而李商隐则以诗作答,便是这样一种表面关系。了解李商隐与令狐父子之间的这种恩恩怨怨,方能品出深蕴在后二句中的个中三昧。"休问梁园旧宾客,茂陵秋雨病相如。"千万别提起曾经风华正茂的梁园嘉宾,茂陵秋雨中只有病魔缠身的司马相如。这后二句中包藏着感戴、期盼、懊丧、辩白等种种复杂而深沉的情感与意蕴。首先,"休问梁园旧宾客",既是对令狐绹的存问表示由衷的感激,也是表白自己未忘令狐父子的知遇之恩的心迹;而冠以"休问"二字,正意反说,更暗传出一种热切的期待,期望令狐绹能谅解他并像杨得意推荐司马相如一样提携他,说"休问",并非真的不让人过问,反倒是期待过问,甚至是恳请过问;这其中自然也包含着往事不堪回首的沮丧情绪。而以"梁园旧宾客"这一往昔意象为底衬,叠映出"茂陵秋雨病相如"这一现实意象,使一系列复杂而深沉的情感与意蕴,在今昔荣枯的巨大反差中得到了进一步的强化。一而再,再而三地经历了政治挫折的李商隐实在已是身心俱疲了,因此在这"旧宾客"与"病相如"的叠映中,迸发出声声沧桑之叹与痛苦呻吟。

李商隐曾多次写诗致函乞求令狐绹的原宥与援引,唯此诗不见卑屈哀告之俗态与矫情,独具高格,真率恳切,十分感人。但可惜的是依旧是枉自多情,毫无结果。后来令狐绹步步高升,并做了十年宰相,却从未向他这位同窗老友伸出过援手,而李商隐始终落魄不遇,赍志而殁。看来在封建社会,诗情与政治并无多少缘分,多有韵味的好诗也不能当作政治牌来打。

(4)叠映式与叠映镜头

喜外弟卢纶见宿① 司空曙

静夜四无邻, 荒居旧业贫②。
雨中黄叶树, 灯下白头人。
以我独沉久③, 愧君相见频④。
平生自有分⑤, 况是蔡家亲⑥。

[注释]

①外弟:这里指表弟。卢纶:中唐著名诗人,与司空曙同在"大历十才子"之列。见宿:承蒙光临,留下过夜。

②荒居:在荒郊野外安家。旧业:祖传家业。

③以:因为。沉:沉沦,跌入社会的底层,陷于生活的困境。

④愧:感到惭愧。

⑤分:情分,这里指友情。

⑥蔡家亲:据《晋书》载,蔡邕之孙蔡袭与羊祜是姑表兄弟,羊祜因讨伐东吴有功将得到赏赐,羊祜请求转赐给蔡袭。后世因此以蔡家亲代称姑表兄弟。

[赏析]

司空曙为人正直,不阿权贵,罢官后,家徒四壁,一贫如洗。正是在这样的境况下,"外弟见宿",挚友聚首,自然值得一喜。然而悲喜相倚,休戚互渗。苦中作乐,不亦乐乎,但总难免有一股苦涩的滋味从内心深处兜底翻出。《喜外弟卢纶见宿》正是抒写这种穷愁潦倒中亲友聚会时悲喜交集的情怀的诗。诗分两半:前二联侧重写景,用"悲"字着色,展示悲不堪言的困境;后二联侧重抒情,以"喜"字濡染,表现喜出望外的欢聚。

首联用逐层推进的层递式组合意象。"静夜四无邻,荒居旧业贫。"西风萧瑟,秋夜一片沉寂;家在荒郊,四周没有近邻;单门独户,家贫没有产业。镜头由远及近,由外向内逐层推进,由荒郊推向陋室,由室外推向室内,既营造了萧索岑寂的情境,又烘染出凄苦悲凉的氛围。

颔联用叠映式组合意象,突显"荒居"独处的抒情主人公。"雨中黄叶树,灯下白头人。"凄风苦雨中,黄叶飘零;白发苍苍的老人,独对孤灯。"黄叶树",暗示时令已届深秋。"雨中黄叶树"是比而兴,与"灯下白头人"构成引喻,以衰飒这一相似点为联想之桥梁,以叶之枯凋喻人之衰朽;并承续首联进一步烘染凄苦悲凉的氛围,为领起后二联的直抒胸臆作了更为有力的铺垫。意象叠映一般是将现实实象与联想中的虚象叠相映出,使之虚实相生,但也偶有例外。"雨中黄叶树""灯下白头人"是现实存在的两组实像的内化,在诗的意境中成了同一对象(诗人自己)的不同意象形态:"黄叶树"是诗人的喻体意象,"白头人"是诗人的本体意象。两者以一窗之隔存在于不同的空间:一在窗外"雨中",一在窗内"灯下",却于"喜外弟卢纶见宿"的特定瞬间叠相映现。叠映式意象组合与影视艺术的叠印镜头的艺术手段是相通的。叠印镜头,是把两个或两个以上不同内容的画面,叠合成一个画面摄制的镜头。叠印镜头是一种具有复合内容的画面,它使观众同时看到两个或两个以上不同的画面。由于重叠相映,使各个画面之间本来就存在着的对应或对比关系更为鲜明,更为强烈,使其艺术表现力和艺术感染力得以大幅度提升,更能激起观众的思索和联想,从而发掘出新的内涵。本诗的颔联中,两个画面构成的叠映镜头,使两个意象群在相互叠加,相互渗透,相互比照中,泛溢出许许多多的情和意:凄凉、孤苦、迟暮、飘零、衰败、惆怅、哀怨……真有剥茧抽丝,抽绎不尽的韵味,这全仰仗于叠映式的意象组合。在这里,一加一绝对不等于二。

以上两联组合意象展现了一幅贫士索居图,表现了诗人沉沦独处、穷愁潦倒的辛酸与悲凉。以下两联直奔诗题,抒写亲友来访,幸遇知己的慰藉与欣喜。四句诗一句一层,由悲而喜,层层翻进。颈联上句仍诉其悲,承前启后。"以我独沉久",由于我长期沉沦困窘,因而离群索居,绝少社交。言外有阅尽炎凉世态之意。"愧君相见频",唯有您时时看望,真使我又感激又惭愧。下句翻向"喜"字,然喜中含悲。"愧"字更是悲喜交集:既有至亲挚友不弃"独沉"频频惠顾的欣慰和喜悦,又有失志"独沉"的哀怨和家道败落无力厚待亲友的酸楚。尾联再循"喜"字递进,把抒情推向高潮。上句说"平生自有分",人活于世,幸有友情长在。欣喜之情溢于言表。下句说"况是蔡家亲",更何况我们是情同手足的姑表兄弟。诚挚的友情,再加上浓浓的亲情,更是喜上加喜,不幸中之万幸。

综合观之,诗题虽曰"喜外弟卢纶见宿",着墨却多在"悲"字上。因此,涵咏此诗,反复咀嚼,会使人悲从中来,乃至怆然下泪。原来诗人用的是相反相生的笔法:相聚之喜与"独沉"之悲,一正一反,相互生发,相互映衬,使饱受人情冷暖的封建社会中一位失意文人的短暂喜悦与无穷悲哀交汇在一起,洋溢于字里行间,情味醇浓,格外感人。俗语云:"要想甜,搁点盐。"适量掺点盐,糖会更甜,说的不正是这相反相生的艺术效果吗?

(二) 诗的深层意象结构的意象组合方式

前面我们是从诗的表层意象结构这一层面来探究和鉴赏意象组合的,即着眼于意象的"象"这一层面,根据意象之间的时空联系,对意象组合的方式进行分类例析。下面我们切入诗的深层意象结构层面来探究与鉴赏意象组合。这里所谓诗的深层意象结构,是指意象的"意"这一层面的结构。诗的深层意象结构的意象组合方式,是依据意象之间的情感联系、逻辑联系,即意蕴联系而形成的。它们是可悟而不可感的,不能借灵视中的"感官"(心目)直接感知这些意象

组合方式。这是因为它们建构在内在的、无形的意蕴联系的基础上,只可在反复吟咏中,基于情感活动,借助于联想、想象,甚至推理,来感悟这一系列意象组合方式。诗的深层意象结构的意象组合方式主要有以下几种:连缀式、反差式、辐射式、辐辏式、拼置式。

1. 连缀式

连缀式属于诗的深层意象结构层面,指以意象的意蕴层面的逻辑联系,如因果、假设、条件、预测、推断等等联系为关系链组合意象的方式。

意象组合以形象思维为其心理机制,但并不排斥逻辑思维,相反,两者有时相辅相成,相得益彰。这逻辑思维,特别是因果联想,便是以逻辑联系为关系链组合意象的连缀式赖以生成的思维基础。但诗的构思中的逻辑思维,譬如意象组合中的逻辑思维,不一定像科学论断中的逻辑思维那样具有客观性、科学性。它是一种艺术化,即心灵化、情感化的逻辑思维,往往具有较多的主观随意性和浓厚的感情色彩。

(1)连缀式的界定

终南望余雪① 祖咏

终南阴岭秀②, 积雪浮云端。

林表明霁色③,城中增暮寒④。

[注释]

①终南:终南山,秦岭的主峰之一,在今陕西省西安市南。

②阴岭:山的北坡。秀:秀丽。

③林表:林木的末梢。表,外部。明:辉映,用作动词。霁(jì)色:初晴的阳光。

④城:指长安。

[赏析]

据《唐诗纪事》记载,"终南望余雪"是祖咏考进士时的试题,考官出的题目不是泛泛的"望雪",而是"望余雪",题眼显然在"余"字上,可谓出了一道怪题、难题。祖咏写来却游刃有余。在唐代,应试诗限韵,起初要求四韵八句,中唐以后要求六韵十二句。祖咏是盛唐人,自然须写四韵八句,即应写律诗,他却只写了四句就交卷了,问他为什么不作完,他回答说:"意尽。"这被诗坛传为佳话。下面我们从意象组合这一审美视角切入,探究祖咏是怎样以一首绝句从容应对这一怪题、难题的。

"终南望余雪"即"望终南余雪"的倒文。题意是:在长安城中眺望终南山的残雪。诗人则紧扣题意,采取立足于长安城向南远眺的视角,以定位扫描的层递式组合意象。"终南阴岭秀,积雪浮云端。"终南山的北坡峭拔秀丽,只有少许积雪飘浮在云彩上面。视点自下而上移动扫描:先绘其整体秀色,再突现其顶部残雪;先显示"余雪"之所在,再表现"余雪"之形貌。由于是在长安向南眺望,故映入眼帘的是"阴岭",终南山的北坡。由于是"阴岭",与向阳的南坡相对而言,积雪难融,方有"余雪"可望。"秀"字既写出终南山挺拔峻逸的神采,也表明时值初春,满山秀色,"余雪"之意已在言外。由于是"余雪",故残存于浮云飘荡的高山顶部,犹如"浮云端"一般。"浮"字化静为动,使"余雪"呈现出一种流动的美感。然后,视点继续上移,犹如摇出一个特写镜头。"林表明霁色",雪后放晴,夕阳的余晖投射到山顶的树梢上,晴光与雪光交映生辉,分外鲜明醒目。以闪烁在山顶树梢上的落日余晖,点明雪霁天晴,暗示"余雪"之所由,进一步点染"余雪"二字。这一个意象群与前两个意象群,既以时空联系为关系链加以组合,更以逻辑联系为关系链加以组合。具体讲,是以意象间的因果联系为关系链连缀在一起:前者为果,后者为因,由果推因,一脉相承。这类以意象的意蕴层面上的逻辑联系为关系链组合意象的方式叫连缀式,属诗的深层意象结构层面。尾句"城中增暮寒",暮色苍茫的长安城里,顿时增添了一分浸透身心的寒意。写"余雪"之所致,表现残雪对京城气候的影响和"望余雪"的诗人的心灵感应,侧面描写"余雪",进一步申足题意。仍用连缀式组合意象,以因果联系为关系链,把尾句的意象与前三句的意象组接在一起。所不同者,前面是由果推因的逆接,这里是由因及果的顺接。俗语云:"下雪不冷化雪寒。"长安城里"增暮寒",正是由于"终南余雪"——天晴了,雪化了。

全篇意象与意蕴皆从"余雪"二字生发出来。前三句从视觉取象表现"余雪",尾句则转向触觉;前三句实写"余雪",尾句则虚写,即从"余雪"之有形宕向无形,传其精神。而透视其深层意象结构层面,全篇皆以因果联系为关系链,把意象串成有机统一的整体,生动地表现望终南余雪的所见所感,言简意赅,含蓄隽永。四行诗便将"终南望余雪"的题意写足写尽,所以当有人问到为何不按考试规则将应试诗写完整时,诗人才会那样自信而自负地答曰"意尽"。不过,诗题"意尽",诗意却未尽,诗外尚留余味。正因为如此,读此诗不仅让体验过"雪后寒"的人顿生砭肌浸骨的触觉感受,而且有人竟从诗中体味到了诗人对"城中"衣食不丰的清贫人家的关切与同情。这未必就是诗人的本意,但却说明此诗确有不尽之意见于言外。

(2)连缀式的生成机理

听筝① 李端

鸣筝金粟柱②,素手玉房前③。
欲得周郎顾④,时时误拂弦⑤。

[注释]

①筝(zhēng):一种拨弦乐器。

②鸣筝:弹奏筝。金粟柱:雕饰有金粟花(桂花)的弦柱。柱,筝上部件,系弦的短轴。

③素手:洁白如玉的手。玉房:华美的房屋。

④周郎:即周瑜。据《三国志·吴志·周瑜传》载:周瑜做建威中郎将时才二十四岁,人们都称他为周郎。他精通音乐,即使喝得半醉,听到别人弹琴有误,也必能辨知,而且总是要转过头去注视演奏者。所以当时有歌谣说:"曲有误,周郎顾。"后人称精于赏曲者为顾曲周郎,这里借喻弹筝女子所属意的知音者。

⑤拂:拨弹。

[赏析]

这首别有风趣的小诗通篇用连缀式组合意象,表现一位女子邀宠取怜的曲折心事。

前二句倒置因果联系组合意象作行为描写。"鸣筝金粟柱,素手玉房前。"从一张制作精美的古筝上流泻出曼妙动听的乐曲,原来是因为一位美丽的姑娘正在弹奏那张古筝。弹筝者不在闺中而在"玉房前",已见出她是情有所系而别有用心了;而倒置因果联系组合意象,则更有先声夺人之奇效。接下来是由表及里作心理描写。"欲得周郎顾",揭示其动机,更可见"醉翁之意不在酒",姑娘弹筝意在博得如意郎君的青睐。由于那位如意郎君像周郎一样精通音乐,不仅有极佳的鉴赏力,而且有极强的辨误力。因此要博得他频频顾盼是有条件的,那就是既要弹得妙曲,"鸣筝"惊人,又要"时时误拂弦"。"时时",强调她一再弹错,正显示出故意撩拨的情态。这是一种独具睿智且别有雅趣的搔首弄姿、眉目传情。后二句就这样以条件联系为关系链组合意象,生动活泼而又细腻深婉地表现了姑娘渴求爱情的微妙心态。姑娘的良苦用心总算没有白费,终于凭借她的"鸣筝"与"素手",找到了知音,这首《听筝》便是对她的良苦用心的最佳回报。

由此例可见:诗的构思必须用形象思维,这是毋庸置疑的,但并不排斥逻辑思维。有时,在形象思维中巧妙地辅之以逻辑思维,不仅无损于诗的艺术构思与艺术品位,反倒有锦上添花之妙。

(3)连缀式多与表层意象结构层面的种种方式相辅相成

宫中词　　朱庆余

寂寂花时闭院门①,　美人相并立琼轩②。
含情欲说宫中事,　　鹦鹉面前不敢言③。

[注释]

①寂寂:孤寂冷清。花时:繁花盛开的时节,指春天。

②美人:指宫女。相并:并排而立。琼轩:用美玉修砌或装饰的长廊。

③鹦鹉:一种能模仿人说话的鸟。唐时宫中多养鹦鹉。

[赏析]

　　连缀式意象组合,属诗的深层意象结构层面,可独立运用,如李端的《听筝》;也常与层递式等意象组合方式搭配运用,相辅相成。朱庆余这首《宫中词》就是一个典型的例子:其表层,用层递式;其深层,主要用连缀式。

　　从表层意象结构层面看,这首诗用层递式组合意象:前三句用逐层推进的层递式,犹如推镜头;篇末转用定位扫描的层递式,犹如摇镜头。前三句一句一个层次,镜头由远及近逐层向主意象推进:先展现深宫这一大背景。"寂寂花时闭院门",百花盛开的时节,院门层层紧闭,深宫一片死寂。"花时"而"寂寂",且"闭院门",则平日的冷清沉寂可不言而喻,更可见宫中精神生活之单调乏味。接着推出宫女这一主意象。"美人相并立琼轩",两位花容月貌的宫女,并肩伫立在雕栏玉砌的长廊里。"相并",暗示有话要说,亦显示出同病相怜,相互接近的情态,造成欲诉苦衷的动势,为下句铺垫。"琼轩",表明宫中物质生活之优裕,与精神生活之贫乏形成巨大反差。然后再推进一层,由并立之人而专注于面部表情,作神态特写,"含情欲说宫中事"。"含情",是指眉目含愁,面露戚色,透露出宫女满腹幽怨的消息。"宫中事",既指宫女自己的经历、遭遇,也指在宫中所见所闻。最后,将镜头摇向一旁,由欲言又止的宫女,牵引出学语饶舌的鹦鹉。"鹦鹉面前不敢言",发现鹦鹉就在跟前,顿时噤若寒蝉!

　　以上只是读其皮毛,须透过一个层面鉴赏其意象组合,方能彻悟其个中三昧。从深层意象结构层面看,本篇组合意象以连缀式为主,辅之以反差式。首句以反差式组合意象。"花时"这一给人以繁盛热闹感的时间意象,与宫门重锁而给人以落寞幽冷感的深宫这一空间意象相反相衬,形成巨大的时空反差。意象间的对照与反衬,把深宫之冷清枯寂表现得淋漓尽致。在东风和煦、春花烂漫的时节,宫女们却被禁锢在深宫里,不能像一般的青春少女那样去迎春、赏春。堵堵宫墙、重重"院门",把她们与大好春光隔离在两个世界里。因此,没有自由,没有幸福,也没有春天的怨恨,早已郁积于心,不吐不快了。这是暗以因果联系牵引出二、三两句,并以因果联系为关系链,即以连缀式将前三句的所有意象组合成有机统一的整体:由于"花时"仍遭幽禁,所以有满腹苦水要倾吐——首句的意象表现前因,二、三句的意象显示后果。具体地看,二、三句的意象组合亦为连缀式,诗人倒置因果组合意象:两个宫女之所以并肩而立,是因为她们想互诉衷肠。"含情欲诉"的神情,透露了她们的心思,揭示了她们"相并立"的动因。尾句笔锋陡转,奇峰突起,但仍用连缀式组合意象,且仍以因果联系为关系链,把"鹦鹉"这一意象同前面所有的意象有机地连缀在一起,并将前面在意象组合中造成的动势迎面截住,逼使其急转直下,由"欲说"变为"不敢言"。宫女们何以欲说又休,敢怨而不敢言呢?原来是因为学语饶舌的鹦鹉就在跟前,怕它多嘴,泄露天机,招来横祸,只好三缄其口。"不敢言",突现了宫女们只能默默地吞咽自家苦水的无奈。这一意象群表现的是一个富于典型意义的细节。鹦鹉善传人言,却不解人意。它的饶舌传话出自本能,原非有意,更无恶意。而宫女们在鹦鹉面前就已高度警觉,噤若寒蝉了,则宫廷中那些专门窥视过失传人言语的宵小之徒对宫女们造成的恐怖与伤害,就可想而知了。这一典型细节,一则表现了宫中禁锢之森严,宫女们没有人身自由,也没有人身安全,一言不慎,祸从口出;一则揭露了宫廷的极端黑暗腐朽,宫中见不得天日的丑事、怪事、坏事太多太多,所以才有如此苛严的禁忌。

综观全诗,层递式的逐层推进转移与连缀式的递相连贯转折,一表一里,配合默契,生动有力而又含蓄深婉地宣泄了宫女的苦闷,讥评了宫廷的暗昧。细细品之,这首别开生面的宫怨诗似有所寓讽:是代宫女诉苦,但又何尝不包藏着诗人忧谗畏讥的隐衷。

(4)连缀式的心理基础

新沙①　　陆龟蒙

渤澥声中涨小堤②,官家知后海鸥知③。
蓬莱有路教人到④,应亦年年税紫芝⑤。

[注释]

①新沙：指海边新淤起来的沙地。

②渤澥(xiè)：渤海。澥，海。声：指海潮声。涨：升起、淤出。

③官家：官府。海鸥：一种生活在海上的水鸟。

④蓬莱：神话传说中海上三座仙山之一。教：使、让。

⑤应亦：也必然会，这里是悬想、推测之辞。税：征税，用作动词。紫芝：紫色的灵芝，传说它种在仙岛上，吃了可以长生不老，是神仙的食物。

[赏析]

在散文园地，陆龟蒙是晚唐擅长讽刺小品的高手；而《新沙》这首独具匠心的讽刺小诗，亦颇耐玩味。这首犀利如同匕首的小诗，从官府拟对海边新淤沙荒征税引发想象与讥评，抨击封建统治者的横征暴敛。

开篇切题，推出一个特写镜头。"渤澥声中涨小堤"，在渤海潮涨潮落的涛声中，不知不觉地拥起一道沙堤，围出一片可供开垦耕种的沙地。此乃造化的恩典，本与官家无涉。此句从意象组合看，是横断式——从漫长的进程中截取一个横断面，凝聚成一幅瞬间画面，表现一种实实在在的现实存在。然后由实入虚，引出一串冷嘲热讽般的议论。"官家知后海鸥知"，这是不露声色的揶揄。海鸥生活在海上，对海况纤毫必悉，海中任何变化都逃不过它们的睿目。诗中却说"官家"比"海鸥"先知道海边有新淤成的沙地。皇家鹰犬的嗅觉何其敏锐！这是暗讽"官家"汲汲于敲骨吸髓的税收，沙荒未垦，他们就迫不及待地把黑手伸了过去。诗人的嘲讽不露声色，却辛辣无比。从意象组合的角度欣赏，则更见其暗含讥诮。从深层结构层面看，前二句的意象组合明用连缀式，暗用反差式。从字面上看，"官家知后海鸥知"，是依据首句的现实画面做出来的推测，是以连缀式组合一实一虚两个意象群表达一种判断：沙荒新成，剥削对象尚不存在，"官家"就已拨响了搜刮敲诈的如意算盘。这一推断是离奇的夸张，不似真实，胜似真实。这一推断中又暗含两重对比：沙荒的形成经历了漫长的岁月，一旦形成，"官家"立即察觉，捷足先登，这是一重快慢对比；该先知的"海鸥"后知，该后知的"官家"

先知,这又是一重快慢对比。迭相对比,在极其强烈的反差中,"官家"的劣迹昭然若揭。在这里,连缀式与反差式隐显相生,相得益彰,有力地揭露了封建统治者贪婪、残暴的本性。诗人的无情鞭挞并未以此为足,后二句更把大胆的夸张与离奇的假设扭结在一起,由含蓄婉转的抨击转为尖酸刻薄的挖苦,即由冷嘲转向热讽,翻空出奇,更上一层。"蓬莱有路教人到,应亦年年税紫芝。"这两句用连缀式组合意象,具体讲是以假设联系为关系链组合意象,做出预测。神话传说中的蓬莱仙岛在海中,在世外,由于无路可通,所以凡人莫至,所以没有苛捐杂税,没有尘世纷争,是那些在现实社会中既无出路也无退路的人最理想的净土、最美好的憩园,无所不至、无孔不入的官府理应奈何不得。义愤填膺的诗人却突发奇想:假若蓬莱仙岛有路可通,那么,"官府"绝不会轻易放过,定会年年都去收缴灵芝税。

  这首讽刺小诗的艺术技巧和艺术构思别出蹊径,别具风味。首先是夸张手法颇具特色。诗人抓住讽刺对象的本质特征,用夸张的笔墨具象化、漫画化,化为惹人笑、招人恨的变态意象。这些意象以连缀式为基本方式加以组合。连缀式的心理基础是逻辑思维,主要是因果联想。但这毕竟是心灵化、艺术化了的逻辑思维、因果联想,不像哲学、自然科学和社会科学的逻辑思维、因果联想那样,要求有客观性、科学性。其主观臆断性是很明显的,更何况还渗透着诗人的爱憎褒贬、主观评价,夹带着诗人的嬉笑怒骂、戏谑调侃。整个艺术构思貌似出乎常情之外,却在情理之中。按常情常理,"海鸥"应是"新沙"的先知先至者,断定"官家"抢先发现并拟征税,是夸张,不合于生活的逻辑,然而却反常合道,把"官家"搜刮地皮、无所不为、贪婪成性的本质暴露无遗,体现了高度的艺术真实性。"蓬莱""紫芝"已属子虚乌有,设想聚敛之手可能伸向虚幻之境,猎取虚幻之物,似乎荒诞无稽,却无理而妙。封建统治者贪婪、残暴如此,倘若真有仙境,且"有路教人到",那仙境又岂能隔断魔爪?可见诗人的假设与虚构又确乎全在情理之中。正如《唐诗精品》所说:"这种想入非非的设词虽然不会成为事实,但对统治者想入非非巧立名目征敛苛税以饱贪欲的主观心态,不是最真实不过的揭示吗?"联系当时的现实来看,晚唐实行两税法,田地与作物双重征税。"官家"的魔

爪既要伸向"新沙"又要伸向"紫芝",这不活脱脱就是"两税法"吗?诗中意象构织的或实或虚的画面又何尝不是当时社会现实的折光?这高妙的夸张手法与意象组合,这反常合道、无理而妙的逻辑思维、因果联想,把封建统治者残酷压榨、贪得无厌的本性无遮无拦地昭示于光天化日之下,令人称奇,激人俊赏。

(5)连缀式的综合运用及思维基础

晚次鄂州① 卢纶

云开远见汉阳城②,犹是孤帆一日程③。
估客昼眠知浪静④,舟人夜语觉潮生⑤。
三湘愁鬓逢秋色⑥, 万里归心对月明。
旧业已随征战尽⑦,更堪江上鼓鼙声⑧。

[注释]

①次:旅途中停宿,这里指停船靠岸。鄂州:唐江南道鄂州,治所江夏,即今湖北省武汉市的武昌区。

②汉阳城:今武汉市的汉阳区。

③犹:还。

④估客:商人。

⑤舟人:船夫。

⑥三湘:漓湘、潇湘、蒸湘的总称,即今湖南省。愁鬓:因愁而白的双鬓。

⑦旧业:祖传家业。

⑧更堪:再难忍受。鼓鼙(pí):大鼓和小鼓,泛指战鼓,这里借代战争。

[赏析]

卢纶,河中蒲州(今山西永济)人,唐肃宗至德年间,卢纶为避安史之乱,由北南逃,途经鄂州,前往三湘,却再次遭遇战乱,碰上镇守江陵(今湖北江陵)的永王李璘兴兵夺江宁(今江苏南京)。《晚次鄂州》作于途经鄂州时,抒写了诗人于兵荒马乱颠沛流离中,叹老思归、厌战求安的复杂情思。这是一首即景抒怀的七律,前两联侧重描写随船流亡之景,后两联侧重抒发萍飘蓬转之情。无论写景与抒情,皆以连缀式为基本方式组合意象。由于逻辑联系类型繁多,因此连缀式的具体方式也就多种多样。除了前面所举的因果、条件、假设等方式外,还有推断、预测等种种方式。这些具体方式往往综合运用于同一首诗中,《晚次鄂州》便是一例。

首联或明或暗点题开篇,总起后三联的写景抒情。上句以远镜头摄取"汉阳城"这一意象。"云开远见汉阳城",当云开日出之时,远远地望见了汉阳城。汉阳属鄂州,在鄂州之西,与鄂州隔江相对。写"远见汉阳城",是明点题上"鄂州"二字。下句则暗扣题上"鄂州"二字,"犹是孤帆一日程",江汉平原上,视野开阔,且河道迂曲,再加上逆水行舟,所以即便远远地望得见鄂州,乘船而至,尚需一天的路程,这就意味着要"晚次鄂州"。这里,下句的断语是依据上句的视觉印象做出来的预测,上下句的意象即以预测这种逻辑联系为关系链组合起来。本联纯乎写景叙事,却组合意象暗传出"晚次鄂州"途中的乍喜乍忧。上句写天晴见汉阳,透出几分欣慰——无须在荒郊野外栉风沐雨,自然喜上眉梢;下句笔锋猛转,流露了几多焦躁,"犹是"二字更突显了诗人情绪的骤然跌落。而"孤帆"这一意象,则不仅把"一日程"具体化、具象化,表明是乘船流亡,更暗含着乱世漂泊的孤凄心情,战乱中浪迹他乡的诗人,何尝不是孤帆一片!

颔联承首联具体描绘"晚次鄂州"的见闻,写得细致曲折,向来为人称道。"估客昼眠知浪静,舟人夜语觉潮生。"商人白天酣睡,定由于风平浪静;船夫深夜喧哗,想必是潮水骤升。从表层意象结构层面看,本联以顺时的层递式组合两个意象群,描绘出"一日程"的具体情景,并以"昼""夜"标示时间线索。上句写昼行所见所感,下句写夜泊所闻所感。从深层意象结构层面看,上下句分别用连缀式组合意象:"浪静"这一意觉意象,是从"估客昼眠"这一视觉意象做出来的推断;"潮生"这一意觉意象,是从"舟人夜语"这一听觉意象做出来的推断。这里的"知""觉"都是一种推断。连缀式意象组合的具体方式多种多样,但多以因果联想为其思维基础,譬如此联,诗人由船舱中所见所闻展开联想,由果溯因,做出

判断,并以联想过程中意象间的逻辑联系将船中意象与江上意象有机地组合起来。颔联与首联一样纯乎写景而融情入景,于旅途习见景象中透露出浓烈的羁愁旅思,且全从对面下笔抒写自家情怀:上句借他人的酣睡与江面的宁静反弹自己的枯寂不安,下句则借夜语潮生的躁动景象托出自己的烦闷不眠。笼罩着意象的这种昼夜不宁的纷乱意绪,正是那个遍地狼烟、生灵涂炭的乱世在诗人心中布下的阴霾。

后两联结合着"晚次鄂州"的见闻抒情。颈联结合所见抒写叹老思归的意绪:"三湘愁鬓逢秋色,万里归心对月明。"本联上下句分别以因果联系为关系链组合两个意象群。"三湘秋色"与"愁鬓"互为因果:诗人远眺三湘,是在展望前程。那里满目秋色,使本已愁绪萦怀、鬓如秋霜的诗人白发骤增。"万里归心"与"月明"亦互为因果:那象征团圆与离别的月亮使诗人的心驰回故乡,但故乡远在万里之外,且陷在叛乱者的铁蹄之下,因此诗人只能徒然地对月浩叹。

尾联结合所闻抒写乱世愁怀,仍以因果联系为关系链组合意象。"旧业已随征战尽,更堪江上鼓鼙声。""旧业"一语双关,不仅指祖传产业,亦暗指旧时功业。战火既焚毁了诗人的家业,也焚毁了诗人的前程。正由于祖传家业、往昔功业已在战火中荡然无存,因此在避乱中再逢战乱,自然更叫人难以承受。这是翻进一层的写法,进一步道出诗人的苦衷:想返乡,却无家可归;不得已而辗转流徙,却仍然逃不出战争的阴影。诗人陷入了进退两难、走投无路的绝境,于是思家与忧国的情感杂糅在一起,发为哀伤彻骨、冷在心头的喟叹。

统观全诗,《晚次鄂州》在用形象思维进行构思的同时,又以因果联想为其思维基础,综合运用了预测、推断、因果等多种连缀式组合意象,将诗人逃难途中那厌倦离乱漂泊、渴望和平安宁的复杂情愫,层递层深,曲曲道出。

2. 反差式

反差式是把相互对立的、矛盾的意象并列或叠加在一起,造成强烈反差的意象组合方式。反差式是以对照、反衬为手段来组合意象,以突现诗人内心的激情,或揭示生活的某种哲理,所以反差式也可称为对比式。

反差式以对比联想为思维基础,即由此意象联想到相反相对的彼意象。之所以会触发对比联想,是由于在生活中一切人情物态总是对立统一的,这是形成反差式意象组合方式的生活基础;与此相应,诗人的爱憎情感与是非观念也总是相反相成的,这是形成反差式意象组合方式的心理基础。

(1)反差式的界定

塞下曲① 李益

伏波惟愿裹尸还②,定远何须生入关③。
莫遣只轮归海窟④,仍留一箭定天山⑤。

[注释]

①塞下曲:唐代新乐府辞,属《横吹曲》。

②伏波:东汉名将马援,屡建战功,被封为伏波将军。据《后汉书·马援传》载:马援由南越班师回洛阳,对前来祝贺的宾客说:"方今匈奴、乌桓尚扰北边,欲自请击之。男儿要当死于边野,以马革裹尸还葬耳!何能卧床上,在儿女子手中邪?"

③定远:东汉名将班超,投笔从戎,因安定西域有功,被封为定远侯。生入关:据《后汉书·班超传》载:班超在西域三十一年,年老思乡,上书朝廷,请求还乡,奏疏中有"臣不敢望到酒泉郡,但愿生入玉门关"之句。

④莫遣:不让。只轮:一只车轮,借代一辆战车。《春秋公羊传》载:僖公三十二年,晋人与姜戎人败秦军于崤山,秦军"匹马只轮无反者"。海窟:指瀚海胡人所居之地。海,本指大海,这里指瀚海,即沙漠。窟,巢穴,是对敌方居住地的鄙称。

⑤一箭定天山:据《旧唐书·薛仁贵传》载:唐高宗时,薛仁贵领兵在天山迎击九姓突厥十余万人,连发三箭射死三个前来挑战的,其余纷纷下马请降。凯旋时,军中唱道:"将军三箭定天山,战士长歌入汉关。"这里借利箭喻精兵良将。

[赏析]

这首《塞下曲》借历史人物和历史事件直抒胸臆,表达杀敌立功、安边定远的雄心壮志,反映了中唐时期人民渴望抗敌卫国、安居乐业的强烈愿望。诗中洋溢着叱咤风云、奋发有为的英雄气概,铿锵而有金石声。

为了突现这种崇高理想和壮烈情怀,这首《塞下曲》通篇用反差式组合意象,即以对照、反衬为手段,把一系列相反相对的意象组合成有机统一的整体。全篇四句,每句皆为一个画面,即一个意象群,并两两相对,构成两个反差式意象结构。前两个意象群取东汉两位名将的事迹,寓意于象,叠相映现,构成反差式意象结构。"伏波惟愿裹尸还,定远何须生入关。"伏波将军马援,只愿驰骋沙场,战死边疆,而不用马皮裹尸还乡;定远侯班超,又何必一定要上书请求活着进入玉门关呢!马援的"惟愿裹尸还"与班超的期望"生入关",在相互对照、映衬中,造成强烈反差,有力地抒发了誓死报国的豪情壮志。后两个意象群化用崤山之战和薛仁贵的典故,从敌我双方取象,叠相映现,构成反差式意象结构。"莫遣只轮归海窟,仍留一箭定天山。"要像崤山大战中晋军大败秦军那样,不让敌人有一辆战车逃回老巢;还要留下像薛仁贵三箭定天山那样的利箭——一支精兵、一员猛将、一派虎威,来安定万里边疆。敌方"只轮"不得"归海窟"与我方"仍留一箭定天山",形成强烈对比,充分表现了杀敌靖边的坚强决心。反差式意象组合方式的成功运用,更使这支豪壮、昂扬的战歌,直承盛唐之风,奏出了边塞交响乐的最强音。

(2)反差式与对比镜头

浪淘沙九首(其六)① 刘禹锡

日照澄洲江雾开②,淘金女伴满江隈③。
美人首饰侯王印④,尽是沙中浪底来。

[注释]

①浪淘沙:唐代教坊曲名,后来成为词牌。

②澄：清澈，这里是明净的意思。开：散开。

③江隈（wēi）：江岸弯曲的地方。江中沙金在江岸弯曲、水流平缓的地方容易沉积，所以淘金多在江隈。

④美人：指贵族妇女。侯王印：指权贵们的金印。

[赏析]

这首《浪淘沙》实为一首绝句，描写淘沙滤金的劳动场面，揭示财富的创造者与财富的占有者之间的尖锐对立，对不劳而获的统治者报以不露锋芒的揶揄，对劳而不获的劳动者予以深切的同情。

前二句描写场面，用时空交织的层递式组合意象，构织出一幅晨江淘金图。先展现时空背景："日照澄洲江雾开"，旭日东升，驱散了笼罩江面的晨雾，映照着明净的沙洲。再推出人物活动的扫描镜头："淘金女伴满江隈"，成群结伙的淘金女披着霞光，聚集在江湾里淘沙滤金。这两句的意象组合基于意象间的时空联系，并形成叙述性，即循时间流动与空间位移的轨迹组合意象，展现具有流动感和过程性的画面。以"照""开""满"三个动词作链接，顺流显示了时间的推移，也顺时展示了一个过程：原本大雾弥漫的"江隈""澄洲"，当朝阳渐渐普照，晨雾渐渐散开的时候，就像舞台上的幕布慢慢拉开一般，一个人头攒动的劳动场面，缓缓呈现出来。这个场面，不仅本身很美，而且创造着美。

后二句发表议论，由表及里，切入诗的深层，以反差式组合意象，把议论具象化，并使之尖锐而含蓄。反差式意象组合属诗的深层意象结构层面，与影视艺术的对比镜头（对比蒙太奇）出于同一机制。对比镜头的镜头组接不是以叙述性的关联为依据，而是以其对比关系为依据，通过对照对立，强调不同对象的本质区别与联系，从而强化影视艺术语言的表现力度。与此相仿，这首《浪淘沙》后二句中两个意群的组合，不是依据时空联系构成的带叙述性的关系链，而是依据其相反相对的意蕴联系，反差强烈地组合在一起。"美人首饰侯王印，尽是沙中浪底来。"夫人小姐头上的首饰、王侯将相案头的金印，全是淘金女们千辛万苦从沙里浪底淘滤出来的。"美人首饰侯王印"与"沙中浪底"的千淘万滤，这是两

个尖锐对立的意象群。借助其鲜明而强烈的对比关系,把不劳而获者与劳而不获者,把贪婪的占有、奢侈的享受与艰辛的劳动、无谓的付出,对立统一地组合在同一个意象结构中。表面上,诗人并未批判谁,也未赞美谁,只不过对比地摆出了两种确确凿凿的事实,犹如把两个内蕴相反相对的镜头对比地组接成一个画面。然而,不着议论而美刺自见,不泄义愤而爱憎分明。

(3)反差式的思维基础及具体方式

悯农　李绅

春种一粒粟①,秋收万颗子②。
四海无闲田③,农夫犹饿死④。

[注释]

①粟:小米,这里泛指粮食作物的种子。

②子:同"籽",指粮食。

③闲田:荒废不种的田地。

④犹:还。

[赏析]

反差式以对比联想为心理基础,即由此意象联想到相反相对的彼意象,使它们在相互依存、相互映衬中,强化抒情效果,提升审美价值。对比联想可以在纵横两个不同的方向上展开,从而形成两种对比联想:一种叫作纵向对比联想,即沿时间之流展开联想,或将意象的现实形态与历史形态对照,或将意象的现实形态与未来形态对照;一种叫作横向对比联想,即由此意象联想到同时存在的相反相对的彼意象。与其心理基础相应,反差式具体分为纵向与横向两种方式。李绅的这首《悯农》诗就兼用了反差式的这两种具体方式。

"春种一粒粟,秋收万颗子。"春天播种下一粒种子,秋天收获了万颗粮食。前二句以纵向反差式组合意象,把春种与秋收对比,在种少与收多的强烈反差中,突现付出的艰辛、收获的不菲,为后二句蓄势。后二句以横向反差式组合意象造成巨大的跌宕。"四海无闲田",全国没有一块闲置的田地,可见农民的劳动付出是何等巨大;"农夫犹饿死",还是有农民被活活地饿死了,表明农民的劳动所得是何等菲薄。两种反差式建构了纵横交织、反复对比的意象结构,在一系列意象纵向与横向的对照、映衬中,表达了诗人对残酷的封建剥削的血泪控诉,对境遇悲惨的农民的深切同情。

(4)反差式的生活基础

对花　于濆

花开蝶满枝,花谢蝶还稀①。

唯有旧巢燕,主人贫亦归。

[注释]

①谢:凋落。还:回返,指回头再来。

[赏析]

人们之所以会触发对比联想,是由于宇宙万物、人情物态总是对立统一的。也就是说,在生活中,真与假、善与恶、美与丑,总是相反相成的,即一方面是矛盾对立,一方面是统一和谐。正如法国诗人雨果在《〈克伦威尔〉序言》中所说:"丑的就在美的旁边,畸形靠近着优美,粗俗藏在崇高的背后,恶与善并存,黑暗与光明相共。"这是产生反差式意象组合方式的生活基础。于濆的《对花》正是从真善美与假丑恶尖锐对立而又有机统一的生活土壤中萌生出来的一朵小花。

在封建社会,人情冷暖,世态炎凉:富贵则门庭若市,贫贱则门可罗雀,就像那"花开蝶满枝,花谢蝶还稀"一般。而那些不嫌贫爱富的君子也就显得难能可贵,他们无论人之富贵贫贱,皆一往情深。"唯有旧巢燕,主人贫亦归",正隐喻这种不趋炎附势的君子。这,就是诗人面对凋谢之花而引发的联想与感慨。诗人由蝴蝶趋附繁花,联想到家燕回归旧巢,再由这两种习见的相反相对的自然现象,联想到两种典型的尖锐对立的社会现象,感触良深。于是用反差式组合意象,把

趋附繁花的蝴蝶与回归旧巢的家燕,对比鲜明、反差强烈地组接在一起,以后者有力地反托出前者,并托物寓意,咏物抒情,旗帜鲜明地表达了诗人对攀龙附凤的拙劣世风与不事趋附的高洁情操的爱憎褒贬。

(5)反差式的心理基础

感弄猴人赐朱绂① 罗隐

十二三年就试期②,五湖烟月奈相违③。
何如买取胡孙弄④,一笑君王便着绯⑤。

[注释]

①感:有感于,对……有想法。弄猴人:耍猴艺人。朱绂(fú):朱红色的佩带,系官印用的,唐代四五品官才能赐佩朱绂,这里借代四五品官的朱红色官服。

②就试:参加进士考试。

③五湖:古代指太湖及其附近的滆湖、洮湖、射湖、贵湖,也作太湖的别称。罗隐是余杭(今属浙江杭州)人,家在太湖流域。烟月:风景。奈:无奈,不得已。相违:离开。考试或在长安,或在洛阳,所以得远离太湖。

④何如:倒不如。胡孙:即猢狲,猴子。

⑤着绯:穿朱红色官服,指当大官。

[赏析]

由于生活中"真的、善的、美的东西总是在同假的、恶的、丑的东西相比较而存在,相斗争而发展"(毛泽东《关于正确处理人民内部矛盾的问题》),所以,诗人的爱憎感情与是非观念也总是相反相成的。这是形成反差式意象组合方式的心理基础,也是罗隐《感弄猴人赐朱绂》的生成机制。

晚唐社会那黑白颠倒、良莠错位的丑陋现实,滋生出罗隐的强烈的爱憎感情与鲜明的是非观念,凝结而成《感弄猴人赐朱绂》这首诗。据《幕府燕闲录》记载:乾宁三年(896),李茂贞叛军攻陷长安,唐昭宗李晔逃往华州(今陕西华县)。

随同逃亡的有一个耍猴的艺人,他驯养的猴子能模仿大臣上朝站班。昭宗一时高兴,就赏给耍猴的一件绯袍——大红色的官服,让他做了大官,号称"孙供奉"。这对那些十年寒窗,屡试不第,甚至终生不仕的落第书生,是一种无情的嘲弄。而颇有才气、名噪一方的杰出诗人罗隐,正是这样一位落第书生。他从二十八岁到五十五岁,十次参加进士考试,皆榜上无名。因此,这桩耍猴人平步青云的政治丑闻所点燃的满腔怒火使诗人茅塞顿开,引发了诗人的灵感,写成了这首冷峻、犀利的政治讽刺诗。诗中用反差式把屡试不第的落第书生与平步青云的耍猴艺人这两个水火不相容的典型意象,对比地拼接在一起,使其相互映衬。前者怀宏图大志,寒窗十年而做官无望:"十二三年就试期,五湖烟月奈相违。"十二三年来,年年都要赶考期,无可奈何地一再远离让人迷恋的五湖风光。后者凭雕虫小技,博君王一笑便一步登天:"何如买取胡孙弄,一笑君王便着绯。"倒不如买只猴儿来耍,博得君王一笑,就能立马穿上大红官袍。把落第书生与耍猴艺人这两个相反相对的意象反差强烈地组合在一起,让它们在猛烈的碰撞中迸射出耀眼的思想光芒:形象鲜明地勾画出压抑贤才、滥用庸才的封建人才制度的怪圈,无情地鞭挞了亡国在即,不求栋梁之材,不求救国大计,却耽于逸乐、腐朽无能的昏君庸主,更怒不可遏地发泄了怀才不遇、报国无门的满腔怨愤。这一反差式意象结构里,相互对立、相互矛盾的爱憎感情与是非观念,在相互映照、相互碰撞中,辐射出震撼人心、催人猛醒的情感张力。其意象组合,堪称一绝。

这首诗还有一绝:以逆笔反写、自嘲自讽的笔墨,讥评时弊,发泄苦闷,既婉转,又尖刻。前二句嘲讽自己不中用,白辛苦;后二句嘲讽自己走错路,吃错药。貌似大彻大悟,实则大惑不解;表面轻松自在,内里痛心疾首;把辛酸当"笑料",把谬误当"真理"。通篇寓庄于谐,藏泪于笑,从而产生强烈的反讽效果,读之让人啼笑皆非。正话反说自我嘲解的笔法,与反差式意象组合方式相辅相成,生动有力地突现了晚唐政治生活中的咄咄怪事,也入木三分地揭示了唐王朝不可救药、行将灭亡的必然趋势,使这首小诗有如投枪匕首,成为政治抒情诗中的佼佼者。

(6)反差式与叠映式往往互为表里

上黄堆烽① 李益

心期紫阁山中月②,身过黄堆烽上云。
年发已从书剑老③,戎衣更逐霍将军④。

[注释]

①黄堆烽:黄堆山上的烽火台。黄堆山在同州冯翊县(今陕西大荔)西。

②期:期待、向往。紫阁:峰名,为终南山中一座山峰,因日光照射灿然呈紫色而得名,在今陕西省户县东南。

③年发:即年鬓,年龄与容颜,年老则鬓发渐白,容颜憔悴,所以常用以表示衰老。书剑:古代文人常随身携带书和剑,以读书、舞剑为日常课业,所以用以指代文人生涯。

④戎衣:军装。霍将军:西汉名将霍去病,霍去病曾官至骠骑将军,多次率兵击败匈奴,安定了西北和北部边疆,后世以他代称镇边名将。

[赏析]

反差式与叠映式往往互为表里:表层结构层面用叠映式组合意象,深层结构层面用反差式组合意象。两种意象组合方式相辅相成,加倍鲜明、加倍有力地突现题旨。李益这首《上黄堆烽》就是一个典型的例子。

从诗的表层意象结构看,这首诗用叠映式将现实中的自我意象与理想中的自我意象,交差反复叠相映现。先将诗人心之所期与身之所历做虚实叠加:"心期紫阁山中月,身过黄堆烽上云。"一心向往着能在长安惬意地欣赏紫阁峰的明月,却置身于黄堆山这战云密布的烽火台上。意象的叠映,突现了诗人心期朝廷却身在边塞的难堪境遇和内心矛盾。然后将自己的文人身份与军人生涯叠相映出:"年发已从书剑老,戎衣更逐霍将军。"携带着书和剑投笔从戎,无情的岁月早使人两鬓如霜了,却依然全副武装,长年追随着镇边名将辛苦跋涉。将这相互龃龉的同质异形意象一再叠映,在意象的相互映照、相互渗透中,含蓄婉转而又酣畅淋漓地抒发了诗人怀才不遇、壮志未酬的人生感喟。

从诗的深层意象结构看,《上黄堆烽》反复运用了反差式来组合意象,反复突现理想与现实的巨大矛盾。前二句是将理想的图景与现实的画面这一虚一实两个意象群对举对比,借强烈的反差突现处境之不堪、心境之无奈。能在京城观赏"紫阁山中月",意味着在朝廷任职。而现实境况是,诗人尚置身于边防线上的烽火台上,入朝做官只是"心期"而已。事与愿违、身不由己的苦衷,隐含于尖锐对立的意象中。后二句仍用反差式组合两个意象群。文人身份体现了理想的本色人生,而军人生涯只是通达理想王国的现实道路,两相对照,进一步突现了理想与现实之间的巨大反差。唐代文人有两条出路:一是通过科举之路步入仕途,一是从军边塞积累军功而做高官。李益几度投笔从戎,走的正是后一条路,终极目标仍是回复其文人本色,藉文治安身立命、光宗耀祖。然而直至两鬓如霜,依旧负笈佩剑,汲汲于边塞。现实际遇与主观愿望相去甚远、反差甚烈。全篇两度运用反差式,先后组合四个意象群,让岁月蹉跎、理想落空的牢骚,发泄无余而又意在言外。

这首诗作于贞元年间李益在鄜坊节度使府中任幕僚之时。若直白表述,其大意是:身过黄堆烽,心驰长安城。何以身心离异,魂不守舍呢?因为,我本书生,原非军人;我的用武之地当在朝廷,不在边庭。然而,我却戎装久戍,老大无成。如此表达,则平淡寡味,而这些情意用四个意象群在反复叠映与反复对照中加以表现,则不平之鸣与伤感之情得以加倍强化,并加倍鲜明地表达出来,也就更能有力地触动人们的心弦。这是由于意象叠映是一种强调手段,意象对比更是一种强调手段,两者兼用,自然相得益彰。

3. 辐射式

辐射式意象组合方式犹如辐条的外连于轮,由轴心发散而呈放射状,所以称为辐射式。辐射式意象结构一般是由一个轴心意象和一组外围意象组合而成,并由内向外发散和扩张形成网络状。辐射式意象组合方式属于诗的深层意象结构层面,组合意象不是以意象间的时空联系为关系链,而是以意象间的意

蕴联系为胶合剂。就生成机理而论,这种意象组合方式更像原子核的裂变:以一个轴心意象为母意象,向四周裂变,辐射出一系列子意象——外围意象,从而形成一个网络状的、具有向外的张力的意象结构。

辐射式意象组合方式常与博喻连比手法相互为用。

(1)辐射式的界定

上邪[①] 汉乐府

上邪!

我欲与君相知[②],长命无绝衰[③]。

山无陵[④],

江水为竭[⑤],

冬雷震震[⑥],

夏雨雪[⑦],

天地合[⑧],

乃敢与君绝[⑨]!

[注释]

①上邪(yé):老天啊。上,指天。邪,同"耶",语助词。

②相知:相亲相爱。

③命:使,令。

④山无陵:山没有了隆起的峰峦,即高山变成了平地。

⑤竭:尽,指干涸。

⑥震震:雷声轰鸣。

⑦雨(yù):落、下,用作动词。

⑧合:合并,扣在一起。

⑨乃:才。绝:指感情破裂,断绝关系。

[赏析]

辐射式意象结构,由一个轴心意象和一组外围意象有机组合而成,即意象体系由轴心向四周发散、扩张,建构为放射状、网络状意象结构,形如辐条的由轴心发散而外连于轮,故称之为辐射式意象组合。汉乐府民歌《上邪》即用辐射式组合意象。

"上邪!我欲与君相知,长命无绝衰。"请苍天做证:我要和您相爱相亲,天长地久永无绝期!这是一个痴情绝顶的人在指天为誓。本篇以此抒情主人公为轴心意象,向四周辐射出一系列外围意象:"山无陵,江水为竭,冬雷震震,夏雨雪,天地合"——高山大岭不再隆起,大江大河彻底枯竭,冬天响起万钧雷霆,夏天飘起鹅毛大雪,天空大地扣在一起!这一系列外围意象是由轴心意象——指天为誓的抒情主人公的坚强意志、炽热感情酿造、发散出来的。这一系列外围意象全为变态意象:它们不是事实,也绝无可能成为事实;是抒情主人公坚定的意愿、坚贞的挚情使它们彻底改观。但它们却歪打正着:从"乃敢与君绝"这一对立面,即从断绝关系的角度立誓,表白了不断绝关系的决心,斩钉截铁、铿锵有力地表明"欲与君相知,长命无绝衰"这一誓言是不可动摇的,不容置疑的。指天为誓的抒情主人公这一轴心意象,同高山夷平、江河枯竭、冬日惊雷、炎夏飘雪、天地合一这一系列虚幻不实的外围意象,共同建构为放射状、网络状的辐射式意象结构,把如火如荼、忠贞不渝的痴情表现得痛快淋漓,感人肺腑。

辐射式与逐层远移的层递式一样,都具有由内向外、由近及远、由点到面地发散、扩展的张力。但这张力又是有区别的:辐射式往往具有共时性、突发性,逐层远移的层递式一般具有嬗递性、渐变性。我们不妨对照李白《春夜洛城闻笛》中"谁家玉笛暗飞声?散入春风满洛城"两句加以辨析。这两句用逐层远移的层递式组合意象。"玉笛声"为主意象,这一主意象处于意象结构的核心,与辐射式的轴心意象相仿。这"玉笛声"在春夜伴随着春风缓缓地、渐渐地传播开来,诗的意象结构也由"谁家"而"洛城",由近而远、由点及面地延展开来,这延展是逐层渐进的,而非突飞猛进一步到位。《上邪》则不然,由抒情主人公这一轴心意象向四周迸射出一系列外围意象的过程,及整个意象结构的发散与扩张,如同火山

爆发一样,突如其来,且来势迅猛。两者还有一个实质性的差别:在逐层远移的层递式中,大多是主意象自身的发散造就意象结构的扩张。如《春夜洛城闻笛》,整个意象结构随"玉笛声"的扩散而延展开来。在辐射式中,发散开来的不是轴心意象本身,而是由轴心意象派生出来的外围意象。正如《上邪》中,发散开来的不是赌咒发誓的抒情主人公,而是将其咒语誓言具象化的一系列外围意象。

(2)辐射式的生成机理

〔正宫〕醉太平·讥贪小利者① 无名氏

夺泥燕口,削铁针头,刮金佛面细搜求②,无中觅有。

鹌鹑嗉里寻豌豆③,鹭鸶腿上劈精肉④,蚊子腹内刳脂油⑤。

亏老先生下手!

[注释]

①〔正宫〕:宫调。醉太平:曲牌。

②刮金佛面:在佛像脸上刮取金粉。

③鹌鹑:一种很小的鸟。嗉(sù):嗉囊,鸟类喉咙下贮存食物的器官。

④鹭鸶:生活在沼泽中的一种水鸟。劈:用刀、斧等剖开,这里指用刀、斧之类砍取,割取。精肉:瘦肉。

⑤刳(kū):从中间剖开再掏空。脂油:板油,成块成团的脂肪。

[赏析]

《醉太平·讥贪小利者》是元曲精品,兼用极度夸张与博喻、排比等手法,把"贪小利者"——贪酷的剥削者漫画化,将其贪婪到残忍狠毒、灭绝人性地步的阶级本性活画于读者眼前。通首用辐射式组合意象,单就意象组合而言,亦颇有特色。

辐射式意象组合方式属于诗的深层意象结构层面,组合意象不是以意象间的时空联系为关系链,而是以意象间的意蕴联系为胶合剂。譬如这支小令,它以

"贪小利者"这一轴心意象为母意象,紧扣其贪残本性恶性膨胀这一特点,如原子核裂变一般向四周裂变,辐射出六个子意象——外围意象:"夺泥燕口""削铁针头""刮金佛面细搜求""鹌鹑嗉里寻豌豆""鹭鸶腿上劈精肉""蚊子腹内刳脂油"。子意象与母意象以"贪小利"这一意蕴为胶合剂加以组合,兼用夸张、博喻和排比手法创造出来的一系列子意象,揭示了"贪小利"的丑行,"贪小利"的丑行由贪残的本性滋生出来,反过来又无遮无拦地暴露了贪残的本性。析言之,六个子意象均分为两组,各有侧重地突现"贪小利者"的贪残本性。前一组重在表现其贪婪:燕口衔的泥、针尖上的铁,都微乎其微、小而又小,"贪小利者"也要"夺",也要"削";佛像脸上一般只薄薄地涂上一层金黄色的颜料,看似黄金,其实不是,"贪小利者"不惮菩萨怪罪降灾也敢去"刮",而且还要"细搜求"——仔细搜刮,不放过一丝一毫。"贪小利者"的唯利是图,无孔不入,能不令人咋舌!后一组子意象重在表现其狠毒:鹌鹑是一种很小的鸟,根本吞不下豌豆,更无可能将豌豆贮存在嗉囊里,"贪小利者"却偏要到鹌鹑的嗉囊里去"寻豌豆";鹭鸶的两腿又细又长,皮包骨头,几乎就没有肉,"贪小利者"却要大刀阔斧地去"劈精肉";蚊子的肚子里恐怕连油星子都找不到,"贪小利者"却要开肠剖肚去掏取成团成块的"脂油"。"贪小利者"的不择手段,无所不用其极,实在令人发指!

为了强化意象之间的意蕴联系,诗人在两组子意象之间画龙点睛地穿插以"无中觅有"这一断语,点化意蕴,升华意象。"无中觅有"——全在一无所有处苦苦搜求。老百姓已经赤贫如洗了,贪得无厌的剥削者仍在无止无休地进行敲骨吸髓的盘剥!"贪小利"达于极端化、疯狂化的程度!这一断语为全篇枢纽,进一步将六个子意象与"贪小利者"这一母意象有机地组合在一起,使这个外射的、网络状的辐射式意象结构更加严整,更加完美。整个意象结构仿佛是一只毒蜘蛛连同它所编织的那张巨大而严密的蜘蛛网。这个辐射式意象结构具有无比巨大的艺术张力,将统治阶级的饕餮嘴脸、贪残本性表现得淋漓尽致。"贪小利者",那些处在统治阶级下层的贪官污吏、土豪奸商、高利贷者竟已贪酷如此,则"贪大利者",那些身居高位的达官显贵岂不会张开血盆大口,将人生吞活剥吗?此曲尤妙处还在于,诗人将自己的满腔怒火、刻骨仇恨,全倾注在这个辐射式意

象结构中,几乎不直接出面对"贪小利者"进行口诛笔伐,只在收场处巧施拖刀之计,反手一击,反语相讥:"亏老先生下手!"

这支元人小令,真可谓讽刺文学园地里一朵不可多得的奇葩!

(3)辐射式常与博喻连比相互为用

未展芭蕉① 钱珝

冷烛无烟绿蜡干②,芳心犹卷怯春寒③。
一缄书札藏何事④,会被东风暗拆看⑤。

[注释]

①未展芭蕉:早春时节尚未舒展开来的芭蕉。

②冷烛:芭蕉未舒展时,茎干很像尚未点燃的蜡烛,由于通体碧绿,给人以冰冷的感觉,所以称为"冷烛"。蜡干:蜡烛。

③芳心:指芭蕉叶包裹着的芭蕉心,借喻少女之心。犹:还。怯:惧怕。

④缄(jiān):封。书札:书信,古时书信卷成圆筒形。

⑤会:应该,终归。东风:春风。暗:偷偷地。

[赏析]

辐射式意象组合方式往往与博喻连比手法相互为用。博喻连比,就是系列化地运用比喻、比拟手法。在《未展芭蕉》中,辐射式与系列化的比喻即相得益彰。

《未展芭蕉》是一首有寄托的咏物诗,以未展芭蕉隐喻情窦初开而又羞怯自闭的绿衣少女,表现诗人由欣赏未展芭蕉而触发的审美联想、审美情趣。全诗四句,前三句以辐射式组合意象,处于轴心的母意象由未展芭蕉与绿衣少女叠合而成,是一个拟喻性的复合意象,借助于博喻连比,即有序地运用一系列比喻手法,使母意象"未展芭蕉"向四周裂变,辐射出三个拟喻性子意象。母意象与子意象皆似物又似人,非此非彼,若即若离,共同建构为网络状的、富有张力的辐射式意象结构。

首句以物喻物,创造一个子意象:"冷烛无烟绿蜡干",芭蕉无枝无蔓亭亭玉立,好像绿色蜡烛未曾点燃。抓住未展芭蕉外在的形状、色泽、质地等方面的特征,借一个生动而贴切的妙喻表现出来。未展芭蕉无枝无蔓、阔叶包卷、浑圆笔直、翠绿欲滴、润泽光滑,这一切多像一枝冷脂凝翠、尚未点燃的绿色蜡烛。"冷烛""绿蜡",在赋形的同时,也暗示了春寒料峭的环境,揭示了芭蕉未展的缘由。此句展现的是未展芭蕉的形貌特征,却影影绰绰地叠映出一位亭亭玉立、芳心未展的绿衣少女的倩影,于是有第二个拟喻性子意象辐射出来。

"芳心犹卷怯春寒",隆冬虽去寒意犹在,芭蕉似乎畏惧春寒芳心未展。用比喻手法描写未展芭蕉的蕉心:早春时节,乍暖还寒,蕉叶一层一层紧紧地卷贴着,蕉心卷藏于其中,就像畏怯"春寒"的少女隐藏着的芳心。这是喻物为人,把未展芭蕉比作芳心未展的青春少女,她仿佛是迫于"春寒"袭人的环境的威压,只好把青春少女特有的一腔心事深藏于心底。这一妙喻由绘形转向传神,写活了未展芭蕉。借这一妙喻创造出来的第二个拟喻性子意象显得含情脉脉、娇羞妩媚,并由此导出第三个拟喻性子意象。

"一缄书札藏何事",这未展芭蕉就像那位芳心未展的青春少女的信札,紧紧地裹着,严密地封着,不知其中隐藏着什么样的、不可告人的秘密。古代的书信卷成圆筒状,与未展芭蕉极为相似,故以书札设喻,由表及里表现未展芭蕉的结构特点:芭蕉未展时,蕉叶一层又一层地包裹着,卷缠着,状如圆筒。

以上三句紧扣着未展芭蕉的特征,系列化地运用三个比喻,绘其形,传其神:第一个展示其表,第二个揭示其里,第三个则由表及里。三个比喻前牵后连,鱼贯而出,分别营造为三个意象,即三个由母意象"未展芭蕉"辐射而出的拟喻性子意象。这子意象与母意象有机组合,共同建构为辐射式意象结构,从不同的层面和角度,把未展芭蕉的形与神表现得惟妙惟肖,淋漓尽致。至此,诗似乎难以为继了,孰知诗人运转如椽之笔,大开大阖,竟于篇末另辟洞天。

"会被东风暗拆看",不久的将来,这紧紧包裹着的、深藏着隐秘的信札,会被多情的春风偷偷拆看。尾句承续前句的比喻,运用比拟手法创造意象,开拓意

境,预示未展芭蕉将在春风骀荡中舒展开来,向人们袒露它那深藏着的秾丽的绿意和盎然的春意。这一意象是第三个拟喻性子意象由现在时向未来时的延伸与蜕变,整个意象结构也突破了网络状的辐射式结构,向层递式意象结构转化,从而预示了芭蕉由"未展"到舒展的演化过程,并留下了美妙的象外象和深永的言外意,诱导读者展开无穷的遐想,于诗外赏诗,去领略早春时节尚待勃发的绿意,去揣度青春少女悄然萌动的春心。

(4)辐射式的审美功效

〔双调〕水仙子·讥时① 元·张鸣善

铺眉苫眼早三公②,裸袖揎拳享万钟③,胡言乱语成时用④:大纲来都是哄⑤。

说英雄谁是英雄?

五眼鸡岐山鸣凤⑥,两头蛇南阳卧龙⑦,三脚猫渭水飞熊⑧。

[注释]

①〔双调〕:宫调。水仙子:曲牌。

②铺眉苫(shàn)眼:舒展开眉毛,耷拉着眼皮,这里指装模作样、装腔作势。苫,用席、布等遮盖,这里指垂下眼睑,部分地盖住眼睛。三公:朝代不同,所指亦不同,周代称太师、太傅、太保为三公,汉代称大司徒、大司马、大司空为三公。这里泛指握有军政大权,主持朝政的高级官员。

③裸袖揎(xuān)拳:捋起袖子,露出手臂和拳头,形容粗野、蛮横。享万钟:享受优厚的俸禄。钟,古代容量单位,十斗为一斛,六斛四斗为一钟。

④成时用:适合当时之用,被重用,吃得开。

⑤大纲来:总而言之、总的说来。哄:哄骗、胡闹。

⑥五眼鸡:即乌眼鸡,好斗的公鸡,这里借喻好勇斗狠的人。岐山鸣凤:相传周文王时有凤鸣于岐山,这里借喻周公那样的兴邦安国的贤才。岐山,在今陕西省岐山县,周王朝的发祥地。

⑦两头蛇：长着两个头的蛇，传说它是剧毒的怪蛇，看见它的人就会立马死去，这里借喻心肠狠毒、用心险恶的人。南阳卧龙：即诸葛亮，诸葛亮躬耕南阳（今湖北襄樊）时，人称卧龙。

⑧三脚猫：只有三条腿的猫，俗称成事不足败事有余的庸才。渭水飞熊：借代姜太公吕尚。《史记·齐太公世家》载，周文王出猎时占卜，卜辞说："所获非龙非螭，非虎非罴（pí，熊的一种），所获霸王之辅。"果遇吕尚于渭水，后吕尚助武王灭掉殷王朝。后来"非"字误传为"飞"，并衍生出周文王夜梦飞熊的传说，于是"非罴"成了"飞熊"。

[赏析]

元王朝朝政的混乱、吏治的败坏、社会的黑暗，史无前例。连最高统治集团中，鱼目混珠、沐猴而冠、尸位素餐的怪现状，也比比皆是。痞子、骗子之类的人渣，反倒窃据高位，手握权柄，操控着国家与人民的命运，成了风光一时的"英雄"。元曲中有不少作品深刻揭露并无情嘲弄了这良莠不辨、人妖颠倒的丑陋现实，备极冷嘲热骂之能事。张鸣善的《水仙子·讥时》是其中的代表作，可以说是一柄直接刺向最高统治集团的犀利匕首。这支小令以这帮所谓的"英雄"为母意象，从两个层面，两度运用辐射式组合意象，由表及里，绘形传神，反复挞伐。

前四句着眼于神情动态、言谈举止等外在表现，建构辐射式意象结构，为当世"英雄"绘了一幅群体肖像。这一层面由母意象辐射出三个子意象："铺眉苫眼早三公，裸袖揎拳享万钟，胡言乱语成时用。"无才无德、装腔作势的，早已爬上高位；横行霸道、胡搅蛮缠的，享受着优厚俸禄；胡说八道、信口雌黄的，反倒左右逢源。每一个子意象都是复合意象：分别将其外显之拙劣与待遇之优越作错位组接，使每一个复合意象都呈现出鲜明的黑白反差、是非倒置。随后，以如椽巨笔加以点觑："大纲来都是哄"，总而言之，都是诓骗与胡闹。一语破的，使涵濡于意象中的意蕴彰显无遗。这一笔有提纲挈领之妙，大有死鱼烂虾尽收网底的神奇功力。

后四句深入一个层面，仍用辐射式组合意象。先用一个反诘句提起："说英雄谁是英雄？"都说自己是英雄，到底谁是英雄呢？又是些什么样的英雄呢？明明白白点示出处于轴心的母意象"英雄"。如果说前一个层面是暗以"英雄"为母意象的话，此一层面则是明以"英雄"为母意象，并再次裂变，向四周辐射出三个子意象，从人品、操行的层面解剖所谓的当世"英雄"，鞭挞其丑恶灵魂。"五眼鸡岐山鸣凤，两头蛇南阳卧龙，三脚猫渭水飞熊。"好勇斗狠的痞子，号称兴国安邦的英才；心肠歹毒的恶棍，自诩足智多谋的诸葛亮；成事不足败事有余的蠢货，自比扭转乾坤的姜太公。这一层面的三个子意象同样是复合意象，分别把粗鄙意象"五眼鸡""两头蛇""三脚猫"，同高雅意象"岐山鸣凤""南阳卧龙""渭水飞熊"反差强烈地叠合为一，实则将假、恶、丑与真、善、美作错位组接。

辐射式意象组合方式有超常的艺术概括力与艺术表现力，往往随意象结构的由点及面向外发散，多维度，甚至多层面地突显审美对象的基本特征，使特定的审美体验得到反反复复的强化，予人以博杂斑斓的强烈感受。例如《水仙子·讥时》，这支小令针对元代上流社会，特别是用人制度的时弊，反复用辐射式组合意象，绘就了一幅漫画化的"当世群英谱"，完全彻底地剥掉了那帮仗着种族特权、门第庇荫爬上高位的当朝权贵的层层画皮，如多棱镜般全方位地将其狰狞面目与丑恶灵魂折射出来，也将压在社会最底层的、极度愤世嫉俗的一代知识分子的满腔怨愤痛快淋漓地宣泄出来，产生了石破天惊、振聋发聩的艺术效果，能引发丰富的类比联想、对比联想与深刻的哲理思辨。

4. 辐辏式

辐辏式，指以一个主意象为轴心意象，以其周围的一组或一个辅意象为外围意象，构成网络状的向内凝聚的意象结构的意象组合方式。这一组或一个外围意象在轴心意象外射的凝聚力的作用下产生向心力，以致围绕轴心意象运动不已。其意象结构就像车辐辏集于车毂那样，所有的外围意象或同一外围意象的不同运动形态都指向轴心意象，为表现轴心意象而存在着，运动着，所以这种意象组合方式叫辐辏式。辐辏式与辐射式同为诗的深层意象结构层面的意象组合方式，组合意象同样不以意象间的时空联系为有形的关系链，而以意象间的意蕴联系为无形的胶合剂。

辐辏式往往与反复烘托的艺术手法相辅相成,也往往与层递式等表层意象结构层面的意象组合方式互为表里,相互为用。

(1)辐辏式的界定

江南　汉乐府

江南可采莲①,莲叶何田田②!

鱼戏莲叶间③:

鱼戏莲叶东,鱼戏莲叶西,鱼戏莲叶南,鱼戏莲叶北。

[注释]

①采莲:既是江南的一种劳动,又是江南的一种民俗,青年男女往往借采莲来寄托或表达爱情。莲,指莲蓬或莲子。

②何:多么。田田:形容荷叶挺出水面,饱满劲秀,相连成片的样子。

③戏:嬉戏,游动。

[赏析]

这是一首采莲曲,是一首淳朴而优美的劳动的赞歌、水乡的赞歌。这首民歌借采莲者的视线描绘了一幅鱼戏莲塘图,展现了明媚秀丽的水乡风光,折射出采莲的青年男女如鱼得水的欢愉情绪。现在我们从意象组合的角度切入这首民歌的鉴赏。

从整体构思看,这首民歌用逐层推进的层递式组合意象。全篇分两个层次:第一句为一层,后六句为第二层。第一层,"江南可采莲",展现广阔的大背景——莲藕盈野的江南水乡。观察点在极远处,摄取背景意象。然后视点猛然前移,由远及近、由面及点,从宏观到微观,犹如推镜头一般推进,对一处具体而又典型的莲塘胜景进行特写,抓住富于特征性、典型性的水乡风情作细致描绘。

看局部构思,后六句的意象组合,横断式、层递式与辐辏式互为表里。从表

层意象结构层面看,它以横断式分别摄取和组合意象构成五帧瞬间画面。而这五帧瞬间画面——五个意象群,则以定位扫描的层递式加以组合:先推出莲叶的特写镜头,"莲叶何田田";再以此为核心,并定位于此,向东西南北四个方向旋转扫描:"鱼戏莲叶东,鱼戏莲叶西,鱼戏莲叶南,鱼戏莲叶北。"从诗的深层意象结构层面看,其意象组合是辐辏式。将"莲叶"这一轴心意象置于画面中心,然后以嬉戏于碧水中的"鱼"为外围意象,将它们置于"莲叶"四周的东西南北四个方位。这一系列外围意象,犹如车辐辏集于车毂那样,环绕着轴心意象运动不已,并与轴心意象有机地组合在一起,形成辐辏式意象结构,众星拱月一般突现了"江南可采莲"这一题旨。与意象组合相应,此处用复沓的笔法。用复沓的笔法反复描写"鱼戏",并非目的而是手段,旨在反反复复从侧面烘托"莲叶",从而突现"采莲"之旨,并隐隐折射出采莲者的愉悦情绪。

《江南》没有直接描写抒情主人公采莲者,甚至没有直接描写采莲劳动,却以染情于景之法,借"莲"和"鱼"两种意象加以暗传,言在此而意在彼,创造出不见"我"露面,处处有"我"在的"无我之境"来。"江南可采莲",谁采莲?自然是"我"——采莲者。"莲叶何田田",着一"何"字,不仅强化了"田田"的程度,把"接天莲叶无穷碧"的景观展现于人们的眼前,也暗示出采莲者见"莲叶田田"而引起的惊诧与喜悦,明显地着有"我"之感情色彩。"鱼戏莲叶间"五句,明写鱼之戏于莲,暗写采莲者,暗抒愉悦情。何以觉得"鱼戏"?是因为人戏。何以得见鱼戏于莲的东西南北、四面八方?是因为采莲的青年男女劳作于其间,嬉戏于其间,游赏于其间。情有独钟,兴会所至,于是以人拟鱼,移情于景,觉鱼在嬉戏;反之,则以"鱼戏莲叶间"暗传人之戏,折射人之情,从而营构出一个人与自然和谐相处、浑融无间的"无我之境"来。在这个"无我之境"中,人与鱼不分,情与景相融,人之乐化入鱼之戏,以至于究竟是鱼戏,抑或是人戏,浑然难辨,这就是王国维所谓的"物我两忘"。所以,从意象组合的角度赏析《江南》,千万别忘"我";否则,是难以品出诗的个中三昧来的。

(2)辐辏式的生成机理

泪　李商隐

永巷长年怨绮罗①,离情终日思风波②。
湘江竹上痕无限③,岘首碑前洒几多④?
人去紫台秋入塞⑤,兵残楚帐夜闻歌⑥。
朝来灞水桥边问⑦,未抵青袍送玉珂⑧!

[注释]

①永巷:汉代宫中禁锢有罪的妃嫔之处。怨绮罗:哀怨的眼泪浸湿绮罗衣裙。

②思风波:惦念出没于风波中的游子。杜甫《梦李白》:"江湖多风波,舟楫恐失坠。"

③湘江句:用湘妃哭舜之典。相传舜南巡,死在苍梧,他的两位妃子娥皇、女英追到南方,在湘江边恸哭,泪挥洒到竹上,使它们全变成了斑竹。

④岘(xiàn)首句:用羊祜堕泪碑之典。据《晋书·羊祜传》载,羊祜为襄阳(今湖北襄樊)太守,死后,当地百姓在岘山(在襄樊附近)羊祜生前游憩之地为之建碑立庙。百姓感怀羊祜的惠爱,望其碑者莫不流泪,其碑被称为"堕泪碑"。

⑤人去句:用昭君出塞之典。江淹《恨赋》:"明妃(王昭君)去时,仰天太息。紫台稍远,关山无极。"去,离开。紫台,即紫宫,传说中的天宫,借代皇宫。

⑥兵残句:用项羽闻歌之典。《史记·项羽本纪》:"项王军壁垓下,兵少食尽,汉军及诸侯兵围之数重。夜闻汉军四面皆楚歌……项王……泣数行下。"

⑦灞水:水名,流经长安东,过灞桥北入渭河。唐人在长安送人东行,多在灞桥作别。

⑧青袍:古代读书人常穿的一种长袍,而唐代八九品官的官服亦为青色,这里借代屈居下僚的贫寒之士。玉珂(kē):马勒上用贝制的装饰物,这里借代骑着装饰华贵的骏马的达官显贵。

[赏析]

李商隐早年曾有"欲回天地"、力挽颓势的远大政治抱负,然而终其一生,却终为幕僚,侧身显贵之列,忍辱含垢,迎来送往,内心的痛苦何可胜言,于是有了这首写法别致、自伤身世的血泪之作《泪》,酣畅淋漓地宣泄了这种难言之痛。

这首诗满篇皆泪,因为它是用一系列的泪意象创构而成的。这一系列的泪意象用辐辏式组合成优美和谐的艺术佳构。前三联不厌其烦地展现六种泪意象:"永巷长年怨绮罗"——宫人幽禁深宫的失宠泪;"离情终日思风波"——思妇独守空房的伤别泪;"湘江竹上痕无限"——湘妃摧肝裂胆的悼亡泪;"岘首碑前洒几多"——老百姓发自肺腑的怀德泪;"人去紫台秋入塞"——王昭君去国怀乡的美人泪;"兵残楚帐夜闻歌"——楚霸王穷途末路的英雄泪。这是六种最富典型性的、饱含深创剧痛的泪意象。但这一系列泪意象全为辅意象,是为反复铺垫、烘托出处在尾联的主意象服务的。尾联"朝来灞水桥边问,未抵青袍送玉珂!"画龙点睛,点出主意象寒士泪——备受压抑、仰人鼻息、强颜应酬的青袍寒士的伤心泪。全篇以主意象寒士泪为轴心意象,以失宠泪、伤别泪、悼亡泪、怀德泪、怀乡泪、英雄泪这六种辅意象为外围意象,以意象间的意蕴联系,即主与宾的关系、烘托与被烘托的关系为胶合剂加以组合,建构为一个内聚的、网络状的意象结构——辐辏式意象结构。轴心意象寒士泪以其蕴藏着无与伦比的创痛而辐射出巨大的凝聚力,吸引着六种外围意象围绕着它团团而转,并以它为核心,把似乎零散堆砌的意象群组合成有机统一的整体。与此相应,六种外围意象有着极强的向心力,它们有共同的情感指向,皆指向轴心意象寒士泪,为之而存在,为之而运动,为之而闪光,如众星拱月般将寒士泪这一轴心意象烘托出来,使之触目惊心,催人泪下。寒士,是诗人的自我意象,而寒士泪这一主意象,在六种辅意象的反复铺垫、烘托下,把沉埋下僚、壮志难酬的诗人那满腔的屈辱与不平、愤懑与抗争,表现得含蓄委婉而又淋漓尽致。《泪》是诗人以流向心灵深处那屈辱而不平的伤心泪为主,掺和六种滋味各别的泪,勾兑出来的一坛人生苦酒,这便是《泪》用辐辏式组合意象的心理机制。由此例亦可看到,辐辏式意象组合方式与反复烘托手法的相辅相成:写前六种泪全为铺垫、陪衬,写最后一种泪才是主旨。

辐辏式与逐层推进的层递式,在意象组合过程中都具有内敛的动势。但这种内敛的动势又往往是有所区别的:逐层推进的层递式若具有三个或三个以上的层次,其内敛具有历时性、嬗递性。譬如,王维《送元二使安西》:"渭城朝雨浥轻尘,客舍青青柳色新。劝君更进一杯酒,西出阳关无故人。"在意象组合过程中,辅意象逐层内聚,趋向主意象,由"渭城"而"客舍",最终聚焦于劝酒这一特写镜头,其内敛具有明显的历时性、嬗递性。辐辏式意象组合的内敛具有共时性,譬如,《泪》中关于泪的六种外围意象,是同时从不同的侧面辏集于轴心意象寒士泪。换言之,辐辏式意象组合明显带有一步到位的聚焦性:叙述有先后之序,外围意象对轴心意象起烘托作用却无先后之别。

(3)辐辏式与辐射式的异同

听颖师弹琴① 韩愈

昵昵儿女语②,恩怨相尔汝③。
划然变轩昂④,勇士赴敌场⑤。
浮云柳絮无根蒂,天地阔远随飞扬。
喧啾百鸟群⑥,忽见孤凤凰⑦。
跻攀分寸不可上⑧,失势一落千丈强⑨。
嗟余有两耳⑩,未省听丝篁⑪。
自闻颖师弹,起坐在一旁⑫。
推手遽止之⑬,湿衣泪滂滂⑭。
颖乎尔诚能⑮,无以冰炭置我肠⑯!

[注释]

①颖师:一位来自天竺(今印度)的僧人,以擅长弹琴著名。颖,僧名;师,僧的通称。

②昵昵:亲热。儿女:青年男女,姑娘和小伙儿。

③恩怨:互相倾诉爱和恨。尔汝:都是第二人称,古代只有最亲密的人才以尔汝相称。

④划然:以两个物体猛然擦划的响声来形容声调的突转激昂。轩昂:这里是激昂雄壮的意思。

⑤敌场:战场。

⑥喧啾(jiū):热闹而嘈杂的声音,形容众鸟和鸣。

⑦见(xiàn):显现。凤凰:古代传说中的百鸟之王,雄为凤,雌为凰。这里借凤凰之鸣比喻主旋律。

⑧跻(jī):登、上升。

⑨失势:下降、跌落。强:有余。

⑩嗟:感叹。

⑪省(xǐng):懂得。丝篁(huáng):即丝竹、管弦,借代管弦乐器,亦借代音乐。

⑫起坐:忽起忽坐,坐立不安的样子。

⑬推手:竖起手掌向前伸,表示制止。遽(jù):急忙。

⑭滂滂(pāng):流淌的样子。

⑮诚:确实。

⑯冰炭置我肠:比喻感情的剧烈波动,喜极悲极,如冰炭之极冷极热。典出《庄子·人间世》郭象注:"喜惧战于胸中,固已结冰炭于五藏(脏)矣。"

[赏析]

辐射式与辐辏式同以车轮的结构设喻来为意象组合方式命名,是由于这两种意象组合方式有实质性的相似之处:都是以一个轴心意象为主意象,以若干外围意象为辅意象,有机组合,共同建构一个网络状的意象结构。辐射式与辐辏式也有实质性的区别:用辐射式构成的意象结构是外射的、发散的,用辐辏式构成的意象结构是内敛的、聚合的。因此,两者的命名虽同以车轮的结构打比方,但所取角度不同:辐射式是外向设喻,以辐条外连于轮打比方;辐辏式是内向设喻,以辐条内集于毂打比方。辐射式与辐辏式都常与种种铺陈夸饰手法相互为用,而辐射式往往与博喻连比手法相依存,辐辏式则总是与反复烘托手法联姻;博喻连比一般用于正面铺陈描写,反复烘托则用于侧面铺陈描写。所以,正面铺陈描写与侧面铺陈描写双管齐下的作品,组合意象也往往是辐射式与辐辏式两法并举。韩愈《听颖师弹琴》堪称范例。

这是一个描写音乐的名篇。本篇把正面铺陈描写与侧面反复烘托、辐射式与辐辏式紧密结合,搭配使用,创造出颖师弹琴和诗人听琴的音乐意境,生动细腻地描绘出琴声所显示的情思的流动及由此激起的听者的情感波澜。

诗分两部分。第一部分用博喻连比手法正面描绘颖师弹琴的音乐意象,并用辐射式组合意象。颖师弹琴是轴心意象,以此为辐射源,向四周辐射出一系列外围意象:"昵昵儿女语,恩怨相尔汝。划然变轩昂,勇士赴敌场。浮云柳絮无根蒂,天地阔远随飞扬。喧啾百鸟群,忽见孤凤凰。跻攀分寸不可上,失势一落千丈强。"——窃窃私语卿卿我我,像一对青年男女倾诉衷肠;忽喇一声慷慨激昂,像一队无敌勇士奔赴战场;像浮云柳絮没根也没蒂,满世界飘飘荡荡;像百鸟和鸣巧啭不已中有凤凰引吭高唱;像攀上绝顶突然一失足转眼间一落千丈。颖师弹琴这一轴心意象及由此辐射出来的儿女私语、勇士赴敌、浮云飘荡、柳絮轻扬、百鸟喧啾、孤凤长鸣、高攀绝顶、失足深渊八种外围意象,构成一个极具张力的网络状意象结构,把五音谐美、扣人心弦的琴曲及弹琴者融入曲中的那汹涌如潮的意识流绘出于眼前。与此意象组合方式相互为用的是博喻连比以形写声或以声写声的技巧,这种技巧把一系列悦耳的听觉意象转化为悦目的视觉意象,环绕着颖师弹琴这一轴心意象,构成一个有形可睹的辐射式意象结构,使我们不仅用耳朵,更用眼睛,尽情地欣赏颖师所演奏的美妙乐章。

第二部分用反复烘托的手法表现颖师弹琴的艺术效果——间接描写颖师弹琴,组合意象则用辐辏式。这一部分只有两个基本意象:轴心意象仍为颖师弹琴;外围意象也只有一个,是诗人从诸多如痴如醉的听众中选取的最具典型性的一个,那就是诗人自己。在欣赏颖师弹琴的过程中,外围意象环绕轴心意象旋转不已——神情举止、内心感受不住地变化:或嗟叹连声,"嗟余有两耳,未省听丝篁";或起坐不安,"自闻颖师弹,起坐在一旁";或伸手制止,"推手遽止之";或

泪如雨下,"湿衣泪滂滂";或情绪激荡,"颖乎尔诚能,无以冰炭置我肠"。外围意象的不停运动,不断变化,源自轴心意象外射出来的音乐感染力,即颖师弹琴的高超技艺所产生的艺术魅力,亦即一种特殊的向心凝聚力。所以,下笔于听琴者的强烈反响,却从侧面烘托出弹琴者的高超技艺。在这一部分中,外围意象——同一意象的一系列运动形态,即听琴的诗人在不同的时间节点的不同意象形态,置于轴心意象周围,与轴心意象共同建构为内聚的、网络状的辐辏式意象结构,形神毕肖地展现了诗人听琴过程中的心灵震颤、情感律动,也从侧面对颖师弹琴作了有力的烘托与衬垫。

综观全篇,辐射式与辐辏式的巧妙搭配,正面铺陈描写与侧面反复烘托的有机结合,使音乐意境的营构臻于出神入化、摄人心魄的佳境,使颖师的琴声和这首描写琴声的诗皆如一支人生变奏曲,奏出了弹琴者的人生感受,也奏出了听琴者坎坷的人生历程和耿介孤高的心曲。

(4)辐辏式与辐射式以不同的意蕴联系为胶合剂

省试湘灵鼓瑟① 钱起

善鼓云和瑟②,常闻帝子灵③。
冯夷空自舞④,楚客不堪听⑤。
苦调凄金石⑥,清音入杳冥⑦。
苍梧来怨慕⑧,白芷动芳馨⑨。
流水传湘浦⑩,悲风过洞庭⑪。
曲终不见人⑫,江上数峰青。

[注释]

①省试:唐代科举考试每年举行一次,称为岁举。中央和地方的举子集中到京城参加考试,考试原由吏部主持,后改由礼部主持,而吏部与礼部皆属尚书省,所以科举考试又称为省试。湘灵鼓瑟:是某届省试的试题,摘自《楚辞·远游》的"使湘灵鼓瑟兮,令海若舞冯夷。"湘灵,湘江女神,即舜帝的二妃娥皇、女英。

鼓,弹奏。瑟,一种弦乐器。

②云和瑟:用云和桐木制作的瑟。云和是古代山名,那里的桐木制作的琴瑟清亮动听,后借为乐器的美称。

③帝子灵:即湘灵,娥皇、女英为尧帝之女,所以称帝子。

④冯(píng)夷:即河伯,传说中的水神。空:徒、白白地。

⑤楚客:贬逐南行、沦落于湘江之滨的人,如屈原、贾谊等。

⑥苦调:乐调悲哀凄苦,古人评乐以悲哀凄苦为美,所以管乐称悲管,弦乐称哀丝。凄:使凄苦。金石:指钟、磬之类的打击乐器。

⑦杳冥:极高远渺茫的地方,指天空。

⑧苍梧:山名,也叫九嶷山,在今湖南省宁远县东南,相传舜帝南巡,死于此,葬于此。来:使来,引来。怨慕:哀怨与思念。

⑨白芷(zhǐ):一种香草。

⑩湘浦:湘水边。浦,水边。

⑪洞庭:洞庭湖,在今湖南省北部。

⑫终:停止、结束。

[赏析]

命题作诗是进士考试的主要项目之一,所作之诗称为省试诗,或称为试帖诗(即试卷诗)。由于体制、题目、内容、时间等方面有诸多限制和禁忌,省试诗鲜有众口称颂的佳作,钱起《省试湘灵鼓瑟》却是难得的例外之一。诗题框定为"湘灵鼓瑟",诗人于是就题立意。"湘灵鼓瑟"是一个凄美动人的神话传说,相传舜帝南巡,死于苍梧之野,娥皇、女英二妃悲不自胜,投湘江而死,化为湘江女神,即湘灵。湘灵善鼓瑟,常借鼓瑟以寄意。此诗全从这一神话传说中生发出来,并扣住瑟曲曼妙凄婉的特色展开联想与想象,脱化出凄恻哀艳、远神不尽的音乐意境,让人既欣赏到写音乐的诗,也欣赏到诗的音乐。

这首诗以侧面烘托为主,正面描写为辅,惟妙惟肖地表现出"湘灵鼓瑟"的艺术情境、艺术氛围。与此相应,通首以"湘灵鼓瑟"为轴心组合意象,主要用辐

辐轃式,并辅之以辐射式。辐轃式与辐射式皆为诗的深层意象结构层面的意象组合方式,组合意象不以意象间的时空联系为关系链,而以意象间的意蕴联系为胶合剂,因此,研赏这两种意象组合方式,都应着眼于探究意象间的意蕴联系,赏析《省试湘灵鼓瑟》这首诗亦当如此。

首联承题入题,推出轴心意象。"善鼓云和瑟,常闻帝子灵。"上下句倒序,顺序解之,大意是:每每听人称赏尧帝之女湘江女神尤其擅长弹奏云和古瑟。上句点题面"鼓瑟"二字,下句点题面"湘灵"二字,而以"灵"(神灵)、"善"(擅长)二字总摄以下四联。以下四联则生动具体地表现"湘灵鼓瑟"而"善"。

次联借"冯夷""楚客"的强烈反响暗衬"湘灵鼓瑟"。"冯夷空自舞,楚客不堪听。"瑟曲感人,引逗得水神冯夷欣欣然凌波起舞,但其舞姿与瑟曲之间,无论旋律,还是情调,都不相协调,更不相匹配,所以说是"空自舞"。感人的瑟曲却在沦落楚地的迁客逐臣的心海里掀起了层层狂澜,增添了迁谪之怨与羁旅之愁,以至"不堪听"。"冯夷"与"楚客",一个非知音,不解瑟曲;一个乃知音,深谙瑟曲。反响不同,但都为瑟曲所感动,因此,指归同一,或从反面,或从正面,暗衬出瑟曲基调的哀婉凄苦和"湘灵鼓瑟"的高妙绝伦。用"冯夷"这一意象,别具机杼。诗题原取自《楚辞·远游》"使湘灵鼓瑟兮,令海若舞冯夷"的上句,"冯夷"这一意象则取自下句,既巧以之为"湘灵鼓瑟"的反衬,又自如地排除了对舞蹈的具体描写,而专注于对瑟曲的表现。

第三联承接次联,由暗转明,由侧面烘托转向直接描摹,但仍以侧面烘托相配合;意象结构也局部地由向内凝聚变为向外发散。"苦调凄金石,清音入杳冥。"调"苦"音"清",正是瑟曲的特色,而曲中又往往寄寓着怀人思远的哀怨之情。上句则扣住瑟曲的这一特色写其调哀婉凄苦,引发钟磬共振共鸣,大放悲声。既以"金石"这一意象群从侧面烘托瑟曲,也表明瑟曲有金石声。下句写其音清越悠扬,扶摇直上,传遍渺茫遥远的九霄云外,这是以夸张手法直接描写瑟曲的音色。本联坐实前联:"冯夷"何以枉自欢舞,"楚客"何以不忍卒听? 正是因为瑟曲的"苦调""清音"。

第四联承续第三联,进一步以帝灵与"白芷"这两个意象相烘托。"苍梧来怨慕,白芷动芳馨。"这"苦调""清音",如怨如慕、如泣如诉的瑟曲,传入"杳冥",自然也传到了安葬着舜帝的"苍梧",从那里引来了舜帝之灵的无限哀怨,无限思念;也惹得那常被当作爱情信物的香草"白芷"竟吐芬芳,馥郁远播。

从次联至第四联,除"苦调"与"清音"二句正面表现瑟曲之外,余皆下笔于侧面,通过对瑟曲惊天地、泣鬼神、感万物的艺术魔力、艺术效果的铺陈描写,层层烘染,即通过对河神起舞、楚客怀悲、金石共鸣、舜帝怨慕、白芷吐芬这一系列外围意象的描写,反复衬托轴心意象。这一系列外围意象围绕在轴心意象"湘灵鼓瑟"周围,形成一个网络状的向内凝聚的辐辏式意象结构,具有极强的艺术表现力,把难以形诸言表的音乐意象、音乐意境画出于眉睫,让人神驰天外,回味无穷。

第五联顿作转折,表现手法由侧面烘托转为直接描写。"流水传湘浦,悲风过洞庭。"瑟曲像淙淙流水传遍湘江两岸,像袅袅悲风飞越洞庭上空。此联以水和风连设两喻,正面表现瑟曲远播。"流水""悲风"皆语涉双关:"流水",除喻意外还暗指俞伯牙《高山流水》之曲;"悲风",除喻意外还暗指韵调悲怆的琴曲《悲风操》。前者抒发觅求知音的情意,后者表现"忽闻悲风调,宛若寒松吟"(李白《月夜听卢子顺弹琴》)的苍凉感受。至此,意象结构完全由向内凝聚的辐辏式转换为向外发散的辐射式。

辐辏式与辐射式这两种深层意象结构层面的意象组合方式,借以组合意象的胶合剂是意象间的意蕴联系,但其意蕴联系是各不相同的。在辐辏式建构的意象结构中,轴心意象与外围意象之间是主与宾、烘托与被烘托的关系,所以用辐辏式建构的意象结构是内敛的、聚合的,所有的外围意象皆聚向轴心意象,为之而存在,为之而运动。例如,在这首《省试湘灵鼓瑟》中,轴心意象"湘灵鼓瑟"与外围意象河神起舞、楚客怀悲、金石共鸣、舜帝怨慕、白芷吐芬之间,凭借主与宾、烘托与被烘托的关系组合在一起,建构为内敛的、聚合的网络状意象结构。在用辐射式建构的网络状意象结构中,轴心意象与外围意象之间是本源体与衍生体的关系,所有的外围意象皆由轴心意象派生出来,因此以辐射式建构的意象结构是外射的、发散的。例如,此诗中"清音入杳冥""流水传湘浦""悲风过洞

庭"这一系列外围意象,全从轴心意象"湘灵鼓瑟"派生出来,并环绕轴心意象共建为外射的、发散的网络状意象结构。此诗的中间四联,其意象结构时而内凝,时而发散,把"湘灵鼓瑟"的旨趣表现得淋漓尽致,为尾联写曲终蓄足了水到渠成之势。

尾联"曲终不见人,江上数峰青"。瑟曲终了,奏瑟的人也杳无踪影,只见湘江之滨有几座山峰葱郁苍翠。这尾联历来为诗家交口赞誉,认为它妙不可言,至于妙在何处,由于审美情趣、审美视角各不相同,因而聚讼纷纭。我想它至少有如下妙处值得精赏。妙处之一,尾联上句反扣诗题,逆笔扫除。"曲终"扫除"鼓瑟"二字,"人不见"扫除"湘灵"二字,不仅使全诗首尾圆合,结构缜密,而且平添了几分神秘怪异的意味。鼓瑟者毕竟是神灵,自然行踪诡谲,出没无常,因此"湘灵鼓瑟",不啻"曲终不见",恐怕在整个弹奏过程中都若隐若现,似真似幻。如此扫除,使诗的意境更富有浪漫色彩,更具勾魂摄魄的艺术魅力。末尾接以"江上数峰青",扫处即生,挥发出无限意蕴远神:瑟曲虽已终了,湘灵虽已隐去,却留下袅袅余韵回旋于湘江之上,萦绕于数峰之间,引人遐思无穷,惆怅不已。妙处之二,诗人既循规蹈矩,又脱出窠臼:既严格遵循省试诗的体制,又把绝句的做法搬入省试诗。盛唐绝句讲究结法,往往把景语放在末尾,以景结情,从而收到情韵悠长、余音绕梁的艺术效果。此诗深得盛唐绝句以景结情的风神。"江上数峰青",描写"湘灵鼓瑟"的现实环境,而再次化用"高山流水"之典,有留待知音俊赏的言外之意;且一语双关,明指"湘灵鼓瑟"尚待知音,暗指这首省试诗亦企盼知音,当然,这知音首先是指考官。这首诗之所以成为省试诗中不可多得的名篇佳构,自然当归功于它整体立意构思之巧妙,尤其是高妙绝伦的意象组合,但也离不开这结尾的匠心独运。

5. 拼置式

拼置式,是把节缩掉意象之间的一切关系链的若干意象直接作横向拼接以构成画面的意象组合方式。这种意象组合方式,从表面上看,似乎只是一组意象的无序罗列,但骨子里却有一条思想感情的红线,即内在的情感联系、逻辑联系,把这一系列意象拼合成有机统一的整体,而且能够强烈地激发读者的想象力,在似断实连的意象之间架起联想的桥梁,复原其关系链,进而复现出美妙而完整的画面来。正因为如此,方东树称这种意象组合方式为"语不接而意接"(《昭昧詹言》)。意思是说,这种方式从语言的层面看,互不关联;从意蕴的层面看,一脉相贯。若从语法的角度看,拼置式大多是将显示事物之间的一切联系的关联性词语,如关联词、方位词,甚至谓语,全部略去,只把一组由意象结晶而成的名词或名词性词组连缀成句。拼置式只用于局部的意象组合,且多用于律诗或绝句中的一联,有时仅用于一句,不像其他意象组合方式那样,既可用于局部,也可用于全局,故从未有通篇都以拼置式组合意象的成功用例。拼置式若用于一联,则有两种具体形式:或以联为单元运用拼置式,也就是说,一联中所有的意象全用拼置式一脉相贯,整合为一;或以句为单元运用拼置式,即上下句分别用拼置式组合意象,再以其他方式把用拼置式拼接起来的两个意象群(画面)加以组合。

(1)拼置式的界定

送二兄入蜀[①] 卢照邻

关山客子路[②],花柳帝王城[③]。

此中一分手[④],相顾怜无声[⑤]。

[注释]

①蜀:今四川省的中部地区,古代为蜀国,秦汉为蜀郡。

②关山:这里泛指交通险要的地方。客子:离家在外、旅居他乡的人,这里指作者的二兄。

③帝王城:指唐代都城长安,即今陕西省西安市。

④此中:此地,指长安。

⑤顾:看。怜:爱怜,这里含有依恋、伤感的意思。

[赏析]

《送二兄入蜀》这首送别小诗描写了送别的情景,表现了兄弟之间情深意厚的手足情、伤别意。

"关山客子路,花柳帝王城。"道道关隘重重山,蜿蜒如崎岖险阻的前程;花如锦簇柳如烟,装扮着冠盖如云的京城。这两句分别用拼置式组合意象,是唐诗中较早以拼置式组合意象的用例。拼置式意象组合属诗的深层意象结构层面,这种方式节缩掉意象之间的一切关系链,直接将若干意象作横向拼接以构成画面。首句正是用拼置式把"关山"与"客子路"两种意象直接拼合在一起构成画面,展示"二兄入蜀"的前程。"关山"浓缩了蜀道上那让"客子"知难却步、望险惊心的千难万险,是一个意蕴极丰的意象。读读李白的《蜀道难》,便知其详。"客子路"同样是一个内蕴丰厚的意象,这条路迥异于行人熙攘、车水马龙的京华大道,而是一条充满了艰辛与危险的畏途,沿途洒满了无数游子千里跋涉、风餐露宿的伤心泪。次句仍用拼置式,以"花柳"与"帝王城"两种意象直接拼接出送别之地的场景。此句用逆笔法倒点题,或明或暗点出"送二兄入蜀"的季节和地点。"花柳"暗示时值柳暗花明的暮春三月,这原本就是一个令人伤感的时节;地点是可大有作为而值得永远驻足的"帝王城"。"花柳帝王城",大有李白"故人西辞黄鹤楼,烟花三月下扬州"的意味。只不过孟浩然离开值得留恋与共游的地方,去的是繁花似锦、令人神往的大都会扬州;二兄去的却是令人"侧身西望长咨嗟"的蜀地,行的是"难于上青天"的蜀道。因此,难分难舍的兄弟离别情中多了几分担忧、惋惜与伤感。拼置式是一种极简省、极经济的笔墨,你瞧,这两句只用了四个意象便把送别的场面、行者的前程、伤别的意绪,如此真切,如此生动,如此感人地表现出来了。

前二句的意象群拼接出来的两个画面,又通过表层与深层两个层面的意象组合紧密地联系在一起,深化了借场景抒离情的艺术效果。其表层用定位扫描的层递式:前一个画面展现入蜀之道,后一个画面描绘送别之地,两者以视点横向位移的轨迹为线索连接起来,折射出诗人与"二兄"临别之际瞻前顾后、依恋难舍的情态。其深层则用反差式:山高路险、关山迢递的"客子路",与人流如潮、繁华热闹的"帝王城",对比鲜明、反差强烈地组合在一起,委婉生动地表现了诗人展望"二兄"的前程、环顾惜别之地时的内心感受。

"此中一分手,相顾怜无声。"此时此地手足离异劳燕分飞,四目相对黯然神伤寂然无声。联系前二句来看,系用逐层推进的层递式,在送别的背景之前,推出兄弟依依惜别的特写镜头——一幅富于典型性的瞬间画面;孤立地看,这两句是以横断式组合意象。尾句尤耐人品味:"相顾"二字十分传神,手足情深的兄弟在即将阔别的刹那间的一切祝愿、一切叮咛、一切意绪,全在阿睹之中。"无言",不是无话可说,而是千言万语全被伤离怨别之情哽噎在心里。"相顾"与"无言"形神毕肖地将离别情绪、骨肉亲情毕现于瞬间画面。通篇除尾句的一个"怜"字外,几无一字直抒兄弟离情,却字字是离情,因为那离情渗进了并浸透了篇中所有的意象。

《送二兄入蜀》算不得卢照邻的力作、名作,却独具风姿,在诗风绮靡卑弱的初唐诗坛,给人带来一种蓦见"清水出芙蓉"般的惊喜。

(2)拼置式的生成机理和语言特征

夜宴观石将军舞① 李益

微月东南上戍楼②,琵琶起舞锦缠头③。
更闻横笛关山远④,白草胡沙西塞秋⑤。

[注释]

①石将军:大约是朔方邠宁节度使李怀光的义子石演芬,西域胡人,官至右武锋都将。

②微月:淡淡的新月。戍楼:边塞驻军的瞭望楼。

③锦缠头:古代歌舞艺人表演时以锦缠头,演完后,客人以罗锦为赠品,也称为缠头;唐代宾客宴集时,也给即兴起舞者赠缠头。

④横笛:竹笛,又叫横吹。唐代多以横笛演奏哀怨的曲调。关山:一语双关,既指边塞,亦指乐府横吹曲《关山月》,其内容多反映士兵久戍不归及与家人互

伤离别。

⑤白草:西北边境地区的一种牧草,秋天变白,经冬枯而不萎。胡沙:胡地(西北和北方少数民族聚居地)的沙漠。西塞:西北边疆的要塞。

[赏析]

这首边塞绝句以层递式套用拼置式组合意象,通过对诗人在边塞观舞闻笛的感受的描写,反映了戍边将士的精神生活与感情世界。从总体构思看,其表层意象结构为时空交织的层递式。从空间的角度分析之:本篇先用逐层推进式,由背景意象而至中心意象;然后以横笛吹奏为契机,转用逐层远移式,将意境扩展到整个广漠、萧索的西北边陲。从时间的角度分析之:本篇大体上顺时间之流串联全篇意象,表现诗人在边塞观舞闻笛而激起情绪波动的全过程。

首句展现了"夜宴"的具体场景。"微月东南上戍楼",当一弯朦朦胧胧的月牙儿挂上了边关东南角的戍楼的时候,夜宴开始了。此句仅用"微月"与"戍楼"两个意象便描绘出一个典型的环境,烘托出一派凄清的氛围。意象少少许,意蕴多多许,凝练可嘉。特意标示出"东南",不仅写实性地点明月出的方位,也暗示那是家园所在的方位,更是远戍西北边塞的将士频频注目的方位,不露声色地为下文写闻笛思乡预作铺垫。

次句推出一个特写镜头:"琵琶起舞锦缠头",英姿飒爽、以锦缠头的石将军蹁跹起舞,赴宴的将士们在一片喝彩声中争相赠送锦缠头。夜宴达于高潮,大家情绪高涨,豪情激荡,似乎忘掉了家乡,忘掉了亲人,也忘掉了久戍边关的一切烦恼。这是一个富于典型性的瞬间画面。唐代武将有宴集中起舞的风习,王建《田侍郎归镇》:"广场破阵乐初休,彩纛高于百尺楼。老将气雄争起舞,管弦回作大缠头。"岑参《胡歌》:"黑姓蕃王貂鼠裘,葡萄宫锦醉缠头。"写的就是这种风习,这一瞬间画面再现的也是这种习俗。舞者"石将军"是胡人,跳的自然是胡人舞;"琵琶"伴奏,自然也是胡乐:整个"夜宴"必然洋溢着浓郁的异域情调。这一瞬间画面为后面的闻笛兴感预作铺垫。

第三句陡然一转,由视觉意象转出听觉意象,情绪顿由波峰跌落至波谷。

"更闻横笛关山远",一支横笛吹奏起《关山月》,倾诉着"万里长征人未还"的无穷幽怨。这如泣如诉、哀怨凄切的笛声,犹如催化剂一般,促使人们心情骤变,顿将陶醉在欢歌狂舞之中的戍边将士拽回触目伤怀的现实世界。于是篇尾拉起镜头,并以广角镜头展现这现实世界,将意境无限地拓展开来。

"白草胡沙西塞秋",瑟瑟的白草、茫茫的黄沙、荒远的边塞、飒飒的秋风:这就是戍边将士不得不面对的现实世界。是笛声载着戍边将士的心声弥散在这样的现实世界,也是笛声把狂欢的、忘情的将士们重新拖回这样的现实世界。尾句以景结情,意在象外,久戍的苦衷、浓烈的乡情,全在不言中。尾句的意象组合若从句内深层意象结构层面看是拼置式:高密度地罗列了四种颇具边塞特色又带有浓郁秋意的意象"白草、胡沙、西塞、秋",并节缩掉意象间所有的关系链,直接将其镶嵌成一幅边塞穷秋图。从字面上看,此句省略了显示事物之联系的所有词语,直接将四个名词或名词性词组连缀成"语不接而意接"的无谓语句,整个诗句显得洗练而含蓄,字里行间浸透着诗人在西北边塞观舞闻笛时激发的浓烈而厚重的异域感、怀乡情。很显然,拼置式意象组合的语言表达方式,不是描叙式而是罗列式,不是连贯式而是跳跃式。但这罗列与跳跃是有序的,存在着内在的联系性与聚合力;而这具有内在的联系性与聚合力的一系列意象,更富于特征性与启示性。因此,能够强烈地激发并有效地诱导读者展开联想与想象,去复原意象之间那节缩掉的关系链,并将这一系列似断实续的意象加以整合,复现为富于典型性的、美妙而完整的瞬间画面——西塞穷秋图。画面的中心是"西塞",西北边陲一座荒僻的要塞。"秋",在这里并非一个表示节令的抽象概念,而是一种标示物候特征并浸润着传统的悲秋意识的意象,它为整个画面染上了一层萧索、凄清的底色。"胡沙"这一意象,首先显示的是地域地貌特征,表明"西塞"处在"平沙万里绝人烟"的荒漠之中,而意象之中蕴涵着久戍绝域的将士们的孤独、寂寞与惆怅。如果说在这样的绝域之中还能让人感受到绿意的宜人、生命的存在的话,那便是在西北边陲牧场随处可见的"白草"。可惜,"秋"这一意象大煞风景——秋天来了,白草白了,绿意没了;白草虽经冬枯而不萎,但"北风卷地白草折""胡天八月即飞雪",此时此境的"白草"显示于人的恐怕已不是生命

力的旺盛而是生命力的脆弱。因此,拼合"白草""胡沙""西塞""秋"这一系列意象而复现出来的西塞穷秋图,与内地那硕果累累、五谷丰登的金秋景象简直不可同日而语。也正因为如此,读者借此西塞穷秋图,也就不难体验和品味诗人在边塞宴集的典型环境中观舞闻笛的典型感受了。

(3)拼置式的审美功效

商山早行① 温庭筠

晨起动征铎②,客行悲故乡③。

鸡声茅店月④,人迹板桥霜⑤。

槲叶落山路⑥,枳花明驿墙⑦。

因思杜陵梦⑧,凫雁满回塘⑨。

[注释]

①商山:也叫楚山,在今陕西省商洛市东南。早行:清晨赶路。

②征铎(duó):悬挂在车马上的铃铛。征,远行。铎,大铃。

③客行:旅行在外。

④茅店:茅草盖的山野小店,这里指驿站。

⑤人迹:人马活动留下的印迹,包括脚印、蹄印、车辙。板桥:木板搭成的简易小桥。

⑥槲(hú):落叶乔木,叶片很大,槲叶冬天存留在枝上,次年春天嫩芽初绽时才脱落。

⑦枳(zhǐ):枳壳树,又叫臭橘,春天开白花。明驿墙:明于驿墙,鲜明醒目地开在驿站墙外。

⑧杜陵:汉宣帝的陵墓,在今陕西省西安市南郊,温庭筠在杜陵有住宅。

⑨凫(fú):野鸭。回塘:堤岸曲折的池塘。

[赏析]

这是一首抒发羁愁旅思的名作。唐宣宗大中末年,温庭筠离开长安前往荆楚(今湖北、湖南一带),路过商山,早起赶路时所感触到的商山早春晨景激发了诗人的乡思旅愁,于是写下了这首《商山早行》。

全篇结构大体以旅程为线索加以安排,并用移步换形法叙事、写景、抒情。与此相应,其意象组合则用时空交织的层递式。从时间的角度析言之,基本上是循旅程的自然时序组合意象。前三联用顺水推舟式,由起床而至启程而至赶路,顺时串联;尾联用逆水行舟式回溯昨夜之梦。从空间的角度析言之,是用跟踪摄像式组合意象,以视点在空间的运动轨迹为线索组合意象,由驿站而至驿路,由现实实境而至梦中幻境,蹑迹追踪,取景摄像:首联写闻铎起床,颔联写启程见闻,颈联写赶路所见,尾联写赶路所忆。

首联平平叙起:"晨起动征铎,客行悲故乡。"黎明时分,在杂沓一片的铃声中,旅客们纷纷起床,匆匆上路。诗人也在铃声中惊醒,从甜蜜的梦乡回到了苦涩的现实。此情此景很容易引发安适家居与辛苦跋涉的心理对比,唤醒离乡背井的悲哀。开篇即将读者带进逆旅生活的典型情境中,并以"客行悲故乡"直截了当点明题旨。

颔联"鸡声茅店月,人迹板桥霜"为全篇精华,是高度集中地表现羁愁旅思的传世佳联。本联用借景传情的手法,以拼置式高密度地组合最能体现商山特有的早春晨景的典型特征且最易触动和最能表现羁愁旅思的意象,构成画面,创造意境,可谓集拼置式之大成,历来被视为拼置式之范例。本联不仅裁剪掉一切外显的(即显示于言表的)时空联系,也裁剪掉一切外显的意蕴联系,直接把"鸡声、茅店、月、人迹、板桥、霜"这六种意象加以拼合,营构为特定的意境。字面上看不出意象间的任何时空联系、意蕴联系,但又绝非意象的无序罗列和杂乱堆砌;骨子里隐含着种种无形的黏合剂,把这六种意象粘合成有机统一的整体。从表层意象结构层面看,这六种意象存在于同一特定的时空领域。它们都是诗人在"商山早行"、启程上路之际,通过耳朵和眼睛摄入心幕的意象,并以这特定的时空为底衬加以拼接。从深层意象结构层面看,这六种意象都渗透着并散发

着离乡远游、早起赶路的游子的羁旅之愁。这羁旅之愁像一根看不见摸不着的金线,把这六种看似散碎零乱的意象串珍珠一般贯串为一体。读者深味这六种以同一特定时空为底衬,用游子旅途凄凉之意浸泡过并粘合起来的凄清之象,复原其略去的关系链,就可以在心目中创构出这样一种意境来:雄鸡啼晓,此起彼伏,此唱彼和;荒村茅店,背衬着灰蒙蒙的天;灰蒙蒙的天上,一弯淡淡的残月斜挂在一旁;莫道君行早,更有早行人,你看!那覆盖着春霜的木板桥深深地嵌上了匆匆赶路的早行者的踪迹,那踪迹直铺向遥远的、遥远的远方!用拼置式组合意象有许多好处。其一,意象具足,言约意丰。譬如本联,它以最经济的笔墨、最密集的意象,高度简括省净地描绘出拂晓野店启程图,并渲染出萧索寂寥的氛围,只写眼前景、耳际声,未说凄清冷落,也未说孤独寂寞,无限羁愁旅思却洋溢于字里行间,真可谓"不着一字,尽得风流"。"鸡声"反衬出了黎明时分酣睡一般的沉寂;"鸡声"与"月"组接在一起,表明这"月"是黎明时分的残月;再与"人迹"和"霜"组接起来,暗示旅客动身极早;"茅店""板桥"的组接,突现了荒村野店简陋、偏僻、荒寂、凄冷的环境特征;冷月、寒霜的搭配更烘托出一派萧瑟、凄清的气氛。六种意象在作深层次的拼接中融合为一,不仅把时间、地点、景物、人物、气氛都表现于画面或画外,而且与羁旅之愁水乳交融营构为意境。通过这一意境暗传出奔波谋生的艰辛、羁旅他乡的苦衷,读之使人黯然神伤,乃至泫然泣下。这六种孤立的、单个的意象,一经拼置式加以整合,便产生了特殊的"乘积效应",其整体意蕴与艺术魅力已远不是这六种意象的简单相加,而是它们的"乘积"。意象组合是一种乘法,而不是加法,拼置式意象组合尤其如此。其二,拼置式意象组合给作品留下了较大的艺术空白,从而给读者以再创造的极大自由。譬如本联,它能让这一系列容易触发羁愁旅思的意象去充分调动读者的联想与想象,使读者按规定的情境自由自在地想象那鸡声、茅店、冷月、板桥、人迹、寒霜的色彩、形状、高低大小、疏密浓淡,以及相互关系、相互作用,并依据读者各自的审美情趣、审美理想,在心幕上作再创性组接拼装和融会贯通,描绘出大致相同又具体各殊的拂晓野店启程图来,并各自从中获得惬意的审美享受。其三,它可以强化音韵节奏以增强诗的音乐美。有意识地用拼置式组合意象,发轫于唐诗,也盛行于唐诗,而典型的用例绝大多数与对仗的句式并存。这是因为对仗是一种通过强化音韵节奏以增益音乐美的手段,而全以音义沉浊质实的名词或名词性词组构成对仗句式,则有响鼓重棰的听觉效果。譬如本联,"鸡声"对"人迹","茅店"对"板桥","月"对"霜",对仗工巧的音韵与顿逗相得益彰,内容与形式高度统一,读起来更加朗朗上口,听起来更加铿锵悦耳,其音乐美更具感染力和震撼力。

诗人不仅像画家一样描绘富有特征性、典型性的瞬间画面,还像高明的摄像师一样,追逐着游子的行踪移动镜头,于是有颔联的移动画面:"槲叶落山路,枳花明驿墙。"上句写赶路时前瞻山路所见,下句写赶路时回首驿站所见。这一联的借景抒情也是值得精赏的。它通过对槲叶、枳花的描写传神地突现了商山特有的小气候:槲叶落、枳花开,是春回大地的物候特征;而一面是槲叶落、枳花开,一面却有霜降,这是商山特有的春色。槲叶铺满山路的景象,让人在春天里领略到秋天的衰飒。此时天色昏暗,背衬着黑魆魆的驿墙和几乎无花可赏的山野,开得鲜明耀眼的白色枳花,在旅人心里搅腾起的不啻有发现春归山野的惊喜,更多的当是荒野独行的孤寂冷清,因为那春色实在太稀少、太单薄了。总之,此联进一步以山野环境之索寞,折射出旅人心境之枯寂。颈联承颔联,写的仍是"商山早行"之景,抒的仍是"商山早行"之情,至尾联才一转折。

"因思杜陵梦,凫雁满回塘。"这是诗人在匆匆赶路、踽踽独行时,回味着昨夜的还乡梦。就章法而言,这是反扣——回应并坐实首联的"客行悲故乡",使全篇结构首尾圆合。就手法而言,这是反衬,通过反刍梦中滋味烘托现实苦况。在梦中幻境与现实实境的虚实对照与虚实叠映中,反弹出弦外之音:春天早已回到故园,"凫雁"早已嬉戏于故园的"回塘",而自己离乡日久,在这春天姗姗来迟的野店歇脚,在这难见春色的荒山奔波,实在是有负于美丽的故乡,有负于大好的春光!尾联以景结情,而羁旅愁、故园情却流溢于诗外。

《商山早行》紧扣"早行"二字着墨,写足旅途愁思,是交口赞誉的佳构。颔联"鸡声茅店月,人迹板桥霜"巧以拼置式组合意象,把羁旅行役之苦况苦情表现到了极致,能引发强烈的美感与不尽的联想,更是有口皆碑的妙联。

(4)拼置式是局部性、辅助性手段

题宣州开元寺水阁①   杜牧

六朝文物草连空②，天澹云闲今古同③。
鸟去鸟来山色里，人歌人哭水声中④。
深秋帘幕千家雨，落日楼台一笛风⑤。
惆怅无因见范蠡⑥，参差烟树五湖东⑦。

[注释]

①宣州：今安徽省宣城市。开元寺：建于东晋，原名永安寺，唐开元年间改名开元寺。水阁：指开元寺中临宛溪而建的楼阁。题下原有"阁下宛溪，夹溪居人"八字，疑为题注。

②六朝：东吴、东晋、宋、齐、梁、陈这六个先后建都于建康(今江苏南京)的朝代合称六朝。

③澹：恬静。闲：悠闲。

④人歌句：《礼记·檀弓下》："晋献文子(赵武)成室(新居落成)，张老(一位贺者)曰：'美哉轮(高大)焉！美哉奂(众多)焉！歌(喜庆)于斯，哭(吊丧)于斯，聚国族于斯。'"这一典故原是一种祝愿，这里化用典故描述人们世世代代在宛溪两岸，有生有死，有喜有悲，安居繁衍，生生不息。

⑤一笛风：风中吹送着笛声。

⑥无因：无缘。范蠡(lǐ)：春秋时越国大夫，曾辅佐越王勾践灭掉吴国，功成之后隐遁江湖，"出三江，入五湖"(《吴越春秋》)。

⑦参差(cēncī)：高低不齐。五湖：指太湖及其附近的滆湖、洮湖、射湖、贵湖，也作太湖的别称。

[赏析]

诗极少有通篇纯用一种方式来组合意象的，一般都是多层面、多侧面综合运用多种方式全方位地组合意象,也就是说,所有的意象组合方式一般都不单独使用。只用于意象组合的局部的拼置式更是如此。这种方式只在多种意象组合方式的综合运用中作为一种辅助手段来运用,杜牧的这首《题宣州开元寺水阁》是典型的一例。

宣州开元寺为六朝遗迹,杜牧曾多次游赏、凭吊,并一再赋诗,《题宣州开元寺水阁》是其中传诵较广的一首。这首咏史诗写诗人在开元寺水阁临眺宛溪时的所见所闻及所引发的古今之慨、身世之感。由于诗人的视点既在现实实境中,又时不时地切入历史的时空,因此其意象亦实亦虚,实中含虚,虚中藏实:把眼前实景形成的表象,同多次凭眺积淀于心底的意象及想象中的历史的画面杂在一起,甚至糅合为一。从意象组合的角度看,诗人系立足于开元寺水阁,以远眺俯瞰为审美视角,取景摄像,与此相应则以定位扫描的层递式为组合意象的基本方式,并辅之以拼置式等方式。

首联"六朝文物草连空,天澹云闲今古同"作纵向的定位扫描:上句写地,下句写天;地上是湮没"六朝文物"的漫天荒草,天上是从古到今优哉游哉的云彩。本联从登临览胜勾起古今联想入题,故写景有实有虚。地上"草"、天上"云",是诗人在开元寺水阁所见;早已湮灭殆尽的"六朝文物"、与今相同的"天澹云闲",是联想所及。深入一层解读,这实际上是以景语发议论,两个包孕今古的意象群构成的画面组接在一起,风物长在而繁华难驻的感喟可于弦外闻之。这里"六朝文物"有两重含义:一指六朝的礼乐典章制度,即六朝的国体;一指具有历史价值、艺术价值的六朝遗物。笼而统之地讲,是指六朝所创造的物质文明、精神文明。而宣州开元寺正是残存的"六朝文物"之一,立足于此,难免引发物是人非之慨。但诗人并未止息于传统式的物是人非之慨,而是以博大的胸襟、哲理的思致、洞穿古今的睿目,将感喟翻进一层,于是有颔联。

"鸟去鸟来山色里,人歌人哭水声中。"颔联仍用定位扫描式组合意象,不过与首联略有不同,此联是作横向扫描:上句描山影飞鸟,下句写水声民居;前者为自然景观,后者为人文景观。上下句都在一种历史进程中将亘古不变的"山色""水声"与短暂相续的"鸟去鸟来""人歌人哭",相反相对地糅合在一

起,进一步表明:宇宙、自然,是永恒的、无限的;歌哭交叠、生死更替的生命,是短促的、有限的。既着眼于今,又与古沟通,每一个意象皆虚实相生:"山色""水声"实写登临水阁之耳闻目睹,而实中含虚,实景背后藏着这"山"这"水"的历史身影。"鸟去鸟来"不仅实写眼前飞鸟的来回飞翔,也虚拟飞鸟的代相因袭;"人歌人哭"不仅实写现实人生,凝缩着宛溪两岸的人们的婚丧嫁娶、喜怒哀乐、民风民俗,也是虚拟倏然即逝而又代相承嗣的人生规律。短暂性中包孕着永恒性,因此,本联的写景具有厚重的时代感,又富赡悠远的历史感,暗寓着一切生命都是这历史与现实中、这自然界与人间世的匆匆过客的哲理。

颔联下句,镜头已切入对"阁下宛溪,夹溪居人"的特写,颈联"深秋帘幕千家雨,落日楼台一笛风"承上仍取在开元寺水阁俯瞰宛溪的视角,对两岸民居作反复的扫描。本联诗行内部的深层意象结构为拼置式。拼置式一般只用于律诗或绝句的一句或一联。若用于一联,则有两种形式:一种是以联为单元,即用拼置式将一联之上下句的所有意象拼合成一个画面。例如,温庭筠《商山早行》:"鸡声茅店月,人迹板桥霜。"用拼置式将上下句中所有的意象拼合成一幅拂晓野店启程图。另一种是以句为单元,即一联之上下句各自为政,分别以拼置式拼合意象,各为一个画面。本联用后一种形式。上句以拼置式为基本方式,将"深秋、帘幕、千家、雨"这一组意象拼接或叠合为深秋雨帘图。其中"帘幕"与"雨"为同一对象的不同意象形态,即雨的本体意象与喻体意象,两者叠加相映。联系笔法来看,本句的写景亦有实有虚,"深秋千家雨"是眼前实景,"帘幕"则是审美错觉的结晶,并非千门万户在潇潇秋雨中都垂下了帘幕,而是说那秋雨如帘幕般垂挂在千门万户。也就是说这一行诗句的意象组合以拼置式为主,套用了叠映式,形成一种错综复杂的意象结构。下句用拼置式将"落日、楼台、一笛、风"四种意象镶嵌成夕照闻笛图。上句与下句,两个画面,拼成于同一空间,却成型于不同的时间,以叠映式叠加相映。

尾联抒情。上句"惆怅无因见范蠡",直抒胸臆,从历史的纵深摄取意象,为自我意象作垫衬,以抒怅然之绪。下句"参差烟树五湖东",视点重返现实时空。

联系前三联看,本联以逐层远移的层递式组合意象:虽未移动立足点,却延伸视距,取范蠡功成身退的历史图景及"五湖烟树"之远景入画。就笔法而言,这是以景结情,以景语收束抒情,留下袅袅余韵于诗外。字面上只是表达了对范蠡追慕不及的怅惘情怀,言外却藏有深意。范蠡既立下了盖世功业,又找到了理想的归宿。杜牧年轻时就以经邦济世的才略自负,他希望能像范蠡一样建功立业,功成而后身退,可他一生很不得意,始终未能施展才干与抱负。因此从尾联的意象与画面中,依稀透出诗人对仕途,对现实的失望、不满和厌弃。

这首处于弱势的时代所司空见惯的怀古伤今的咏史诗,以层层蓄势逐层递进的笔法,抒写在六朝遗迹开元寺水阁临眺凭吊的见闻感触。首联以万劫不移的自然界与瞬息万变的人间世作强烈对照,奠定了吊古伤时的基调,为颔联铺垫。颔联以恒定不变的"山色"、"水声"为背衬,托出代相因袭的"鸟去鸟来""人歌人哭",突现一切生命现象的流动不居、短促多变,而重心在以飞鸟垫衬人生。情融景中,理寓象中,暗含着时不我待、岁月蹉跎的失落感与危机感,从而为颈联张本。颈联则以高度密集的意象,拼合、叠加出"深秋""落日"中的凄风苦雨图。"深秋"濒于一年之终结,"落日"标志一日之终结,因此这幅宛溪风雨图,隐隐约约成了衰颓人生的象征和晚唐末世的凶兆,浸透着壮志难酬的诗人的人生悲哀,也透露出颓势日蹙的晚唐的时代气息。尾联暗点龙睛,直抒不遇先贤的惆怅,婉转地表达盛世不再、盛年不再而怀才不遇、抱负落空的人生哀恸,大有陈子昂《登幽州台歌》那"前不见古人,后不见来者"的悲慨,只不过少了些叱咤风云的豪情,多了些穷途末路的伤感。总之,在这首咏史诗中,诗人把对末代颓世的敏感,对个人际遇的怨怼,与凭吊古迹、纵览古今时引出的人生忧患意识和哲理思辨熔于一炉,使所有的意象与整个意境都濡染着一层感伤主义的色彩,并富含发人深省的理趣,其思想深度与艺术价值,都远远超越于一般的咏史之作;而包含着拼置式在内的种种意象组合方式的综合运用,更使这首诗的艺术构思臻于出神入化的极致。

（5）从意象组合的审美视角赏析诗歌，当作全方位审美观照

旅夜书怀① 杜甫

细草微风岸，危樯独夜舟②。
星垂平野阔③，月涌大江流④。
名岂文章著⑤，官应老病休。
飘飘何所似⑥？天地一沙鸥⑦。

[注释]

①书：写。

②危：高。樯(qiáng)：船上的桅杆。

③垂：挂下。平野：平坦空旷的原野。

④大江：长江。

⑤名：名声，这里指美名。著：显明、突出。

⑥何所似：所似何，像什么。

⑦沙鸥：一种水鸟。

[赏析]

由于诗人往往多层面、多侧面——全方位地综合运用多种方式来组合一首诗的意象，所以我们若从意象组合的审美视角来鉴赏诗，则应由表层到深层，由此一侧面到彼一侧面，由全局到局部，由局部到细部，作全方位的审美观照。下面我们不妨拿杜甫这首《旅夜书怀》来做一次示范性的赏析。

《旅夜书怀》作于杜甫离开成都乘船出蜀的途中，旧说作于巴渝地区，但从所写景物看，大约作于江汉平原上。诗人触景生情，即景抒怀，宣泄了抱负落空的郁愤和漂泊无依的苦闷。这首五律用律诗前景后情的常式：前两联写景，描绘旅夜所见；后两联书怀，抒发旅夜愁思。诗的主题是单一的，通篇全从旅途飘零感化出。其意象组合却是繁复的，本篇综合运用层递式、横断式、反差式、拼置式、连缀式、叠映式等多种意象组合方式,全方位、多层面、多侧面地组合意象。

写景的两联的意象组合,从意象的表层结构层面看,是以横断式为基础,套用两种层递式。其全局结构用逐层远移式,犹如拉镜头。首联摄取近景意象,构成两幅断面画:"细草微风岸,危樯独夜舟。"摇曳的小草、轻拂的微风、冷清的江岸、高耸的桅杆、孤独的扁舟、寂寥的夜晚。颔联摄取远景意象,构成两幅断面画:"星垂平野阔,月涌大江流。"远星低垂,更显出原野无比寥廓;月华如水,伴随着大江汹涌奔流。其局部则用定位扫描式,在水陆之间反复作横向扫描,犹如摇镜头。首联上句取岸上景,下句则将镜头摇向水面。颔联上句取陆上远景,下句则取江中远景。也就是说,这两联基于横断式,以逐层远移的层递式套用定位扫描的层递式组合意象。诗人的立足点始终在"独舟"上,或调整视距或变换视角摄取意象,先后组合四个意象群,营造出一个大小对举、反差强烈的意境来,而每个意象群都是一幅以横断式组合意象构成的瞬间画面。若从深层意象结构的大局看,前两联的意象结构又是以反差式组合而成的有机统一体。天高地迥、江月奔涌的寥廓、沉雄,比衬烘托出细草微风、危樯孤舟的纤小、凄寂,暗将如江岸细草般渺小、江中独舟般孤寂的诗人的自我意象投影于画中,暗传出诗人的孤寂感、微贱感。若从意象的深层结构层面的局部看,首联上下句皆以拼置式组合意象:上句节缩掉意象间的一切关系链,直接将"细草、微风、岸"三种意象组合成一帧剪影;下句亦用拼置式,直接将"危樯""独舟""夜"三种意象拼合成一帧剪影。("独夜舟"的"独"字修饰"舟"字,与"夜"字似不相涉,为与上句的"微风岸"对仗而倒置。)合而观之,则为江岸孤舟夜泊图。若复原意象间的关系链,这幅画是应当这样来描绘的:微风轻拂着江岸的小草;一只高竖桅杆的小船,孤零零地停泊在茫茫夜色中。本联以拼置式高密度地组合意象,使诗句的凝练美、含蓄美翻进一层,更有寻绎不尽的韵味。它通过写景交代了"书怀"的时间、地点,并以"细草微风"暗示季节,有点题开篇之效;它更烘染出初春之夜的静谧、冷清气氛,折射出诗人孤独凄寂的心境。画面上的主意象是"独舟",这一意象虚实相生:既是孤舟一叶、随水漂泊的眼前实景;同时又寓有象征意义,是孑然一身、任凭命运拨弄的诗人的投影,与篇末"沙鸥"意象异形同质。也就是说,"独舟"这一

意象既见出诗人孤独的处境,也见出诗人枯寂的心境。颔联上下句分别用连缀式组合意象。上句"星垂"与"平野阔"互为因果:由于平野空旷辽阔,所以觉得长空与大地连在了一起,放眼望去,只见星星远远地、低低地垂挂在天幕边沿,更衬托出平野的空旷辽阔。下句"月涌"与"大江流"亦以因果联系为关系链组合在一起:由于"大江流",因此感觉到"月涌"。因为月光是投射在滚滚滔滔的江面上的,所以导致一种审美错觉,以为那月光随着江水奔涌不息且流向天际,甚至觉得那江中汹涌澎湃的不是江水而是月光。

夜处旷野孤舟,所感触到的苍凉景观与凄然氛围,触动了诗人身世飘零、孤独无依的情怀,于是后二联顺势合理抒慨。颈联揭示了孤寂感、微贱感的成因:"名岂文章著,官应老病休。"上句说一个人的声誉岂宜只通过文章来建树。慨然反诘,问而不答,其潜台词是,自己并不甘心只以诗文出名,而是另有一番匡时济世的报国大志。事与愿违、壮志难伸的失落与愤懑自在不言中。下句说做官倒是该因年老多病而退休。貌似在阐述理所当然的事,其实这是反语、牢骚语。事实上,杜甫的两次休官都与"老病"无关。任左拾遗时,因直言敢谏,因疏救房琯,触怒了肃宗,终至于丢了乌纱帽,还差点掉了脑袋。在成都严武幕府任幕僚时,是因为不容于同僚而辞官。胸怀经纶而落魄飘零如此,能不痛感孤立无助、纤弱无能?能不辛酸满腹、牢骚满腹?故此联以一反诘和一反语将一生心事、满腔幽怨婉转而又痛快地倾吐出来。本联用较抽象的逻辑推理大发议论,自嘲自解,几乎不用意象,也就无所谓意象组合。

与颈联不同,尾联则组合意象,把"书怀"具象化。联系全篇意象结构审视,尾联系承续颔联的场景描写,转用逐层推进的层递式组合意象,推镜头似的将一组叠映镜头推出于背景之前,"飘飘何所似?天地一沙鸥。"诗人拈来眼前景物自况自比,以景结情。从尾联内部意象结构的表层看,这是叠映式:乱世沉沦,飘转流徙的自我意象("飘飘何所似"的本体,是诗人自己),与在苍天大地间飘游无定的沙鸥意象叠相映出。两个意象为同一对象,即诗人自己的不同意象形态:一为本体意象,一为喻体意象。两者以设问、比喻为枢纽重叠相映,形象地抒发并绾结了诗人飘零、凄寂的情怀。从尾联深层意象结构的细部看,其结句以反差式组合意象:"天地"之恢宏、沉稳,与"沙鸥"之渺小、飘移,形成大小悬殊、动静相形的巨大反差,有力地强化了诗人的孤寂感、微贱感与飘零感,进一步突现了这位旷代诗圣的人生悲哀。结句既在直言怀抱之后,导引读者的视线重新回到画中,又留下袅袅余韵于诗外。

　　于旅夜感叹漂泊潦倒、孤寂渺小,是"书怀"的中轴线,而一"独"字又是全诗之眼,通篇无论写景、议论,还是对比、设喻,都围绕此字展开,从而充分展现了杜甫晚年孤独寂寞的心境。因此,这一"独"字成了全篇意象组合的总纲,本篇多层面、多侧面,且多法并举组合意象,全受制于并服务于这一"独"字的充分而形象的表现。所以从意象组合的角度解读此诗,当以"独"字为立足点和出发点,作全方位的审美观照。

中国古典诗歌鉴赏

下 篇

意境篇

一、意境的界定

(一) 意境与意象

意境与意象是两种密不可分而又有所区别的艺术范畴。意境与意象都是我与物，即审美主体与审美客体交感交融的结晶，是心境与物境交互感应、情意与物象两相化合的产品。但意境与意象的内涵及外延又是有所不同的：凡意境必由意象构成，有意象却未必构成意境；意象是构成意境的感性材料和物质基础，意境则是意象的综合与升华——所有的意象有机地组合为谐美的意象结构系统，方能成为情意结构系统的最佳载体和媒介；而意境则生成于情意结构系统与意象结构系统的融通化合、虚实相生之中。换言之，意象是营构意境的基本原件，意境是艺术创造——诗歌构思的完形成品。意境与意象的区别与联系，可以用一个比喻来做简要而形象的阐释与辨析：意境犹如一座艺术宫殿，而意象则是这座艺术宫殿的建筑材料。这些建筑材料须遵照一定的设计思路、建筑蓝图，精心营造，方能成为体现着特定的审美理念、审美理想与审美过程的艺术宫殿。

送友人　　李白

青山横北郭①，白水绕东城②。
此地一为别，孤蓬万里征③。
浮云游子意，落日故人情。
挥手自兹去④，萧萧班马鸣⑤。

[注释]

①郭：外城，古代的城分内外，内城叫城，外城，即城外的一道墙叫郭。首联上下句的郭与城皆泛指城墙，非一指外城一指内城。

②白水：银光闪闪的水。

③蓬：蓬草，又叫飞蓬，枯后根断，遇风飞旋。征：远行。

④兹：此。去：离开。

⑤萧萧：马的嘶鸣声。班马：分道离群的马。

[赏析]

《送友人》这首抒情诗借抒写依依别情以表现深挚友情，由此而形成的情意结构系统是诗的魂魄，以一系列人物意象和场景意象构建的意象结构系统是诗的躯体。这抽象的情意结构系统与具象的意象结构系统，这魂魄与躯体，交互依托，交互作用，交相融合，交互转化，有机统一，创造出诗的意境。诗中所有的意象及整个意象结构系统，是创造意境的感性材料、物质基础；而意境的生成则离不开这一系列的感性材料——意象，离不开这个物质基础——意象结构系统。下面我们来具体剖析这首《送友人》是怎样用这个系统性的感性材料和物质基础，来寓托和表现其情意结构系统，并创造出情景交融、虚实相生的意境的。

"青山横北郭，白水绕东城。"青翠的山峦横卧在城北，澄澈的河水缠绕在城东。首联写送别之地：上句写远山，下句写近水。"青山""北郭"与"白水""东城"四个意象，据其空间联系构成两幅剪影，展现挚友离别的大环境，为意境设定背景。青山隐隐，白水迢迢，离别偏就在这寥廓清丽、风景如画的环境里。此为以实衬虚,以乐景衬哀情,以秀美的场景意象从背面托出离情别绪。本联亦化虚入实,融情入景。李白"一生好入名山游",酷爱山水成癖,而此处山横水绕,是一个值得流连、堪与共游的所在,然而共游的亲密伙伴即将远游,因此在诗人远瞻"青山",近览"白水"的视点游移中,暗暗透出一缕惋惜之意。纯乎写景,情蕴其中,与"故人西辞黄鹤楼,烟花三月下扬州"异曲同工,只不过一为写景,一为叙事。

"此地一为别,孤蓬万里征。"我们在这如诗如画之地一旦分手,您就像那孤蓬随风一般远飘万里。颔联写所送之人,并暗点题意:上句点"送",交代挚友临别之事;下句点"友人",设想友人别后情景。由此时此地联想到异时异地,时空跨度极大。"一为别"与"万里征",对比强烈,刹那间顿生截然不同的两种情境:离别前,诗人与友人携手共游;离别后,诗人与友人万里殊隔。惜别情意尽在不言中。"万里"二字,见出重逢难再,更加倍突现"一别"之不忍。上句直白,较为抽象。下句是一个虚拟的特写镜头,虚象实用,以拟喻性意象"孤蓬"寓托挚情。本联只有"孤蓬"这一个意象,而且还是一个虚象——想象中的景物,但这一个意象构成的画面却富赡象外意,颇有表现力。蓬草是脆弱生命的象征,它随风飘转,不能自主,不能自已,所以也叫作转蓬,古诗文中常用来比喻飘泊无依之人,是一个习用意象。这里以蓬草借喻友人,生动地表现其为命运所驱使的飘泊生涯,而这蓬草孤单一株,是"孤蓬",更见其孑然无助、孤弱不堪。这幅悬想中的"孤蓬远飘图",不仅突现了离别之后友人的孤寂况味,反弹出诗人的孤寂情怀,更见出离别之难堪,也体现了诗人对友人的关爱之深、体贴之细。因此"孤蓬"这一虚象象中有意,饱和着浓浓的离情、深深的友情。

"浮云游子意,落日故人情。"浮云飘忽不定,如同游子的心意;落日傍依大地,好比老友的心情。颈联写别时心情。就眼前景抒胸中情,一箭双雕:既缘情择景,有选择性、指向性地描绘了临别时的现场景物,又含蓄蕴藉地抒发了临别时双方的离情别绪。本联的意象拼合成一个兼具记实性与抒情性的画面,其意象组合与意境营构的技巧很有特色。既点出了离别的双方,自然而然地把"游子"(友人)、"故人"(诗人)这两个人物意象同时摄入画面,植入意境;也对送别的环

境作细部刻画,不着痕迹地把"浮云"与"落日"这两个场景意象嵌入背景,并与两个人物意象紧密地契合在一起。尤妙之处在于:"浮云""落日"这两个意象,既是兴象,也是喻象。也就是说,这两个意象在意境营构中,既发挥了触景生情,即景抒情的艺术功能,同时也发挥了托物寓意,借景寓情的艺术功能,臻于情景交融、虚实相生的绝佳境界。首先是触景生情,即景抒情。诗人见浮云而揣摩友人心意,见落日而模拟自家情怀,即景兴感。浮云是诗人与友人作别时所见景物。触景可以生情,面对同一景物,不同的人或者同一个人在不同的境遇中可能会触发不同的情,那么游子见浮云会触发什么样的情呢?"浮云游子意",是诗人对友人别时心情的揣测。至于浮云具体触发了什么样的游子意,诗人只是点到为止,蕴含未吐,而让读者自己去思而得之。不难想象,浮云之"浮"与游子之"游",有许多共同之处。浮云没根没蒂,随风飘荡,不由自主,也靡有定止。游子见浮云,大概是联想到与之相似的命运,因而激起飘零感、浮生感,这便是"游子意"。此为度己及人,诗人以自己的人生体验去忖度友人的心意。落日也是临别时所见之景,借此亦暗传出送别友人的时间是傍晚。"落日故人情",表现诗人送别友人时见落日所生之情。同上句一样,都是就眼前景抒胸中情。此时此地诗人见落日引发了什么样的故人情呢?亦同上句一样,轻轻一点,随即带过,给读者留下了吟味的广阔余地。稍作联想便知,太阳落山时给人的感觉是,特别迟缓,特别优柔,似乎眷恋着远山不肯离去。送友人的"故人",此时此境的心情又何尝不是如此呢?这大约就是见落日而引发的"故人情"。这"故人情"中,也许还包含着几多无奈、几多难堪,因为正像"落日"终归要"落"一样,"游子"终归要"游","为别"终归要"别"。同时,这也是实象虚用,托物寓意,借景寓情。从修辞的层面看,本联上下句都用了缩喻的手法,借眼前景喻胸中情。缩喻,是缩减掉喻词("如""像"之类),直接把喻体("浮云""落日")与本体("游子意""故人情")焊接在一起的比喻。喻体与本体的直接焊接,使情意与物象之间的融合达于一种无碍无隔的境地。于是眼前实景化作了拟喻性意象:天空中一缕白云随风飘荡,象征着友人行踪不定,任意东西;西山上一轮火红的夕阳正徐徐落下,好像不忍遽然离开长天大地,隐喻诗人对友人依依惜别的深情。本联既有景,又有情;既是兴,又是比;既描绘出一幅美好的图画,又表达了一腔深厚的情谊,极富象征意味。所以,历来为人交口赞誉。

"挥手自兹去,萧萧班马鸣。"挥手作别,两个人各奔东西;分道扬镳,两匹马嗷嗷悲鸣。尾联写挚友道别。上句用人物意象直接表现,以"挥手"这一典型细节描写友人告别启程。"兹"字,近接"落日",指此时,遥承首联与颔联,指"此地",呼前应后,使全篇情境浑然为一。下句借场景意象间接表现,兼用移情于景、哀景衬哀等手段,暗传惜别深情,烘染惜别氛围。诗人将依依惜别的无限深情移植于马,使之人格化、情感化;马因离别尚且"萧萧"悲鸣,人何以堪!旁衬一笔,未抒人情,而人情自见。尾联把离情与友情的抒发推向高潮,并留下无穷的余味于诗外。

这首送别诗即景抒情,寄意于象,以"故人"与"游子"这两个人物意象为中心,组合"青山""北郭""白水""东城""孤蓬""浮云""落日""班马"这一系列或实或虚的场景意象,构建了完美和谐的意象结构系统以抒离情、颂友情。但这完美和谐的意象结构系统并非就是意境,它只是构成意境的具象的、可感的艺术成分;意境更不等于这一系列意象的简单相加。这具象的、可感的艺术成分,与所抒之离情、友情,情景交融、虚实相济,生发并升华出来的不可目视却可感悟的画面清隽、情意缱绻的艺术情境、艺术氛围才是意境。

诗中抒发的是因情深谊厚而依依惜别的人之常情,乃古代诗歌中一个烂熟的话题,把这人之常情、烂熟的话题,具象化、艺术化的又无一不是古代诗歌中屡见不鲜的传统意象(没有一个意象是李白生造的),而这首诗却写得富于韵致,颇耐玩味,被推为送别诗中之极品。何至于此呢?成功的诀窍是:诗中所有的意象皆依共同的情感指向有机结合,成为营构意境的最佳感性材料,即所有的意象都完美和谐地服从于并服务于抒离情、颂友情的题旨,所有的意象都发挥了营造情境、烘托氛围的功能,每一个意象都成为营构意境的不可或缺、不可替代的最佳部件。而意境的生成又离不开整个意象结构系统,离不开意象结构系统中每一个意象的审美功能的充分发挥。

(二) 什么是意境

诗的意境是主(审美主体)与客(审美客体)、情与景,即心境与物境、情意与物象,两相契合,交融互化,生发并升华出来的艺术情境、艺术氛围。

为了全方位地认识和把握意境这一至关重要的基本的艺术范畴,拟从内在实质、生成机制、构成要素等方面,作简明扼要的条分缕析和深入浅出的作品例析。

从内在实质看,诗的意境实质上是意中之境,是存在于诗人作诗或读者赏诗,即创造美或欣赏美的审美心理活动过程中的审美心理时空和情调、气氛。换一个角度讲,意境即艺术地体现了特定的审美心理流程的艺术情境、艺术氛围。

从生成机制看,诗的意境是心灵世界与外部世界两相契合,即心物交感、主客相谐而创造出来的谐美而超妙的艺术世界,是诗人在特定的心境与物境中,审美心理流程的完形产品与完美体现。

从构成要素看,诗的意境是由情与景这两种艺术元素化合而成的。景是意境的物质外壳,情是意境的精神内核,意境即从两者的交融互化中生成。情为意境的主导性元素,李渔在《窥词管见》里说:"情为主,景是客。说景即是说情,非借物遣怀,即将物喻人;有全篇不露秋毫情意,而实句句是情、字字关情者。"阐述的正是情的这种主导性。景是营构意境的具象性元件,没有景,意境便失却载体,便无所附丽,自然也就无所谓意境。这里情和景都是广义的:情,泛指诗人倾注在诗中的一切思想感情,包括各种情绪、意念、感受、意愿、道理等,也包括读者在审美再创造中引申出来的思想感情。前人称之为情意、情思,有时也简称为意。景,泛指诗人依据自然、社会、人生之象,再造或创造出来的种种意象,即诗中那被诗人情感化、心灵化了的种种物象。这里有必要将与意境密切相关的意象、情和景这几个基本的艺术范畴的相互关系,做一番简单的梳理:在意境中,景这一艺术元素,全都以意象的形态存在着,活跃着;情这一艺术元素,或部分转化为意象,或全部转化为意象。也就是说,诗中之情既有具象的,即化为景的;也有抽象的,即直白的。就其语言载体而言,诗中的景语一定是情语,而情语则不一定是景语。

下面我们通过一系列具有典范性的诗,全方位地认知和感悟意境的内在实质、生成机制和构成要素。

(1)诠释意境及与意境密不可分的基本概念:情境氛围

军次阳城烽舍北流泉[①] 李益
何地可潸然[②]？阳城烽树边。
今朝望乡客[③],不饮北流泉。

[注释]

①次:临时驻扎。阳城烽:夏州以北一百多里处的一座烽火台,故址在今内蒙古自治区乌审旗西。舍:指烽火台下的营房。

②潸(shān)然:流泪的样子。

③望乡客:这里指思念家乡的出征将士。

[赏析]

这首边塞绝句用横断式组合意象,摄制出一幅军旅生活剪影:背景,阳城烽舍树下泉畔;人物,一位久戍思归的"望乡客"。其人因泉流方向与情感趋向相悖逆——泉流向北而思念朝南,引爆了强烈的逆反心理,引发了不可思议的反常举动:临泉不饮,以泪洗面。这幅军旅生活剪影,揭示了典型的心境与典型的物境相撞击而产生的一种审美心理流程,曲折地反映了一代知识分子的典型心态。这种典型心态滋生于时代的土壤。唐代文人跻身仕途有两条道:一为科举考试,一为从军边塞。前一条道,李益显然走得很不顺畅,所以多次参军出塞。(李益在《从军诗序》中说自己"五在兵间")。然而这后一条道也殊非坦途,李益胸怀靖边卫国、建功立业的豪情壮志,历尽旷日持久的艰苦跋涉,备尝征戍生涯的种种辛酸,却功未成,名未就,于是积久而生厌,生愁,生怨。诗人在阳城烽舍北流泉畔这种违背常情常理的逆反心理和反常举动,正体现了这厌、这愁、这怨的浓

烈与不堪。而这逆反心理与反常举动产生在这特定的环境之中,极富于戏剧性,读来让人忍不住笑,也忍不住泪,尤具审美情趣。唐代在西北边陲要冲之地构筑了许多军事设施,阳城烽是其中之一,它是沙漠腹地一座有烽火台的要塞。这里的"烽舍",即建在阳城烽火台下北流泉畔的军营。人迹罕至的不毛之地,有这么一方小小的绿洲,有这么一湾清清的泉流,实在难得,实在可喜。但是诗人却临泉赌气,不喜反悲:"何地可潸然?阳城烽树边。今朝望乡客,不饮北流泉。"——到什么地方才好偷偷抹掉男儿泪?在阳城烽火台下树林中的泉水边。乡愁萦怀向南翘首的战士,赌气不喝向北流去的甘泉。人物与环境、情与景的矛盾冲突何其尖锐激烈,折射出来的厌战思归情绪又是多么的浓烈与感人。这种情绪的流露方式,具有个别性、特殊性,却又显示出一种普遍性、代表性,反映了久戍无功的将士们共有的心理历程,只不过诗人是用美的形态、诗的形式来表现,即把这种心理历程浓缩并凝结成了一帧军旅小照而已。

  这首边塞绝句呈献给读者的虽然只是一帧军旅小照,却是一首意境谐美超妙的好诗。这是由于诗人将久戍思归之情同烽树泉流之景水乳交融,精心创造出含蓄蕴藉、妙趣横生、感人至深的艺术情境、艺术氛围,来表现这种富于典型性的审美心理流程。所谓艺术情境,指蕴蓄或呈现于诗中的情感世界、艺术世界,是一种审美心理时空,是特定的心境与物境中审美经验的合成。譬如这首边塞绝句中,诗人厌倦戎马倥偬的军旅生涯,渴望和平宁静的家居生活而形成的满怀凄苦、殷切思乡的心境,与阳城烽下树丛泉流的物境,相互触动,相互生发,营造出情景交融、主客相谐的艺术情境,一种以情为催化剂,把"望乡客"与"北流泉",把人与物、心灵世界与外部世界化合为一,生发而成的情感世界、艺术世界。诗人在营造艺术情境的同时,渲染出凄寂的气氛、谐趣的情调,即渲染出一种艺术氛围。所谓艺术氛围,指弥散于艺术情境里的情调、气氛。艺术氛围也是由情与景、心境与物境,主客契合、虚实相生而酿造出来的。它是主观的,也是客观的,是特定的心理在特定的环境中的外射与挥发。这首诗的情境中既流溢着伤感,也混融着美感,从而形成一种特殊的艺术氛围。洋溢于艺术情境中的这种艺术氛围,能强烈地激发起读者的审美愉悦。试想于荒漠中幸遇清泉,无异于久旱逢甘露,本当喜出望外,诗人反而拿无知无识的北流泉撒气,自个儿跟自个儿过不去。这种憨态,这份痴情,实在令人忍俊不禁,哑然失笑。但哂笑之余又让人不知不觉地深受感染,或引发共鸣,或唤起同情,甚至为之一掬恻隐之泪。这种艺术效果,便是艺术氛围所致。

统而言之,《军次阳城烽舍北流泉》中这种滋生于特定的审美心理流程并艺术地表现了这种审美心理流程的、由情与景交融互化、虚实相济,生发并升华出来的艺术情境、艺术氛围,就是意境。

(2)意境的内在实质

春梦　岑参

洞房昨夜春风起①,故人尚隔湘江水②。
枕上片时春梦中③,行尽江南数千里④。

[注释]

①洞房:幽深的宅院。
②尚:还。湘江:在今湖南省境内。
③片时:片刻,极短的时间。
④行尽:跑遍,这里指找遍。

[赏析]

《春梦》通过对春思与春梦的艺术表现抒发挚友深情。思念与做梦,本是极其寻常的心理活动,到了诗人笔下却转化并升华为极具审美价值的艺术珍品,其奥秘就在于诗人对这日常琐事作了艺术加工,而这艺术加工的诀窍在于,诗人作诗时,通过创造美的审美心理活动,把这平平常常的心理过程艺术化——化作了意境,即化作了艺术情境与艺术氛围。读者赏此诗时,则可通过再造美的审美心理活动,复现意境,神游意境。

常言道,"日有所思,夜有所梦",所思与所梦互为前因后果。诗人构思这首

绝句就是依循有所思而后有所梦的客观规律和自然时序,组合意象,营构意境,从而真切地、形象地表现诗人对故人寤寐思之、深情怀念的审美心理流程的。不过诗中的所思与所梦都发生在一个特定的春夜("昨夜"),而非一在白昼,一在夜晚。这首绝句大体可分为两个层次:前二句表现春夜梦前之思,后二句表现春夜思后之梦。

一、二句写引起春梦的春思。"洞房昨夜春风起",昨晚,春风偷偷地潜入了幽邃的深宅大院,捎来了春回人间的消息。春天,是一个万物郁勃的美好季节,自然也是一个容易荡起情感涟漪的美好季节。在这美好的季节里,和煦的春风吹醒了诗人对隔在水一方、远在天一涯的故人的思念:"故人尚隔湘江水"。那位故人大约是在这春风骀荡的美好季节,渡过湘江,千里迢迢去到遥远的远方,而且一别便越春历秋,经年累月,从此再未聚首。诗人特意强调故人"尚隔湘江水",则大有"溯游从之""溯洄从之"(《诗经·秦风·蒹葭》)的强烈冲动和热切愿望。不说思念,无限思念自在不言中。正是这无限思念逗出了一场春梦。

三、四句写春思惹出来的春梦:"枕上片时春梦中,行尽江南数千里。"诗人在春梦中,伴随着春风,于转瞬间奔波"数千里",搜遍江南大地,苦苦追寻故人的踪迹。在唐代,即便真有日行千里的骏马可以代步,这"数千里",少说也得跑好几天;若徒步追寻,则需数月。梦境中的诗人却于"片时""行尽",眨眼工夫就跑遍了、找遍了,时间之极短暂与空间之极迥远,形成巨大的反差,不仅真切生动地表现了梦境的迷离惝恍,也含蓄深婉地暗示出诗人对故人的思念何其殷切!诗人与故人之间的友情,又是何等深厚,何等真挚!诗戛然而止,至于"行尽江南数千里"之后,是否会见了梦寐以求的"故人",而美妙的"片时春梦"之后,又是何等惋惜,何等失落,何等怅惘,概留于诗外,让读者自己去揣摩,去品味。

无论现实中的思念,还是梦境中的追寻,诗人都于"片时"神驰"数千里",由此而臆造出来的时空境界,是一种富于美感的心理时空,即审美心理时空,亦即艺术情境。这个艺术情境,是一个由奇幻的审美意象、寥廓的心理空间、短暂的心理时间,以揽千里于瞬间、纳千里于咫尺的艺术手法,营造出来的奇幻的艺术世界。而弥漫于其中的青春萌动、情意盈盈的艺术氛围,使这一艺术世界尤富于韵致和魅力。一个原本普普通通、平平常常的心理过程,就这样鬼使神差般化作了意象奇谲、深情绵邈的审美心理流程,化作了在诗人作诗的审美心理活动过程中浮现于脑海里的意境。诗人再将其加以提炼,凝缩,结晶为一个富赡凝练美、含蓄美、音乐美的艺术符号系统,于是便有《春梦》这首诗面世。在赏诗过程中,鉴赏者通过联想与想象,通过情感体验,反复解索,悉心玩味,踵武岑参创作《春梦》的足迹,将这一艺术符号系统复原为谐美超妙的审美心理流程,自然也就能心领神会、心旷神怡地畅游于诗中那意象奇谲、深情绵邈的意境之中了。

(3)意境的生成机制

春晓　孟浩然

春眠不觉晓①,　处处闻啼鸟②。
夜来风雨声,　花落知多少③?

[注释]

①觉:知觉、知道。

②处处:时时。啼鸟:鸟啼。

③知多少:不知多少。

[赏析]

《春晓》写诗人酣睡乍醒之际对春的感受,流露了淡淡的喜春、惜春之情,从一个侧面体现了诗人对生活、对生命的热爱与珍惜,也从一个侧面反映了田园生活的恬淡自适。这是诗人在由浑茫无所知趋向清醒有所觉得刹那间,对美好的大自然所做的一次近乎淡漠却又十分精妙的审美观照。在这一短暂而微妙的审美心理流程中,恬淡自适的心境与春光融融的物境,这心灵世界与外部世界,两相契合,营构出一个超妙谐美的艺术世界——意境来。现在我们来由表及里、由浅入深地解读这首诗。

从表层意象结构的层面看,《春晓》交叉运用逆时与顺时的层递式组合意象,生动地表现其审美心理流程。也就是说,在这短暂而微妙的审美心理流程中,诗人的心灵在时间的领域里打了一个来回。整个过程,诗人全用耳和心摄取意象,构成三个相互衔接的、富于动感的画面。首先是春鸟和鸣的"春晓"图景,"春眠不觉晓,处处闻啼鸟";再逆水行舟,回溯风雨和鸣的春宵图景,"夜来风雨声";最后,又折回"春晓","花落知多少"——猜想朝花滋润、落英缤纷的"春晓"现状。

就意境的生成机制而言,全篇借助于融情入景之法,在心物交感、情景交融中,生发并升华出看似平淡无奇却极富韵致的艺术情境与艺术氛围,从而形象地、含蓄地表现其审美心理流程。在诗中,诗人似乎只是纯客观地,甚至是淡漠地描述他在一次惬意的酣睡懒起中,通过耳朵,在觉与不觉得回环往复中,对洋溢着春意、勃发着生机的外部世界的审美心理感受。不仅通首白描,且不用一个言情的字眼,笔墨淡淡的,情感也是淡淡的,但是,体验却是精微的。前二句描述对外部世界的由不觉而觉。"春眠不觉晓",春天不仅是一个让人陶醉的季节,也是一个促人沉睡的季节,所以在酣睡中不知不觉天已大亮了。这是由不觉而觉得过程。"处处闻啼鸟",莺歌燕语,不绝于耳,啁啾起落,远近应和。显然正是这春鸟啼鸣把诗人从香甜的睡梦中唤醒,也正是这春鸟啼鸣使诗人在酣睡乍醒之际又感受到了爽神怡情的春意。只写由不觉而觉得诱因,由此而荡起的欣喜之情则全溶化在近乎淡漠的、客观的描述之中。诗人耳闻鸟语,不由得心念花香,于是有对昨夜风雨之声的回顾,对今朝落花之状的揣度,自然而然地导出后二句。后二句描述对外部世界的由觉而不觉。"夜来风雨声",诗人听到了"风雨声",是知,是觉;"花落知多少",是不知,是不觉。"夜来风雨声,花落知多少?"纯乎白描,随意一问,却暗含喜和忧:"不得春风花不开,花开又被风吹落。"所以,"夜来风雨声"才会在诗人酣睡乍醒之际引起回顾,引发关注:昨夜的春风、春雨又荡涤出多少明媚清幽?又洗掉几多姹紫嫣红?于是一丝微喜略忧的潜流伴随着问号从心底泻出:"花落知多少?"

总起来看,诗人在由沉睡到清醒的刹那间,以听觉为"传送带",把一个被春风、春雨洗涤了、廓清了的外部世界,输入被春宵酣睡过滤了、沉淀了的心灵世界,一个清幽、淡远、空灵的意境,便在这心灵世界与外部世界的交感交融中,被精心创造出来。

（4）意境的构成要素

碛中作^①　岑参

走马西来欲到天^②，辞家见月两回圆^③。
今夜未知何处宿，　平沙万里绝人烟^④。

[注释]

①碛（qì）：沙漠。

②走马：打马飞奔。走，使奔驰。

③辞：告别。

④平沙：寥廓的沙漠。绝：没有。

[赏析]

意境是诗人在特定的心境与物境中的审美心理流程的艺术体现。《碛中作》的意境则是投笔从戎、希冀报国立功的诗人，勃发于戎马倥偬、露宿沙漠之际的审美心理流程的艺术体现。与岑参的另一名作《春梦》直接描写心理活动，以情见景，展示审美心理流程不同；与孟浩然《春晓》纯乎写景，景中见情，暗示审美的心理流程也不同，《碛中作》以叙事为轴线，兼有写景与抒情，或明或暗地体现其审美心理流程。但无论是《春梦》的情中藏景，无论是《春晓》的景中融情，还是这首《碛中作》的情景并举，都表明：在意境营构中，情与景两种要素缺一不可；凡意境，皆以情为精神内核、景为物质外壳，虚实相济，精心创造而成。下面，侧重从意境的构成要素这一视角切入《碛中作》的赏析。

一、二句叙赴边行踪，是诗人露宿荒漠时，对离家两月来辛勤奔波的赴边历程的回顾。首句"走马西来欲到天"，下笔于空间，追忆行踪，突现边塞之遥远，描绘出快马加鞭、雷厉风行的雄姿，表现了无所畏避、勇往直前的气概，体现了"功名只向马上取"的雄心壮志，为全诗奠定了昂扬高亢的情感基调，叙事中既带有

写景,又暗含抒情,笔力凝练传神。"走马西来",不仅点示出赴边方式与前进方向,更有一股锐不可当的豪气扑面而来。"欲到天",有景有情,既客观真实地表现出西北边塞之迢远,突现了西北高原野旷天低仿佛天地相连的地貌特征;也真切生动地表现了奔驰在西北高原的内心感受,驰骋在这"天似穹庐,笼盖四野,天苍苍,野茫茫"的荒原,油然而生地与天接,人仿佛在往天上奔跑的错觉。由此而生出的豪迈之情激荡于胸臆之间,也潜流于字里行间。与"万沙碛里客行迷,四望云天直下低","过碛觉天低"等诗句,表现的是同样的景致和同样的感受。次句"辞家见月两回圆",下笔于时间,暗计行程,突现奔波之久。不正面明说,只说离家以来看见月亮先后圆了两回。那一轮照着边关也照着家乡的月亮,每月圆一回。"见月两回圆",以景传情,暗示"辞家"已有两月,而跋涉艰辛、望月思家之意俱在言外,月圆人不圆的叹惋之声亦似乎萦绕于耳际,依然有情有景。

三、四两句抒写露宿荒漠,触景生愁。"今夜未知何处宿",仍下笔于时间,但从两月的时间之流截取一瞬("今夜"),直接袒露"今夜"栖身无所的愁苦情怀。心设一问,似问苍天,也似自问。这无可奈何的一问,揭示了诗人内心世界的矛盾:虽有"万里赴戎机,关山度若飞"的英雄气概,但因环境太恶劣、征程太艰辛而顿生愁苦。尾句"平沙万里绝人烟",再下笔于空间,但从漫漫征程聚焦于一隅(沙漠的腹心)。此句承上句的一问,写景代答,借景抒怀,并以景结情,暗留不尽之余韵于诗外。其潜台词是:今夜除了露宿荒漠,抱鞍而眠,别无宿处,殊无他法!无限困惑、无限哀愁,顷刻间流泻于、濡染于平沙莽莽、阒无人迹的眼前景中。此时此境,诗人极目所见,似乎已不是满眼黄沙,而是满目凄凉,是景是情,实难截然区分。三、四两句在一问一答中隐隐地流露出萍飘蓬转、无所依托的凄凉意、羁旅愁。人非草木,孰能无情;即便草木,也会因环境过于恶劣而枯萎。因此,露宿荒漠而勾起旅愁与乡思也就在所难免了。难能可贵的是,诗人并未因环境恶劣、旅途艰辛而畏葸不前。联系岑参曾两度赴西北边疆担任幕僚的经历来读,不难准确把握这首抒情诗的情感基调。天宝八年(749),岑参赴安西(今新疆库车),在安西节度使高仙芝幕中任职。天宝十三年(754),诗人再赴北庭(今新疆吉木萨尔北),为安西、北庭节度使封常清僚属。联系诗人的这两次从军边塞,报效国家、博取功名的人生经历来品味,可深切地感悟到这首诗是以豪壮为主旋律组成豪壮中见凄凉的情感和弦。因此露宿荒漠而激起的凄凉意、羁旅愁,对诗人靖边立功的豪壮情、报国志没有丝毫的损伤与削弱,反倒是一种有力的反衬与烘托。从而生动形象地表明,这不过是情感与理智发生了一场不大不小的冲突而已。毋庸置疑,尽管处境如此恶劣、征程如此艰辛,诗人依然会在这"平沙万里绝人烟"的地方,以"走马西来欲到天"的气概,马不停蹄,直抵边塞。就章法而言,全篇系用逆挽法:由果推因,倒挽出触景生情的审美心理流程。顺时厘清诗思,大意是:诗人在夜幕降临之际,骋目四望,极力搜索"今夜"的栖身之所,发觉自己陷身于"平沙万里绝人烟"的绝域之中,因而引发"未知何处宿"的满腹愁绪,也更激起诗人对象征着团圆与离别的圆月的久久瞻望,对辞别已有两月的家园的殷切思念。正因为如此,诗人在回顾行程时,特别强调"辞家见月两回圆"。

《碛中作》是一首以叙述行踪为轴线,兼有写景和抒情的抒情诗,诗中展现的是平沙莽莽、皓月当空,于荒凉中见壮丽的景观,表露的是身赴绝域、心系家园,于豪迈中见愁苦的情怀,在心境与物境两相契合中,这充满矛盾的景与两相龃龉的情,互为表里,虚实相生,融合无间,营构出苍凉雄浑的意境,婉转含蓄、真切动人地表现了诗人因雄心壮志的召唤而豪情激荡,因艰苦卓绝的环境而愁思萦怀的复杂而微妙的审美心理流程。

(5)综述意境的内在实质、生成机制、构成要素及神游意境的途径

静夜思　　李白

床前明月光,疑是地上霜。
举头望明月,低头思故乡。

[赏析]

《静夜思》写滞留他乡的诗人望月怀乡。诗题标示出营构诗中意境的两个艺术元素系统:一为"静夜",一为"思";一为物境(外部世界),一为心境(心灵世界)。这首诗就是以"静夜"之景、怀乡之"思",交融互化,虚实相生,精心创造出

一种幽寂空灵、情韵悠然的艺术情境、艺术氛围,这种由情境与氛围营造而成的艺术世界就是意境。这一意境中有两个主意象:一为游子,一为"明月"。前者是审美主体的化身,即诗人的自我意象;后者是审美客体的核心,统辖着"明月光""霜""床""地""故乡"等辅意象。诗的意境便潜滋暗长于诗人与月亮之间的心物交感、主客契合的审美心理流程中,并真切感人地展示了这一审美心理流程。

中国古代诗人营构意境这种艺术世界,其基本材料不外乎情与景,其基本手段不外乎抒情与写景。因此历来的赏诗者要神游意境这一艺术世界,也不外乎紧紧把握住情与景这两种艺术元素及抒情与写景这两种艺术手段,循着诗人创造意境的构思思路,寻踪觅迹,潜入妙境。其具体的方法、步骤,可大致归纳如下:反复吟诵,潜心研赏,调动想象,激活情思,探究和体味诗中写了什么景,抒了什么情,怎样写景,怎样抒情,这情与景以及抒情与写景又是以什么样的方式方法,在心物交感、主客契合的审美心理流程中,交融互化,虚实相生,营构出美妙动人的意境来的。现在,我们沿着前人惯常遵循的通幽曲径,潜入《静夜思》的美妙动人的意境中,全面审视其意境的实质内涵、生成机制与构成要素。

《静夜思》按触景生情、望月怀乡的自然时序营造艺术情境,渲染艺术氛围,展示其审美心理流程。前二句表现"静夜"之"思"的触发。游子旅夜独宿,短梦初回,乍见"床前明月光",由于凄寂心境的外射,于睡眼惺忪中产生错觉,"疑是地上霜"。见月光而疑为霜,因"霜"而增寒意,飘零感、思乡情在心中悄然泛起。在这两句中,除诗人的自我意象外,还有四个意象,呈现出四种景物:"明月光""床""地"和"霜"。前三个是描述性意象,"霜"是拟喻性意象。换一个角度讲,前三个为直觉意象,"霜"为错觉意象。从表现手段看,首句是写景,次句就难以断言是写景还是抒情了。因为此句已达于不知何者为我、何者为物的物我两忘境地,所以很难分清楚是写景还是抒情。你说是抒情,它却分明是在突现月色的皎洁、月夜的幽冷;你说是写景,它却分明是在折射月夜独宿的游子的冷寂心境。尤其是拟"明月光"为"地上霜",情与景已然是融合无间了。"地上霜"是沟通了视觉与触觉酿造出来的错觉意象:月色诉诸视觉,凉意诉诸触觉,在游子冷寂的心中,两觉通感,于是眼见如霜的月色,而身感如霜的凉意,不,是如霜的凉意沁入了游子的心田,于是"地上霜"这一组错觉意象便在心物交感中诞生了。而"明月光"与"地上霜"都是心灵化了的冷色调的物象,是同一对象的不同的意象形态,两者一实一虚叠相映出,点示出游子独宿的时间、场景,初步营造出空灵幽冷的情境,渲染出落寞清幽的氛围,更烘托出游子心境的冷寂、惆怅。

后二句表现静夜独宿的游子由懵懂到清醒时的典型行为,直接袒露怀乡之情:"举头望明月,低头思故乡。"难以重入梦境的游子为澄清是月华流泻还是寒霜满地,披衣起床,抬头仰望,望见那象征着团圆与离别、积淀着浓浓乡情的明月,于是引发了久蓄于胸臆的思乡情,深情思念那充满温馨的家园与团圆。越想心情越沉重,越想头越往下沉,终至于全身心陷溺在怅惘的沉思中。后二句是抒情,通过对游子那富于典型性的动作行为的描写,表现在外部景物的触引下的心灵感应,把"静夜"之"思"具体化、具象化,同时也是继续写景。第三句借"举头望"顺势带出审美客体的核心意象"明月",在叙事中写景。尾句直截了当点出"静夜思"的具体内容"思故乡"。"思故乡"是直抒其情,"故乡"则是情中之景,也就是说,它是具象的意象而非抽象的意念。"故乡"虽为虚象,却富含象外象、象外意,包孕着在同一轮明月朗照下的故乡的山、故乡的水、故乡的人、故乡的事……因此,诗人虽只以"思故乡"三字轻轻点出题旨,便骤然煞尾,却把寻绎不尽的余韵留在诗外,给读者留下了自由想象的广阔空间。沈德潜《说诗晬语》评曰:"只眼前景,口头语,而有弦外音,味外味,使人神远。"真乃不刊之论,道出了结尾之奥妙。

综合观之,《静夜思》描写了异乡独处、静夜独宿的游子的一系列连锁般的动作行为:见月光而疑为霜,因疑为霜而"举头望",因"望明月"而"低头思"。通过对这一系列外现心理活动的动作行为的描写,真切地、生动地揭示了诗人触景生情、望月怀乡的审美心理流程。诗中那如月光般空明澄澈,如月夜般寂寥清幽的意境,正是在这心物交感、主客相谐中,即在情与景、诗人的心境与所处的物境相互作用,相互生发,相互转化,相互融合中营造出来,并完美地体现了这种富赡典型性,能够激发广泛的美感与共鸣的审美心理流程。《静夜思》这支思乡曲因此而成了蕴蓄着无穷的艺术魅力和永恒的艺术生命的绝唱。

二、意境的营构

(一)意境营构概说
1. 意境营构的基本法则

意境是由情与景两种艺术元素,按虚实相生的辩证法则,交融化合而精心创造出来的艺术情境、艺术氛围。意境营构是一种苦心孤诣、繁复多变,甚至带有一点神秘感的艺术创造过程。尽管如此,这一艺术创造过程还是有一定的一般规律、共有法则可资遵循的。这种一般规律、共有法则可归纳为两句话,八个字:情景交融、虚实相生。情景交融,是就其艺术元素而言;虚实相生,是就其艺术手段而言。我们不妨通过一个典型的例子来初步了解意境营构的这种一般规律、共有法则。

春望[①] 杜甫

国破山河在[②],城春草木深。

感时花溅泪[③],恨别鸟惊心[④]。

烽火连三月[⑤],家书抵万金[⑥]。

白头搔更短[⑦],浑欲不胜簪[⑧]。

[注释]

①春望:春日眺望。

②国:国都,指长安(今陕西西安)。破:陷落,被敌人占领。

③感时:感于时,因时势而感伤。时,时事、时局。

④恨别:为家人离散而哀怨。惊心:心神不宁,心悸。

⑤烽火:古代边境上用以报警的烟火,这里借代战争。

⑥家书:家信。抵万金:价值万金,表示十分难得,极为珍贵。抵,值、相当。

⑦白头:白发。搔:用手指抓。短:短少,这里是稀疏的意思。

⑧浑:简直。欲:几乎。胜:经受得住。簪:古人用以束发或束发于冠的用具。

[赏析]

从生成机制看,诗的意境是在心物交感、主客交契中,由情与景两种艺术元素,或者说是由情与景两种艺术元素系统——情意结构与意象结构,依循虚实相生的辩证法则,精心创造出来的一种既虚幻又实在,既富含象外象又富含象外意的审美心理结构。所以,意境营构的基本法则,归纳起来不外乎"情景交融、虚实相生"这八个字。虚与实,本是一组具有多义性、相对性的辩证范畴:情抽象,景具象,故情为虚,景为实;与此相应,抒情为虚,写景为实。就表现手法而论,实描为实,虚写为虚;正面描写为实,侧面烘托为虚。相对而论,相较而言,情或抒情、景或写景、实描或虚写、正面描写或侧面烘托,亦各自有虚实之分。为了便于入门,下面我们试简单地以情景论虚实,并通过例析杜甫的爱国名篇《春望》,初步把握营构意境的这一基本法则。

《春望》作于唐肃宗至德二载(757)春,此时杜甫成了安史叛军的俘虏,久困于沦陷的长安。处在血雨腥风的非常时期,诗人忧国忧民、感时恨别之情,如火山里的熔岩,在胸中沸腾、激荡,最终喷发于诗的火山口,于是有《春望》《月夜》《哀王孙》《哀江头》《悲陈陶》这一系列爱国名篇问世。《春望》是其中最具代表性的一首。

这首五言律诗用古典抒情诗写景抒情的常式与常法,通过对沦陷的都城之

春景的描绘,抒写感时恨别、忧国思家的情怀。诗均分为前后两部分,紧扣"春望"二字写景抒情:前二联写"春望"之景,后二联抒"春望"之情。写景的两联,或融情入景,或移情于景,皆寓虚入实,"化景物为情思"。抒情的两联则化虚为实,或叙国事家事,或自绘愁苦相,把抽象的化为具象的,借意象表现情思。本篇就是如此运用情景交融、虚实相生的法则,营构富含象外之象、象外之意的高远意境。下面我们来做具体的赏析。

"国破山河在,城春草木深。"国都陷落,依然如故的是大好河山;春到京城,唯有野草杂树映入眼帘。首联扣题总起,总揽"春望"之景,从大处落笔,写远景、大景,绘出沦陷的国都的鸟瞰图,并托感于物,借景抒情。"国破"与"山河在"、"城春"与"草木深",互为反衬,造成强烈的反差。此联无一字言情,却翻跌出隐喻在景中的无限悲慨:江山依然在而人事皆非,春天照样来却满目疮痍。无限悲怆,俱在言外。诚如司马光《续温公诗话》所说:"'山河在'明无余物矣,'草木深'明无人矣。"只写景物,不言时事,而叛逆者的暴戾恣睢、血腥虐杀,受难者的顿足呼号、沉痛呻吟,可以目视,可以耳闻,一种悲怆苍凉的情境与氛围开始形成。

"感时花溅泪,恨别鸟惊心。"感伤时局,怅恨离别,花也珠泪涟涟,鸟也心惊肉颤。颔联从细处着墨,分写"春望"之近景、小景,通过细部刻画进一步营造与烘染悲怆苍凉的情境与氛围。诗人身陷贼中,因感时恨别、忧国思家而触目伤怀,见花开而流泪,闻鸟啼而心悸,便移情于物,将自己的主观情感注入花与鸟,因此而有"感时花溅泪,恨别鸟惊心"这一名联传世。就语言技巧而言,说"花溅泪""鸟惊心"是拟人手法。原本是诗人郁愤厚积,忧心如焚,老泪纵横,心惊肉跳,因而看到春花露珠淋漓,便觉得花也珠泪涟涟;听到春鸟竞相啼鸣,便觉得鸟也惊恐呼叫。诗人以含情之目观物,则物亦生情,于是移人之情为物之情,反以物之情写人之情。此联是景语,更是情语,妙在移情于景,"超以象外",有言外意、象外象。花与鸟本无情之物,也因"感时""恨别"而"溅泪",而"惊心",身陷贼中,满腹家国之思的诗人,其感时恨别之情,又当何其酸楚,何其难堪!只写景物,而不直接写人,更不直接抒情,因感时恨别而挥泪如雨、心神不宁的人,却更加形象鲜明、感人涕零地突显于意境之中。这"人",不单是诗人一人,还包括与诗人同遭厄运的千千万万黎民百姓。

以上两联营构悲怆苍凉的意境，着笔于物境，以下两联则着意于心境；前者侧重于化虚入实，后者侧重于化虚为实。

"烽火连三月，家书抵万金。"接连三月，战火未熄，燃烧着整个春天；一封家信，万金难买，实在是价值无限！颈联分承对转，分承颔联的写景转而分写"感时""恨别"之情，直接表现家国之忧。"烽火连三月"，承"感时"句一转；"家书抵万金"，承"恨别"句一转。此联化虚为实，化抽象为具象，叙国事、家事以抒发国忧、家愁，把"感时""恨别"具体化、具象化。前两联皆着眼于空间意象，此联则着眼于时间意象：上句表现和慨叹战火久燃，下句表现和慨叹音讯久绝。"烽火连三月"，强调整个春季仿佛都在战火中燃烧。据《新唐书·肃宗纪》记载：至德二载春天，战事频仍。正月，叛将安庆绪、尹子奇攻打睢阳，被张巡击败；李光弼与安庆绪战于太原，得胜。二月，郭子仪与安庆绪战于武功，被打败；安庆绪攻占冯翊郡。三月，尹子奇又引兵攻睢阳……"烽火连三月"，是对这一段充满血腥与苦难的历史的高度概括。"家书抵万金"，在弥天的战火中，随时都有可能化为灰烬的家，久无音讯，使诗人长时间魂牵梦绕，如火煎心。但诗人不直说对家人的牵挂与担忧，却以夸张的笔墨渲染"家书"的珍贵难得。身为俘虏的诗人，要想做到"囊中羞涩一钱看"尚不可得，不用说以"万金"获致"家书"，更不待说纵有"万金"也买不来"家书"。"家书抵万金"一句，把怅恨离乱、惦念亲人、亟盼家书的迫切与焦虑，婉转曲折地表现于象外、言外；也从个人体验中提炼出了人之常情，道出了千百万人的共同体验，既有无限的深度，又有无限的广度，达于化意为象、化虚为实的极致，千百年来激起了人们的广泛共鸣，成为脍炙人口的警句、佳句。

"感时"也罢，"恨别"也罢，对身陷贼中的诗人来说，都是徒劳的，更是无奈的，既不能为国家效力，又不能与亲人团聚。尾联则形象而含蓄地表现了这种无奈："白头搔更短，浑欲不胜簪。"频频挠头，鬓发渐白渐稀疏；白发日稀，几乎插不稳发簪。此联画像抒怀，总收"春望"之情。这也是化虚为实，将感时恨别的思想感情具象化为感时恨别的自我意象。既通过自绘频频搔首、白发日稀的肖像，

生动而又深刻地展现诗人为国事、家事忧深痛剧而又无可奈何的心境,又将自我意象置于悲怆苍凉的情境与氛围中,圆满地完成了本篇意境的营构。

总而言之,简而言之,诗人依循着情景交融、虚实相生的基本法则,将家国之思与春望之景浑融化合,营构出悲壮苍凉的高远意境,并结晶为《春望》这首有口皆碑、千古传诵的爱国名篇。由此例可知:意境的营构,实为情与景、虚与实,相辅相成,辩证统一。

2. 意境营构与意象组合

意境营构与意象组合皆属诗的艺术构思范畴,但牵涉的范围与层面有广狭深浅之别。意境营构是全局性的,意象组合却是局部性的;意境营构涉及一首诗的艺术构思的整体,意象组合只涉及诗中单个的或复合的具象元件,即只涉及若干意象或意象群。换一个角度看,意象组合主要涉及外显的具象的层面,意境营构既涉及外显的具象的层面,也涉及外显的或深蕴的抽象的层面。总之,意象组合只涉及景这一艺术元素系统的构思;意境营构却要总揽情与景这两个艺术元素系统,从宏观上处理情与景两个艺术元素系统的关系,将两者化合为一,营造为谐美超妙的艺术情境,渲染出特定的艺术氛围。此外,意境营构与意象组合在方式上也有质的差异:一为浑融,即化合;一为组接,即排列组合。意境营构与意象组合又是血肉相连的:意境营构以意象为感性材料,借意象组合奠定感性基础;意象组合是为诗歌建构外显的、可感的结构层面,没有意象和意象组合,意境营构则无所附丽,无从实现;意境营构是诗歌艺术构思的终极目标,不啻意象组合,诗的一切艺术技巧与艺术语言的运用,都服从于并服务于意境的营构。

意象组合在诗歌艺术构思中只是一个并非独立存在的中介过程,意境营构与意象组合是同步进行的,组合意象的过程亦即营构意境的过程;诗人绝非先组合意象再营构意境。将意象组合与意境营构在鉴赏理论上析而言之,在鉴赏实践中分步到位,是为了使诗歌鉴赏理论的建构与鉴赏能力的培养有一个阶梯式的循序递升的过程。以《意象篇》建构的鉴赏理论系统与能力系统为基础,建构《意境篇》的鉴赏理论系统与能力系统,则便于读者由实入虚、由表及里、由易到难,即由具象到抽象,因景见情,循序渐进,步入诗歌的艺术圣殿。下面我们来由实入虚、由表及里,鉴赏一首具有典范性的诗。

山房春事① 岑参

梁园日暮乱飞鸦②,极目萧条三两家。

庭树不知人去尽③,春来还发旧时花④。

[注释]

①山房:山中的房屋,也叫别业,即别墅。春事:春天的景况。

②梁园:也叫梁苑、兔园,汉代梁孝王刘武所建宫苑,故址在今河南省商丘市东。

③庭:院子。

④发:开放、萌发。旧时花:同往年一样的花。

[赏析]

从外显的、具象的层面看,岑参《山房春事》是一首游赏胜迹的山水诗。这首诗组合了夕阳、乌鸦、人家、花树等少许意象,镶嵌出一幅"极目萧条"的梁园春色图。本篇综合运用了逐层远移和逐层推进的层递式组合意象。开篇展示中景,"梁园日暮乱飞鸦"。再远移视点,拓展视野,取其远景,"极目萧条三两家"。这两个画面,或者说这两个意象群,是以逐层远移的层递式加以组合的。然后,视距猛然收缩,视野急剧缩小,推出近景:"庭树不知人去尽,春来还发旧时花。"联系前两个画面来审视,这是以逐层推进的层递式组合意象:前面是全景,是对整个梁园的大环境的泛写;后面推出的是梁园的一个特定的角落,即"山房"中"庭树"的特写镜头,是对"山房春事"的传神写照。在意象组合过程中,随视点的或进或退,视野的或弛或张,延缓了表现题旨的流程,也强化了揭示题旨的力度,使意象组合蕴蓄了巨大的艺术张力。单从意象组合这一具象的、外显的层面解读《山房春事》,我们可以观赏到这样一幅色调极不和谐的春色图:梁园曾是游人穿梭如织的游赏胜地,如今却是"人去尽",花自开;已是春满人间的时节,但

入耳入目唯有苍茫的暮色、萧疏的人家、刺耳的鸦噪，一派冷清索寞的景象。这种不和谐性还远不止呈现于画面的这些，深入细读方知底里。

以上只是读其皮毛，因为意象组合关涉的只是诗歌构思中具象的局部和外显的表层，也就是说，触及的只是诗的皮肉（感性本体），尚未直接触及诗的灵魂（情意本体）。要想"深识鉴奥"，成为诗人的真正的知音，还得切入意境营构这一层面，既以目视，又以神遇，穿透躯壳，观照全局，如是方能深知内蕴，洞察奥妙。但反过来讲，从观赏这幅色调极不和谐的春色图起步，却是大有必要的。它能刺激我们"深识鉴奥"、剖解悬念的欲望和兴趣；同时为我们由实而虚、由浅而深鉴赏意境，提供感性的基础。形象地讲，是为我们修砌了一列登堂入室的台阶，拾级而上，便可以畅游那深藏着丰富多彩的象外象、象外意的意境。为了扪毛辨骨，并洞见其灵魂，下面，我们深入一层，拓宽一层，着眼于借景抒情，情景交融、虚实相生的辩证法则，切入意境营构这一层面，全方位地审视《山房春事》的艺术构思的全局。

这首诗营构意境多法并举。首先是触景生情，即景抒情。安史之乱后，诗人旧地重游，目睹梁园的萧条破败，回首早年畅游梁园所见的盛景，追念汉代梁园建园伊始的盛况，睹物伤怀，引发盛衰无常、物是人非的悲慨，于是借描写眼前萧条景，含蓄地抒发胸中伤乱情。梁园是汉代屈指可数的名园，周围三百多里，园中有百灵山、落猿岩、栖龙岫、雁池、鹤洲、凫渚……宫馆相连，奇果佳树、珍禽异兽，应有尽有。梁孝王曾在园中设宴，与宾友相聚，一代才人邹阳、枚乘、司马相如等都应召而至。每到春天，更见热闹，百鸟巧啭，繁花满枝，车马接轸，士女杂沓。枚乘曾作《梁王兔园赋》记载并赞美其盛况和胜景。如此名园，即或成了废墟，可写之景亦远不止惨淡的夕阳、凄厉的乌啼、稀疏冷落的人家和繁花依旧的庭树。诗人营构意境只取这几样景物，显然是因情设景。诗人不取风和日丽的白昼景而取夕照黯然的日暮景，显然是别有寓意的。春天的梁园不只有乌鸦，少不了有莺歌燕舞赏心悦目，诗人却一概视而不见，充耳不闻。伤心人怕见伤心景，偏偏是那昏鸦最能刺激此时此境中诗人的感官，并率先成为伤心之情的载体。昔日人烟稠密，游客云集，亭台楼阁鳞次栉比的地方，而今"极目"搜索，也只能找到"萧条三两家",足见败落之甚,这也是最能刺激伤心人的感官的伤心景。繁花满枝的"庭树",无论与物境还是与心境,都是不协调的。一则,"庭树"繁花与乱飞昏鸦、萧疏人家,这乐景与哀景是极不协调的;再则,这春花满枝的"庭树"展示着浓浓的春意,而劫后余生的诗人心中早无春感,这客体与主体也是极不协调的。这极不协调更容易让人触目伤心。可见,取此几样景物入诗,乃缘情择景,因情布景,全是为了抒发今古兴亡之悲慨,诗因此而达于即景抒情,情景交融、虚实相生的极佳境界。诗中这种今古兴亡之悲慨,并未用直抒胸臆的方式来表达,全篇未用一字直接抒情,而是在即景抒情的基础上,套用融情入景与移情于景诸法营构意境,含蓄蕴藉地加以抒发。前二句纯用赋笔,却寓意于象,这是用融情入景之法营构意境。伤乱之情融入凋敝之景,意在言外。后二句妙作比拟,说"庭树不知",是拿它当人看待,认为它应该有"知",并责怪它不识趣,偏"发旧时花",无情地嘲弄那昔盛今衰的历史和现实。这是用移情于景之法营构意境。再换一个角度玩味,即把外显的景与深藏的情放在同一层面看其意境营构,可以欣赏到这首诗兼用的两种以景衬情之法:正衬和反衬。篇中深藏之情——喟叹昔盛今衰、物是人非,乃哀伤之情。前二句描写日暮萧条景,乃哀景;这两句是以哀景衬哀——正衬。后二句描写春花依旧盛开,乃乐景;这两句是乐景衬哀——反衬。鸦声不堪闻,惨景不忍睹,正伤心惨目之际,庭树繁花扑入眼帘:先后以不同色调的景物反复烘托同一情感,则更鲜明、更感人地衬托出伤乱之哀情。总之,《山房春事》采用多种方式方法精心创造情景交融、虚实相生的意境,既有即景抒情,又有融情入景和移情于景,还有以景衬情。

通过由意象组合到意境营构这两个梯次的赏析,我们对《山房春事》的精湛题旨与丰厚意蕴的体味与感悟,便逐渐由模糊而清晰,由浅表而深刻:原来这首模山范水、吟咏胜迹的山水诗,是一首深寄感慨、吊古伤时的感伤诗。它巧借梁园的今昔盛衰,以少总多、以小见大,含蓄地叹惋唐王朝从盛世顶峰的急剧跌落。意象少少许,而意境高远、意蕴隽永。

例析《山房春事》,我们可以悟出一点经验,归纳出一条鉴赏法则:诗歌鉴赏既要起步于意象这一具象的、外显的表层与局部,但又不能止步于此,而应以此

为晋身之阶,深入意境,畅游意境。如果说,从意象这一层面初步鉴赏诗歌,最便捷的门径是探究、研赏意象组合的方式方法;那么,从意境这一层面深入鉴赏诗歌,最便捷的门径则是探究、研赏意境营构的方式方法。两者虽有深浅难易之别,但殊途同归:追寻着诗人构思之踪迹,步入诗歌之圣殿。

(二) 意境营构的方式方法

意境营构,就是用情与景这两种艺术元素,精心创造艺术地体现特定的审美心理流程的艺术情境、艺术氛围。因此,借景抒情,并使情景交融、虚实相生,则成为诗人营构意境的必由之路。意境营构,实质上就是处理情和景这一组对立统一的艺术元素的关系问题。意境营构之法,实质上就是情与景虚实相生、相辅相成的辩证法:情因景而外化,物态化,或附着于物象上,或蕴蓄于物象中;景因情而内化,情感化(心灵化),化为内在的意中象、意中境。情与景相互依存、相互作用、相互渗透、相互转化,总之是相互生发,有机化合,浑然为一,此即所谓情景交融。韵味无穷、美妙无比的意境,便诞生于情景交融、虚实相生之中。

既然意境营构之法实质上就是情与景虚实相生、相辅相成的辩证法,因此要研赏意境营构的方式方法,或者说要从意境营构的审美视角切入诗歌的鉴赏,自然应把探究和鉴赏有关情与景的种种辩证关系、辩证技巧作为基本的课题。

情与景虚实相生、相辅相成的辩证关系,有或深或浅两个层面:从浅层看,情与景或相互依傍,或相互作用;从深层看,情与景则相互包容、相互转化。诗人基于情与景的这两个层面的辩证关系,创造出一系列营构意境的方式方法。从情与景相互依傍的角度看,意境营构的常用方式方法有即景抒情与造景抒情两法;从情与景相互作用的角度看,主要有以景衬情之法;从情与景相互包容、相互转化的层面看,意境营构的常用方式方法有移情于景、托物寓意和融情入景诸法。意境营构的这种种方式方法往往是相互依存,互为表里的。也就是说,诗人营构意境往往综合运用几种方式方法,很少有单用一种的。不妨先看两个范例。

台城① 韦庄

江雨霏霏江草齐②,六朝如梦鸟空啼③。

无情最是台城柳, 依旧烟笼十里堤④。

[注释]

①台城:六朝故宫,遗址在今江苏省南京市玄武湖畔。

②霏霏:细雨迷蒙的样子。齐:这里形容草长而密。

③六朝:指东吴、东晋和南朝的宋、齐、梁、陈这六个先后建都于金陵(今江苏南京)的朝代。空:空自、徒然地。

④烟笼:如烟雾般笼罩。十里堤:台城周围的护城河堤长约十里。

[赏析]

《台城》是一首凭迹吊古的咏史诗,抒写诗人凭吊六朝故宫引发的兴亡之慨。到唐代,无情的历史风雨早将六朝繁华剥蚀殆尽,六朝故宫早已荒芜不堪,到中唐时就已是一副"万户千门成野草"的破败相,而身当晚唐末世的韦庄眼中的台城,更是触目伤怀了。诗人抚今追昔,不胜感慨,于是作《台城》以抒发悼古伤今之浩叹。但诗人并未大发宏论,更未空抒感慨。篇中除"六朝如梦"四字直抒其慨外,全用种种借景抒情、情景交融、虚实相生的手法营构意境,含蓄蕴藉地表现题旨。下面,我们来具体赏析《台城》是怎样借景抒情,怎样综合运用多种情景交融、虚实相生的手法来营构意境的。

"江雨霏霏江草齐,六朝如梦鸟空啼。"上句写景着眼于宏观。诗人极目故都金陵,入目只有"江雨"和"江草":长江之上,迷迷茫茫,雨丝如织;长江之滨,芳草萋萋,碧绿如茵。言外之意是:六朝金粉、灯红酒绿,早已荡然无存。诗人把台城及整个大环境全置于朦朦胧胧的雨帘与茫无涯际的荒草中,营造和烘染出空蒙凄美、如梦似幻的情境与氛围。下句写景着意于微观,并直切踏访台城所触发的感慨。诗人侧耳六朝故宫,入耳唯有春鸟的徒然巧啭;五音繁会的歌吹弹唱阒然无闻。这岑寂的、梦幻般的情境与氛围,使追寻六朝遗踪的诗人陷入了沉思,

想到三百年间,六个短命的王朝一个接一个地兴盛,又一个接一个地衰亡,像一个个步履匆匆的历史过客,更像一个个倏然即逝的黄粱美梦,于是"六朝如梦"的迷惑感、虚幻感和伤悼情油然而生。而触发诗人的迷惑感、虚幻感和伤悼情者,远不止春雨、春草和春鸟,更有"台城柳"和"十里堤"。

后二句所描绘的堤柳堆烟之景,同样笼罩在迷离惝恍的雨帘之中,掩藏在萋萋苍苍的草丛中,因此进一步营造和烘染出空蒙凄美、如梦似幻的情境与氛围。"无情最是台城柳",为"台城柳最是无情"的倒装。以"最是"强调和突现柳之"无情",可推知所谓"无情"者,包举前面所写的春雨、春草和春鸟,亦囊括后面所写的长堤,是说眼前所有的景物都是无情的,不过"台城柳"尤甚。为什么这样说呢?因为,六朝递相覆灭之时和覆灭之后,数百年间,雨自落,草自绿,鸟自啼,柳自繁茂如烟,堤自安然卧波,对朝代兴衰、世事变迁,漠然视之、泰然处之,所以说它们都是无情的。在历朝历代的诗人笔下,"柳"这一意象总是与缠绵悱恻的离情别绪纠缠在一起的,最是多情,为什么此时此境倒成了"最是无情"的呢?原来是因为它"依旧烟笼十里堤"。"台城柳",原本台城护城河堤上之"御柳",与台城关系至密,按理当与台城感情至深。六朝繁华,转眼成烟;六朝故宫,早已凋敝,但这亲历六朝兴替,阅尽人间沧桑的历史见证者,却仍然像六朝时一样,如轻烟,似浓雾,笼罩着、装扮着那曾经人流如潮、笙歌盈耳的十里御堤,仿佛"六代竞豪华"的盛况依旧如梦似幻般掩藏其中,这更叫人困惑,更促人伤感,岂非无情之至!因此最能触痛诗人因兴亡盛衰而伤感的神经者,莫过于这"台城柳",难怪诗人要以一半的篇幅泼墨渲染,并斥之为"最是无情"。其实,春柳同春雨、春草、春鸟、长堤这些自然之物与人为之物,皆无所谓有情与无情。诗人以"无情"责之,是多情的诗人主观上认为它们应该有情,对朝代兴衰、人世沧桑应该有所感应,但是它们却无动于衷。究其根源,是由于诗人为六朝故宫之今昔盛衰、物是人非而感慨良深,并为身处末世、国运式微而忧心忡忡,情不自胜,于是移情于物,将物人格化、情感化,以物之冷漠无情,有力地烘托出诗人自身的迷惑感、虚幻感与伤悼情。

综观全篇立意与构思,可以看到,诗人为了艺术地呈现凭吊六朝故宫台城的审美心理流程,而将此诗的意境营构置于巨大的时空框架中。倘若把时间与空间比作坐标系,台城刚好处在时间纵轴与空间横轴的交叉点上,梦幻般逝去的历史与颓势不可逆转的现实在这里交会,永恒不变的自然与沧海桑田的人世亦在这里交接。于是,永逝的繁华反照出现实的衰败,不变的自然映衬出世事的多变,而这一切又全笼罩在烟雨迷蒙之中,掩藏在荒草萋萋之中。因此,诗人凭吊六朝故宫,追怀六朝往事,入耳入目之景才会如此强烈地刺激着诗人的感官,震撼着诗人的灵魂,使诗人痛感历史的虚无、历史的绝情,使悼古伤今之情格外浓烈。于是,诗人用即景抒情之法,择取入耳入目的雨中春景,抒写其迷惑感、虚幻感与伤悼情,并使情景交融、虚实相生,营构为空蒙凄美、如梦似幻的意境。同时,《台城》还兼用了以景衬情之法来营构意境。诗人笔下的故宫遗迹及其大背景,是幽美的,却是凄迷的,如画境,更如梦境,有力地烘托出诗人的迷惑感、虚幻感与伤悼情。除用即景抒情、以景衬情之法,使情与景在相互依傍、互为陪衬中交互融合外,诗的前二句用融情入景之法,潜移默化地将迷惑感、虚幻感与伤悼情浸润到眼前景中;后二句则用移情于景之法,主观能动地将胸中情移植于眼前景。意境营构中这一系列借景抒情的手法的综合运用,使情景交融达于出神入化的极境:诗人的迷惑感、虚幻感与伤悼情,贴附于景中,渗透于景中,涵纳于景中,使春雨霏霏、春草芊芊、春鸟啁啾、堤柳堆烟这一系列景象,全濡染上诗人的主观感情色彩,愈显得迷幻、凄美;这一系列情感化、心灵化了的景象,不但触发了,并且不断地强化着诗人的迷惑感、虚幻感与伤悼情,更含蓄地表现着诗人的迷惑感、虚幻感与伤悼情。王夫之曰:"情景名为二,而实不可离,神于诗者,妙合无垠。"(《姜斋诗话》)在《台城》的意境营构中,诗人就是这样多法并用,使情与景"妙合无垠"的。

柳枝词① 郑文宝

亭亭画舸系春潭②,只待行人酒半酣③。
不管烟波与风雨④,载将离恨过江南⑤。

[注释]

①柳枝词:唐代舞曲,宋代转化为词牌。

②亭亭:同"婷婷",秀美的样子。画舸(gě):雕饰精美的船。舸,大船。系:绾住,这里指停靠。

③待:等到。行人:远行的人,指诗人所送之人。酣:喝酒喝得很痛快。

④烟波:水雾迷漫,波涛翻滚。

⑤将:语助词,表示动作开始。

[赏析]

在意境营构中,情与景或相互依傍或相互作用的常用方式方法,如即景抒情、造景抒情、以景衬情,往往综合运用;这三种方式方法同情与景相互包容、相互转化的常用方式方法,如移情于景、托物寓意、融情入景,也往往互为表里,相辅相成。宋代诗人郑文宝的《柳枝词》是一个颇具典范性的例子。这首诗以极其凝练、极其含蓄的笔墨,高度集中地运用多种方式方法营构情景交融、虚实相生的意境,表现临别瞬间依依惜别的典型感受。

前二句用即景抒情之法营构意境。"亭亭画舸系春潭,只待行人酒半酣。"雕饰精美的航船停泊在碧波荡漾、春意盎然的水潭中,只等那远行的游子喝得半醉半醒,迷迷糊糊,便要载着他毅然决然地离去。这两句表现诗人在送别时触景生情:在饯行中诗人蓦然瞥见"春潭"中即将载着"行人"远走他方的"画舸",触引离愁别恨从心底涌出,于是借描绘"画舸系春潭"的眼前景起兴,引起对离愁别恨的抒发。

后二句用造景抒情之法营构意境。"不管烟波与风雨,载将离恨过江南。"那雕饰精美的航船,将掉头不顾,一意孤行,不管烟波浩渺,也不管雨骤风狂,载满沉甸甸的离愁别恨,驶往那遥远的、遥远的江南。由于触目所及的眼前景远不足以用来抒发充溢于胸中的离别情,诗人于是张开想象的翅膀,逸出现实实境,飞向未来虚境,悬想"行人"别后远走"江南"的情景。这两句婉曲有致,颇耐俊赏。首先,它预示"行人"辞别诗人之后,将出没于茫茫迷雾、惊涛骇浪和狂风暴雨之中,使想象中的千里奔波充满艰难险阻,曲曲见出离别的不忍,离情的难堪。其次,不说"画舸"将载走"行人",却说"画舸"将载走"离恨"。谁的"离恨"?既是"行人"的,更是诗人的。"离恨"满船,足见离别双方情深意挚,难舍难分。尤令人拍案叫绝的是,诗人巧用拟物手法,化虚为实,把离愁别恨化作有形体,有重量,可运可载的实物,把离愁别恨写得沉甸甸的,给人以不堪重负之感。

换一个角度看,这首诗通篇兼用以景衬情之法营构意境,而且反衬与正衬并举。前二句乐景衬哀,以雕饰精美的"画舸"与绿意怡人的"春潭"从反面烘染离愁别恨,景物愈是优美可人,愈反射出离情的难以忍受。后二句哀景衬哀,以烟波迷茫、风雨如晦之哀景,衬托出伤离怨别、无可奈何的哀情。

再透进一层,从情与景相互包容、相互转化的层面看,这首诗营构意境还运用了移情于景之法与融情入景之法,更使情景交融臻于物我两忘的化境。诗中用作背景和陪衬的主要景物是"画舸",诗人以"不管"二字将其人格化、情感化。这"不管"二字关涉全篇,意思是说,这艘"画舸"将置"行人"与诗人的依恋难舍于不顾,要强将"行人"载走;更将置旅途的千难万险、千辛万苦及诗人的无穷牵挂于不顾,要强载"行人"远渡"江南",漂泊天涯。这"画舸"显得如此寡情寡义,正是由于送别时深受离情困扰的诗人百般无奈,而迁怒于物,移情于景的缘故。这迁怒,这移情,更使情与景浑融无间,我与物打成一片,让人分不清是物冷酷无情,还是人太过多情,从而生动有力、婉曲有致地突现了离别的不忍、离情的不堪。此外,首句"亭亭画舸系春潭",似乎纯写送别时的眼前场景,实则暗用融情入景之法营构意境。再现眼前的良辰美景,暗示离别将发生在友人或亲人本当永远共游共享的时节和场所,不言情,依依别情已浸润于景中。再联系题上"柳枝"二字来解"系"字,可悟出"画舸"绾于潭边杨柳上,而"长安陌上无穷树,只有垂杨绾别离"。"杨柳"这一意象虽在言辞之外,却在意境之中,亦暗传出诗人与"行人"之间的依恋难舍之情。此句与王维《送元二使安西》中的"渭城朝雨浥轻尘,客舍青青柳色新",几有异曲同工之妙。

在短短二十八个字的小诗里,即景抒情、造景抒情、以景衬情和移情于景、

融情入景等多种手法配合默契,营构出谐美超妙的意境,把离愁别恨既宣泄得淋漓尽致,又表达得含蓄隽永。

一般地讲,意境营构的种种方式方法总是综合运用的,但为了便于表达,易于把握,下面我们仍像研赏意象组合那样,分门别类地加以表述和例析。

1. 即景抒情法

由于现实实境中的景物的触动与启示,产生或引发某种情意,于是描写所触之景,兴起并抒发所生之情,所触之景与所生之情相互依存,交融互化,虚实相生,营构为意境,这种意境营构的方式方法就叫作即景抒情。即景抒情之法的生成机理是一种由此及彼或由彼及此的联想。这种意境营构的方式方法是对《诗经》起兴手法的创造性的继承与发展。在意境营构过程中,情与景相互生发:景触发了情,情浸润于景,情与景相融相谐,成为意境。其结构层次大多是按情景感应、即物起兴的脉络,先写所触之景,后抒所生之情,正是因为人对景物的感应过程是景物的触引在先,情意的感发在后,诗则按其天然顺序来安排结构层次。但有时也有例外:先抒所生之情,再写所触之景。

即景抒情的写景虽不排斥夸张、变形之类的艺术手段,但其基本表现方式是写实。因此,即景抒情所写之景一般具有现实性、本真性,无论整体与细部,无论形与神,在本质上依然保持着现实实物的原貌,有时还具有明显的当下性。所谓当下性,指所写之景由诗人当前目下视力、听力所及的现实实物的映象或表象转化而来,是现时的、鲜活的。诗人即景抒情,有时是直接面对现实实境中的人、事、物赋形传神,实描其所见所闻;有时是离开现场之后,对现实实物的记忆表象进行艺术加工,将其升华为审美意象,转化为诗中之景。也就是说,即景抒情,可写当前的眼前景,也可写先前的眼前景,更可合写两者。而两者的心理基础都是兼容着感性直觉与理性直觉的审美感觉,因此两者往往难分彼此。用即景抒情法营构意境,其写景虽以写实为基本笔法,但其借景抒情具有很强的能动性、主观性。

(1) 即景抒情法的界定

月夜忆舍弟① 杜甫

戍鼓断人行②，边秋一雁声③。

露从今夜白④，月是故乡明。

有弟皆分散，　无家问死生。

寄书长不达⑤，况乃未休兵⑥。

[注释]

①舍弟：家弟，古时谦称自己的兄弟。杜甫有四位兄弟：颖、观、封、占，此时唯占相随，其余皆失散在沦陷区。

②戍鼓：戍楼上用以报时或告警的鼓声。断人行：禁绝行人往来。

③边：边远地区，指秦州(今甘肃天水)。

④露从句：当天大约是白露节。白露节是二十四节气之一，在阴历八月。

⑤书：书信。长：常、一直、老是。

⑥况乃：况且是。休：停止。兵：兵器，借代战争。

[赏析]

《月夜忆舍弟》是杜甫在安史之乱中的忆弟之作，大约作于唐肃宗乾元二年(729)诗人流寓秦州时。

这首五言律诗以即景抒情为基本手段营构意境：月夜之景触发了积淀于胸臆的忆弟之情，诗人于是描写所触之眼前景，兴起并抒发胸中情。诗亦按前景后情的常格常式谋篇布局：前二联或明或暗扣着题面"月夜"二字写眼前景，后二联紧扣题面"忆舍弟"三字抒发由月夜之景激活、引发的对离散于战乱中的兄弟的思念与担忧。情从景出，景随情异，月夜之景与忆弟之情，相互依存，交融互化，虚实相济，营构为沉郁悲怆的意境。

首联"戍鼓断人行，边秋一雁声"暗扣"月夜"二字写景，交代忆弟的时间、地

点。上句视听并举,写所见所闻。"戍鼓",即夜间更鼓。鼓声一响,行人绝迹,显然这里的"戍鼓"不仅是报时的更鼓,也是宵禁的警号。秦州当时是西北要塞,虽离安史之乱的战场尚远,却仍不免受到艰危时局的影响,更何况时有吐蕃犯境。在秦州,战争气氛居然紧张可怖如此,能不勾起诗人对身陷战火之中的"舍弟"的无限思念、无比担忧吗?"戍鼓"这个意象暗含一个"夜"字,因为夜间才击"戍鼓";"断人行"则暗含一个"月"字,因为只有在月夜方能看清"人行"是否已"断"。下句从听觉的角度下笔,写在秋声盈耳的边城,天外传来孤雁的哀鸣。"一雁"就是孤雁,说"一雁"是为了合于平仄。此句实写眼前景而暗含比兴。此处"一雁"这个意象可能兼含两重喻义:古人常以雁行喻兄弟,这里是以孤雁隐喻在战乱中失群的兄弟,当时诗人与兄弟们都成了离群的孤雁,因此"一雁"这个意象暗含着兄弟离散之意;古代有"鸿雁传书"之说,而此时离散的兄弟之间音讯杳无,鸿雁传书更成为一种美好而虚妄的构想。所以,诗人刻意用"一雁"这个寓意丰富的意象为后半首抒忆弟之情张本。"边"与"秋"这两个意象不仅从地域(荒远边地)、季节(秋凉天气)两个方面为孤雁布置背景,更渲染出一派悲凉的氛围,亦为抒情预作铺垫。

"露从今夜白,月是故乡明。"颔联明扣"月夜"二字写景。就语言技巧而言,此联兼用拆字与倒文手法,将"白露"与"明月"这两个平常语分析开来,倒置句中。王得臣云:"杜子美(甫)善于用事及常语,多离析或倒句,则语峻而体健,意亦深稳。"(《麈史》)此联最为典型。就意蕴而言,上句点明节令,今夜是白露节;同时也从触觉的角度描写月夜之景,表明当夜秋气正浓,凉意彻骨。这凉意既源于"露从今夜白"的外部世界,也来自因兄弟失散而痛感孤独凄凉的内心世界。诗人用"白露"这个意象表现秋意加深,也许是实写其景——诗人确实见到今夜清露变白,也许是由节令变更触发的心理错觉——安土重迁的古人往往对节令变迁十分敏感,更可能是写实的成分与错觉的成分兼而有之。此句写景已臻于情景交融、物我两忘的化境。下句从视觉的角度表现月夜之景,同样达到了不知何者为我何者为物的化境。说"月是故乡明",是暗示此时此地月亮不是太明亮,但更是一种心理错觉。其实,普天之下,共有一月,不论何方之月都有阴晴圆缺,绝不会因地域的不同而有明暗大小的差异。然而在流寓他乡的游子的记忆库中,总是有选择地,甚至是极挑剔地储藏着关于家乡的最美好的印象,所以有"甜不甜故乡水,亲不亲故乡人"的偏激之词流播于世。此时此地,作为团圆与离别的象征体的月亮,进一步激化了诗人对故乡、对亲人的惦记与思念,因此才生出故乡之月比他乡之月更皎洁明亮的主观感受和心理幻觉。总之,此联表现了诗人伫立望月、寒露浸衣的情境,是景语,亦是情语,更是物与我不分彼此,情与景浑融无间的妙语。

前二联是写景的,诗人通过听觉、触觉、视觉所感触到的鼓声、雁鸣及白露、明月等景物全都情感化、心灵化了,这些景物不仅是忆弟之情的导体,也是忆弟之情的载体。

后二联抒写感物伤怀激起的忆弟之情,一句一层,层递层深地直抒眼前景所触发的凄楚哀感的胸中情。"有弟皆分散",这是一层。"有弟"逆接以"皆分散",已见出思念之意、悲苦之情。"无家问死生",翻进一层,更见出思念之切、悲苦之甚。此年九月,史思明复率叛军自范阳南下,东都洛阳及齐、鲁、郑、滑等州相继失陷。杜甫在洛阳附近的老家毁于战火,故曰"无家"。家毁了,失散于战乱中的兄弟更加生死难卜,连消息都无处打探了,岂不更堪忧,岂不更堪悲!"有弟"与"无家"对比鲜明地置于句首,有力地强化了忆弟之情。"寄书长不达,况乃未休兵。"尾联以递进的句法再推进两层:离散于平时,书信尚且难以通达;更何况是在干戈未息的非常时期。此联不仅把忆弟之情表达得沉痛悲怆之极,也把家族不幸与社稷罹难系结在一起,使忆弟之情富含深刻的社会内蕴及广泛的典型意义。从章法看,尾句回应首句,突出触发忆弟之情的根本诱因是战争,进一步彰显离乱思亲的题旨,也使全篇结构首尾圆合。忆弟之情的抒发刚刚掀起高潮便戛然而止,然余韵袅袅,不绝如缕。

统观全篇,《月夜忆舍弟》的前二联与后二联虽笔法各异,前二联侧重写月夜之景,后二联侧重抒忆弟之情,然两者有机结合,辩证统一:月夜之景触发了忆弟之情,忆弟之情浸润于月夜之景,情与景、虚与实,在相互依傍中融通化合,浑然为一,沉郁悲怆的意境便在这情景交融、虚实相生中被精心创造出来。

（2）即景抒情法的心理基础

登岳阳楼① 杜甫

昔闻洞庭水②，今上岳阳楼。
吴楚东南坼③，乾坤日夜浮④。
亲朋无一字⑤，老病有孤舟⑥。
戎马关山北⑦，凭轩涕泗流⑧。

[注释]

①岳阳楼：今湖南省岳阳市西门城楼，俯临洞庭，面对君山。

②洞庭水：即洞庭湖，在今湖南省北部，长江之南。

③吴楚：吴国、楚国，原是春秋时代两个诸侯国，在长江中下游一带，后来用以代称长江中下游一带，其大体方位，是吴在洞庭之东，楚在洞庭之南。坼(chè)：裂开，这里有分割之意。

④乾坤：天地。

⑤字：借代书信、音讯。

⑥老病：杜甫这年五十七岁，身患多种疾病。

⑦戎马：战马，借代战争。关山：险要的山峰、关隘。

⑧凭：靠着、扶着。轩：有栏杆的长廊或小室，这里指栏杆。涕：眼泪。泗(sì)：鼻涕。

[赏析]

唐代宗大历三年(768)冬，以船为家的杜甫沿江漂泊到了岳州(今湖南岳阳)，写下了《登岳阳楼》这一登临感怀、即景起兴的名篇。

这首五言律诗以即景抒情为基本的方式方法创造情景交融的意境。诗人登上岳阳楼，鸟瞰洞庭湖，浩浩汤汤、洪波鼓荡的眼前景象，触发了他厚积在胸臆的国恨家愁，终至于百感交集，涕泗横流。诗人于是依照触景生情、心物感应的自然顺序,描写所触之眼前景,兴起并抒发胸中情,所触之景与所抒之情相生相发、虚实相济,营构为浑厚高远的意境。全篇结构也因此而一分为二:前二联写"触景",后二联写"生情"。

首联叙登楼望湖之事,点题开篇:"昔闻洞庭水,今上岳阳楼。"过去,总听人说起烟波浩渺的洞庭湖;而今,有幸登上了俯临洞庭的岳阳楼。上句追述昔日神往已久,下句陈说今日登楼览胜。今昔对举,平平叙来,却见出复杂矛盾的心态。大意是说,昔日年少志壮,对于烟波浩渺、气象万千的洞庭湖,虽耳闻神往,而无缘游赏;岂料今朝漂泊零落,无心览胜,却满怀沉甸甸的国恨家愁登楼临眺。貌似平淡的叙述中,既有久仰初登、夙愿得偿的欣慰和喜悦,又含世事叵测、不胜今昔的感喟和忧伤。颔联写登楼望湖所见:"吴楚东南坼,乾坤日夜浮。"吴地和楚地,一东一南掰在了两处;苍天和大地,日日夜夜在湖中漂游。本联写景遗貌取神:不实描洞庭湖的壮观景象,而是从诗人眺望洞庭湖的主观感受下笔;不用力于绘其形,却着意于传其神,表现其声势和气派。即景抒情之法的心理基础,是一种由此及彼或由彼及此的审美联想。审美联想,是人在审美感知或回忆特定事物时连带想起其他相关事物的心理过程。诗人笔下这种分吴裂楚、浮天动地的声势和气派,既是洞庭湖浩瀚辽阔、波涛汹涌的景象在诗人心幕上的投影,是一种错觉性的主观印象,也是审美联想的产物——诗人目击浩阔的、动荡的洞庭湖及一在湖东一在湖南的吴楚大地,联想到了流浪的生涯、离散的亲友、分裂的国土、未靖的时局,痛感人生、社会,乃至整个宇宙,都在漂浮中,动荡中,分离中。因此,诗人在突现洞庭湖给予人的割裂感、漂浮感时,渗透进了自身的浮生感、离乱情,也折射出了河山破碎、万方多难的时势。后二联抒写触景所生的身世之感、国势之慨,更是基于这种审美联想。

颈联抒发登临凭眺引发的身世飘零之叹:"亲朋无一字,老病有孤舟。"时局动乱,亲朋好友音讯杳无;年老多病,相依为命只有孤舟。这是由眼前景观联想到了萍漂蓬转的孤危身世,由洞庭之"水"联想到了漂泊于水上的自身。从上联到此联有一个明显的转折:由写景转向抒情,由背景意象转出自我意象。这转折处形成鲜明的对比和有力的反衬:从外部联系看,即从两联的意象联系看,是大

小对比。分吴裂楚、涵天撼地的洞庭之宏阔，衬托出"老病""孤舟"、漂泊无依的诗人之孤微，由极大到极小，跌宕有力。从内部联系看，即从本联的意象联系看，是有无对比。上句说"无"，下句说"有"，绝无的是"亲朋"的音讯，仅有的是一叶"孤舟"，所有与所无之间反差十分强烈，有也等于无。鲜明的对比、有力的反衬，把诗人的身世之叹表现得格外沉重悲恸。这转折处的过渡也是极自然的：茫茫大地、悠悠苍天尚有割裂感、漂浮感，能不引发诗人的浮生感、离乱情吗？由颔联转出颈联可谓顺势而就。由颈联转出尾联同样是潜气内转，一脉相贯。杜甫最伟大之处就在于他始终把一己之忧、一家之忧，同人民之忧、国家之忧血肉般联系在一起，此诗由颈联牵出尾联正是以此为情感线索。尾联抒发登临凭眺引发的国势飘摇之慨："戎马关山北，凭轩涕泗流。"关山远隔的北方，干戈不息；倚栏眺望的游子，涕泪交流。上句概述时局，安史之乱虽已平定，但内乱外患纷至沓来，就在杜甫作此诗的当年八月，吐蕃大举入侵，京城吃紧，郭子仪率兵五万驻防奉天（今陕西乾县）。这就是"戎马关山北"的具体内涵。下句通过对神情举止的描绘完成自我意象的造型，形象地抒发感慨。诗人"涕泗流"，既为身世，更为国势。从形式上看，尾联以视线由眺望洞庭向极目关山的转移为契机，再作转折，突兀振起。而诗人视线的转移，是因为"关山北"是国都所在，故居所在，是内乱外患的焦点所在，是诗人流离失所、亲朋云散的根源所在；更是因为国难不已，家愁难纾。骨子里乃是以基于联想的情感脉络一线系之。颈联所抒的身世之忧与尾联所抒的国势之忧，就这样凭借着外在的和内在的有机联系紧密地绾合在一起。从心理基础看，与上联的向近处、小处展开由彼及此的联想不同，本联是向远处、大处展开由此及彼的联想。

综上所述，在《登岳阳楼》这首即景起兴的名篇中，洞庭湖分割吴楚、吞吐乾坤的壮丽景色和磅礴气势，同诗人的身世飘零、国势飘摇的深沉感喟，以由此及彼和由彼及此的审美联想为心理基础，以即景抒情为基本手段，交融互化、虚实相生，营构出浑厚高远的意境，体现了诗人沦落天涯、心忧天下的博大胸襟，洋溢着炽热的爱国主义精神。

(3)即景抒情法的生成机理

君子于役① 《诗经·王风》

君子于役,不知其期②,曷至哉③?

鸡栖于埘④,日之夕矣⑤,羊牛下来。

君子于役,如之何勿思⑥?

君子于役,不日不月⑦,曷其有佸⑧?

鸡栖于桀⑨,日之夕矣,羊牛下括⑩。

君子于役,苟无饥渴⑪!

[注释]

①君子:这里是妻子对丈夫的敬称。于:动词词头,无实义。役:用作动词,服兵役或徭役。

②期:服役的期限,即归期。

③曷(hé):何,什么时候。至:到达,这里指回家。哉:感叹词。

④埘(shí):挖墙洞或用土坯做成的鸡窝。

⑤日之夕:日夕,太阳到了落下去的时候。

⑥如之何:如何,怎么。勿:不。

⑦不日不月:无日无月,不计日子,不计月份,即归期不定。

⑧有(yòu):同"又",再次。佸(huó):聚会。

⑨桀(jié):用竹木编扎而成的鸡栅。

⑩括:与"佸"音义相同,这里指牛羊聚于栏内。

⑪苟无:该不会,带有疑问口吻的希望之词。

[赏析]

触景生情,即景抒情的诗歌早在先秦时代便已有之,《诗经·王风·君子于

役》是典型的一例。这是一首思妇诗,写一位劳动妇女对在外服役的丈夫的殷切思念与无比担忧,反映了战争、劳役给人民带来的深重苦难。

东周前期,征战频仍、徭役繁重,严重地阻碍了社会生产力的发展,破坏了人民家庭生活的安宁,给人民带来了深重的灾难和巨大的痛苦。《君子于役》这首民歌就是在这样的背景下产生的。这也是先秦时代大量产生征夫诗、思妇诗和离乱诗的社会背景。因此,《诗经》中,征夫与思妇这两种意象频频出现。所谓征夫,指远行在外服兵役或服劳役的男子。所谓思妇,指因亲人远出服役而思念萦怀的妇女。

《君子于役》用《诗经》习用的重章迭唱的章法。全诗两章,两章结构、措辞和内容基本相同,只更换了少数词句。每章各分为三个层次,都按"叙事—写景—抒情"安排层次结构,并用即景抒情的手法营构意境。下面,我们先读其第一章。

前三句为第一层。"君子于役,不知其期,曷至哉?"叙述征夫长年在远方服役,而且归期未卜,不知道什么时候才能回家团圆。这一层交代了触景生情的缘起。只叙其事,而孤独地困守在家的思妇长年惦念、殷切盼归之意,溢于言表。中间三句为第二层,一笔宕开,描写黄昏时分倚门翘望的思妇的眼前景。"鸡栖于埘,日之夕矣,羊牛下来。"夕阳西下,鸡群回窝,牛羊归栏,好一幅山村夕照图!后二句为第三层,直截了当吐露心声:"君子于役,如之何勿思!"夫君长期在远方服役,这怎么能不叫人牵肠挂肚呢!

再看第二章:"君子于役,不日不月,曷其有佸。鸡栖于桀,日之夕矣,羊牛下括。君子于役,苟无饥渴!"太阳已经下山了,回窝的家禽、回栏的家畜,聚集到了一起。这眼前的景象更加激起了思妇对长期远役在外的丈夫的思念与担忧。第二章是第一章的复叠,但又不是机械重复,而是递进一层。不仅时间有所推移,所抒的期盼、牵挂、焦虑、孤寂、怅惘情怀,比第一章也有所深化。

每章第二层的写景是篇中枢纽,是对前一层叙事的开拓,也为后一层的抒情作铺垫。就表现手法而言这是兴。所谓兴,即"先言他物以引起所咏之词也"(朱熹《诗集传》),也就是触物起情,借景言情。从意境营构的层面看,这是以即景抒情法创造情景交融的意境。

用即景抒情法营构意境,基于内情与外物在相互依傍中相互生发。从内情的角度看,情由景生——触景生情,睹物添愁。"鸡栖于埘,日之夕矣,羊牛下来。""鸡栖于桀,日之夕矣,羊牛下括。"日暮黄昏,家禽回窝,家畜回圈,眼前的一切景物都有了归宿。远役在外的征夫却居无定所、归无定期——没有归宿;思妇的生活与感情皆无所依傍——也无归宿。有归宿的与无归宿的形成了强烈的对比和巨大的反差。因此,这眼前景猛烈地撩动着思妇那颗本来就不平静的心,于是期盼、惦念、焦虑、孤寂、怅惘,种种意绪汇聚在一起,在心底翻腾并最终流溢出来。从外物的角度看,景因情异,缘情写景——景异化(心灵化、情感化)为情的最佳载体和传达媒介。经过思妇眼睛和心灵的过滤与折射,眼前景已不再是纯客观的见闻。写此眼前景,已不仅仅是对特定的时间、地点、场景的再现;眼中之所见,透露心中之所念,由于有了思妇主观情意的投射与渗透,所以这幅山村夕照图折射出了浓烈的思亲怀远之情。景触发了情,情浸润于景,情与景交互融通,弥漫一气,营构为幽邃深沉的意境。

这首思妇诗从内容到形式,对后世的诗歌产生了深远的影响。诗人往往借黄昏夕照的特定物境来表现思妇与游子的情感世界,显然是受了这首诗的启迪。其影响范围远远超出了以征夫、思妇为题材的诗歌,譬如从王维的田园隐逸诗《渭川田家》中也可隐隐见出这种影响和传承关系。不过,若唐人为此,大约会略去一章,并删掉前三句,因为唐人作诗尤贵含蓄与凝练,而且在意境营构中情与景会更加契合无间,浑融无迹。

(4)即景抒情法的常式与变式

柳州二月榕叶落尽偶题① 柳宗元

宦情羁思共凄凄②,春半如秋意转迷③。
山城过雨百花尽④,榕叶满庭莺乱啼⑤。

[注释]

①柳州:今广西壮族自治区柳州市。榕:榕树,常绿乔木,生长在福建、广东、

广西等地。

②宦情:做官的情怀,这里指贬官的幽愤。羁思:滞留他乡的意绪,指怀乡思亲的感情。

③春半:阴历二月,春季刚到一半。迷:惘然若失。

④过:经历、遭逢。尽:完。

⑤庭:院子。

[赏析]

运用即景抒情的手法营构意境,一般按照情景感应的自然顺序,前景后情:前面描写触引胸中情的眼前景,后面抒发眼前景引发的胸中情。但也偶有例外,柳宗元《柳州二月榕叶落尽偶题》就是一个例外。此诗先痛快淋漓地宣泄不可遏阻的幽愤,然后由果及因,展示激活幽愤的景物。

柳宗元怀着复兴唐王朝的美政理想,积极参与王叔文集团的政治革新运动。革新失败后,诗人和他的战友们遭到了残酷的政治迫害,被杀的被杀,遭贬的遭贬。诗人先被远贬蛮荒之地永州(今湖南永州),十年之后奉诏回京,只待了一个月,又被贬往更边远荒僻的柳州,东山再起和回归故里的希望之光倏然闪现又倏然幻灭了。诗人自二十六岁踏上仕途,至四十七岁在贬所溘然辞世,沉浮于宦海共二十一年,竟有十四年在贬谪中度过。不平则鸣,满腔积愤,一旦触物,便汩汩而出。有时如涓涓细流,款款而行;有时则如狂涛奔涌,一泻无余。此诗即如后者,开篇就让贬谪之怨、怀乡之念,奔腾怒号,飞流直下。

"宦情羁思共凄凄,春半如秋意转迷。"诗人身为逐臣,羁留异乡,长期远贬的"宦情"凄迷悲苦,怀乡思亲的"羁思"亦凄迷悲苦。两者有一,即令人沮丧,而两者交织,相互激化,更令人愁上加愁,悲上加悲,所以说"共凄凄"。更何况贬所的物候变迁又殊异于故乡,春季才及一半就示人以残秋般凄凉凋敝之象。古人一遇暮春穷秋往往会勾起叹老伤逝的感喟,此地仲春时节反常如秋,自然会让已经承受着双重悲愁的诗人"意转迷"——把伤春与悲秋混同一气,变得更加怅然若失、凄苦迷惘,以至不堪其精神重负,因此而有开篇抒情、先吐为快的发泄。

后二句具体描写柳州"春半如秋"的物候特征,倒挽出诱发多重悲愁的眼前景:"山城过雨百花尽,榕叶满庭莺乱啼。"柳州地处亚热带,物候变迁大不同于中原。在中原,阳春二月正是百花渐开、春意渐浓的时节,然而在柳州这座岭南山城,几经春雨的洗劫,却早早呈现出一派百花凋残的萧索景象。榕树是一种热带风景树,这种常绿乔木不像其他树木那样深秋落叶,而是到了春季新叶长出时老叶才纷纷落地。地域不同,风景殊异。当地人习以为常,见怪不怪;而异乡之客对异乡之景总难免十分敏感,少见多怪。柳宗元这位一再遭贬的异乡之客,面对这迥然不同的异乡之景,不仅十分敏感,而且十分伤感。因此仲春雨后,柳州残花狼藉、榕叶满院的景象,在诗人心中唤起浓浓秋意,引发多重悲愁汹涌而出,并且牵累那原本悦耳动听的莺声也似乎变了调。莺啼如歌,本无所谓"乱",诗人自家心烦意乱,反觉莺声嘈杂,入耳不堪。

总之,这首触景生情,即景抒情的小诗,一反常式,先抒情,后写景,眼前花谢叶落之景与胸中凄苦迷惘之情,交相感应,交互融合,营构为超妙谐美的意境。

(5)即景抒情的写景以写实性笔法为主

十五夜望月寄杜郎中① 王建
中庭地白树栖鸦②,冷露无声湿桂花。
今夜月明人尽望, 不知秋思落谁家③。

[注释]

①十五夜:中秋晚上,即阴历八月十五日晚上。杜郎中:王建的友人,名字及生平不详,官居郎中。

②中庭:院子里。地白:月光满地,使地面泛白。栖:鸟类歇息。

③秋思:秋日的意绪,一般指思乡怀亲之情。谁家:即"谁","家"字是语尾助词,无实义。

[赏析]

《十五夜望月寄杜郎中》表现滞留异乡的游子中秋望月的见闻和感受。"十五夜"是阖家团圆、共赏明月的佳节,诗人却将当前目下"望月"的感触写下来,"寄杜郎中"。由诗题可推知:诗人当时离乡宦游,未得与家人团聚,因此触景生情,望月怀乡,兴会所至,写成这首佳节思亲的诗,寄给同样"独在异乡为异客,每逢佳节倍思亲"的友人杜郎中,以寻求同调,获致慰藉。

此诗用即景抒情法营构意境。用即景抒情法营构意境,由于诗人一般是直接面对现存实景或以现时的、鲜活的记忆表象为素材,把写实作为基本的表现手段赋形传神,因此所写之景往往具有很强的现实性、本真性,甚至具有当下性。读者神游诗中意境,则有置身现实实境、亲见亲闻之感。现在我们来神游此诗意境。

诗分两半,按即景抒情、前景后情的天然顺序安排层次结构:前二句暗扣题面"十五夜望月",实写所触之景;后二句明扣题面"十五夜望月",婉抒所生之情。

"中庭地白树栖鸦,冷露无声湿桂花。"中秋的月华泻满庭院,地上像是铺上了一层洁白的秋霜;在皎月朗照中曾躁动一时的乌鸦早已悄然无声地安栖于树上;被清凉的秋露润湿的桂花无声无息地飘落树下。中秋之夜,月色特别明亮。月光洒满"中庭",经游子凄寂的心的折射,幻化成秋霜,所以有"地白"之感。"中庭地白",逼真地再现了当前月光如水、一派空明澄澈的现场实景及在异乡过中秋节所体验到的凄清氛围。其意境与李白"床前明月光,疑是地上霜"(《静夜思》)相仿。月亮特别明亮的时候,容易惊动栖息在树上的鸟雀。不少诗人都表现过这种情景。例如,"月皎惊乌栖不定"(周邦彦《蝶恋花》),"明月别枝惊鹊"(辛弃疾《西江月》)。此时此境却是"树栖鸦",可见已是夜阑月斜的时分,一度惊噪不安的乌鸦已经习惯于皎洁的月色,早已安歇在树上了。次句承首句,用更加细腻的笔触描写夜深人静时的月下见闻。以"冷露"与"桂花"点示"十五夜",突现中秋之夜的物候特征,景中含情。露水生于后半夜,写诗人感觉到露冷,并感知被露水浸湿的桂花无声地飘落,既真实生动地表现了秋露浥花的神韵,也曲曲见出夜色之深、望月之久,并进一步渲染了环境氛围的幽冷静谧。未写人,更未抒情,但是满怀乡愁、望月思亲的游子的身影却历历在目。体物极细,温婉蕴藉。此句写景亦实亦虚:一方面,写桂花为秋露所湿,是当时诗人庭中望月所见所闻的实景的真实再现;另一方面,这也是诗人伫立望月而滋生出来的虚幻绮丽的想象。传说月中有桂花树,于是桂花成了月光的代称。故此句所写的实景中似乎还隐含着一重虚景:冷露暗凝,被露水浸湿了的月华无声无息地流泻下来,使人感到这皎洁的流光仿佛也带着湿意和凉意。

前二句视听并举而又侧重于听觉,或明或暗地扣着"无声"二字,描写中秋月下的现实实景,营构出一种安谧空灵的意境。由于所写之景是诗人当前目下在现实实境中所见所闻、所感所触的实物的映象,即根据现场知觉加工而成;即或诗人离开现场后再动笔,所写之景也是由现实实物的记忆表象转化而来,升华而成,因此,所写之景显得真真切切、细致入微、鲜活实在,给人以如临其境、如见其景的亲历感。

后二句写由中秋月下的见闻所触发的思绪。"今夜月明人尽望,不知秋思落谁家。"今夜这轮圆月分外明亮,人人都在翘首凝望,但不知凝望中滋生的悠悠情思会飘落到谁的心底?第三句作由己及人的推想。"今夜月明",回扣题面"十五夜",强调今夜之月是中秋之月。"人尽望",突现普天下之人,包括诗人本人、诗人的亲人和友人(如杜郎中),人人同望这轮又圆又亮的"十五夜"之月。借助于联想与想象,由点及面,将意境拓展得广无涯际。尾句用比拟手法化虚为实,把无迹可求的"秋思",拟作飘落的桂花和流泻的月华,别具韵致。更妙处在于这"秋思"仿佛不是滋生于内心世界,而是萌发于外部世界,然后飘落到内心世界,这一比拟真可谓匠心独运。后二句的蕴含特别丰腴深婉。首先,它暗含言外意,暗示同是"十五夜望月",由于境遇不同,所以感受迥异。望着那特别明亮的"十五夜"之月,有人品尝到的是团圆的温馨甜蜜,有人体味到的却是离别的凄清苦涩。颇有"月儿弯弯照九州,几家欢乐几家愁"的意味。可见并非人人都会望月怀远,也因此而有"秋思落谁家"的悬念滋生于心底。其次,明明是自己"十五夜望月",触物起兴,思乡怀亲,并悬想亲人也在翘望着明月思念自己,却故设疑问,

将乡愁曲曲传出。再次,明明是揣测并判定友人杜郎中与自己境遇相同,感触相通,皆因"今夜月明人尽望"而倍增"秋思",却巧以设问之词暗传诗人与友人同气相求、情意相投的意蕴。

总之,由于此诗的即景抒情以写实为基本笔法,所写之景富于现实性、本真性与当下性,而情韵又如此婉丽丰润,所以,神游其意境,感到格外真切,也格外亲切,故能引发广泛的共振共鸣。

(6)即景抒情不拘于当前见闻

游子吟① 孟郊

慈母手中线②,游子身上衣。
临行密密缝, 意恐迟迟归③。
谁言寸草心④,报得三春晖⑤。

[注释]

①游子:离家远游他乡的人。吟:乐府诗体名称。
②线:指针线活。
③意:心思。恐:担心。
④言:说。寸草:小草。
⑤三春:春季共三个月,即阴历正月、二月、三月,称为孟春、仲春、季春,合称三春。晖:阳光。

[赏析]

即景抒情不拘于当前见闻,既可写当前的眼前景,也可写先前的眼前景。有些先前的眼前景,若感受强烈,印象深刻,又经过长时间的酝酿发酵,即使时隔久远,事后用写实之笔赋其形传其神,依然会保持着鲜明的现实性、本真性,甚至似乎仍具当下性。例如,孟郊这首《游子吟》,若不是题下注"迎母溧上作",定会被误认为写的是当前的眼前景,正是由于它的写实性。即景抒情虽以写实为基本表达方式,但表现技巧却丰富多彩,千变万化,往往赋、比、兴兼而用之。与此相应,营构意境通常是把即景抒情与其他方式方法兼而用之。例如,这首盛情讴歌母子深情的传世名篇,就是将即景抒情与托物寓意两种方式方法有机地结合起来营构意境的。

前四句从触景着墨,用赋笔实描母子临别的典型场面和典型细节,兴起抒情。首二句作由彼及此、由人到物的横向扫描。"慈母手中线,游子身上衣。"慈爱的老母细针密线为即将远游的儿子缝补着衣衫。这一极其习见而又最见深情的瞬间画面,不仅把平凡而伟大的"慈母"这一中心意象与"游子"这一自我意象置于意境之中,更以"手中线""身上衣"这组辅意象为纽带,将两个人物意象联结在一起。而"手中线"与"身上衣"之间的有形联系,象征着"慈母"与"游子"那无形的情感联系,把母子之间的亲情、挚情具象化,为下文的抒情张本。三、四句聚焦于"慈母"这一中心意象,特写其相互龃龉的典型动作与典型心态:"临行密密缝,意恐迟迟归。"此时慈母的心情是极端矛盾的:针针线线都是那样的细密,为的是把衣衫缝补得经久耐穿,为儿子可能迟迟不归尽力做些物质上的准备;但是又十分担心儿子会困守异乡,迟迟不归——精神上的准备却是永远没法到位!"密密缝"这一典型细节蕴含挚情,那一针针、一线线,都缝进了慈母的关爱、慈母的依恋和慈母的牵挂!

末二句巧用借喻手法抒写临别的场面所触发的挚情和激情:"谁言寸草心,报得三春晖。""三春晖"借喻厚博、温馨、无私的母爱,"寸草心"借喻游子绵薄的孝心。"三春晖"与"寸草心",一个博大无边,一个微不足道。两个意象组合在一起,对比鲜明,反差悬殊,更具有超常的表现力和巨大的感发力。这一组比喻似为妙手偶得,实系千锤百炼的精品。诗题的原注说明此诗为孟郊任溧阳(今江苏溧阳)县尉时所作。孟郊家贫寒,父早丧,唯仰寡母含辛茹苦抚养成人。而孟郊奉母至孝,总想厚报母恩。为跻升仕途、奠定治国齐家、赡养慈母的基础,孟郊一再远游,多次经受母子伤别的情感煎熬。每次远游,不忍别母而去的眷恋之情,不能尽孝膝下的歉疚之意,难报哺育之恩的感戴之心,像一锅沸腾的八宝粥在胸中激荡,但一直未能发而为诗,形诸于言。显然是由于百炼成钢的火候未到,更是由于纯用即物起兴、即景抒情之法远不能充分表现慈母的眷眷之意、游子的拳拳之心。直到四十七岁时孟郊考中进士，取得了步入官场的入场券，五十岁时终于得到了溧阳县尉这个卑微的官职。慈母情深似海，恩重如山，小小县尉的薄俸是难报母爱于万一的，但自身不再颠沛流离，且衣食有着，总算有了尽孝心于万一的可能。欣慰之余，灵感勃发，从多次辞家别母、触景生情的经历中遴选出铭刻在心的、最具典型性的场面和细节加以再现；并从日常习见的自然景观中提炼、结晶出最足以体现慈母的爱心、游子的孝心的"三春晖"与"寸草心"这组拟喻性意象来。于是，诗人将即景抒情与托物寓意两法并举，创造出了情景交融、韵味醇浓的意境，谱写出了礼赞母爱与孝心这两种血肉相连的人性美、人情美的颂歌《游子吟》，把人类共有的舐犊之情、赤子之心作了高度集中的艺术概括，成为享誉千秋的绝唱。

(7) 即景抒情不拘于当前见闻自有其心理基础

江南春　杜牧

千里莺啼绿映红，　水村山郭酒旗风①。

南朝四百八十寺②，　多少楼台烟雨中③。

[注释]

①水村：临水或被水环绕的村庄。郭：外城，即城外围着的墙，这里借代城镇。酒旗：酒店的布招牌，也叫酒帘。

②南朝：建都于金陵（今江苏南京，时称建康）的宋、齐、梁、陈四个朝代统称南朝。

③楼台：指寺庙的楼阁殿宇。烟雨：细雨迷蒙，如烟似雾。

[赏析]

诗人借景抒情，并不像初习绘画者写生或临摹那样，单纯地、机械地直接面对实物或原作描形写态。即便是即景抒情，既可写当前的眼前景，也可写先前的眼前景，更可同时兼写两者。但无论写当前的眼前景，还是写先前的眼前景，都是以融和了感性直觉与理性直觉的审美感觉为其心理基础。也就是说，既以对当前景物的知觉映象为基本素材，同时也借助于联想，择取相似或相关景物积淀在脑海中的表象，并依据抒情之所需，将映象与表象加以分解，组合，提炼，从而融合为意象，营构为意境。而且往往是把当前的眼前景与先前的眼前景糅合在一起：写当前的眼前景，融进了先前的眼前景积淀下来的记忆表象；写先前的眼前景，参照着当前的眼前景的现时的、鲜活的映象。杜牧这首《江南春》就是一个范例：既写当前的眼前景，也写先前的眼前景，而且使两者相互渗透，有机结合。

这是一首吟咏江南春色的名作，"江南春"三字，是诗题，也是主题，全诗紧扣这三字下笔。

前二句着眼于全局，主要写先前的眼前景，诗人灵视中的视域广及纵横千里的江南大地。首句侧重于自然景观，"千里莺啼绿映红"，千里江南，到处是悦耳悦目的莺歌燕舞，到处是交映生辉的绿叶红花。诗人视听并举，取景则有声有色，有动有静。次句侧重于人文景观，"水村山郭酒旗风"，千里江南，到处是俯临春水的村落，到处是傍依春山的城郭，到处有招展于春风中的酒旗。此二句抓住"江南春"的特色，作高度的艺术概括，纳千里于尺幅，淋漓尽致地表现了遍及江南大地的无边春色和郁勃生机。

后二句转换了时空与色调，侧重写当前的眼前景，并将自然景观与人文景观融合为一加以描绘："南朝四百八十寺，多少楼台烟雨中。"在金陵的怡红快绿之中，山清水秀之处，不知有多少南朝佛寺的楼阁殿宇，若隐若现地点缀于朦朦胧胧、如烟似雾的春雨里。此二句就空间而言，是由面及点，由千里江南而聚焦于江南的核心与灵魂——金陵。仍紧扣"江南春"的特色下笔：江南多佛寺，南朝故都更是佛寺林立。由于南朝帝王显贵崇信佛教，滥造佛寺，竟至于"都下佛寺，五百余所"，成为金陵景观的一大特色。所以诗人表现金陵春色，特举春光烂漫中的佛寺而不及其余。此言"四百八十寺"，出于格律之所限而举其约数，也极言其多，这是杜牧所惯用的以数字造势的常法。就时间而言，前二句描绘晴日的江

南春色,后二句转写阴天的江南春色。江南的春季淫雨连绵,故佛寺多笼罩在烟雨中。就色调而言,前二句重在表现江南春色的明媚鲜丽之美,后二句则重在表现江南春色的空蒙迷离之美。时空与色调的转换,全方位地突现了"江南春"的特色。

这首极具艺术概括力和艺术表现力的绝句,把春光烂漫的江南美景表现得丰富多彩,赏心悦目。浸润于美景中的意蕴亦丰富多彩,耐人玩味,且发人深省:体现了诗人对江南春色的由衷赞美与倾心俊赏;而赞美与俊赏之余,面对着笃信佛教的南朝统治者遗存下来的故都佛寺,置身于同样迷信佛教的颓世而又敏感异常的诗人,难免不从心底隐隐透出沧桑之慨与兴亡之叹。

这首绝句曾引发过一场笔墨官司。明代诗人杨慎曾批评道:"千里莺啼,谁人听得?千里绿映红,谁人见得?若作'十里',则莺啼红绿之景,村郭、楼台、僧寺、酒旗,皆在其中矣。"(《升庵诗话》)清代诗人何文焕反驳道:"余谓即作'十里',亦未必尽听得着看得见。题云'江南春'。江南方广千里,千里之中,莺啼而绿映焉,水村山郭,无处无酒旗;四百八十寺,楼台多在烟雨中也。此诗之义既广,不得专指一处,故总而命曰'江南春',诗家善立题者也。"(《历代诗话考索》)杨慎有此谬见,是由于他把诗歌创作的取象造境局限在单纯的感性直觉的根基上。殊不知诗歌创作的审美心理过程的起点是审美感觉,一种既植根于感性直觉又积淀着审美经验的理性直觉。何文焕虽驳得有理,但只说其然,未说清其所以然。如前所述;杜牧作《江南春》,以即景抒情之法营构意境,既写当前的眼前景,也写先前的眼前景。两者的审美心理过程皆发轫于审美感觉。而审美感觉绝非单纯的感性直觉(生理直觉),而是一种理性直觉。它既包含着基于感性直觉的知觉、表象,也包含着理性直觉的表象或意象,渗透着以往的审美经验,积淀着一定的情感、理智内容。也就是说,它包含着以往观察、分析、判断、理解、联想、想象和情感活动的成果。因此,诗人的灵视可以超越现实时空,"观古今于须臾,抚四海于一瞬"(陆机《文赋》)。于是在意境营构中,诗人可以自由地驰骋联想与想象,在同一空间里呈现不同的时间,在同一时间里呈现不同的空间。写当前的眼前景与写先前的眼前景,虽然都以审美感觉为根基,但又有所区别:前者较多地取材于感性直觉,后者较多地取材于理性直觉;前者重在对现场实景的审美观照,后者重在借助于联想与想象,复现记忆中的表象与意象。联系《江南春》来看,前二句主要写先前的眼前景,虽也掺和着目前感性直觉的映象,如当前耳闻目睹的莺啼、绿叶、红花、水村、山郭、酒旗及所感受到的春风等实景,但主要以诗人先前漫游江南时储存在记忆库中的表象与意象为素材。后二句主要写当前的眼前景,即以当前春游金陵的直觉映象为基本素材,而又渗透着以往的审美经验,积淀着一定的情感与理智内容。显然"南朝四百八十寺",即便不笼罩在"烟雨中",也不可能立足一处便一览无余。可见,它们并不都是当下的直觉映象,其中也包含着他日游览与阅读鉴赏所积存下来的有关南朝佛寺的表象与意象。

总而言之,诗人以即景抒情之法营构意境,不会拘于现实的见闻,可以写当前的眼前景,也可以写先前的眼前景,更可以把两者结合起来写。杜牧就是把当前的眼前景与先前的眼前景,把实感与联想,即把感性直觉与理性直觉调和在一起,描绘出这幅广袤千里、气象万千的江南春色图的。

(8)即景抒情的能动性、主观性:缘情择景、因情布景

长安秋望① 赵嘏

云物凄清拂曙流②,汉家宫阙动高秋③。
残星数点雁横塞④,长笛一声人倚楼。
紫艳半开篱菊静⑤,红衣落尽渚莲愁⑥。
鲈鱼正美不归去⑦,空戴南冠学楚囚⑧。

[注释]

①长安:唐朝都城,在今陕西省西安市。

②云物:即云气,云气变幻多姿,常幻化出各种各样的物形,所以叫云物。拂曙:拂晓,天快亮时。

③汉家:借代唐朝,唐人诗常以汉代唐。宫阙:皇宫。阙,皇宫门前两边的望

楼,是皇宫的标志。

④残星:即晨星,晨星寥落且即将隐没,所以叫残星。横:横越、渡过。塞:边界上险要的地方。

⑤紫艳:鲜艳的紫色,这里指菊花的花朵。

⑥红衣:借喻莲花的花瓣。渚(zhǔ):小洲,水中的小块陆地。

⑦鲈(lú)鱼正美:西晋张翰曾借口思念故乡的莼菜、鲈鱼而辞官返乡,后世于是以"莼鲈之思"比喻思乡或归隐,典出于《晋书·张翰传》。

⑧南冠:南方人的帽子。春秋时代,楚国大夫钟仪被郑国俘获,献给晋国,晋侯发现了他,就问:"那位头戴南方人的帽子而被捆缚的人是谁?"主管官员回答说:"是郑国人送来的楚国俘虏。"楚囚南冠表示不忘故国,后世多以"南冠"借指囚徒或俘虏,典出于《左传·成公九年》。

[赏析]

诗人用即景抒情法营构意境,虽以写实为基本笔法写景,但其借景抒情明显具有能动性、主观性。这种能动性、主观性首先体现为缘情择景、因情布景,也就是说,诗人即景抒情,并非不加选择地将所触之景兼收并蓄,而是依抒情之所需加以筛选,此即前人所谓缘情择景、因情布景。赵嘏《长安秋望》堪为范例,这首七律抒写由长安深秋拂晓的景色所感发的欲归不得归的难堪情怀,是精心择景、即景抒情创造意境的佳构。

"云物凄清拂曙流,汉家宫阙动高秋。"首联总揽深秋拂晓京城临眺所触之景,将诗题"长安秋望"四字盖得严严实实,为意境设定了整体时空架构,总起后面的写景抒情。上句写动景:在凄清的拂晓,投映上曙色的云气变幻多姿,飘浮不定。点出望的具体时间"拂曙",暗示诗人可能彻夜不寐,所以才有天不亮便登临凭眺的举动,隐隐透出诗人羁愁萦怀、心神不宁的消息。"凄清",既含物境冷清之意,也含心境凄凉之意,是客观的存在,也是主观的感受,为全诗定下了情感基调。下句写静景,却化静为动。"汉家宫阙",借代唐朝宫殿,是京城长安的标志性建筑,写"宫阙"便是点示长安。"宫阙"本肖然不动,但背衬着高旷秋空中那飘浮游动的"云物",基于相对运动的错觉心理,反见高耸于秋空中的"宫阙"飘移不定。这是一种化静为动的技巧,叫作疑动法。"云物"的浮动,"宫阙"的疑动,见出秋风之强劲,不写秋风而秋风萧萧在耳,遥遥逗起尾联的"莼鲈之思"。赵嘏是楚州山阳(今江苏淮阴)人,仕途蹭蹬,历尽艰辛,才在长安附近的渭南(今陕西渭南)做了个县尉。县尉的职能与现在的县公安局局长相仿,是一个比芝麻官还小的小官,更何况是在风云多变的晚唐末世做这样的小官。如此失意的诗人,在清秋凌晨凭眺于京城,无论远观近察,无论耳闻目睹,难免多为触目伤怀、引发归思之景。

"残星数点雁横塞,长笛一声人倚楼。"颔联写仰望见闻,并推出自我意象。本联用逐层推进的层递式组合意象,由远而近、由景及人,层层递进。"残星数点"写仰望所见,从视觉的角度把"拂曙"具象化。拂晓时分,晨星疏疏落落,逐渐黯淡,"残星数点"真切地状写此种景观,并渲染出一派凄清寂寥的气氛。"雁横塞",横越边塞而来的大雁向南飞去。这也是仰望所见,眼前之"雁"是写实,"横塞"则为想象之词,是用虚笔表现其远离荒寒的边塞而南翔。既上承"高秋"烘染浓浓秋意,也暗逗浓浓归意。雁尚能避寒而南翔,去追寻温暖的归宿,人却未能适时而南归,能不触发归思吗?"长笛一声",转写所闻。笛多哀音,最流行的笛曲,如《折杨柳》《梅花落》,多抒发伤离怨别、怀乡思亲之哀情,闻之者往往黯然神伤。此时此境,长笛声亦如南飞雁,成了触发归思的媒介。本联是营构意境的枢纽所在,也是全诗菁华,历来为人激赏。它通过对晨星、秋雁、笛声等当前见闻的描写,层层烘托,创造撩逗起归思、折射出归思的艺术情境、艺术氛围,并顺势推出核心意象群"人倚楼"。"人倚楼"更是全篇锁钥,"人"就是诗人自己,"人倚楼"不仅点明"长安秋望"的具体地点,也将诗人孤独苦闷的自我意象浮雕般凸显于意境之中,更将全篇意象加以整合,融会于意境之中。正如霍松林《唐诗精选》所说:"此诗构思精巧之处,在于以'人倚楼'为中心,挽合前后,统摄全篇。诗中所写,皆'倚楼'人所见、所感、所想;既层次分明,又融合无迹。"

"紫艳半开篱菊静,红衣落尽渚莲愁。"颈联写俯瞰所见近景,继续创造逗起并体现了归思的艺术情境、艺术氛围。上句暗将陶渊明"采菊东篱下,悠然见南

山"(《饮酒》)的诗意化入意境,下句则将王维"嫩竹含新粉,红莲落故衣"(《山居即事》)的诗意化入意境。本联所写的深秋花事,暗透出诗人对淡泊宁静、怡然自得的隐逸生活的向往,也隐含着红颜易老、美人迟暮的悲秋情绪。因此,从本联可依稀窥见诗人的归思既含有故园情,还含有归隐意。此联写景精切,描摹如画,色彩绚丽,切合深秋的季节特点。择景亦精切,精选半开的"篱菊"、凋谢的"渚莲"两样景物,进一步渲染浓浓的秋意,且拟物为人,移情于景,为直抒倦于宦游、羁旅思归之情作充分的铺垫。

以上三联用先总后分的章法再现"长安秋望"之景。无论远近俯仰,诗人在偌大的帝都凭高临眺,所见远不止飘游的云气、巍峨的皇宫、寥落的晨星、南飞的大雁、半开的菊花和零落的莲花,所闻也远不止凄婉的笛声,只将这几样景物融入意境之中,既是出于渲染浓浓的秋意之所需,更是出于兴起和抒发归思之所需。因此前三联的写景,一联浓似一联地透出思归的情愫,一联胜似一联地为尾联的以典述怀蓄足了笔势。

"鲈鱼正美不归去,空戴南冠学楚囚。"尾联将两个典故巧妙地焊接在一起,形象鲜明而又含蓄蕴藉地抒发由"长安秋望"所见所闻之景触发的归意切切而事与愿违的内心苦闷,揭示"人倚楼"的动因,进一步完成意境的营构。上句切合"高秋"的时令,反用"莼鲈之思"这一典故。区区县尉之职,在赵嘏心目中犹如鸡肋,"鲈鱼正美",暗示思归之切,反接以"不归去",正见出一种食之不甘、弃之不舍的矛盾心态和尴尬处境。下句切合身为江淮士子的身份,反用"楚囚南冠"之典,强化这种矛盾与尴尬,"楚囚"而"南冠",暗示自己眷恋故土,殷切盼归;"空戴南冠学楚囚",则表明自己徒有一腔归思,但为名缰利锁所拘,做了自絷身心的官场囚徒,不得适志遂意,因而陷于彷徨苦闷之中而不能自拔。

这首即景抒情的律诗,正由于精于择景,因情布景,并使情与景妙合无垠,所以意象少少许,而营构出来的意境却深邃谐美、情韵幽邈。

(9)即景抒情的能动性、主观性:因性造景、景因情异

渭川田家① 王维

斜光照墟落②,穷巷牛羊归③。

野老念牧童④,倚杖候荆扉⑤。

雉雊麦苗秀⑥,蚕眠桑叶稀⑦。

田夫荷锄至⑧,相见语依依⑨。

即此羡闲逸⑩,怅然吟式微⑪。

[注释]

①渭川:即渭河,是黄河的支流,这里指渭河平原。田家:农家、农村。

②斜光:夕阳。墟落:村庄。

③穷巷:深巷。

④野老:老农民。野,田野。念:惦记。

⑤候:等候。荆扉:柴门,用荆条编成的简陋的门。

⑥雉:野鸡。雊(gòu):野鸡鸣叫,雄野鸡鸣叫是在寻求配偶。秀:植物(多指农作物)抽穗扬花。

⑦蚕眠:蚕吐丝后,不食不动像睡眠的样子。

⑧田夫:农民。荷:负、扛。

⑨语(yù):谈话、交谈。依依:情意深长、依恋不舍的样子。

⑩即:就。此:指农家生活、田园风光。闲逸:闲散安逸。

⑪式微:《诗经·邶风》中的一篇。

[赏析]

诗人即景抒情,通过描写眼前景以抒发胸中情,具有能动性、主观性。这种能动性、主观性不仅体现为缘情择景、因情布景,更体现为因情造景、景因情异。这里所谓"造",非指再造、虚构,是指依据抒发主观情意之所需,对客观景物进

行加工改造,所写之景物,即便实笔描绘、本真复现之景,皆异化——主体化、心灵化为主观情意的最佳载体和传达媒介;有时为了强化或优化主观情意的表达,甚至局部运用夸张、变形之类的手法去描绘现实实物。此即所谓因情造景、景因情异。王维这首《渭川田家》是典型的一例。

这是一首田园隐逸诗,描写春夏之交、日落之际,诗人面对万物皆归、怡然自乐的农家暮归情景,油然而生羡慕之情、归隐之念。"归"字是本诗之眼,全篇紧扣"归"字,以即景抒情的手法营构意境,用铺垫衬托的技巧写景抒情。前八句写景,写外物对诗情的触引;后二句抒情,抒触景所生的诗情。写景是以反复铺垫之笔墨画龙,抒情是点睛——点出题旨。

"斜光照墟落",开篇总写一笔,勾勒轮廓,着上底色,为诗中意境划定了时限、域界,搭好了时空框架。以"斜光"这一意象点示时间是傍晚,以"墟落"这一意象点示场所为"田家"。用"照"字将这两个意象有机地联系在一起,组合成画面,展现了夕阳斜照田野、暮色笼罩村落的景象,为全诗写景抒情布置了时空大背景,这是人有所归、物有所归的时间、场所,也是勾起诗人的归意的时间、场所。而这夕阳西下,正是太阳每天的归宿,首句自身就暗含一个"归"字。第二句到第八句分写,交叠描写人情、物态,作细部刻画,紧扣一个"归"字下笔,又处处照应着"斜光"与"墟落"。"穷巷牛羊归",写物态,描写放牧的牛羊日暮归栏的情景,明点一"归"字,统挈全诗。"野老念牧童,倚杖候荆扉。"写人情,明写老农候于门,暗示牧童将归"墟落"。牧童归村,不啻身体返回栖所,在精神上对于老农和牧童都是一种慰藉、一种归宿。这两句进一步坐实了那个"归"字。近乎素描,却表现了一种老牛舐犊的融融亲情。"雉雊麦苗秀,蚕眠桑叶稀。"再写物态,铺陈描写自然界的生灵各有归宿:雉求偶、"麦苗秀"、蚕作茧,是生命的归宿;"桑叶稀",是由于喂了蚕,对桑叶而言也是一种最佳生命归宿。"田夫荷锄至,相见语依依。"再写人情,劳碌了一天的农夫回归"墟落",在田间小路上邂逅相逢,倾肠吐肚、情深意长地拉起了家常。这一场面体现了散发着泥土芬芳的浓浓温情,显示出民风的淳厚。"渭川田家"这洋溢着融融亲情和浓浓温情的人情美,与官场上那钩心斗角、尔虞我诈的丑陋人性形成了鲜明的对照。以上八句写景,用一系列人物、景物组合成一幅恬静闲适的农家晚归图,极力表现此时此境自然界和人世间的一切生灵都在寻找自己的归宿,或找到了归宿,或即将找到归宿。然而写景全为衬笔,暗衬出诗人的歧路徘徊、独无所归,从而触发强烈的归意。

后二句即婉转地抒发这种归意:"即此羡闲逸,怅然吟式微。"诗人徜徉在"渭川田家",这里幽美恬静的田园风光、闲适自得的田园生活,使诗人艳羡不已,也惆怅不已,更使潜伏在诗人心中的那股思归的暗流汩汩而出,于是诗人深有感触地吟诵起《诗经》中的《式微》来。《式微》共两章,用复叠的章法构成,两章字句相似,意思一样,只更换了后二句的韵脚。其第一章曰:"式微,式微!胡不归?微君之故,胡为乎中露!"(天已暮,天已暮!为啥不能回家住?如果不是伺候你,哪会露中吃尽苦!)原本是奴隶在抱怨劳役太多太苦,以致天黑尽了还不能回家。诗人活用典故,委婉曲折地暗示厌弃宦游、渴望归隐之意。此处的"微"字一语双关,明指天时的迟暮,暗指朝政的暗昧。当时诗人欲进不能,欲退不甘,陷溺于彷徨苦闷之中,之所以"怅然"而"吟",既是由于独无所归,也是因为内心充满了进退失据的矛盾。这就是前面所描绘的农家晚归图所引发的归意。主旨正在末二句,前面那么多的"归"全为引出并托出最后这一"归"。此所谓"千槌打锣,一槌定音"。不过这一"归"与前面的"归"有不同的内涵,是一种特殊的政治归宿——归隐。

诗人游憩于"渭川田家",何以会怅然而生归意呢?探究王维当时所处的政治环境可知其所以然。《渭川田家》是王维后期作品。唐玄宗开元二十五年(737),王维的政治靠山贤相张九龄被口蜜腹剑的奸相李林甫挤出朝廷,朝政日益腐败,官场日益险恶。失去了政治靠山的诗人也逐渐失去了安全感和进取心,深深感到生命的疲惫和天性的销蚀,热切地渴求心灵的宁静与慰藉,于是恬静的田园风光、闲适的田园生活,成了诗人心中理想的净土、乐土,并强烈地感发了诗人的归意。

《渭川田家》生动地表明:诗人触景生情,即景抒情,并非被动地、客观地再现,而是能动地、主观地表现。究其实,现实中的田园未必如此美妙和谐,未必如此富于诗意。诗中描绘的这幅恬静闲适、诗意盎然的农家晚归图,是诗人人生理想、审美情趣的外化、物化,是一幅心灵化、理想化了的生活图景。诗中之景,是客观景物的表现,更是主观情意的投影。

2. 造景抒情法

  诗歌毕竟是诗情驱动下的精神创造活动的产品,因此诗人写景以抒情,往往并非据事实录或现场临摹,营构意境自然也不会局限于即景抒情一法,即不局限于写诗人亲历亲见、直接感触到的人、事、物。往往借助于联想与想象进行虚构,超越诗人亲临的现实实境造景抒情,将时空遥隔、不相连属之景,或似真实幻、虚无缥缈之景,营构在同一意境中,从而借所造之景形象地、含蓄地抒发情意。于是造景抒情亦成为营构意境的常法之一。其使用频率甚至高出于即景抒情之法。所谓造景抒情,指诗思逸出现实实境,虚拟景物以抒发情意,并使情景交融营构为意境。造景虽以虚构为基本手段,但并非随心所欲,凭空杜撰,而是以诗人在生活体验、情感体验或阅读鉴赏活动中积存的审美经验为素材,进行加工、整合、深化与升华。虚构虽是无中生有,但必须凭虚构实,使所造之景具有艺术真实性。

  造景抒情与即景抒情的根本区别在于:即景抒情以写实为基本手段,写现实实景,所写之景一般具有现实性、本真性,甚至具有当下性;造景抒情以虚构为基本手段,写意中虚景,所写之景具有虚幻性、回溯性或前瞻性,有时具有变异性。这是因为造景抒情是以超越现实的回溯性或前瞻性联想与想象为其心理基础。造景抒情尤其离不开再造性或创造性的想象,有时甚至要基于离奇的幻想。

  (1)即景抒情法与造景抒情法往往相辅相成

题菊花 黄巢

  飒飒西风满院栽①,蕊寒香冷蝶难来②。
  他年我若为青帝③,报与桃花一处开④。

[注释]

①飒飒:风声。西风:秋风。

②蕊:花心。

③他年:别的年头,这里指将来。青帝:神话传说中的五位天帝之一,住在东方,是主管春天的神。

④报:告知。

[赏析]

纯用即景抒情法营构意境,即纯写眼前景以抒胸中情,有时难以充分地传情达意,更难以营构高远超妙的意境。因此诗人往往在即景抒情的基础上,借助于联想与想象,超越现实实境造景抒情,有时甚至纯用造景抒情之法营构意境。黄巢《题菊花》营构意境正是在即景抒情的基础上妙用造景抒情法,并使两法相辅相成,尽情地抒写自己的理想抱负,是一首意境高远超妙,令人叹为观止的托物言志诗。

全诗均分为两半:前半用即景抒情法营构意境,表达对冷峻的现实的不满;后半用造景抒情法营构意境,表现对美好的未来的憧憬。

前二句写触动诗思的眼前景,展现菊花凌霜冒寒独自开放的现实画面。"飒飒西风满院栽,蕊寒香冷蝶难来。"肃杀的秋风飒飒劲吹,满院的菊花绽开了蓓蕾,冰凉的花蕊散发出阵阵冷香,使彩蝶纷纷潜踪隐形。开篇即下抑一笔,以"飒飒西风",点示季节,描绘背景,渲染气氛,表明菊花的生存环境是极其恶劣的。然后上扬一笔,以"满院栽",写菊花的繁盛,但也隐隐见出菊花的多而贱。接下来是扬后之抑:"蕊寒香冷",作正面描写,"寒"与"冷"同义反复,强调菊花生存状态之严酷,连花心都染上寒气,花香也带着冷意;"蝶难来",做侧面烘托,以恋花如命的蝴蝶也不再来一亲芳泽,进一步突现菊花在百花凋零、万物摇落的严酷环境中,抗寒独放,寂寞自开。这幅肃杀萧索的秋菊图,笔笔写实,却颇具象征意义,影射着晚唐政治腐败、社会黑暗的时代背景,更象征着包括诗人在内的劳苦大众,生不逢时,活得寂寞艰辛。前二句对冷峻现实的实描,为后二句对理想

抱负的表现作了有力的铺垫。

理想抱负植根于现实的土壤。诗人由于对现实境遇不满足、不满意，才萌生出了理想抱负。因此眼前的、现存的景物对理想抱负往往起着引爆作用，引发胸臆中的理想抱负迸射而出。《题菊花》表现的正是这种具有必然性的因果联系：严峻恶劣令人愤愤不平的现实境遇和眼前景物，激发了诗人的奇思逸想，并在心幕上投映出理想的图景。后二句则用造景抒情法展示这幅理想的图景。"他年我若为青帝，报与桃花一处开。"有朝一日，我要是做了司春的天帝，我将告知菊花，让它们与桃花一起在百花齐放的春天竞相开放，共享阳春的烂漫与温馨。诗人以春神自比，立誓改变菊花的花时。骨子里寓托着诗人决心变革旧的社会秩序、重新安排人民生活的政治抱负和炎凉与共的平均主义理想。《题菊花》是黄巢青少年时代的作品，做了农民起义军的领袖以后，黄巢自号"冲天太保均平大将军"，正是这种造反精神与平均意识的充分体现。由此诗可见，黄巢早就立下了扭转乾坤、解民倒悬的鸿鹄之志了。

《题菊花》这首托物言志的抒情诗，造景抒情与即景抒情两法并举营构意境，把诗人的造反精神、革命理想，表现得既形象生动，又含蓄蕴藉，在咏菊诗中独高标格。

(2)造景抒情法的界定

春思① 李白

燕草如碧丝②，秦桑低绿枝③。
当君怀归日④，是妾断肠时⑤。
春风不相识，何事入罗帏⑥？

[注释]

①春思：春天的思念。
②燕(yān)：地名，今河北省北部、辽宁省西南部，古代为燕国之地，唐代为边防要地。

③秦:地名,今陕西省境内,为古代秦国之地。低:压低。
④当:正当、正值。怀:想念。
⑤妾:古代妇女谦称。断肠:形容悲伤到极点。
⑥何事:为什么。罗帏(wéi):丝织的帘帐,这里指闺房。帏,同"帷",帐子。

[赏析]

　　中国古典诗苑中有无数的征夫诗、思妇诗。征夫诗多出自征夫之手;思妇诗则多系代言体诗,是诗人代思妇而作。《春思》是一首典型的代言体思妇诗,是大诗人李白假托思妇的口吻,替思妇表达对远征久戍的丈夫的入骨相思与忠贞爱情。由于是代言体诗,需要假设情境以代人抒情言志,所以通篇用造景抒情法营构意境。所谓造景抒情,指诗人的诗思凭借联想与想象,逸出当前目下的现实实境,以虚构为主要手段,创造景物以抒发情意,并使情与景交融互化、虚实相生营构为意境。在《春思》中,人物、场景、情节,全属虚构,但所表现的入骨相思与忠贞爱情,以及所营构的深情绵邈的意境,却真真切切,感人至深。

　　《春思》通篇都紧扣一个"春"字落笔。在中国古代诗歌中,"春"不仅是一个表现季节、环境的描述性意象,而且往往是一个象征着男女之情的拟喻性意象。早在《诗经》中就出现过"有女怀春"(《召南·野有死麕》)的诗句,其中的"春"就是一个拟喻性意象。由于自然界的春景与人世间的春情总是相生相发的,反映在诗歌中则是"春"字语带双关。在李白这首代言体诗中,"春"字也是一语双关,既指自然界的春天,亦指人世间的春情。也就是说,篇中"春"既是描述性意象,也是拟喻性意象,通篇虚拟两地春景以代抒思妇春情。

　　一、二句虚实相生地拟写两地春景。首句写征夫眼前春景,"燕草如碧丝"。"如碧丝",比喻初生春草细柔如青丝,当是初春景象。次句写思妇眼前春景,"秦桑低绿枝"。三秦大地,春日和煦,绿桑低垂,一派暮春景象。两句倒序,实为思妇目睹秦地暮春景象,触景生情,悬想燕地春天姗姗来迟。两句倒而叙之,并以叠映式组合意象。由于是从思妇的角度来拟写,则思妇的眼前景为实,征夫的眼前景为虚。(当然,这里所谓虚实,是就诗中意境相对而言;就意境营构的方式方法

而言全属虚构,因此这里的实为虚中之实,虚为虚中之虚。)两者虚实叠映,见出两地物候殊异;而物候殊异暗示两地殊隔,也暗暗透出深藏的意蕴:征夫思归,思妇盼归——两地同心;且相距愈远,相思愈切。从表现手法看,这两句是比也是兴:自然界草碧桑绿、春意盎然,隐喻人世间夫妻相思、春情摇漾;同时,也是以春景起兴,为下二句张本,引出对征夫见春草而"怀归",思妇见秦桑而"断肠"的表述。

三、四句暗承一、二句,写两地春景触发的两地春情。"当君怀归日,是妾断肠时。"当您萌生回家的念头的时候,正是我想您想得柔肠寸断的时候。这两句仍作虚实叠映:征夫思归为虚,思妇思夫为实。与一、二句的叠映背景不同,此二句是叠映人物——将异地相思的思妇与征夫叠相映出。这两句直抒春情,点示出一、二句所写春景寓含的意蕴:一,点明"春"是异地殊隔的夫妇相思情切的触媒。独守空闺的思妇与远戍燕地的征夫,平日无时无刻不思念着对方,而春日来临、万物萌动之际,有感于物候之变,则相思更切。睹芳草萋萋、春意盈盈而思亲怀远、伤离怨别,由来已久。《楚辞·招隐士》:"王孙游兮不归,春草生兮萋萋。"江淹《别赋》:"春草春色,春水绿波,送君南浦,伤如之何?"王维《山中送别》:"春草明年绿,王孙归不归?"都是睹春色,感物候,而倍增离情别绪,此处亦然。二,巧借两地物候变迁的时间差建构映衬手法,以征夫的春思衬托和突显思妇的春思。思妇何以伤感如此呢?是因为这相思的触媒并不于同时出现,燕地苦寒,春草始生而征夫萌发归意时,秦地的思妇因春色激化春思而饱受相思熬煎已有一两月之久。在思妇心中,夫妇异地相思,无疑是一种安慰,但这萌动春思的时间差,又使愁苦增值,所以征夫"怀归日"正是思妇"断肠时"。这更加突现出千里殊隔而两地同心的悲剧意味和思妇执着如痴的情愫。

前四句本已写足春景引发的春思,然而诗人并不以此为足,再添二句,妙笔生花,把意境翻进一层。"春风不相识,何事入罗帏?"春风和我并不相识,为什么要闯进我的罗帐里来? 在南朝乐府中,"春风"这一意象是一个撩逗春情的多情之物。例如,《子夜四时歌·春歌》:"春风复多情,吹我罗裳开。"此时春风撩逗起春情,却"只解带愁来,不解带愁去",无怪乎相思入骨、离愁难遣的思妇要迁怒于春风,嗔怪春风闯入了"罗帏"。埋怨春风无端地撩动春思,更见出思妇相思的殷切炽烈,也表现了思妇对爱情的忠贞专一:连无形无影的春风都不许闯入自己与丈夫感情的禁地,更何况他人!也许还含有更深的意蕴:思妇深爱征夫,忠于征夫,也期许征夫以同样的深爱与忠贞还报自己。

统而言之,《春思》是诗人模拟思妇心理,代思妇言情,因此全篇以虚构为手段造景抒情、营构意境,体现了诗人对思妇与征夫的离别相思的审美体验与深切同情。

(3)造景抒情法以虚构为艺术手段

秋夜寄邱员外① 韦应物

怀君属秋夜②,散步咏凉天③。
空山松子落④,幽人应未眠⑤。

[注释]

①邱员外:指邱丹,曾任仓部员外郎,所以称邱员外。
②属(zhǔ):适逢、正值。
③咏:吟诗或作诗。凉天:秋凉天气。
④空山:空寂无人的山野。
⑤幽人:幽居之人,即隐士,这里指邱丹。

[赏析]

韦应物《秋夜寄邱员外》,是为怀念友人邱丹而作的思念诗。邱丹隐居临平山(在今浙江余杭东北)学道时,韦应物任苏州(今江苏苏州)刺史,虽身在官场,却十分好道。韦应物与邱丹志趣相投,情谊深笃,常有唱和,这是其中广负盛名的一首。此诗抒发思念挚友的深情,也体现了两人共好的空寂清幽的闲逸情趣。

抒写思亲怀远之情的思念诗,由于所思所怀的人、事、物必当不在面前,因此营构意境往往离不开造景抒情之法。造景抒情的基本技巧就是虚构。虚构,亦

称虚拟,指在艺术创作中,艺术家通过联想与想象,对现实生活中的素材进行加工整合,以创造高于现实美的艺术美的一种基本技巧。诗歌创作中的虚构,主要是依据抒情之所需,对储存在记忆中的表象进行复现性或创造性的艺术加工,将其转化为意象,营构为意境。与实写的单纯描摹眼前实景不同,虚构是拟写意中虚景。韦应物这首思念诗在营构意境时,本面与对面——诗人自己与所怀友人两面兼顾;即景抒情与造景抒情配合默契——写实与虚构并举,既写诗人自身情景,也写诗人遥想之景,即既写眼前实景,也写意中虚景。

前二句从本面下笔实写,即景抒情。"怀君属秋夜,散步咏凉天。"在这清秋的夜晚,我深深地思念着您,一边散步,一边在秋凉中吟诗以寄托思念的情意。首句点题开篇,总提全诗。"怀君"为全诗纲目,通篇皆围绕着它展开写景抒情。"属秋夜",显示"怀君"的季节是秋天,具体时间是夜晚。次句以典型细节把"怀君"具象化。诗人独自"散步"独自"咏",表明"怀君"而不寐,也体现出幽独的情怀,并遥遥呼起篇末的"未眠"。诗人此时所"咏",大约是诗人与邱丹相互唱和的诗篇,抑或正是这首《秋夜寄邱员外》。这种怀友方式,最见深情。"凉天"与"秋夜"前呼后应,渲染出幽寂冷清的情境与氛围,映衬出"怀君"情切。至于"怀君"的具体地点,则避而不谈,为下文遥伏一笔。此二句着墨于眼前实景,从正面表现怀友挚情与闲逸情趣。

后二句由实转虚,造景抒情,虚拟对面,反跌本面。"空山松子落,幽人应未眠。"我想,那空旷沉寂的临平山中,松子正在倏然坠落,幽独好静的您,一定还没有就寝,正在松下徘徊沉吟。诗人以己度人,由自己因怀念远方友人而徘徊沉吟展开联想,诗思逸出现实时空,悬想"心有灵犀"的远方友人思念自己的情景,把空寂冷清的意境翻进一层。友人于此时彼地的情景,是意中虚景,出自虚构,未必实有,却是诗人依据自己的生活体验、情感体验,做出来的合乎情理的推想与移置,契合于诗人与邱丹之间的挚友深情与共有志趣,不似真实,胜似真实。"空山松子落"这一意中虚景尤富于表现力,将丰富的意蕴曲曲传出。"空",表明由于山中杳无人踪,又时值清秋之夜,所以万籁俱寂。"松子落",以动衬静,以细微的声音有力地反衬出"空山"的空寂。而物境的空寂又烘托出"幽人"心境的幽寂和思念的深切,从对面反弹出自己的"怀君"之情与闲逸情趣。后二句处处照应前二句:"松子落",以秋天特有的景象,不落凿痕地回应首句的"秋"字;"幽人未眠",从对面反照出自己于"秋夜"徘徊松下。意中虚景与眼前实景叠加相映,前呼后应,生动而含蓄地表明:"空山松子落,幽人应未眠"的虚拟情景,正是基于诗人自己在松下徘徊吟诗、深情思念友人的生活体验、情感体验,借助于联想与想象虚构出来的。

这首小诗,把千里神交、心心相印的真挚情谊及亦官亦隐的诗人幽独好静的闲逸情趣表现得深曲有致,耐人玩味,大有尺幅千里、语短情长之妙。有如此卓绝的艺术效果,主要取决于后二句对应前二句的实写,巧妙运用虚构手法造景抒情。

(4)造景抒情法多有所本,并非向壁虚构

离思①(其四)　元稹

曾经沧海难为水②,除却巫山不是云③。
取次花丛懒回顾④,半缘修道半缘君⑤。

[注释]

①离思:因生离或死别而产生的情感意绪。此题共五首,是元稹为悼念亡妻韦丛而作,本篇为第四首。

②沧海:大海。为:算是。

③除却:除去。巫山:山名,在今重庆市巫山县东。

④取次:挨着次序。花丛:借喻歌伎。

⑤半缘:一半是因为。修道:一说修身治学,专心于品德学问的修养;一说皈依佛道,尊佛奉道。君:您,指亡妻韦丛。

[赏析]

思念诗营构意境往往不离于造景抒情之法,悼亡诗是思念诗中一个特殊的

类型,营构意境自然也离不开造景抒情之法。造景,虽以虚构为基本的艺术手段,但也并非凭空臆造,往往多有所本。元稹《离思》(其四)是悼念亡妻的名作,这首脍炙人口的悼亡诗,除尾句直陈心曲外,前三句连设三喻,造景抒情,营构为凄婉悲切、深情绵邈的意境。

"曾经沧海难为水,除却巫山不是云。"一、二句用"沧海水""巫山云"这两个由典故化炼而成的意象,托象以喻义。《孟子·尽心》有一段表达对孔子无限崇拜的名言:"孔子登东山而小鲁,登泰山而小天下,故观于海者难为水,游于圣人之门者难为言。""沧海水"由此化出。宋玉《高唐赋·序》说:巫山之云为神女所化,"崪(高峻的山峰,此喻云气升腾如山)兮直上,忽兮改容,须臾之间,变化无穷……上属于天,下见于渊。珍怪奇伟,不可称论。""巫山云"由此化出。"沧海水""巫山云",至大至美,诗人引以为喻,字面上是说,观赏过了沧海水和巫山云,别处的水和云就不算是水,不算是云,就不足为观,甚至不屑一顾了。实则借喻诗人与亡妻韦丛的夫妻之情,有如沧海水和巫山云,其深广与美好是无与伦比的,因而除韦丛之外,再没有能使自己动真情的女子了。诗人巧运匠心,用此绝对肯定与绝对否定对举对比相反相成的妙喻,含蓄蕴藉地暗传出对亡妻至诚专一、一往情深的爱恋与思念。

"取次花丛懒回顾",即便漫步在姹紫嫣红的花丛里,也懒得掉头一瞥。前两句的两个妙喻已生动地表明,诗人对亡妻的爱恋与思念是无法比拟的,第三句紧承前二句,仍用借喻手法,借"花丛"喻歌姬舞女,以自己不屑旁顾、不肯移情别恋的决绝态度,进一步表明诗人对亡妻的爱恋与思念是不可移易的。

以上三句巧比曲喻,造景抒情,深藏不露地抒发了诗人对亡妻的倾心爱恋与无限相思。前二句以水和云设喻,取景源自阅读鉴赏;第三句借花设喻,取景源自生活体验;取景摄象皆非向壁虚构。

尾句直抒胸臆,画龙点睛:"半缘修道半缘君。""修道",有人解作修身治学,有人解作尊佛奉道,当兼取两说。但深究其旨意,修身治学也罢,尊佛奉道也罢,对元稹而言,都不过是心失所爱悲恸难遣中,一种情感上的寄托与解脱。也就是说,"修道"是手段而非目的,九九归一是"缘君",是因为亡妻韦丛。所以,说"半缘修道"不过是遁辞而已,"缘君"才是真意。显然这两个"半缘"的实际分量与作用,不是对等的、并列的,前一个"半缘"只是作为后一个"半缘"的垫衬而存在。一经垫衬,则加倍有力地突现了诗人对亡妻的爱恋与思念是忠贞不贰的、生死不渝的。

"曾经沧海难为水,除却巫山不是云。"本为造景抒情之语,却颇含哲理意味,因而人们常据此作由此及彼地引申与移用:有人借以说明人的眼界是越养越高的,见识过极其美好的事物之后,平庸粗劣的便再也看不上眼了;有人借以说明见过大世面,对小场面则不以为意了;有人借以说明经历过大的艰难困苦,其他小的挫折与痛苦便不足挂齿了……凡此种种,不一而足。

(5)造景抒情法的写景当凭虚构实

马诗① 李贺

大漠沙如雪②,燕山月似钩③。
何当金络脑④,快走踏清秋⑤。

[注释]

①马诗:咏马的诗,此题共二十三首,这是第五首。

②大漠:大沙漠、大戈壁,指我国内蒙古自治区北部和蒙古国南部的荒漠地区。

③燕(yān)山:燕然山,即今蒙古国的杭爱山。钩:古代吴国出产的一种弯刀,是一种精良的兵器。

④何当:什么时候才能够。金络脑:用黄金装饰或制作的马笼头。

⑤快走:飞奔。走,跑。清秋:清爽的秋天。

[赏析]

表达理想抱负的言志诗,营构意境离不开造景抒情之法,因为理想抱负本来就是超越现实存在的,单凭现实的实境、实景,是难以充分表现的。甚至可以

说,不造景则不足以言志。所以言志诗往往以造景抒情为营构意境的基本手法,主要通过虚构艺术情境与艺术氛围来形象而含蓄地表现理想抱负。例如,李贺这首《马诗》,通篇以造景抒情法为营构意境的基本手段:虚拟边陲月夜的苍凉壮阔场景和一匹渴望得到赏识企盼横行疆场的塞上骏马,托物寓意,咏马言志,婉转地抒发诗人希冀立功边关的雄心壮志,也流露出怀才不遇的满腹幽怨。造景抒情,虽属无中生有的艺术虚构,却当凭虚构实,借助于联想与想象,复现或创造出貌似真境实景的意境来。李贺这位大器早成却英年早逝的"鬼才",并没有军旅生活的经历,也未去过边塞,更不待说大沙漠和燕然山,因而只好凭虚构实,造景言志。这首《马诗》的意象与意境几乎全是浪漫主义想象的产物,除了"马"这一意象包含着一定的生活体验外,其余皆从这位才思敏捷且超常勤奋的诗人的浪漫想象与阅读鉴赏时积淀的审美经验中结晶而出,也就是说,诗中之景纯属艺术虚构,是意中虚景。

前二句描绘月夜边陲图:"大漠沙如雪,燕山月似钩。"平沙莽莽的荒漠,好似无边无际的雪原,燕然山的空际悬挂着一弯冷月,犹如一柄银光闪闪的宝刀吴钩。这是以定位扫描的层递式组合意象,下见广漠,上取弯月,于俯仰之际展现出边塞古战场幽美而神秘的夜景,富于悠远的历史感、恢宏的宇宙感和浓郁的浪漫色彩。诗人把令人生畏的塞外荒漠描绘得如此令人神往,隐隐流露出一种热切的向往与期待。此二句取景造境皆取材于典籍而熔铸于胸臆,全有出处。班固《封燕然山铭》有"经卤碛(盐碱滩),绝(横越)大漠"的记载。诗人于是取"大漠"这一富于特征性、代表性的意象,展示北方边陲广漠浩瀚的荒野。"燕山"即燕然山,《后汉书·窦宪传》载,汉车骑将军窦宪大破匈奴,登燕然山,命班固作《封燕然山铭》,刻石记功。可见"燕山"这一意象,不仅是古战场的代称,更含有立功边疆的象征意义。"月似钩"是化用前人诗意,梁简文帝萧纲《乌栖曲》有"浮云似帐月如钩"之句,鲍照《代结客少年场行》有"锦带佩吴钩"之句,"月似钩"由此脱胎而出。"大漠""燕山"已暗传出诗人对立功边塞的向往与期待,而把燕然山之月比作精良的战斗武器吴钩,更折射出诗人渴望杀敌靖边的雄心。

后二句虚拟骏马望驰图:"何当金络脑,快走踏清秋。"何年何月才能够戴上金丝笼头,配上精美鞍具,在清秋时节奋蹄飞奔。以"何当"为转捩,将视点聚焦于特定的、预期的时空领域,从而推出中心意象——一匹弃置荒漠而渴望立功的骏马。这是一个拟喻性意象,隐喻渴望立功而奇才未展的诗人自己。"金络脑"这一意象亦从典故中化炼出来。《陌上桑》:"黄金络马头",鲍照《代结客少年场行》:"骢马金络头","金络脑"大约由此而出。骏马企盼配上金丝络头,是希望得到赏识,以呈其才,以效大用,即期待着把骏马当作骏马对待,把良材当作良材使用。"快走踏清秋"与上句一气呵成,意思是:在秋高气爽的时节,横行于万里边陲。"踏清秋",踏于清秋,即在清秋时节驰骋边疆。塞外少数民族常在草黄马肥的秋天犯境,所以"清秋"也是边防紧张的时节,自然也是御敌靖边建功立业的良机。此诗或许是有感于当时形势而发,并非空抒豪情壮志,但也可能是诗人久遭压抑而勃发热望。因此,"何当"二字既表达出热切的期待,也流露出万般的无奈,渴望建立功业而又不被赏识所发出来的叹惋之声依稀可闻。

这首《马诗》描绘的月夜边陲图与骏马望驰图,纯系艺术虚构,然而写景造境却真真切切、实实在在,给人以如历边塞、如睹骏马的艺术真实感,这正是由于诗人凭虚构实的缘故。

(6)造景抒情的艺术真实性

春怨　　刘方平

纱窗日落渐黄昏,　金屋无人见泪痕①。

寂寞空庭春欲晚②,梨花满地不开门。

[注释]

①金屋:指极华丽的宫室,一般为皇帝宠妃所居。

②庭:院子。欲:将要。

[赏析]

以虚构为手段造景抒情,绝非背离现实生活,信口雌黄,胡编乱造。相反,所

造之景虽非现实实有,却源自生活,是以现实实有的人、事、物的表象为素材加工而成,并在更高更深的层面上反映了生活的本质和规律。正因为如此,造景抒情能凭虚构实,虽不具备生活的真实性,却富有艺术的真实性。例如,《春怨》这首代禁锢于冷宫的宫人倾诉哀怨的代言体宫怨诗,无中生有,凭虚构实,造景抒情以营构意境,就颇具艺术的真实性。

前二句表现室内情景。"纱窗日落渐黄昏",首句从时间的角度入题,展现西窗残照。黄昏,这是一个容易触景伤怀的时刻,女主人公的满腹哀怨,正是由纱窗日影渐渐消逝,窗外暮色渐渐浓重引发出来的,并在这种薄暮之景的烘托下隐隐呈现。"金屋无人见泪痕",次句从空间的角度切入,直扣"春怨"之题,暗示诗中女主人公的身份、处境和心境。"金屋",化用汉武帝金屋藏娇的典故。《汉武故事》载:汉武帝幼年时,他的姑母长公主指着自己的女儿问他:"娶阿娇好吗?"他笑着说:"好!要是能娶阿娇,就造一座金殿把她养起来。"长大后,陈阿娇果真做了皇后,但后来失宠了,被打入了冷宫。此处化用"金屋"之典,除渲染女主人公居室的富丽堂皇之外,更暗示女主人公是妃嫔之类的宫人,而且是曾经受宠现已失宠的宫人。"泪痕",借神情见心情,形神毕肖。"泪"积而留"痕",表明女主人公长期以泪洗面。怨何其多,何其深也!不着一"怨"字,而怨情溢于言表,女主人公心境之悲苦凄楚全在不言中。"无人",挑明女主人公的处境,她被禁锢于深宫,失宠已久,幽居独处,形同守活寡,所以纵使泪痕满面也"无人见"。德国大诗人歌德说:被分享的欢乐,增加了一半;被分摊的痛苦,减轻了一半。女主人公满腹哀怨,只能独自承担而无人分摊,连欲求一见泪痕之人竟不可得,能不倍增其哀怨吗!

后二句表现室外情景:"寂寞空庭春欲晚,梨花满地不开门。"这闲庭落花的残春景象,进一步激化了女主人公的满腹哀怨,也进一步烘托出女主人公的满腹哀怨。"寂寞空庭",上承"无人",连用"寂寞"与"空"修饰"庭",突现由于女主人公幽禁冷宫、无人问津的处境,所以庭院空空荡荡,一片死寂。"春欲晚",点明时届暮春。"日落"已令人伤感,"春晚"更令人生怨。"一日之愁,黄昏为切;一岁之怨,春暮居多。"因为"日落""春晚"皆寓有青春流逝、美人迟暮的象征意义,因此,值此暮春季节,又当黄昏时分,自然是愁上加愁,怨上加怨了。"梨花满地",把"春欲晚"具体化、具象化。是以景寓情,象征着色衰与宠衰;也是以景衬情,以哀景衬怨情。"不开门",一则是由于"无人",没有人涉足冷宫;更是由于伤心人怕见伤心景,深闭重门,正见出春残花落、日暮黄昏的衰败景象已惨不忍睹,折射出女主人公心境的凄寂愁苦已无以复加了。

诗中虚拟的春残日暮之哀景,反复地烘托着那位虚构的宫人的孤寂凄楚的怨情,哀景与怨情,相映相谐,水乳交融,营构出来的凄寂幽冷的意境,实假似真,生动感人。

在封建专制时代,入朝做官,也不大可能亲见宫人的悲惨境遇;刘方平一生隐居不仕,更不可能目睹宫人的遭际。《春怨》的意境,是根据有关失宠宫人的记载、传闻、作品,以及诗人自己失志不渝、孤寂苦闷的人生体验虚构出来的。虽属无中生有,却是凭虚构实,因而所写之景、所造之境,却仿佛具有现实性、本真性与当下性,就像诗人本人触景伤怀、即景抒情似的,而且生动而深刻地揭示了封建社会中一部分地位特殊的妇女共有的悲剧性命运,代她们倾诉了青春流逝、色衰遭弃的满腹幽怨,抨击了封建专制制度对妇女的无情摧残,从中也隐隐透出了一代失意文人人生失意的隐衷,难怪诗人们爱写这类代人哭诉的代言体宫怨诗。这里,凭虚构实的"实",正是一种源自生活又高于生活,生动而深刻地反映了生活的本质和规律的艺术真实。

(7)造景抒情的基本特征:虚幻性与回溯性

越中览古^①　　李白
越王勾践破吴归,义士还家尽锦衣^②。
宫女如花满宫殿,只今惟有鹧鸪飞^③。

[注释]

①越中:越州,治所在今浙江省绍兴市,古称会稽,春秋时代为越国的国都。览古:游览古迹,缅怀历史。

②义士：在洗雪国耻的吴越战争中，越国的军队为正义之师，所以称其将士为义士。锦衣：锦绣的服装，泛指华美艳丽的服装。

③只今：只是现在。鹧鸪：一种野鸟。

[赏析]

造景抒情不像即景抒情那样以实描为基本手段写当前实景，而是以虚构为手段写意中虚景。所以，造景抒情所写之景不像即景抒情所写之景那样具有鲜明的现实性、本真性与当下性，而是具有明显的虚幻性、回溯性或前瞻性，这是因为它是诗人以记忆中储存的表象为素材进行回溯性或前瞻性虚构的产品。也就是说，造景抒情是以超越现实的回溯性或前瞻性联想与想象为其心理基础。下面我们试以李白《越中览古》为例，来解析造景抒情之法所造之景的虚幻性、回溯性这两个基本特征及其心理基础。

《越中览古》是一首怀古诗，造景抒情与即景抒情两法并用，相辅相成，营构出既有悠远的历史感，又有深厚的时代感的谐美意境，含蓄地抒发诗人的怀古幽情及人生忧患。如题所示，此诗是李白踏访"越中"——春秋时代越国故都会稽，吊古感今，即兴而作。诗人借助于回溯性的联想与想象，回顾了一段悠远的历史：春秋后期，吴越两国争霸南方，成为世仇。公元前494年，吴王夫差大败越王勾践，勾践臣服求和，入吴给夫差当了三年仆役。放归后，他卧薪尝胆，发愤图强，并将越国美女西施献与夫差，诱使夫差沉湎于声色，荒疏于国事。越国经十年生息，十年积聚，终于转弱为强，灭掉吴国，并成为一时霸主。《越中览古》便是对这段史事的蓦然回首与深刻反思。

就体裁而言，这是一首绝句。绝句当精于剪裁，工于发端，咏史怀古的绝句尤须如此。因此，对于吴越之争这一纷纭繁复、常人尽知的重大历史事件，高明而睿智的诗人完全摒除了对其复杂过程、来龙去脉的赘述，从最终的结局切入，直奔主题。"越王勾践破吴归"，越王勾践灭掉吴国，胜利凯旋。"破吴归"，字字千钧，绾结了重大的历史事件，省略了冗繁的叙述描写，有力地开启了二、三两句。

二、三两句扣住"归"字，从宫外、宫内各精选一个典型场面——战士还乡、越王还宫,具体铺写凯旋盛况。"义士还家尽锦衣",参与破吴的将士受到嘉奖,得到封赏,脱去战袍,换上锦绣的盛装。"尽锦衣"这一意象既表现了凯旋的将士欢欣鼓舞、荣归故里的情景,也包含着"刀兵入库,马放南山"的言外之意。在展现宫外盛况之后,镜头由宫外摇向宫内。"宫女如花满春殿",鲜花般争妍斗艳的宫女,挤满了春意盈盈、喜气洋洋的宫殿。这里"春殿"的"春"呼应"如花"的"花",状写美好的时光和景象,不一定实指春天,共同突显"破吴归"之后,越王宫内充溢着醉生梦死、歌舞升平的繁华景象和热闹气氛。暗示越王勾践踌躇满志,已堕入贪欢耽乐、逸豫忘忧的泥潭,早把忍辱蒙羞的教训与励精图治的精神丢到九霄云外,重蹈夫差亡国亡身之覆辙已成必然的趋势。

前三句基于回溯性的联想与想象虚拟勾践灭吴后越国的鼎盛场面,层层着色,极显其盛,并暗设机杼,在极盛的景象中隐伏着极衰的动势,为尾句的突作转折充分铺垫。

尾句笔势狂跌,一落千丈,展现眼前的衰败冷落之象。"只今惟有鹧鸪飞",昔日的王城与王宫,如今只见野鸟乱飞。只这一个典型细节便充分见出昔日的雄图霸业、荣华富贵早已荡然无存,有以少总多、以小见大之妙。

综合观之,《越中览古》以造景抒情为主,即景抒情为辅营构意境。前三句造景抒情,诗人借助于回溯性的联想与想象,以虚构为手段,再现了千载尘封的古人、古事和古物,呈现的是意中虚景。具体而言,诗人将阅读鉴赏有关吴越之争的历史典籍与文学作品时形成并储存于记忆中的审美表象,进行回忆性、创造性的复现,再现出湮灭已久的史事与昙花一现的辉煌。因此,这再现的、永逝了的史事与辉煌具有了虚幻性与回溯性。它们并非现实存在,有的甚至从未存现过。它们或早已销蚀于时间的长流水中,复现于诗的意境中的只是其幻影;它们或只是诗人心造的幻象,并非往事或史实的真面目。譬如此诗中的两个典型场面,典籍未录,无案可稽,是诗人虚构的。当然,这种虚构并非凭空杜撰,虽非实然的,却是必然的。第四句转用即景抒情之法,诗思折回现实,以写实的手法呈现当前景以表达胸中意。呈现之景集中地、典型地反映了越国的故都与故宫当前目下实实在在的现状,具有鲜明的现实性、本真性与当下性。具有虚幻性、回溯性的历史画面,同具有现实性、本真性、当下性的现实镜头叠加在一起,突显今昔盛衰的强烈对比和巨大反差,尘封已久的繁盛无情地反照出千古遗存的衰朽。不胜今昔之喟叹、荣枯无常之鉴戒,全蕴藏在意中虚景与当前实景的虚实叠映与对照呈现之中,含蓄深婉,发人深省。

(8)造景抒情的基本特征:虚幻性与前瞻性

赋菊　　黄巢

待到秋来九月八①,我花开后百花杀②。
冲天香阵透长安③,满城尽带黄金甲④。

[注释]

①待到:等到。九月八:阴历九月九日为重阳节,有登高、赏菊的风俗。说"九月八",是为了押韵。

②杀:这里当枯萎、凋谢讲。

③透:渗透、弥漫。

④带:披挂。

[赏析]

诗人有时基于前瞻性的联想与想象,造景抒情,托物喻志,表现对未来的期待与向往,所造之景具有虚幻性,也具有前瞻性:是诗人瞻望前景所心造的幻象,现实未有,将来或可能有或未必有。试看黄巢这首《赋菊》。《赋菊》是黄巢这位后来的农民起义军领袖在起义前赋菊明志,展望前景,抒写未来造反夺权的革命志向与战斗豪情的咏物言志诗。与《题菊花》堪称姊妹篇,都是造景抒情、托菊喻志的佳构,所造之景具有鲜明的虚幻性与前瞻性。

"待到秋来九月八,我花开后百花杀。"等到秋气肃杀、佳节重阳的时候,唯有我菊花凌寒独放,其余百花凋零尽净。以"待到"领起全篇,开宗明义,表达一种热情的期待与热切的向往。径直将菊花称作"我花",突显借菊自喻之意,更使物与我融合无间。"我花开"与"百花杀"对举对比,寓意深远。"百花杀"与菊花开本无必然的联系,也未必全在菊花盛开之后。特意着一"后"字链接两者,虚拟其因果联系,予人以菊花怒放使得百花凋零的审美错觉,不仅体现出一种刚毅果决的品格,也显示出一种摧枯拉朽的气概。"冲天香阵透长安,满城尽带黄金甲。"菊花的阵阵浓香,直冲云天,充溢长安;满城金灿灿的,到处都是穿戴着黄盔黄甲的勇士。后二句写得比前二句更有气势,以千钧笔力突显了菊花势压群芳的旺盛生命力,也预示了未来的农民起义军锐不可当、无坚不摧的声威。设喻十分新奇,把菊花的黄色花瓣幻化为战士的黄金铠甲,使"菊花"这一意象得以升华,不仅具有傲霜的劲节,而且具有战士的风骨。这后二句紧承前二句,进一步借助于前瞻性的联想与想象,将"我花开"具体化,形象鲜明而又含蓄蕴藉地表现必反的决心与必胜的信念。后来,黄巢果然率领农民起义军打进了长安,实现了他在这首咏菊明志的诗中所寓托的宏图大略,把诗中这种虚幻性、前瞻性的图景变成了现实。

《赋菊》超越现实,虚构或然之景,婉转地表现其远大的理想抱负,所造之景虽然具有虚幻性、前瞻性,但并不让人感到虚妄不经,遥不可及,反倒有不可抗御的鼓动性与感召力。其诀窍在于凭虚构实,诗人扣住菊花耐寒的品质、浓郁的香气、金黄的色彩等基本特点,展开前瞻性的联想与想象,把"待到秋来九月八"时盛开于京城的菊花写得形神兼备,历历在目,并营构出貌似真境实景的意境来。换一个角度看,这凭虚构实其实也是据实构虚——立足于生活的真实进行艺术的虚构。

(9)造景抒情的心理基础:再造性想象

西塞山怀古[①]　　刘禹锡

王濬楼船下益州[②],金陵王气黯然收[③]。
千寻铁锁沉江底[④],一片降幡出石头[⑤]。
人世几回伤往事[⑥],山形依旧枕寒流[⑦]。
今逢四海为家日[⑧],故垒萧萧芦荻秋[⑨]。

[注释]

①西塞山:在今湖北省黄石市东长江边,三国时代为东吴西部江防要塞。

②王濬(jùn):晋武帝司马炎时的益州(今四川成都)刺史。楼船:有木楼的大战船。下益州:下于益州,从益州顺江而下。

③金陵:今江苏省南京市,传说因楚威王曾在此地埋黄金以镇压气而得名,三国时叫建业,是东吴都城。王气:古代迷信认为帝王所在地方的天空会出现一种特殊的云气,它的出现与消失具有朝代兴亡的征兆。这里借指东吴的国运。收:收敛、消失。

④千寻铁锁:东吴用铁锁链在长江中构建的拦江工事。寻,古代长度单位,一寻为七尺或八尺。

⑤降幡(fān):降旗。幡,长条形的用竹竿直挂的旗子。石头:石头城,在今南京市清凉山一带,这里借指金陵。

⑥往事:指先后建都于金陵的东吴、东晋、宋、齐、梁、陈六个朝代相继兴亡的史实。

⑦山形:指西塞山的险要地势。枕:临靠。

⑧四海为家:四海归属一家,指全国统一。

⑨故垒:旧时营垒,指历代割据者修筑的防御工事。芦:芦苇。荻(dí):与芦苇相似,生长在水边,秋天开紫花。

[赏析]

造景抒情营构意境,这种造景是一种无中生有、凭虚构实的精神创造活动,它必然地要以联想与想象为其心理基础。造景,尤其离不开想象,甚至要基于诡异离奇的幻想。想象,是在原有感性材料的基础上创造出新形象的心理过程。诗人基于想象造景抒情营构意境,则是对储存在大脑中的记忆表象、审美意象,进行改造,加以整合、变异,从而再造或创造出新的意象和意境。想象分为再造性想象与创造性想象两种类型。刘禹锡《西塞山怀古》造景抒情的主要心理基础是再造性想象。再造性想象,是诗人根据他人提供的素材在头脑中进行加工,再造而再现出相应事物的形象的心理过程。《西塞山怀古》主要以《晋书·王濬传》中的史料为基本素材进行再造性想象,从而造景抒情,营构意境。

此诗作于唐穆宗长庆四年(824),当年,刘禹锡从夔州(今重庆奉节)刺史调任和州(今安徽和县)刺史,顺江东下,路过西塞山,见其形势险要,由景及史,由史兴感,怀古慨今,写成这一传世名作。

首联从宏观切入对史事的追怀。"王濬楼船下益州,金陵王气黯然收。"王濬的舰队从益州顺江东下,金陵的帝王之气便黯然失色,转眼全消。据《晋书》记载,晋武帝司马炎于咸宁五年(279)分兵数路,发起灭吴战争,益州刺史王濬的水军为其中的一路。之前,王濬在益州督造"方百二十步,受二千余人"的"楼船",组建了一支强大的舰队。太康元年(280),王濬顺江东下,所向披靡,当年三月,直抵金陵,东吴政权土崩瓦解。刘禹锡由夔州去和州赴任的行程,正好是五百多年前王濬水军的进军路线,因此才会目睹东吴江防要塞西塞山而引发对西晋灭吴及六朝覆灭的历史的追怀。于是,诗人将储存在记忆库中的史料加以提炼,取西晋灭吴这一历史事件的两端,展开再造性想象,复现为两个具有高度概括性的泛镜头,从宏观快速浏览历史事件的始末。上句再现事件的发端,下句展示事件的结局。上句的"下益州"与下句的"王气收",互为因果,前呼后应;此一"下",彼即"收",摧枯拉朽,势如破竹。这气势不仅显示了双方实力对比的悬殊,更昭示出"王气"不足为割据者凭恃,统一的历史潮流锐不可当的哲理。

颔联从微观切入,复现历史事件的具体情节。"千寻铁锁沉江底,一片降幡出石头。"封锁大江的千丈铁链烧熔了,深深地沉到了江底;石头城上的一片降旗挂出了,高高地飘在竿头。此联隐喻天险不足为割据者凭恃之意,进一步暗示分裂不敌统一的题旨。根据《晋书·王濬传》载,东吴将领在长江险要处(大约在西陵峡中秭归一带)以铁链横截江面,并在水中暗置大量铁锥,意在凭借天险,负隅顽抗。王濬针锋相对,巧用木筏拔去水下铁锥,又以大火炬灌以麻油烧熔封锁江面的铁链,随即长驱直下,进逼金陵。吴主孙皓"备亡国之礼,素车白马,肉袒面缚",向王濬投降。诗人选择这一历史事件中两个最具指标性,也最具象征

333

意义的典型细节,展开再造性想象,复现为两个特写镜头:一是"铁锁沉江底",此为关键之役的关键之举;一是"降幡出石头",此为战败投降的典型行为。王濬下于益州,攻克金陵,行程数千里,历时两三月。诗人发挥再造性想象,跨越行程,精取典型,化繁为简,以少总多,进一步将西晋灭吴这一历史陈迹具体化、具象化,犹如历史镜头的精彩回放。"铁锁沉"与"降幡出",也互为因果,一气呵成,形成桴鼓相应的动势,有力地突现了历史的必然。

  以上两联以储存在大脑中的史料为素材,借助于再造性想象,复现西晋灭吴的历史画面,含蓄地讥评东吴统治者凭恃"王气"与天险的愚妄与可悲,既有历史批判的力度,又有哲理思辨的深度,为后二联的即景抒慨作了充分的铺垫。再造性想象主要是再现别人描述而自己未必直接感触过的形象。实质上就是对信息符号的译码,将语言信息转换为形象信息,所以它的功能主要在于复现,而不是独立自主地创造新的形象。但是在再造性想象的过程中,往往又融入了诗人自己的经验、知识、情感,并对感知对象作了或多或少的加工、改造,因此它虽受特定对象的制约,却又在一定程度上发挥了主观能动性,具有一定的创造性。例如,此诗的前二联大抵依据《晋书·王濬传》,发挥再造性想象,再造而复现西晋灭吴这段史实。但其中"降幡出石头"这一细节于史无考,系诗人基于自己的历史常识而作的合乎逻辑的增益,既尊重了历史,而又具有一定的创造性。

  颈联由吊古转出叹今。"人世几回伤往事,山形依旧枕寒流。"人世间一次又一次地迭相出现令人感伤的兴亡变化,那形势险要的西塞山照旧泰然自若地沉睡在冷冰冰的长江边上。上句承前二联总揽吊古之意,并翻进一层,由个别拓展及一般,快节奏地复现六朝兴亡的历史。其深层意蕴是:仗恃"王气"与天险雄踞一方而终归覆灭的历史悲剧一幕又一幕地重演,继东吴之后是东晋,然后又是宋、齐、梁、陈,走马灯似地迭相兴亡;因此一次又一次地惹得后人为这反复上演的历史悲剧喟叹不已,唏嘘不已。这也是以简驭繁的大手笔,对六朝盛衰及由此而生的兴亡之慨,一言以蔽之,笔力几可扛鼎。"几回伤"三字下得尤其有分量。六朝大体都是由于相似的原因而导致政权的频繁更替的,但历史的教训却没有

下篇 意境篇

人认真地去总结和汲取,以致一次又一次地重蹈覆辙,因而徒使人"伤",而且"几回伤"。此即后来杜牧在《阿房宫赋》中所说的"后人哀之而不鉴之,亦使后人而复哀后人也",暗寓着针砭时弊的用意。下句由"往事"折回现实,描写西塞山依然如故的整体形貌。这亘古不变的自然景观,恰成变幻无常的"人世"的历史见证。上下句的意蕴对照鲜明,相反相衬,传达出历代文人墨客凭吊古迹、追怀历史时的共同感受:江山依旧,人事多变。同时也蕴含着地险不足恃、割据不能久的深意。

尾联在吊古感时的传统基调上拔高一层,进一步点示统一的历史潮流不可抗拒、不可逆转这一题旨。"今逢四海为家日,故垒萧萧芦荻秋。"而今正逢天下统一的盛世,往昔群雄割据时残留的营盘要塞,在萧萧芦荻、飒飒秋风中,显得格外荒凉破败。上句叹今,直抒其慨。下句再扣"西塞山",以景结情,但写景的角度与颈联不同:前者下笔于西塞山的整体,此则落墨于西塞山的细部。迭用"萧萧""芦荻"和"秋",层层着色,把"故垒"描绘得如此不堪,足令妄图割据者惊悚。这荒废的历史遗迹,是"四海为家"、江山一统的结果,是六朝迭相覆灭、分裂终归失败的象征。因此诗人借以鉴今,表达了对倾覆于统一的历史潮流中的割据政权的嘲讽,也为当朝人君和拥兵自重的藩镇垂戒。

《西塞山怀古》的思想性与艺术性皆属上乘。就思想性而言,此诗有感而发,现实针对性与历史批判性极强。中唐以来,藩镇割据日趋猖獗,严重地威胁着中央集权。诗人把对历史事件的复现与对山川形胜的描绘有机地结合在一起,而将深沉的感慨与理性的反思融化、涵蕴于其中,营构为苍莽宏深的意境,充分表达了诗人维护统一、反对割据的政治历史观。全篇题旨显豁,重点突出。不论吊古,还是叹今,都反复突显"王气"与天险之类皆不足以对抗天下统一的历史潮流这一题旨。由于是面对西塞山吊古慨今,因此写景抒慨皆侧重于天险的不足凭恃。就艺术性而言,此诗发挥再造性想象造景抒情,将历史画面与现实场景焊接在一起,熔怀古、叹今、警世于一炉,凝练警策,意在言外,令人叹为观止。

(10)造景抒情的心理基础:创造性想象

金铜仙人辞汉歌并序① 李贺

<small>魏明帝青龙元年八月,诏宫官牵车,西取汉孝武捧露盘仙人,欲立置前殿②。宫官既拆盘,仙人临载,乃潸然泪下③。唐诸王孙李长吉,遂作《金铜仙人辞汉歌》④。</small>

茂陵刘郎秋风客⑤,　夜闻马嘶晓无迹。
画栏桂树悬秋香⑥,　三十六宫土花碧⑦。
魏官牵车指千里⑧,　东关酸风射眸子⑨。
空将汉月出宫门⑩,　忆君清泪如铅水⑪。
衰兰送客咸阳道⑫,　天若有情天亦老。
携盘独出月荒凉,　渭城已远波声小⑬。

[注释]

①金铜仙人辞汉:汉武帝刘彻曾在长安建章宫前造神明台,上铸铜人,高三十丈,大七围,手托承露盘以储露水,汉武帝取露水,和着玉屑服用,以求长生。魏明帝曹睿为求长生,派人去长安拆铜人,拟迁至洛阳。金铜,即铜,古代铜也称金。

②魏明帝:曹睿,曹操之孙,三国时代魏国的第二代君主。青龙元年:误,当在景初元年(237)。诏:皇帝下命令。宫官:宦官。汉孝武:即汉武帝。前殿:指洛阳宫殿的前殿。

③临载:当上车的时候。乃:竟然。潸(shān)然:落泪的样子。

④唐诸王孙李长吉:李贺,字长吉,是唐宗室郑王李亮(高祖李渊之叔)的后代,故自称"唐诸王孙"。

⑤茂陵:汉武帝刘彻的陵墓,在今陕西省兴平县东北。刘郎:指刘彻。秋风客:秋风中的过客,形容生命短暂。

⑥画栏:绘有花纹图案的栏杆。秋香:指桂花。

⑦三十六宫:班固《西都赋》说汉代上林苑有离宫三十六所。土花:苔藓。

⑧魏官：即序文所说的"宫官"。指：指向、趋向。千里：洛阳与长安之间相距千里。

⑨眸(móu)子：眼珠，这里指眼睛。

⑩将：与、伴随。

⑪君：指刘彻。

⑫衰兰：凋谢了的兰花。客：指铜人。咸阳道：即长安道。

⑬渭城：即秦朝故都咸阳，汉代改称渭城，这里指代长安。

[赏析]

造景抒情营构意境，既可以再造性想象为其心理基础，像刘禹锡《西塞山怀古》那样，以史实为素材，即以客观世界曾经存在过的人、事、物之象为原材料，进行艺术加工，再造、复现为新的意象与意境；也可像李贺《金铜仙人辞汉歌》这样，写景造境主要基于创造性想象。创造性想象，指根据特定的创作旨意，独立自主地创造新的艺术形象(意象与意境)的心理过程。所创造的新的艺术形象，在客观世界中从未存在过甚至将来也未必存在与之相对应的对象。创造性想象包括幻想。幻想是创造性想象的一种特殊形式，在艺术创作中，通常是指超越现实的想象，即不按生活本身可能具有的形式创造艺术形象，而是采用了非现实的形式——对原有的表象或意象进行离奇的特殊的分解组合与扭曲变形。《金铜仙人辞汉歌》就是凭借着一鳞半爪的历史传闻，展开诡异怪诞的想象与幻想，从而造景抒情营构意境的。有关"金铜仙人辞汉"的史料，主要有两则：其一，《魏略》："是岁(景初元年)，徙长安……铜人承露盘。盘拆，铜人重不可致，留于霸垒。"其二，《汉晋春秋》："帝徙盘，盘拆，声闻数十里，金狄(铜人)或泣。"前一则是史实，后一则系传闻。李贺舍弃了史实，只凭传闻，自主地、自由地驰骋其浪漫主义的想象，写成了这首异彩炫目的奇诗。

《金铜仙人辞汉歌》虽凭借大胆离奇的想象与幻想铺锦列绣，编织成篇，但脉络清晰，层次分明。全篇十二句，四句一层，分为三个层次，循中心意象"金铜仙人"迁离汉宫和故都的始末，有序地展开意象的组合与意境的营构。

前四句为第一层,描写临拆迁时铜人的见闻。"茂陵刘郎秋风客,夜闻马嘶晓无迹。画栏桂树悬秋香,三十六宫土花碧。"缔造过一代盛世的汉武帝刘彻,早已成了秋风中的匆匆过客,魂归茂陵荒冢。金铜仙人在拆离汉宫的前夕听见他的坐骑发出的嘶鸣,天一亮却没有一丝踪影和声息。只有彩绘的栏杆里,桂树徒然地悬浮着深秋桂花的芬芳,三十六座离宫别馆到处是碧绿的苔藓在潜滋暗长。写铜人所闻,基于创造性想象。诗人驰骋幻想,虚构铜人拆迁前夕汉武帝的鬼魂显灵的情景。鬼魂显灵,大约是为了向拆迁者示警以保住铜人。于是鬼影幢幢,神骏啸啸,颇有几分吓阻活人的声势。但毕竟是幽冥之物,惧怕阳气,所以天一亮便潜踪隐形,无声无息了。想象奇诡,写景造境神秘缥缈、子虚乌有,却蕴含深意,隐隐透出生命不可逆、盛世不再来的万般无奈与千古遗憾。为什么称刘彻为"秋风客"呢?一则由于晚年的刘彻炼丹求仙,妄图长生不老,铸造铜人托盘承露,也是为了长生不老,但抗拒不了新陈代谢的自然规律,最终还是成了葬身茂陵的"秋风客";一则因为刘彻作有《秋风辞》,喟叹人生短促,哀多乐少,结尾点睛曰:"欢乐极兮哀情多,少壮几时兮奈老何!"写铜人所见,则基于再造性想象。班固《西都赋》说,上林苑"离宫别馆,三十六所"。上林苑只是汉代长安郊外一处皇家园林,竟有离宫别馆三十六所,封建帝王的穷奢极欲可想而知,但也从一个侧面反映了汉代鼎盛时期的繁荣兴旺。而今铜人的"眸子"折射出来的却是一番衰败凄凉的景象:三十六宫尚存,但画栏凋敝,桂花空悬,苔藓匝地。此时此境,人迹湮灭,万籁俱寂,但"无声胜有声",朝代兴替、世事沧桑的画外音不绝于耳。以上一层通过对拆迁前铜人的见闻的描写,展示了铜人所处的典型环境,渲染出一派凄寂苍凉的氛围。如此情景,怎能不使阅尽汉代兴亡盛衰而今被迫离去的铜人倍感凄楚呢!

中四句为第二层,表现拆迁时铜人的情状。"魏官牵车指千里,东关酸风射眸子。空将汉月出宫门,忆君清泪如铅水。"魏国的宦官把金铜仙人载上牛车,直趋千里之外的洛阳;车出东门,金铜仙人回首西望,凄凉的西风刺得他眼睛发酸。启程时,只有数百年来一直相伴的汉时明月送他出了宫门;想起铸造了自己却已长眠于茂陵的汉武帝,金铜仙人的伤心泪像铅水一般沉重地滚落下来。这一层从正面表现铜人,诗人的想象愈发离奇,与之相应,技巧也愈发诡谲。风本无味,此时此境,秋风竟成了"酸风"。这是巧用通感手法,使触觉、味觉与意觉,三觉联通,互为转移。想象风酸,"酸风"刺眼,故觉"眸子"发酸,归根结底是内心酸楚,内心的酸楚辐射于物,于是风亦变"酸"。写风不用"吹"字、"刮"字,而用"射"字,更见出秋风的迅疾、刺激的强烈。想象铜人辞别汉宫时,形单影孤,唯有"汉月"相送。称之为"汉月",是悬想唯有汉时的老相识"月"还是一丝不变的老样子,既体现了铜人的怀旧之情、亡国之痛,也为下一层的"天若有情天亦老"预伏一笔。想象因备受眷恋与悼念之情煎熬而痛心疾首的铜人"清泪如铅水",更是异想天开。铜人感怀旧事、依恋故主而伤离怨别的情态,与人无异,体现出一种"人性";而铜人之泪"如铅水",正与其物性吻合。这一妙喻将人性与物性有机地凝聚在一起,生动地表现了"金铜仙人"似人似物、非人非物的"神性";而铅泪之沉重,更突现了其心情之沉痛。"清泪如铅水",真可谓妙笔生花!以上一层,诗人用拟人、比喻与通感等技巧编织其幻想的羽翼,在奇幻的意境中自由翱翔,如真似幻地表现了"金铜仙人辞汉"时环境之萧索、凄凉与心境之孤寂、悲怆。通过奇诡的想象,将人情、人性移注于铜人,使人性、物性与神性融合为一,成功地塑造了"金铜仙人"这一中心意象。

后四句为第三层,表现铜人迁离途中的情景。"衰兰送客咸阳道,天若有情天亦老。携盘独出月荒凉,渭城已远波声小。"辞别故都东去,那凋谢了的泽兰在道旁相送;苍天若是有情,目睹金铜仙人辞别汉宫的惨相,见了世事的沧桑巨变,也会因悲恸而衰老。在凄凉的月光下,金铜仙人捧着承露盘,孤零零地离开故都;长安渐渐地远了,渭水的号啕之声也渐渐地小了。诗人舍弃了铜人"留于霸垒"的史实,想象铜人远离了故都。这一层更是奇想联翩,悬想铜人迁离故都时,兰花在道旁"送客",渭水在哀号惜别,唯有那老天漠然置之。(古人迷信,认为人间凡有重大变故,老天会呈现异象,但此时此刻,老天却毫无反应。)就手法而言,是以多情的泽兰、渭水与无情的老天,从正面或者反面烘托铜人辞别故都时的惆怅与酸楚。在诗人凭借创造性想象营构的奇幻意境中,原本无知无识的景物都变形变性,具有了灵魂,并富于感情。泽兰本是繁荣于秋天的野花,此时

此境也因铜人迁离、世事沧桑而变形变态,成了"衰兰"。"兰"之"衰",是情使之然。越是多情,越易衰老呵!不过,"天"倒是因为阅尽人间沧桑而变得麻木不仁、冷漠无情,所以光景常新,终古不老;也正是由于老天对一切兴替与变迁司空见惯,处之泰然,否则早就苍老了,衰朽了!悬想"天"之无"情",不是指没有感情,而是指漠然置之的态度。想象奇诡,令人称绝。至于"渭城已远波声小",貌似写实之笔,实则是诗人以想象为渠道,将自己于无望与无奈中离开京城返回洛阳时的生活体验、情感体验,移注于无生命、无情感之物的虚拟之笔。诗人惜别帝京,渐行渐远,听惯了的渭水涛声也愈远愈小。从这种生活感受中折射出来的是诗人离京时的依恋、惋惜与怅惘意绪。诗人推己及物,将这种感受与意绪移注于铜人,同时又移情于渭水,于是涛声似乎也幻化为伤别的哭声。原本没有生命、没有感情的客观之物竟悲怆如此,那么有生命、有感情的人又会伤感到何等地步呢!可以说,此一层的衬笔,笔笔皆可扛鼎。

《金铜仙人辞汉歌》这首凭借瑰丽奇峭的想象与幻想造景抒情营构意境的奇诗,大约作于诗人辞去奉礼郎,离开京城返回洛阳时。对李唐王朝渐趋衰亡,李贺与大多数中晚唐诗人一样,是极为敏感的。所不同者,作为家道已经败落的"唐诸王孙",李贺则多了几分沉痛感与焦虑感。他热切地希望建功立业,力挽颓局,可惜命途乖违,由于诗人父名肃晋,"晋"与进士的"进"同音,有人便以"避父讳"为由,阻断了他通过科举致仕的路。虽然朝廷恩赐了他一个奉礼郎的从九品小官,但终不得展其才志,只好托病辞官。国势衰颓、家道败落、人生失意,种种不幸与忧伤,使李贺百感交集,身心交瘁,诗人于是驰骋其浪漫主义的想象,由汉魏易代之际一则历史传闻生发开来,并将自己辞京返洛时那交织着家国之恸和身世之悲的凝重感情倾注于其中,演绎成一出有声有色、悲怆哀感的历史悲剧,于是有了《金铜仙人辞汉歌》这一名篇传世。

刻意打乱惯常的思维程式,忽略客观事物固有的特征和理性逻辑,恣意地驱使想象与幻想创造景物,以凸显自己的审美感受与思想感情,是李贺诗歌最突出的艺术特色之一,《金铜仙人辞汉歌》就典型地体现了这一艺术特色。

3. 以景衬情法

以景衬情是把映衬手法用于意境营构。刻意用相同、相似或相反、相对的人、事、物等作背景,作陪衬,来突现主要的表现对象,这种表现手法叫作映衬,也叫衬托或烘托。映衬是侧面描写手法的一种,即对主要表现对象不作正面表现,而着意于从侧面进行勾勒、渲染,以烘托出主要表现对象。被映衬的表现对象叫作主体,用以映衬的人、事、物等叫作衬体。运用于诗歌创作中的映衬手法,从内容的层面看,主要包括以景衬景、以景衬情、以情衬情等多种具体手法。本节所述,是用以景衬情的映衬手法创造情景交融的意境,即用情感基调相同、相似或相反、相对的景物作背景,作陪衬,来烘托和突现情意,让情意与景物相映相谐,浑融互化,营构出高妙谐美的意境来。

就方式而言,映衬手法可分为正衬与反衬两种。正衬,用衬体从正面烘托主体,即用情感基调与主体相同或相似的衬体来做映衬,亦即用基调一致的衬体与主体相烘托;反衬,用衬体从反面烘托主体,即用情感基调与主体相反或相对的衬体来做映衬,亦即用基调相悖逆的衬体与主体相烘托。用正衬手法营构意境,一般是以乐景衬乐或以哀景衬哀;用反衬手法营构意境,一般是以乐景衬哀或以哀景衬乐。这里,乐景指赏心悦目之景,哀景指触目伤怀之景。

借衬体的烘托,可使主体的表征或内蕴更加鲜明突出、生动感人;借助于景的映衬,可使情的抒发加倍浓烈而又含蓄蕴藉。

(1)以景衬情法的界定

旅宿　　杜牧

旅馆无良伴[①],凝情自悄然[②]。
寒灯思旧事[③],断雁警愁眠[④]。
远梦归侵晓[⑤],家书到隔年[⑥]。
沧江好烟月[⑦],门系钓鱼船[⑧]。

[注释]

①良伴:亲人、友人之类的好旅伴。

②凝情:神情专注,这里指陷入沉思而神情呆滞。悄然:神情忧郁的样子。

③旧事:往事。

④断雁:失群的孤雁。警:惊动。

⑤侵晓:拂晓,天快亮的时候。

⑥隔年:间隔一年。

⑦沧江:暗绿色的江河。烟月:云烟和月色,泛指风景。

⑧系:拴。

[赏析]

这首五律抒写旅宿思家的羁旅之愁,用以景衬情的映衬手法创造情景交融的意境:除直接抒写旅愁之外,更用情感基调与旅愁相同、相似或相反、相对的景物,作背景,作陪衬,来烘托和突现旅愁。作背景,作陪衬的景物与旅愁相映相谐,浑融互化,营构为幽邈寂寥的意境。

首联直切"旅宿"之题,委婉地抒写孤独凄寂的旅愁。"旅馆无良伴,凝情自悄然。"寄宿在旅馆里,没有一个亲人或朋友做伴,形影相吊,独自发呆,神情忧伤。上句交代处境,下句描写神态,字里行间充溢着孤寂之情。此联提挈全诗:由此领起后三联。后三联则具体地、反复地抒写独宿于"旅馆"的诗人外显于"悄然"神情的浓浓旅愁。

"寒灯思旧事,断雁警愁眠。"荧荧一灯,闪烁着幽暗凄冷的微光,寂然枯坐,往事萦怀,心绪不宁。怀愁而眠,寝而不寐,却被失群孤雁的哀鸣所惊扰。颔联承首联具体抒写旅宿的孤凄愁怀,却以所见所闻的景物作背景,作陪衬,加以烘托。"寒灯"为所见,"断雁"为所闻,凄暗的灯光、凄厉的雁鸣,哀景衬哀,从正面有力地将旅愁烘托出来。诗人并未点示所思"旧事"的具体内容,但在"寒灯"的映衬下,折射出"旧事"多为仕途多舛、人生失意的往事。这往事令人伤感,令人寒心,以致"灯"也带有"寒"意。上句不言愁,愁绪已流溢于言表。下句顺势点出

"愁"字,诗人满怀愁绪而眠,本已难堪,夜空传来孤雁的哀号,使诗人的心弦与之共振共鸣,更不免愁上加愁。此时此境的诗人不正像一只孤独地徘徊于异乡夜空中的失群之雁吗?难怪孤雁的鸣声会让诗人灵魂震颤,愁绪更添。

颈联推进一层,转向直抒旅愁。"远梦归侵晓,家书到隔年。"万里迢迢,梦回故里,天快亮时才匆匆赶到。与亲人的音讯长期隔绝,企盼家信,但要眼巴巴地等到隔年才可能收到。上句着意于空间,叹乡关迢远。梦魂本可瞬息千里,一蹴而就,诗人的梦魂返乡,却通宵奔波,"侵晓"才到,足见故乡遥遥。下句落笔于时间,叹音讯久隔。"家书到隔年",反弹出诗人成年累月空盼家书的弦外之音,更突现诗人的思亲情切。上句虚笔点染,下句实笔刷色。梦魂返乡之喜虚无缥缈,音讯久隔之悲实实在在,虚实叠加,悲喜杂糅,天涯游子的怀乡之思、孤凄之情,已不知成何滋味。联系上联看,此诗所写并非一宿偶感,而是将多次旅宿,乃至长年旅宿的典型感受高度集中地凝缩在这首五律中了。

尾联一笔宕开,以景结情。"沧江好烟月,门系钓鱼船。"墨绿色的江面荡起涟漪,茫茫夜雾如轻纱,皎皎月华似流霜,好一派迷人的景致。系在渔家门前的钓鱼船,随波摇荡,悠闲自在。这是深受旅愁困扰而百无聊赖的诗人凭窗所见,简直就是一幅富赡朦胧美、蕴含闲逸意的风景画!濡染于画面的情感基调与诗人浓浓的旅愁是极不协调的,但却相反相成地突现了浓浓的旅愁。从首联、颔联到颈联,旅愁的直接抒发与正面烘托已达于极致,若再顺此笔势写下去,则过犹不及,甚至会有狗尾续貂之虞。睿智的诗人无愧为晚唐诗坛巨匠,关键处笔锋陡转,绘此良辰美景,既从反面烘托浓浓旅愁,同时也暗传出诗人厌倦孜孜宦游而艳羡安逸家居的心曲。望着眼前的良辰美景,诗人一定在想:何年何月我这艘漂泊天涯的航船才能悠闲自在地停靠在自家门前?何年何月我才能悠闲自在地欣赏故乡那绿绿的水、茫茫的雾、皎皎的月?本联跳出题外而不离于题,真可谓神来之笔。

这首抒写旅愁的诗,除用含蓄蕴藉的笔墨直接抒写旅宿的愁怀外,更以"寒灯""断雁"和"沧江好烟月,门系钓鱼船"作背景,作陪衬,或从正面,或从反面,反复映衬,烘托出诗人滞留异乡、孤寂思家的愁绪的浓烈凝重与无由排遣。作为

衬体的景与作为主体的情,主客相谐,浑融为一,营构出来的超妙意境,余韵悠永,颇耐玩索。

(2)以景衬情法的具体方式:正衬、反衬

生查子① 欧阳修

去年元夜时②, 花市灯如昼③。
月上柳梢头, 人约黄昏后。

今年元夜时, 月与灯依旧。
不见去年人④, 泪湿春衫袖⑤。

[注释]

①生查子:词牌。

②元夜:民间把每年阴历正月十五日称为上元节,晚上称为元宵,也叫元夕、元夜。唐代以来元夜有观灯的风俗,所以又叫灯节。

③花市:灯会,这里的花指花灯。昼:白天。

④去年人:指去年元宵约会的恋人。

⑤春衫:春天穿的衣裳。

[赏析]

以景衬情营构意境,有两种具体的方式:一为正衬,一为反衬。正衬,用情感基调相同或相似的景物作映衬,从正面烘托情意,一般是以乐景衬乐或以哀景衬哀。反衬,用情感基调相反或相对的景物作映衬,从反面烘托情意,一般是以乐景衬哀或以哀景衬乐。《生查子》是一个兼具两者的典型用例:上阕用正衬法营构意境,下阕用反衬法营构意境。

上阕追忆去年元宵灯节的良辰美景,从正面烘托去年恋人相聚的欢乐,乐景衬乐,更见其乐。开篇先映现出去年元宵灯节的大场面:"花市灯如昼",火树银花,万灯竞放,夜市如昼。再将镜头摇向一个幽雅僻静,富于诗情画意的好去处:"月上柳梢头",杨柳依依,婆娑多姿,月挂柳梢,流光如水,多么优美、多么醉人的境界呵!然后镜头一推,推出中心意象:"人约黄昏后",柳树梢头月团圆,柳荫下面人团圆!一对恋人冲破外在和内在的双重禁锢,在如此美好的时辰、如此美好的幽境中,欣然约会。虽未直接表现恋人幽会的具体情状,但是在赏心悦目的良辰美景的烘托下,恋人相聚的甜情蜜意、温馨欢愉却真真切切地表现于象外,给人以如临其境、如见伊人之感。

下阕描写今年元宵灯节的良辰美景,从反面烘托今年恋人离散的痛苦,乐景衬哀,倍增其哀。仍旧先展现赏心悦目的背景:"今年元夜时,月与灯依旧。"熬过整整一年的苦苦期盼,总算等来了与去年一模一样的元宵佳节。"月与灯依旧",一石双鸟,包容了"花市灯如昼"与"月上柳梢头"的意象与意蕴,是两幅剪影的浓缩。这是从反面敷粉,为表现"人非",预作"物是"的铺垫。最后再推出一个特写镜头:"不见去年人,泪湿春衫袖。"去年莺俦燕侣,互诉衷肠;如今只剩下了只身孤影,徒忆前盟。睹物思人,抚今追昔,能不痛彻肺腑、泪湿春衫吗?

从全局构思看,上阕的意境与下阕的意境,叠加在一起,交互映衬:"去年元夜时"恋人幽会的情景,与"今年元夜时"恋人离散的情景,叠相映出,在今昔对照,求同存异(风景"依旧",伊人"不见")中,造成巨大反差,去年的幽会更显得甜蜜温馨,今年的离散更显得苦涩不堪,从而把物是人非、旧情难续的失落感、忧伤情,表现得淋漓尽致。

(3)正衬法:乐景衬乐

登科后^①   孟郊

昔日龌龊不足夸^②,今朝放荡思无涯^③。
春风得意马蹄疾^④,一日看尽长安花。

[注释]

①登科:考中进士。

②龌龊(wòchuò)：本义为齿相近，引申指局促、拘于小节，这里指处境困窘、思想局促，即后世所谓窝囊。不足：不值得。

③放荡：无拘无束，尽情尽兴。思无涯：思绪万端，浮想联翩，遐思无边。

④得意：因如愿以偿而心满意足。疾：急速、轻快。

[赏析]

孟郊命途多舛，坎壈终生，直到四十六岁才进士及第，他满以为龙门一跃，时来运转，从此可以青云直上，大有作为了。于是按捺不住的狂喜之情化作了这位苦吟诗人笔下仅见的一首快诗《登科后》。

前二句用对比映衬手法，抚今思昔，直抒胸臆。"昔日龌龊不足夸，今朝放荡思无涯。"过去困顿局促，窝窝囊囊，实在没有任何东西值得炫耀；而今胸襟豁然开朗，心潮澎湃，浮想联翩，遐思无边。"昔日"，指登科前。孟郊登科前两次惨败于科场，这不仅使诗人的境况愈益困窘，也使诗人的心胸更加局促，以至于垂头丧气，痛心疾首，发出了"死辱片时痛，生辱长年羞""两度长安陌，空将泪见花"的痛苦呻吟，所以说是"龌龊不足夸"。这里的"不足夸"，实为不屑一提，不堪回首之意。"今朝"，指登科后。诗人第三次搏击于科场，终于叩开了幸运的大门，拿到了进入官场的入场券，自不免心花怒放，兴高采烈。局促的心胸为之一展，两次科场败北的挫折感、抑郁情荡涤一空，不仅情绪十分激动，思想也异常活跃，想到了穷愁潦倒、困顿失路的过去，更想到了飞黄腾达、大展宏图的未来，所以说"思无涯"。"昔日"与"今朝"，对比鲜明，反差强烈，在名落孙山的失意的映衬下，金榜题名的得意被有力地突现出来。

后二句描写诗人神采飞扬的得意之态，酣畅淋漓地抒发了诗人心花怒放的得意之情。得意忘形的诗人借景抒情，巧用乐景衬乐的正衬手法营构意境，从正面烘托出登科后欣喜若狂的得意之情态。"春风得意马蹄疾"，春风骀荡，和煦宜人，似乎也同诗人一样踌躇满志，得意扬扬。踌躇满志，得意扬扬者又何止春风，连那马也比平日轻快敏捷了许多，此刻它趾高气扬，奋蹄狂奔，若风驰电掣一般。诗人移狂喜于春风与骏马，以狂喜的春风与骏马映衬出诗人的狂喜。"得意"

二字显然是全诗之眼,通篇所写,无论情与景,一言以蔽之,就是"得意"。按照唐制,进士考试在秋季举行,发榜则在次年春天。春天的长安,姹紫嫣红,百花斗艳。城南的曲江、杏园一带,春意更浓,每岁新进士在这里宴集同年,"公卿家倾城纵观于此",新进士"满怀春色向人动,遮路乱花迎马红"。尾句"一日看尽长安花"以夸张的笔触再现了这一喜庆的情景。不待说长安城车水马龙,士女云集,熙来攘往,"马蹄疾"殊无可能;纵使能策马狂奔,偌大的长安城,乃花的汪洋大海,"一日看尽",更属不经。然而无理而妙,这极度的夸张,反把诗人登科后喜极如狂的情志,真切动人地烘托出来。总而言之,在"春风得意""马蹄疾""长安花"这一系列色调俊朗明快的景物映衬下,诗人登科后的狂喜之情得到了加倍的表现,是以乐景衬乐的正衬法营构意境的典范。

(4)正衬法:哀景衬哀

闻乐天授江州司马① 元稹

残灯无焰影幢幢②,此夕闻君谪九江③。
垂死病中惊坐起④,暗风吹雨入寒窗。

[注释]

①乐天:白居易,字乐天。授:授职、任命,这里指贬职。江州:唐代州名,隋代为九江郡,今江西省九江市。司马:官名,刺史的辅佐官吏。

②幢幢(chuáng):阴影摇晃的样子。

③此夕:今夜。谪:贬官。

④垂死:接近死亡,指病重。垂,将,接近。

[赏析]

元稹与白居易是中唐诗歌的星空中两颗灿烂的巨星,他们不仅在政治上志同道合,而且文学主张、诗歌风格颇为相近,同是新乐府运动的倡导者,为终身频频唱和的诗友,史称"元白"。这对挚友的人生道路也一样的坎坷不平。元和五

年(810),元稹因弹劾和惩治不法官吏,同宦官发生冲突,被贬为江陵(今湖北江陵)士曹参军,后来改授通州(今四川达州)司马。元和十年,淄青节度使李师道派人刺死宰相武元衡,刺伤大臣裴度,时任左拾遗、左赞善大夫的白居易上书请惩办凶首,得罪了权贵,被贬为江州司马。本篇为白居易遭贬的消息传到通州的刹那间,元稹闻讯兴感之作。

诗人在贬所久病垂死,心境本已极度酸楚悲凉,乍闻挚友蒙冤遭贬,若五雷轰顶,震惊不已,悲愤交加。但诗人并未用过多笔墨直接表现这种心境,而是着意渲染极其愁惨凄凉、阴森可怖的物境,从侧面烘托其心境,并使情景交融,两境合一,营构为意境。营构意境所用的基本手段就是哀景衬哀的正衬法:以极其愁惨凄凉、阴森可怖之景作背景,作陪衬,突现诗人闻讯时的极度震惊、极度悲愤,使哀景与悲情在相映相谐中,浑融互化,营造和渲染出凝重、沉郁、暗昧、悲怆的艺术情境与艺术氛围。

题为"闻乐天授江州司马",通篇则紧扣这一"闻"字下笔:首尾两句扣着"闻"字写景,中间两句扣着"闻"字叙事。

开篇即描绘"闻"时的场景,"残灯无焰影幢幢"。以因果联系为关系链组合意象,布置背景:由于油尽灯残,因而"无焰",室内昏暗无光;因"无焰"而"影幢幢"。具体交代了闻讯时的时空背景,时间是油尽灯残的深夜,地点是阴影摇晃的内室,初步营造和渲染出一种黯然的情境和凄然的氛围。这种触目伤怀、令人窒息的情境和氛围,是诗人当时心境的折光,表明闻讯前久病垂危的诗人的心境就已很糟。同时这也似乎是一种凶兆(古人迷信,以为不幸降临之前往往会有先兆),有先声夺人之妙。开篇的写景是为下二句的叙事张本,即为抒写"闻"时的悲情作垫衬。就像一出悲剧,悲剧人物尚未出场,悲剧性的背景与气氛先已有了。联系当时的社会背景,特别是政治背景来读,这"闻"时的场景似乎有所影射,似乎象征着朝政暗昧、奸佞当道。当时大唐帝国的国运不正像无焰之残灯一样半死不活吗?由于小人得志,君子被逐,朝廷之上不也正是鬼影幢幢吗?

次句顺势牵出"闻"的内容,"此夕闻君谪九江"。倒挽诗题,并将题面扣得严严实实:"君",扣"乐天",点具体人;"谪九江",扣"授江州司马",点具体事。"此夕",是对首句所描写的物境及所折射的心境的归纳与强调,言外之意是:偏偏就在这样的夜晚,惊悉挚友与自己一样无罪遭贬的坏消息,自是苦上加苦,痛上加痛,苦不堪言,痛不胜言了。此处用倒点题法,一则先借首句的写景营造和烘染情境与氛围,为叙事预作铺垫;一则先设悬念,让读者一读首句便产生不祥的预感,次句一出就会倍增震撼心灵的力度,并为第三句之出蓄足了水到渠成之势。参读前后,首句的写景对抒情的映衬作用显而易见。

第三句写"闻"时的反应,"垂死病中惊坐起"。此为传神之笔。"惊",写其情,见情绪之激动;"坐起",写其状,见刺激之强烈。由"惊"到"坐起",真切地表现悲情由内而外的爆发过程。"惊坐起"三字已形神兼备,再衔接在"垂死病中"之后,更惟妙惟肖地突显出诗人乍闻挚友蒙冤遭贬时极度震惊、极度悲愤的神情动态。祸不单行,元稹贬往通州后,感染疟疾,久治不愈。这种病在古代往往是致命的,因此,说"垂死病中"并非夸张。而"垂死病中"要"坐起",则是困难的,诗人居然一"闻"便坐将起来。描写这种一反常态的动作,"闻"时所受的刺激之剧烈,元稹与白居易这对志趣相投、遭际相仿、休戚与共的难兄难弟之间情谊之深挚,尽现其中。

尾句一笔宕开,遥承首句,写"闻"后的场景:"暗风吹雨入寒窗"。风是"暗风",即后世所谓阴风,窗是"寒窗",被"暗风"吹入"寒窗"的无疑也是苦雨。这"暗风"、苦雨、"寒窗",使整个情境与氛围的悲怆色调更加浓郁与重浊。在"暗风"、苦雨、"寒窗"的映衬与铺垫中,将惊悉挚友遭贬引发的悲情抒发推向高潮。按一般写法,此句当具体抒写诗人"闻"讯而"惊"的种种复杂而浓烈的悲情。诗人却撇开悲情的直接抒发,以景结情,将此时此境下的悲情留待读者于诗外品之。其实破窗而入的风雨在闻讯前便已有之,并非闻讯所致,首句中的"影幢幢"便已暗示了风雨的存在。先写闻讯而"惊",再写风雨入窗,是由于满怀悲情的诗人此时对客观之景的感知突然间变得十分敏锐,十分强烈,而此时的客观之景则有了浓烈而不可阻遏的主观之情的外射与渗透。风本无所谓明暗,此时却成了"暗风";窗本无所谓冷暖,此时却成了"寒窗"。反过来这"暗风"与"寒窗"加之苦雨,则成了主观之情的极有力的烘托与垫衬。

统观全篇，首句以景起，用以哀景衬哀的正衬法展开意境的营构；尾句以情结，用以哀景衬哀的正衬法完成意境的营构。只以中间二句直接描写闻讯时的情形。在"残灯"、阴影、"暗风"、苦雨、"寒窗"这一系列哀景的有力映衬下，诗人在重病垂危中惊悉挚友遭贬时的悲情得以鲜明而强烈地表现出来。这哀景与悲情相映相衬，相辅相成，营构而成的谐美意境，格外令人震撼，格外耐人玩味。

（5）反衬法：乐景衬哀

绝句二首(其二) 杜甫

江碧鸟逾白①，山青花欲燃②。

今春看又过，何日是归年③？

[注释]

①碧：绿。逾：同"愈"，更加。

②花欲燃：花红得像要熊熊燃烧的星星之火。

③归年：返回故乡的年头。

[赏析]

春夏秋冬四时的变迁，草木虫鱼万物的盛衰，都直接影响着人的内心世界。但人的内心世界对外部世界的感应是能动的，心境不同，面对同样的景物，往往会有不同的感应。也就是说，外部世界对内心世界的影响，可以是正面的，也可以是负面的。因此，情意与景物，或相悦或相恶，或相谐或相悖。以景衬情营构意境的正衬法与反衬法，正是建构在情意与景物或相悦或相恶，或相谐或相悖的对应关系上。情乐景乐或情哀景哀，则用乐景衬乐或哀景衬哀的正衬法；情哀景乐或情乐景哀，则用乐景衬哀或哀景衬乐的反衬法。正衬法与反衬法用得好，皆可强化抒情效果。尤其是反衬法，若用得妙，会倍增抒情效果，正如王夫之所说："以乐景写哀，以哀景写乐，一倍增其哀乐。"（《姜斋诗话》）

杜甫《绝句二首》(其二)正是好景致与坏心情相悖逆的产物,故用乐景衬哀的反衬法与即景抒情法相辅相成营构意境。这首绝句前景后情:前二句写春意盈溢的乐景,后二句抒还乡无日的哀情。

"江碧鸟逾白,山青花欲燃。"漫江春水,碧波荡漾,更显出飞鸟的洁白,像一片片飞舞的雪花。青山如洗,翠绿欲滴,更衬出山花的鲜红,像一星星将要熊熊燃烧的火苗。"逾白"一词兼具映衬与递进的双重作用,表现洁白的水鸟因碧江衬底而愈显洁白鲜亮。"欲燃",用拟物手法,拟不燃之花为可燃之火,加上青山的背衬,使山花更显得火红耀眼。熟谙画理的诗人以诗为画,两笔即绘就一幅江山多娇、靓丽多彩的风景画,借助于碧绿与雪白、青翠与火红这两组对比色的相互映衬,使这幅风景画的画面显得有主次,有明暗,更有动感和生机,洋溢着浓浓的春意。然而这春意盈溢的怡然美景触发的却是返乡无日的怅然情怀。

"今春看又过,何日是归年?"光阴荏苒,日月如梭,眼看又将送走一个如诗如画的美好春天,天涯漂泊、颠沛流离的游子,何年何月才能回到朝思暮想的故乡?后二句写的是现时触美景所生之乡情,却包孕着过去与未来。"看又过",点明已临近"流水落花春去也"的暮春时节。春的归去,引领心的归去,无限乡愁被导流出来。嵌一"又"字,把触目伤怀回溯到过去,暗示诗人在沦落天涯、滞留异乡期间,年年岁岁都因春来春去而萌生感慨,"今春"不过是又一次感慨系之而已。"何日"二字不仅凝聚着诗人有家难归、归期遥遥的无限惆怅,更把归思延展到未来,其中既有失望,又含希望,当然更多的则是失望的伤感。

如此怡然美景何以会引出如此怅然情怀呢?显然不啻由于"今春看又过"。欲知底里,还得联系这首诗的创作背景来探究。这首诗作于诗人寓居成都草堂期间,具体写作时间大约在唐代宗广德二年(764)春天。此时杜甫的生活虽较安定,但内心并不完全宁静,国忧家愁会时不时地从心底泛起。就在写这首诗的两年前的春天,历时八年的安史之乱终于结束了。诗人喜极而泣,挥毫写下了"生平第一快诗"《闻官军收河南河北》,表达了"白日放歌须纵酒,青春作伴好还乡"的狂喜之情和强烈意愿。之后,两个春天逝去了,今年春天"看又过",但"青春作伴"的还乡美梦还没有变成现实。因此这异乡的美景愈优美宜人,愈会触发一种

由来已久的逆反心理:"虽信美而非吾土兮,曾何足以少留。"(王粲《登楼赋》)这里确实很美,可惜不是我的故乡!

这首即景抒情的小诗,前二句写乐景是宾,后二句抒哀情是主,以宾衬主,以春意盈溢的怡然美景为背衬,从反面烘托返乡无日的怅然情怀,从而营构出乐景与哀情水乳交融的超妙意境。这反衬法的巧妙运用,加倍有力地烘托出诗人的怅然情怀:如此怡然美景居然消释不了怅然情怀,反而激活了它,强化了它,足见诗人的飘零感、怀乡情何其浓烈,何等深沉!这乐景与哀情极不协调,却相映相衬,相反相成,造就了更高层次的艺术和谐。

(6)反衬法:哀景衬乐

别董大①(其一) 高适

千里黄云白日曛②,北风吹雁雪纷纷。
莫愁前路无知己③,天下谁人不识君④?

[注释]

①董大:大约是当时著名的琴师董庭兰,排行老大。
②黄云:昏黄的云,这种云是下雪的前兆。曛(xūn):日落,这里指落日昏暗。
③前路:前途,此喻未来的境遇。
④识:赏识、结识。

[赏析]

用乐景衬哀的反衬法营构意境的杰作俯拾皆是,用哀景衬乐的反衬法营构意境的佳构却十分罕见。高适的《别董大》(其一)便是这罕见的而且是颇具典型性的一例。

这是高适的早期作品,当时诗人很不得志,境况不佳。此题共二首,从另一首可见其窘态:"六翮飘飖私自怜,一离京洛十余年。丈夫贫贱应未足,今日相逢无酒钱。"这或许是实况实描,这或许带有艺术夸张,但诗人当时处境不妙,却是不争的事实。《别董大》(其一)这首意气风发、格调昂扬的赠别诗竟是在这样的境况下写出来的。

此诗用了绝句前景后情的常式。前二句描写令人压抑的、不快的送别场景。"千里黄云白日曛,北风吹雁雪纷纷。"黄云千里,落日昏昏,北风呼啸,驱赶着哀号的孤雁,卷来了漫天的大雪。此二句着墨于宏观,拼置了"黄云""白日""北风""雁"与"雪"这一系列意象,极力渲染环境的恶劣,影射友人与诗人均身处逆境,曲折地表现伤离怨别的双方那愁云密布的凄然心境。画面色调阴冷、苍凉、迷茫,是所谓苦景、哀景。后二句猛转,道出令人欣慰、令人鼓舞的临别赠言:"莫愁前路无知己,天下谁人不识君?"不必担心前面的路上再没有知心朋友,普天之下有谁不会赏识您董君,不愿结交您董君呵!诗人与同处逆境之中的董大话别,出此豪壮之语,是慰勉友人,又何尝不是在自慰自勉。个中深藏着一种"天生我才必有用"的自负与自信,也隐隐折射出盛唐那个蒸蒸日上、充满希望的时代的时代精神,此之谓豪情。

这首赠别诗的前半与后半之间陡然转折,从黯然神伤的苦景反跌出乐观超迈之豪情。而这苦景与豪情,冷暖异调,相反相衬,虚实相生,营构为天清地阔、前路灿然的谐美意境,加倍有力地突现了诗人的语重心长、情深意挚与满怀豪情,以另一种形式印证了王夫之"以乐景写哀,以哀景写乐,一倍增其哀乐"的不刊之论。这首赠别诗广受赞誉,一则因其语壮情浓,令人振奋;一则也是因其以哀景衬乐,一倍增其哀乐。

4. 移情于景法

诗人带着浓烈的主观情意感触客观景物(即王国维所谓"以我观物"),在心物交感中,把情意移植、注入景物之中,使景物具有同主观情意或相协调或相悖逆而实际并不具备的习性和特征(即王国维所谓"使物皆着我之色彩"),再借助于对改变了物性或物形的变态景物的描写,间接地、曲折地表现诗人的情意,情由景生,景随情异,创造出情景交融的意境来,这种营构意境的方式方法就叫作移情于景。移情于景创造意境有两个密切相关的基本特点:一是诗人将自己的感情或感受投射、移注于客观景物,一是客观景物根据表现诗人的主观情意的需要,或变态,或重造。

用移情于景的方式方法营构意境,往往借助于比拟、移就等修辞手法来实现。换一个层面看,移情于景就是用比拟、移就等语言技巧来写景抒情,营构情景交融的意境。

从审美心理的层面探究移情于景的生成机制,它大致有两种类型:一类基于相似联想,一类基于相关联想,前者称为经验的移情,后者称为心情外射的移情。

(1)移情于景法的界定

独坐敬亭山① 李白

众鸟高飞尽②,孤云独去闲③。

相看两不厌④,只有敬亭山。

[注释]

①敬亭山:在宣州(今安徽宣城)城北郊。

②尽:完、消逝。

③闲:悠闲。

④厌:厌烦。

[赏析]

唐玄宗天宝十二载(753),李白漫游至宣州。宣州城北的敬亭山成了李白经常游憩的场所,在这里,诗人写下了《独坐敬亭山》这首脍炙人口的小诗。这首小诗是诗人的美好理想与丑陋现实相撞击而迸发出来的火花。天宝元年,李白奉诏入京,不到两年便被权贵们构筑的铜墙铁壁撞碎了安邦济世的伟大理想。之后李白东游齐鲁,南游吴越,至流连于宣州时,诗人浪迹江湖已经整整十年了,饱尝了怀才不遇、壮志难酬的苦酒,看厌了人情冷暖、世态炎凉的流俗。孤寂的、傲世的诗人只好把自己融入大自然,在悦山娱水、归真返璞中,为那不安分的灵魂觅得片刻的小憩与安宁。《独坐敬亭山》就是在这种情境中酿造出来的。

诗的前二句写独坐敬亭山的见闻。"众鸟高飞尽,孤云独去闲。"所有的鸟都远走高飞,无影无踪,无声无息了;仅有的一片云彩也优哉游哉消逝在天际。诗人原本将自己的心灵依傍于"众鸟"与"孤云","众鸟"与"孤云"却掉头不顾,将孤独与寂寞留给了诗人,也留给了敬亭山。这两句似比似兴,却不可纯以比兴释之。现实中的敬亭山并不孤单如此,清静如此,只是由于孤傲的诗人把自己在炎凉世态中品尝到的孤寂况味,悄无声息、杳无痕迹地投射到眼前景中,"众鸟""孤云"才显得如此绝情,敬亭山才显得如此孤寂。这是以超现实的、夸张的笔墨描写独坐敬亭山的见闻,创造意境,为后二句作有力的铺垫。这两句的写景皆有所影射,有所寓托,但笔法有别:首句的写景貌似客观的实描;次句则明显的有主观情意的植入,"云"本无灵性、无情感,曰"孤",曰"独",曰"闲",是移情所致。

后二句写独坐敬亭山的感受,进一步用移情于景的手法营构情景交融、物我两忘的意境。"相看两不厌,只有敬亭山。"一切趋附者甚至同道者,连同那一切的喧嚣、一切的烦恼,都远远遁去,只有孤寂的山同孤寂的人,相依相伴,相互欣赏,久久不厌。诗人总算在大自然中找到了心交神契的同调和知音!诗人与敬亭山"相看"而"两不厌",表明孤寂的诗人不仅从敬亭山身上发现了自己的孤寂,借敬亭山表现着自己的孤寂,而且借敬亭山激赏和讴歌着自己的孤寂。从诗人对孤寂情怀的发现、表现与礼赞中,折射出诗人执着地追求理想、崇尚高洁的孤傲人品,一副愤世嫉俗的铮铮铁骨依稀可睹。

写敬亭山同诗人一样的孤独寂寞,写两个孤独者"相看两不厌",是移情于景:诗人怀着浓烈的孤寂感、孤傲情独坐敬亭山,人与山会,心与物接,忘情处,便将自己的行为与情绪移植于敬亭山,并通过对人格化了的敬亭山的描写,生动形象、婉转曲折地抒发自己那浓烈的孤寂感、孤傲情,物我浑融、超妙谐美的意境便生成于移情于景中。《独坐敬亭山》堪为以移情于景法营构意境的圭臬。

(2)移情于景法的基本特点

绵谷回寄蔡氏昆仲① 罗隐

一年两度锦江游②,前值东风后值秋③。
芳草有情皆碍马④,好云无处不遮楼。
山牵别恨和肠断,水带离声入梦流。
今日因君试回首⑤,淡烟乔木隔绵州⑥。

[注释]

①绵谷:今四川省广元市。蔡氏:罗隐的友人,名字及生平不详。昆仲:兄弟。

②两度:两次。锦江:岷江的分支,流经成都西南,这里代称成都。

③值:遇、正碰上。

④碍:这里指牵挂、缠绕。

⑤君:指蔡氏兄弟。

⑥乔木:高大的树木。绵州:今四川省绵阳市。

[赏析]

这是一首怀友兼记游的抒情诗,写诗人与蔡氏兄弟同游风光绮丽、如诗如画的成都,离开成都行至绵谷时,作此诗寄赠在成都的蔡氏兄弟,表达诗人对同游好友和成都美景依恋难舍、深情怀念之意。

首联总揽锦江之游,总提"回寄"之由,领起全诗:"一年两度锦江游,前值东风后值秋。"平平道出,暗蕴深情。"锦江",有的版本作"锦城"。锦城即锦官城,是成都的别称;锦江是岷江的分支,流经成都西南,锦江一带是成都风景绝佳处。"锦江游"就是成都游,自然有说不尽道不完的雅兴逸趣。"值",这里含有巧逢、幸遇之意。"一年"与"两度"对举,"前值"与"后值"迭出,暗传出对于适逢阳春与金秋这两个最佳游赏季节,幸遇好友蔡氏兄弟共游共赏的美好回味与无比眷恋。美景、良辰,加上好友,众美荟萃,实属幸事,难怪诗人会以畅情惬意的笔调开篇。此联纯用赋笔直陈其事,未加藻饰,然而一股三生有幸、毕生难忘的欣慰之情暗涌于字里行间,直灌于全篇。

颔联追忆锦江游踪:"芳草有情皆碍马,好云无处不遮楼。"上句中的"有情皆"(即"皆有情")与下句的"无处不",互文见义,参互索解,此联大意是:殷勤好客的芳草处处缠系挂碍着马蹄,不舍得游人匆匆离去;多姿多情的云彩处处把亭台楼阁遮遮掩掩,让它们半藏半露,望之若瑶池仙境、海市蜃楼,令人心旷神怡,让人流连忘返。锦江胜景,美不胜收,诗人只举其精华,以少总多。此联特写铭刻在记忆中的锦江胜景,笔致深婉,情意绵长,为交口叹赏的名联。

颈联追忆锦江之别:"山牵别恨和肠断,水带离声入梦流。"锦江的"芳草""好云"情深意厚,对游人依恋不舍,而锦江的好山好水也是"无处不""有情"的,因此离别之际,山满怀惜别的离恨同诗人的愁肠一起寸寸断裂(显然,是成都平原边沿山丘的断断续续,引发了诗人愁肠寸断的联想与想象),水挟带着伤离怨别的悲声在诗人的梦境里奔流。

以上两联典型地体现了移情于景营构意境的基本特点:诗人把自己对同游好友蔡氏兄弟及对锦江良辰美景的美好忆念与深情眷恋,移植于"芳草""好云""山"和"水";同时,原本无情无知的"芳草""好云""山"和"水"变得柔情缱绻,别意依依,自然之物全都人格化了,极富人情味。

尾联绾结"回寄"之旨,收束全诗:"今日因君试回首,淡烟乔木隔绵州。"世上没有不散的筵席。锦江风光纵然值得留恋,总得要离去;朋友共游虽是赏心乐事,终归要分别。诗人离成都,经绵州,抵绵谷之后,对"一年两度锦江游",对共享良辰美景的"蔡氏昆仲",眷眷不已,频频回顾。可惜,淡烟迷茫,乔木森森,遮断了望眼,更何况绵谷与锦江之间还隔着一个绵州——绵谷距绵州已有二百余里,更不待说绵州距锦江还有三百余里,山重水复,天阔地远,所以,诗人只是徒然"回首",徒增惆怅而已!尾句用此翻进一层的笔法,以景结情,不说眷恋,不说思念,无限眷恋与思念尽在不言中。

此诗以移情于景为创造意境的主要手段,借景抒情,使物我情融达于神而化之的至境,把同游的欣喜、离别的难舍、别后的相思,抒写得婉曲有致,余韵悠然。

(3)移情于景法与修辞:比拟、移就

石头城① 刘禹锡

山围故国周遭在②,潮打空城寂寞回。
淮水东边旧时月③,夜深还过女墙来④。

[注释]

①石头城:在今江苏省南京市清凉山一带,战国时为楚国的金陵城,三国时孙权重修,改名为石头城,后人常用以代称六朝故都金陵。

②山围:群山环绕。国:国都。周遭:周围。

③淮水:秦淮河,长江的支流。六朝时,秦淮河两岸歌楼酒肆密集,是金陵最繁华的地区。

④女墙:城墙上凹凸形的矮墙,俗称城墙垛子。

[赏析]

用移情于景之法创造意境,一般要借助于比拟、移就等修辞技巧来实现。《石头城》除首句外,几乎通篇套用比拟与移就手法移情于景营构意境。

首句下笔于山,写"山围"依旧。"山围故国周遭在",即"山围周遭故国在",群山依然环抱在周围,故都依然存在。此句似乎纯然写景,实则融情入景,暗将河山依旧、人事多变的感喟,不显山不露水地融化在景中。骨子里暗含比兴,深寓着象征意义:石头城是一座早已埋葬了昔日繁华的废都,然而数百年来,群山依旧恪尽职守,拱卫在"故国"的"周遭"。

次句落墨于水,写江潮多情。"潮打空城寂寞回",江潮适时涨起,多情地抚拍着石头城,却自讨没趣,只好失落地、默默地退了回去。原来她发现面前竟然是一座荒凉冷落的"空城",一切历史的喧嚣早已归于死寂。此句是把比拟与移就两种修辞手法套在一起,移情于景,进一步营构苍莽悲凉、幽邃隽永的意境。比拟,是故意把物当作人或把人当作物、把此物当作彼物来写。描写江潮殷勤地光顾石头城又失意地退了回去,是拟物为人,移情于景,即把江潮当人来写。说江潮"寂寞"地退走了,用"寂寞"状写"回",是移就手法。所谓移就,指两样事物相关联,描述中将原用于描写彼物的修饰语移用来描写此物的性状。"寂寞"本来是状写诗人因故都荒废而产生的落寞情态,这里移用来描摹落潮无声的沉寂状态。比拟与移就是两种相似而不同的修辞技巧。两者的共性在于词语的移用。如"潮打空城寂寞回",是把描述人的神情动态的词语"打""回""寂寞"移用来描写江潮。两者的区别在于:比拟所移用的词语用作陈述语(谓语),"打"与"回"在句中就是用作陈述语;移就所移用的词语用作修饰语(状语、定语或补语),如"寂寞"就是用作修饰语。

前二句是一个层次,着眼于宏观,绘出石头城的鸟瞰图:石头城已经荒芜冷落,六朝盛况一去不复,但山环水绕、虎踞龙盘的形胜依然如故。"故国""空城"皆指中心意象"石头城"。前者着力点在时间,见出今昔之殊;后者着力点在空间,暗寓盛衰之意。"故国""空城"已暗将石头城的今昔盛衰叠合于意境之中。"山围""潮打"则标示出石头城的地理环境,见出石头城形势之险要,而"兴废由人事,山川空地形"(刘禹锡《金陵怀古》)之意,尽在不言中。

后二句为第二个层次,下笔于微观,特写石头城的一隅。"淮水东边旧时月,夜深还过女墙来。"曾经见证过六朝繁华的"旧时月",从秦淮河东边爬了上来,仍旧像过去一样,夜阑人静时从城墙垛口探过头来。她是在凭吊石头城今日的衰微,还是在寻觅石头城昔日的繁华?同前二句一样,三、四句仍将永恒的自然景观与无常的人文景观,暗作对照,暗作映衬,昔盛今衰、吊古伤时之概全于言外见之。这两句描写月亮痴情如故,夜深逾墙,殷勤探望,是用移情于景之法完成意境的营构的。月出月落与潮涨潮落一样,本为自然物态,诗人用比拟手法赋予其人情世态,把本来无情的自然之物写得格外多情而又空自多情。用"淮水东边旧时"六个字,从空间与时间两个角度修饰"月",打破时空界限,把历史与现实、昔盛与今衰,极自然地焊接在一起,强化了移情于景的效果。"还过"二字尤富赡人情味,使月亮变成了痴情依旧的历史见证人。

这首怀古诗,以移情于景为基本手段营构意境,即主要借助于比拟与移就

等语言技巧,把落寞伤感的怀古幽情与世事倏忽而宇宙永恒的哲思,移植、融化在亘古不变而为历史做见证的群山、潮水、明月之中,托染昔盛今衰的六朝故都。描绘的是石头城枯寂的现实,返视的却是"六代竞豪华"(刘禹锡《台城》)的历史,可谓"不着一字,尽得风流"(司空图《二十四诗品》)。

深婉有致,耐人品味,是这首怀古诗最显著的艺术特色。诗中运用了反跌法、藏尾法等婉曲手法,把神游石头城而激发的深沉感慨与哲理思辨,表现得形象生动而又含蓄蕴藉。首先,是反跌法的妙用:着意于本面,却下笔于对面,从对面反跌出本面。表现石头城的今昔盛衰,抒发沧桑之慨,却以全部笔墨描写阅尽沧桑、万古长存的群山、潮水和明月,以不变的反弹出巨变的;表现历史的无情,却移情于景或融情入景,表现群山、潮水和明月的"多情",以多情的反弹出无情的。其次,是藏尾法的妙用。后二句只说作为历史见证者的"旧时月"殷勤依旧,逾墙探望,至于逾墙后有何发现,有何感触,则只字未提,留下袅袅余韵于诗外。

(4)移情于景法与修辞:拟人与拟物

与夏十二登岳阳楼① 李白

楼观岳阳尽②,川迥洞庭开③。
雁引愁心去④,山衔好月来⑤。
云间连下榻⑥,天上接行杯⑦。
醉后凉风起, 吹人舞袖回。

[注释]

①夏十二:李白的友人,排行十二,名字及生平不详。岳阳楼:在今湖南省岳阳市。

②观:看、眺望。岳阳:天岳山之南,天岳山即巴陵山,在今岳阳市西南。尽:一望无余。

③川:平川、原野。迥:远,这里形容辽远开阔。开:开阔。

④引:牵、捎带。

⑤好:姣好、美丽。

⑥下榻(tà):宾客寄居的意思。《后汉书·徐穉传》载:陈蕃为豫章太守,在郡不接待宾客,只为徐穉特设一榻(床)。徐穉离去,就把榻悬起来;来了,就把榻放下来。后世便称宾客寄居为下榻。

⑦行杯:传杯而饮。

[赏析]

安史之乱中,李白怀着挽大厦于将倾的抱国壮志投入永王李璘麾下,阴差阳错地卷入了皇权之争。永王兵败,李白受到株连,被流放夜郎。唐肃宗乾元二年(759)春,李白行至白帝城时,忽闻赦书,喜出望外,旋即东下江陵,写下了脍炙人口的《早发白帝城》,表达其欢欣鼓舞的心情。同年秋天,到达岳阳,又写了这首《与夏十二登岳阳楼》,把移情于景与即景抒情等手法结合起来营构意境,再次畅抒其满怀的欣喜。诗人与夏十二同登岳阳楼,共赏壮丽湖山,风景颇佳,心情更佳,好心情与好景致在心物交感中形成良性互动:好景致的感发使好心情达于极致,好心情的植入使好景致臻于化境,周而复始,良性循环,于是有了这首色调靓丽、风格豪放的好诗。

首联用泛写之笔描绘登楼临眺所见之景,点题开篇。"楼观岳阳尽,川迥洞庭开。"登上岳阳楼,天岳山南的山丘、原野、城池、村庄,一览无余;俯瞰洞庭湖,那浩浩汤汤、气象万千的湖面铺展到一望无涯的远方。站得高就看得远,首联描绘的这幅鸟瞰图反射出诗人视野的高远辽阔,不着一"高"字,却处处含着一"高"字,因为它处处显示出岳阳楼之巍峨高峻。岳阳楼建在岳阳城西南的高丘上,"西面洞庭,左顾君山",且楼高三层,可谓"危乎高哉"。全诗正是暗扣着这个"高"字在写登楼临眺的所见所感。

颔联用特写之笔写登楼所见:"雁引愁心去,山衔好月来。""雁",暗点季节,时值大雁南翔的秋季;"月",暗示时间的延续,诗人在岳阳楼上尽情游赏,流连忘返,从风和日丽的白昼直到月出东山的夜晚,见出雅兴之高、心情之爽。此联营构意境,既用即景抒情之法,拈来目击之景"雁""山""月",创造情景交融的意

境;同时也用移情于景之法,将浓烈的主观情感移植到"雁""山""月"之中,使情与景浑融无间,升华为妙境。其移情于景的技巧则为比拟。比拟分为两种:一为拟人,即故意把物当作人来写,临时赋予物以人的某种习性、特征;一为拟物,即故意把人当作物来写,或把此物当作彼物来写。本联综合运用这两种比拟手法移情于景。上句以拟人套用拟物。诗人登楼赏景,虽兴高采烈,但由于请缨无路、忠而获罪,因而遇赦之后仍有愁云残留心底。当晴空万里、大雁奋翔的壮景映入眼帘时,心中愁云一扫而光,故觉"雁引愁心去"。这显然是由于诗人一时兴会,突发灵感,特意把雁当作善解人意,能替人排忧解愁的人来写,这用的是拟人手法。"愁心"可"引"而"去"——捎上走,是故意把无影无形的抽象事物当作可携可带的具体事物来写,是拟物。这一"引"一"去",折射出诗人宠辱皆忘、心境释然的旷达情怀。下句"山衔好月来",用拟物手法移情于景,创造情景交融的意境。诗人陶醉于眼前的美景,忘却了心中的烦恼,也忘却了时间的流逝,夜幕便在不知不觉中垂挂下来,一轮皎洁的圆月从山凹处冉冉升起。啊!那是一只多情的走兽衔来了一片姣好的明月,与诗人及其友人共乐共赏。如此移情,既新奇,又熨帖。

  前二联写登临所见,无论泛写还是特写,无论即景抒情还是移情于景,尚偏重于对客观景物的描写;后二联叙登临活动,无论小憩、酣饮,还是醉归,虽不离于对景物的描写,却偏重于对主观感受的表现,即便写景以叙事,亦妙用融情入景之法创造意境。

  "云间连下榻,天上接行杯。"在岳阳楼静心小憩,传杯畅饮,仿佛置身于祥云缭绕的天界仙境,身轻如云,有飘然若仙之快感。颈联依然暗暗地、紧紧地扣着"高"字着墨,以旁敲侧击之笔烘托岳阳楼的巍峨高峻,更以融情入景之法创造意境,表现心情的轻松愉快。这里说"下榻",不过是说于游赏中稍事休息而已,抑或只是说在游赏中,或立或坐,或行或卧,随心所欲,无拘无束,并非真的留宿于岳阳楼。说"下榻"是暗用陈蕃下榻之典,暗扣题面的"夏十二",讴歌挚友深情,以陈蕃隐喻夏十二,以徐穉自喻,表明自己受到了夏十二的盛情款待,好心情,好景致,再加上好朋友,自然乐以忘忧,心旷神怡。

尾联写醉归:"醉后凉风起,吹人舞袖回。"诗人与夏十二边赏美景,边饮美酒,边叙友情,赏景舒心,饮酒酣畅,友情倍增。酒醉之后,秋风乍起,于是乘兴而归,凉风习习,衣袖翩翩,何等潇洒,何其超脱,大有"羽化而登仙"的飘逸韵致。至此,好心情与好景致在心物交感中营构出来的意境臻于极境。诗人醉归,不仅是由于宴游尽兴适志,也是因为楼高风急,夜阑天凉,高处不胜寒。显然,尾联仍暗扣一"高"字下笔。

这首五律起笔于楼之高,收笔于楼之高,这个"高"字像一缕看不见摸不着却又实实在在的线贯穿在全诗的意境中。

(5)辨比拟与移就、比拟与比喻

相见欢① 李煜

无言独上西楼,月如钩②。

寂寞梧桐深院锁清秋③。

剪不断,理还乱④,是离愁。

别是一般滋味在心头⑤。

[注释]

①相见欢:词牌。

②钩:吴钩,春秋时代吴国出产的一种弯刀。

③锁:禁闭、封闭。

④理:整理。

⑤别是:另外的、特别的。一般:一种。滋味:比喻感受。

[赏析]

李煜是南唐末代皇帝,降宋后封为违命侯,被软禁在汴京(今河南开封)的一座小院里,过着"日夕只以泪洗面"的囚徒生活,时不时地借填词以抒写其故

国之思、亡国之痛,这支《相见欢》是其中有代表性的一首。这支小令采用了双调词上阕写景下阕抒情的常式。

开篇即聚焦于孤独苦闷的自我意象:"无言独上西楼"。"无言""独上",写其沉默寡言、孤苦伶仃,纯系白描,却见出诗人步履之沉重,心境之孤寂。"月如钩",是"西楼"仰望所见。李贺《马诗》中也有一片类似的月亮,"燕山月如钩"。不过在《马诗》的意境中,这"如钩"之"月",色调是灿然的、明快的,因为它是美好理想的陪衬物。在这支小令的意境中,这"如钩"之"月"的色调是黯然的,甚至是凄然的,因为它是伤心人眼中的伤心景——已经有了诗人悲戚意绪的融入与寓托。在"西楼"见"月如钩",这"月"显然是夜阑人静时偏西之月,甚至是天将破晓时西沉之月。只写眼前景,忧思萦怀、夜不能寐之意已在言外。"寂寞梧桐深院锁清秋",是"西楼"俯视所见。此句倒序,循序还原,应为"深院锁清秋寂寞梧桐"——幽深的小院禁闭着满院的秋色、寂寞的梧桐。言外之意是,也幽禁着一位亡国之君。诗人套用比拟和移就手法移情于景营构意境,把自己在囚禁生活中深味到的孤寂情、禁锢感移注于"深院""梧桐"与"清秋",使情景交融,创造出封闭的、凄寂的意境来。就全句而言手法,是比拟,诗人把自己困居的"深院"当作监狱来描写。"锁",就是禁闭。那么是什么"锁"住了这位亡国之君和这一切的呢?当然是大宋王朝。对李煜而言,大宋王朝就是一座巨大的、可怖的监狱!就局部而言手法,以"寂寞"修饰"梧桐",是移就,其实真正寂寞的是诗人自己。

下阕转为抒情。"剪不断,理还乱,是离愁。"这也是一个倒装句,依常规语序应为:"是离愁,剪不断,理还乱。"就语言技巧而言,是用比拟手法拟无形之思为一团乱丝——把纷纭繁乱、无法排遣的"离愁"当作一团剪也剪不断、越理还越乱的丝缕来写。这里的"离愁",非一般人离乡背井、远别亲友之愁,而是沦为阶下之囚的亡国之君的国恨家愁。正因为如此,这"离愁"才"别是一般滋味在心头"。"别是一般滋味"这个比喻很生动,很贴切,真真切切地表现了这位亡国之君的"离愁"的特别之处。其特别之处主要有二:一、诗人远离的、永别的不只是故园、故旧与亲属,还有故国和至高无上的地位、主宰一切的权力、极尽豪奢的生活,个中滋味一般人是体验不到的,所以说"别是一般滋味"。二、诗人从国君沦为囚徒,从"雕栏玉砌"的皇宫迁入囚室般的"深院",其间品尝到的"滋味",是痛,是悔,是恨,是怨?是酸,是涩,是苦,是辣?连他自己也说不清楚,也不便说得太清楚!所以只能说"别是一般滋味在心头"。

这支抒情小令堪称极品,三十六个字就把愁绪的愁人、恼人、磨人、缠人写得如此真切感人,庶几可触摸,可品味。

鉴赏这支抒情小令,其宗旨还在于借此辨析两个带普遍性的问题。其一,比拟与移情的关系。移情往往要借助于比拟和移就等修辞手法来实现,但运用比拟未必就是为了移情。一般地讲,用比拟手法写景,往往是为了移情于景营构意境。例如"寂寞梧桐深院锁清秋",以比拟套用移就手法写景,是为了把诗人在囚徒生活中体味到的深创剧痛移植注入所处的环境之中,创造出情景交融的意境来。用比拟手法抒情,则往往是为了把抒情具象化,以强化抒情效果。例如"剪不断,理还乱,是离愁",拟"离愁"为乱丝,是为了把诗人的深创剧痛表达得更形象,更真切,更感人。总之,比拟与移情关系至密,但两者之间不能画上等号。其二,比拟与比喻的区别。古人素来把比拟与比喻归于一法,笼统地称之为"比";今人也常常将两者混为一谈或者张冠李戴。例如,"剪不断,理还乱,是离愁",赏者几乎都说是比喻。其实这是比拟,具体讲是拟物。比拟与比喻是相似而不同的两种修辞手法,不能混为一谈。比拟与比喻都是借彼物来描绘此物的修辞技巧,但两者的性质、功能、语辞结构是不同的。先说性质:比喻是通过两类不同事物的相似点,借彼物(喻体)比附此物(本体)。例如"月如钩",是用吴钩与新月形状(弯钩状)、色泽(银白色)等方面的相似点来进行比照。比拟是借彼物(拟体)的特性与特征摹写此物(本体)。例如"剪不断,理还乱,是离愁。"是移用乱丝千头万绪、越理越乱的特性与特征来描摹繁乱难遣的愁思,即把抽象的愁思当作具象的乱丝来描写。所以,大体而言,比喻主要是比照特征,比拟主要是移植特性与特征。再看功用:比喻重在把某种事物、事理的特征表现得鲜明突出、真切可感,即通过相似点把本体与喻体联系起来,唤起人们的联想,从而更具体、更生动地感知本体。用"钩"喻"月",则使新月那弯弯的形体、惨白的幽光历历在目。比拟虽着笔于客观事物的特性与特征,却着意于把某种主观感情与感受表现得

更强烈实在,更生动感人。把"离愁"当作"剪不断,理还乱"的一团乱丝来描绘,则将沦为囚徒的亡国之君那满腹忧思含蓄而又酣畅地抒发出来。简而言之,比喻重在事物特征的突现,比拟重在感情、感受的畅发。两者的语辞构造也是明显不同的。比喻包含两个要素——本体与喻体。比喻大多含有喻词。在明喻、暗喻等比喻中,本体、喻体及喻词同时呈现于字面;在借喻等比喻中,字面只出现喻体而不出现本体和喻词。也就是说,在无论何种比喻的语辞结构中,喻体是不能省略的。"月如钩"是明喻,其中"月"是本体,"钩"是喻体,两者同时呈现于字面,并用喻词"如"联结在一起。"别是一般滋味在心头"是借喻,字面只呈现喻体,其本体——特别的感受,则隐于言外。比拟也包含两个要素,一为本体,一为拟体。其语辞结构与比喻相反:在字面上只呈现本体,而拟体总是意在言外。"剪不断,理还乱,是离愁。"字面上只呈现愁思这一本体而隐去了乱丝这一拟体。由于比拟、比喻之类的修辞手法是诗人作诗时经常运用且大量运用的语言技巧,因此精确地辨析和把握这些修辞手法,大大地有助于从微观提升诗歌鉴赏能力和水平。

(6) 移情于景的具体类型

过分水岭① 温庭筠

溪水无情似有情, 入山三日得同行。

岭头便是分头处②,惜别潺湲一夜声③。

[注释]

①分水岭:指今陕西省略阳县东南嶓冢山,是汉水与嘉陵江的分水岭。

②岭头:山顶。分头:分别。

③潺湲(chányuán):流水声。

[赏析]

《过分水岭》通篇用移情于景之法营构意境。从审美心理的层面解析,移情于景有两种类型：一类基于相似联想，叫经验的移情；一类基于相关联想，叫心情外射的移情。这首诗两法兼用，营构出情景浑融、物我两忘的超妙意境。

诗人翻越分水岭，旅途无伴，旅夜不眠，旅愁倍增，百无聊赖。于是在沉甸甸的孤独感、寂寞感的重压下，产生了减轻情感重负的心理动势，情不自禁地移情于景，拟溪水为人，以溪水为旅伴，用饱蘸感情之笔，写其同行，写其泣别。"溪水无情似有情"，首句以虚实结合的笔法总写分水岭之溪水，总挈全篇。"溪水无情"，实写客观存在之景；"似有情"，虚写主观感触之景。在一定的情境中，一切无情物在多情的诗人眼中、心中，都会变成有情的，甚至是多情的。这就是王国维所说的"以我观物，故物皆着我之色彩"（《人间词话》）。这里的溪水"似有情"即如此。"似"字下得恰到好处，它暗透出这只是诗人时或浮现的一种主观感觉。"有情"二字为全诗之眼。此句在点出溪水"有情"时便设置了悬念，诱人索解，自然而然地牵出以下三句。何以见得溪水"有情"呢？证据之一："入山三日得同行"。事实上，诗人不过是沿溪而行罢了。溪水从岭头朝岭下流去，诗人从岭下向岭头攀登，溪水与诗人非但未"同行"，反倒是背道而驰，各奔东西。诗人偏说其"同行"，并用一个"得"字强调"同行"的幸运与欣慰。显然是旅途无伴、独行寂寞的诗人强行移情于景，于是生出错觉，分明是人逆溪行，反觉得是溪随人行。这里的移情是基于相关联想的心情外射的移情。溪水"有情"的证据之二是："岭头便是分头处，惜别潺湲一夜声。"这里是分水岭，《水经注》引《汉中记》曰："嶓冢山以东水皆东流，以西水皆西流，故俗以嶓冢为分水岭。"因此，一到"岭头"，诗人与相伴三日，感情与日俱增的溪水就得分手了。在分别之夜，溪水整夜"潺湲"，是在话别，不，是在泣别，足见其深情缱绻、依恋难舍。其实溪水何尝"惜别"，是孤苦伶仃的诗人沿溪而行整整三天，逐渐对溪水产生了感情，并有了生命与情感的植入，而在"分头处"，孤独寂寞、思亲怀乡之情更搅扰得诗人彻夜不眠，通宵达旦地聆听"潺湲"水声，聊以自慰自解。这里写多情的溪水"惜别"，仍是用移情于景之法营构意境，而溪水的"潺湲"之声与离人的低声倾诉与抽泣确有相似之处，这便是所谓"如泣如诉"，所以这里的移情是基于相似联想的经验的移情。

此诗意境中有两个基本意象:一为游子,是诗人的自我意象;一为"溪水"。游子为主意象,"溪水"为辅意象。通篇主旨不在吟山咏水,而在于抒写游子的羁愁旅思,但却以主要的笔墨描写"溪水"时时献殷勤,处处占主动,大有喧宾夺主之势。其实真正占主导地位的还是游子。正是由于移情作用——游子将生命与情感移植注入溪水,无生命、无情感的溪水才变得如此情深谊厚,可亲可恋。也正因为有生命与情感的植入,写溪水的相伴同行、依依惜别,才歪打正着地反弹出多情的诗人踽踽独行时的孤独与寂寞,并把这种孤独与寂寞表现得如此富于诗意,如此激人俊赏。

(7)经验的移情与相似联想

赠别(其二)　杜牧

多情却似总无情,　唯觉樽前笑不成①。

蜡烛有心还惜别②,　替人垂泪到天明③。

[注释]

①樽(zūn):古代的盛酒器具。

②蜡烛有心:指烛芯,蜡烛中心的捻子。

③泪:指烛泪,烛油淋漓似泪,所以叫烛泪。

[赏析]

这是杜牧离扬州赴长安任监察御史时,赠别歌妓之作。此题共二首,这是其二。

这首赠别诗抒写离别之夜、饯行之宴的惆怅伤感情怀。通篇写的是淡化浓浓的离情别绪的两次徒劳的努力:先强颜欢笑,佯作洒脱;后移情于物,在外部世界寻觅与内心世界同调的慰藉。但事与愿违,反而使离愁倍增。全篇结构,均分为二:前半抒情,直赋其情,用赋笔;后半写景,移情于景,用比兴。

前半抒情具象化,情中含景,意中有象,既直抒胸臆,同时也化景入情创造意境。"多情却似总无情,唯觉樽前笑不成。"通过对饯别时的心态、神态的生动细腻的描绘,形象地抒发离情别绪:饯别之际,满腔离情无从说起,始终无言相对,倒像是彼此无情;于是双方极力压抑感情,强装笑脸以淡化浓浓的离愁别恨,但笑脸难装,离愁难遣,反而苦脸相对,心里流泪。唯其如此,更见双方情真意挚,离情难堪。这正是对多情的离人的典型心态与神态的真实写照。其笔法亦很别致:明明"多情",却从"无情"下笔;突现离别的悲苦,却从"笑"字入手——全从反面揉墨加以烘染。

后半通过写景进一步抒发离情,并完成意境的营构:"蜡烛有心还惜别,替人垂泪到天明。"诗人缘情择景,因情布景,根据抒发离情的需要,从众多的现场景物中精心筛选了一件东西——别筵上那彻夜长明的蜡烛,婉曲地、间接地抒发离情。此处系用移情于景之法创造意境。蜡烛本是无情之物,烛芯非人心,烛泪亦非人泪。但诗人的离愁别恨十分浓烈,难以承受,在第一次淡化离情的努力失败之后,更加急于在外部世界寻求安慰和寄托,以有效地淡化离情。便以相似联想为桥梁连通物与我,把这难堪的离愁别恨转移并倾注到蜡烛身上,使这本无所谓情的客观之物,受到诗人强烈的主观之情的濡染和同化,于是情景交融的美好意境得以升华,臻于物我两忘的妙境。如此营构意境,使诗含蓄委婉,不仅倍增其抒情效果,而且言尽意不尽,诗外有寻绎不尽的余味。"蜡烛有心还惜别,替人垂泪到天明",旁观者已然如此,当事者又当如何呢?本来无情的蜡烛尚且伤离怨别,原本是情种的离人又情何以堪?这旁敲侧击远甚于直截了当的情感抒发。就修辞技巧而言,这里用了比拟手法,具体讲是视物为人,拟物为人,把无情之烛当作多情的人来写。

这里的移情于景,从审美心理的层面看,是经验的移情,其心理基础是相似联想。经验的移情,即审美主体观照审美客体时,由于审美客体的某些特征与审美主体的经验有相似性而发生的移情。其生成机理是,审美主体基于相似联想,运用积淀于心的审美经验由己及物、由此及彼地推测审美客体,设身处地地体验审美客体,使之依照审美主体的情感投射而生命化、情感化。譬如此例,由于烛芯与人心谐音,烛泪与人泪形似,引发了相似联想,从而产生经验的移情:把

源于生活体验或文学欣赏的"有心则有情,多情则多泪"的审美经验移植于无生命、无情感的别筵之烛,使之幻化为痴情无比的情种,于是深婉曲折地暗传出依依惜别的无限深情。

(8)心情外射的移情与相关联想

与东吴生相遇① 韦庄

十年身事各如萍②,白首相逢泪满缨③。
老去不知花有态, 乱来唯觉酒多情。
贫疑陋巷春偏少④,贵想豪家月最明⑤。
且对一尊开口笑⑥,未衰应见泰阶平⑦。

[注释]

①东吴生:东吴的年轻书生,生平与姓名不详。东吴,泛指太湖流域一带;生,年轻的读书人。

②身事:经历。萍:浮萍,一种浮生在水面的草本植物。

③白首:白发满头,指年老。缨:带子、绳子,这里指帽带。

④陋巷:偏僻破败的小巷,即贫民窟。

⑤豪家:豪门大户、富贵人家。

⑥尊:同"樽",古代盛酒的器具,这里借代酒。

⑦未衰:未老。泰阶:星名,即三台,上台、中台、下台共六星,两两并排而斜上,如阶梯,所以叫泰阶。古人认为泰阶星现预兆风调雨顺、国泰民安。

[赏析]

诗题下原有注:"及第后出关(潼关)作。"韦庄从唐僖宗中和三年(883)流落江南起,到昭宗乾宁元年(894)考中进士,历时十二年,此时已是五十九岁的人了。这期间诗人饱受战乱频仍、社会动荡、颠沛流离之苦。东吴生大约是诗人漂泊江南时结交的一位年轻书生。在进士及第之际,与忘年交久别重逢,可谓双喜临门,然而诗人经历了太多的坎坷,遭逢了太多的不公,所以,此刻竟没有一丝一毫的欣喜与庆幸,反将东吴生当作倾诉的对象,把满腹辛酸、满腔激愤,就着浊酒,倾吐一空。

首联描绘泪眼相对的重逢景:"十年身事各如萍,白首相逢泪满缨。"十年来,各自流离失所,就像那随水漂泊的浮萍一般;重逢时,我已是银丝满头、风尘满面的老人。双方都禁不住涕泗滂沱,湿透冠缨。这是一个极富典型性的特写镜头:一老一少一对忘年之交,乱世重逢,不喜反悲。以"萍"设喻,总揽"十年身事",多少艰辛、多少眼泪,全包涵在妙喻中。以"各"字绾结久别重逢的双方,表明诗人与东吴生同是天涯沦落人,自不免心交神契,同病相怜,更难免泪如雨下,以至于连帽带都浸湿了。这开篇便极酸楚,催人泪下。

中间两联写故人重逢,把酒话契阔,全用比拟手法移情于景营构意境。

颔联是挥泪叙旧的辛酸语:"老去不知花有态,乱来唯觉酒多情。"韶华早已流逝,浑然不知鲜花尚有千娇百媚、千姿百态,大概是人老花亦老;动乱频频袭来,只觉得浊酒格外多情,可爱又可亲,全因为酒能浇愁。其实,花何尝会老,酒何尝有情,倒是由于诗人饱经离乱,华年蹉跎,忧愁痛苦得有些麻木,以至于对春花秋月、良辰美景的知觉也日益麻木了,换言之,是诗人的"审美神经"老化了。"何以解忧?唯有杜康。"只好在醉意蒙眬中忘却忧愁,消释痛苦。愁之至,悲之极,便拟物为人,强将主观情志投射于花与酒,于是有无"态"之"花"、"多情"之"酒"这两个拟喻性变态意象生成于胸臆。

颈联是痛定思痛的激愤语:"贫疑陋巷春偏少,贵想豪家月最明。"穷愁潦倒、困居陋巷时,不免猜疑那春天也不愿常来光顾;当富贵显达时,料想对着锦衣玉食的豪门望族,月亮也总是满脸灿然,曲意奉迎。其实公平无私莫过于大自然,对于任何人,春天与月亮何尝有什么好恶爱憎、亲疏远近?然而饱尝人情冷暖、世态炎凉的诗人却将自己的满腹辛酸、满腔激愤,强行推移,倾注于春天和月亮,结果"春"与"月"也变成了嫌贫爱富、趋炎附势的"势利狗"。与移情于景营构意境的手法相应,本联以反差式组合意象,更突现了贫富悬殊、两极分化之剧烈和社会矛盾之尖锐,使个人的满腹辛酸、满腔激愤,升华为对晚唐乱世的血泪

声讨,读之令人义愤填膺,热血贯顶。

以上两联的移情于景皆为心情外射的移情。所谓心情外射的移情,指以审美主体的心境、个性为转移的移情。与经验的移情的区别在于,它不是在对审美客体的特征的精确把握的基础上,设身处地,推己及物,而是强将审美主体的个性、情感投射于审美客体。也就是说,它不以相似联想为心理基础,而是基于相关联想,强以主观感情色彩、个性色彩濡染所感所触的客观景物,强使"物皆着我之色彩",由此而心造的意象、营构的意境,不仅人格化、情感化了,而且是个性化的。"花"会老,"酒"多情,"春"趋附,"月"势利,皆为心情外射的移情的产物。用以营构意境的这一系列变态意象,既成了年届花甲、饱经风霜、阅尽沧桑的老诗人满腹辛酸、满腔激愤的最佳载体,也濡染上这位老诗人鲜明的个性色彩。

尾联是强作笑颜的祝酒词:"且对一尊开口笑,未衰应见泰阶平。"姑且暂拚一醉,破涕为笑,但愿你这位年轻后生能在未衰之年盼来个泰阶星现、海晏河清的好年头。这是无可奈何的祈祷,这是失望中之希望。显然老诗人对自己的前途与命运已彻底绝望了,只好寄希望于年轻后生,希冀东吴生有幸赶上国泰民安的好日子,能有一个飞黄腾达的锦绣前程,不要像自己似的潦倒终生,落魄一世。尾联出语悲切,读来令人潸然垂泪,唏嘘不已。

这首抒情诗写得语语酸楚,满篇泪痕,有惊天地、泣鬼神的感染力,这艺术魅力多得力于意境营构中这种心情外射的移情。

5. 托物寓意法

借助于隐喻手法把情意寄寓在景物中,通过对景物的描绘和咏叹,含蓄蕴藉地抒发情意,从而创造出情景交融的意境,这种营构意境的方式方法就叫作托物寓意。其心理机制是:借助于相似联想把抽象的情意隐含在景物中,使情意富赡具体性、具象性,使景物人格化、情感化,甚至个性化。

托物寓意营构意境,从修辞的层面看,是借喻:字面只出现喻体,本体则隐喻在喻体中,咏物以抒情,言在物而意在我。有时也局部运用比拟、移就等手法,但就整体构思而言,仍为借喻。

托物寓意营构意境的基本法则是不粘不脱:既要切合所咏之物,突现具体景物独具的物形、物性、物情,又要寓托诗人的情意。析言之:就托物而言,当绘形传神,重在神似,所托之物在似与不似间;就寓意而言,所寓与所托当若即若离,寓意在显与不显间。

　　托物寓意与移情于景这两种意境营构手法极为相似而又有所不同。两者都是把主观情意注入客观景物,使物我浑融,主客相谐。其区别首先在于:托物寓意,我在物中(主体化入客体中),物我两忘(主体与客体融合无间,不分彼此);移情于景,物我并行(主体与客体同现),物我同调(主体与客体异形同构),以我为主,物着我色。其次,托物寓意主要通过借喻手法来实现,移情于景主要通过比拟、移就来实现。

(1)托物寓意法的界定

孤雁　　杜甫

孤雁不饮啄①,　飞鸣声念群②。
谁怜一片影③,　相失万重云④?
望尽似犹见,　哀多如更闻。
野鸦无意绪⑤,　鸣噪自纷纷⑥。

[注释]

①不饮啄:不吃不喝。

②念:思念。

③一片影:指孤雁。

④失:迷失、脱离。

⑤无意绪:不识相、不知趣。

⑥噪:许多鸟或虫一起乱叫,声音嘈杂。这里指众鸟嘈杂。

[赏析]

这首咏雁诗是唐代宗大历初年杜甫流寓夔州(今重庆奉节)时所作。杜甫这

位被称为"诗圣"的伟大诗人,身后誉满诗坛,热闹非凡,生前反倒有点孤独寂寞,并不很荣显,晚年尤其如此。此时畸零无侣的诗人,亲朋云散,茕茕独立,形影相吊,无时无刻不陷在孤独寂寞的重围中,无时无刻不在企盼骨肉团圆、挚友重聚。但在这首《孤雁》诗中,诗人并不直接抒写怀抱,而是妙用托物寓意之法营构意境,把诗人于乱世漂泊中对骨肉兄弟、亲密朋友的深切思念和孤寂耿介的情怀,寄托隐喻在孤雁念群的高妙意境中,通过对孤雁念群的生动描绘与深情咏叹,委婉曲折地加以表现。

首联单刀劈入,直切"孤雁"之题。"孤雁不饮啄,飞鸣声念群。"一只失群的孤雁不喝水,也不啄食,只是疲于奔命地飞着,痛彻肺腑地叫着。这行动、这呼声,真真切切地表明:孤雁殷切地思念着同伴,苦苦地追寻着同伴。咏物诗以曲为佳,以隐为妙,所咏之物不宜直接点破。杜甫却不拘常法,独运斧斤,开篇即将"孤雁"这一中心意象凸显于意境之中,并于篇首着一"孤"字以统挈全篇。

颔联承接首联,紧扣一"孤"字着意渲染。"谁怜一片影,相失万重云?"这与雁群隔着万重迷雾浓云的孤雁,落得个孤影一片,有谁怜悯,有谁关爱!上句从孤雁与凡鸟的殊隔下笔突现其"孤",下句从孤雁与雁群的远离落墨突现其"孤"。而"一片影"与"万重云",这中心意象与背景意象,在强烈的对比中形成巨大的反差,把孤雁之"孤"表现到了极致。此联表现的是孤雁殷切思念雁群,苦苦追寻雁群的缘由,在结构上起着承上启下的作用。

颈联转进一层,通过心理描写表现孤雁对雁群的思念与追寻。"望尽似犹见,哀多如更闻。"极目远眺,望尽天涯,那迷失的雁群的影子仿佛就在眼前晃动;痛心疾首,侧耳聆听,那迷失的雁群的呼唤好像就在耳际萦回。这幻视幻听的心理错觉,充分地表现了孤雁之"孤",也充分地表现了孤雁思念之切、追寻之苦。

以上三联句句吟咏孤雁念群,然而处处可见孤寂无伴的诗人的身影,也处处可闻诗人叨念亲友的心声。

尾联宕开一层,以野鸦聒噪烘托孤雁念群。"野鸦无意绪,鸣噪自纷纷。"野地里的一群乌鸦好不识相,自顾自地吵闹不休,一片纷纷攘攘。此联回扣"谁怜一片影",反跌一笔,以不孤独、不寂寞的"野鸦鸣噪",反弹孤雁的孤独寂寞和孤傲不群。孤雁的周围并非荡然无物、阒然无声,而是有一群乌鸦在喧嚣不已。但是它们与孤雁既不同道,也不同调,所以渴望看到同伴的身影、听到同伴的呼唤的孤雁,对之不屑一顾。暗寓着诗人虽不甘孤独寂寞,期待着亲友聚首,却有不屑苟同流俗和睥睨庸夫俗客的孤高情操。

这首咏物诗通篇只是描写和咏叹孤雁念群,而字字句句皆暗抒诗人孤寂而耿介的怀抱,是一首托物寓意、咏物抒情的好诗。首先,这首咏物诗寄托遥深,格调高昂。诗人所念之群,不仅指在安史之乱中失散的兄弟和志同道合、同气相求的诗坛密友,也包括在安史之乱中与诗人一道为唐王朝的复兴而竭诚尽忠的战斗群体,因此诗人体现于《孤雁》中的孤寂感与孤傲情,既饱和着骨肉亲情与诤友挚情,也渗透着爱国热忱。其次,这首咏物诗的艺术品位也很高,它体物深曲,形神毕肖,所托与所寓不即不离,含蓄隽永,颇耐玩味。

（2）托物寓意法与修辞

蝉　虞世南

垂緌饮清露①,流响出疏桐②。
居高声自远③,非是藉秋风④。

[注释]

①緌(ruí):古人系在下巴下面的帽带的下垂部分,这里借喻蝉下垂如长针状的嘴。

②流响:蝉鸣绵延浏亮似流水。疏桐:枝叶稀疏的梧桐树。

③居高:立身高处。

④藉:同"借",凭借、依靠。

[赏析]

以托物寓意之法营构意境,一般要依赖借喻这种修辞手法来实现:以彼喻

此,借彼代此,即以物喻我,借物寄兴,咏物抒怀,言在物而意在我。譬如,虞世南的这首《蝉》就是通首用借喻手法,借蝉以喻君子,托蝉以寓人品。

首句写蝉的外形特征和食性特点。"垂緌饮清露",长喙如下垂的冠缨,只吮吸那清洁无垢的甘露。古人常以"冠缨"借代显宦,将蝉下垂如长针状的嘴比作下垂于颔下的冠缨,是暗示蝉之形貌犹如身居显位、危冠高坐的君子。非"清露"不饮的习性,则表现出蝉之品性有似于淡泊廉洁的清官。此句借对蝉的外形与食性的刻画,影射诗人身份之高贵、品性之高洁,并暗把荣显与清廉有机地统一起来,为后二句作了有力的铺垫。

次句咏蝉之鸣声流布。"流响出疏桐",蝉在高耸挺拔、枝叶疏落的梧桐树上,持续不断地发出流水般悠扬浏亮的悦耳之声,远播四方。以"疏"状"桐",突显清秋时节梧桐树的高挺清拔,与末句的"秋风"相呼应,营构出清华隽朗的情境与氛围。古人认为梧桐为凤凰所居,是高雅圣洁的所在。写蝉高栖于梧桐树,是以环境之高洁,烘托蝉性之高洁,借喻诗人身居高位而洁身自好,超脱凡尘。"流响",怡情悦性,予人美感;"出"于"疏桐",更透出清爽俊逸的高标远致,乃锦上添花。"流响出疏桐",进一步为下文"居高声远"张本。

后二句以议论之笔点睛。"居高声自远,非是藉秋风。"蝉的鸣声远播,是由于置身高处,并非像常人所认为的那样是依赖秋风的传扬。"居高",非指官高位显,是借喻立身之高,即立志高远、品性清高。"声",借喻声誉、美名。虞世南是初唐名臣,官至秘书监,以才德出众、志行高洁誉满天下,曾深得唐太宗赏识,称赏其德行、忠直、博学、文辞、书翰五绝兼具,誉之为"当代名臣,人伦准的"。诗人也颇以此而自豪,认为自己令名远扬,并非有赖于他人的奖掖抬举与优越的权势地位等外在的助力,而是全凭自己立身高洁。于是借咏叹蝉的"居高声自远,非是藉秋风",寓托自己对内在的品格力量的盛情礼赞与高度自信。

总之,从修辞的层面研赏,这首托物寓意的咏物诗整个儿是一个喻义深曲的借喻。晋人陆云在《寒蝉赋·序》中赞美蝉有五种美德:头上有蕤,这是文采;只饮露水,这是清高;不食五谷,这是廉洁;不住巢窠,这是俭朴;应气候守季节,这是信用。自此,后人咏蝉多借其高洁以自比。这首咏蝉诗亦借蝉性之高洁喻人品之高洁,暗示自己对人格理想的追求与赞赏,命意高远,含蓄深婉,逸韵悠邈。

(3)托物寓意法的基本法则:不粘不脱

感遇(其二)　陈子昂

兰若生春夏①,芊蔚何青青②。

幽独空林色③,朱蕤冒紫茎④。

迟迟白日晚⑤,袅袅秋风生⑥。

岁华尽摇落⑦,芳意竟何成⑧。

[注释]

①兰:香草名。若:香草名,即杜若,又名杜蘅。

②芊(qiān)蔚:花叶茂盛的样子。何:何其、多么。青青(jīng):花叶茂盛的样子。青,借作"菁"。

③幽独:幽雅不凡、幽僻独处。空林色:使林间花草为之失色,即相形见绌之意。

④朱:红色。蕤(ruí):花朵下垂的样子,这里指下垂的花。冒:覆盖。

⑤迟迟:缓慢地。白日:太阳。

⑥袅袅:微弱细长的样子。

⑦岁华:一年一度所开的花,借喻人生年华,人活一世如花之一开一谢。华,同"花"。摇落:凋落。宋玉《九辩》:"悲哉秋之为气也,草木摇落而变衰。"

⑧芳意:花把芳香播满人间的美意,借喻诗人济世惠民的美好理想。竟:终究、到底。

[赏析]

用托物寓意之法营构意境的基本法则是不粘不脱,或曰不即不离。所谓"不粘""不即",指不局限和拘泥于所咏之物,而要寓托诗人的情意,即不为咏物而咏物,务必有所寄托;所谓"不脱""不离",指要切合所咏之物,倾其笔墨绘物之形,传物之神。一味追求咏物惟妙惟肖而没有兴寄寓托,或游离于所咏之物抒怀兴感,都难以创造出高妙幽邃、耐人品味的意境来。陈子昂这首《感遇》用托物寓意之法营构意境,典型地体现了不粘不脱这一基本法则:既形神兼备地描述和咏叹香兰、杜若幽雅卓异,出类拔萃,繁荣于春夏而摇落于秋风的生命历程;又寄慨遥深,托香兰、杜若以暗寓诗人才德超群却坎壈终身的身世和韶华流逝而理想幻灭的悲慨。

前四句描写和咏叹香兰、杜若之盛,赋形与传神兼而有之。"兰若生春夏,芊蔚何青青。"香兰、杜若生长于春夏,花繁叶密,多么茂盛。此二句下笔于整体,统摄形神。"芊蔚"与"青青"皆繁荣茂盛之意,同义复指,再楔入一"何"字,加倍地强调并有力地突现香兰、杜若枝繁叶茂、鲜花怒放、生机盎然的风姿与神采,并使礼赞咏叹的韵味更见浓郁。三、四两句倒挽而出,进一步为香兰、杜若传神写照。实际语序应为:"朱蕤冒紫茎,幽独空林色。"红色的花朵覆盖在紫色的花茎上,沉甸甸地下垂;幽芳独放,卓然不群,使林中百花皆黯然失色。"朱蕤"句下笔于细部,摹写香兰、杜若姹紫嫣红、令人眩目的形貌;"幽独"句咏叹香兰、杜若的气质、风度。这里的"幽独"有两重含义:既有幽雅独特之意,又有幽僻独处之意。暗示香兰、杜若虽卓异不凡却缺少同调,无人欣赏,不过孤芳自怜而已,为下文埋设了伏笔。"林色"二字让人想见幽林中百花烂漫之象,再以"空"字着力一抑,托举出香兰、杜若的"幽独"。以上四句不仅形神俱似地描绘了香兰、杜若风姿绰约、超绝群芳的倩影和神采,也烘染出热烈、郁勃的氛围。

后四句描写和咏叹香兰、杜若之衰。"迟迟白日晚,袅袅秋风生。"太阳缓缓沉没,一天将要结束;秋风袅袅而起,一年将到尽头。从表面上看,写的是时间的流逝、节候的更迭,却暗示着香兰、杜若的生命历程由昌盛而衰亡、由可喜到可悲的转折。"袅袅"句化用屈原《湘夫人》的"袅袅兮秋风",描写秋风纤弱,蓦然而起,隐喻着光阴荏苒、美人迟暮的忧伤。整个氛围也顿然改观,由热烈、郁勃,转化为凄凉、萧索,前后形成鲜明的对比和巨大的反差。"岁华尽摇落,芳意竟何成。"一年一度花开又花落,想把芳香播满人间的意愿到底实现了多少!这是"卒章显志"——篇末点示题旨的一笔,然而仍着墨于香兰、杜若,诗人怀才不遇的喟叹、壮志未酬的伤感,始终深藏不露、含而未吐。

纵览全诗,通篇句句未离对香兰、杜若一年荣枯的生命现象和形貌、神采的描写与咏叹,似乎无一字关涉诗人自己。然而却处处寄托着诗人不幸的身世与不遇的悲慨。前四句写香兰、杜若压倒群芳、超然卓立的风姿丽质,其实是借喻诗人高尚的情操、远大的理想和出众的才干。透过香兰、杜若这两个意象,可影影绰绰地看到一位才华横溢、英气勃发的有志之士的身影和风采。后四句写秋风乍起,芳华摇落,芳意无成,骨子里隐含着诗人屡遭踬踣,生命价值落空的失落感、困惑感。若说这首《感遇》臻于托物寓意、咏物抒情而不粘不脱、不即不离的化境,实不为过。

陈子昂是首开一代诗风的杰出诗人,他的一生实为一大悲剧。诗人满腹经纶,怀着匡时济世的崇高理想踏上仕途。任右拾遗时,屡次上书直谏,多能切中时弊,却遭当权者忌恨,备受压抑。曾随武攸宜北伐契丹,因屡献破敌良策又招致忌恨而贬为兵曹。官场失意,挂冠回乡,又被县令诬陷,冤死狱中,刚及不惑之年,一颗璀璨的诗坛新星便悄然陨落。香兰、杜若的生命悲剧与诗人的人生悲剧暗合默契,何其相似!又何其可悲,何其可叹!

(4)就托物论不粘不脱:形神俱似而不即不离

房兵曹胡马[①]　杜甫

胡马大宛名[②],锋棱瘦骨成[③]。
竹批双耳峻[④],风入四蹄轻。
所向无空阔,真堪托死生[⑤]。
骁腾有如此[⑥],万里可横行。

[注释]

①房兵曹:名字、生平皆不可考。兵曹,兵曹参军的省称,是州郡长官的辅佐官吏,掌管军防、驿传等事务。胡马:泛指当时西北少数民族地区所产的马。

②大宛(yuān):汉代西域国名,其地在今乌兹别克斯坦费尔干纳盆地。名:

出名。

③锋棱：锋刃、棱角，这里形容骏马瘦骨棱起，嶙峋劲挺。

④竹批句：马的尖尖的双耳像斜削的竹筒一样竖立着，形容其神骏。古代一些相马的书都把这作为千里马的标志之一，如贾思勰《齐民要术》云："马耳欲小而锐，状如斩竹筒。"批，削。峻，这里是尖锐的意思。

⑤堪：胜任。托死生：可以靠它化险为夷，死里逃生。

⑥骁（xiāo）腾：勇健迅猛。

[赏析]

托物寓意要做到不粘不脱，单就托物具体而言，则要求不片面追求形貌逼真、巨细无遗，而应力求神似，或形神俱似，或离形得似，使所托之物介于似与不似间。太似则粘，形同毫发毕现却呆板拘谨的照相；不似则脱，让人不知所托何物，更不知所云。杜甫这首托物寓意的咏马诗，堪称形神俱似而不粘不脱的佳构。此诗大约作于唐玄宗开元二十八年（740）或二十九年，正值杜甫漫游齐赵，飞鹰走狗、裘马轻狂的时期。诗中形神兼备地突现了胡马的特征，寄托着诗人对友人房兵曹的期待，更隐喻着诗人自己的理想、才气和情操。

首联上句点题，总挈全诗。"胡马大宛名"，房兵曹的马系产自大宛而名扬天下的骏马。开篇即以产地非凡突现此马品种非凡。大宛出产良马，尤以汗血马著称。汗血马在汉代称为"天马"，也就是人们常说的千里马。诗中的"胡马"正是这个良驹家族中的一员。下句勾勒胡马的骨相。"锋棱瘦骨成"，即"瘦骨成锋棱"的倒装，是说这匹千里马瘦骨棱棱，嶙峋劲挺，好似锋刃，让人觉得此马是由钢筋铁骨组装而成。骏马多瘦而不肥，精悍遒劲，神旺气锐，此句突显的正是骏马的这种体格特征。

颔联进一步描绘胡马的形貌特征。上句写马态之雄健，于静中突现千里马的外形特征。"竹批双耳峻"，马耳浑圆小巧，尖峭直竖，像快刀斜削的竹筒。下句写马行之轻捷，于动中突现千里马的外形特征。"风入四蹄轻"，四蹄腾空，风驰电掣，仿佛疾风呼啸着涌入蹄间。赞其矫健神速，不说四蹄生风，反说风入四蹄，别具韵致。上下句动静相生,将一匹昂藏不凡、凌厉飞驰的西域良驹活画于纸上。虽只写良驹之形貌,亦见出良驹之精神。

以上两联重在求形似。杜甫善骑射,爱马,亦爱咏马,对马有极深厚的感情,也有极细致的观察,故能抓住其独具的外形特征作生动逼真的描绘,让人一读便知写的是马而不是驴,而且是被誉为"天马"的良驹而非常人习见的凡马。后二联重在求神似,从更深的层面上展示骏马的内在特质。

颈联咏马的气概与才德。"所向无空阔",它勇往直前,任何障碍险阻全不在话下,它雷厉风行,似乎连空间距离也缩小了,甚至不存在了。"真堪托死生",骏马能与主人同心同德,患难可恃,生死可托。隐然将骏马视为同志和战友,表现了骏马的内在气质与高尚品格。此与诗人《题壁上韦偃画马歌》"时危安得真致此,与人同生亦同死"是一个意思。

尾联以开合自如的笔触,在一收一放中绾结对胡马品格、才能的礼赞。先以"骁腾有如此"总挽上文对骏马的形与神的描绘,再以"万里可横行"一笔宕开,盛情赞美胡马如此这般矫健勇猛,无往不适,暗祝房兵曹立功万里之外,对胡马寄寓了厚望,开拓了诗的意境。

以上两联传胡马之神。神,指物的性情,即物之精神、情态、气韵。其实大多数的物,无所谓精神、情态和气韵,实为诗人主观的情意、气质、品格的投射。譬如,这首诗里所表现的"胡马"的品质、神韵、才干,其实正是昂扬奋发、朝气蓬勃的青年诗人的雄心壮志、超凡才气和忠贞情操的投影。因此,诗人笔下的"胡马"既似一匹日行千里、无所不至的骏马,又似一位义干青云、忠诚可靠的侠士。

综合观之,这首咏物言志的五律,结构上一分为二:前二联用写实之笔侧重绘形,后二联以虚拟之笔侧重传神。赋形与传神,皆不粘不脱,既不离于对胡马的雄姿与懿德的描写与赞叹,又不拘泥于此,句句写马而处处关人——既在物之内,又出物之外。单就托物具体而论,虽形神毕肖却未黏滞于马之形貌,似马似人、非马非人,是不即不离的妙笔。

(5)就托物论不粘不脱:离形得似而寓托良深

白莲　陆龟蒙

素葩多蒙别艳欺①,此花端合在瑶池②。
无情有恨何人觉③,月晓风清欲堕时④。

[注释]

①素葩(wěi):白色的花,这里指白莲。葩,古"花"字。蒙:遭受。别艳:另一种艳丽的花,这里指红莲。
②端合:真应该。瑶池:古代神话传说中西王母住的地方。
③觉:知晓。
④堕:凋零。

[赏析]

托物寓意营构意境,须辩证地处理好物之形与神的关系,或力求形神俱似,或遗貌取神,离形得似。这里所谓"遗貌""离形",并非置物之形貌于不顾,是指基于物之形貌而超越物之形貌,着意于表现物之精神、情态、气韵,即不求形似而只求神似,却从更高的层次上达于形神俱似的境界。这里的"似",是介于似与不似之间的不即不离的似,更是若隐若现地深寓着并象征着诗人的情意和人品的似。譬如,陆龟蒙这首《白莲》诗,诗人遗貌取神,全从若即若离的空际着笔,不黏滞于对白莲的色彩、形状、香气之类的描绘,而是刻意表现其气质、品格、神情。花之神韵,宛然可掬,又可让人想见其缟袂素巾的仙姿,更可隐约窥见清高自持、茕独兀立的诗人的尊容。

开篇就置一"素"字统挈全诗。这个"素"字可谓全诗之眼,全诗四句皆由此生发,皆用此统摄。它有两层含义:一是状白莲之颜色,她洁白如雪;一是赞白莲之品格,她质朴无华。前二句除此"素"字外,并不直接描写白莲,全以衬托之法,侧面烘染。或以花衬,或以境衬;或从反面敷粉,或从正面托举。首句以"别艳"反衬。"素蘤多蒙别艳欺",淡雅朴素的白莲总是受到鲜艳炫目的红莲的欺负。诗人别有会心,独辟蹊径。首先,一般人咏莲只笼统地咏莲之出淤泥而不染的"君子之风",陆龟蒙却独具慧眼,区分莲之红白,独高白莲之标格,而以红莲作垫衬。称红莲为"别艳",也含有两层意蕴:既含有"另一种艳丽的花"的意思,更含有视白莲为正宗的意味,认为唯有她体现了"清水出芙蓉,天然去雕饰"的本色,而艳丽的红莲则系旁支别类而已。其次,原本是莲花红多白少,红莲以其"艳"备受青睐,白莲以其"素"遭人冷落,诗人偏说白莲由于蒙受红莲的欺压,排斥,所以才如此孤独寂寞,自开自落。以"别艳"抑"素蘤",并以"多蒙"强化。抑之愈重,托举愈高,相反相成,反弹出白莲素雅高洁的神韵和不以妖艳媚俗而为凡俗所弃的际遇。次句以"瑶池"正衬。"此花端合在瑶池",这种雅洁拔俗的花真应该生长在玉宇澄清、纤尘不染的瑶池仙境,而不当开在污浊混沌的世俗人间。此处虚晃一笔,写白莲理想的生存环境,以环境之超凡绝尘,从正面烘托白莲的高标逸韵,也隐喻白莲的气质、品格酷似瑶池仙姝。"端合"一词充溢着惋惜之情、不平之气,白莲误堕凡尘,不得其所的喟叹之声似乎缭绕于耳际。"瑶池",暗示白莲系水中之花,为尾句张本。此句虽只传其神而不绘其形,然而通过想象,于涟漪摇漾的水中,白莲那冰清玉洁、亭亭玉立的丰姿倩影,却赫然在目,此即前人所谓以神写形,离形得似。

　　后二句仍紧扣着"素"字着墨,描写白莲在特定的时间、环境中的特定情态、际遇,进一步表现白莲超拔凡俗、孤芳自怜的神韵。这两句是全诗精髓所在,乃咏物之绝唱,诗家历来赞不绝口,最有代表性的是苏轼和王士禛。苏轼在《志林》中盛赞此诗,并说后二句"绝非红莲诗"。王士禛在《带经堂诗话》中说:"'无情'二语,恰是咏白莲诗,移用不得。而俗人议之,以为咏白牡丹、白芍药亦可,此真盲人道黑白。"就是说,此诗后二句只是白莲的传神之笔,而不能搬去咏红莲、白牡丹、白芍药等别的花卉。何以见得呢?我想其依据主要有二:其一,此处描绘的特有意态只能咏白莲,不能移去写别的花。"无情有恨何人觉",白莲不事铅华,唯以"素"自持,不以"艳"媚俗,寂寞独自开,故似"无情";不媚俗而为凡俗所弃,只落得个孤芳自赏、顾影自怜、自生自灭的遭际,故似"有恨",故曰"无人觉"。写

白莲"无情有恨",是以退为进,见其恨之深。言外之意是,白莲纵使无情,也当有恨,然此花有情,其恨更何以堪!这种意态显然不能移去状写红莲、白牡丹、白芍药之类或高雅或华贵、赏者趋之若鹜的花。其二,此处设定的特有情境只能咏白莲,不能移去写别的花。"月晓风清欲堕时","月晓风清",暗示季节为清秋,时间为破晓,并以晓风残月渲染凄清冷寂的氛围。而此时此境正是白莲盛极将衰,欲堕未堕,风情万端,最为楚楚动人,最能激人俊赏的时刻。原本备受冷落的白莲,此刻更乏人欣赏,仅有晓月清风相依相伴而已,她的美、她的恨,更"何人觉"?岂不可悲,可怜,可叹!显然这样的情境只与白莲配称。在残月朦胧、晓风送寒的情境中,最为醒目,最当激赏者,是白色的花,红色或别的色彩的花反倒显得黯然失色。王安石在《寄蔡氏女子》中描写过类似的情境:"积李兮缟夜,崇桃兮炫昼。"(在白天,繁密的桃花特别炫目;而在夜晚,却只能欣赏那一丛丛的李花。)所以说这里只是咏白莲,而与红莲不相干。联系次句"瑶池"所暗示的水生环境来研判,这一情境当然更不能移去写白牡丹、白芍药等陆上之花。

　　《白莲》是托物寓意的咏物诗中的扛鼎之作,妙不胜言。此诗之妙,首先在于离形得似。全诗除用一"素"字为白莲着色之外,几乎没有耗费笔墨去刻画白莲的形貌特征,而是集中精力,或从侧面烘托,或从正面切入,突现白莲超尘拔俗的气质、品格。不黏滞于白莲之形而见出白莲之神,却又让人参悟其神而能想见其形,堪为不粘不脱之圭臬。此诗之妙,更在于深有寓托,物中有人,而这寓托亦在显与不显、若即若离间。陆龟蒙是晚唐末世的杰出诗人之一,为人耿介孤高,一试不第便永远退出科场,虽曾聊充幕僚,但一生大多深隐田园,不与流俗交,朝廷曾以高士征召,却坚辞不就。其隐逸之风、高洁之志,深受失意之士的推崇景仰。《白莲》诗正是借白莲以自况,诗中白莲实为孤寂而孤傲的诗人之化身。因此,在诗的意境之中,白莲素雅高洁、孤拔脱俗的风采既历历在目,诗人洁身自好、遗世独立的身影亦依稀可睹;表面上倾诉的是白莲不得其所、孤芳自赏的幽怨,骨子里却流露出诗人生不逢时、美人迟暮的自伤。白莲与诗人,既未乖离不涉又未胶合不分,似此似彼却不显攀附之痕,真可谓深得寓托遥深而不即不离之奥诀。

(6)就寓意论不粘不脱：所寓与所托若即若离

卜算子·咏梅① 陆游

驿外断桥边②，寂寞开无主③。
已是黄昏独自愁，更著风和雨④。

无意苦争春⑤，一任群芳妒⑥。
零落成泥碾作尘，只有香如故。

[注释]

①卜算子：词牌。

②驿：驿站，古代官办的交通站，是供传送公文的人员或来往官员、行人暂住和换马的场所。

③开无主：无人培植，无人养护，无人观赏，自开自落。

④更：又。著：同"着"，附着、挨上，这里指遭受、加上。

⑤无意：无心、不打算。苦：这里指竭尽全力、煞费苦心。争春：争于春，在春天里争妍斗艳，占尽春色。

⑥一：全。任：听凭。群芳：百花。

[赏析]

托物寓意营构意境，要做到不粘不脱，单就寓意具体而言，所寓与所托当在若即若离间：一方面，要充分表现自己的情意，而不泥滞于物之形与神；另一方面，所寓与所托当相切相谐，使人之情意与物之形神有机统一，不能牵强附会，乖离不合。其表达则应隐显相生：所寓之意，既深隐于物之中又透露于物之表，尽在显与不显间。太显则了然乏味，不耐玩索；太隐则晦涩难明，不知所云。陆游的传世名作《卜算子·咏梅》可以说是一个范本。

陆游满怀经国之志，力主抗金兴宋，但在投降派当权的恶劣政治形势下，始

终颇遭时忌，备受排斥打击，请缨无路，壮志未酬，却从未泯灭那"一寸凄凉报国心"，且老而弥笃，死而未已。由于梅花顶风冒雪、凛然独开的自然属性，与陆游以身许国、百折不挠的个性品格暗合默契，而具有隐喻性，即某种暗示性、象征性，所以陆游有一种特别的审美嗜好，酷爱"雪虐风饕愈凛然，花中气节最高坚"（《落梅》）的梅花，常借咏梅以寄托丹心，先后写了一百五十多首咏梅的诗词，《卜算子·咏梅》是其中最有代表性的一首。诗人巧借托物寓意之法，将自己不平的人生际遇、不屈的人格力量，熔铸在对驿外孤梅由绽放到零落的生命历程的审美观照中，生发并升华为高妙而深远的意境。将此意境加以提炼，浓缩，最终结晶为《卜算子·咏梅》这首有口皆碑的咏物词。

这是一首双调词。上阕写孤梅所处的孤危逆境，一层深似一层地渲染孤梅处境之劣、孤寂之甚，营造出冷峻悲壮的情境和孤愁凄寂的氛围，隐隐透出孤梅的倔强个性。先下笔于空间，写孤梅的生存环境："驿外断桥边"，它不在游人云集的园林中，不在文人雅士的庭院里，而在冷冷清清的荒郊僻野。驿站本已远离闹市，是离乡背井的行人来去匆匆之所；"驿外"更非赏花之地；再把"驿外"具体到"断桥边"，情势更递进一层，桥断而未修，更见出这是一个无人问津的所在。此句未言孤寂，而孤寂之意先已溢出于字里行间，且层递层深，层层铺垫，为下句之出充分蓄势，也为歇拍的"碾作尘"遥伏一笔。"寂寞开无主"，用移就手法移情于景，写梅花孤单一株，自开自发，无人培植，无人呵护，更无人观赏的孤寂境遇。"已是黄昏独自愁"，再下笔于时间，以黄昏降临烘染孤愁之深。"独自愁"，用拟人手法把孤梅进一步人格化，突现孤梅之愁苦无人分担，更无人理会。然后下笔于气候，"更著风和雨"，以风雨交迫状其危殆之极，更见其孤愁困厄。三、四两句笔力简洁遒劲，诗人不仅以黄昏暗昧和风雨如晦来渲染气氛，烘托孤梅的孤愁，而且前句冠以"已是"，后句冠以"更著"，前呼后应，强化其递进关系，表现孤梅所历磨难一波未平而一波又起的多重性、严重性。不过，尽管环境如此恶劣，情势如此严峻，境遇如此孤危，这株孤梅还是冲破了内在的和外在的重重压力，毅然决然地绽放了而且盛开着。这上阕，笔笔写孤梅的孤危处境，却处处影射诗人自己迭遭投降派冷落，排挤，打击的艰难境遇。

下阕承续上阕,从对孤梅所处的孤危环境的烘染逐步转向对孤梅所持的孤高操守的礼赞,进一步营造冷峻悲壮的情境和孤愁凄寂的氛围,拓宽词境,拓深词意。首先扣住梅花傲雪凌霜早于群芳孤花独放的特点,写其孤傲任妒。"无意苦争春,一任群芳妒。"孤梅抗寒早发,只为报春,非为争春;横遭百花嫉妒,也只好听之任之,悉听尊便了。孤梅的凌寒独放,隐隐约约地体现了诗人孤高自持、敢与世俗抗衡的坚定立场和坚决态度。末二句把对孤梅的礼赞推向高潮。"零落成泥碾作尘",写孤梅惨烈而悲壮的结局,折射出投降派对诗人的迫害之残酷与无情。"只有香如故",写孤梅粉身碎骨、不改素志的坚贞品格。此为点睛之笔,虽透露出一丝自伤自悼的遗憾和孤芳自赏的情调,但其主旨却是暗传诗人至死不变的报国初衷、化成泥土仍要流芳百世的坚贞气节,体现了一种积极向上、自信自持的人生态度。这弥散人间历久不歇的梅香,是梅花的灵魂,也是诗人高洁品格和不屈精神的象征。陆游在绝笔诗《示儿》中,庄严而沉痛地宣示:"死去元知万事空,但悲不见九州同。王师北定中原日,家祭无忘告乃翁。"孤梅"零落成泥碾作尘,只有香如故",岂不正是陆游这种贞操劲节的传神写照?

《卜算子·咏梅》采用了先抑后扬、先屈后伸、逐层烘托的格局。高潮在歇拍处,高潮之前设置了一系列的情势低谷:驿外断桥,表现孤梅所居非地;风雨黄昏,表现孤梅所生非时;众芳皆妒,表现孤梅所处不群;零落成泥,表现孤梅结局不幸。重重逆境、种种厄运,一路铺衬,一路蓄势,直将孤梅抑至最低处,方以"只有香如故"猛然振起,把梅品与人品扬至最高处。

这首咏物词托梅寓意,咏梅言志,把陆游屡遭贬斥、身处逆境而不怕打击、不怕孤立,不与投降派同流合污的政治操守,表现得含蓄委婉而又淋漓尽致。上阕感遇,描写孤梅的生存环境,影射自己不幸而不平的境遇;下阕咏志,表现孤梅高标劲节、永葆馨香的美好品格,寄托自己倜傥不群、贞洁自守的高尚情操。物境与心境、梅品与人品,以借喻、比拟等手法为枢纽,交融互化,营构为意境。诗人自己命途多舛而孤傲不屈的人生体验,同驿外孤梅困厄而倔强的生命过程,若即若离地结合在一起,这种人生体验则若隐若现地呈现于意境之中。傲然兀立于此意境中的孤梅,似梅非梅,似人非人,既生动地展现了梅花的天赋禀性,也隐隐折射出陆游的高风亮节,妙处全在似与不似、显与不显间。

(7)就寓意论不粘不脱:物之特性与人之个性辩证统一

蝉　李商隐
本以高难饱①,徒劳恨费声②。
五更疏欲断③,一树碧无情。
薄宦梗犹泛④,故园芜已平⑤。
烦君最相警⑥,我亦举家清⑦。

[注释]

①本:本来、天生。以:因为。高难饱:古人认为蝉性高洁,栖于高树,餐风饮露,故难得一饱。

②费声:枉费鸣声。

③五更:古时从黄昏到拂晓一夜间分为五更,每更约两小时,五更即拂晓时分。疏欲断:疏落之声,几近断绝,形容蝉已声嘶力竭。

④薄宦:官小职微,俸禄菲薄。梗:树的枝条。泛:漂流。

⑤芜已平:田园荒废,杂草丛生。

⑥烦:烦劳、承蒙。君:指蝉。警:警醒。

⑦举家:全家。清:清贫、清廉。

[赏析]

托物寓意,咏物抒情,是以相似联想为渠道,将诗人自身与所咏之物融合为一,借物的某些独具的属性来寓托和折射人的某种个性化的思想感情,使抽象的情意具象化,反之则使物人格化、情感化,甚至个性化。这种个性化,则是托物寓意的最高境界。由于不同的诗人咏同一事物,会基于不同的身世际遇与思想感情,并从不同的审美视角来观照事物的自然属性,因此,既会体现出某类事物的某种共有物性(这种"共有物性"往往带有一定的主观性),又会蕴含着不同的情意和韵致,显示出诗人不同的个性品格。而这所咏之物的共有物性与咏物者的独具个性,务必不粘不脱,有机结合,方能创作出咏物诗的上乘之作。譬如同是咏蝉,诗人们既要切合蝉"居高食洁"的特点,咏蝉的"高洁",同时又要暗示出诗人独有的遭际感受,体现出独具的个性品格,并使两者不即不离,对立统一,妙合无垠。李商隐的《蝉》与虞世南的《蝉》以及骆宾王的《在狱咏蝉》皆为咏蝉诗之精品,成功之诀窍,正在于此。

李商隐这首咏蝉诗大约是其晚年在节度使府任幕僚时的作品,诗人闻蝉兴感,发为歌吟,以托物寓意为基本手法营构意境,借蝉起兴设喻,发出自己品性清高却困窘失意的不平之鸣。

首联直切蝉的窘态:"本以高难饱,徒劳恨费声。"因栖身高树,餐风饮露,本来就难得一饱;发出穷途之怨、不平之鸣,不过是徒费口舌而已。"高难饱",总揽蝉的困厄境况。"高",一语双关,既指高栖于树,也指高洁自持。"难饱",亦语涉双关,既指物质匮乏、生活拮据,更指精神空虚、灵魂饥渴。"恨费声",是"费恨声"的倒装,再冠上"徒劳"加以强调,表明蝉的孤鸣不仅得不到应有的理解与响应,反倒会适得其反,因屡费恨声而致使"本以高难饱"的境况更加恶化。"五更疏欲断,一树碧无情。"天将破晓,彻夜长吟的蝉已声嘶力竭,而它所栖息的高树却碧绿依旧,并未因蝉夜以继日的悲鸣而动容改色。蝉一般是昼鸣,写其夜吟,即暗示这只蝉苦吟酸嘶昼夜不停。颔联将蝉与树作对照描写,在对举对比中表现树的冷酷可憎、蝉的凄绝可怜,进一步突现蝉处境的窘迫难堪。

这只蝉,栖于高树、嘶鸣不息,似蝉;固守高洁、能吐怨声,似人。这只蝉十分乖戾:不甘高攀却不远走高飞,攀附不愿撒手而怨声不绝于口,徒费恨声却昼夜嘶鸣。显而易见,这只蝉境遇十分尴尬!蝉的尴尬境遇,若明若暗地影射着李商隐的尴尬人生,若隐若现地表现了李商隐的不幸与不平,这就是诗人托蝉所寓之意,后二联则或直或曲地揭示其寓意。

颈联由咏物转向述怀,直接抒写仕途乖违、人生失意的不公之遇与不平之慨,挑明寓意。"薄宦梗犹泛,故园芜已平。"官卑职微,俸禄菲薄,还得像水中桃梗人般漂浮不定,听凭命运簸弄;故乡的家园已经荒废,即便归去,也无家可归。

上句哀叹自己坠入人生陷阱。"薄宦"回应"高难饱",叹立志高远、品行高洁、才华超卓,却远幕依人、沉埋下僚,不得骋其才志,在人生舞台上也是一个"高难饱"的角色。"梗犹泛"即"犹梗泛"的倒装,推进一层,特以"犹"字强调自己比蝉更可悲、更可叹,除高栖而难饱、费声而徒劳之外,还得漂流四方,沦落天涯,不如蝉之尚可立足于一地一树。"梗泛",化用典故。《战国策·齐策》中有一则寓言,写土偶人(泥人)与桃梗人(桃木人)的对话。桃梗人说:"你是泥土做成的人形,到秋天降雨时就会毁坏。"土偶人说:"我毁坏了,不过复归泥土罢了,而你却要随水漂去,还不知归宿在哪里呢!"后世借桃梗人隐喻漂泊无定、不能自主命运的流浪者。"梗犹泛",即还得像桃梗人一样随水漂流,这正是李商隐人生苦旅的真实写照。李商隐自十八岁受知于令狐楚而入其幕,至四十七岁辞世,辗转流徙于东西南北,先后六次在节度使府充当扈从权贵、随人俯仰的幕僚。虽曾在朝廷任职,勉强算是有了独立官场的立锥之地,但职位卑下、历时短促,这有也等于无。也就是说,攀枝附梗,浪迹四海,成了李商隐人生历程的主轴。虽曾多次委婉地吁请援引,但未得响应。就连诗人的同窗老友、令狐楚之子令狐绹,早高踞要津,能呼风唤雨,却从不施以援手。究其因,是由于李商隐不经意间跌进了牛李党争的漩涡。"薄宦梗犹泛",对这一悲剧命运、尴尬人生作了高度的艺术概括,同"五更疏欲断,一树碧无情"暗作呼应。下句承续"梗泛"之典,从陶渊明《归去来兮辞》"归去来兮,田园将芜胡不归"中化出,反其意而用,将寓意再翻进一层,哀叹自己的人生之旅,即无独步青云的出路,亦无独善其身的归路,陷于进退失据的两难境地。陶渊明于"田园将芜"时弃官,尚可归隐田园,独善其身,自得其乐;自家田园"芜已平",归去立锥何处?"烦君最相警,我亦举家清。"承蒙您长鸣示警,特意告诫我要固守清贫,保持高洁,我也同您一样,全家一穷二白,仅存的财富就是这清贫与高洁。尾联"君"与"我"并提,蝉与人同现,"相警"倒扣"费声",暗示自己彻夜未眠,倾听蝉的呼号,引发强烈的共振共鸣,感慨系之,形诸于诗。在结构上,即使咏物与抒情榫卯密合,又呼应首联,使首尾圆合。其措辞,貌似互警互勉,实则自嘲自解。言外是说:高攀权贵,一事无成,一无所有,同蝉一样空有清高品性而孤弱无助、哀告无门!尾联进一步表明,诗人的尴尬境遇同蝉相较,既似亦不似:一样的不甘攀附而不得不攀附,然而蝉吐"恨声",昼夜嘶鸣,无所忌惮,诗人吐"恨声",多有顾忌,不仅遮遮掩掩,借咏蝉婉转曲达,而且即吐即咽,反话正说。

综合观之:诗的前二联咏蝉起兴、托蝉自比,人寓物中;后二联直抒胸臆,人在物外,却与蝉婉转关合。咏蝉与述怀,忽分忽合、隐显相济、互渗互融、互映互补,既借蝉自命清高,又借蝉自鸣不平,把清高自守却困顿失意的满腹幽怨表达得深婉有致。单就手法而论,亦堪称神品:对蝉的刻画,遗貌取神,尽在似与不似间;对情意的表达,亦在显与不显间。难能可贵的是,李商隐笔下的蝉,高度个性化,与其他咏蝉名篇大异其趣。这只蝉虽也体现出咏蝉诗中蝉所共有的"居高食洁"的"高洁"秉性,但其个性是鲜明的,也是独特的,它迥异于虞世南所咏的蝉,也有别于骆宾王所咏的蝉。正如施补华《岘佣说诗》所说:"同一咏蝉,虞世南'居高声自远,端不藉秋风'是清华人语;骆宾王'露重飞难进,风多响易沉'是患难人语;李商隐'本以高难饱,徒劳恨费声'是牢骚人语。"此处"居高声自远,端不(当作'非是')藉秋风",是虞世南《蝉》中的后二句。虞世南是初唐名臣,久享清誉,深得唐太宗赏识。诗人咏蝉自况,表明自己之所以令名远扬,凭借的是自己立身高洁,并非依赖提携、奉扬之类的外力相助。在虞世南笔下,蝉与境谐:"清露""疏桐"从旁烘托出蝉的高洁与高雅,寓托着并折射出诗人的清廉与雅致。蝉身上散发出来的是虞世南因地位煊赫、美誉远溢而自鸣得意的大气与傲气。何以称之为"清华人语"呢?"清华",形容清高显贵的门第或官职。虞世南官高位显而以清高自诩自矜,所以说是"清华人语"。"露重飞难进,风多响易沉",是骆宾王《在狱咏蝉》的颈联。骆宾王是"初唐四杰"之一,仕途坎坷,壮志难酬,一度身陷囹圄,冤屈难伸,于是借咏蝉的困厄处境,慨叹世路艰险、忠而获罪。在骆宾王笔下,蝉与境悖,蝉同"风多""露重""无人信高洁"的恶劣境遇大相扞格,因此而发出愤怒的抗争。诗人托蝉寄寓着并宣泄了高洁蒙冤的怒气,也显示了不屈不挠的骨气,所以说是"患难人语"。在李商隐笔下,蝉与境既不相谐,又不敢悖。这另类的蝉,既不甘高攀于枝,又无力弃枝高翔。蝉的嘶鸣虽也透出了郁结难消的怨气,更多的却是徒唤奈何的晦气。面对同调、同命、同病的蝉,李商隐除了愤愤

不平、自我调侃之外,还能做什么?难怪施补华会称其为"牢骚人语"。更为难能可贵的是,这高度个性化的蝉,同诗人独有的人生经历、审美体验,若即若离,辩证统一,臻于不粘不脱的神境。

(8)解读托物寓意之作当分两步走

闺意献张水部① 朱庆馀

洞房昨夜停红烛②,待晓堂前拜舅姑③。
妆罢低声问夫婿④,画眉深浅入时无⑤?

[注释]

①闺意:以闺房情事为意。张水部:张籍,中唐著名诗人,当时任水部(属工部)员外郎。

②洞房:本指幽深的卧室,即深闺,后来用作新房的专称。停:放置,这里指点上蜡烛放置于特定的地方。

③待晓:等到天亮。拜舅姑:古代礼仪,婚后第二天,新娘要一早起身,拜见公婆。舅姑,公婆。

④妆:梳妆打扮。

⑤画眉:《汉书·张敞传》载,京兆尹张敞为妻子画眉,当时传为佳话。这里化用其典以写夫妻恩爱。入时:时髦,合乎时尚。无:同"么",今作"吗",疑问词。

[赏析]

托物寓意营构意境,这"物"是广义的:多指一个具体的物(东西),或动物,或植物,或器物,或星月风云等等;有时却是一件具体的事,乃至一位具体的人。这与屈原《离骚》所开创的托美人香草以寓美政理想的传统手法是一脉相承的。朱庆馀《闺意献张水部》就是托事托人以寓意,托一位新娘成婚翌日拜见公婆前的期待与不安,以寄寓将试举子的典型心态。寓意深蕴,藏而不露,颇耐玩味。鉴赏这类寄托良深的咏物诗,一般可分两步走。

第一步,先在"门外"观赏——解读其字面意思。"洞房昨夜停红烛,待晓堂前拜舅姑。妆罢低声问夫婿,画眉深浅入时无?"大意是:新婚之夜,洞房点上了喜庆的红烛。一到天明,要到堂前去拜见公婆。打扮停当,低声向新郎咨询:"画眉浓淡,是否与时尚吻合?"只看字面意思,这是一首闺意诗,即闺情诗,是表现男女之情的。单从闺意诗的层面读,它也是一首不可多得的好诗。诗人观察细致,刻画入微,以典型的细节表现了封建社会里新婚女子的典型心态:既期望能争取到一个良好的第一印象,顺利地通过公婆这一对苛刻的、挑剔的"检验员"的验收,而为新的家庭所接受,却又担心过不好验收关,使今后的日子不好过。所以在"洞房昨夜停红烛"的喜庆日子里,战战兢兢,如履薄冰,一门心思全寄托在"待晓堂前拜舅姑"这一关键之举,因此而有"妆罢低声问夫婿,画眉深浅入时无"这一严肃认真、精细到家的准备工作。总之,从字面上看,这首诗写的是新婚琐事,以及新婚夫妻之间恩恩爱爱、如鱼得水的柔情蜜意,是闺情诗。但这并非作者的旨意,读此诗读到这一步不能算是读懂了,因为读的只是皮毛,未知其骨子里的含意,必须再向前跨进一步。

第二步,以诗题为敲门砖,登堂入室,在诗的深层意境中寻幽探胜。诗题为"闺意献张水部",它的另一个题目是"近试上张水部",写作意图更显豁。"近试",临近科举考试。在这样的紧要关头,朱庆余绝不会有闲情逸致去与当朝名人张籍拉家常,絮说新婚的逸闻琐事。叙此新婚逸事,显然是别有用意,深有寄托的。这和唐代盛行的温卷之风有关。当时读书人往往在科举考试前,把自己的诗文呈献给当朝有名望的人,希望得到他们的赏识、宣扬和引荐,为金榜题名设渡搭桥,这叫温卷,也叫行卷。这首诗正是朱庆余的温卷之作。为什么要"献张水部"呢?是因为张籍当时以擅长诗文而又乐于提携后进与韩愈齐名。朱庆余平日已向张籍行卷,深受赏识,临考前心里更不踏实,担心自己的考卷不合当时的时宜,不合考官的口味,特意写此诗,拜托张籍指点迷津。整首诗是一个隐喻,借新婚逸事喻科举考试。具体而言,新娘借喻自己,新郎借喻张籍,公婆借喻考官,"画眉"借喻考卷,"拜舅姑"借喻考试。这个系列化的隐喻含蓄婉转地表现了热衷科举考试的士子们的典型心态,表达了他们面临与一生前程攸关的考试时的

殷切期待与忐忑不安:期望顺利地闯过科举考试这道鬼门关,从此平步青云;却又底气不足,担心无人保驾而关前落马。从咏物诗的角度看,这更是一首令人拍案叫绝的好诗。好就好在它借闺房画眉这样的区区小事,寓托求取功名这种与个人政治生命息息相关的大事,借小喻大,以小见大;深藏题旨,婉曲达意;而且寓庄于谐,幽默风趣地陈述了一个极其严肃的人生话题。

就其实,这是一首干谒诗(干谒,就是求官做)。归根结底,是借闺情诗之形而藏干谒诗之实,是托物寓意的力作。鉴赏这类诗歌虽分两步走,却又不可截然分割,必须瞻前顾后,两相参照,否则会迷失方向,逸出旁道。譬如读《闺意献张水部》,若死盯着闺意这一层面,而忽略了对干谒这一层面的前瞻,就会过分执迷于观照新婚夫妇的儿女柔情与新婚女子的娇羞妩媚,从而影响到对其个中三昧的参悟。

6. 融情入景法

顾名思义,融情入景即意境营构中诗人的主观情意完全融化、浸润在客观景物中,呈现出来的全是景,而景中全涵蕴着情,且往往达于情景交融、物我两忘的极境。从语言表达的层面看,诗人似乎纯然写景并不言情,但实际上诗人笔下的景中全渗透着情,甚至饱和着情。或满篇尽为景语(描写景物的词句),而把情意的抒发完全隐藏在景物描写的背后;或偶以情语(抒发情意的词句)加以点乱,使情意微露端倪。

融情入景法与移情于景法、托物寓意法,既相似而又不同。将营构意境的这三种方式方法放在一起加以辨析,有助于对融情入景这种意境营构的方式方法的透彻理解与精确把握。

先看融情入景法与移情于景法的异同:两者都是将情意投射到景物中,但融情入景是情意潜移默化地渗入,犹如杜甫笔下的春雨,"随风潜入夜,润物细无声";移情于景是显而易见的情意植入,"使物皆着我之色彩",使物与我同喜同悲。融情入景是我融物中而不见我在,移情于景是推己及物而物我并存。融情入景一般是对景物进行原样复现,移情于景则须从情意出发改变或再造景物。

再看融情入景法与托物寓意法的异同：融情入景与托物寓意都是我在物中——把情意潜移默化地蕴藏在景物中，但其蕴藏方式明显不同。融情入景是化我入物，将自己消融在物中，即将情意浸润在景物中；托物寓意是寓我于物，将自己安顿在景物中，即将情意寄托在景物中。融情入景，其景物基本保持原模原样；托物寓意，其景物或变态或不变态，皆在似与不似间。融情入景，其情意深藏不露；托物寓意，其情意影影绰绰，全在显与不显间。

从语言技巧的层面辨析，用移情于景法营构意境，须用比拟、移就之类的修辞技巧对景物作变态描写；用托物寓意法营构意境，其景物描写无论变态与否，都离不开比喻之类的修辞技巧；用融情于景法营构意境，多以白描为基本手法，间以摹绘、示现之类的修辞技巧对景物作原模原样的复现，较少用比喻、比拟之类的手法对景物作变态描写。

(1)融情入景法的界定

春行寄兴① 李华

宜阳城下草萋萋②，涧水东流复向西③。
芳树无人花自落④，春山一路鸟空啼。

[注释]

①春行：春游。兴：景物触发的意绪、感慨。
②宜阳：古县名，即今河南省宜阳县。萋萋：形容草长得茂盛。
③涧水：两山之间的溪水。复：又。
④芳树：花树。

[赏析]

诗题一作"宜阳春行即兴"。宜阳在今河南省洛阳市西南洛河南岸，地处伊洛平原，背负连昌河，面对风景名胜女儿山，风光绮丽，名驰遐迩，为骋怀游目的胜地，唐代最大的行宫之一——连昌宫便坐落于境内。安史之乱前，王公贵族和

墨客骚人年年都来宜阳游览,唐代许多大诗人,如李白、杜甫、岑参、张九龄等都在这里留下了他们的足迹和墨迹。安史之乱中,这里惨遭浩劫,成了重灾区。李华由于在长安沦陷后迫受伪职,乱平之后被贬为杭州司户参军。《春行寄兴》大约是诗人前往贬所路过宜阳时所作。此时安史之乱平息不久,虽逢良辰美景,但诗人面对劫后余生的河山与失节遭贬的境遇,心情却是十分沉重而痛楚的。诗人正是带着这种沉重而痛楚的悲情来观照宜阳的暮春景色,而后写下了这首借景抒怀的抒情诗的。

诗用融情入景之法营构意境:以"春行"为时空线索,将四个瞬间画面拼接成河山寂寞、花落鸟啼的劫后暮春图,而把重浊的悲慨完完全全地融化和隐藏在萧索的暮春景色中,故题曰"春行寄兴"。第一个画面为宜阳春草:"宜阳城下草萋萋",原本良田万顷的地方,本当禾苗盈野的时节,却蔓草丛生,蒿莱满目。第二个画面为宜阳春水:"涧水东流复向西",这溪涧曾是雅士听泉赋诗、佳人临流弄姿的所在,而今,一任涧水东折西拐,蜿蜒流淌,悄然远逝,全无游人问津。第三个画面为芳树落花:"芳树无人花自落",太平时节,这里花团锦簇、姹紫嫣红、芳香扑鼻。花开时,曾吸引过多少游人驻足俊赏;花落时,曾牵动过多少游人为之叹惋。而今,芳树犹存,然而花开无人赏,花落无人怜,自开自落而已。第四个画面为春山鸟啼:"春山一路鸟空啼",太平时节,春满山路,百鸟争鸣,巧啭如歌,悦耳动听。而今,人去山空,鸟也只是自唱自娱而已。通篇仅"自""空"二字略略透出一点消息,若不联系写作背景与诗人遭际细细品味,单从字面上解读,是难以窥见诗人之真情流露的。

《春行寄兴》,如题所示:通篇纯写宜阳"春行"所感触到的春山、春水、春草、春树、春花、春鸟,而将其"兴"——因繁华如梦、往事如烟所触发的黍离之悲、沧桑之慨,深"寄"于景中。眼前全是春景,景中全是悲慨,外显之春景与内蕴之悲慨,互为表里,浑融互化,营构为极富韵致、颇耐玩味的意境,是融情入景的佳构。故前人赞曰:"四句说尽荒凉,却不露离乱事,妙。"(陈继儒《唐诗三集合编》)

(2)辨融情入景法与移情于景法

山中　王勃

长江悲已滞①，万里念将归②。

况属高风晚③，山山黄叶飞。

[注释]

①滞：积留、不流通。

②念：想。将归：欲归未归。宋玉《九辩》："登山临水兮送将归。"

③况属：何况是，连词，表示递进一层。高风：秋风。

[赏析]

王勃是初唐四杰之一，不到二十岁便进士及第，但仕途不畅，曾为沛王府修撰，因一篇游戏之作而获罪，被逐出沛王府。《山中》是王勃被逐出沛王府后，只身流寓巴蜀时所作。

古代诗人往往将离情旅思与伤春悲秋之情糅合在一起加以抒发，并代相传承，世世积淀，形成一套习惯思路和审美模式：借景抒情，借暮春晚秋之景抒写离情旅思。王勃这首五言绝句便是将滞留盼归之情与悲秋之情融会在一起，借残秋之景加以抒发。

秋水枯竭，长江已失去浩浩荡荡、一泻千里之气势。诗人立足山中，凭高眺远，顿生长江凝滞不流的错觉，便将一腔悲秋伤离之哀情投射于景中，于是造出"长江悲已滞"这一妙句。写昔日滚滚滔滔的长江而今也悲伤得停止了奔流，这是以移情于景之法营构意境。次句倒挽出移悲情于长江的缘起，"万里念将归"。此句为"念万里将归"的倒装，诗人想到返乡之路迢迢万里，障碍重重，不知归帆何日才能驶进那温馨的港湾！感念于此，自不免归心似箭，悲从中来。但诗人并不直接将胸臆之悲和盘托出，而是移情于景，借秋日之长江来婉转曲达。

"况属高风晚，山山黄叶飞。"这后二句化用宋玉《九辩》"悲哉秋之为气也，萧瑟兮草木摇落而变衰"之意,融情入景,使情在景中,意在言外。字面上只说:况且已是秋风萧瑟、暮色苍茫的时节,山山岭岭,树叶枯黄,纷纷凋零。言外之意是:这肃杀的、迷茫的深秋薄暮的景象,使归心更切,悲不自胜。此二句不着一个"悲"字,而语语皆可读出一个"悲"字来,正是由于诗人创造意境时融情入景的缘故。

大体而言,《山中》前半用移情于景之法营构意境,后半用融情入景之法营构意境。移情于景与融情入景,都是将主观情意投射于客观景物。但两者又是有所区别的:移情于景是借助于比拟、移就之类的修辞技巧明火执仗地强作情感植入,融情入景则以白描为主要手法,让情意潜移默化,不露形迹地融化、浸透在景物之中;移情于景是推己及物而物我并存,融情入景是我融物中而不见我在;移情于景则客观景物会改变表征或物性,融情入景客观景物一般不会变形变性,而是作原模原样的本真复现。譬如此诗,原本无情无知的长江,由于悲秋盼归的诗人凭借拟人手法,施以心情外射的移情,竟然"悲"而且"滞",情感的植入是显而易见的,因人生失意、滞留异乡而满怀悲愁的诗人的身影也依稀可睹。后半则不然,由于是不显山不露水地融情入景,所以飒飒秋风、茫茫暮色、萧萧枯叶,皆保持原形原貌。且后半除"况属"二字微露蛛丝马迹之外,似乎纯是客观的眼前之景,很难见到主观的感情色彩。不过细细品之,它们虽形貌依旧,却非原汁原味,因为其中深蕴着诗人悲秋伤离的浓浓诗情。

无论是移情于景,还是融情入景,皆由于诗人把自己的乡思与秋思调和在一起,灌注于景中,渗透于景中,所以笼罩于暮色之中的秋江、秋山、秋风、秋叶,才显得如此色调沉郁,情致绵绵,悲切感人。

(3)辨融情入景法与托物寓意法

过三闾庙① 戴叔伦

沅湘流不尽②, 屈子怨何深③。
日暮秋风起, 萧萧枫树林④。

[注释]

①过:过访。三闾庙:即屈原祠。屈原曾任楚国三闾大夫,后人为纪念他而立庙建祠,此类祠庙在楚地原有数处,诗中三闾庙在今湖南省汨罗市。

②沅湘:沅水和湘水,在今湖南省境内,皆流入洞庭湖。

③屈子:屈原。子,古代对男子的美称。何:何其、多么。

④萧萧:象声词,形容草木动摇飘零声。

[赏析]

《过三闾庙》是戴叔伦任湖南观察使李皋的幕僚时,踏访三闾庙,为凭吊屈原而作。屈原"正道直行,竭忠尽智以事其君,谗人间之,可谓穷矣。信而见疑,忠而被谤,能无怨乎?屈平(屈原)之作《离骚》,盖自怨生也"(《史记·屈原贾生列传》)。屈原的伟大人格和不幸际遇,令后人无限景仰,无限叹惋,膜拜凭吊者,代不乏人。借诗文凭吊古人,最妙莫过于扣住其人、其事、其文,写景抒情,传古人之神,寄后人之慨。这首五绝便是通篇紧扣屈原之怨,化用屈原之赋,描绘眼前之景,抒写胸中之情,精心创造出物我情融、传神空际的超妙意境来,是凭吊感怀的名篇佳构。

前二句比兴兼用。"沅湘流不尽,屈子怨何深。"沅水与湘水千古长流,绵绵无尽;屈原的哀怨,多么悠长,多么深广!沅湘二江是屈原被放逐时经常行吟的地方和一再歌咏的对象。《离骚》中说:"济沅湘以南征兮,就重华而陈词。"《湘君》中说:"令沅湘兮无波,使江水兮安流。"在自沉汨罗江前所做的《怀沙》中写道:"浩浩沅湘,分流汩兮。修路幽蔽,道远忽兮。"戴叔伦从沅湘入题,是复现踏访三闾庙时的眼前远景,也是暗用屈原赋的意象与意境。首句写景,是比亦是兴,是为即景起情,引出次句的直抒悲慨,也是即景设喻,托物寓意。言外是说:屈原的一生忠愤,如沅水、湘水般,悠长深广,流泻至今,且永远长流不息。

后二句用赋笔描写眼前近景。"日暮秋风起,萧萧枫树林。"夜幕渐渐降临,秋风袅袅而起,殷红的枫树林里传出了飒飒的秋声。写眼前景而暗将前人诗文的意象、意境或意蕴化入其中,不失为融情入景营构意境的一种高招。此二句描

写三闾庙周遭深秋日暮、秋风瑟瑟、枫林萧萧的衰飒之景,正是将眼前景与屈原赋浑融无间。"袅袅兮秋风,洞庭波兮木叶下。""风飒飒兮木萧萧,思公子兮徒离忧。"这是屈原《湘夫人》与《山鬼》中的名句。《招魂》中也说:"湛湛江水兮,上有枫。目极千里兮,伤春心。魂兮归来,哀江南。"总之,通过对庙旁景色的描绘及《楚辞》诗意的化用,诗人将屈原的哀怨与自己的悲慨,不着痕迹地融入自然景物中。读者神游意境之中,耳际隐约可闻秋声如泣如怨,倾诉着千古之冤、千古之恨,眼前依稀可见一个满怀孤愤而九死无悔的忠魂,"形容枯槁,行吟泽畔"。

通观全篇,《过三闾庙》紧扣一个"怨"字借景抒情,把屈原无穷的忠愤与诗人深沉的悲慨,潜移默化地蕴藏在对三闾庙周围远远近近的秋色(秋江、秋风、秋树)与暮色的描绘中,情景交融,从而营构出苍凉悲壮的意境来。但前二句与后二句营构意境的具体方式方法是不同的:前二句托物寓意,后二句融情入景。前者以隐喻手法将屈原之哀怨与诗人之伤悼寓托于沅湘二水,并与直截了当倾诉怨情的诗句前勾后连,紧密配搭,构成引喻辞格,使曲直相谐,隐显相生,于是流泻于沅湘中那浩浩汤汤、千古"不尽"者,既似奔流不息之江水,亦似溢漫天地之哀怨,介乎非此非彼、似此似彼之间。后者表面上纯然写景,却通过化用《楚辞》诗意,将那"流不尽"的"怨"浸润于景物中,丝毫没有明显地移植情意或隐蔽地寄托情意的迹象,屈原的哀怨、诗人的伤悼,深藏不露,只是暗借秋风、秋叶弥散于肃杀的秋色与苍茫的暮色之中,臻于融情入景,借景抒情,"不着一字,尽得风流"的极境。

(4)融情入景不露蛛丝马迹

辛夷坞① 王维

木末芙蓉花②,山中发红萼③。

涧户寂无人④,纷纷开且落⑤。

[注释]

①辛夷坞(wù):就是长着辛夷树的山坞,王维辋川别墅的胜景之一。辋川别

墅在今陕西省蓝田县。辛夷,一名木笔,落叶乔木,花似莲花,有白、紫二色,白者俗称玉兰。坞,周围高而中央低的谷地。

②木末:枝条末梢。芙蓉花:本指莲花,辛夷花与芙蓉花相似,故称。

③萼(è):花托,花瓣下部的一圈绿色小片,这里指花苞。

④涧户:山涧峭壁相向,状如门户,俗称石门。

⑤且:又。

[赏析]

融情入景营构意境,有时不露丝毫情意融入的痕迹,字面上全不见诗人的"自我",专写山水田园风光的诗词尤其如此。这是因为在意境营构的过程中,物吸纳入我中,我消融在物中,我与物亲密交流,浑然互化,达于物我两忘,"不知何者为我,何者为物"的化境。王维的《辛夷坞》就是这样一首融情入景而不显蛛丝马迹的山水诗。

单从字面上看,这首诗只不过客观地、平淡地描写和叙述了幽僻静谧的辛夷坞中辛夷花自开自落的情景。前二句重在写辛夷花之发。"木末芙蓉花,山中发红萼。"仿佛是芙蓉花开放在树枝的末梢,辛夷花在空旷幽僻的山坞里绽开了紫红的花朵。首句系从屈原《九歌·湘君》"搴芙蓉兮木末"化出,次句与之一气相贯,构成有点有面、中心意象与背景意象互衬互映的瞬间画面,展现了辛夷坞中辛夷花迎春怒放的盎然生机。辛夷花开在辛夷树的各个枝条的末梢,其形状、颜色与气质,都像出淤泥而不染的芙蓉花,但其生长环境不一样,不是摇曳于绿水清波,而是盛开于"山中""木末"。此二句准确地抓住了辛夷花的基本特点,并以常人习见的芙蓉花作为参照物,综合运用借喻手法和白描手法为其传神写照。后二句重在写辛夷花之落。"涧户寂无人,纷纷开且落。"峭壁对峙如门的山坞里,杳无人迹,阒无人声,只有那辛夷花纷纷地开了,又纷纷地谢了。第三句承续次句进一步渲染辛夷花生长环境的空幽静谧,"涧户"之地形地貌已见出环境之闭塞与幽僻,"寂无人"更突现环境之沉寂。末句描叙辛夷花春至而发,春去而落的生命律动,笔墨幽淡而富含远韵。

  在整首诗中,诗人仿佛只是纯客观地,甚至是极冷漠地再现着大自然的生命律动。其实不然,在意境营构中,诗人与自然和谐共存,契合无间。自然之物完全心灵化了,成了含蓄地暗示诗人的审美情趣和禅宗理念的意象、载体;诗人之情意也完全具象化了,无影无踪地浸润、消融在景物之中了。试看,辛夷坞里的辛夷花,该发的时候,她绽开了,是那样的雅洁绚丽,是那样的生气蓬勃;该落的时候,她凋谢了,为一年一度的生命周期画上了圆圆的句号;她在那人迹罕至的山坞里自开自落,不为人知,也不求人知,是那样的自足,是那样的自在。面对辛夷花的"纷纷开且落",诗人安之若素,处之泰然,既不乐其怒放,亦不伤其凋零,他似乎已忘却了自身的存在,而与这自开自落的辛夷花融为一体了。深味诗人笔下辛夷花自生自灭、自足自在的生命现象和生命律动,畅游诗人静如止水的心境与山坞空寂绝尘的物境两相化合而营构出来的虚静空灵的意境,是不难体悟出深蕴于其中的禅意来的。

  《辛夷坞》是《辋川集》中的名篇之一,是王维亦官亦隐时期的作品。这一时期的诗人对政治的热情日渐消退,对禅宗的信仰日渐深笃,由于对世俗(特别是官场)的厌倦,更由于受禅宗思想的浸渍,王维的生活情趣、审美情趣更倾向于空寂的山林。诗人把空寂的山林当作心灵的安歇之地,以之为潜心"静虑"("禅"的本义即静虑),消除世俗妄念,解悟禅宗哲理的绝佳胜境,因此有不少的诗作描写这种空寂的山林,并从中隐隐透出禅意来。《辛夷坞》即如此,它以禅入诗,但不露凿痕。禅宗哲学否认物质世界的客观实在性,虽也承认世界上的一切"色""相"(现象、形象)都是有的,但又说这种"有"就是"空",是人感觉中的虚假幻影。《般若波罗蜜多心经》说:"色不异空,空不异色。色即是空,空即是色。"《金刚般若经》说:"凡所有相,皆是虚妄。"总而言之,大千世界的一切现象、形象,都是虚空的,都是随生随灭、转瞬即逝的,大千世界的本原就是虚幻、寂灭。因此,人应该以虚静的、超然的心态面对这虚幻的、寂灭的大千世界,六根尽净,委运任化。譬如人生,正像这辛夷坞中"纷纷开且落"的辛夷花一般,不过是片刻游移,倏然而陨的幻影,倘能参透人生,那么生亦何喜,死亦何忧?从《辛夷坞》这首山水诗中正可以参悟出这种禅理来。诚然,这种禅理是唯心的,不科学的,但只要以批判的眼光来审视,或许无碍于我们在解读与鉴赏这首山水诗的过程中,获致亲近自然、净化心灵的审美享受。

(5)融情入景而用情语略加点示

枫桥夜泊① 张继

月落乌啼霜满天②,江枫渔火对愁眠③。

姑苏城外寒山寺④,夜半钟声到客船。

[注释]

①枫桥:桥名,原名封桥,因张继这首诗而改名枫桥,在今江苏省苏州市西郊。泊:靠岸停船。

②月落:上弦月半夜沉落。乌:乌鸦。霜满天:漫天霜降。霜为近地面空气中的水汽遇冷在物体上凝结而成,但古人缺乏科学知识,以为霜亦如雪花从天而降,所以有"飞霜""霜满天"之说。

③江枫:江边的枫树。渔火:渔船上的灯火。

④姑苏:苏州的别称,因城西南有姑苏山而得名。寒山寺:在枫桥附近,旧称普明禅寺,相传因初唐诗僧寒山曾在此住持而改名寒山寺。

[赏析]

用融情入景之法营构意境,往往只用景语而不用情语,但有时也用少许情语略加点示,使融入景中的情意微露端倪,在意境营构中能产生隐显相生的韵致,在意境鉴赏中能略增导向性,便于读者畅游意境,而又不失其含蓄蕴藉之美。张继《枫桥夜泊》便是通篇写景,情融景中,只以"对愁眠"三字点丑。《枫桥夜泊》是一首诗,也是一幅画。张继将其夜泊枫桥,旅夜不眠,通过视觉、听觉、触觉、意觉所获得的种种意象,巧妙地加以组合,镶嵌出一幅枫桥夜泊图来。画中除了"对愁眠"点示了诗人的存在外,几乎不见有"我"在,画面全是"对愁眠"之诗人夜泊枫桥所见、所闻、所触、所感。换言之,仅"对愁眠"三字直接关涉着情,

除此而外,诗中全是景,但景中浸润着只身漂泊天涯的诗人的羁旅之愁,这羁旅之愁融化在江南水乡秋深夜阑的特定物境中,营构为幽寂清冷的意境。

"月落乌啼霜满天,江枫渔火对愁眠。"冷月落下去了,乌鸦凄厉地惊噪起来,霜降的寒意弥漫天地,因旅愁萦怀而未能成眠的游子,与影影绰绰的江边枫树、闪闪烁烁的渔家灯火,长夜相对。首句写满怀旅愁的诗人午夜时分于客船中所领略到的秋色与夜色。字字是写景,景中皆是情。夜泊枫桥,诗人见到了月落,听到了乌啼,感到了霜降,并将此时此境所体味到的寂寞与冷清化入所见、所闻、所感中,于是种种眼前景物、种种生活体验与旅途愁思融会贯通,合为一体,转化为一组审美意象。"月落乌啼",亦实亦虚:既实写眼前景,描写乌鸦因月落前后光线的明暗变化而惊叫的情景;也是以景物托染情意,与王维"月出惊山鸟,时鸣春涧中"(《鸟鸣涧》)同是用鸟的惊扰来烘托夜空的寂寥,此处则多了一番凄清的况味。六朝乐府中有《乌夜啼》,诗中"乌夜啼"这一意象浸润着、积淀着离愁旅思。如刘义庆《乌夜啼》"生离无安心,夜啼至天曙",庾信《乌夜啼》"独怜明月夜,孤飞犹未栖"。此处的"乌啼"正属此类意象。"霜满天",是不眠的诗人半夜所感,这一意象的生成基于触觉与意觉,它并不符合生活的真实,因为霜华凝成于地上而非漫天而降,但却具有艺术的真实性。独处幽暗凄寂的环境中,心境凄冷的游子特别敏锐地感觉到寒气从四面八方袭来,仿佛整个空间都充满了寒意,于是引发"霜满天"的想象,臆造出秋霜从那茫茫夜空漫天而降的情境。因此"霜满天"这一意象给予人的感受,不仅是秋霜那侵肌砭骨的寒意,更有一种与旅愁浑融为一的浓浓秋意。次句"江枫渔火对愁眠",即"愁对江枫渔火而眠"之意,是说不眠的诗人彻夜与"江枫渔火"相对,亦指寝而不寐的诗人始终与愁相对——伴愁而眠。究其底里是"江枫渔火"进一步牵动了诗人的羁旅之愁,而诗人带着羁旅之愁来欣赏"江枫渔火",所以越发觉得景物与自己是相对而愁,相向而眠。人们常说景物有了感情,其实景物本身是不会有感情的,是由于主观情意的融入、移植与积淀,使所生成的意象蕴含着感情或意念。譬如"江枫",它是愁人触目所及,但又不纯是眼前景物。早在先秦时代,《楚辞·招魂》已把伤春情意浸透在江枫这一景物中:"湛湛江水兮,上有枫。目极千里兮,伤春心。魂兮归来,哀江南。"后人又把秋思与残红萧瑟的丹枫化合成意象,于是枫树与愁情渐渐形成固定的联想链,并因此而固有特定的象征性、暗示性。这里的"江枫"也是这样一种积淀着前人的审美经验,浸润着诗人的羁旅之愁并能引发固定联想的意象,一种融进了情意的景物。"渔火"也是一种浸润着羁旅之愁的景物。那星星点点、闪烁不定的"渔火"虽给这清寥黯淡的画面增添了些许亮色和暖意,却格外能兴发孤寂独处的游子的遐想,勾起他们对一灯如豆却温馨宁静的家居生活的怀念与向往,更添愁思。此句中"对愁眠"三字为全篇锁钥,暗将"江枫""渔火"与上句的"月落""乌啼""霜满天"及后二句的"姑苏城外""寒山寺""夜半钟声""客船",串缀、融会成有机统一的整体,点示出诗中所有的景物,都是夜泊枫桥、怀愁而眠的诗人所感触到的,为诗的意境设定了基本的情调与韵致,有画龙点睛之妙。

"姑苏城外寒山寺,夜半钟声到客船。"午夜时分,苏州城外的寒山寺里响起了沉闷的钟声,悠悠地荡进了夜泊的航船。与前二句以浓墨重彩描绘枫桥夜景不同,后二句以疏朗的笔调摹写客船闻钟。以"到客船"点明人在旅途,暗将"愁"的性质与内涵具体化。以"姑苏城外"和"寒山寺",从宏观与微观,层层修饰,层层限定,不仅把"枫桥夜泊"的情境、氛围进一步具体化、具象化,而且鲜明地、有力地突显出"夜半钟声"源自古城名刹。于是羁旅之愁与怀古之幽情、禅宗之神韵掺和在一起,渗透于"夜半钟声"里。这钟声仿佛挟带着历史的回音、高僧的禅思,回荡在枫桥的静夜里,既悠悠地荡破了午夜的岑寂,相反相成地衬托出午夜的岑寂,也悠悠地叩击着诗人的心扉,荡涤尽诗人的睡意,使萦怀的羁旅之愁更加浓郁,更加深永。

总之,《枫桥夜泊》以融情入景之法营构意境,仅以"对愁眠"三字点示情意,而将羁旅之愁浸润于诗人夜泊枫桥所感触到的景物中,通过描写景物来渲染、烘托、暗示,因此在意境营构中,高度的含蓄性与鲜明的呈现性相反相成,臻于隐显相生的极境。

(6)融情入景与习用意象

征人怨　柳中庸

岁岁金河复玉关①，朝朝马策与刀环②。
三春白雪归青冢③，万里黄河绕黑山④。

[注释]

①岁岁：年复一年。金河：即大黑河，在今内蒙古自治区呼和浩特市南。复：又。玉关：即玉门关，在今甘肃省敦煌市西北。

②朝朝：日复一日。马策：马鞭。刀环：刀上的铜环，借代刀。

③三春：春季共三个月，故称三春。青冢(zhǒng)：王昭君的墓，在今呼和浩特市南。相传塞外草白，而此墓上草独青，故名青冢。冢，坟墓。

④黑山：一名杀虎山，在今呼和浩特市境内。

[赏析]

《征人怨》以融情入景之法营构意境：将久戍盼归的边防将士的满腔怨愤，融化、隐含在叙事与写景中，不着一"怨"字，却满篇怨情。

前二句叙征人长期征戍、长途跋涉的艰苦生活。"岁岁金河复玉关，朝朝马策与刀环。"一年又一年，年年岁岁转战、戍守在金河、玉门关这样的边塞要地；一天又一天，朝朝暮暮跃马横刀，奔波不息，征战不止。两句互文见义，突现征人"岁岁"如此，"朝朝"如此的生活。纯乎叙事并未言情，却语语含怨。用叠词"岁岁"和"朝朝"，用虚词"复"和"与"，强调长期征戍、长途跋涉的艰苦卓绝、单调乏味，而且没完没了。不说怨，无穷之怨泛出于言表。次句以"刀环"借代刀，更是用意良深。一则是为了押韵，一则是要表明征人朝朝暮暮只与战刀为伍，只有凶险相随。更深的意图在于暗用典故，《汉书·李陵传》载："立政(任立政，汉使)等见陵，未得私语，即目示陵，而数数(屡次)自循(同'揗'，抚摸)其刀环，握其足，阴谕(暗示)之，言可还归汉也。""环"与"还"谐音双关，化用此典是暗示征人空以刀环寄意,徒有还乡之思。总之,"刀环"这个意象中也饱和着怨情。

后二句写征人在长期征戍、长途跋涉中反复习见的边塞景观,景中融情,极富暗示性。"三春白雪归青冢,万里黄河绕黑山。""三春",这里指整个春季而重在暮春三月。"暮春三月,江南草长,杂花生树,群莺乱飞",好一番良辰美景!征人却在塞外漠北,滞留不归,疲于奔命,映入眼帘的只是一幅幅苦寒荒远的图景:春回大地的时节,回归青冢的只是白雪(不是鲜花),阳春烟景,未见踪迹;滔滔黄河,绕过黑山,奔腾万里,驰向中原大地(征人"岁岁""朝朝",万里奔逐,却绕不出这黑山去)。后二句融情于笔端,极力渲染征人眼中之景的苦寒与荒远,暗传出积满征人胸臆的凄苦与愤懑。富含象外之象、言外之意。

全诗四句,前二句似纯然叙事,后二句似纯然写景,皆未着一情语,然而一股怨情汩汩而出,流溢诗外,足使读者黯然神伤,唏嘘不已,全因融情入景之故。前二句着眼于时间而牵涉着空间,后二句着眼于空间而捎带着时间,交相错杂,彼此照应,更突现征人之怨无处不在,无时不在,无边无际,无止无休。真可谓"不着一字,尽得风流。语不涉难,已不堪忧"(司空图《诗品》)。

若参读前后,潜心研赏,在这首边塞绝句中还会发现一条带有普遍性的艺术规律:有些习用意象,经过历朝历代文人墨客的世代传承,层层积淀,逐渐凝固化、定型化,从而具备某种固定的暗示性、象征性——成为模块化的艺术符号。这类习用意象的运用大有助于典型情境的营造和典型氛围的烘染,因此能极大限度地增强融情入景的艺术效果。譬如,在《征人怨》中,诗人高度集中地运用"金河""玉关""白雪""青冢""黄河""黑山"这一系列极富典型性的边塞意象来营构情景交融的意境,而这一系列边塞意象都与王昭君和昭君墓有着血肉般的联系。昭君和亲,埋骨域外,遗恨千古。自六朝以来,无数诗人骚客,或代鸣不平,或借题发挥,把无穷的幽怨,融化、渗透在吟咏昭君和青冢的诗文中。远的姑且不论,单是初盛唐便有不少的诗人属意于此。上官仪《王昭君》诗曰:"玉关春色晚,金河路几千。"尉迟匡《塞上曲》曰:"夜夜月为青冢镜,年年雪作黑山花。"杜甫《咏怀古迹》诗曰:"一去紫台连朔漠,独留青冢向黄昏。"常建《塞下曲》曰:"汉家此去三千里,青冢常无草木烟。"……柳中庸高密度地把一系列同昭君与

青冢有关的边塞意象构织在一首短短的七绝里,极大地提升了融情入景的艺术品位。不仅用这一系列习用的、模块化的意象营造出西北边塞特有的情境与氛围,并暗借"昭君怨"婉转地抒发"征人怨"。相传王昭君生前未遂还乡愿,死后她墓上的草像故乡的草一样四季常青,成为"青冢",这或许正是由于怨魂感动了上苍!当然,这纯系主观附会,诗人却巧借这一系列与昭君、青冢有关的习用意象,暗传出征人久戍不归而蓄积的满腹幽怨:害怕像王昭君一样不能生还故里,却埋骨塞外甚至弃尸荒漠,因此而怨积胸臆。所以,《征人怨》虽未有意寄托,也未刻意移情,却不着一"怨"字而将征人之怨表现得痛快淋漓而又含蓄深婉。

(7)融情入景与语言技巧

黄鹤楼送孟浩然之广陵① 李白

故人西辞黄鹤楼②,烟花三月下扬州③。
孤帆远影碧空尽④,唯见长江天际流⑤。

[注释]

①黄鹤楼:古代游览胜地,故址在今湖北省武汉市蛇山的黄鹄矶。之:到……去。广陵:今江苏省扬州市,唐代为广陵郡,是当时最繁华的都市之一。

②西辞:从西边离开。

③烟花:柳如烟、花似锦的明媚春光。

④尽:消失。

⑤天际:天边。

[赏析]

以融情入景法营构意境,多以白描为基本手法辅以摹绘、示现之类的修辞技巧对景物作原模原样的复现,同时了无痕迹地将情意投射、浸润于景物之中,精心创造出物与我、情与景浑融无间的谐美意境来。白描,原为国画的一种技法,指纯用线条勾画物象而不加彩色渲染,借喻文学写作技巧,指运用不假修饰、未经变异的洗练而质朴的语言直截了当地写景状物,赋形传神。白描也是一种修辞手法,属消极修辞的范畴,与比喻、比拟、摹绘等积极修辞技巧相对而言。李白久负盛名的送别之作《黄鹤楼送孟浩然之广陵》就是以白描为主辅以摹绘等技巧描写景物并融情入景,从而营构出谐美的意境来。诗中意境由两幅素描画有机组合而成,画面几无感情色彩,依恋难舍的离情和深厚炽热的友情却浸透于、蕴涵于画中。

"故人西辞黄鹤楼,烟花三月下扬州。"顺江东下的老朋友辞别黄鹤楼,在柳如烟花似锦的三月去扬州。这幅用白描手法描绘的故人辞行图,色调淡雅清丽,它交代了辞行的人物、地点、时间、去向,措辞平实简淡,仅以"烟花"对"三月"这一时间意象略加渲染以摹其状。字面上看似平平淡淡地叙事,叙事中捎带写景,无一字关乎情,仿佛色淡如清水,其实味浓如醇酒。它含蓄地表明:"故人"——情深谊厚的老朋友孟浩然,在最宜老友欢聚的季节——春光旖旎的"烟花三月",离开携手共游的所在——游览胜地"黄鹤楼",去往更值得携手共游的地方——繁华都会"扬州"。字里行间深蕴着、饱蓄着诗人对黄鹤楼和扬州两地胜景的迷恋与神往,以及因不能再同游共赏而激发的惋惜与惆怅,不言情,依依离情、浓浓友情已在言外了。

"孤帆远影碧空尽,唯见长江天际流。"渐去渐远的一片白帆融进了蓝天,眼中只有那一江春水在天边奔流。这幅诗人目送图,仍用白描手法绘就,只以"孤""远""碧"等字稍事点染,画面清寥浩渺,色调异于前幅。描绘的是"故人"离去之后,诗人伫立楼头久久凝望所见之景:起初,"孤帆"——"故人"的替代意象,历历在目,独占眼球;后来渐渐淡化为依稀可睹的"远影";最终,"远影"化入"碧空",无影无踪。这递相淡化的"孤帆"与其背景意象构成富于流动感的目送图,暗示诗人伫立目送之久,而依依离情、浓浓友情全融进景中,溢出画外。最后以"天际"水天相连为契机,随视线由"孤帆"移向"长江",有意无意地把眷恋深情、怅然意绪倾注于一江春水,于是浩浩汤汤流向天外的"长江"中奔涌着的似乎全成了离情和友情。画面展示戛然而止,但意犹未尽:我们依然能真真切切地感受到孟浩然与李白这一对诗坛巨匠的离别在李白胸中掀起的情感波澜,恰似"长江天际流",滔滔不息、悠悠无尽;我们依然能身临其境般体验到因离别而滋生的孤寂感受、怅然意绪,也如这水天空阔之景,茫无涯际;而水送友人去,"心逐江水流"之余韵,则缭绕于诗外,不绝如缕。

统而言之,这首赠别诗通篇以白描为基本手法叙事写景并融情入景以营构意境。同时于局部辅以摹绘等手法:以"烟花"修饰"三月",以"远"修饰"影",是摹状(后者介于白描与摹绘之间);用"碧"形容"空",是摹色;以"孤"状"帆",则为移就手法,具有移情于物的功效,隐隐约约折射出诗人的孤寂惆怅情怀。此诗意境空蒙有远意,笔致清奇俊逸,让人玩味无穷、叹赏不已,在很大程度上取决于白描等手法的运用。

(8)融情入景与诗无达诂

题金陵渡① 张祜
金陵津渡小山楼②, 一宿行人自可愁③。
潮落夜江斜月里, 两三星火是瓜洲④。

[注释]

①金陵渡:渡口名,即西津渡,在今江苏省镇江市。金陵:这里不是指现在的南京市,而是指镇江市。王楙《野客丛书》:"盖时人称京口亦曰金陵。"京口即镇江。

②津渡:渡口。小山楼:渡口附近山上的小楼。

③一宿:住宿一夜。行人:旅客,指诗人自己。可:会、当。一说,止、消。

④星火:闪烁如星星般的火光,指渔火或灯光。瓜洲:也作"瓜州",在今江苏省扬州市南,大运河入长江处,与镇江隔江相望,为长江南北交通要冲。

[赏析]

用融情入景之法营构意境,是以极其曲折隐蔽的方式暗示题旨,因而更使作品含蓄蕴藉、深婉隽永,更让读者煞费解索,玩味无穷,加之诗歌语言特有的多解性、模糊性,所以"诗无达诂"的特点在这类诗歌中尤显突出。譬如张祜的这首《题金陵渡》,融入景中之情,是愁?是喜?抑或忧喜参半?众说纷纭。即便以

"愁"解之者,也有或以为浓或以为淡的歧见。真是仁者见仁,智者见智,各有心得,也各有千秋。其实鉴赏这类诗歌,尤其不能像做四则运算推求唯一的标准答案那样,强求"达诂";只需"知人论世""披文入情",潜心揣摩并尽力切近诗人的创作旨意,充分展开联想与想象,再创一个谐美幽邈的意境,并从中获得惬意的审美享受,就算是深得个中三昧了。下面试分别从或愁或喜这两端来解析《题金陵渡》。

张祜在诗歌创作中素负盛名,尤以宫词著称于世,但在仕进路上却是一个失败者、失意者。张祜在青壮年时期曾遍游岭南塞北,以诗干谒各地节镇藩帅,无果而终。《题金陵渡》若作于青壮年时期,那么诗中只能品出"愁滋味",而且是一种浓浓的羁旅愁思。

前二句以白描手法叙事言情,表现旅宿待渡的孤愁。首句下笔于空间:"金陵津渡小山楼",诗人寄宿之地是金陵渡口一座俯临浩瀚江流,背倚小小山丘的阁楼。次句下笔于时间,并牵出一"愁"字暗贯全篇。"一宿行人自可愁",系"行人一宿自可愁"的倒装。意思是:旅途劳顿的远行人,在此寄宿一夜,自然会满腹旅愁。这个"愁"字是解悟全诗旨意的关键。诗人怀着炽热而又渺茫的希望,阔别故乡和亲人,在求仕的征途中辗转跋涉,辛勤奔波。此时此境,置身于昏昏沉沉的暮色中,面对着莽莽苍苍的大江,自不免孤愁萦怀,孤眠难成。前二句直叙旅程与旅愁,平平道出,在诗中只起铺垫作用;此诗精妙绝伦引人入胜处在后二句。

后二句并不直接地、抽象地抒写彻夜萦怀的旅愁,而是用白描手法描写诗人在特定情境与氛围中所见的夜江景色,并将旅愁不着痕迹地融化于其中。"潮落夜江斜月里",即"斜月里夜江潮落"——当一弯孤冷的明月款款西沉的时候,月色迷蒙的长江里,江潮悄然退落。这里月斜、潮退,点示更深夜阑,时间已在半夜至黎明之间,暗示满怀愁绪的诗人通宵未眠,伫立凝望,也进一步描写和渲染了迷茫、凄寂的情境和氛围,开拓了意境。心境的孤寂、迷惘,往往与物境的沉寂、苍茫,相伴而生,相辅相成,这浩浩渺渺、万籁俱寂的夜江景色,正折射出诗人孤寂而迷惘的心境。"两三星火是瓜洲",瓜洲是诗人翌日旅程的目的地或中转站。瓜洲渡与金陵渡相距五十里水路,诗人隔着浩浩渺渺的江面,透过朦朦胧胧的月色,望见了对岸的"两三星火",是渔火?是灯光?殊难判定,只觉得它们像

夜空中的星星一般,闪闪烁烁,如真似幻。张祜人生旅程中的希望之光,又何尝不是如此:忽明忽灭,虚无缥缈!不说愁苦,不说怅惘,愁苦与怅惘自于景中见之。但这又非诗人的有意寄托,而是人生体验的潜移默化。总之,这后二句写凭窗夜眺所见之景,貌似景语,却纯是情语,皆因融情入景之故。所以透视凄寂迷离的意境,隐约可见诗人那颗失意的、落寞的心以及对前程的忧虑。

以上赏析,是把《题金陵渡》的创作年代设定在张祜的青壮年时期。

晚年,张祜绝意仕进,隐居丹阳(今江苏丹阳,属镇江市),布衣终老。《题金陵渡》若作于晚年,品出来的则别是一种滋味:诗情恬然,淡喜忘忧,意境悠远,洒脱清丽。《新编唐诗三百首》(江苏古籍出版社)便作如是解。此书解"一宿行人自可愁"的"可"为"止、消"。牵此一发而动全身,对全诗的意蕴、题旨的解读则大异于常人。兹录其译诗如下:

> 金陵渡口有座小小的山楼,
>
> 行人到此一宿自然可以消愁。
>
> 潮水在斜月临江时落了下去,
>
> 灯火闪烁的远方便是瓜洲。

退隐丹阳的张祜已淡出了名利场,在娱山悦水中为孤寂的灵魂找到了归宿,因此《题金陵渡》通过寄宿待渡,夜眺江景的描写,折射出来的是诗人忘情于山水的淡泊心境和淡淡喜悦。诗的第一句写夜宿金陵渡,点题开篇。第二句写美景可餐而闲愁自消。后二句写临窗夜眺,由果及因,倒挽出化解闲愁的美景,从而荡开画面,开拓意境。具体而言:第三句写俯览江中,见已在退潮的夜江,风平浪静,沉浸在朦胧的月色里,迷离惝恍,那月色似轻烟,如薄雾,呈现出一种朦胧的、神秘的美。第四句写远眺对岸,只见迷茫的远方有两三点星星之火,闪闪烁烁,忽隐忽现,那里便是瓜洲。诗写到这里便戛然而止,但言已尽而意无穷,仍诱导着读者踵武诗人的诗思,继续展开联想与想象:此时此境,诗人大约在想,明日将在风平浪静中悠然横渡,抵达瓜洲,再北行四十里,便可到达令人神往的繁华都会扬州,因此不由得胸襟为之开朗,眉梢为之舒展。

如此解读这首融情入景的名诗,岂不同样是一种有滋有味的审美享受吗?

附篇　古典诗歌四步鉴赏法
——李商隐《嫦娥》鉴赏示范

在《本体篇》《意象篇》及《意境篇》的系统的理论阐述与鉴赏实践的基础上，我们可以归纳出具有普遍实用性和具体操作性的古典诗歌鉴赏程序。

古典诗歌鉴赏大致可分为四个步骤：第一步，阅读，即解词释句，是古典诗歌鉴赏的奠基阶段；第二步，感受，即复现意象，是古典诗歌鉴赏的过渡阶段；第三步，玩味，即神游意境，是古典诗歌鉴赏的关键阶段；第四步，领悟，即理解思索，是古典诗歌鉴赏的终结阶段。这一鉴赏程序可名之曰"古典诗歌四步鉴赏法"。

把古典诗歌鉴赏程序分解为阅读、感受、玩味、领悟四个步骤，按部就班，逐步攀升，只是依据古典诗歌鉴赏的一般规律、传统习惯和现成思路大体而言。其实，这四个步骤往往相互交集，相互渗透，是不可断然分割的。阅读阶段往往混合着初步的感受、浅表的玩味，及对内在意蕴、表现形式的零星的

认知;感受阶段往往犬牙差互般与或前或后的阶段交织在一起;而玩味阶段也往往伴随着进一步的阅读、更深切的感受和较精湛的感悟;领悟,是对诗的理性认识,是对诗的内在意蕴和表现形式的全面而深入的解读,带有文学批评的性质,它不仅要以前几个阶段的感性的体验与品鉴为前提,而且总与之相倚相伴,相辅相成。把古典诗歌鉴赏分解为四个步骤,只是为了便于操作,循序入门,切不可拘泥于此。

如果把古典诗歌比作艺术圣殿,那么,"古典诗歌四步鉴赏法"则是一列登堂入室的台阶。拾级而上,便可步入艺术圣殿。这一列台阶,每一级都是不可或缺的,而神游意境则是至关重要的一级。能否登堂入室,"深识鉴奥",关键就在意境鉴赏能否踏在实处。因此,具体运用"古典诗歌四步鉴赏法",注目的焦点始终应当是意境。

嫦娥① 李商隐

云母屏风烛影深②,长河渐落晓星沉③。
嫦娥应悔偷灵药④,碧海青天夜夜心⑤。

[注释]

①嫦娥:神话中人物,一作姮娥,相传她是后羿的妻子,偷吃了丈夫从西王母那里讨来的长生不死药,飞奔月宫,成了月中仙子。

②云母屏风:用云母石镶制成的屏风。深:幽暗。

③长河:指银河。渐落:指银河逐渐向西偏移而至消失,这是天快亮时的景象。沉:沉落、隐没。

④灵药:指长生不死之药。

⑤碧海青天:碧蓝如海的天空。夜夜心:夜夜心情孤寂。

[赏析]

下面,我们运用"古典诗歌四步鉴赏法",循序递升,登堂入室,对李商隐这首《嫦娥》作示范性赏析。

第一步,阅读阶段,即解词释句阶段。在古典诗歌鉴赏的这一奠基阶段,鉴赏者通过对文学语言——信息符号系统(或称艺术符号系统)的解读,初步接触诗中的意象系统与情意系统,即初步了解诗中所写之景、所抒之情,为进入艺术感受阶段奠定坚实的基础。这就是《文心雕龙·知音》所谓"披文以入情",即通过解析诗的语言文字以进入诗人的情感世界——诗人所创造的艺术世界。譬如,读李商隐这首《嫦娥》,其第一步,就是反复诵读原诗,借助于题解、注释、今译之类的辅导性资料及有关工具书,并充分调动知识储存,解读其语言含义。在理解语言含义的基础上,初步感知这首诗所写之景、所抒之情,从而脚踏实地地跨出阅读这一步。现在我们来逐句解读《嫦娥》的语言含义。"云母屏风烛影深":"云母屏风",用云母石镶制成的屏风,在古代这是一种华贵的室内陈设,它表明抒情主人公的物质生活还算优裕。这似乎在沿着以物质生活优裕反弹感情生活贫乏的习惯思路在运笔。"烛影",指烛光投映在屏风上的人影。联系诗题"嫦娥"与后二句的借典抒情来研判,这"影"当是长夜独对孤灯的抒情主人公的身影。"深",幽暗、昏暗。彻夜长明之烛已成残烛,其光自然是昏暗的,暗示抒情主人公长夜不眠。此句大意是:残烛的幽光把昏暗的孤影投映在云母屏风上。"长河渐落晓星沉":"长河",银河。"渐落",指银河逐渐向西偏移而至消失,这是天快亮时的景象。"晓星",晨星。"沉",沉落、隐没。这句描写不眠的抒情主人公黎明时分凭窗所见的星空景象。大意是:银河渐渐西沉,晨星也渐渐隐没。"嫦娥应悔偷灵药,碧海青天夜夜心":"嫦娥",月中仙子,一名姮娥,是一个千古流传的神话故事的主人公。较早记载这个神话故事的是《淮南子》。《淮南子·览冥训》:"羿请不死之药于西王母,姮娥窃之奔月宫。"高诱注:"姮娥,羿妻,羿请不死之药于西王母,未及服之,姮娥盗食之,得仙,奔入月中,为月精。""灵药",指长生不死之药。"碧海青天",湛蓝如海的天空。"夜夜心",指年复一年、夜复一夜的孤寂之心。后二句大意是:月中仙子嫦娥该当后悔偷吃了不死之药,因为她夜夜独对湛蓝如海的天空,实在难耐孤独寂寞!前二句写抒情主人公凝望屏风孤影与寂寥夜空,此处何以笔锋陡转,牵出嫦娥奔月的情事来?原来是由于抒情主人公将目

光聚焦于"碧海青天"中那一轮孤月,痴望既久,浮想联翩,油然兴感,联想到了嫦娥奔月的情事,并为自己那颗孤寂之心找到了最佳载体,于是反用其典,将自家心事曲曲传出。总之,依据"嫦娥"这个诗题,依据诗中所写的屏风烛影及星空夜景,特别是反其意而用的嫦娥奔月之典,可以初步判定《嫦娥》是一首表现孤独者、思忆者望月感怀的抒情诗,并初步感受到从字里行间隐隐透出的孤寂怅惘意绪。

阅读阶段的基本任务是解词释句,确切地讲是考析词句,弄清全篇的字面意义和字内含意。由于古典诗歌是用古代汉语写成的,不仅古今言殊、语障多多,而且用的还是富于含蓄美、凝练美和变异性的"诗家语",抒发的又是古人的思想感情,反映的则是古代的社会生活,因此在阅读阶段必须从以下几个方面下足考析词句的工夫:

首先,精准地辨析考释词句。受制于诗词的格律,更出于表达之所需,古代诗人每每脱出语法之窠臼,省略成分、颠倒语序、活用词语,所构之诗句往往不合语法常规,此即前人所谓"诗多变句"。精准解读这样的"变句",当起步于还原——按语法将变式句还原为常式句,然后按"字字落实"的原则加以诠释。譬如解读《嫦娥》的首句"云母屏风烛影深",据语法还原,大体应为:"烛(投)影(于)云母屏风(其影)深"。这里要特别注意精准解释"影"和"深"这两个关键词。"影",非指烛之影,而是指烛光投射于屏风上的抒情主人公的孤子身影。"深",指屏风上的身影昏暗。"影"之"深"折射出来的是"烛"之残,暗示出来的是夜之深。在逐字推求确解之后,我们可以精准演绎全句的含意,深入品鉴蕴蓄于字里行间的滋味。此句包含的深意和况味是:抒情主人公夜不成寐,形影相吊,孤寂难耐。精准释词要特别注重多义词和古今异义词的考释。譬如,在古代诗词中"可怜"这个多义词,在不同的作品中分别具有如下义项:一是可爱,二是可惜,三是可怪,四是可喜,五是异常,六是使人怜悯值得同情。在现代汉语中仅存使人怜悯值得同情这一个义项(此外还滋生出不值得一提这个义项)。也就是说,"可怜"这个多义词在古代诗词的大多数语境中它也是古今异义词。明辨于此,方可能精确考辨:白居易《暮江吟》"可怜九月初三夜,露似真珠月似弓"的"可怜",当解作可爱;李商隐《贾生》"可怜夜半虚前席,不问苍生问鬼神"的"可怜",当解作可惜;陆游《平水》"可怜陌上离离草,一种逢春各短长"的"可怜",当解作可怪;王昌龄《萧驸马宅花烛》"可怜今夜千门里,银汉星回一道通"的"可怜",当解作可喜;毛滂《浣溪沙·武康社日》"玉醅新压嫩鹅黄,半青橙子可怜香"的"可怜",当解作异常;白居易《卖炭翁》"可怜身上衣正单,心忧炭贱愿天寒"的"可怜",当解作使人怜悯值得同情,与当今用法相同。

其次,解词释句须遵循"以意逆志"的原则。这一原则是孟子提出来的,《孟子·万章(上)》:"说诗者,不以文(文字)害(影响、曲解)辞(词句),不以辞害志(情志、思想感情);以意逆(追溯、揣测)志,是为得之。"大意是:解析诗的人,不可拘于个别的文字而误解整个句子的意义,不可囿于个别的句子而曲解全篇的含意;通过对整体意义的理解去追溯、去揣测作者的本意,这才是正确的途径。其精髓是:对字句的解读,要结合全句或全篇的含意去理解,不能把字从句中割裂开来去作解释,也不能把句从篇中割裂开来去作解释。也就是说,切不可脱离整体语境或具体语境去断章取义、望文生义。例如释《嫦娥》中的"长河"与"碧海",唯有"以意逆志",方可求得确解。这里"长河"绝非地上的大江大河,而是指星空中的银河。若不联系全篇及其后面的"渐落"与"晓星沉"加以诠释,难免会产生失眠的抒情主人公既仰望星空也俯瞰大地的谬解,定难领会诗人通过描绘拂晓星空图来表现抒情主人公彻夜不眠、百无聊赖的本意,更难透视诗人借此暗传出来的思想感情。同样,解释"碧海"也一定要放眼全局观照局部,方能明断"碧海"非实指湛蓝的大海,而是从久久仰望星空滋生出来的妙喻。"碧海青天"即"碧海般的青天",诗人借此进一步营造出清寥的情境、烘染出枯寂的氛围。也只有放眼全局观照局部,方能准确判断:审视"长河渐落晓星沉"的主体是抒情主人公,而面对"碧海青天"难遣"夜夜心"的主体则是嫦娥。

再次,考析词句当尽力发掘蕴藏在习用词语中的文化意涵。民族语言是民族文化的结晶和表征,也是民族文化的主要载体和传播媒介。作为语言的重要成分的词语,负载着丰富多彩的民族文化历史信息,饱蓄着民族文化的心理积淀,能激发富于民族特色的审美联想与审美情感。考析词语,特别是那些文化底

蕴异常丰厚的习用词语,当充分调动和利用所积存的民族文化知识。譬如,在古代诗词中频频出现"月""柳""雁""长亭"之类关涉着离别相思的习用词语。其中"月"的出镜率尤高,这是因为在世代相传的神话故事中,月中有广寒宫,宫里孤居独处着偷食长生不老药而羽化登仙的嫦娥;时有阴晴圆缺的月早成团圆与离别的象征体,望月怀远则成代相因袭的民族文化心理。虽然"月"这个单词并未于《嫦娥》中现身,但"嫦娥"这个诗题和反其意而用的嫦娥奔月之典,却暗示了月的赫然存在,彰显了抒情主人公彻夜怅望星空的焦点是孤悬太空的月。以此为出发点,循序渐进,去感受,去玩味,就不难产生妙悟:此诗所婉转抒发的是一种无尽、无望却有切肤之痛的思念。古代诗词中有一类由典故浓缩、结晶而成的特殊词语,其中蕴涵着丰富的文化信息和美感信息,精当用典可使诗歌语言凝练含蓄而富于形象性,考释词句务必精确解读其原意和用意。例如,此诗的后二句系从嫦娥奔月的神话故事中提炼出来。嫦娥奔月这一典故原本寄托着远古先民长生不死的美梦,诗人反其意而用,说嫦娥虽获永生却因陷于永恒的孤寂而懊悔不已。顺藤摸瓜,不难揣测诗人化用此典的深意以及全诗的旨趣。

　　虽然阅读阶段的基本任务是解词释句,但不局限于此,往往还需同时完成一项重要任务,即"知人论世"。所谓"知人论世",大而言之,指全面了解诗人本人及其所处的时代、社会;小而言之,指把具体诗作的特定写作背景、缘起,有关人物、事件(即所谓本事、素材)及所涉风土人情等等都了解清楚。譬如,阅读《嫦娥》就必须了解李商隐的悲剧人生及其所处的悲剧时代,这样方能脚踏实地地走好阅读这一步,并为步入以下几个阶段奠定坚实的基础。

　　第二步,感受阶段,即通过审美感受复现意象,观照诗的具象系统。在诗歌鉴赏的这一过渡阶段,鉴赏者在感觉和知觉中,侧重感受意象,捎带体验情意。具体途径是:以文学语言为中介,基于阅读阶段对这一中介系统的全面而精确的解读,从研赏意象组合入手,通过联想与想象进行形象思维,在知觉中将信息符号系统复原、整合为完形的表象系统,即在头脑中映现出诗的整体意象结构。同时因景见情,据实得虚,初步体验诗的情意结构系统,为进一步由感受意象而神游意境设渡搭桥。这第二步虽是过渡性的一步,却是很要紧的一步。不跨出这一步,解词释句便不具备文学鉴赏的价值;不走好这一步,神游意境便无从说起。

现在我们迈出第二步,跨入以感受《嫦娥》的意象结构系统为主的审美感受阶段。这首诗以"嫦娥"为题,暗示这是一首表现长夜不眠、望月感怀的抒情诗。所以,感受意象结构系统,当注目于"嫦娥—月亮"这一中心意象。从表层意象结构层面看,全篇以定位扫描的层递式为基本方式组合意象:定位于室,由室内向窗外移动扫描,摄取和组合意象,最后定格于"嫦娥—月亮"这一中心意象。前二句明用定位扫描式。视点先停驻于屏风:"云母屏风烛影深",残烛的幽微之光,把一个孤子的身影投映在荧光闪烁的云母屏风上。然后视点由内而外款款移动,投向夜空:"长河渐落晓星沉",夜空,璀璨的银河渐渐沉落,寥落的晨星也渐渐隐没。后二句则暗用定位扫描式,视点暗暗地由"长河""晓星"移向中心意象:"嫦娥应悔偷灵药,碧海青天夜夜心。"抒情主人公久久地、痴痴地仰望着在银河渐渐沉落、晨星渐渐隐没的星空中越发显得孤单冷寂的明月,遐思入冥:月宫中,那形单影只、长年幽居的嫦娥,夜夜独对碧海般空蒙浩渺的青天,一定会为自己偷吃不死仙药而懊丧不已吧!镜头由"长河""晓星"摇向星空之魄——月亮,但不直接把月亮映现于画面,而是避实就虚,用虚镜头来表现,即化用有关月亮的神话故事,也就是嫦娥奔月的传说,含蓄委婉地暗示望月感怀之旨。从深层意象结构层面看,这首诗用连缀式组合意象:前二句组合意象表现身之孤子,后二句组合意象表现心之孤寂。前为因,后为果,两者以因果联系为关系链有机地组接在一起。表层与深层两个层面的意象组合内外交织,相辅相成,为营构谐美超妙的意境奠定了感性基础,也为鉴赏者神游意境创造了具体可感的、富有导向性的条件。

感受阶段的基本任务是通过形象思维感受诗的形象性与意象美,主要指标是复现诗的整体意象结构;但同时也要通过反复吟诵来感受其音乐性与音乐美,为从以声传情的审美视角切入意境的鉴赏奠定基础。反复吟诵《嫦娥》这首诗,除了从顿逗、韵律、声律等方面去感受其吐韵铿锵、摇荡心灵的音乐性与音乐美,去品味其声情和谐、声情并茂的特色外,还应特别注意以下两处:其一,七

言律句一般在前四后三之间逗开,此诗第三句却在前二后五之间逗开,形成特殊的顿逗形式"嫦娥//应悔/偷/灵药",节奏舒缓而纡徐,宛如一声长叹,强调嫦娥懊悔之极,加倍有力地反弹出抒情主人公的思念之深。其二,尾句中的"夜夜"这个叠音词强化了音调美,也突显了嫦娥的孤寂感绵长无尽、难耐难遣,因此,"夜夜心"三个音节显得极沉痛、极悲切,吟诵时当一字一顿,低抑而缓慢。

第三步,玩味阶段,即神游意境阶段。这是诗歌鉴赏的至关重要的阶段,因为,诗歌鉴赏,其要害与实质就是意境鉴赏,诗歌鉴赏能否穷尽意蕴、悦目赏心,关键全在此举。由于意境实质上就是体现了特定的审美心理流程的艺术情境、艺术氛围,因此神游意境,就是复现特定的艺术情境、艺术氛围的审美心理过程。在阅读、感受的基础上,把情与景这两种艺术元素及抒情与写景这两种艺术手段紧密地联系起来,潜心玩赏,反复吟味,脑海里会渐渐幻现出一个谐美超妙的审美心理时空,一种于心物交感、情景交融、虚实相济中生发并升华出来的艺术情境;同时感受到有某种情调、气氛在艺术情境中流布着,弥散着,并潜移默化地受到这种艺术氛围的感染。于是,诗歌鉴赏中的怡情悦性达于极致:获得了悦目赏心的美感享受,甚至产生共鸣。那么,怎样才能迈出这关键性的一步呢?鉴赏意境,当把握住心物交感、主客契合这一意境生成机制,以及情景交融、虚实相生这一意境生成法则,潜心玩味诗中写了什么景、抒了什么情,如何写景、如何抒情,这情与景、抒情与写景用什么样的方式方法,交融互化,辩证统一,精心创造出了什么样的艺术情境、艺术氛围。循此以往,便能复现特定的审美心理流程,自然也就能尽情惬意地神游于谐美超妙的意境之中了。既然意境是在心物交感、情景交融、虚实相生中生发并升华出来的,因此,鉴赏意境亦当虚实并举,主客相契,潜心玩味:实以目视,虚以神遇——实者凭直觉,虚者借智见。这里所谓目视、直觉,并非真的凭借眼耳鼻舌之类的感官去感觉它,而是以语言为中介,凭借大脑中的知觉系统,通过联想与想象去感受审美对象。即通过所谓灵视、内视,对诗中意象结构的信息符号系统进行复原、整合,将其复现于心幕上,亦即将语言信息转化为形象信息,将文学意象(语象)复现为审美意象(心象)。神遇、智见,是指调动自己头脑中储存的审美感情、审美理念及生活经验、知识储备,去体验,去品味,去参悟,即通过情感体验,潜心解索,反复品鉴;并时不时地借助于理性思辨,去鉴赏意境。在玩味阶段,情感体验是关键之关键,因为诗歌是具有抒发感情、交流思想的功能而富蕴美感的艺术产品,诗歌的创作与鉴赏,其实就是诗歌的作者与读者通过精心创造意境或者潜心神游意境,作富蕴美感的情感交流、心灵对话。所以神游意境虽从鉴赏意境的营构入手,但着眼点始终应专注于通过情感体验并辅以理性思辨,对蕴涵在意境中的情感与美感的揣度、体味、欣赏与剖析。也就是说,玩味阶段的第一要务是情感投入,是作动情鉴赏。神遇、智见,首先是感情、情绪的激发与投入,同时也伴随着思想活动的积极介入,即辅之以理性判断和审美评价去深入发掘和精确体会蕴涵在意境中的意蕴。在感受意象阶段主要依靠目视,在神游意境阶段主要凭借神遇,虽各有所倚重,但目视与神遇始终必须有机结合,不可有所偏废。总而言之,在玩味阶段,读者既要展开自己的想象,也要激活自己的情思,但重在情感活动的介入——激发胸中情,如身临其境、感同身受般去体味诗中情。现在我们不妨依据意境的生成机制与生成法则,目视与神遇相辅相成,情感介入与理性思辨有机结合,潜心玩赏《嫦娥》意境营构的方式方法与具体过程,以期畅游其谐美超妙的意境之中。

这首绝句按先实后虚,先写景后抒情的常式营构意境。前二句写所触之景,系彻夜不眠的抒情主人公静夜所见。首句写室内景,"云母屏风烛影深"。昏暗幽微的烛光、荧光闪烁的屏风、摇曳不定的孤影,彻夜与孤寂的抒情主人公相伴;空室中,幽寂、冷清的情调与气氛弥散着,流溢着。次句为窗外景,"长河渐落晓星沉"。百无聊赖的抒情主人公把目光投向星空,怅望星空,映入眼帘、沁入心田的,依然是幽寂与冷清。这两句组合"云母屏风""烛影""长河""晓星"等意象,用融情入景、即景抒情之法,营造出空灵婉丽的情境,烘染出凄寂索寞的氛围。没有直接刻画人物,也没有直接抒发情意,然备受孤寂煎熬而百无聊赖的抒情主人公的意象却有血有肉、可感可触地浮现于意境之中;而情境的描写、氛围的渲染,隐隐约约地折射出抒情主人公永夜失眠、竟夕枯坐,或独对残烛屏风,或凝望银河晓星的情状。何以会如此呢?后二句写触景所生之情,通过对抒情主人公内心世界的揭示,解释抒情主人公何以彻夜不眠这一悬念。后两句抒情,写彻夜不眠的抒情主人公的静夜所思,具体讲是凝望孤月的所思所忆:"嫦娥应悔偷灵药,碧海青天夜夜心。""长河""晓星"的沉落、隐没,使抒情主人公强烈地感受到了孤悬太空的明月的孤独,并由明月的孤悬联想到了月中仙子嫦娥的独居,于是通过对嫦娥难耐孤寂而悔不当初的揣度,暗传孤寂萦怀的一腔心事。不错,嫦娥赢得了长生不老,获得了"绝对自由",但她却失去了除此而外的一切的一切。这代价也未免太大了!单是那没完没了的冷清孤寂便令她不堪忍受!她能不懊悔吗!此二句以"碧海青天"见空间之无垠,以"夜夜"见时间之无穷,从空间与时间双管齐下,进一步营造情境,烘染氛围,突现凄凉的无边无际,寂寞的无穷无尽。这是借助于离奇的幻想,妙用造景抒情、托物寓意之法,把意境拓展到虚无缥缈、浩瀚无垠的神话世界,使之更见空灵婉丽。尤令人玩味不已、叹赏不已的是后二句在营构意境中三用曲笔,显得格外委婉含蓄。首先,是曲笔点睛。抒情主人公久久地注目星空,主要是望月,而这首诗的主旨则是表现长夜失眠者凝望明月而引发的审美心理流程,前二句只是陪衬之笔。然而诗人另辟蹊径,推陈出新,化用嫦娥奔月的神话故事将望月感怀的题旨曲曲点出。其次,本是抒情主人公望月而有所思有所忆,却不直白地、抽象地抒写其所思所忆,而是以"嫦娥"这一拟喻性意象借喻所思所忆之人,并反用嫦娥奔月之典把无限思念形象而含蓄地暗示出来。再次,抒情主人公不直诉自己的入骨相思与孤独寂寞,却从对面下笔加以反跌,揣度对方像月中仙子一样因难耐孤凄冷寂而深自懊悔,使情感的抒发更见深婉隽永,更使意境显得超妙卓绝。从全局构思看,《嫦娥》营构意境不仅用了触景生情、即景抒情之法,还运用了以景衬情之法。前二句所描写的凄寂幽冷之景与后二句所婉抒的孤凄之情,在相映相衬中妙合无垠,更使意境谐美超妙无以复加。在整个玩味阶段,从《嫦娥》的意境营构的玩赏入手,对其意境作设身处地的情感体验、审美观照,在心幕上会渐渐呈现出一个凄寂幽冷、空灵婉丽的审美心理时空,同时隐隐约约地感觉到在这凄寂幽冷、空灵婉丽的特定情境中,有一种混杂着孤独、寂寞、凄冷、忧伤的情调、气氛在弥散,在充溢,形成一种特定的氛围,并不知不觉地沉浸在这种不可直接感知却可用心来体味的氛围之中，深受其感染，进一步引发了情感上的共振共鸣，仿佛自己也置身于其中，感同身受地体悟到了抒情主人公的孤寂与伤感。

在这首望月感怀的诗中，心灵世界与外部世界异质同构营造出来的意境富含象外象、象外意。抒情主人——一位通宵枯坐的失意人、思忆者，始终未出现在画面上，始终是一个朦胧的象外象，不知其是男是女，更不知其姓甚名谁；其所思所忆的对象也是一个朦胧的象外象，只是影影绰绰地闪现于嫦娥奔月的神话故事和虚幻世界里；就连所思所忆的对象的寓托体——月亮，亦为象外象，始终潜形于画外。抒情主人公因枉然相忆、重逢难再而痛感孤寂失落的伤感情怀，在诗中也始终未直接表达出来，始终是一种深情绵邈而又深藏不露的象外意。因此，这首诗营构出来的意境是一种富有暗示性、隐晦性和多意性的朦胧意境。可以说，《嫦娥》是一首朦胧诗。这样的朦胧诗，每潜心玩味一次，都会有新的感受、新的发现、新的体会；而不同的鉴赏者神游《嫦娥》的意境，更会感悟各别、异见纷呈。有人当作悼亡之作来玩味，认为"此诗写作者的死别之恨，相思之情。前半从自己着笔，后半从王氏着笔"，抒情主人公即诗人自己，"嫦娥"借喻仙逝的爱妻（参读沈祖棻《唐人七绝诗浅释》）。有人认为是表现一夜相思，思忆对象大约是相弃而去，遁入道观的恋人，故以"嫦娥"设喻。有人讲是自伤身世，是诗人希图上进，反致羁泊流落、孤独寂寞的不幸际遇与内心苦闷的折光。有人讲是调侃思凡的女道士。还有人讲是明咏嫦娥，暗谏求仙问道的皇帝……在反反复复对《嫦娥》作动情鉴赏，并对种种歧解作理性的比较、辨析和剔抉的玩味过程中，越来越清晰的感知其思忆之旨趣，循此幽径，步步深入，终获妙悟：这首朦胧诗抒发的是一种由徒然无望的思念引发的孤寂冷清情怀。处境孤独，心境寂寞，因而通宵失眠的抒情主人公，即诗人自己。诗人因难耐空室的幽寂凄凉，仰望星空以寻求寄托与解脱，从而引发望月感怀的情思，诗中意境表现的就是这一审美心理流程。但诗人把这一审美心理流程表现得异常曲折，十分隐晦，而且将这种孤寂凄冷之情与长夜凄寂之景水乳交融、虚实相生，营构为迷离惝恍的意境，以致颇费解索，以致众说纷纭。至于这种孤寂凄冷的情怀是怎样产生的：是由于爱妻的仙逝？爱情的失落？仕途的乖违？还是另有原因呢？只好听凭鉴赏者在意

境的再创造中自行定夺,"仁者见仁,智者见智",悉听尊便。因为朦胧诗本来就具有多解性,大可不必坐得过实。只要我所获得的妙悟虽未必完全符合诗人的本意,但至少是贴近于原创的,玩味过程中的美感效应也远胜于走马观花般的欣赏和人云亦云的解读即可。当然,这种妙悟的获得是有前提条件的:一方面要尽力把握似有若无地显示于言表、深蕴于意境的暗示性,循其导向性做深度的发掘与玩味;一方面要充分发挥主观能动性,去再创与原创未必吻合却大体相近的意境。由此例可见,意境的鉴赏既要靠感性与理性的高度结合,有时还要倚重悟性的积极介入。

第四步,领悟阶段,即思索理解,鉴识奥妙阶段。具体讲,是对诗歌的思想内容、艺术形式进行综合性的分析归纳,对其审美价值、认识价值进行点评式评价,使鉴赏由感性上升为理性。领悟,是在对具体作品反复地、全面地感受、玩味的基础上作出理性的评判。领悟阶段的理性评判带有文学批评的性质,但又有别于文学批评,它基于对具体作品的直觉感受和情感体验并与二者水乳交融,而非纯理性的抽象评判。是鉴赏者对具体作品的直觉感受和情感体验的深化,既不舍弃具体形象,同时也包含着鉴赏者丰富的情感经验,体现着鉴赏者的倾向性。文学批评是对作家作品及文学思潮、文学流派、文学运动等文学现象乃至文学批评自身进行的力求客观的分析和评价。文学批评即便针对具体的作品,也同样具有抽象性、宏观性和科学性;鉴赏者在领悟阶段所做的评判,是就作品论作品,不仅具有具体性、微观性,且带有一定的主观性。此外,在诗歌鉴赏的这个最终完成阶段,鉴赏者往往依据阅读、感受、玩味中逐步形成的审美表象与积淀的审美情感,反复解索,细细回味,进而生发出对自然、社会、人生及艺术的某种独到的妙悟玄解,此即所谓从诗内读向诗外。

在阅读,感受,玩味,步步跻升的基础上,通过思索理解、鉴识奥妙,我们把从《嫦娥》中获得的领悟做出如下的归纳:这首望月感怀的抒情诗,描绘了破晓时分凄清寂寥的景象,抒发了惆怅落寞的情怀,是沉淀在诗人心底的种种遗恨的泛起,是生当晚唐这一悲剧时代的诗人的悲剧人生中种种憾事的投影。隐晦曲折,意境朦胧,是这首诗最显著的艺术特色。这一艺术特色源自暗示法、隐喻法、反跌法等一系列婉曲手法的巧妙运用。这首意境朦胧、意涵隐曲的抒情小诗,还时不时地引发读者关于祸福相倚、物极必反之类的哲理思辨。君不见,嫦娥不是获得了生命的永恒吗?这不正是凡人们、俗人们的至高无上的人生理想吗?可是,她同时也坠入了永恒的孤寂之中,永远也不能自拔。此外,也有人从诗中体味出了"一念之间,天差地别""早知今日,何必当初"之类的人生感悟。虽然这些感悟并不一定合乎诗人的本意,却都是合乎情理的引申与发挥。总而言之,深味此诗,不仅能获致怡情悦性的审美享受,还能启迪智慧,顿悟真谛,是一首值得俊赏的好诗。